insel taschenbuch 4963
Jessie Burton
Das Haus an der Herengracht

JESSIE BURTON

Das Haus
an der Herengracht

Roman

Aus dem Englischen von Peter Knecht

INSEL

Die Originalausgabe erschien 2022 unter
dem Titel *The House of Fortune* bei Picador,
einem Imprint von Pan Macmillan, London.

Erste Auflage 2023
insel taschenbuch 4963
Deutsche Erstausgabe
© der deutschsprachigen Ausgabe
Insel Verlag Anton Kippenberg GmbH & Co. KG, Berlin, 2023
© Peebo & Pilgrim Ltd 2022
Alle Rechte vorbehalten. Wir behalten uns auch
eine Nutzung des Werks für Text und Data Mining
im Sinne von § 44b UrhG vor.
Umschlaggestaltung von Rothfos & Gabler, unter Verwendung
des Originalumschlags von Macmillan Publishers; Entwurf und
Modellbau: Line Lunnemann Andersen/Andersen M Studio,
Fotografie: Martin Andersen/Andersen M Studio,
Illustrationen Figuren: Dave Hopkins
Satz: Dörlemann Satz, Lemförde
Druck: C. H. Beck, Nördlingen
Printed in Germany
ISBN 978-3-458-68263-9

www.insel-verlag.de

Für meinen Sohn,
dem ich diese Geschichte zu einer Zeit vorgelesen habe,
als wir beide sie noch gar nicht verstanden.

Das Haus
an der Herengracht

Inhalt

Die Gefangenschaft wird noch lange währen: baut Häuser und wohnt darin, pflanzt Gärten und esst ihre Früchte.

– Jeremia, 29:28, von Marin Brandt
angestrichen in der Familienbibel

Jede Frau ist die Baumeisterin ihres eigenen Glücks.

– eine Botschaft der Miniaturistin an Nella Brandt
im Herbst 1686

1705

Eine Familientradition

I

Mit ihren achtzehn Jahren ist Thea zu alt, um Geburtstage zu feiern. Rebecca Bosman ist im Dezember dreißig geworden und hat kein Wort darüber verloren: das ist Reife. Draußen dämmert ein dunkler Januarmorgen, und Thea fröstelt unter ihrer Bettdecke. Sie kann hören, wie ihre Tante und Cornelia unten im Salon miteinander zanken, während ihr Vater den Tisch zur Seite schiebt, denn an Theas Geburtstag frühstücken sie immer auf dem Teppich, das ist eine unverzichtbare Tradition bei ihnen: Sie tun so, als wären sie Abenteurer, die sich mit dem behelfen, was eben gerade aufzutreiben war. Wenn man bedenkt, dass sie alle seit Jahren nicht mehr aus der Stadt hinausgekommen sind, bekommt diese Fantasie einen deprimierenden Beigeschmack, und überhaupt: Was spricht gegen einen Tisch? Sie müssen froh sein, dass ihnen das gute Stück geblieben ist, sie sollten es benutzen, wie es sich für Erwachsene gehört. Wenn Rebecca Bosman ein Geburtstagsfrühstück über sich ergehen lassen müsste, würde sie an einem Tisch sitzen.

Aber Thea kann ihnen das nicht sagen. Es ist einfach zu schrecklich, sich vorzustellen, wie ihre Tante sich abwenden und die schäbigen Papiergirlanden herunterreißen würde, die sie sicher vor den großen vereisten Fenstern aufgehängt hat. Wie ihr Vater auf den abgetretenen Teppich starren, wie Cornelia traurig auf die Poffertjes blicken würde, die sie in der Nacht gebacken hat. Thea möchte sie nicht betrüben, aber sie weiß nicht, wie sie aus dieser Rolle von ihrer aller Kind herauskommen soll, in die sie sie gesteckt haben. Sie mag heute eine Frau geworden sein, aber Freude ist in diesem Haushalt immer mit Angst vor Verlust verbunden.

Und hier kommt diese Geburtstagsfreude, in Gestalt von Essen, von süßem Gewürzduft, der von der Küche her durch den Spalt unter der Tür hereinzieht. Mit Rosenwasser aromatisierte Poffertjes, die ihren Namen buchstabieren, falls sie ihn vergessen sollte. Cornelias fluffige Rühreier mit Kümmel, um sie wehrlos zu machen, und heiße Brötchen mit leckerer Delfter Butter, um sie aufzuwärmen, dazu ein Schlückchen Süßwein für die Erwachsenen. Thea schlägt die Bettdecke zurück, kann sich aber immer noch nicht dazu durchringen, aufzustehen, auch die Aussicht auf die köstliche Butter hebt ihre Stimmung nicht. Sie hofft nur, dass sie ihr Karten für die Schouwburg gekauft haben, damit sie Rebecca Bosman wieder einmal auf der Bühne sehen kann. Und danach, wenn das Stück zu Ende ist, kann sie sich zu Walter davonstehlen. Der Gedanke an ihn ist das Einzige, was sie dazu bewegen kann, aus ihrem Bett zu schlüpfen.

Bald, denkt Thea. Bald werden wir zusammen sein, und alles wird sich richtig anfühlen. Aber bis dahin muss sie immer noch dieses fade Leben eines Kinds führen.

Schließlich bringt sie den Willen auf, ihre Pantoffeln und ihren Morgenrock anzuziehen, und als sie die Treppe hinuntergeht, ganz langsam, damit man sie nicht hört, zwingt sie sich, dankbar zu sein. Sie muss versuchen, sie nicht zu enttäuschen. Früher hat der übertriebene Geburtstagsjubel ihrer Familie sie nie gestört, aber es ist ein himmelweiter Unterschied, ob man ein kleines Mädchen oder eine Achtzehnjährige ist. Sie werden anfangen müssen, sie wie eine Erwachsene zu behandeln. Und vielleicht schenkt ihr dieses Jahr, zum ersten Mal in Theas Leben, jemand das, was sie sich wirklich wünscht, und spricht über ihre Mutter, schenkt Thea eine Geschichte oder auch nur eine Anekdote. Ja, wir alle wissen, dass heute der schwerste Tag im Kalender der Familie Brandt ist. Ja, heute vor achtzehn Jahren starb Marin Brandt in diesem Haus und schenkte Thea das Leben. Aber für wen könnte dieser Tag schmerzlicher sein als für mich, denkt Thea, während sie über die Fliesen im Flur schreitet – für mich, die ich ohne Mutter aufgewachsen bin?

Jedes Jahr reden sie nur darüber, wie viel größer Thea in zwölf Monaten geworden ist, wie viel hübscher oder klüger, als ob Thea jedes Mal ein ganz neuer Mensch würde. Als ob sie an jedem achten Januar, der immer ein kalter und wolkenlos blauer Tag ist, wie frisch aus dem Ei geschlüpft zu ihnen käme. Aber Thea will nicht hören, wie sie gewachsen ist. Das sagt ihr auch der Spiegel. An ihrem Geburtstag will sie darin ihre Mutter sehen, erfahren, wer sie war und warum ihr Vater nie von ihr spricht. Warum sie mit ihren Fragen meist nur düstere Blicke und Schweigen erntet. Sie zögert, den Rücken an die Wand gedrückt. Vielleicht reden sie gerade jetzt über Marin Brandt.

Als geübte Lauscherin wartet Thea eine Weile im dunklen Flur, den Atem angehalten vor Hoffnung.

Nein, sie streiten sich darüber, ob Lucas, der Kater, es sich gefallen lassen wird, wenn man ihm eine Geburtstagskrause umlegt. »Er hasst es, Cornelia«, sagt ihre Tante. »Sieh dir seine Augen an. Er wird auf den Teppich kotzen.«

»Aber es bringt sie zum Lachen.«

»Nicht, wenn er direkt neben ihre Poffertjes speit.«

Lucas, ihr gelbäugiger Speiserestevertilger, miaut entrüstet. »Cornelia«, mischt sich Theas Vater ein, »erspare Lucas beim Frühstück die Halskrause, sei so gut. Man kann sie ihm ja vielleicht zum Abendessen anziehen.«

»Du hast keinen Sinn dafür, was sich bei so einem feierlichen Anlass gehört«, erwidert Cornelia. »Er *mag* es.«

Diese vertrauten Rhythmen, diese Stimmen: Thea hat so gut wie nie etwas anderes gekannt. Sie schließt die Augen. Früher hat sie nichts lieber getan, als Cornelia, ihrer Tante Nella, ihrem Vater zuzuhören, ihnen zu Füßen zu sitzen oder sich an sie zu schmiegen, sich bewundern und streicheln, sich knuddeln und necken zu lassen. Aber heute ist das nicht mehr die Musik, die ihr gefällt, und nicht sie sind es, an die sie sich schmiegen will. Und dieses Gespräch darüber, ob ihr Riesenkater eine Festkrause tragen soll oder nicht, weckt in Thea den heftigen Drang, woanders zu sein. Sie will weg von ihnen und ihr eigenes Leben beginnen, denn sie haben keine Ahnung, wie es ist, wenn man achtzehn ist.

Sie holt tief Luft, atmet aus und geht hinein. Alle drei drehen sich gleichzeitig zu ihr um, und ihre Augen leuchten auf. Lucas trottet herbei, geschmeidig trotz seiner Körperfülle. Die Papiergirlanden sind an den Fenstern aufgehängt. Alle sind noch im Nachthemd – eine weitere Geburtstagstradition –, und Thea ist es unangenehm, zu sehen, wie ihre alten Körper sich darunter abzeichnen. Ihre Tante hält sich zwar mit ihren siebenunddreißig Jahren noch halbwegs gut, aber ihr Vater ist einundvierzig, und ein Mann dieses Alters sollte vollständig angezogen sein, bevor er zum Frühstück kommt. Cornelia hat so breite Hüften – ist es ihr nicht peinlich, wie das Licht durch den Stoff ihres Hemds schimmert? Mir wäre es peinlich, denkt Thea. Ich werde nie zulassen, dass ich so auseinandergehe. Aber sie können es nicht ändern. Cornelia würde ihr entgegnen: »Man wird alt, bekommt breitere Hüften, dann stirbt man.« Aber Thea wird wie Rebecca sein, der immer noch Kleider passen, die sie in Theas Alter trug. Man muss einfach nur schnell an jeder Bäckerei vorbeigehen, sagt Rebecca, das ist das ganze Geheimnis. Cornelia würde dem nicht zustimmen.

»Herzlichen Glückwunsch zum Geburtstag, Teekännchen!« Cornelia strahlt.

Thea zuckt bei dem Spitznamen zusammen. »Danke schön«, sagt sie. Sie schnappt sich Lucas und geht hinüber zu dem Teppich, auf dem sie alle versammelt sind.

»Wie groß du bist!«, sagt ihr Vater. »Wann wirst du jemals aufhören zu wachsen? Ich kann nicht mehr mithalten.«

»Papa, ich bin schon seit zwei Jahren so groß.«

Er nimmt sie in seine Arme und drückt sie lange. »Du bist vollkommen.«

»Sie ist Thea«, sagt ihre Tante.

Thea sieht ihrer Tante in die Augen und setzt Lucas ab. Es ist immer Tante Nella, die sich bemüht, ihren Vater vom Rand des Überschwangs zurückzuziehen. Immer ist es Tante Nella, die als Erste etwas zu mäkeln findet.

»Lasst uns essen«, sagt Cornelia. »Lucas, nein!« – denn der Kater, ohne Krause und ohne Skrupel, hat schon ein Stück Rührei im Maul. Er verzieht sich in die Ecke. Viele Amsterdamer dulden in ihren Häusern keine Tiere, die Pfotenabdrücke oder gar Kot auf den frisch geschrubbten Fußböden hinterlassen und Möbel ruinieren könnten. Aber Lucas ist unbeeindruckt davon, was andere denken.

Er hat seine ganz eigenen Vorstellungen und ist Thea seit Jahren ein Trost.

»Das gierigste Geschöpf der Herengracht«, sagt Tante Nella. »Will keine Mäuse fangen, aber unser Frühstück lässt er sich gerne schmecken.«

»Lass ihn«, sagt Thea.

»Teekännchen«, sagt Cornelia, »hier sind deine Geburtstagspoffertjes.« Sie präsentiert sie, lauter winzig kleine Pfannkuchen, auf einem Tablett zu Buchstaben aneinandergereiht, die den Namen THEA BRANDT bilden. »Es gibt Rosenwassersirup, aber wenn du etwas anderes –«

»Nein, nein, es ist prima so, danke.« Thea setzt sich auf den Teppich und steckt sich zwei Poffertjes auf einmal in den Mund.

»Langsam!«, sagt Cornelia tadelnd. »Otto, ein Butterbrötchen mit Ei?«

»Bitte«, antwortet er. »Meine Knie halten den Teppich nicht aus. Ich setze mich auf einen Stuhl, wenn es niemanden stört.«

»Du bist keine achtzig«, sagt die Tante, aber Theas Vater ignoriert sie.

Die Frauen sitzen auf dem Teppich. Thea kommt sich lächerlich vor und ist froh, dass niemand sie von der Straße aus sehen kann. »Ein Schlückchen Wein für dich?«, fragt Tante Nella.

Thea stellt erstaunt ihren Teller ab. »Wirklich?«

»Du bist achtzehn. Kein Kind mehr. Bitte.« Tante Nella reicht ihr ein kleines Glas.

»Das ist Madeira«, sagt ihr Vater. »Der wurde zum halben Preis verkauft – bei der VOC gab es drei überzählige Fässer.« Die VOC ist die *Verenigde Oost-Indische Compagnie*, die große Handelsgesellschaft, bei der Otto angestellt ist.

»Gott sei Dank«, sagt ihre Tante. »Sonst hätten wir uns das nicht so leicht leisten können.«

Ein Anflug von Gereiztheit huscht über Ottos Gesicht, und Tante Nella sieht es. Sie errötet und starrt durch die Fenster des Salons, dann hinunter in die Wirbel des Teppichs. »Lasst uns auf das Geburtstagskind trinken«, fährt Theas Vater fort. »Auf unsere Thea. Möge sie immer sicher sein –«

»– wohlgenährt«, sagt Cornelia.

»– und glücklich«, fügt Thea hinzu.

»Und glücklich«, schließt ihre Tante.

Thea schluckt den Wein. Ein helles, scharfes Brennen, und dann ein Glühen in ihrem Magen, das ihr Mut macht. »Wie war es«, fragt sie, »an dem Tag, an dem ich geboren wurde?«

Stille auf dem Teppich, Stille auf dem Stuhl. Cornelia nimmt noch ein Brötchen und gibt fluffiges Rührei darauf. »Nun?«, sagt Thea. »Ihr wart alle da.«

Tante Nella wendet sich Theas Vater zu. Ihre Blicke treffen sich.

»Du warst dabei, nicht wahr, Papa?«, sagt Thea. »Oder bin ich allein auf die Welt gekommen?«

»Wir kommen alle allein auf die Welt«, sagt ihre Tante. Cornelia verdreht die Augen. Theas Vater sagt nichts. Es ist immer das Gleiche.

Thea seufzt. »Es hat euch nicht gefreut, dass ich geboren wurde.«

Ihre Familie erwacht zum Leben und wendet sich ihr erschrocken zu. »Oh, nein«, ruft Cornelia. »Wir haben uns so sehr gefreut! Du warst ein Geschenk des Himmels.«

»Ich war das Ende von etwas«, sagt Thea.

Tante Nella schließt die Augen.

»Du warst ein Anfang«, sagt ihr Vater. »Der beste Anfang überhaupt. Und jetzt, denke ich, ist es Zeit, dass die Geschenke überreicht werden.«

Thea weiß, dass sie wieder einmal besiegt worden ist. Am einfachsten ist es, noch ein Butterbrötchen zu essen und die Geschenke auszupacken. Eine Dose mit ihren Lieblingszimtkeksen von Cornelia, und von ihrem Vater und ihrer Tante – ja, sie haben zumindest etwas von ihrem wahren Wesen erkannt – zwei Karten für die heutige Vorstellung von *Titus*. »Galerieplätze!«, sagt sie, und ihr Herz schlägt höher. Das ist wirklich großzügig. »Oh, danke!«

Ihr Vater lächelt. »Man wird nicht jeden Tag achtzehn.«

»Wir können uns einen schönen Tag machen«, sagt Cornelia. »Du und ich.«

Thea schaut auf ihre deutlich aufgehellten Gesichter. Sie merkt, dass sie darüber geredet haben, wer sie begleiten wird. Es ist am besten so, denkt sie, denn ihr Vater wird bald zu seiner Arbeit bei der VOC aufbrechen müssen, und ihre Tante geht nicht gern ins Theater. »Danke, Cornelia«, sagt sie, und ihr altes Kindermädchen drückt ihre Hand.

Titus ist ein überaus gewalttätiges Stück, aber Thea mag am liebsten Romanzen. Waldidyllen, Inselträume, in denen alles durcheinandergeraten ist, bevor es wieder in Ordnung gebracht wird. Seit ihrem dreizehnten Lebensjahr schleppt Thea entweder ihre Tante oder Cornelia in das städtische Schauspielhaus der Stadt. Sie kommen früh, bezahlen den Eintritt und zwei Stuiver Aufpreis für Stehplätze – an Balkon- oder gar Logenplätze ist gar nicht zu denken – und warten darauf, dass sich das Haus mit siebenhundert anderen Menschen füllt. Ihre Fluchten in die Komödie oder Tragödie fühlen sich an wie eine Art Heimkehr. Als Cornelia sechzehn Jahre alt war, erlaubte ihre Familie nach langem Bitten und Betteln und Cornelias vehementem Widerspruch zum Trotz, dass sie den fünfminütigen Weg zum Schauspielhaus allein zurücklegte, unter der Bedingung, dass sie direkt nach dem Ende der Vorstellung nach Hause kam. Es wäre ihnen grausam vorgekommen, ihr das Einzige zu verweigern, was ihr Vergnügen bereitete, und bis vor sechs Monaten, als Thea hinter der Bühne Walter kennenlernte, hat sie ihren Teil der Abmachung immer eingehalten. Aber die Dinge ändern sich. Sie musste ihre Familie hinters Licht führen. Sie gibt die Dauer der Aufführungen falsch an, um Zeit herauszuschlagen, die sie mit Walter verbringen kann. Sie hat ihnen auch schon öfter vorgeflunkert, sie wolle sich dieses oder jenes Stück ansehen, während sie in Wahrheit Walter hinter der Bühne getroffen hat. Ihre Familie hat ihre Angaben nie bezweifelt. Sie haben nie überprüft, was wirklich und ob überhaupt etwas auf dem Spielplan stand. Und obwohl Thea manchmal ein schlechtes Gewissen hat, ist ihre und Walters Liebe zu wichtig für sie. Es ist eine ungeschriebene Romanze, die in den hinteren Gängen der Schouwburg gespielt wird, doch ihr Text ist unverlierbar in ihrem Herzen aufbewahrt. Thea weiß, dass sie nie davon lassen wird.

»Und am Abend ist ja auch noch etwas geboten«, sagt ihre Tante.

Thea blickt von den beiden Karten in ihrer Hand auf. »Am Abend?«

Sie sieht, wie ihre Tante gereizt nach Luft schnappt. »Du hast es vergessen?«, fragt Nella. »Den Dreikönigsball bei Sarragons, Thea! Es ist ein Wunder, dass wir eingeladen wurden. Ich habe Clara Sarragon seit letztem Herbst den Hof gemacht, damit es klappt.«

Thea wirft ihrem Vater, der mit steinerner Miene zuhört, einen Blick zu und beschließt, es zu riskieren. »Du magst diese Leute nicht. Warum gehen wir da überhaupt hin?«

»Weil wir müssen«, sagt Tante Nella und tritt an eines der hohen, breiten Fenster des Salons, die auf die Herengracht hinausgehen.

»Aber warum müssen wir?«, drängt Thea.

Niemand antwortet. Thea spielt ihre letzte Karte aus. »Besitzt Clara Sarragon nicht Plantagen in Surinam?«

Die Stimmung ist gespannt. Thea weiß, dass ihr Vater als Sklave in diese Kolonie verschleppt wurde und mit sechzehn Jahren von ihrem inzwischen verstorbenen Onkel nach Amsterdam gebracht wurde. Cornelia hat ihr einmal erzählt, dass die Amsterdamer Frauen sich damals oft einen Spaß daraus machten, ihrem Vater Singvögel ins Haar zu setzen, eine Geschichte, die bei Thea ein tiefes Unbehagen hervorgerufen hat. Aber davon abgesehen, weiß sie fast nichts über die Vergangenheit ihres Vaters: Es ist, als läge das alles auf dem Grund eines dunklen Brunnens verborgen. Wo ihr Vater vor dieser Zeit in Surinam war und die näheren Umstände seines Lebens in der Kolonie sind Thea unbekannt. Er spricht nie darüber. Es ist eine Leerstelle, nichts als stummes, schwarzes Dunkel, ebenso wie die Sache mit ihrer weißen Mutter, die ebenfalls in Schweigen gehüllt bleibt, ein weiteres jener unausgesprochenen Dinge, die dieses Haus wie ein Nebel durchziehen. Otto Brandt könnte genauso gut aus einem Ei geschlüpft sein.

Thea hat die Nase voll davon, dass ihr keiner etwas erzählt. Selbst von Cornelia bekommt sie keine brauchbaren Antworten. »Ich komme aus dem Waisenhaus«, sagt Cornelia immer. »Und dein Vater wurde von dort, wo er zuerst zu Hause war, verschleppt. So ist es eben bei uns. Dieses Haus ist unser Hafen. Es ist der Ort, wo wir bleiben und wo wir hingehören.«

Aber was ist, wenn ich nicht mehr in diesem Hafen bleiben will?, fragt sich Thea, traut sich jedoch nicht, es laut auszusprechen. Was ist, wenn ich das Gefühl habe, nicht hierher zu gehören?

»Was Clara Sarragon besitzt oder nicht besitzt, muss dich nicht kümmern«, erwidert ihre Tante streng, aber keiner von ihnen sieht Theas Vater an. »Vergiss es nicht. Heute Abend um sechs Uhr stehen wir in unserem besten Festtagsstaat bereit.«

»In dem, was davon noch übrig ist«, sagt Thea.

»Genau«, seufzt ihre Tante.

»Geh und zieh dich an, Teekännchen«, sagt Cornelia mit heiterer Stimme. »Ich komme dann und helfe dir beim Frisieren.«

Thea wirft einen Blick auf ihren Vater, der nun aus dem Fenster schaut. Leicht errötend macht sie auf dem Absatz kehrt und lässt ihre Familie im Salon zurück. Als sie die Treppe hinaufsteigt und in das Halbdunkel des oberen Korridors eintaucht, vergisst Thea den Ball und die unbedachte Erwähnung von Surinam und denkt an ihr eigentliches Geburtstagsgeschenk. Es wird ihr Vergnügen machen, zu erleben, wie Rebecca auf der Bühne ihren Zauber entfaltet, aber hinter den gemalten Kulissen erwartet Thea etwas viel Realeres: ihre große Liebe, ihr Lebensinhalt. Kein dröges Fest in einem der besten Häuser Amsterdams wird ihr die Freude auf Walter Riebeeck verderben.

II

Gegen halb zwölf sind Thea und Cornelia mit flatternden Schals und unter heiterem Geplauder abgezogen, und Nella und Otto bleiben allein zurück. Erschöpft von den Anstrengungen des Geburtstagsfrühstücks kommen die beiden, nachdem sie sich angekleidet haben, wieder in dem noch unaufgeräumten Salon zusammen. Das Haus um sie herum ist still und leer, Lucas, vollgefressen mit Rührei, schläft tief und fest, ein Kissen auf ein Kissen gebettet. Nella blickt auf die kahlen Wände und das spärliche Feuer. Sie haben dieses Zimmer seit Monaten nicht mehr genutzt – es lässt sich schwer heizen: Es ist zu groß, zu viele kahle Flächen. Ende Dezember sind die Kanäle zugefroren, und man spürt in dem Raum, wie sich die Stadt da draußen verhärmt zurückgezogen hat.

Ins Freie zu gehen, kostet Überwindung: Regen durchnässt die Kapuzen, der Wind packt einen mit eisigen Händen. Nella sehnt sich nach helleren Vormittagen, längeren Nachmittagen, danach, dass sie ihren abgenutzten Pelzkragen wieder in die Truhe aus Zedernholz legen kann. Das kostbare Brennholz wird nach der Feier heute Morgen auf einen kleinen Haufen geschrumpft sein, aber normalerweise macht man ja nur in der Küche Feuer. Es wäre sinnlos, dieses ganze kahle Gebäude zu beheizen, das zu groß ist und in dem es überall hallt, weil sie viele Möbel und auch die Wandbehänge verkauft haben. Sie haben noch Torf, der aber schrecklich qualmt. Nella sehnt sich nach dem Frühling.

»Ich glaube nicht, dass wir das zu ihrem Neunzehnten noch einmal machen«, bemerkt sie. »Hast du den Ausdruck auf ihrem Gesicht gesehen?«

»Es hat ihr gefallen«, sagt Otto.

Nella wechselt das Thema. »Wir sollten uns öfter hier drin sehen lassen«, sagt sie. Sie starrt durch die großen Fenster. »Damit die Nachbarschaft weiß, dass bei uns alles in Ordnung ist.«

»Dieses Theater ist so ermüdend.«

»Das ist mir wohl bewusst.«

»Wir müssen sparsamer wirtschaften. Wieder ein Gulden für Wachskerzen.«

»Es ist ihr Geburtstag«, sagt Nella, aber sie weicht Ottos Blick aus. Sie will nicht zugeben, dass sie selbst es war, die diese Kerzen haben wollte: Sie sollten ihr in Erinnerung rufen, wie es war, als das ganze Haus mit dem Duft von Honig erfüllt war. »Weißt du noch«, sagt sie zögernd, denn Otto schwelgt nicht gern in Erinnerungen an die Vergangenheit, »wie wir Rosenöl verbrannt haben?«

»Haben wir das?«

»Das beste, das es in der Stadt gab, von einem Händler, der es aus Damaskus mitbrachte. Wir haben sämtliche Räume damit parfümiert.« Nella schweigt eine Weile. »Ich bedaure es nicht. Oder vielleicht doch?« Sie fuchtelt hilflos herum. »Weil wir jetzt unsere Bilder verkaufen, damit wir den Metzger bezahlen können.«

Otto seufzt erneut, und Nella schüttelt eines der verbliebenen Kissen auf, dass es staubt. Sie setzt sich, das Kissen auf ihrem Schoß, als wollte sie es wiegen wie ein Kind, und streicht mit den Handflächen über die geschnitzten Löwenköpfe des Stuhls, die vertrauten mit Akanthusblättern umkränzten Mähnen. Sie schließt die Augen, zeichnet mit den Fingerspitzen die hölzernen Nüstern nach und schickt ein Stoßgebet zu Gott, aber auch – warum nicht? – an Aphrodite: *Lass es heute Nacht gelingen. Mach, dass sie einem gefällt.*

Sie öffnet die Augen und sieht, dass Otto sie anschaut. Sein Blick ist missbilligend. »Ich weiß, dass du nicht auf den Ball gehen willst«, sagt sie.

»Du wirst mir ja wohl nicht weismachen wollen, dass du die Gesellschaft von Clara Sarragon angenehm findest.«

»Was ich angenehm finde, ist unerheblich. Was im Besonderen Clara Sarragon betrifft, so will ich möglichst wenig mit ihr zu tun haben. Wir gehen um Theas willen dorthin.«

»Damit sie angestarrt und hinter vorgehaltener Hand über sie getuschelt wird? Mein ganzes Leben lang habe ich mich bemüht, alles zu tun, damit mein Kind kein Schaustück wird. Sie werden sie zu einem machen. Und wir werden diejenigen sein, die daran schuld sind.«

»Es könnte etwas Gutes sein, wenn die Leute auf sie aufmerksam werden. Thea ist schön, eine vollendete Schönheit. Sie verdient eine Chance.«

»Eine Chance auf was?«

Nella wagt es nicht, das große Wort auszusprechen: *Heirat*. Otto starrt in den leeren Kamin, sein Mund ist ein Strich. »Du hast keine Ahnung, wie es ist, wenn die Leute auf jemanden wie mich und wie Thea ›aufmerksam werden‹«, sagt er. »Es ist nicht so, wie du denkst.«

Nella hütet ihre Zunge. Amsterdam ist eine Hafenstadt, voller Menschen verschiedenster Art. Da sind die Hugenotten, protestantische Franzosen, die vor den mörderischen Verfolgungen durch Katholiken aus ihrer Heimat geflohen sind; sie wurden ihrer Handwerkskunst wegen in dieser stets pragmatischen Stadt willkommen geheißen, denn sie verstehen es, die Seide, die aus dem Osten hereinkommt, zu schönen Kleidern zu verarbeiten, in denen die Amsterdamer herumstolzieren können. Und dann gibt es noch all die anderen Migranten, Deutsche, Schweden, Engländer, Dänen, die im Haushalt arbeiten oder auf dem Bau. Reiche portugiesisch-jüdische Kaufleute, die Plantagen in Brasilien besitzen, bauen sich Häuser in der Nähe des Goldenen Bogens; überall in der Gegend hört man die unverständlichen melodischen Laute ihrer zwei Sprachen. Am Hafen leben Männer aus Java und Japan – Seeleute, Ärzte, Händler, Reisende, die allerlei Krimskrams verkaufen. Und es gibt Jugendliche beiderlei Geschlechts aus Afrika, aus Ländern, deren Namen Nella noch nie gehört hat: Sie erledigen Besorgungen aller Art und unterhalten bei Festen mit ihrer Musik die Gäste.

Und trotz der exotischen Vielfalt, die in der Stadt zu beobachten ist, erlebt Nella immer wieder, dass die Leute die Köpfe drehen, dass ihre Blicke an Thea hängen bleiben, wenn ihr Kopftuch sich löst und ihre krausen Locken hervorspringen, die zugleich kühn und subtil von Theas Herkunft künden. Sie hat tiefbraune Augen und ockerfarbene Haut, die im Sommer dunkler wird, während Nella und Cornelia rosa anlaufen. Nella hat die Leute starren sehen, aber sie hat ihre Blicke nicht am eigenen Leib gespürt, und das hat achtzehn Jahre lang eine Grenzlinie zwischen ihr und Otto gezogen.

»In dieser Stadt steht man immer unter Beobachtung«, sagt er. »Die eine Hand mahnt zum Frieden, die andere kratzt mit den Fingernägeln, um aufzudecken, was unter der Oberfläche liegt. Also erinnere dich daran, wie es für sie ist.«

»Ich weiß es wohl. Wir haben unser Bestes getan. Welche Wahl haben wir denn, Otto? Willst du, dass wir sie ständig verstecken? Das einzige Neugeborene, das wir alle jemals haben werden, und es gab kein Stück Klöppelspitze an der Haustür, um anzuzeigen, dass wir ein Mädchen bekommen haben.«

Er sieht sie an. »Wir?«

Sie ignoriert seinen Einwurf. »Kein Vaterschaftshäubchen für dich, keine Späße mit anderen Männern und kein Schulterklopfen. Keine Gnadenfrist bei den städtischen Steuern. Kein Festmahl, keine Musik, kein Tanz. Keine Vorstellungszeremonie, bei der man die Kleine am Fenster hochgehalten hätte, damit die Nachbarn uns gratulierten und sagten, wie schön rundlich und wohlgeraten sie ist.« Nella zögert. »Auch keine Mutter.«

Sie ist zu weit gegangen, und jetzt ist Theas Mutter bei ihnen im Zimmer, Marin, die hoch aufgereckt dasteht und sie mit ihren milden grauen Augen ansieht. Marin, die bei Theas Geburt gestorben ist, die sie wie Schiffbrüchige in einem fremden Meer zurückgelassen hat, allein mit einem Säugling, ohne Karte, ohne Kompass, ohne jegliche Ahnung, was aus ihnen allen werden soll. Sie haben in Gegenwart anderer Leute nie darüber gesprochen, wer Theas Mutter war. Soweit die Stadt weiß, ist Thea mutterlos und von etwas dunklerer Hautfarbe, ein Geheimnis, das sie unter keinen Umständen jemals lüften würden. Sie haben nie jemandem genauere Erklärungen geliefert, und es hat nie jemand welche verlangt, aber es ist für Nella immer wieder erstaunlich, wie Eigentümlichkeiten von Marin in Thea neu zum Vorschein kommen, wenn etwa die Art, wie Thea den Kopf dreht oder die Lippen spitzt, oder der Klang eines Seufzers ihre abwesende Mutter heraufbeschwört.

Als Thea etwa sechs Monate alt war, kamen Nella, Otto und Cornelia überein, dass es das Vernünftigste und Barmherzigste wäre, Thea nicht allzu viel über die verbotene Art und Weise ihrer Empfängnis, die Einzelheiten des Todes ihrer Mutter und darüber, dass sie vor aller Welt geheim hielten, wer ihre Mutter war, zu erzählen. Es war ohnehin schwer, mit einem Kind über solche Dinge zu sprechen, und im Laufe der Jahre verkümmerte der Drang, sich dem Thema zu nähern, vollends wie ein Muskel, den man nicht benutzt. Sie wollten nicht, dass Thea etwas von den Schuldgefühlen und der Scham oder gar dem Schrecken von damals erfuhr. Ob es nun richtig war oder nicht, so wuchs sie doch jedenfalls auf als die Tochter ihres Vaters, die Nichte ihrer Tante und als Cornelias Schützling. Sie war nicht irgendwie illegitim. Sie war Thea. Lassen wir Thea Thea sein, sagten sie sich.

Sie lernten mit dem unausgesprochenen Thema Marin zu leben, bis das Schweigen zu einem Nichts schrumpfte, in der Wandvertäfelung verschwand, in den Möbeln aufging. Sie drängten Marin in den Schatten. Thea hatte kurzzeitig eine Mutter gehabt: jetzt war sie tot. Es konnten keine Fragen gestellt werden, denn es gab nichts, worauf Nachforschungen zielen konnten. Es war eine Entscheidung, die aus einer Panik heraus getroffen wurde, denn sie lebten in einer Gesellschaft, in der eine drakonisch strenge Ordnung herrschte. Marin war unverheiratet, als sie ihr Kind bekam. Marin und Otto hätten niemals heiraten können, nicht in dieser Welt, und ihr gemeinsames Kind war eines, wie es nur wenige am Goldenen Bogen je gesehen hatten. Angesichts dieser Unmöglichkeiten mussten sie es irgendwie schaffen, das kleine Mädchen zu einer starken und selbstbewussten Frau zu erziehen.

Was haben wir uns nur dabei gedacht?, fragt sich Nella. Man kann nicht eine Mutter begraben und erwarten, dass sie nie wieder aufersteht. Ich sollte es wissen.

Thea fragt ihre Tante nie direkt: Wie war meine Mutter? Stattdessen macht sie es mit sich selbst aus: *Du wolltest mich nicht. Du hast dich nicht darüber gefreut, dass ich geboren wurde.* In vielerlei Hinsicht ist das schlimmer. In vielerlei Hinsicht sind sie mit ihren Erziehungsbemühungen gescheitert.

»Wir haben nur versucht, sie zu schützen«, sagt Otto, als ob er ihre Gedanken lesen könnte.

»Und jetzt braucht sie eine andere Art von Schutz. Lass mich die Sache in die Hand nehmen, Otto. Ich werde die richtigen Feste und Bälle für sie finden. Es hat lange gedauert, bis wir wieder in diese Stadt aufgenommen wurden, und es hat mich große Mühe gekostet: Ich habe im letzten Jahr andauernd Tee mit Leuten getrunken, die ich am liebsten in den Kanal stoßen würde.«

Nella ist verzweifelt. Die beiden sind schon so oft an diesem Punkt gewesen. »Es wird schlimmer, jetzt wo sie älter ist«, sagt er. »Die Leute haben weniger Hemmungen. Sie sind nicht mehr bloß neugierig, sondern offen schockiert. Sicher, Thea und ich sind nicht die einzigen Menschen in dieser Stadt, die so aussehen wie wir, aber wir sind außerdem auch noch gut gekleidet, und das ist es, was die Leute so empört.«

Nella erinnert sich an eine Szene auf dem Gemüsemarkt, als Thea gerade einmal sechs Jahre alt war. Eine Frau an einem Stand in der Nähe blickte auf sie hinab, und dabei nahm ihre Miene einen Ausdruck geradezu entsetzter Neugier an. »Oh, was für ein Geschöpf!«, rief sie und tauchte ihre Finger in das schwarze Kraushaar der Kleinen. »Ich weiß gar nicht, was das – oh, das *kann* doch nicht sein!« »Kümmern Sie sich um Ihren eigenen Kram«, hatte Cornelia zu ihr gesagt und einen der Kohlköpfe wie eine Waffe in die Hand genommen.

Es hat in den letzten achtzehn Jahren viele solche Kohlweiber und -männer gegeben, blass wie Kohl und ebenso intelligent, diese wandelnden Krautköpfe sind Legion. Und dann gibt es noch die Mädchen und Jungen, die dunkler sind als Thea, die afrikanisch-brasilianischen Dienstmädchen, die vor den Synagogen stehen und warten, um einen guten Platz für ihre Herrinnen, die portugiesischen Kaufmannsfrauen, zu reservieren. Thea gefiel es, wenn die Mädchen einander ihre portugiesisch oder hebräisch klingenden Namen zuriefen – *Francisca, Yizka, Gracia.* Mehr als einmal hat sie Nella gezwungen, stehen zu bleiben, weil sie diese Mädchen beobachten wollte. Später, als Thea schon größer war, versuchte sie, Blickkontakt mit ihnen aufzunehmen in der Hoffnung auf etwas wie Anerkennung, aber sie erwiderten ihren Blick fast nie. Sie wollten keinen Ärger, vermutet Nella. Der Erbteil ihrer weißen Mutter in Theas äußerer Erscheinung kennzeichnet sie als jemanden, der nicht ihresgleichen ist. Oder vielleicht hat Otto recht, der meint, dass Theas Kleidung daran schuld ist: Sie ist einfach im Schnitt, aber von feinerer, besserer Qualität. Oder vielleicht liegt es weder an dem einen noch an dem anderen – Nella hat immer schon das Gefühl gehabt, dass sie von diesen Dingen nichts versteht.

»Wenn Thea auf dem Ball einen reichen Mann findet, dann wäre sie geschützt«, sagt Nella. Sie zögert. »In so einer Ehe wäre sie sicher.«

»Einer Ehe«, sagt Otto. »Als ob eine Ehe irgendwelche Sicherheiten garantieren würde! Gerade du solltest das eigentlich besser wissen.«

Ihre Blicke treffen sich. Sie betreten gefährliches Terrain. »Meine Tochter ist besser dran, wenn sie hierbleibt«, sagt Otto.

»Und hast du sie gefragt, ob sie das will? Du kennst unsere wirtschaftlichen Verhältnisse. Du weißt, wie schlimm es steht. Du und ich werden nicht ewig hier sein. Und was dann? Willst du, dass sie allein hier in dieser riesigen Gruft lebt, ohne Einkommen, ohne Schutz?«

Er steht auf. »Natürlich nicht.«

»Ich übertreibe natürlich«, scherzt sie, um die gespannte Stimmung etwas aufzulockern, »denn in Wirklichkeit wird zumindest Cornelia nie sterben. Cornelia wird uns alle überleben.«

Ottos muss wider Willen lächeln, und das verschafft ihnen beiden einen Moment lang Erleichterung. Sie und Otto sind in den letzten achtzehn Jahren merklich gealtert, aber Cornelia klappert in der Küche mit den Pfannen, als wäre sie noch zwanzig, und nimmt so energisch wie eh und je den Kampf gegen Geflügel und Fisch und widerspenstige Knollen aller Art auf. Die Annahme, Cornelia sei unsterblich, scheint durchaus plausibel zu sein.

»Thea ist nicht auf der Welt, um uns zu retten, Petronella«, sagt Otto. »Sie ist uns nichts schuldig.«

»Guter Gott. Denkst du, das weiß ich nicht?«

»Bist du sicher?« Otto sieht ihr direkt in die Augen. »Wenn du so fest daran glaubst, dass sie ihr Heil in einer Ehe finden würde, warum heiratest du dann nicht selbst? Du brauchst dich nicht mehr um ihre Erziehung zu kümmern. Du bist siebenunddreißig, und sie ist erst achtzehn.«

»Ich war achtzehn, als ich geheiratet habe.«

»Und sieh nur, wie es dir ergangen ist.«

»Otto –«

»Du bist eine passable Partie. Clara Sarragon hat dich zu ihrem Ball eingeladen. Die Leute sehen in dir eine reiche Witwe, von einem Hauch Skandal umwittert, mit einem Haus an der Herengracht –«

»Das Johannes *dir* vermacht hat! Ich für meinen Teil besitze keine nennenswerten Reichtümer.«

Otto seufzt. »Es wird sich jemand finden, der dir gibt, was du willst.«

Er geht zum Fenster, und Nella springt auf, um ihm zu folgen. »Und was will ich?«, fragt sie.

Otto antwortet nicht, aber Nella weiß, was er denkt. Dass sie Kinder will. Seine Annahme schmerzt, und vielleicht war ihm das von Anfang an klar. Nella weiß, wie andere in dieser Stadt sie sehen: dass sie mit ihren siebenunddreißig Jahren nicht mehr jung ist. Dass sie schon lange verwitwet, unverheiratet und kinderlos ist. Reserviert, zurückhaltend, unauffällig gekleidet. Aber Nella selbst hat in vielerlei Hinsicht keine Ahnung, wer sie ist. Sie dachte, sie wäre erdgebunden, solide, selbstsicher. Aber innerlich ist sie ein wässriger Mensch, der leicht weggeschwemmt oder in einen See gespült werden kann. Würde ein Arzt sie als Melancholikerin bezeichnen? Ihre Lebenszeit ist flüssig, rinnt ihr durch die Finger. Ihr Geist ist stumpf, von keinen Stürmen der Fantasie aufgewühlt. Früher hat sie das Gefühl gehabt, ihre Gedanken befänden sich in unzähligen schimmernden Spiralkammern einer Nautilusschale, die aus dem Bett ihres Schädels aufstieg.

»Du willst ein eigenes Zuhause«, sagt Otto.

»Das hier ist mein Zuhause. Die Heirat mit Johannes hat mein Leben zum Besseren verändert.«

»Das ist nicht das, was du sonst immer sagst.«

Sie ignoriert das. »Auch für Thea wird sich der Richtige finden.«

»Was er dir versprochen hat, war alles gelogen, und du hast die letzten achtzehn Jahre dafür büßen müssen. Glaubst du, er ist der einzige Mann, der so etwas tut?«

Nella lässt sich nicht beirren. »Marin hat auch gelogen. Aber du machst ihr keine Vorwürfe.«

Otto tritt weg vom Fenster. »Warum verkaufst du nicht diesen alten verfallenen Kasten?«, fragt er. »Das würde ein bisschen Geld bringen.«

Nella spürt ein dunkles Pochen in ihrem Magen. Nicht das. Nicht das Haus. Ab und zu erinnert Otto sie an ihr Elternhaus in Assendelft, in dem sie seit dem Tag, an dem sie nach Amsterdam geschickt wurde, um Johannes Brandt zu heiraten, nie mehr gewesen ist. Auch nach dem Tod von Arabella, des letzten ihrer Geschwister, vor vier Jahren hat Nella sich nicht dazu durchringen können, die Reise in die Vergangenheit zu unternehmen. Sie hat jemanden beauftragt, das Haus zu besichtigen und ihr zu berichten. Was dabei herauskam, war vernichtend, wie Otto nur zu gut weiß: große Löcher im Dach, das Obergeschoss unbewohnbar, der See mit Wasserpflanzen zugewachsen und die Obstgärten verwildert. In dem einstigen Kräutergarten grasten Kühe, und im Haus sah es aus, als hätte sich eine Räuberbande monatelang in der Küche und den Zimmern im Erdgeschoss einquartiert, mitten auf den Teppichen Feuer gemacht und Fenster eingeschlagen. Die Leute aus dem nahe gelegenen Dorf behaupteten, dass es dort spuken würde. Damit war das Thema für Nella ein für alle Mal erledigt gewesen: Sie hatte angeordnet, das Haus mit Brettern zu vernageln – sie wollte nie wieder dorthin zurückkehren.

Aber schon zu der Zeit, als sie ihr Elternhaus verließ, hatte sie es als einen Ort empfunden, den sie mit Gefühlen des Verlusts, der Angst und des Verfalls verband, auch wenn sie mit niemandem je darüber geredet hat. Sie hat sich mit aller Anstrengung bemüht, sich von der Nella, die dort lebte, in die Frau zu verwandeln, die hier lebt. Das Anwesen gehört ihr. Es hängt ihr wie ein Mühlstein um den Hals, aber es ist ihr ureigener Mühlstein.

»Ich habe es dir schon gesagt«, sagt sie: »Assendelft steht nicht zum Verkauf.«

»Nella, du setzt nie einen Fuß dorthin.«

»Es wird nicht verkauft.«

»Nenne mir einen einzigen Grund, warum nicht.«

Nella setzt sich auf den Stuhl und stützt ihren Kopf in die Hände. Er gibt nicht auf. »Ich verstehe nicht, warum du nie davon sprichst«, sagt er.

Sie wirft den Kopf hoch. »So wie ich nicht von Assendelft spreche, sprichst du nicht von Marin. Auch nicht über deine Zeit in Surinam oder über deine Kindheit in Dahomey. Wir haben beide unsere Vergangenheit, Otto. Wir haben beide Dinge, über die wir nicht sprechen. Ich frage dich nie – mit welchem Recht fragst du mich?«

Er wendet sich ihr zu. »Diese Dinge kann man nicht vergleichen. Das eine ist ein Haus auf dem Lande, das andere ist mein Leben.«

»Wir haben alle unsere Mühlsteine«, sagt sie.

»Was soll das heißen?«

Nella beißt sich auf die Lippe. »Nichts.« Sein Gesicht verfinstert sich. Sie versucht es noch einmal: »Otto, niemand wird es kaufen. Niemand kann darin leben. Es ist ödes Land.«

Er geht zur Tür. »Ich muss zur Arbeit.«

»Du wirst zu spät kommen.«

»Bert Schippers ist für mich eingesprungen, damit ich beim Geburtstagsfrühstück dabei sein konnte.«

»Was arbeitest du im Moment?«

»Eine Ladung Muskatnuss ist gerade von den Molukken eingetroffen.«

»Und wirst du –«

Aber Otto ist schon weg. Nella hört ihn im Flur, wie er seinen Mantel und seinen Hut zusammensucht, und dann das Geräusch der Haustür. »Denk an den Ball«, sagt sie zu den kahlen Wänden.

Sie nimmt den überraschten Lucas auf den Arm und setzt sich

hin. Diese Gespräche mit Otto regen Nella auf, sie wecken alte Erinnerungen, die sie lieber ruhen lassen würde, aber es scheint unmöglich, die Vergangenheit nicht aufzurühren, wenn man versucht, eine Zukunft zu gestalten.

Bevor ihr Mann Johannes und seine Schwester Marin vor achtzehn Jahren starben, hatten sie beide ein Testament verfasst – denn sie hatten zwar ihre Geheimnisse, waren aber auch vernünftige, seriöse Mitglieder des Gemeinwesens. Das Haus an der Herengracht vermachten sie Otto, die VOC-Anteile, die kleinen Grundstücke außerhalb der Stadt und das gesamte Mobiliar bekam Nella. Eine Zeit lang hatte es so ausgesehen, als könnten die Witwe Brandt, Otto, Cornelia und Thea den Verlust von Johannes und Marin relativ unbeschadet überstehen. Diese Hoffnung war naiv gewesen.

Obwohl Otto fast ein Jahrzehnt lang an der Seite von Johannes gearbeitet hatte, wandten die Kaufleute, die mit Johannes Geschäfte gemacht hatten, und seine ausländischen und inländischen Kunden sich mehr und mehr von ihm ab. Verträge liefen aus, Kontakte rissen ab. Er wurde seltener zu privaten Abendessen und nicht mehr zu Veranstaltungen der Gilde eingeladen. Die Art und Weise, wie Johannes gestorben war, und die Vorurteile der Leute Otto gegenüber hatten katastrophale Folgen für ihre wirtschaftliche Lage. Wäre ihr Mann ein anderer gewesen, hätte Nella es vielleicht geschafft, ähnlich wie andere Witwen in Amsterdam als Erbin seines Unternehmens ernst genommen zu werden. Aber ihr Ehemann war ein Sodomit gewesen, dessen Schande öffentlich geworden war, und Schande ist wie ein gewaltiger Feuerschein, den niemand übersehen kann: Er stach den Leuten in die Augen, und sie gingen auf Abstand.

Nachdem die Familie so drei Jahre geächtet worden war, hatte sich ihr Status in der Stadt drastisch verschlechtert. Die kleine Thea, die auf den Parkettböden herumtapste, musste ernährt und gekleidet werden, und Ottos und Nellas spärliche Einkünfte reichten nicht aus, den Lebensunterhalt zu bestreiten. Sie verkauften die Grundstücke und die Anteile an der VOC, aber irgendwann waren auch diese Mittel aufgebraucht, und Cornelia sagte, nun könnten sie nur noch beten. Otto nahm eine Stelle als Buchhalter im Lagerhaus der VOC an, die ihm von einem der Direktoren angeboten wurde, der Mitleid mit der Familie Brandt hatte und mehr Sympathie für Theas Vater als der Rest der VOC und der Zünfte zusammengenommen. Die Arbeit war Ottos Fähigkeiten bei weitem nicht angemessen, aber es war die einzige, die er finden konnte. Einige seiner Kollegen dort waren noch Lehrjungen, für sie war er ein Methusalem, ein Mann, dessen Berufserfahrung und reiches Wissen sie nutzen konnten, um selbst vorwärtszukommen. Aber die Familie war verzweifelt, und das Geld, das Otto verdient, hat sie in vielerlei Hinsicht über Wasser gehalten. Schon bald nachdem er die Stelle angetreten hatte, versuchte Otto, Nella davon zu überzeugen, dass es am besten wäre, wieder zu heiraten. Es ist ein Refrain, den er in all den Jahren seither öfter wiederholt hat, als Nella lieb ist. »Vielleicht sollte Nella einen reichen Mann heiraten?«, sagt er immer.

Im Laufe der Jahre, als das Leben immer ärmlicher und beengter wurde, ist Nella mehr und mehr zu der Überzeugung gelangt, dass Marin ihre Ehe mit Johannes arrangiert hat, um sich selbst zu schützen, und dass Nella nur ein leider notwendiges Mittel zum Zweck war. Johannes, zu sehr mit anderen Dingen beschäftigt und zu egoistisch, um den Kampf mit seiner starken Schwester aufzunehmen, hat sich von seiner jungen Frau lieben lassen, ohne Rücksicht darauf, welchen Preis sie dafür zahlen musste. Wenn Nella in den Monaten nach seinem und Marins Tod überhaupt Schlaf fand, träumte sie nicht von einem Mann, der mit einem Stein um den Hals auf den Meeresgrund sank. Stattdessen hatte sie das Gefühl, dass ein Stein auf ihren Schultern lag. Um Theas willen waren Marin und Johannes bereit gewesen, Nellas Leben zu opfern. Was hat sie in den letzten achtzehn Jahren geleistet? Sie, Bürgerin einer Nation, die sich rühmt, sich selbst erschaffen zu haben, hat nichts geschaffen, weder innerlich noch äußerlich. Und doch tut es ihr jedes Mal weh, wenn Otto ihr unterstellt, sie wäre froh, wenn sie einfach von hier weggehen und Thea zurücklassen könnte. Woher nimmt er die Gewissheit, dass sie bereit sein würde, neu anzufangen?

Wahr ist, dass in den Jahren nach Johannes' Tod jene reichen

Witwen Nellas Aufmerksamkeit auf sich gezogen haben, die sich dafür entschieden, nicht wieder zu heiraten. Das mussten sie auch nicht. Sie hatten ihr eigenes Geld und das Vermögen ihres verstorbenen Mannes. Als Witwen waren sie rechtlich selbständig und standen nicht unter der Vormundschaft eines Ehemannes. Nella begegnete ihnen am Goldenen Bogen oder sah sie, Perlen so groß wie Hühnereier um den Hals oder an den Ohren baumelnd, in ihren Barken vorbeifahren, wenn sie in ihre komfortabel ausgestatteten Palais heimkehrten, ohne Verpflichtungen und ohne Sorgen, im Besitz von Wertpapieren, die dafür sorgten, dass sie in den kabbeligen Gewässern von Amsterdam immer oben schwammen bis zu dem Tag, an dem auch sie vor ihren Gott treten mussten. Kein Mann, dem man im Bett gefallen musste. Keine Angst, bei der Geburt eines Kinds zu sterben. Nella gingen diese Frauen nicht aus dem Kopf, obwohl sie wusste, dass sie selbst keine riesigen Perlen hatte, keine Wertpapiere, sondern nichts als lauter Sorgen und Verpflichtungen.

Warum sollte ich zulassen, dass ein fremder neuer Mann am Ufer meines Haushalts an Land geht und verlangt, dass ich ihn zum Herrn darüber einsetze?, hat Nella jedes Mal gedacht, wenn sie wieder eine dieser in Parfümwolken gehüllten Damen hinter ihrer großen Eingangstür verschwinden sah. Und wie würde so einer Thea behandeln? Wie viel Respekt würde er Otto oder Cornelia erweisen? Warum sollte sie das Risiko eingehen? Ihr Leben war schwierig, aber es gehörte ihr. Sie hatte gekämpft und den Preis für ihr bisschen Selbstbestimmung bezahlt.

Doch es gibt immer eine Kehrseite der Medaille. Tatsache ist, dass sie nie einen anderen Mann kennengelernt hat, den sie hätte heiraten wollen. Kein anständiger Mann ist ihr über den Weg gelaufen. Da ihr gesellschaftliches Leben eingeschränkt ist und sie ihre ganze Aufmerksamkeit Thea widmet, gab es in den letzten Jahren kaum Ehekandidaten, und je älter sie wird, desto seltener wird sie mit einem Nachnamen wie dem ihren und seinem Erbe an Schande und finanziellem Niedergang einem begegnen. Sie hat ihr einsames, abgesondertes Leben, sonst nichts, und sie sieht keine Zukunft für sich. Otto meint, sie wünsche sich Kinder, aber was weiß er schon von ihren Wünschen? Sie selbst kennt sie kaum.

Nella setzt Lucas ab und geht zügig in den hallenden Flur, die Treppe hinauf, dann noch eine Treppe in das engere Dachgeschoss und schließlich zum Dachboden. Eine Kerze in der Hand und darauf bedacht, sich nicht auf die Röcke zu treten, bewegt sie sich geduckt in der klammen Kälte durchs Dunkel. Niemand weiß, dass sie an jedem Jahrestag von Marins Tod hier hochkommt. Es ist eines ihrer Geheimnisse.

In der Ecke, im Schatten, steht Marins Reisetruhe. Cornelia würde es wahrscheinlich für morbide und respektlos halten, sie zu öffnen. Otto würde sagen, sie habe kein Recht, es zu tun. Thea weiß nicht einmal von der Existenz dieser Truhe und dass die darin verborgenen Gegenstände geradezu die Verkörperung des Geheimnisses ihrer Mutter sind. Nella und Cornelia haben vorgehabt, sie ihr zu zeigen, aber irgendwie war nie der rechte Zeitpunkt dafür. Nella empfindet es als tröstlich, dass sie die Einzige ist, die vor Marins Truhe niederkniet, die alten Verschlüsse auf beiden Seiten öffnet und den Deckel anhebt.

Der Duft von Zedernspänen steigt auf, und Nellas Herz klopft heftig. Es ist, als blickte sie in einen kleinen Sarg, nur dass die Leiche weg ist und statt eines zerknitterten Leichentuchs etliche Papierrollen da liegen. Nella hält ihre Kerze hoch und sieht jetzt auch die vertrauten verstreuten Samen und bunten Federn, die einst Marins Zimmer schmückten. Ihre getrockneten Blütenblätter, die Tierschädel. Da liegen auch Marins Bücher, gestapelt und mit Schnüren zusammengebunden. Nella sieht den obersten Titel: *Die unglückselige Fahrt des Schiffs Batavia*, eines von Marins Lieblingsbüchern, eine Geschichte von Schiffbruch und Meuterei, grausamer Metzelei und Versklavung. Sie nimmt einen stark zerlesenen Band heraus, *Die denkwürdige ostindische Reise der Nieuw Hoorn*, und während sie mit dem Finger über die vertrauten Holzschnitte fährt, die Schiffbrüche und Küstenlinien zeigen, stellt sie sich Marins schlanke Hand auf ihrer Schulter vor. *Spionierst du schon wieder, Petronella? Diese Dinge gehen dich nichts an.*

Marins Stimme ist nicht von dieser Welt, und Nella kann sie

37

nicht wirklich hören, so wie sie gewöhnliche Stimmen hören kann, doch irgendwie fühlt es sich an, als käme sie aus der Tiefe von Nellas Körper.

Da sind die Karten von Marin: Nella rollt jede einzelne auf, bis die ganze Welt um sie herum auf den Dielen ausgebreitet liegt. In der Stille des Dachbodens ist hier Afrika, und da sind die Molukken, Java und Batavia. Hier England, Irland, Frankreich, Nord- und Südamerika. Und da sind Marins handgeschriebene Worte: *Klima? Nahrung? Gott?* Fragen, auf die Marin nie Antworten gefunden hat.

Nella starrt angestrengt auf den afrikanischen Kontinent, auf die gezeichneten Zacken und Linien, die für Felsküsten und Berge, Wüsten und Seen stehen, und sucht in diesen unbekannten Regionen eine Erklärung für Ottos beharrliches Schweigen, warum er nicht darüber redet, wo er herkommt, wo er gelebt hat, bevor er nach Amsterdam gelangte. Sie rollt die Karte von Surinam auf, fährt mit dem Finger über den Namen und denkt an Otto, an den Duft von Zucker, der in der Luft hängt, an den Ball heute Abend, an Hitze und Musik. *Besitzt Clara Sarragon nicht Plantagen in Surinam?*

Nella stellt den Leuchter ab, taucht ihre Hand in die Zedernspäne und berührt das, wonach sie eigentlich gesucht hat.

Über all die Jahre hinweg hat sie diese Miniaturen aufbewahrt. Die zwei Puppen von Otto und Marin und den kleinen Säugling aus Wachs, den sie vor achtzehn Jahren aus einer Werkstatt gestohlen hat, an jenem Tag, als ihr Leben auf den Kopf gestellt wurde. Sie nimmt sie heraus, eine nach der anderen. Die Zeit hat ihren kleinen Körpern nichts anhaben können. Nella fragt sich, ob es ihr Verdienst ist, dass Otto all die Zeit in Sicherheit lebte, weil sie dafür gesorgt hat, dass das Figürchen unversehrt blieb. Sie hat immer geglaubt, dass in den von der Miniaturistin geschaffenen Stücken eine Art Zauber liegt, aber jetzt, nach achtzehn Jahren, kommt ihr diese Frage anmaßend vor, und Otto würde es genauso sehen. Seine Existenz ist und war wie die von Nella selbst immer alles andere als sicher.

Auch die Miniatur von Marin ist perfekt erhalten geblieben. Sie blickt zu ihrer Schwägerin auf: ein schmales, blasses Gesicht, graue Augen, hohe Stirn, langer, schlanker Hals. Sie sieht so lebensecht aus. Sie ist nur kleiner geworden, das ist alles: Sie ist nur scheinbar gestorben. Marins Kleid ist schlicht, aber aus teuren Materialien: schwarze Wolle und Samt. Nella streicht über den Stoff, der mit Zobelfell gefüttert ist und einen großen Spitzenkragen hat, der längst nicht mehr Mode ist. Sie kann sich nicht von dem Anblick losreißen. Diese Puppen waren immer zu gut gemacht, zu detailgenau, zu liebevoll gestaltet, als dass man sie unbeachtet hätte lassen können. Sie spürt, wie ihr ein Schauer über den Rücken läuft.

»Was sollen wir nur tun, Marin?«, flüstert sie.

Sie wartet, aber die Miniatur bleibt stumm.

Vorsichtig legt Nella Otto und Marin auf den Boden der Truhe, wo sie sie gefunden hat. Sie legt die Karten und die Schädel hinein, die glänzenden schwarzen Samen, die getrockneten Blumen, die unförmigen Schoten, die schillernden blauen und rubinroten Federn. Sie verstaut auch Marins Bücher, nachdem sie die Schnüre überprüft hat. Aber dann, als nur noch das Baby übrig ist, zögert Nella. Sie hält es unschlüssig in der Hand. Dieses winzige Ding hat für sie immer Thea verkörpert, und obwohl es überhaupt kein Gewicht zu haben scheint, glaubt Nellas zu spüren, wie es auf ihrer Haut summt, so perfekt, so sorgfältig gearbeitet ist es, gewickelt mit Streifen feinsten gebleichten Batists. Nella genießt das Gefühl. Damals, als Thea geboren wurde, war es für sie ein Zeichen, dass Thea ihnen schon immer bestimmt war. Ein Samenkorn der Hoffnung, eine Zusicherung, ein Muster, das demonstrierte, was die Kunst der Miniaturistin vermochte. Ein Versprechen, dass alles sich erneuern würde.

Nella drückt das Neugeborene sanft, als wollte sie es drängen, seinen geheimen Zauber wirken zu lassen. Es ist so klein, halb so lang wie Nellas kleiner Finger, und sein Gesicht lugt wie eine Nuss aus den weißen Bandagen, in die es gewickelt ist. Thea ist schon lange kein Säugling mehr, aber für Nella fühlt es sich an, als wäre dies alles, was sie hat, dieses gestohlene Versprechen von Trost und Rat, das Gefühl, gesehen zu werden.

»Komm wieder«, spricht sie in die Dunkelheit.

Das Kind liegt bewegungslos in ihrer Hand. Auf dem Dachboden ist es still. Das einzige Geräusch ist das Kratzen von Lucas am Fuß der Dachbodentreppe, der sich Sorgen macht, was seine Herrin wohl dort im Dunkeln treibt. Nella geht zum Fenster und schaut auf den Kanal hinunter, aber nicht die kleinste Spur einer Frau, die das Haus beobachtet, ist zu entdecken, nirgends ein blonder Kopf ohne Haube oder Hut. Obwohl, das Haar der Miniaturistin könnte inzwischen grau geworden sein. Achtzehn Jahre sind eine lange Zeit. Zu lang. Was damals geschah, kann sich nicht wiederholen. Und überhaupt ist da auf dem Weg keine Menschenseele.

Doch ohne weiter zu zögern – denn wenn sie innehalten und darüber nachdenken würde, was Cornelia und Otto sagen könnten, wenn sie ihr auf die Schliche kämen, würde der Mut sie verlassen –, steckt Nella das Wickelkind in ihre Rocktasche. Sie klappt den Deckel von Marins Kiste zu und geht langsam im Licht ihrer Kerze die Dachbodentreppe hinunter. Sie klopft die Spinnweben von ihrem Rock, umkreist von Lucas. Wenn er auch dazu neigt, unvernünftig viel zu fressen, ist er doch ein kluger Kater. Er weiß, dass etwas passiert ist, etwas hat sich verändert. Aber ebenso wie seine Herrin kann er die Folgen nicht absehen.

III

Thea ist wie gebannt von den Szenen, die sich im Kerzenlicht abspielen. *Titus* heißt das Stück auf Niederländisch, und es basiert auf einem Drama von William Shakespeare. Rebecca spielt die Lavinia. Das Publikum sieht nicht, wie sie von den Brüdern Demetrius und Chiron vergewaltigt wird, aber es wird ihm vorgeführt, wie Lavinia danach die Hände und die Zunge abgeschnitten werden. Wie der Kaiser Titus, verkörpert von einem stämmigen Schauspieler, eine Pastete mit dem Fleisch von Kindern füllt. All das ist grauenhaft anzusehen, und das Publikum stöhnt und seufzt. Als Lavinia die Zunge herausgeschnitten wird und ihr Mund ein rotes Band ausspuckt, und später, als die Figuren die Kinderpastete essen und dabei immer wieder blutige Organe in die Höhe halten, bevor sie sie verschlingen, blickt Cornelia auf den Boden und flüstert: »Ich halte das nicht mehr aus. Ich glaube, mir wird schlecht.«

»Es ist nicht *wirklich*«, flüstert Thea zurück, aber sie tastet unwillkürlich mit der Zunge nach der Stelle, wo sie angewachsen ist. Denn trotz allem, was sie zu Cornelia sagt, erlebt auch sie es, als wäre es sehr wohl wirklich, jede Einzelheit. Es fühlt sich wirklicher an als die Wirklichkeit. Rebecca Bosman ist die beste Schauspielerin in den ganzen Vereinigten Provinzen und darüber hinaus. Niemand kann ihr das Wasser reichen. Wenn sie spielt, ist es, als wäre das, was da auf der Bühne passiert, die echte Welt und das Geschehen im Zuschauerraum mit all den verschwitzten Leibern und hektisch bewegten Fächern wäre nur ein Zwischenspiel, eine Vorhölle, eine traurige Pause im Angesicht von Farbe und Leidenschaft. Manche Menschen kommen in die Schouwburg, um sich für ein paar Stunden zu verlieren, aber Thea kommt, um sich selbst zu entdecken, sich von Worten und Licht seelisch erheben zu lassen. Sie hat schon viermal gesehen, wie Rebecca ihre Zunge verlor, und jedes Mal erlebt sie es, als wäre es das erste Mal.

Thea treten Tränen in die Augen, als Lavinia in ihrem gerechten Zorn nach Rache dürstend ohne Worte erzählt, was ihr angetan wurde. Sie spürt, dass sie in Rebecca ist und Rebecca in ihr. Sie fühlt sich ermutigt und an einen Ort höherer Wahrhaftigkeit versetzt, an dem eine Frau offen das Wort gegen die Tyrannei ergreift. Als das Stück zu Ende ist und die Schauspieler sich verbeugt haben, beginnt das Publikum aus dem Saal zu strömen, unter den drei Bögen der Schouwburg hindurch und in den dunkler werdenden Nachmittag an der Keizersgracht. Cornelia steht auf, blass im Gesicht, aber Thea zerrt an ihr, damit sie sich wieder hinsetzt. »Warte einen Moment, sei so gut«, sagt sie. Sie denkt an Walter, wie sie es schaffen könnte, hinter die Bühne zu kommen und ihn zu sehen. »Ich will es ganz auskosten.«

»Ich nicht«, sagt Cornelia. »Das war ein Albtraum von Anfang bis Ende.« Aber weil es der Geburtstag ihres geliebten Schützlings ist, setzt sie sich wieder hin. »Warum konnte es keine Komödie sein?«

»Weil die Welt grausam ist.«

Cornelia verdreht die Augen. »Ich brauche keine zwei Stunden im Theater, um das zu wissen.«

»Aber fühlst du dich dadurch nicht lebendig?«

Cornelia erschaudert, die Erinnerung an Blut und Schmerz und Gewalt steht ihr noch im Gesicht geschrieben. »Ich habe immer nur an den Tod denken müssen. Bitte, Teekännchen, lass uns gehen.«

Thea holt tief Luft. »Ich musste an meine Mutter denken.«

Cornelia erstarrt: Sie versteht nicht, wo der Zusammenhang ist, aber Thea wartet noch. Cornelia war über die Jahre hinweg der einzige Mensch, der ihr hin und wieder etwas von Marin Brandt und ihrem Bruder erzählt hat. Von ihr hat Thea erfahren, dass ihre Mutter die Familie gezwungen hat, Hering zu essen, obwohl sie sich etwas Besseres hätten leisten können. Dass ihre Röcke mit feinstem Zobel gefüttert waren, aber das verriet sie niemandem.

Wie gut sie mit Zahlen umgehen konnte. Doch so interessant diese vereinzelten Wesenszüge auch sind, sie ergeben kein vollständiges Porträt.

Warum hat sie euch gezwungen, Hering zu essen? Warum durfte niemand von dem Pelzfutter in ihren Röcken wissen? Jedes Mal, wenn Thea so fragt, verstummt Cornelia, als wäre sie der Meinung, dass sie schon genug gesagt hätte und es ihr nicht gestattet wäre, weitere Erklärungen zu liefern. Und doch hat Thea schon oft in Cornelia den Drang gespürt, mehr zu erzählen, ja über ihre tote Herrin zu klatschen, aber es ist, als dürfte sie es nicht.

»Cornelia, ich bin jetzt eine erwachsene Frau«, sagt Thea in einem Ton, als redete sie mit einer etwas einfältigen Person.

Cornelia zieht die Augenbrauen hoch.

»Warum darf ich nicht wissen, wer sie war? Papa erzählt mir nichts. Wie waren er und meine Mutter als Paar?«

Cornelia wirkt peinlich berührt. »Thea, wir sind hier in der Öffentlichkeit.«

»Niemand hört uns zu.«

Cornelia wirft einen Blick über ihre Schultern. »Du wirst doch wohl nicht erwarten, dass ich hier mitten im Theater darüber rede, wie deine Eltern sich hinter verschlossenen Türen benommen haben.«

Thea beugt sich vor. »Dann erzähl mir von meinem Onkel. Warst du dabei, als sie ihn ertränkt haben?« Cornelia fingert hektisch an der Schnur ihres Geldbeutels. Sie sieht Thea böse an, aber diese gibt nicht auf. »War jemand dabei?«

Cornelia kaut auf ihrer Lippe. »Das ist wirklich kein Gesprächsthema für einen Geburtstag.«

»Ich weiß, was er war«, flüstert Thea.

Cornelia hebt ihre Hand und bewegt sie ganz langsam auf Theas Wange zu. Es ist nur ein symbolischer Schlag, aber Thea zuckt zusammen, als die kühle Handfläche sie berührt, und sie sieht ihrem früheren Kindermädchen in die Augen. »Er war ein Mann«, sagt Cornelia. »Er liebte seine Familie. Die Menschen respektierten ihn. Und es hat uns schwere Mühe gekostet, uns diesen Respekt wieder zu verdienen. Wir müssen nicht mehr in Angst und Scham leben, weil dein Vater und deine Tante die bösen Geister der Vergangenheit vertrieben haben.«

»Indem sie Clara Sarragon den Hof gemacht haben?« Thea verzieht das Gesicht.

Cornelia zuckt mit den Schultern. »Man tut, was man tun muss. In einer Stadt wie dieser kann es einem nicht gleichgültig sein, was die Leute von einem denken.«

»Warum leben wir dann in einer Stadt wie dieser?«

»Weil wir nirgendwo anders in der Welt leben können.«

Thea seufzt. »Ach, Cornelia, du hast zusammen mit mir schon so viele Stücke gesehen, die an den verschiedensten Schauplätzen spielten, in fernen tropischen Ländern, auf den Straßen von London, in den Pariser Palais vornehmer Herrschaften – und du sagst mir, eine Frau kann nirgendwo anders als hier in Amsterdam ihren Hut ablegen und beschließen, dass das jetzt ihr Zuhause ist?«

»London ist eine so schmutzige Stadt«, sagt Cornelia. »Und Paris ist noch schlimmer.«

»Aber warum sollte es so schrecklich wichtig sein, was Leute wie Clara Sarragon von uns denken?«, fragt Thea. »Clara Sarragon hat keinerlei Talente. Sie ist kein Mensch, den ich achte oder schätze. Sie ist reich, das ist alles.« Thea schwenkt ihren Arm über die leeren Sitze ringsum. »Diese Frau könnte nie ein Theater wie dieses füllen. Sie ist keine Rebecca Bosman. Sie hat keine Seele.«

»Jeder Mensch hat eine Seele.«

»Sie könnte niemals irgendjemandem Liebe einflößen. Sie hat mir nichts zu bieten.«

Aber Cornelia ist an solche Ausbrüche gewöhnt und lässt sich nicht beirren. »Thea, du gehst trotzdem auf diesen Ball. Du kannst noch so große Reden halten, es wird dir nichts nützen. Und im Übrigen glaube ich nicht, dass Clara Sarragon besonderen Wert auf deine Liebe legt. Sie ist eine wichtige Figur im Spiel um Geld und Macht, und laut deiner Tante können anständige junge Mädchen, die sie unter ihre Fittiche nimmt, davon nur profitieren.«

»Die kenne ich, die anständigen jungen Mädchen der Stadt«, sagt Thea voller Verachtung.

Cornelia wendet den Blick ab. Auch sie kennt die weißhäutigen

Mädchen mit den rosigen Wangen, Theas Schulkameradinnen bis zu ihrem zwölften Lebensjahr. Es wäre schwer, unter ihnen eine zu finden, die mit Thea warm werden würde. »Thea«, sagt sie, »wir müssen nach Hause.«

»Es ist noch viel Zeit. Ich habe Rebecca versprochen, sie in ihrer Garderobe zu besuchen. Sie hat mich eingeladen, als ich das letzte Mal hier war.«

Cornelia seufzt. Sie mag es nicht, wenn man Versprechen nicht hält, und Thea weiß das. »Dann komme ich mit.«

»Das musst du nicht.«

Cornelia steht auf und streicht ihre Röcke zurecht. »Vielleicht würde ich ja auch gerne eine berühmte Schauspielerin kennenlernen? Sie mir mal aus der Nähe ansehen?«

»Wir sind hier nicht in einer Menagerie.«

An ihren freien Tagen ist Cornelia oft in der Menagerie von Blaw Jan am Kloveniersburgwal anzutreffen, wo sie Bier trinkt und eine Kleinigkeit isst und ein bisschen herumspaziert, umgeben von verloren wirkenden Vögeln und anderen Geschöpfen aus Amerika und Indien, die hier ausgestellt werden, alle von höchst ungewöhnlicher Gestalt und Größe, die meisten mehr tot als lebendig. Sie schnaubt. »Ich wage zu behaupten, dass sie nicht so interessant ist wie das Seepferdchen, das ich an Weihnachten gesehen habe.«

»Das werden wir ja sehen«, sagt Thea.

*

Vor sechs Monaten, an einem warmen Julinachmittag, hat Thea eine Aufführung der *Posse von Pyramus und Thisbe* besucht. Ihr war die ganze Zeit ganz schwindlig vor Lachen und sprudelndem Vergnügen. Rebecca spielte die Jagdgöttin Diana, mit einer silbernen Mondsichel als Kopfputz, die so groß war, dass Thea sich wunderte, wie das Ding wohl festgemacht war. Danach hatte sie es nicht eilig, nach Hause zu gehen, weil sie sich scheute, gleich wieder in die düstere Atmosphäre daheim einzutauchen, und als sie so vor der Schouwburg herumtrödelte, lief ihr keine Geringere als eben Rebecca Bosman über den Weg.

»Sie waren so wunderbar, Madame«, sagte Thea. Sie konnte dem Drang, sie anzusprechen, nicht widerstehen – vielleicht würde sie nie wieder eine Gelegenheit bekommen. »Ihre Rede an die Liebenden war die beste, die ich je gesehen habe.«

Rebecca, nicht mehr in ihrem Jägerinnenkostüm, aber immer noch von dieser Aura einer anderen Welt umgeben, blieb stehen und drehte sich zu Thea um: Dieses Mädchen war ganz offensichtlich von anderer Art als all die Damen, die hierherkamen, um sich in den Logen zu zeigen, zu kichern und andere Leute neugierig anzustarren. »Sie kannten das Stück bereits?«, fragte sie.

»Ich habe es schon einige Male gesehen«, antwortete Thea, der jetzt erst recht schwindlig war. »Aber bei den anderen war es nie wirklich glaubwürdig. Es muss schwer sein, die Diana zu spielen. Ich meine, *Ihnen* fällt es offensichtlich nicht schwer, aber wenn man versucht, den Unterschied zu erklären, klappt das nicht immer.«

Ein heiteres Glänzen wurde in Rebeccas Augen sichtbar. »Wie ist Ihr Name, Madame?«, fragte sie.

Noch nie hatte jemand Thea *Madame* genannt. »Ich heiße Thea Brandt«, antwortete sie und machte einen tiefen Knicks.

»Und ich bin Rebecca.«

»Ich weiß.«

Rebecca fragte sie, ob sie allein in die Schouwburg gekommen sei, und Theas Freude wich einer verwirrten Verlegenheit. »Ja«, antwortete sie und starrte auf ihre Füße. »Ich wollte zusammen mit einer Freundin, aber –«

»Oh, ich gehe immer allein ins Theater«, antwortete Rebecca. »Ein paar Stunden besinnliche Ruhe. Sie haben ganz recht.«

»Ich? Ich sollte eigentlich zum Fischmarkt gehen.«

»Ich bin sicher, der Kabeljau wird dafür Verständnis haben.«

Und so hat es begonnen: Rebecca lud Thea hinter die Bühne ein, um sie mit den anderen Schauspielern bekannt zu machen. Thea sah zu, wie alle Requisiten für den Beginn der nächsten Vorstellung wieder an ihren Platz gestellt wurden, als wäre nichts gewesen, als würde alles zum ersten Mal geschehen, jeder durfte wieder von vorn anfangen, alle Fehler waren vergessen. Es war eine

Offenbarung, die Mechanismen zu sehen, die das Mysterium hervorbrachten, die exquisite und zugleich prosaische Professionalität des Ganzen. Rebecca führte sie in ihre Garderobe, und Thea war hingerissen von deren besonderem Flair, dem Sandelholzduft, dem Krug mit Zitronenwasser, dem Hündchen, dem sie den Namen *Smaragd* gegeben hatte, wegen seiner funkelnden Augen, wie sie erklärte. Rebecca war eine Künstlerin, deren Leben von den Gezeiten ihres Talents bestimmt wurde und nicht von den Regeln einer Gesellschaft, die sie verheiratet und ihre Gabe im Dunkeln versteckt hätte, sie faszinierte Thea. Sie fragte Thea nach ihrer Meinung über die Theaterstücke, die sie gesehen, die Bücher, die sie gelesen hatte. Sie war gebildet und großzügig. Es war wie ein Traum, aus dem Thea nicht erwachen wollte.

Jetzt in der kalten Januarluft kommt Rebecca mit ausgebreiteten Armen zum Bühneneingang des Theaters, das Gesicht noch immer blutverschmiert von der Aufführung. Es sieht schockierend aus, aber sie lächelt Thea und Cornelia zu und freut sich, ihre glühende Anhängerin zu sehen. Sie ist dreißig, gutaussehend, klein und zierlich, mit sicherem Schritt und langem rotem Haar, das ihr locker über die Schultern fällt. Sie trägt immer noch ihr Kostüm, das ein bisschen mehr Volumen hat als ein Kleid einer gewöhnlichen Frau und dessen Stoff mehr Seide enthält, damit seine Falten und Flächen jedes Flackern des Kerzenlichts einfangen.

»Komm herein!«, sagt sie – sie hat ihre Zunge wieder.

Thea stürmt auf sie zu. »Wie machst du das nur jedes Mal? Das ist Zauberei.«

»Nein, mit Zauberei hat das nichts zu tun, Schätzchen, alles nur Übung«, sagt Rebecca mit einem blutigen Grinsen.

»Das ist Cornelia, unser Dienstmädchen«, sagt Thea. Cornelia tritt vor; sie wirkt plötzlich sehr klein.

Rebecca lächelt wieder und streckt ihr beide Handflächen entgegen. »Willkommen, Cornelia. Waren Sie auch in der Vorstellung?«

»Guten Tag, Frau Bosman«, sagt Cornelia und schaut auf Rebeccas Hände, dann auf ihr verschmiertes Gesicht. Thea muss einen Anflug von Gereiztheit unterdrücken: Hat Cornelia nicht fast täglich Blut an den Händen, wenn sie etwa einen Fisch ausnimmt oder ein Huhn köpft? Warum fasst sie nicht einfach die rot geschminkten Hände der Frau?

»*Fräulein* Bosman«, korrigiert Rebecca und lässt die Hand sinken. »Ich habe zu viele Ehefrauen auf der Bühne dargestellt, als dass ich im echten Leben eine sein wollte.«

Sie lacht. Cornelia verzieht keine Miene. Thea wünscht sich, die Erde möge sich auftun und sie verschlingen. »Fräulein Bosman«, verbessert sich Cornelia steif.

Rebecca dreht sich auf dem Absatz um und geht voraus ins Innere des Schauspielhauses, Thea und Cornelia folgen ihr. »Es ist nur Schweineblut«, sagt sie über ihre Schulter. »Jeden Tag muss ich mir die Hände und das Gesicht schrubben, als hätte ich stundenlang in einem Schlachthaus gearbeitet. Gehen wir in meine Garderobe, dort ist es wärmer. Dieses Wetter wird uns alle noch umbringen.«

Sie führt Cornelia und Thea an einem großen Raum vorbei, in dem sich einige der Darsteller ausruhen, ihre Perücken abnehmen, sich die Schminke aus dem Gesicht wischen. Thea wird unwillkürlich langsamer, denn sie hofft, dass Walter vielleicht dort drin ist. Eine Kanne steht auf einem Ofen, und der Geruch von Kaffee zieht durch den Korridor. Auf einem Tisch liegen Exemplare des *Amsterdamer Courant* verstreut, eine der Zeitungen hält Titus höchstselbst in seinen großen Händen. Er zieht die Augenbrauen hoch, als er die Frauen vorbeigehen sieht. In einer Ecke sitzen die beiden Buben, die in Gesangseinlagen mit ihren Kinderstimmen die grimmige Düsternis des Stücks aufhellen sollen. Sie können nicht älter als sieben oder acht sein. Einer von ihnen blickt auf und mustert sie mit unverhohlener Neugierde. Bei ihnen sitzt eine Frau, offenbar ihre Betreuerin, die Brot und Käse an sie austeilt.

In Rebeccas Zimmer brennt ein stattliches Feuer, es gibt Teppiche und Stühle, und Smaragd liegt in ihrem Körbchen, so tief schlummernd, dass sie nicht einmal den Kopf hebt. Auf Tischen und auf dem Boden stapeln sich Skripte. Ein Mantel und eine Haube hängen an der Tür und drei Kostüme an einer Holzstange, die zwischen den Wänden eines Alkovens montiert ist. Auf dem Tisch stehen ein paar Kleinigkeiten zu essen, eine Tasse Kaffee,

48

eine Karaffe Rotwein. Der Raum wirkt gemütlich und gepflegt, und Thea kann sehen, wie Cornelia sich etwas entspannt. Sie ist angenehm überrascht, dass es keinen Staub gibt, dass die Fenster sauber sind und dass es nach Zitrone und Rosenwasser duftet. Thea spürt geradezu einen Schwall widerwilliger Anerkennung von Cornelia ausgehen.

»Es ist furchtbar unordentlich, ich weiß«, sagt Rebecca, geht zur Waschschüssel, gießt Wasser ein und fängt an, sich das Gesicht zu waschen.

»Ganz und gar nicht«, erwidert Cornelia.

»Klein, aber mein«, sagt Rebecca und trocknet sich mit einem makellos sauberen Tuch ab. Sie deutet auf die beiden freien Sessel. »Bitte, setzen Sie sich«, sagt sie. »Ich habe schon so viel von Ihnen gehört, Frau Cornelia. Ihre Poffertjes, Ihr *Hutspot*. Ich würde Ihnen gern die Rezepte entlocken.«

Cornelia errötet. »Sie sind alle in *De Verstandige Kock* zu finden, Madame.« Nach kurzem Zögern wagt sie etwas mehr Zutraulichkeit. »Bei mir wird auch nicht gezaubert. Ich koche die Sachen schon seit dreißig Jahren.«

Rebecca strahlt. »Ja, Übung macht den Meister.«

»Glauben Sie mir, das kann jede und jeder.«

»Aber nur wenige sind bereit, die nötige Zeit zu investieren«, antwortet Rebecca, und Cornelias Ohren werden rosa.

Es ist erstaunlich: Cornelia ist nie bescheiden, wenn es um ihre Kochkünste geht, sie strotzt fast jedes Mal vor Selbstbewusstsein, wenn sie ein Gericht serviert. Aber hier ist sie mit einem Mal ganz verlegen, Rebeccas großzügige, offene Art haben sie in Minutenschnelle entwaffnet. Nur wenige Menschen können Cornelias hohen Ansprüchen gerecht werden, aber Rebecca scheint es geschafft zu haben. Cornelia wirkt, als könnte sie so viel strahlenden Sonnenschein gar nicht aushalten, und zugleich, als wäre es ihr unmöglich, einfach wegzugehen. Sie scheint kurz davor zu sein, noch etwas zu sagen, aber sie reißt sich los und geht zur Tür. »Ich muss nach Hause«, sagt sie. »Ich habe noch Arbeit zu erledigen.«

»Jetzt?«, fragt Rebecca und sieht aufrichtig enttäuscht aus.

»Immer«, sagt Cornelia. »Thea, du musst spätestens um fünf Uhr daheim sein. Andernfalls kann es sein« – sie sieht Rebecca an –, »dass deine Tante dich zu einer Pastete verarbeitet.«

Rebecca lacht. Thea verblüfft es, dass Cornelia plötzlich witzig sein kann. »Versprochen«, sagt sie.

»Du magst jetzt erwachsen sein, Thea, aber wir werden es alle büßen müssen, wenn du nicht zu dem Ball von Clara Sarragon gehst.« Cornelia wendet sich an Rebecca. »Danke für diesen Nachmittag, Madame. Es war sehr vergnüglich. Ich kenne übrigens ein gutes Rezept für eine Seife, mit der man Blutflecken aus der Kleidung herausbekommt, falls Sie es brauchen sollten.«

Bevor Rebecca etwas erwidern kann, schlingt Cornelia ihren Schal um den Hals und verschwindet auf dem Korridor.

Thea sieht zu, wie sich die Tür schließt. »Du hast sie beeindruckt«, sagt sie dann. »Das ist der Grund, warum sie nicht bleiben konnte. Sie weiß nie, wie sie reagieren soll, wenn sie von etwas beeindruckt ist.«

Rebecca schenkt ihnen beiden ein kleines Glas Wein ein. »Ich mag sie. Du hast Glück, Thea. Trinken wir darauf: Es ist schön, wenn man mit achtzehn noch ein Kindermädchen hat.«

»Ich brauche kein Kindermädchen.«

Rebecca zuckt mit den Schultern. »Ich für meinen Teil hätte gern eines.«

»Aber du hast doch schon alles, was man sich nur wünschen kann.«

»Ich habe eine Menge Dinge. Ein liebevolles Kindermädchen gehört nicht dazu.« Rebecca seufzt. »Was ist mit dem Ball, von dem sie gesprochen hat?«

»Wenn man so etwas mag.«

Rebeccas Augen leuchten. »Es wird ein tolles Fest werden. Ich wünschte, ich könnte hingehen.«

Thea spürt einen kleinen Hoffnungsschimmer. »Bist du auch eingeladen?«

»Ja«, sagt Rebecca. »Aber ich habe eine Vorstellung, und darum muss ich mich heute Abend mit Schweineblut schmücken statt mit Perlen. Wenn überhaupt, kann ich nur so spät hingehen, dass die besten Leute wahrscheinlich schon weg sind. Aber, Thea, hör zu« –

sie geht zu ihrer Kleiderstange hinüber und zieht ein goldenes Seidenkleid hervor –, »du könntest das hier tragen.«

Thea kann den Blick nicht von dem goldenen Kleid losreißen, das ihre Freundin hochhält. »Das geht doch nicht!«

»Wieso nicht?«

»Meine Beine würden unten rausschauen.«

Rebecca zuckt mit den Schultern. »Es ist für mich kürzer gemacht worden. Im Saum ist noch ein ganzes Stück Stoff übrig, man muss ihn nur auslassen. Ich werde Fabritius bitten, das zu machen und es dann zu bügeln. Es wird dir besser stehen als mir. Ich habe es als Julia getragen, aber die Farbe hat mich erdrückt.«

Thea geht zu dem Kleid hinüber und streicht über den Stoff. »Du bist so nett zu mir. Ich wünschte, du würdest mitkommen.«

»Ich bezweifle, dass deiner Tante das gefallen würde. Du hast gesagt, sie mag keine Theaterleute. Warum eigentlich, wo wir doch keiner Fliege was zuleide tun?«

Thea wendet sich von dem Kleid ab und geht zurück zum Tisch. »Etwas anderes, Rebecca – du hast gehört, dass ich nicht viel Zeit habe –: Ist er hier?«

Ein Schatten zieht über Rebeccas Züge. Sie legt das goldene Kleid über die Rückenlehne eines Stuhls. »Sag mir, Thea Brandt: Warum kommst du ins Theater? Wegen ihm?«

»Ich liebe ihn.«

Rebecca schaut sie ernst an. »Das weiß ich. Und Walter ist ein guter Maler.« Sie greift nach dem Brot auf dem Tisch und reißt ein Stück ab. »Aber er ist kein Gott, Thea. Er ist nur ein Mann.«

»Und doch ist er es wert, dass ich ihn anbete.«

Rebecca fährt sich in einem Ausdruck des Unbehagens mit der Hand durch die Haare. »Ich weiß, dass sich die Zeit für dich endlich anfühlt, aber sie ist weiter, als du denkst, du wirst es sehen. Es wartet noch so viel auf dich.«

»Worauf willst du hinaus?«

»Versteh mich recht: Ich will dir nicht sagen, was du tun sollst, aber –«

»Genau.« Thea verdreht die Augen, sie kann nicht anders. »Du bist nicht meine Mutter.«

»Ich möchte, dass du glücklich bist.«

»Ich bin nie glücklicher gewesen.«

»Alles, was ich sagen will, ist: Sei vorsichtig.«

»Vorsichtig? Vor was soll ich mich in Acht nehmen?«

Rebecca seufzt. »Ich habe mir fest vorgenommen, mich nicht einzumischen. Ich weiß, dass du glücklich bist. Aber wie alt ist Walter – fünfundzwanzig, sechsundzwanzig?«

»Er wird im April sechsundzwanzig.«

»Er ist also fast acht Jahre älter als du.«

»Acht Jahre sind nichts. Das Alter hat nichts zu bedeuten. Du kennst ihn nicht so wie ich. Du verstehst das nicht.«

»Ich weiß, dass du eine Brandt bist. Und das hat sehr wohl etwas zu bedeuten.«

»Früher vielleicht«, sagt Thea. »Jetzt bedeutet es nichts mehr. Ich dachte immer, du scherst dich nicht um die gesellschaftliche Zwänge? Du hast nie geheiratet. Du hast hier dein eigenes Zimmer, deine Freiheit.«

»Es gibt trotzdem auch für mich Regeln, ob es mir gefällt oder nicht«, sagt Rebecca. Sie streckt ihre befleckten Hände aus. »Gib einfach Acht auf dich. Und auf ihn. Du bist mehr wert, als du denkst, und du verdienst nur das Beste.«

»Und genau das wird sie auch bekommen«, sagt eine Stimme an der Tür.

Die beiden drehen sich gleichzeitig um, Thea schlägt das Herz bis zum Hals. Rebecca schaut weg, aber Thea steht auf. Er ist zu ihr gekommen, der Bühnenbildner der Schouwburg. Wie ein Falke zum Handschuh des Falkners fliegt Thea zu ihrem Liebsten.

IV

Walter Riebeeck ist nicht der erste Mann, der Theas Fantasie in Beschlag genommen hat. Als sie sechzehn war, hielt sie Robert Hooft, der Cornelia Eier ins Haus lieferte, für den schönsten Mann der Welt. Und vor ihm war der Besenbinder Abraham Molenaar der schönste Mann der Welt. Und vor ihm, als sie fünfzehn war, Dirk Sweerts, der die Fenster des Salons putzte: Auch er war schön. Mit vierzehn war ihr beim Anblick von Geert Brennecke, der ein Spanferkel vom Metzger Claes brachte, zumute, als ginge vor ihren Augen die Sonne auf. Thea konnte nicht anders, sie sah auf Schritt und Tritt Schönheit in jungen Männern, auch wenn diese sie nicht einmal bemerkten oder allenfalls mit einem gleichgültigen Blick streiften. So waren eben die Augen, die Gott ihr gegeben hatte, aber es war immer ein einseitiges Interesse, es wurde von diesen Geschöpfen nie erwidert.

Walter war anders, von Anfang an. Eines Tages, während Rebecca ihren Silbermond für die abendliche Aufführung instandsetzen ließ, erkundete Thea die Korridore hinter der Bühne und gelangte dabei zufällig in den Kulissenmalsaal. Und da stand Walter im spätsommerlichen Nachmittagslicht, das durch die hohen Fenster hereinflutete, vor einer riesigen Landschaft von bukolischer Schönheit und machte sich mit seinem Pinsel an einer Erdbeerstaude zu schaffen.

Er drehte sich um, als er das Geräusch der Tür hörte, die Stirn unwillig gerunzelt, weil er in seiner Arbeit gestört wurde, aber dann veränderte sich seine Miene. Er sah sie erst überrascht, dann interessiert an, und Thea, die noch nie von einem Mann so angeschaut worden war, blieb wie angewurzelt stehen.

»Sie haben ein schönes Gesicht«, sagte er. »Sind Sie neu?«

Alle Gedanken an den reizenden Eierlieferanten waren mit einem Mal vergessen.

Walter hat sie bemerkt, so wie Rebecca sie bemerkt hatte, und Walters Interesse für Thea schließt sich gewissermaßen folgerichtig an Rebeccas Zuneigung an: Das alles geschieht unter demselben Dach, dem der Schouwburg, wo nichts unmöglich ist. Walters Kulissen und Konstruktionen sind außergewöhnlich. Man möchte seine gemalten Früchte pflücken und in seinen Bühnenbildern leben, so echt wirken sie. Es gibt keinen Mann auf Gottes weiter Erde, der mehr Talent hätte, aber was ihn so faszinierend macht, sind nicht allein sein Talent, seine Schönheit, seine Stimme oder seine Hände. Es ist seine ganze Person, sogar die Teile, die Thea noch nicht erfassen kann. Er ist fünfundzwanzig und blauäugig, ein Mann, der davon träumt, die Städte Europas zu bereisen, Bühnenbilder zu schaffen, wie sie die Drury Lane und die Opéra noch nie gesehen haben, Wunderwerke aus Leinwand und Holz.

Thea lauscht Walters Reden über das Ausbrechen, über einen Neuanfang in der Fremde, wo er sich höchste Anerkennung verdienen wird, und zwischen diesen Zeilen liest sie, dass in dem neuen Leben Platz für sie vorgesehen ist, ein Bett in Paris, in das sie schlüpfen kann, ein Haken für ihre Kleider in einer Londoner Wohnung. Es fällt ihr leicht, sich Walter in seiner künftigen Pracht vorzustellen, denn er versteht es, mit dem Pinsel eine Welt aus dem Nichts zu erschaffen. Thea weiß, dass seine Träume wahr werden, wenn sie ihm dabei zusieht, wie er seine Kulissen malt, wie er, ein wahrer Zauberkünstler, Bäume und Strände, Haine, venezianische Palazzi und bescheidene Bauernhäuser entstehen lässt. Ihre Bewunderung für sein Talent ist untrennbar mit ihrer Erwartung an ihn als Mann verbunden. Thea kann diese beiden Gefühle nicht auseinanderhalten, sie kann nicht entflechten, was sich schneller zusammenfügt, als sie denken kann, und sie will es auch nicht. Es gibt Tage, da fühlt sich Thea wie besessen von dem Gedanken an all die Zukünfte, die in ihm stecken und die auch ihr, wie sie glaubt, verheißen sind. Sogar in den Wolken am Himmel sieht sie schemenhaft seine Gesichtszüge, wenn sie von der Schouwburg nach Hause geht. Ihre tiefste Freude ist, dass Walter genau dasselbe fühlt wie sie. Sie sind in ihrer inneren Welt für immer eng und liebevoll verbunden.

*

Thea lässt Rebecca in ihrer Garderobe zurück und folgt Walter durch die düsteren Gänge des Theaters, steigt über Taurollen und Kostüme, die herumliegen, als hätten sich die Schauspieler, die sie trugen, plötzlich in Luft aufgelöst. Sie kennt den Weg zum Malsaal mittlerweile so gut, dass sie ihn mit geschlossenen Augen gehen könnte. Walter stößt die Tür auf und tritt zur Seite, um sie einzulassen. Sie liebt diesen Raum, den Geruch von Leinöl und Farbe und frisch gesägtem Holz. Sie genießt es, zwischen halbfertigen Kulissen hin und her zu wandern, unter einem Bogen hindurch, der noch bemalt werden muss, oder durch eine kleine Tür zu gehen, hinter der nichts ist als höchstens ein Bündel Lumpen. Das Atelier fühlt sich an wie ein Vorzimmer ihres künftigen Lebens. Eines nicht so fernen Tages, das spürt sie tief in ihrem Inneren, werden sie aus diesem Raum hinaustreten, und etwas Neues wird beginnen. Etwas, das auf eigenen Beinen stehen kann, wird fertig gebaut, gemalt, geschaffen worden sein.

»Ich mache gerade Palmen«, sagt Walter. »Ein neues Bühnenbild. Für *Das Leben ist ein Traum* von Calderón.«

»O ja«, sagt Thea, obwohl sie dieses Stück nie gelesen hat. Sie nimmt sich vor, das nachzuholen.

»Ort der Handlung soll irgendwo im Süden sein, wo es heiß ist, darum habe ich Palmen vorgeschlagen. Das wird den Zuschauern so einheizen, dass sie am liebsten ihre Wollsachen ausziehen würden.«

Thea steht vor Walters drei turmhoch aufragenden gespannten Leinwänden. Die Küste, die Walter gemalt hat, hat mit einem niederländischen Meeresstrand kaum etwas gemeinsam – kein dunkelbraunes oder schiefergraues Wasser, keine Unmengen von Steinen. Das Wasser ist fast türkisfarben und erstreckt sich endlos bis zum fernen Horizont. Am Ufer sind riesige Muscheln angeschwemmt worden, die fast beseelt wirken und deren geheimnisvolles Inneres etwas tief Vertrautes erahnen lässt. Der blassgelbe

Sand reicht bis zu einem Saum riesiger Palmen, die alle mehr oder weniger schräg stehen und deren Wedel Schatten werfen.

Walter deutet zum oberen Rand der Kulisse. »Das sind Kokospalmen«, sagt er. »Offenbar kann es passieren, dass man von so einer Nuss erschlagen wird, wenn sie einem auf den Kopf fällt. Kannst du dir das vorstellen? Ich weiß nicht, ob ich sie richtig getroffen habe. Ich habe noch nie eine gesehen.«

Walter ist so begabt darin, eine andere Realität zu schaffen, dass Thea fast ein bisschen Angst bekommt, sie selbst könnte einer dieser exotischen Früchte, die zwischen den gemalten Blättern hervorschauen, zum Opfer fallen. »Schrecklicher Gedanke, von einem Baum ermordet zu werden«, bemerkt sie, »auch wenn du ihn gemalt hast. Sie sehen wunderschön aus.«

Er wendet sich ihr zu und nimmt sie in die Arme. Er hat es gern, wenn sie ihn lobt. »Nicht so schön wie du«, sagt er und schmiegt sein Gesicht an ihren Hals. Theas ganzer Körper beginnt von innen heraus zu vibrieren. Er zieht ihr das Schultertuch über den Kopf. »Lass mich deine Wollsachen ausziehen«, murmelt er.

»Walter«, sagt sie streng, aber sie lässt sich gerne von ihm den Mantel abnehmen. Seine Finger streichen ihre Wirbelsäule hinauf und hinunter, und es fühlt sich an, als würde er ihren ganzen Körper auf einmal berühren. Sie bekommt eine Gänsehaut. Das Gefühl ist unbeschreiblich.

Manchmal denkt Thea, sie sollte es vielleicht damit genug sein lassen, dass er über ihrer Bluse ihre Wirbelsäule entlang streichelt. Ja, schon, aber sie weiß auch, dass es noch so viel mehr an ihrem Körper zu berühren gibt. Ohne Zweifel ist Thea nicht die erste Frau in Walters Leben, sosehr es sie auch schmerzt, sich das einzugestehen. Es kann nur eine Frage der Zeit sein, bis Theas Hals und Rücken ihm nicht mehr genügen. Ihr vielleicht auch nicht. Thea will alles von ihm, sie will, dass er hungrig nach ihr ist, aber sie will auch, dass, wenn sie mit ihm zusammen ist, nicht mehr passiert als das. Sie genießt es so, wenn er ihre Wirbelsäule entlangfährt, das macht seltsame Dinge mit ihren Fußsohlen, mit dem geheimen Ort zwischen ihren Beinen.

»Immer nur diese kurzen verstohlenen Begegnungen hier, das

geht auf die Dauer nicht«, flüstert sie. »Ich habe jedes Mal Angst, dass jemand hereinplatzt. Rebecca sagt –«

»Rebecca Bosman ist einfach nur eine Nervensäge«, sagt Walter gereizt. »Eine überspannte, einsame Frau. Sie kann nicht unterscheiden zwischen den Rollen, für die sie bezahlt wird, und dem Leben abseits der Bühne.«

»Walter! Das ist nicht nett.«

Er tritt einen Schritt zurück und sieht auf sie herab. »Und du glaubst, dass Rebecca nett ist? Sie denkt nur an ihre Auftritte.«

»Aber –«

»Schh«, sagt er, hebt Theas Kinn an und drückt seine Lippen auf ihre. Alles Reden hat ein Ende, Thea verstummt vor Lust, als ihre Zungen einander berühren. Sie drückt sich enger an Walter, küsst ihn inniger, während er ihre Taille umfasst und sie auf die Zehenspitzen hebt.

»Ich könnte zu dir nach Hause kommen«, flüstert sie. »Warum sollen wir uns im Theater treffen, wenn ich zu dir kommen kann?«

»Das wäre mir am allerliebsten, aber meine Vermieterin erlaubt das nicht«, murmelt er. »Ich würde meine Wohnung verlieren. Und hier ist es doch nicht schlecht, oder? Niemand stört uns. Ich habe dich für mich, und du hast mich. Du bist mein Geheimnis, und ich bin deines.

»Ja, das stimmt.«

»Ist es dir bequem genug? Ich werde Kissen besorgen –«

»Nein, Walter, es ist perfekt. Und … zumindest können wir hier sicher sein, dass niemand unser Geheimnis verrät.«

»Ich hoffe es.« Er schaut weg, fast schüchtern. »Würdest du … denkst du, du wirst deiner Familie irgendwann einmal von mir erzählen?«

»Oh, ich möchte es schon«, sagt Thea. »Ja, sehr sogar. Aber wie sollte ich so ein Gespräch beginnen? Mein Vater, meine Tante … das wäre sehr schwierig. Du bist Pyramus, und ich bin Thisbe, und wir sind im kalten Griff des Schicksals gefangen, getrennt durch eine dicke Mauer.«

Walter lacht. »Das ist nicht lustig«, protestiert Thea. »Du weißt, ich liebe dich so sehr.«

»Und ich liebe dich. Über alles.«

»Mehr als die Malerei?«

»Das ist eine grausame Frage. Du bist ja noch strenger als meine Vermieterin.«

»Na ja, Kost und Logis kann ich dir nicht bieten ... aber ...« Thea zögert. »... wenn du vielleicht mit einem gemeinsamen Bett vorliebnehmen wolltest ...«

Walter sieht sie an und beginnt sie wieder zu küssen, leidenschaftlicher als je zuvor. Seine Hand schlüpft unter ihre Bluse, seine Finger auf ihren Brüsten fühlen sich warm und vertraut an. Thea denkt, wenn er ihr unter die Röcke fasste, würde sie es zulassen, sie könnte gar nicht anders. Sie taumeln zurück bis an die weiß getünchte Wand, halb verdeckt von einer alten Kulisse, die einen griechischen Tempel darstellt. »Was machst du mit mir?«, flüstert er.

»Das«, flüstert sie zurück, und ihre Hand schleicht hinunter zu der hart ausgebeulten Stelle an seiner Hose. Er stöhnt, drückt sich noch enger an sie, und in diesem Moment hören sie, wie die Tür geöffnet wird. Sie fahren auseinander, immer noch hinter der Kulisse.

»Dein Kleid für heute Abend«, sagt eine klare Stimme, die es gewohnt ist, sich in großen Räumen Gehör zu verschaffen. Es ist Rebecca. »Fabritius hat es für dich ausgelassen.«

Thea hält sich die Hand vor den Mund, um das Kichern zu unterdrücken, das aus ihr hervorbrechen will. Walter, zerzaust und erhitzt, blickt sie lüstern an.

»Ich nehme an, du bist hier drin, Thea«, sagt Rebecca. Ihre Stimme klingt jetzt strenger. »Und es ist halb fünf. Falls du die Zeit vergessen haben solltest.«

Thea kann die Röcke ihrer Freundin rascheln hören, als sie durch den Raum geht und das Kleid über die Lehne von Walters Stuhl hängt. »Ich hoffe, du hast einen schönen Abend«, sagt Rebecca. »Dass du das Beste daraus machst. Komm mich bald wieder besuchen, ja?« Es entsteht eine Pause. »Und – Thea? – gib auf das Kleid acht.«

Die Tür zum Malsaal schließt sich wieder. »Wovon redet sie?«, fragt Walter. »Von welchem Kleid?«

Thea verdreht die Augen und geht einen Schritt weit weg von der Wand, die intime Stimmung ist verdorben. »Clara Sarragons Dreikönigsball«, sagt sie. »Meine Tante hat alle Hebel in Bewegung gesetzt, damit wir eingeladen werden, und sie hat es leider geschafft.«

Walter macht große Augen. »Das ist eines der berühmtesten Feste in der Stadt. Ich wusste, dass du an der Herengracht wohnst, aber dass deine Familie so gute Beziehungen hat, überrascht mich dann doch.«

»Haben wir ja auch nicht, natürlich nicht«, sagt Thea. »Meine Tante hätte es nur gerne. Ich weiß nicht, warum sie mich unbedingt da hinschleppen will: Es werden nur lauter langweilige Kaufleute da sein, die nichts Besseres zu tun haben. Rebecca ist auch eingeladen, aber sie hat heute Abend eine Vorstellung. Und du, hast du eine Einladung bekommen?«

»Ja klar, alle Reichen und Mächtigen dieser Stadt reißen sich geradezu um mich, oder was denkst du?«

»Nun, warum sollten sie dich nicht einladen? Du bist ein berühmter Künstler.«

»Ich bin ein Kulissenmaler.«

»Du bist der Bühnenbildner des Theaters.«

»Es ist nicht meine Welt«, sagt er kurz. »Solche Leute wie ich sind denen vollkommen fremd.«

»Solche wie ich auch«, erwidert Thea. Walter schweigt. »Die könnten froh sein, wenn du auch nur für eine Viertelstunde da vorbeischauen würdest«, fügt sie hinzu.

»Ich lege gar keinen Wert darauf«, sagt er. »Es tut mir nur leid, dass du gehen musst.«

»Mir auch«, seufzt Thea. Sie streicht ihre Bluse glatt, steckt sie wieder ordentlich fest und rückt ihre Haube gerade.

»Warte«, sagt er. »Du glaubst vielleicht, ich hätte vergessen, dass du heute Geburtstag hast, aber ich habe mir etwas für dich überlegt.«

Thea spürt ein freudiges Kribbeln. Plötzlich sinkt Walter auf die Knie und hebt ihre Röcke hoch. »Was machst du da?«, fragt sie.

Er hält inne und streckt seinen Kopf unter ihren Unterröcken hervor. »Soll ich es besser nicht tun?«

»Was? Wovon redest du?«

Er grinst. »Wart's ab«, sagt er und verschwindet wieder.

Und dann spürt Thea seine Zunge, die sich an ihr zu schaffen macht. »Oh, lieber Gott«, haucht sie, während sich eine unbeschreibliche Wärme in ihr ausbreitet. »Walter, es könnte jemand reinkommen.«

»Nun, ich bin versteckt«, murmelt er. »Ob *dich* jemand sehen kann, weiß ich nicht.«

»Aber –«

»Willst du, dass ich aufhöre?«

»Nicht.«

Thea hat ein Gefühl, als würde ihr Körper unter seinen Liebkosungen dahinschmelzen, als lernte sie gerade sowohl eine bis jetzt ungeahnte Verletzlichkeit kennen als auch eine unglaubliche Stärke. »Sag mir, dass du mich liebst«, flüstert sie.

»Ich liebe dich«, flüstert er, ohne von ihr abzulassen. Sie erschaudert und schreit auf, während er sie fest umklammert. Nie zuvor hat Thea mit solcher Gewissheit gespürt, dass jemand ihr die Wahrheit sagt.

Walter taucht verschmitzt lächelnd auf. »Dieser Geburtstag ist der schönste in meinem ganzen Leben«, sagt Thea. »Und das verdanke ich dir.«

Er küsst und küsst sie, auf ihre Augenlider, ihren Mund, ihre Wangen, ihren Hals. Sie erwidert seine Küsse, und sie umarmen und drücken einander ganz fest. »Soll ich nächsten Mittwoch wieder herkommen?«, flüstert sie.

»Ich warte auf dich.«

Widerwillig verlässt Thea ihre gemeinsame kleine Welt des Malsaals. Rebecca hatte recht: Sie wird zu spät kommen. Sie rennt vor Walters Palmen, seiner Zunge, seinen Händen davon, Rebeccas goldenes Kleid über ihren Arm gelegt. Ihr Körper singt, die Stelle zwischen ihren Beinen singt am meisten. Sie kann nicht glauben, was gerade geschehen ist, dass sie eine solche Offenbarung raffinierter Lust erlebt hat, und das an ihrem Geburtstag. Endlich, endlich hat sie der Kindheit Lebewohl gesagt.

Die Keizersgracht und die Leidsegracht entlang hastet Thea in ihren schweren Röcken nach Hause. Man hat ihr immer wieder gesagt, dass sie nichts von der Welt weiß, und doch weiß sie so viel. Sie weiß von Orten, an denen sie nie gewesen ist. Das Innere ihres Kopfes ist eine Lagune, und die Sterne, die sich in ihrem Wasser spiegeln, sind noch unbenannt. Sie ist ein Licht in ihrem Inneren, und die Liebe, die sie für Walter empfindet, befeuert sie, während sie in die zunehmende Dunkelheit läuft.

V

Thea weiß, dass etwas nicht stimmt, als sie durch die Haustür tritt. Sie erwartet, dass Cornelia erscheint und sie zurechtweist, weil sie sich verspätet hat, aber es kommt niemand. Es herrscht eine dumpfe Stille, nicht die hektische Betriebsamkeit von Vorbereitungen für einen Ball ist zu spüren, sondern etwas Lastendes, fast Unheilvolles.

Thea steht im Flur und lauscht verunsichert. »Hallo?«, ruft sie.

Die Salontür öffnet sich, Cornelia huscht heraus und schließt sie schnell hinter sich. Sie geht über die schwarz-weißen Fliesen. »Komm«, sagt sie. »Wir müssen dich fertigmachen.« Sie wirft einen Blick auf das geliehene Kleid, das Thea über dem Arm trägt. »Das ziehst du doch nicht an, oder? Ich habe dein Kleid schon oben zurechtgelegt –«

Thea lässt sie nicht ausreden. »Cornelia«, sagt sie und neigt ihren Kopf in Richtung des Salons, »was ist da drinnen los?«

»Nichts, worüber du dir Sorgen machen müsstest.« Aber Cornelias blasses, ernstes Gesicht sagt etwas anderes.

Thea geht entschlossenen Schritts in Richtung der Salontür. »Warte«, zischt Cornelia mit einer solchen Dringlichkeit und Autorität, dass Thea gehorcht. Sie spürt ein unheilverkündendes Pochen, erst im Magen, dann auch weiter oben in der Brust. Einen Moment lang denkt sie, dass sie und Walter vielleicht aufgeflogen sind, dass sie in größeren Schwierigkeiten steckt, als sie sich je vorstellen konnte. Aber sicher wäre dann ihre Tante längst auf sie zugestürmt, gefolgt von ihrem Vater in stummem Entsetzen.

»Es ist etwas passiert«, sagt Cornelia.

»Was ist passiert? Bei uns passiert doch nie etwas.«

Cornelia fährt sich mit ihrer von lebenslanger harter Arbeit gezeichneten Hand über die Stirn. »Wenn du unbedingt reingehen musst, und ich weiß, dass ich dich nicht aufhalten kann –«

»Nein, das kannst du nicht. Ich bin jetzt achtzehn –«

»Ich weiß. Ich *weiß* es. Aber wenn du reingehst, Thea, sei behutsam.«

Dies ist eine überraschende Anweisung. Warum sollte Thea behutsam sein, wo sie doch diejenige ist, die im Dunkeln tappt? »Wann bin ich denn nicht behutsam?«, fragt sie. Cornelia wirft ihr einen strengen Blick zu.

»Ist jemand gestorben?«, fragt Thea gereizt, obwohl sie sich nicht vorstellen kann, wer das sein könnte. Abgesehen von Walter hat sie niemanden zu verlieren.

Einen Moment lang schließt Cornelia die Augen. »Geh einfach rein«, sagt sie. »Auch wenn ich bezweifle, dass dein Vater es mir danken wird.« Sie eilt davon in Richtung Küche.

Die schwindelerregenden, umwerfenden Erlebnisse im Theater haben sich in Nichts aufgelöst. Thea möchte sich an sie klammern, aber in einem Haus wie diesem ist das unmöglich. Es ist fast, als hätte es das Geburtstagsgeschenk von Walter nie gegeben. Es ist unerträglich: Warum muss ihre Familie immer alles kaputtmachen?

Sie legt Rebeccas goldenes Kleid auf dem Stuhl vor dem Salon ab und geht hinein. Ihr Vater sitzt vor einem kleinen Feuer, das den riesigen Raum kaum nennenswert zu erwärmen vermag. Ihre Tante steht am Kamin, in Gedanken versunken, das Gesicht voller Sorgenfalten. Sie blickt überrascht auf. »Thea? Warum bist du noch nicht fertig?«

»Wer ist gestorben?«, fragt Thea. »Wir können nicht auf einen Ball gehen, wenn jemand gestorben ist.«

»Niemand ist gestorben«, sagt ihr Vater. »Zumindest noch nicht.« Er seufzt.

»Papa?« Thea dämpft ihre Stimme, sie denkt daran, was Cornelia gesagt hat.

»Komm her, Kind.« Er hält ihr seine Hand hin. Thea tritt näher und fasst sie. »Es ist nichts, worüber du dir Sorgen machen musst.«

»Das hat Cornelia auch gesagt, aber ich glaube euch nicht.«

»Und das mit Recht«, sagt ihre Tante und nimmt auf der anderen

Seite des Feuers Platz. »Sag es ihr, Otto. Du kannst nicht in diesem Haus leben und es Thea verschweigen.«

»Ich hatte nicht die Absicht, es zu verschweigen«, erwidert Theas Vater in gereiztem Ton. »Aber heute ist der Geburtstag meiner Tochter, Petronella.«

»Papa, du machst mir Angst.«

Er sieht zu ihr auf. »Es ist nichts wirklich Schreckenerregendes. Es ist bedauerlich, aber es wird sich eine Lösung finden: Ich habe meine Stelle bei der VOC verloren.«

»Was? Du bist gegangen?«

Ihr Vater sieht sie betrübt an. »Sie haben mich entlassen.«

Einen Moment lang versteht Thea nicht. Entlassen? Wie ist das denn möglich? Solange sie denken kann, hat er in diesem Unternehmen gearbeitet. Er ist tüchtig, sehr tüchtig: Fünfzehn Jahre lang hat er gewissenhaft die aus dem Osten eingehenden Waren in Registern verzeichnet: Muskatnuss, Salz, Zimt, Nelken, Seide und Baumwolle, Kupfer, Porzellan, Silber, Gold und Tee – Thea kennt sie alle, das ganze Amsterdamer Sammelsurium von Luxusgütern und Raritäten, die direkt vor seiner Nase hereinströmen, die er in Empfang nimmt und weiterleitet. Das ist es, was ihr Vater tut.

Sie blickt auf ihn hinab, ihren fleißigen und engagierten Vater, der seine Hände offen hinstreckt, als wollte er eine Antwort in den Handlinien lesen. »Das verstehe ich nicht«, sagt sie.

»Sie haben gesagt, ich bin zu alt.«

»Zu *alt*?« Thea erinnert sich mit schlechtem Gewissen an ihre Gedanken heute Morgen, als sie ihn im Nachthemd gesehen hat. Sie wünschte, sie könnte sie zurücknehmen. »Du bist nicht zu alt.«

»Sie sagen, ich sei langsamer als die anderen.«

Tante Nella macht ihrem Abscheu in einem Schnauben Luft.

Thea spürt, wie ihre Kehle eng wird und einen leichten Schwindel. Ihr Vater ist mit einem Mal nicht mehr der, der er immer war, sondern etwas anderes: ein Mann, der kritisiert wird. Es ist eine erschreckende Erkenntnis. Sie möchte zur VOC rennen und jemanden anschreien. Sie wirft einen Blick auf ihre Tante, die eher resigniert wirkt, wenn auch grimmig.

»Aber einige deiner Kollegen sind genauso alt wie du«, sagt Thea.

»Bert Schippers – der ist uralt. Einige von denen sind schon über *sechzig*.«

»Das habe ich auch gesagt«, erwidert ihre Tante.

Cornelia kommt herein und steht unglücklich in der Ecke. »Hat jemand Hunger?«

»Ich hätte nicht gedacht, dass das passiert«, sagt ihr Vater. »Ich hätte es sehen müssen. Sie haben mich nur mit den kleinsten Geschäften betraut. Nichts als Kleinkram. Nichts von Bedeutung, trotz meiner Erfahrung.«

»Männer bei der VOC kommen und gehen wie die Gezeiten«, sagt Cornelia. »Du bist geblieben.«

Er sieht zu ihr hinüber. »Bis jetzt.«

»Es ist ungeheuerlich«, sagt Tante Nella und schlägt mit der Hand auf den Kaminsims. »Ständig schwingen sie bei der VOC und in unserer ganzen Republik große Reden darüber, dass Streben nach Höherem und Tüchtigkeit belohnt werden, während man in Wirklichkeit nur ein paar Männer aus den richtigen Familien aufsteigen lässt.«

»Die richtigen Familien«, sagt Theas Vater. »So kann man es auch ausdrücken.«

Es herrscht ein langes Schweigen. Die vier denken über eine Zukunft nach, die plötzlich noch ungewisser geworden ist. Es ist, als ob die Taue, mit denen sie festgebunden gewesen waren, durchgeschnitten worden wären und Thea und ihre Familie in unbekannte Gewässer abgetrieben würden, ohne zu wissen, wohin die Reise geht. Sie weiß, was ihr Vater ihr nicht sagen will – dass diese Entlassung vielleicht nichts mit seinem Alter zu tun hat oder damit, wie langsam oder wie schnell er seine Arbeit erledigen kann oder ob er aus der richtigen Familie kommt. *So kann man es auch ausdrücken.* Sein müder Gesichtsausdruck verrät Thea alles. Sie weiß, dass ihre Familie sie über die Jahre hinweg vor den neugierigen Blicken und den Bemerkungen der Leute abgeschirmt hat. Ihre Hoffnung, dass Thea sie nicht bemerkt, ist fast mitleiderregend. Manchmal wünscht sie sich, sie hätten einfach das Offensichtliche ausgesprochen, statt so zu tun, als hätte es nichts weiter zu bedeuten, wenn Leute versuchten, ihr in die Haare zu greifen, oder fragten, woher sie komme und warum sie so aussehe, wie sie aussah, da sie doch vollkommen akzentfrei spreche. Vielleicht war nicht das Alter von Otto Brandt daran schuld, dass sein Name im großen Buch der VOC durchgestrichen worden war. Sie werden es wahrscheinlich nie erfahren.

»Nun«, sagt sie, »du wirst bestimmt bald was Neues finden.«

Keiner antwortet. Ihr Vater starrt in das kümmerliche Kaminfeuer.

»Thea, dein Kleid liegt auf deinem Bett«, sagt ihre Tante. »Geh und zieh dich an.«

Cornelia öffnet die Tür und winkt Thea, ihr zu folgen. Thea sieht ihre Tante ungläubig an. »Wir gehen trotzdem hin?«

»Wir brauchen die guten Beziehungen der Familie Sarragon jetzt erst recht.«

»Aber –«

»Thea, bitte. Tu, was deine Tante verlangt«, sagt ihr Vater.

Thea hasst es, wenn die beiden sich gegen sie verbünden. Sie kann es nicht fassen, dass er es tatsächlich sich und ihr zumuten will, bei dieser Farce mitzumachen. Aber sie denkt daran, was Cornelia zu ihr gesagt hat, und lässt sich ihre Empörung nicht anmerken: Sie beugt sich vor und küsst ihn auf die Wange, dann geht sie mit Cornelia hinaus. Während diese bereits die Treppe hinaufsteigt – ohne Zweifel, um die Bienenwachspomade anzumischen, die die krausen Locken ihres Schützlings bändigen soll –, bleibt Thea an der Tür stehen, um zu lauschen, was ihr Vater und ihre Tante nun, da sie allein sind, reden werden.

»Aber warum jetzt?«, sagt Tante Nella. »Nach all den Jahren? Das ist so eine Gemeinheit! Dass sie dich so behandeln können!«

»Es gibt einen neuen Chef. Es ist so eine Stimmung, die in der Luft liegt. Sie haben schon die ganze Zeit darauf gewartet. Es kann alle möglichen Gründe geben. Letztlich ist es egal, sie taugen allesamt nichts.«

»Was sollen wir jetzt tun? Ohne dein Einkommen weiß ich nicht –«

»Ich werde mir etwas einfallen lassen.« Ihr Vater klingt, als wollte er, dass Tante Nella endlich still ist.

»Es ist richtig, dass wir auf den Ball gehen«, sagt sie. Ihre Absätze klacken auf dem Parkett – offenbar geht sie nervös im Salon hin und her. »Das siehst du doch auch so, oder nicht? Und so, wie die Lage jetzt ist, mehr denn je.«

»Versuch nicht, das auszunutzen, um deine Pläne durchzudrücken, Petronella. Dass ich meine Stelle bei der VOC verloren habe, ändert nichts für Thea.«

»Es ändert sehr wohl etwas, es ändert alles.«

Thea sieht durch das Schlüsselloch, wie ihr Vater den Kopf in die Hände stützt. »Ich weiß, dass es eine Sünde ist, die ich einmal bitter büßen muss«, sagt er, »aber an Tagen wie heute bin ich froh, dass Marin dieses Elend nicht erleben musste.«

Thea klammert sich an den Türrahmen. Es ist unerträglich, erleben zu müssen, wie sie sich ihretwegen zanken, wie ihr Vater so etwas über ihre Mutter sagt. Sie hatte sich gewünscht, sie würden über Marin Brandt sprechen, aber nicht auf diese Weise. Ihr Geburtstagswunsch wurde auf ganz verkehrte Art und Weise erfüllt. Und was genau sind diese Pläne, die ihre Tante nach Ottos Meinung durchdrücken will? Thea würde am liebsten zu ihrem Vater hinlaufen, ihm versprechen, dass sie ihm eine neue Stellung suchen wird, dass sie selbst eine Arbeit annehmen wird. Aber tief in ihrem Herzen weiß sie, dass das leeres Gerede wäre. Diese Dinge liegen nicht in ihrer Hand. Ein Gefühl absoluter Machtlosigkeit überkommt sie. Es ist, als blickte sie durch das Schlüsselloch auf eine Unterwasserwelt. Sie kann nicht hineingehen und helfen, weil sie dort nicht atmen könnte.

Eine Hand legt sich auf ihren Arm. Thea dreht sich um: Hinter ihr steht Cornelia und sieht sie streng an. Sie nimmt Rebeccas goldenes Kleid von dem Stuhl, auf den Thea es gelegt hat. »Komm, Thea«, flüstert sie.

»Aber –«

»Nein. Du hast genug gehört.«

VI

Clara Sarragons Haus an der Prinsengracht ist ganz neu. Es wurde erst Ende 1704 fertiggestellt, eben rechtzeitig, damit die Familie zu Weihnachten einziehen konnte. Es ist riesig. Ein herrschaftlicher Bau mit Mittelportal, die Mauern aus schwarzem Backstein, in Stein gemeißelte Blumenornamente unter jedem der hohen Fenster und Cherubim darüber. Durch die Scheiben dringt der Schein von Kronleuchtern, und riesige Fackeln brennen auf beiden Seiten der offenen Flügeltüren, flankiert von zwei Lakaien in Livree, deren Gesichter im Licht der Flammen glänzen.

Nella, Otto und Thea zögern am Fuß der Steintreppe. Sie stehen am Rande eines Abgrunds, und doch führt der einzige Weg nach oben.

»Eine Stunde«, sagt Otto. »Eine Stunde lang mache ich das mit.«

»Vielleicht vergnügt es dich, wenn du erst einmal drin bist«, erwidert Nella. »Überleg doch, wie gut das Essen sein wird. Sie hat wahrscheinlich ein ganzes Bataillon Köche engagiert.«

»Wir essen zu Hause auch nicht schlecht«, sagt er. »Warum hat sie uns überhaupt eingeladen? Damit die anderen Gäste was zu gaffen haben?«

»Otto, bitte. Nicht jetzt. Komm, stell dich nicht so an. Wir machen uns ja lächerlich, wenn wir uns hier draußen herumdrücken.«

Sie gehen die neun Stufen hinauf, vorbei an den Lakaien, die vor sich hin starren, als wären die drei unsichtbar. »Wofür sind die überhaupt gut?«, murmelt Otto, als sie den Hauptgang betreten. »Lebende Statuen? Teil des Unterhaltungsprogramms?«

»Willst du die ganze Nacht so sein oder nur die eine Stunde, die du mir versprochen hast?«, zischt Nella. Sie bereut ihre Worte sofort. Er verzieht das Gesicht: Was für ein Tag – erst die VOC und dann auch noch ein Abend bei Clara Sarragon. Thea wirft ihr einen bösen Blick zu, aber Nella hat bereits eingesehen, dass sie zu hart war. »Es tut mir leid«, flüstert sie. »Entschuldige, Otto. Ich bin einfach nervös.«

Er tut so, als hätte er sie nicht gehört. Die Eingangshalle, in der sie stehen, ist so hoch wie eine Kathedrale und strahlend hell erleuchtet von tausend honigfarbenen Kerzen. Die Wände sind mit nagelneuem rotem Leder tapeziert, Schweinsleder, wie es aussieht, und jedenfalls dick und erdrückend prächtig. Zwei riesige Gemälde hängen auf beiden Seiten des Flurs. Soweit Nella das Thema erkennen kann, bevor ein anderer Lakai ihnen die Hüte und Umhänge abnimmt, stellen sie die Verkündigung und die Auferstehung dar. Sie haben schwindelerregende Ausmaße, es wimmelt nur so von Figuren, und die Details deuten eher auf die Hand eines Meisters als auf eine Werkstatt hin. Dazwischen ragen zwei übergroße geschlossene Türen empor.

Der Diener kommt zurück und gibt Nella eine nummerierte Garderobenmarke aus Kupfer. Sie dankt ihm und steckt die Marke in ihren Samtbeutel. Sie mustert ihre Begleiter. Otto, in seinem feinsten Wams aus schwarzem Wollstoff, seinem mit Borten verzierten Hemd, dem breiten mit Stickereien verzierten Kragen sieht elegant aus, aber seine Miene drückt Unbehagen aus. Sie kann ihn verstehen, denn auch ihr ist nicht wohl zumute. Das dumpfe Dröhnen, das aus dem Ballsaal jenseits der geschlossenen Türen dringt, das Geräusch von Hunderten von Stimmen, die im Wechsel mit der Musik des Orchesters anschwellen und wieder leiser werden, ist einschüchternd. Otto und Marin haben wohl Johannes gelegentlich zu solchen Festen begleitet, sie selbst war aber nie dabei. Die Veranstaltungen, zu denen Johannes Nella mitnahm, waren kleiner, nur Kaufleute und Mitglieder der Zünfte und ihre Frauen kamen dort zusammen, und es wurde über Geschäfte geredet. Sie erinnert sich an den Ball der Silberschmiede, der in einem winzigen Gebäude stattfand, verglichen mit diesem hier. Jetzt gibt es keinen Johannes, der sie beschützt. Nella nimmt sich zusammen. Sie ist jetzt achtzehn Jahre älter. Sie ist kein kleines Mädchen mehr.

Sie wirft einen Blick auf ihre Nichte, die so wirkt, als ließe die ganze Pracht um sie herum sie vollkommen kalt. Es ist, als sähe sie all diese Herrlichkeiten an, ohne sie wirklich wahrzunehmen. Sie trägt ein goldenes Kleid, das sie sich offenbar aus dem Schauspielhaus geliehen hat, und sie glänzt wie die Hauptfigur auf einem Altarbild. Ihre aufrechte Haltung, ihre Jugend und Schönheit, dieses schimmernde Gewand: Thea passt viel besser in diese Umgebung als ihre Tante oder ihr Vater. Nella unterdrückt einen Anflug von Neid, einen Anflug von Trauer um ihre eigene Jugend. Sie selbst trägt ihr bestes Kleid – ein silbernes, das Johannes vor langer Zeit für sie hat machen lassen. Sie hat seitdem weder ab- noch zugenommen, aber es kommt ihr falsch vor, dass es noch passt, dass sie dasselbe Kleid trägt, das sie in einem anderen Leben trug. Einen Moment lang wünscht sie sich, sie wäre wieder achtzehn, in einem goldenen Kleid und nicht in einem silbernen.

Nein, sagt sie sich. Du bist wegen Thea hier, nicht, um alten Erinnerungen nachzuhängen.

»Kopf hoch«, flüstert sie, obwohl Thea die Belehrung offensichtlich nicht nötig hat. »Wir haben genauso viel Recht, hier zu sein, wie alle anderen auch.«

Ein Schwall von Menschen, die eben ankommen, drängt sie weiter zu den Türen des Ballsaals, die aufgehen, als sie sich nähern. Die Hitze schlägt über ihnen zusammen wie eine Woge, und für einen Moment vergisst Nella zu atmen. Wenn schon die Fassade des Hauses und die Eingangshalle beeindruckend waren, dann ist dieser Raum spektakulär.

»Die Pastoren auf ihren Kanzeln werden sich gar nicht mehr einkriegen«, murmelt Otto und betrachtet die verspiegelten Wände. Überall sind Spiegel, an den Seiten und – es ist nicht zu fassen – sogar über ihren Köpfen: An der Decke gibt es keine Trompe-l'œil-Malereien, keine Stuckverzierungen, keine Fresken – nur riesige golden umrahmte Flächen von verspiegeltem Glas. Die Stimmen der Gäste sind eine Kakophonie, die mit den Geigenklängen verschmilzt und gegen sie anbrandet. Die Diener mit ihren Tabletts, auf denen Karaffen und Kristallgläser stehen, schlängeln sich im Zickzackkurs zwischen weiten Röcken und torkelnden Männern durch.

Die vornehmsten Gäste sind die *Regenten* und *Regentinnen*, Mitglieder jener Patrizierfamilien, die seit Generationen in dieser Stadt das Sagen haben: Sie halten das Staatssäckel in der Hand, nicht die Kaufleute, von denen das Geld in diesem Säckel stammt. Nella kommt Ottos Frage wieder in den Sinn – *Warum hat sie uns überhaupt eingeladen? Damit die anderen Gäste was zu gaffen haben?* –, und einen Moment lang bedauert sie, dass sie gekommen sind, denn außer den Lakaien und ein paar Musikern sieht sie niemanden, der so aussieht wie sie. Vielleicht hat er recht: Sie sind eingeladen worden, um dem Publikum den besonderen Reiz des Skandals zu bieten: der Schwarze, der an der Herengracht wohnt, seine Mischlingstochter und die Witwe des Mannes, den man zur Strafe für seine Sünden ertränkt hat. Hierherzukommen war ein schrecklicher Fehler.

Sie ist schon entschlossen, die Flucht zu ergreifen, die Ihren bei der Hand zu nehmen und zur Herengracht zurückzukehren, als aus der Menge Clara Sarragon auftaucht, von Kopf bis Fuß in leuchtend türkisfarbene Seide gekleidet. »Ah!«, ruft Clara mit durchdringender Stimme, »Madame Brandt. Sie sind herzlich willkommen. Aber Sie haben ja gar keine Erfrischung!«

Nella macht einen tiefen Knicks. »Madame Sarragon. Ich bin sicher, ich werde eine finden.«

»Nein, die Erfrischung wird *Sie* finden, Madame.« Clara winkt mit der Hand in Richtung eines ihrer Lakaien. »Dafür sind die Leute schließlich da.« Sie lächelt und lässt zwei Reihen gepflegter Zähne blitzen. Unglaublich, denkt Nella. Die Frau ist über fünfzig, und man munkelt, dass sie von morgens bis abends kandierte Früchte isst.

Clara wendet sich Otto und Thea zu. »Endlich lernen wir einander persönlich kennen«, sagt sie und streckt Otto die Hand hin. »Ich habe schon viel von Ihnen gehört.«

Nella spürt, wie sich ihr Brustkorb zusammenzieht. Sie will nicht, dass Otto denkt, sie rede hinter seinem Rücken über ihn. Otto nimmt die Hand der Frau und beugt sich vor, um einen Kuss darauf zu hauchen. »Madame Sarragon«, sagt er. »Und ich von Ihnen.«

In Claras Gesicht flackert etwas auf, aber sie unterdrückt es gleich wieder. »Das ist Ihre Tochter Thea?«

»Ja, genau.«

Claras Blick wandert an Theas Körper hinunter und wieder hinauf zu ihrem Gesicht. »Haben Sie Geschwister?«

»Nein, Madame Sarragon«, antwortet Thea.

»Dann ruhen also alle Hoffnungen auf Ihnen.«

»Wie bitte?«

Clara lacht. »Darum kommen die Leute doch hierher, liebes Kind. Hat man Ihnen das nicht gesagt? Sie sind hier, um einen Ehemann zu finden.«

Thea dreht sich stumm zu ihrer Tante um. Sie starrt ihren Vater an, der den Blick abwendet. Bevor Nella etwas sagen, etwas erklären kann, fährt Clara Sarragon fort. »Sie haben es ihr wirklich nicht gesagt?«, fragt sie. »Sie haben sie nicht vorbereitet? Oh, was für eine böse Überraschung!« Sie lacht helltönend. »Sie hätten mich warnen sollen, Madame Brandt. Dann wäre ich nicht so taktlos mit der Tür ins Haus gefallen.« Sie wendet sich an Thea. »Nun, Thea Brandt, Sie werden schnell lernen. Meine Töchter hier werden Sie anleiten.«

Sie winkt erneut mit der Hand, und wie aus dem Nichts kommen zwei junge Frauen auf sie zu. »Das hier ist eine Art von Börse«, sagt Clara. »Auf dem Parkett dieses Hauses werden Ehen angebahnt, und diejenigen, die sich schon lange dem Kreis der Mächtigen zugehörig fühlen dürfen, begegnen denen, die noch auf dem Weg dahin sind.« Sie wirft einen Seitenblick auf Nella. »Ich sorge nur dafür, dass der Handel glattläuft.« Sie tritt einen Schritt zurück und nimmt die Gruppe in Augenschein. »Ich kann nicht immer eine Garantie geben.«

Otto verzieht keine Miene, dennoch kann Nella erkennen, dass ein rasender Zorn in ihm brodelt. Wir hätten niemals hierherkommen dürfen, denkt sie. Obwohl es so heiß hier ist, sieht Thea blass aus, aber es ist zu spät, noch irgendetwas zu unternehmen, denn die Töchter von Clara Sarragon sind schon da.

Ihre Mutter stellt sie vor: »Das sind meine Mädchen, Catarina und Eleonor. Meine Lieben, kennt ihr schon Thea Brandt?«

Catarina und Eleonor wenden sich Thea zu. »Ich glaube nicht, dass wir uns schon einmal begegnet sind«, sagt Catarina. »Ich hätte es nicht vergessen.«

Aber in Eleonors blauen Augen blitzt etwas auf. »Ich schon!«, sagt sie. »Ich habe Sie von unserer Loge im Schauspielhaus aus gesehen, Fräulein Brandt. Sie sind oft dort. Tatsächlich« – sie mustert eingehend Theas glänzendes Kleid –, »ist das nicht das Kostüm, das eine der Kurtisanen in *Die Herzogin von Malfi* trägt? Haben Sie sich eine Kopie davon schneidern lassen?«

Nella spürt, wie alles in ihr sich zusammenkrampft. Das Klirren der Gläser, die Spiegel, das aufgeregte Durcheinander der Stimmen um sie herum, die alle gleichzeitig sprechen, erzeugen einen so rasend strudelnden Sog, dass ihr ganz schwindlig wird. Sie wünscht sich nur noch, sie wäre allein in ihrem Zimmer vor dem Kaminfeuer, ein Buch in der Hand. Es fällt ihr schwer zu sagen, ob die Bemerkungen dieser jungen Damen absichtlich bösartig sind. Sie möchte glauben, dass sie es nicht sind, dass das nur der gewöhnliche Plauderton bei solchen Gesellschaften ist, aber sie wagt es nicht, Otto in die Augen zu sehen. Sie ist schuld an alledem, sie allein.

In diesem Moment möchte Nella nichts anderes als Thea von hier wegbringen, aber zu ihrer Überraschung stellt sie fest, dass ihre Nichte sich nicht aus der Ruhe bringen lässt. Ohne mit der Wimper zu zucken, hält sie dem affektierten Lächeln der beiden Mädchen stand.

»Das stimmt nicht *ganz*«, sagt sie. »Das Stück war *Romeo und Julia*, und das Kleid hat mir Rebecca Bosman geliehen, die darin die Hauptrolle gespielt hat.«

Allein die Erwähnung dieses Namens beeindruckt die Mädchen so, dass sie ganz vergessen, beleidigt zu sein, weil Thea sie verbessert hat. Ihre Glubschaugen treten noch weiter hervor, aber wie ihre Mutter schaffen sie es schnell, ihre Gefühle wieder unter Kontrolle zu bringen. »Sie sind also als tragische Heldin hier«, sagt Eleonor. Catarina kichert.

Thea starrt Eleonor an, als wäre sie eine der seltsamen Kreaturen in Cornelias Menagerie. »Es ist nicht tragisch, aus Liebe zu sterben.«

Clara Sarragons Augenbrauen verschmelzen fast schon mit ihrem Haaransatz, aber Thea ist noch nicht fertig. »Julia hat wahrhaftig gelebt. Im Übrigen sehe ich keinen Sinn darin, eine Menge Geld für Kleider auszugeben, die dann an einem Abend ruiniert werden, weil einem im Gedränge dauernd irgendwelche Leute auf den Saum treten.« Sie blickt in die verschwitzte Menge und wendet sich dann wieder den Mädchen zu, als wollte sie sagen: *Ist das eure Vorstellung von einem vergnüglichen Abend?*

»Die Brandts verstehen etwas von sparsamer Haushaltsführung«, sagt Clara. »Ich bin sicher, wir könnten einiges von ihnen lernen.«

Nella will sich entschuldigen und weggehen, aber sie kommt nicht dazu, denn Clara erspäht etwas über ihre Schulter hinweg und schreit unvermittelt: »Halt! Sie da, kommen Sie her!«

Die ganze Gruppe dreht sich um und sieht einen Mann im Gedränge, der wie angewurzelt stehen geblieben ist. Man könnte ihn das genaue Gegenteil der strahlenden Bühnenschönheit Thea nennen: eine ungepflegte Erscheinung, etwa in Nellas Alter, mit wildem, dunkelbraunem Haar, das wirr vom Kopf absteht, und einem Hemd von sichtlich guter Qualität, das aber schlaff an ihm herunterhängt. Lange dünne Storchenbeine, die aussehen, als könnten sie jeden Moment knicken. Er wirkt müde und so, als wäre er lieber weit weg von hier und der Befehl der Hausherrin, zu ihr zu kommen, hätte ihm endgültig den Rest gegeben. Zu Nellas Überraschung trägt er ein silbernes Tablett mit etwas darauf, das wie Häppchen aussieht, aber er scheint kein Diener zu sein: Unbeholfen und zerzaust, wie er ist, wirkt er hier ganz fehl am Platz.

»Madame Sarragon«, sagt er und nähert sich. Er spricht wie ein Mann mit Bildung und hat etwas verhalten Vorsichtiges an sich.

»Das ist Caspar Witsen«, sagt Clara mit kaum verhohlenem Besitzerstolz. »Mein Privatbotaniker, stimmt's, Witsen?«

Der Mann schaut kurz zu Clara auf, bevor er seinen Blick wieder auf das Tablett richtet. »Das bin ich, Madame.«

»Sie müssen unbedingt seine Marmelade probieren. Oder eigentlich eher *meine*.« Sie wedelt gebieterisch mit der Hand. »Witsen, geben Sie ihnen etwas. Aber sagen Sie ihnen nicht, was es ist.«

Nella wirft einen Blick auf den Teller, den der Mann ihnen hinhält, während die Gastgeberin nach einem der winzigen Toasts greift und ihn in den Mund steckt. Überzeugt davon, dass Clara nach diesem Gespräch gewiss keinen Finger rühren wird, um Thea zu einer guten Partie zu verhelfen, nimmt auch sie ein Häppchen. Auf den Toast ist etwas angsteinflößend Gelbes geschmiert, aber sie will nichts unversucht lassen, um die Stimmung zu retten, und darum isst sie es. Zögernd folgen Otto und Thea ihrem Beispiel.

Was auch immer es ist, es ist süßer und pikanter als Erdbeeren oder Renekloden. Es fühlt sich an, als würden kleine Bläschen auf Nellas Zunge zerplatzen. Der Geschmack ist intensiver als der von Zitrone und irgendwie voller und leichter zugleich. Nella ist sich nicht sicher, ob es ihr schmeckt, aber Otto hat die Augen geschlossen, und als er sie wieder öffnet, lässt der schockierte Ausdruck in seinem Gesicht sie erstarren.

»Ananas!«, kräht Clara triumphierend. »Sie haben es nicht erraten, natürlich nicht! Haben Sie schon einmal Ananas gekostet, Madame Brandt?«

»Niemals«, antwortet Nella und schluckt den letzten Rest der unerwünschten Säure hinunter. Thea lehnt dankend ab, als Clara sie auffordert, noch ein Stückchen zu nehmen, und die Hausherrin lächelt, wobei sie einmal mehr ihre perfekten Zähne bleckt. »Und wenn ich Ihnen jetzt versichere, dass diese Frucht hier nicht in Surinam gewachsen ist, wo ich die Ananas kennengelernt habe, sondern an unseren eigenen Küsten, nur ein paar Meilen von hier entfernt – würden Sie das nicht ganz erstaunlich finden?«

»O ja, allerdings«, sagt Nella gehorsam und hasst sich selbst dafür. »Es kommt mir wie ein wahres Wunder vor.« Sie hat in den letzten Monaten genügend Zeit in der Gesellschaft von Clara Sarragon verbracht, um sich an diese Art von Frage-Antwort-Spiel zu gewöhnen, an Claras Bedürfnis nach Refrain, nach jemandem, vor dem sie prahlen kann, und nicht nach einer Gesprächspartnerin.

Clara beugt sich vertraulich zu Nella vor. »Ich habe ihn im Garten der Universität herumbuddeln sehen«, murmelt sie, wenn auch immer noch laut genug, dass er trotz des Lärms um sie herum sicher jedes Wort deutlich hören kann. »Mein Sohn studiert dort, und ich habe seinen Tutoren einen Besuch abgestattet, um zu sehen, ob sie etwas Nützliches leisten. Da sah ich also Witsen, der mit einigen der schönsten Blumen hantierte, die ich je gesehen habe. Mir war sofort klar, dass er nicht seinen Fähigkeiten entsprechend eingesetzt wurde – ich habe ein Gespür für solche Dinge. Es stellte sich heraus, dass ich recht hatte. Er hat geradezu alchemistisch grüne Daumen.«

Nella kann nicht umhin, auf die Hände des Mannes hinunterzublicken, fast erwartet sie, dass sie tatsächlich die Farbe von Gras haben. Aber sie sieht nur, dass unter seinen Nägeln jede Menge Schmutz sitzt. Caspar Witsen bemerkt das, und sie errötet, als er ihr eine Hand hinhält. »Das ist ganz normal in meinem Beruf«, sagt er. »Es ist nur Erde, Madame, nichts, wovor man sich fürchten müsste.«

»Ich fürchte mich nicht davor«, antwortet Nella. Sie kommt sich dumm vor, weil sie so etwas sagt, und er lässt seine Hand sinken, als wäre ihm plötzlich bewusst geworden, dass seine Geste ein bisschen zu aufdringlich war.

Clara mischt sich ein: »Das macht ihn noch authentischer. Es ist, als hätte ich einen Bauern in meinen Diensten, aber einen gebildeten Bauern. Caspar arbeitet jetzt auf meinem Landgut draußen in Amersfoort. Wir bauen gerade ein viel größeres beheizbares Gewächshaus für Ananas, als es die Universität hat. Ich überlege, ob ich auch Mango- und Guavenkulturen anlegen lassen soll. Ich träume davon! Die Früchte der Kolonien – vor meiner Haustür und auf den Tellern meiner Gäste!«

»Und was haben Sie mit all Ihren Erträgen vor, Madame?«, fragt Otto. »Werden Sie jede Woche ein solches Fest veranstalten, bei dem man Eheverträge aushandelt und sich dazu an Ananasmarmelade gütlich tut?«

Caspar Witsen dreht sich aufgeschreckt zu ihm um, aber Clara lacht schallend. »Die Ehe ist ein Spiel für junge Frauen, Seigneur«, sagt sie mit einem Seitenblick auf Thea. »Und Ananas? Das ist was anderes – ich werde damit Geld verdienen. Wer von mir erfahren möchte, wie man Ananas hierzulande anbaut, wird mir dafür Geld zahlen müssen.«

»Machen Sie es denn anders als in Surinam, abgesehen von den Gewächshäusern?«, fragt er.

Clara schlägt mit der Hand in die Luft, als ob es unter ihrer Würde wäre, sich Gedanken darüber zu machen, mit welchem moralischen Recht sie die Anbaumethode für sich reklamieren darf. »Ich habe eine Probepartie Marmelade herstellen lassen: hier gezuckert, konserviert und abgefüllt – das Produkt, von dem Sie eben gekostet haben –, und dank der Verbindungen meines Mannes haben wir bereits mehrere Verträge abschließen können. Vor allem mit Engländern – die sind ganz wild auf Marmelade.«

»Vor allem, wenn sie dafür nicht extra nach Surinam segeln müssen«, sagt Otto.

»Genau«, erwidert Clara Sarragon mit leuchtenden Augen. »Man spart sich eine beschwerliche Reise.«

»Das stimmt.« Otto wendet sich an Caspar Witsen. »Seigneur, wie sind Sie dazu gekommen, sich genauer mit der Ananas zu befassen?«

Zum ersten Mal an diesem Abend blitzt so etwas wie Begeisterung bei Caspar Witsen auf. Noch immer mit dem Tablett in der Hand, beginnt er, Otto von seinen ersten Begegnungen mit der Frucht zu berichten, aber Nella hört nur halb zu, denn ihre Gedanken sind mit dem vorangegangenen Gespräch über Theas Heiratsaussichten beschäftigt. Nachdem sie so viel Mühe aufgewendet hat, um eine Einladung zu bekommen, ist sie jetzt von Claras Sticheleien und Prahlerei erschöpft, und sie macht sich Sorgen, dass Otto etwas sagen wird, was sie alle irgendwann bereuen werden. Trotz allem – Thea zumindest hat sich sehr gut geschlagen und eine Stärke an den Tag gelegt, die Nella an Marin erinnert. Sie muss zugeben, dass sie das nicht erwartet hat.

Ich bin nicht so, denkt sie. Wie kann es sein, dass sie den Geist von Marin in sich hat, wo die beiden einander doch nie kennengelernt haben?

Sie versucht, Blickkontakt mit ihrer Nichte aufzunehmen, um Frieden mit ihr zu schließen, aber Thea weicht ihr beharrlich aus. Nella hatte geplant, Thea langsam an den Gedanken, wie ihre Zukunft aussehen soll, heranzuführen. Sie wollte zuerst sehen, wie sie mit den Rangordnungen, die bei einem solchen Ball spürbar werden, zurechtkommt – aber jetzt, wo ihr Vater von einem Tag zum nächsten seine Arbeit verloren und Clara so schonungslos offen ausgesprochen hat, wozu solche Bälle dienen, ist alles ans Licht gezerrt worden, und die Umrisse von Theas Zukunft sind deutlich zu erkennen. Sie ist achtzehn Jahre alt, und man muss nach einer vorteilhaften Partie Ausschau halten. Dieser Abend könnte sich auf mancherlei Weise entwickeln, aber am Ende wird Thea erkennen müssen, dass ihre Geschichte nur zu einem einzigen Ziel hinführen kann.

Nella könnte Clara Sarragon ohrfeigen. Am liebsten würde sie ausholen und dieser Frau in ihr selbstgefälliges Gesicht schlagen. Doch trotz ihrer Gemeinheit und der prekären Lage ihrer Familie ist Thea ruhig geblieben. Anders als die Töchter der Gastgeberin, die hinter vorgehaltenen Händen über das exzentrische Auftreten von Caspar Witsen albern kichern, ist Thea in Gedanken versunken, und Nella beobachtet fasziniert, wie ein feines Lächeln auf den Lippen ihrer Nichte spielt, als wäre alles um sie herum nur Luftgespinst und sie selbst weit weg.

Während sie Thea beobachtet, spürt Nella eine plötzliche Enge unter ihrem Brustbein, ein schnelles und flatterndes Aussetzen des Atems. Zuerst fühlt es sich wie Panik an. Eine beklemmende Angst, die sie nicht benennen, an nichts festmachen kann. Trotz der Hitze in diesem Raum voller Menschen spürt sie einen kalten Schauer im Nacken, er läuft ihr den Rücken hinunter, die Haare stehen ihr zu Berge, ihre Haut unter dem silbernen Kleid ist feucht und kribbelt. Ohne Rücksicht darauf, wie seltsam ihr Verhalten wirken muss, fährt Nella herum – sie kann es einfach nicht glauben. Und doch, es ist so, dieses alte, vertraute Gefühl, das sie seit achtzehn Jahren nicht mehr gespürt hat, erfasst ihren Körper und ihren Geist, so wie damals, immer wenn die Miniaturistin in ihrer Nähe war.

Es ist eigentlich nicht möglich, aber als Nella sich wieder der Gruppe zuwendet, streift etwas hinter ihr vorbei, berührt fast ihre Taille. Sie ist gekommen, sie ist hier. Auch wenn ein Teil von Nella weiß, dass der Gedanke lächerlich ist, fragt sie sich, ob es nicht doch sein könnte, dass ihr Flehen auf dem Dachboden erhört wurde.

Nella könnte schwören, dass eine Frauenstimme ihren Namen gesagt hat, und sie dreht sich noch einmal um zu dem Gewimmel im Ballsaal und sucht die Menge nach dem einen Gesicht ab, von dem sie weiß, dass sie es wiedererkennen würde, selbst jetzt nach all den Jahren, diese hellbraunen, fast orangefarbenen Augen, das blonde Haar –

»Nella, was ist mit dir? Du bist ganz blass.«

Sie dreht sich benommen um, und es ist Otto, der sie fragt, Otto, der ihren Namen ausspricht, und da sind Clara Sarragon, die angewidert das Gesicht verzieht, und ihre glubschäugigen Töchter – und da ist Caspar Witsen mit seinen Marmeladenhäppchen und Thea, die sie fassungslos anstarrt. Nella schluckt und versucht, sich zu beruhigen. Sie will ja kein Aufsehen erregen. Doch sie kann ihren inneren Drang nicht unterdrücken. Nach all den Jahren darf sie den einzigen Menschen, dessen Gegenwart bewirkt, dass sich ihr die Nackenhaare aufstellen, nicht aus den Augen verlieren.

»Mir geht es gut«, antwortet sie, aber es ist, als käme ihre Stimme gar nicht aus ihrem Körper. Sie zwingt sich zu einem Lächeln, und dabei schießt ihr das Blut aus dem Kopf, sodass sie fast das Gleichgewicht verliert. »Entschuldige mich bitte einen Moment.«

Bevor Otto protestieren kann, wendet sich Nella ab und lässt ihn und Thea in den Klauen von Clara, die dieses seltsame Verhalten zweifellos mit Vergnügen zerpflücken wird. Sie drängt sich vorwärts in das Gewoge von Ballkleidern. Sie wird von Ellbogen gestoßen, einen Moment lang bleibt ihr die Luft weg, jemand tritt ihr auf den Saum, Wein spritzt auf ihr Kleid, aber sie achtet nicht darauf. Der Lärm der Menge wird lauter, chaotischer, doch sie hält an jeder Ecke Ausschau nach dem Umhang der Miniaturistin.

Sie ist hier, da ist sich Nella sicher. Die Hitze von Hunderten von Kerzen strahlt auf sie herab. Die Musik wogt in ihr wie eine Welle, aber sie gibt nicht auf. Sie geht weiter gegen den Strom von Betrunkenen, immer tiefer mitten hinein in den Ballsaal.

*

»Entschuldigen Sie«, sagt eine Männerstimme.

Nella kommt zu sich. Sie stellt fest, dass sie auf einem Sessel in einem kleinen, holzgetäfelten Vorzimmer sitzt, das an den Ballsaal angrenzt. »Sie hatten Glück, dass ich hinter Ihnen stand«, sagt der Mann.

»Sie standen hinter mir? Wann?« Nella mustert sein Gesicht. Das Kältegefühl ist verschwunden. Nur Hitze und Schweiß sind geblieben und ein klammes Gefühl, eine dünne Hülse von Scham. Sie fühlt sich erschöpft, als wäre sie zu schnell gelaufen. Sie weiß, dass die Miniaturistin weg ist.

»Sie sind ohnmächtig geworden und mir direkt in die Arme gekippt«, sagt er.

»Ich bin *ohnmächtig* geworden?«

Er ist ein junger Mann. Kleingewachsen, in den Zwanzigern, ordentlicher, dunkler Anzug, hier und da Zierborten aus senfgelbem Brokat. Schulterlanges braunes Haar, dichte Augenbrauen, braune Augen, ein kräftiges Kinn und eine angenehme Miene. Nella atmet lang aus. »Ich habe nicht genug gegessen, das ist alles. Wie lange war ich –?«

»Nur eine Minute.«

»Und hat jemand …?«

»Niemand hat es gesehen.« Er lächelt – er versteht ihre Besorgnis. »Sie sind, na ja, zusammengesunken, und ich habe Sie in diesen Sessel gesetzt. Es war nichts Dramatisches, und es ist niemandem weiter aufgefallen.«

Sie errötet. »Danke schön.«

Der junge Mann blickt über seine Schulter durch die Tür in den Ballsaal, der nach wie vor voller Menschen ist. »Es ist sehr heiß da drin«, sagt er. »Wenn ich bedenke, welche Unmengen an Kerzen da brennen und wie leicht entflammbar all die feinen Stoffe sind, wird mir angst und bange. Kann ich Ihnen jemanden holen?«

»Nein danke.« Nella denkt kurz nach. »Darf ich nach Ihrem Namen fragen?«

»Jacob van Loos, Madame. Immer gern zu Ihren Diensten.«

»Ich bin Petronella Brandt«, antwortet sie.

Selbst in ihrem kompromittierten Zustand sieht sie mit Besorgnis, wie ihr Name auf ihn wirkt: Er verstummt und schaut mit neuem Interesse auf sie herab. »Van Loos ist eine Leidener Familie, nicht wahr?«, sagt sie, angestrengt darum bemüht, eine gute Figur zu machen, damit er sieht, mit wem er es zu tun hat: mit einer echten Amsterdamer Kaufmannswitwe, gekleidet in ihr feinstes silbernes Kleid. »Gehören Sie zu diesem illustren Geschlecht?«

Er lächelt. »Wie kommt es, dass alle Frauen unseres Standes die Familien und ihre Heimatstädte so mühelos nennen können, als würden sie das Alphabet aufsagen?«

Unseres Standes: Diese zwei Worte lassen Nella erleichtert aufatmen. Sie enthalten so viel Wärme, vermitteln ihr ein Gefühl der Zugehörigkeit! Sie schenken ihr die Gewissheit, dass all ihre Bemühungen, zu diesem Fest eingeladen zu werden, sich gelohnt haben, all ihren Zweifeln zum Trotz. Dieser Jacob van Loos hat etwas Vertrautes in ihr gesehen. Sie lacht, fest entschlossen, ihn nicht so einfach gehen zu lassen. »Es sind leider nicht so sehr viele Dinge, die wir Frauen lernen dürfen, Seigneur. Unser Verstand wird nicht so gut genutzt wie der Ihre.«

»Nun, Sie haben jedenfalls recht«, antwortet er. »Meine Familie wohnt in Leiden, aber ich arbeite in Amsterdam. Der dritte Sohn einer Familie ist kein so hoher Herr, dass er es sich leisten könnte, nicht zu arbeiten.«

»Sie sprechen wie ein echter Holländer.«

Ein dritter Sohn. Nicht so wohlhabend wie ein Erstgeborener, aber vielleicht besser zu Thea passend, wenn man bedenkt, dass die Brandts, mögen sie auch an der Herengracht wohnen, doch weit davon entfernt sind, zu den vornehmsten Familien dieser Stadt zu zählen. Nella möchte ihn so lange wie möglich hier festhalten. »Sie arbeiten für Ihre Familie?«

»Ich erledige ihre Geschäfte in der Stadt. Ich bin Advokat. Mein mittlerer Bruder ist Soldat, und der Älteste führt zu Hause den Gutsbetrieb.«

»Eine sehr effiziente Konstruktion«, sagt sie.

»Wie es die Absicht meines Vaters war.«

Er ist sehr versiert darin, sich zu präsentieren, denkt Nella. Aber trotz des Lärms im Ballsaal hört Nella einen Unterton in seiner

Stimme – Bitterkeit vielleicht, oder Resignation? Offenbar hat Jacob bemerkt, dass er einen Moment lang unachtsam war, und er richtet seinen Blick wieder auf sie. »Ich meinerseits habe auch von Ihrer Familie gehört«, sagt er. »Sind Sie die Ehefrau von Johannes Brandt?«

Nella hat das Gefühl, dass ihr der Boden unter den Füßen weggezogen wird. Dieser Mann ist jung, und es wird ihm wahrscheinlich schmeicheln, wenn sie direkt zu ihm ist. »Ich denke, die korrekte Bezeichnung lautet Witwe«, antwortet sie. »Und Sie sollten nicht alles glauben, was die Leute reden.«

»Das tue ich nicht«, antwortet er. »Ich kenne Ihre Familie, weil ich mich im Rahmen meiner Studien näher mit dem Fall befasst habe.«

Nella kann ihre Überraschung nicht verbergen. »Mit dem Fall?«

»Dem Fall Ihres Mannes. Mit dem Prozess.«

Sie ist sprachlos. Niemand außerhalb der Familie hat in all der Zeit jemals ihr gegenüber den Prozess gegen Johannes erwähnt. Dass dieser junge Mann hier in einem kleinen Vorzimmer, während nebenan in der Gluthitze des Ballsaals die Leute tanzen, von diesem Verfahren und von Johannes spricht, ist fast zu viel für sie.

Jacob van Loos runzelt die Stirn. »Ich hätte besser schweigen sollen. Es tut mir leid –«

»Nein«, sagt sie. »Es ist nur ... Ich wusste nicht, dass man so etwas tun kann. Dass man sich so ein Verfahren später noch einmal genauer anschauen kann.«

»O ja. Ich habe die Akten gelesen«, sagt er. »Alle Dokumente sind sorgfältig archiviert worden, Madame.«

»Natürlich.« Nella starrt auf den polierten Holzboden. Wir werden nie von der Vergangenheit loskommen, denkt sie. Niemals.

»Es war ein Justizirrtum.«

Jacob spricht nicht in besonders freundlichem Ton, sondern mit der selbstsicheren Abgeklärtheit eines Juristen, als wäre Johannes nicht mehr als ein in die Akten gekritzelter Name, kein echter Mensch, der Opfer des Staats geworden ist.

Nella stellt sich ihren Mann vor, als er noch am Leben war. Ein Mann, der weit herumgekommen ist in der Welt, im dunklen Hausflur stehend, seinen geliebten Hund Rezeki an seiner Seite. Sie stellt sich ihn mit seinem Geliebten Jack vor, der im Gerichtssaal gelogen hat, um ihn zugrunde zu richten. Sie erinnert sich an die Feuchtigkeit in der Zelle des Stadhuis. An Johannes' gebrochenen Körper. Alle die alten bösen Erinnerungen, die nicht an einem Ort wie diesen gehören, sind wieder da.

»Ihr Mann hat keinen fairen Prozess bekommen«, fährt Jacob fort. »Und so wie die Beweislage war, hätte er gar nicht erst vor Gericht gestellt werden dürfen.«

Nella ist froh, dass sie den Kopf gesenkt hat, weil er so ihr Gesicht nicht sehen kann. Worte werden Johannes nicht wieder lebendig machen. Sie zwingt die aufsteigenden Tränen zurück und richtet sich gerade auf. »Die Sache ist nur«, sagt sie, »dass es schon sehr lange her ist.«

Jacob van Loos wirkt geradezu streng. »Ich kann mir nicht vorstellen, dass so ein Verlust auch nach noch so langer Zeit –«

»Da bist du ja!«, sagt eine Stimme in der Tür. Jacob und Nella drehen sich um und sehen Thea, deren goldenes Kleid im Licht des Ballsaals schimmert. Sie eilt herein, ohne Jacob van Loos zu beachten. Nella beobachtet ihn: Er ist von Theas Erscheinung offensichtlich einigermaßen überrascht. Nella fängt unwillkürlich an, Chancen und Risiken abzuwägen, die sich aus dem Zusammentreffen ergeben: Soll sie die beiden einander vorstellen, um zu sehen, ob sich etwas daraus entwickelt? Dafür ist so ein Ball schließlich da. Sie hat so etwas noch nie gemacht – normalerweise ist sie eher damit beschäftigt, Männer, die Thea anstarren, auf Abstand zu halten, aber Jacob hat sich ritterlich um Nella bemüht und damit bewiesen, dass er ein Ehrenmann ist.

»Wie geht es dir?«, fragt Thea. »Wir haben uns schon Sorgen gemacht.«

»Bestens«, antwortet Nella. Sie lächelt strahlend. »Thea, das ist Seigneur van Loos. Man könnte sagen, er hat mich gerettet.«

»Vor was?« Thea blickt ihn kaum an.

Ja, vor was eigentlich?, fragt sich Nella und denkt daran, wie nahe sie der Miniaturistin war. Aber sie ist ihr wieder einmal entwischt. Sie spürt Gereiztheit in sich aufsteigen. Wenn sie es ertragen kann, an Johannes' Prozess erinnert zu werden, wird man es doch wohl Thea zumuten dürfen, diesen jungen Mann zu grüßen. *Sieh ihn doch wenigstens an!*, möchte sie ihr zurufen.

»Ich weiß es gar nicht so richtig«, sagt sie und lacht gezwungen. »Es war so heiß da drin, nehme ich an. Und das habe ich nicht vertragen.«

»Bist du ohnmächtig geworden?«

»Nein.«

Jacob neben ihr tritt von einem Fuß auf den anderen, aber er widerspricht nicht.

Thea seufzt und deutet durch die Tür zur anderen Seite des Ballsaals hinüber. »Er redet immer noch mit diesem Ananasmann. Sie haben die Köpfe zusammengesteckt, seit du weg bist.«

Jacob van Loos wendet sich an Thea. »Ich werde gehen und Ihrer Mutter etwas Wasser holen.«

Thea fährt herum. »Sie ist nicht meine Mutter.«

Nella merkt, wie wütend Thea ist, weil Nella sie auf diesen Ball geschleppt hat, wo sie sich von Clara Sarragon bloßstellen lassen musste. »Ich kann gehen«, sagt sie und steht auf. »Bleib du bei –«

Thea lässt sie nicht ausreden. »*Ich* gehe«, sagt sie, und bevor Nella sie aufhalten kann, ist sie verschwunden.

Nella seufzt. »Theas Mutter ist tot«, erklärt sie. Es überrascht sie selbst, dass sie einem Mann, den sie kaum kennt, das mitteilt, aber sie möchte ihm wenigstens ein paar Informationen über die Familie geben, um zu sehen, wie er reagiert. Trotzdem, sie muss sich in Acht nehmen.

»Das tut mir leid«, sagt Jacob.

»Sie ist heute achtzehn geworden«, fährt Nella fort, als ob dies Theas demonstrative Gleichgültigkeit Jacob gegenüber erklären könnte. »Sie hat andere Dinge im Kopf. Sie ist eng mit den Töchtern der Sarragons befreundet, und – nun, Seigneur – junge Frauen haben so eine ganz besondere Energie, finden Sie nicht auch?«

Sie bricht ab – es kommt ihr alles ganz verkehrt vor, was sie da redet, als wären es gar nicht ihre Worte.

Jacob van Loos lächelt. »Thea ist sehr schön.«

»Oh, sie hat daneben noch viele andere Qualitäten.«

»Hat sie auch die Namen sämtlicher bester Familien und der Städte, in denen sie leben, im Kopf?«

Nella sucht krampfhaft nach einer passenden Antwort, aber dann merkt sie, dass Jacob nur Spaß macht. Das ist gut. Es bedeutet, dass er sie sympathisch findet – oder zumindest nicht unsympathisch. Jacob van Loos hat Thea bemerkt und sie schön genannt.

»Sie spielt Laute«, sagt Nella. »Und geht sehr gern ins Theater.«

»Wirklich?«

»Ich hoffe, Sie halten mich nicht für aufdringlich, Seigneur, aber ich würde Sie gern zum Essen einladen«, sagt Nella. »Wir wohnen an der Herengracht. Vielleicht Mittwochabend? Zum Dank dafür, dass Sie mich gerettet haben.«

»Nun, so sehr viel Heldentum hat es nicht erfordert, Madame. Sie waren nicht in Gefahr.«

»Kommen Sie doch. Unsere Köchin Cornelia ist eine der besten der Stadt.«

Jacob van Loos, dieser Mann, der aus dem Nichts vor ihr aufgetaucht ist, sieht sie unverwandt an. Was denkt er? Was für Dinge wägt er gegeneinander ab? Er wusste bereits von dem Skandal um das verstorbene Oberhaupt der Familie, den hochgeachteten Kaufmann Johannes Brandt, der drei Monate lang Nellas Ehemann war und vor achtzehn Jahren hingerichtet wurde – schließlich hat der junge Mann ja die Prozessakten studiert. Aber wusste er auch von Thea, bevor er sie jetzt zum ersten Mal sah? Hat er gehört, was für Spekulationen zur Identität ihrer Mutter in Umlauf sind? Jacob hat Thea schön genannt. Aber wird er Otto gegenübersitzen und begreifen können, wie es zugeht, dass in diesem neuen Jahr des Herrn 1705 ein afrikanischer Mann mit Amsterdamer Akzent eingetragener Eigentümer eines Hauses an der Herengracht ist und dass die blasse weiße Mutter seiner Tochter, die neben ihm steht, namenlos im Boden der Oude Kerk begraben liegt? Es ist ein Risiko, das Nella eingehen muss, und sie ist dazu bereit.

»Ich komme gerne«, sagt er und lächelt, und Nella spürt zum ersten Mal an diesem Tag, wie ihr leicht ums Herz wird.

Sonderbare Geschenke

VII

Am Morgen nach dem Ball schläft Thea lange und wacht erst auf, als Lucas die Tür ihres Zimmers aufstößt, auf ihr Bett springt und sich auf ihrem Kissen niederlässt. Cornelia hat Rebeccas goldenes Kleid über den Stuhl drapiert. Es hängt schlaff und glanzlos herab, als hätten die Anstrengungen der vergangenen Nacht dem Stoff seinen ganzen Zauber geraubt. Wenigstens hat sie keinen Wein darauf verschüttet oder es mit Ananasmarmelade verschmiert. Thea schließt wieder die Augen, froh, dass sie das alles hinter sich hat – die Gluthitze des Ballsaals, diese dummen Mädchen mitsamt ihrer Mutter, dieser Giftschlange, das Unbehagen ihres Vaters, und dann verschwand auch noch, als wäre sie von einem Moment zum nächsten verrückt geworden, ihre Tante in der Menge. Aber eigentlich hatte Tante Nella allen Grund der Welt, davonzulaufen – sie hätte in der Erde versinken müssen vor Scham, dass sie Thea so belogen hat. Sie muss daran denken, was Clara Sarragon gesagt hat: *Sie haben sie nicht vorbereitet? Oh, was für eine böse Überraschung!*

Wie konnte ihre Tante ihr verschweigen, warum sie zu diesem Fest mitnehmen wollte? Wie konnte sie nur! Es ist so demütigend. Ja, ihr Vater mag seine Stellung bei der VOC verloren haben, aber sie ist kein Kalb, das man auf dem Markt verhökert, damit Geld in die Kasse kommt.

Sie lieben mich nicht, denkt Thea. Ich bin ihnen so egal, dass sie mich an den Nächstbesten verschachern würden.

Gegen zehn Uhr haben sie das Fest verlassen, die Tante mit ruhiger, triumphierender Miene, der Vater mit seinen eigenen Gedanken beschäftigt und Thea so wütend, dass sie mit den Fäusten auf das Pflaster des Wegs hätte schlagen mögen ohne Rücksicht darauf, wer zuschaute. Als sie nach Hause kamen, warf Tante Nella auf der

Türschwelle einen Blick über ihre Schulter, als ob sie jemanden suchte. *Da ist niemand!*, hätte Thea am liebsten geschrien. *Wer sollte schon auf dich warten?*

Im Flur wurde ihnen nur allzu nachdrücklich vor Augen geführt, wie groß der Unterschied zum Haus der Sarragons war. Die schlichten schwarz-weißen Fliesen, die solide, aber schmucklose Vertäfelung, keine riesigen Gemälde, klamme Kälte. Cornelia, die allein das gesamte Hauspersonal war, stand bereit, ihnen die Mäntel abzunehmen und warme Decken zu reichen. In diesem Haus würde man niemals einen Dreikönigsball veranstalten können. Einen Leichenschmaus vielleicht, aber niemals einen Ball. Und doch war ihre Tante trotz der Kälte, trotz ihrer Erschöpfung munter gewesen.

Thea will einfach liegen bleiben, an Walter im Malsaal denken, an seine Hände, an seine Zunge – an das Leben, das vor ihnen liegt, ein Bild nach dem anderen, bis sie wieder einschläft. Es ist ihr nicht vergönnt, denn Cornelia kommt herein und steht am Fußende ihres Bettes. »Ah, ein kleiner Zeh«, sagt sie, greift hinunter und hält Theas Fuß wie eine Fischfrau, die auf dem Markt Krabben inspiziert. »Ich habe gehört, hier drunter soll ein Knöchel sein. Vielleicht, wenn ich Glück habe, ein hübsches junges Bein?«

Es ist eines ihrer alten Spiele, Theas Gliedmaßen zu einem vertrauten Körper zusammenzusetzen. Aber Thea will keine alten Spiele, sie ist kein Kind mehr. Sie zieht ihren Fuß unter der Bettdecke mit einem abrupten Ruck weg. Lucas springt erschrocken auf den Boden.

»Nicht so wild«, sagt Cornelia. »Was ist gestern Abend passiert? Ich bleibe hier, bis du wach bist und als vollwertiger Mensch mit uns frühstückst. Das kann eine Weile dauern, aber das ist das Kreuz, das Gott mir auferlegt hat.«

»Keinen Appetit«, murmelt Thea in ihr Kissen.

Ihre Lippen berühren das Leinen des Kissenüberzugs, und sie muss an Walters Mund auf ihrem denken; die Erinnerung an seine Küsse wandert ihre Beine hinauf in ihren Bauch und pulsiert in ihrem Hals. Was sie gestern im Malsaal erlebt hat, war wirklich skandalös. Niemand von all den Leuten, die auf dem Ball waren, würde es ihr zutrauen, und dabei will Thea sogar noch mehr. Dass sie keinen Appetit hat, ist eine Lüge. Sie hat einen Heißhunger, und nicht allein auf Essen. Aber wenn sie sich umdreht und sich dem Tag stellt, sieht Cornelia vielleicht, was mit ihr los ist.

»Erzähl mir von dem Fest«, sagt Cornelia. »Himmel oder Hölle?«

Thea bemüht sich um einen halbwegs unverdächtigen Gesichtsausdruck, bevor sie aufblickt. »Hölle, Hölle, Hölle. Viel zu viele Leute, und Clara Sarragon hasst uns.«

»Hasst euch? Sie hat euch doch eingeladen.«

»Genau. Wir waren nur da, damit sie sich über uns lustig machen kann. Ich weiß nicht, wie Tante Nella je etwas anderes glauben konnte.« Thea setzt sich im Bett auf. »Wusstest du, dass sie vorhatte, mich zu verheiraten?«

Cornelia zuckt zusammen vor Überraschung. »Das würde sie nicht tun.«

»Deshalb hat sie mich auf den Ball mitgenommen. Sie hat es mir verschwiegen, weil sie wusste, dass ich sonst nicht hingehen würde. Nach dem, was Papa passiert ist, war es schon schlimm genug, aber dann – wir waren gerade mal fünf Minuten dort – sagte mir die Sarragon, dass Tante Nella mich auf diesen Ball geschleppt hat, um einen Ehemann für mich zu finden. Und Papa hat nur stumm dagesessen.«

Cornelia ist anzusehen, wie sehr sie das mitnimmt. »Nun, ich denke, es war weder die richtige Zeit noch der richtige Ort für einen Streit. Aber du kannst sicher sein, dass dein Vater und deine Tante immer nur dein Bestes wollen.«

»Sie haben keine blasse Ahnung davon, was mein Bestes ist. Sie wissen nichts über mich! Ich würde nie jemanden heiraten, den sie für mich ausgesucht hat.«

Cornelia seufzt und geht zu den Fenstern, um die Vorhänge aufzuziehen. »Sie tut, was sie kann.«

Als Cornelia endlich fort ist, zieht Thea Wollstrümpfe an, schlüpft in ihren Morgenrock und geht die Treppe hinunter. Im Erdgeschoss bleibt sie stehen und lauscht. Aus der Küche dringen die Stimmen ihres Vaters und ihrer Tante herauf.

»Wenn Thea eines Tages Kinder haben wird, dann werden es

ehelich geborene Kinder sein«, sagt Tante Nella. »Wenn Thea jemandem ihre Liebe erklären wird, dann in einer Kirche.«

»Ich bitte dich, Petronella, diese Fantasien, von denen du da sprichst, sind Jahre entfernt.«

»Fantasien? Das sind ganz normale Dinge, Otto. Wir sind längst keine wohlhabenden Bürger mehr, aber Thea wird wieder zu Reichtum aufsteigen. Sie hat gestern Abend die Leute beeindruckt. Mich hat sie auch beeindruckt. Mag sein, dass sie genauso stur ist wie ihre Mutter, aber die Geschichte wird sich nicht wiederholen.«

»Und was genau willst du damit sagen?«

»Das weißt du ganz genau. Es wird keine heimlichen Affären geben, die nichts als Schwierigkeiten mit sich bringen.«

Thea kann ihren Ohren kaum trauen. In der kurzen Stille, die folgt, hält sie den Atem an. »Ich habe ihn noch nicht einmal kennengelernt«, sagt ihr Vater in hörbar gereiztem Ton, »und du hast ihn in unser Haus eingeladen?«

»Otto, so gern wir Thea auch bei uns haben, dürfen wir sie nicht in diesem Haus verkümmern lassen, bis sie als alte Jungfer endet. Und angesichts ihrer Hautfarbe und der Tatsache, dass wir nicht viel Geld haben, dürfen wir vor dieser Möglichkeit nicht die Augen verschließen.«

»Du brauchst mich weder an ihre Hautfarbe noch an unsere Vermögensverhältnisse zu erinnern.«

»Einsamkeit und Armut sind schlimm!«

»Dessen bin ich mir bewusst.«

»Wie kann es dann sein, dass du nicht wahrhaben willst, dass es in diesem Haus keine Zukunft für unser Kind gibt?«

»Für *mein* Kind.«

Es folgt eine lange Pause. »Das habe ich nicht verdient«, sagt Tante Nella. Ihre Stimme klingt gepresst. »Ich bin von Anfang an hier gewesen. Und jetzt versuche ich einfach, für Thea eine Zukunft zu finden.«

»Ich verstehe deine Sorge.«

»Dann frage ich mich erst recht, warum du dich querstellst. Was glaubst du, was passieren wird? Eine Art Wunder? Darauf hat diese Familie auch früher schon vergeblich gehofft. Toot« – sie benutzt seinen alten Spitznamen –, »wir müssen es tun. Unsere Möglichkeiten ... sind begrenzt.«

»Wer sagt das?«

»Du lebst seit fünfundzwanzig Jahren in dieser Stadt. Die VOC entlässt dich, und du stellst mir diese Frage? Thea braucht Sicherheit.« Sie senkt ihre Stimme. »Geld bedeutet Sicherheit. Und wer mit Geld wird sie heiraten, Otto? Wer?«

»Wir wissen nicht das Geringste über die Absichten dieses Mannes. Warum bist du so überzeugt davon, dass er an eine Heirat denkt? Er hat doch noch kein einziges Wort mit ihr gewechselt.«

»Ein Grund mehr, ihn einzuladen. Er war auf dem Ball, oder nicht? Jeder weiß doch, wofür solche Veranstaltungen da sind. Ausgenommen, vielleicht, Thea.«

»Ich war auch dort, Nella, und ich habe nicht nach einer Frau Ausschau gehalten. Du hast zu lange außerhalb der Welt der Männer gelebt. Du bist naiv.«

Thea erträgt es nicht länger. Mit schweren Schritten stapft sie die Treppe hinunter, und wie vorherzusehen war, verstummt das Gespräch. Sie drehen sich zu ihr um, als sie eintritt. Ihr Vater sieht müde aus. Ihre Tante ist bereits angezogen: Sie trägt ein tiefschwarzes Kleid mit einem blütenweißen Kragen.

»Thea«, sagt sie lächelnd. »Du siehst gut aus. Hast du was Schönes geträumt?«

»Ich habe geträumt, dass du heiratest, Tante Nella.«

Das Lächeln ihrer Tante erstarrt. »Ist das wahr?«

»Ja. Und das Einzige, was es zu essen gab, war ein riesiger Haufen Ananas.«

»Du machst dich über mich lustig.«

»Die Wahrheit ist, dass ich meine Träume immer gleich wieder vergesse«, sagt Thea.

»Sei froh.« Ihre Tante seufzt.

»Komm«, sagt ihr Vater. »Iss etwas.«

Thea setzt sich an den Tisch und nimmt sich Haferbrei mit Honig.

Ihre Tante versucht es noch einmal. »Thea«, sagt sie, »ich verstehe, dass das, was Clara Sarragon gestern Abend zu dir gesagt hat, überraschend für dich gewesen sein muss. Es tut mir leid, dass sie das Thema auf diese Weise angesprochen hat.«

»Ich bedaure, dass sie es überhaupt angesprochen hat«, sagt Thea. »Sie hat das größte Haus am Goldenen Bogen und so viel Güte und Taktgefühl wie eine Bettwanze. Sie hat sich über uns lustig gemacht. Ich bin froh, dass wenigstens ich nicht nach ihrer Pfeife getanzt habe.«

Tante Nella wirkt ziemlich gedrückt. »Es stimmt schon, dass sie es nicht besonders gut mit uns meint. Aber etwas Gutes ist doch dabei herausgekommen, dass wir auf den Ball gegangen sind. Erinnerst du dich an den jungen Mann, der mir geholfen hat?«

»Nein.«

»Der Advokat aus Leiden, Jacob van Loos heißt er. Er trug eine Weste mit einer senfgelben Borte.«

»Ach so, der. Der dich für meine Mutter hielt.«

»Nun ja, der erste Eindruck kann natürlich täuschen, davor ist man nie sicher. Aber ich habe ihn zum Essen eingeladen, um ihm zu danken, dass er sich um mich gekümmert hat. Er kommt am Mittwoch, und wir werden alle zusammen zu Abend essen.«

»Mittwochabend?« Sie kann ihre Verzweiflung nicht verbergen. Mittwochs trifft sie sich immer mit Walter, aber wenn ein Abendessen wie dieses geplant ist, wird man von ihr erwarten, dass sie den ganzen Tag da ist, um sich nützlich zu machen. Sowohl ihr Vater als auch ihre Tante schaut sie, überrascht von ihrer heftigen Reaktion, an, aber Thea blickt nicht auf von ihrem Haferbrei.

»Hast du am Mittwochabend vielleicht wichtige Verpflichtungen?«, fragt ihre Tante. »Ein Gildenessen, von dem wir nichts wussten? Ein Bankett der VOC, an dem du teilnehmen musst?«

»Nein«, murmelt Thea. »Natürlich nicht. Ich gehe doch nie irgendwohin.«

»Es ist nur ein Abendessen«, sagt Tante Nella und massiert sich die Schläfen. »Mit einem gebildeten, seriösen jungen Mann –«

»Ich werde ihn ganz bestimmt nicht heiraten«, sagt Thea. Sie starrt die beiden an. »Wenn ich heirate, dann nur aus Liebe.«

Ihr Vater wirkt vollkommen verblüfft. Im ersten Moment spürt

Thea eine Art von Genugtuung, weil sie ihn schockiert hat, dann fürchtet sie, zu viel gesagt zu haben.

»Liebe ist ja schön und gut«, sagt Tante Nella in einem Ton, der erschöpft klingt. »Aber was ist so schlimm daran, wenn du dich bei köstlichem Essen mit Jacob van Loos unterhältst? Es wird dir ja wohl nicht schaden, wenn du ihn ein bisschen besser kennenlernst.«

»Du hast keine Ahnung von der Liebe«, sagt Thea.

Eine Weile herrscht betretenes Schweigen. »So, meinst du?«, fragt ihre Tante schließlich.

»*Wahre* Liebe ist ganz plötzlich da, von einem Moment zum nächsten, fertig und vollkommen, als hätte sich die Erde aufgetan.«

»Ach so.«

»Man findet sie nicht bei langweiligen Abendessen oder indem man ohnmächtig dem nächstbesten verfügbaren Mann in die Arme sinkt.«

»Thea«, sagt ihr Vater streng. »Es reicht.«

Tante Nella starrt auf den alten Küchentisch. »Ich behaupte nicht, dass ich mich sonderlich gut mit der Liebe auskenne«, sagt sie. »Aber ein bisschen verstehe ich schon davon. Mehr als du denkst. Und ich weiß, dass sie mehr ist als die Liebe deiner Theaterdichter, die zwei Stunden lang mit schönen Worten auf einer Bühne beschworen wird und sich anschließend in Applaus auflöst.«

»Sie löst sich nicht auf«, sagt Thea. »Sie hält an.«

Tante Nella nimmt ihren Löffel und benutzt ihn wie einen Zeigestock, um ihre Worte zu unterstreichen. »Liebe ist nicht etwas, das einem in Schauspielhäusern und Ballsälen einfach so zufliegt. Man muss sie sich mit Taten verdienen. Auch mit den Worten, die man spricht. Sie erfordert Übung. Geduld. Zeit.« Sie steckt den Löffel zurück in ihren Haferbrei. »Du wirst es lernen zu lieben, da bin ich mir sicher. Aber vielleicht wirst du feststellen, dass sie nicht so aussieht, wie du erwartet hattest.«

Thea fasst ihren eigenen Löffel. »Deine kalte Philosophie der Liebe interessiert mich nicht. Die Liebe der Börsenspekulanten.«

Tante Nella lacht. »Ich wünschte, ich könnte an der Börse spekulieren. Dann würden wir dieses alberne Gespräch gar nicht führen.«

Sie haben sich in Rage geredet. »Du behauptest, man muss Liebe so lernen wie ein Schulkind seine Lektionen«, sagt Thea verächtlich. »Ein Kind, das gezwungen wird, immer fleißig zu üben. Für mich ist das *widerlich*. Unnatürlich.«

»Ich frage mich, wie es möglich ist, dass du in deinem zarten Alter schon derart gut über diese Dinge Bescheid weißt«, sagt Tante Nella, und die Farbe steigt ihr ins Gesicht. »Du bist eine Tochter aus gutem Haus an der Herengracht, aber du redest wie einer dieser Dichter in den Kaffeehäusern. Woher weißt du so viel über die Liebe, Thea?«

Thea fühlt sich ertappt. »Es ist ein Thema, das mich interessiert«, sagt sie. »Wann kommt die Liebe zu den Menschen, wann sind sie bereit dafür –«

»Genug«, sagt ihr Vater. »Genug!«

»Papa! Sag ihr, dass es sinnlos ist, diesen Advokaten einzuladen.«

Die beiden Frauen sehen Otto erwartungsvoll an. Er fährt sich langsam mit der Hand über den Kopf, als ob er den richtigen Gedanken so erspüren wollte. »Ich will keine fremden Leute im Haus haben«, sagt er, und Theas Herz schlägt höher. »Aber gut: *ein* Abendessen«, fügt er hinzu, und sie fühlt ihre Euphorie unaufhaltsam zerrinnen, »nur eines – unter der Bedingung, dass ich Clara Sarragon nie wiedersehen muss. Und wenn Thea diesen van Loos nicht mag, dann müssen wir auch ihn nie wiedersehen.«

*

Wenn Thea Walter nächsten Mittwoch nicht sehen kann, muss sie ihm Bescheid sagen. Sie muss ihm von der Heimsuchung, die ihr bevorsteht, erzählen, von diesem grässlichen Jacob van Loos – und es gibt keinen besseren Vorwand, um ins Schauspielhaus zu gehen, als den, dass sie das goldene Kleid zurückbringen muss. »Es muss heute Vormittag sein«, sagt sie zu Cornelia, eine Stunde nach dem Frühstück, als sie sich in ihrem Schlafzimmer anzieht. Ihr summt der Kopf von all den Kümmernissen und Kränkungen, die am

Morgen auf sie eingeprasselt sind – *Welcher Mann mit Geld wird sie heiraten, Otto? Wer? ... Wir sind längst keine wohlhabenden Bürger mehr.* Aber Thea hat auch Ängste. Dass eine Frau den falschen Mann heiratet, kommt in dieser Stadt andauernd vor, nicht nur im Theater. Womöglich schnappt eine andere ihr ihre große Liebe weg. Sie muss Walter sehen.

Cornelia macht sich an Theas Haaren zu schaffen. Sie taucht ihre Finger in die Pomade und zupft an den Locken ihres Schützlings herum. »Ach, dieses Wetter«, sagt sie betrübt. »Die feuchte Luft gestern Abend und dazu auch noch die Hitze haben deiner Frisur gar nicht gutgetan. Dabei habe ich mir so viel Mühe gegeben.«

»Binde sie heute einfach zurück und verstecke sie unter der Haube«, sagt Thea ungeduldig. »Ich muss gehen.«

»Ich kann dich begleiten.« Cornelia bindet ihr die Haare zurück, fast ohne hinzuschauen, so vertraut sind ihr diese Bewegungen.

»Das geht nicht«, sagt Thea. »Es würde mich freuen, natürlich, aber du willst doch sicher mit Tante Nella über das Essen am Mittwoch sprechen.«

»Wie ist er denn so?« Cornelia runzelt die Stirn. Sie streicht noch eine letzte widerspenstige Strähne zurecht und bindet dann die Haube.

»Wer?«

»Dieser Jacob.«

»Oh. Ich weiß es nicht. Aber es wird sich ja bald herausstellen.« Thea nimmt Cornelias Hand und drückt sie. »Ein einziger Abend mit allerlei Köstlichkeiten aus deiner Küche wird genügen. Dann ist das Thema abgehakt.«

Cornelia seufzt. »Diese Familie hat eine komische Art, Kompromisse zu schließen.«

*

Tante Nella hat sich in ihr Schlafzimmer zurückgezogen – wahrscheinlich leckt sie ihre Wunden, obwohl doch eigentlich Thea mehr Grund hat, beleidigt zu sein. Ihr Vater ist in seinem Arbeitszimmer. Thea geht an der offenen Tür vorbei: Er sitzt über dem Rechnungsbuch, die Feder in der Hand, offenbar tief in Gedanken. Wenn es stimmt, was Tante Nella über ihre finanzielle Lage sagt, wie lange können sie sich dann noch hier halten?, fragt sich Thea. Alles, was sie haben, ist dieses Haus und der zerrüttete Ruf der Familie, dem sie wieder zu einem Glanz verhelfen soll, den sie nie gekannt hat.

Cornelia hat Rebeccas Kleid gebügelt und mit Lavendelwasser besprenkelt. Es sieht wie neu aus. Thea hüllt es in ein Tuch und zieht die schwere Eingangstür auf. Wahrscheinlich wird sie nie wieder ein solches Kleid tragen wie Julia auf dem Ball, den ihr Vater veranstaltet. Sie muss zugeben, dass es berauschend war, so zu glänzen, so viele Blicke auf sich zu ziehen, wenn auch keineswegs alle wohlwollend waren. Sie hat gestern Abend wahrhaft spektakulär ausgesehen. Das Einzige, was sie bedauert, ist, dass diejenige Person, die Zeuge ihres flüchtigen Triumphs hätte sein sollen, nicht dabei war. Sie wird Walter davon erzählen: Er kann es sich vor seinem inneren Auge ausmalen.

Die Aussicht, Walter zu treffen, stimmt sie heiter und froh. Sie tritt hinaus in die kalte Luft. Jetzt im Winter sind keine Kähne unterwegs, und man sieht auch nur wenige Fußgänger. Die Passanten, die auf den Wegen dahineilen, halten ihre Köpfe gegen den Wind gesenkt. Niemand streift zu dieser Jahreszeit müßig umher. Es wird in den nächsten Wochen keine Feste geben, auf die man sich freuen könnte; der Frühling ist noch fern, die Sommerfeste erst recht.

Mit dem Rücken zum Haus fühlt sich Thea von Hoffnung beflügelt. Sie ist noch nie weiter als bis zu den Grenzen dieser Stadt gekommen, aber hin und wieder spürt sie die Überzeugung, dass sie eines Tages aus diesen engen Straßen mit ihren hohen, schmalen Häusern ausbrechen wird. Eines Tages wird sich für sie der Kanal zum Meer hin öffnen. Die Geschichte ihrer Familie ist nicht ihre Geschichte, auch wenn Nella und Otto ihr das einreden möchten.

Thea ist so vertieft in diese Gedanken, dass sie auf das Päckchen tritt, das jemand auf der obersten Stufe der Steintreppe abgelegt hat. Sie zuckt zurück und hebt den Fuß. Das Päckchen ist halb so lang wie ihr Stiefel, grobes braunes Papier, mit Bindfaden verschnürt. Zu ihrem Erstaunen sieht sie ihren vollen Namen in sauberen schwarzen Großbuchstaben in der oberen rechten Ecke stehen. Noch nie hat ihr jemand ein Päckchen geschickt, und ohne zu zögern, nimmt sie es in die Hand. Es ist leicht, kompakt. Vor lauter Überraschung kribbeln ihre Finger.

Wenn sie zurückgeht in den vergleichsweise warmen Flur, um es zu öffnen, wird Cornelia oder, noch schlimmer, ihre Tante oder ihr Vater ihr neugierige Fragen stellen. Sie schaut den Kanal hinauf und hinunter auf der Suche nach jemandem, der so aussieht, als hätte er gerade etwas abgeliefert. Aber da ist niemand.

Thea schließt die Haustür, lehnt sich dagegen und legt das goldene Kleid auf die Stufe, um das Papier aufzureißen. Als sie sieht, was sich darin befindet, schnappt sie entzückt nach Luft. Es scheint unmöglich, aber es ist so: Vor sich sieht sie Walter, ein perfektes Abbild in kleinem Format, in eine ganz erstaunliche kleine Puppe verwandelt, die in ihrer Handfläche Platz findet.

Sie studiert hingerissen jedes Detail des Gesichts ihres Liebsten, seine Arme, seine Stiefel. Man könnte sagen, es ist leicht, eine perfekte Miniatur zu schaffen, wenn das Original bereits perfekt ist. Aber dieses Püppchen ist etwas anderes. Hier ist Theas Walter mit seinem schulterlangen dunkelblonden Haar, dem Bartschatten auf den Wangen, den blauen Augen, die in einem Moment fröhlicher Laune festgehalten sind, dem ausgeprägten Kinn. Seine Lippen sind geschlossen, und es ist schwer zu sagen, ob er lächelt oder feixt. Das ist das Einzige, was den heiteren Glanz dieses wie lebendigen Bilds in Theas Hand ein bisschen trübt: Es ist, als ob er sein tiefstes Glücksgefühl noch zurückhielte und es ihre Aufgabe wäre, es zu finden. Er trägt seinen Malerkittel und hält einen Pinsel in der Rechten wie einen kleinen Speer. Die Spitze der Borsten ist in rote Farbe getaucht – rot wie Blut, wie die Erdbeeren, die er malt, das Rot des Lebens. In der anderen Hand hält er eine Palette, aber es sind keine Farben darauf: nur leeres nacktes Holz ist zu sehen.

Es muss ein Geschenk von Walter sein. Nur ein Künstler mit seinen Fähigkeiten kann so etwas schaffen, und nur er konnte es für sie schaffen. Doch als Thea auf seinen schönen Bizeps drückt, stellt sie fest, dass er nicht aus Holz geschnitzt, sondern in Wachs gegossen ist. Beherrscht Walter diese Kunst? Kann er mit seinen großen Händen diesen winzigen Pinsel, diese Palette, die nicht größer als eine Münze ist, machen? Hat er wirklich diesen Miniaturkittel selbst geschneidert? Natürlich, sagt sich Thea. Walters Talente sind unerschöpflich.

Es ist wie ein Hinweis auf einen Schatz, eine Aufforderung, sich auf die Suche nach dem Original zu machen. Thea dreht die Puppe um, sucht nach einer Nachricht – *Wir treffen uns in meiner Wohnung* oder sonst etwas, das sie sich sehnlich wünscht. Aber da ist nichts. Nur der Hinterkopf von Walter, sein Körper, den sie zärtlich streichelt. Als Thea seinen Kittel anhebt, in der Erwartung, irgendeine Art Unterkleid zu finden, stellt sie fest, dass Walter nackt ist. Sie starrt auf seine Nacktheit, auf seinen schönen Körper, der mit Überlegung und Sachverstand gestaltet ist, anatomisch genau und doch kunstvoll.

Nur er kann das gemacht haben, denkt sie. Niemand sonst hätte ihn so unverfälscht sehen können.

Das Geschenk lässt ihr Herz höherschlagen, aber sie hat plötzlich auch das Gefühl, dass sie sich besser in Acht nehmen sollte: Immerhin steht sie hier im Freien und betrachtet die nackte Schönheit eines Mannes. Walter hat ihr sich selbst zum Geschenk gemacht. Schnell wickelt Thea das Papier um seinen kostbaren Körper und steckt ihn in ihre Tasche. Eine Miniatur ist schön und gut, aber sie will den Walter aus Fleisch und Blut, und den muss sie haben.

VIII

Nachdem sie dem Wächter an der Hintertür der Schouwburg ein paar Stuiver zugesteckt hat, damit er sie durchlässt, eilt Thea zum Malsaal. Walter, der mit dem Rücken zu ihr gerade an einer Palme arbeitet, knurrt, als sie die Tür öffnet, in unfreundlichem Ton: »Ich habe dich doch gebeten, dass du mich in Ruhe lässt.«

»Ich bin es«, sagt Thea.

Er fährt herum, jede Spur von Verärgerung ist verschwunden. »Thea?«, sagt er. »Das ist eine Überraschung – ich dachte, du kommst erst am Mittwoch.«

»Ich muss Rebeccas Kleid zurückbringen«, sagt sie. Sie wartet darauf, dass er sie nach dem Geschenk vor ihrer Haustür fragt, aber er tut es nicht. Sie schließt die Tür ab, weil sie nicht gestört werden will.

»Ach so«, sagt er. »Und wie war das Spektakel bei den Sarragons?«

Thea legt das Kleid über die Rückenlehne eines Stuhls und schlingt ihre Arme um Walters Schultern. Sie will über die Miniatur sprechen, die Figur zusammen mit ihm bewundern, ihn für seinen hübschen, originellen Einfall loben, ihm sagen, dass sie nicht wegen des Kleides hergeeilt ist, sondern um ihn zu sehen. »Der Ball war schrecklich«, sagt sie.

»Das glaube ich nicht.«

»Lauter viel zu stark parfümierte Matronen. Alte Männer mit Perücken. Überall Ananasmarmelade. Der Schweiß und die Verzweiflung von höheren Töchtern, die nach einem Mann zum Heiraten suchen.«

Walter lacht und legt seine Arme um ihre Taille. »Himmlisch. Und alle waren von dir hingerissen, oder nicht, mein Engel?«

Thea denkt daran, wie Clara Sarragon sie von oben bis unten

gemustert hat. An Eleonor und Catarina, die sich hinter vorgehaltener Hand über ihr geliehenes Kleid lustig gemacht haben. Sie denkt an Jacob van Loos, der aus dem Nichts auftauchte, um ihre Tante zu retten. Sie erinnert sich daran, wie sie Tante Nella dabei ertappt hat, dass sie sie mit einer Mischung aus Bewunderung und Neid anstarrte. »Ganz bestimmt nicht«, sagt sie.

»In so einem Kleid?«

»Die waren alle so *unecht*!«

Er zieht die Augenbrauen hoch. »Unecht?«

»Nichts als Schauspielerei. Nur schlechter als das, was man hier im Theater zu sehen bekommt. Und es ist furchtbar anstrengend, wenn man sich die ganze Zeit verstellen muss.«

»Und *was* hast du vorgetäuscht?«

»Dass ich nirgendwo anders als auf diesem wunderbaren Fest sein wollte.«

Walter streicht über den Stoff des Kleids. »Zieh es für mich an.«

Thea spürt einen kleinen Schock. Sie hat keine Skrupel gehabt, im Kostüm der Julia zu einem Ball zu gehen, der von einer geldgierigen Aufsteigerin veranstaltet wurde, empfindet es aber jetzt als unangemessen, das Kleid hier im Theater zu tragen, wo es eigentlich hingehört. »Das geht nicht.«

»Warum denn nicht? Ich würde dich gern in diesem Kleid malen.«

Davon, dass er sie malen will, hat er noch nie geredet. »Das würdest du tun?«

»Ich hätte große Lust dazu. Aber es ist fast so, als wollte man versuchen, die Sonne zu malen.«

Was für eine Vorstellung! Was würden Catarina und Eleonor Sarragon dafür geben, in diesem goldenen Kleid von Rebecca Bosman einem Künstler wie Walter Riebeeck Modell sitzen zu dürfen! Thea erlebt in letzter Zeit Momente, von denen sie kaum glauben kann, dass sie wirklich sind. Lächelnd trägt sie das Kleid hinter eine hohe noch unbemalte Leinwand und beginnt, die Bänder ihres Mieders zu öffnen. Sie denkt wieder an die Miniatur in ihrer Tasche – sie würde so gern mit ihm darüber reden. Aber wer weiß, wie ernst es ihm mit seinem Angebot ist? Sie muss ihn beim Wort nehmen, bevor er es sich womöglich anders überlegt.

Außerdem gibt es noch diese andere Sache, die sie mit ihm besprechen muss. »Walter«, sagt sie, »nächsten Mittwoch werde ich dich nicht sehen können. Meine Tante gibt ein Essen bei uns zu Hause. Ich wünschte, du könntest kommen, aber ...« Sie bricht ab, weil sie nicht weiß, wie sie den Satz beenden soll.

Ein kurzes Schweigen tritt ein. »Was für ein Essen?«, fragt er schließlich.

Thea schlüpft in das Kleid und schiebt ihre Arme in die schön gebügelten Ärmel. Sie stellt sich vor, dass durch den Stoff etwas von Julias unerschütterlicher Seelenruhe auf sie übergegangen ist. »Sie hat einen Mann eingeladen, den sie auf dem Ball kennengelernt hat.«

»Einen Mann?«

»Ja. Ein Jacob Soundso.«

»Jacob Soundso?«, fragt Walter. »Ach so, ja, ich glaube, die Soundsos kenne ich. Sehr feine Leute. Die Familie besitzt etliche Schiffe.«

Thea lacht. »Ich kenne ihn nicht. Er ist Advokat.«

»Wohlhabend?«

»Ich will das nicht, Walter –«

»Aber es ist an der Zeit, dass du dir einen Ehemann angelst?«

Seine Bitterkeit schockiert sie. Wie kann er so etwas denken! Was kann sie tun, damit Walter ihr glaubt, dass sie ihm gehört und immer gehören wird? Thea tritt hinter dem Paravent hervor, die Bänder am Rücken des geliehenen Kleids noch offen. »Ich will keinen alten Mann heiraten«, sagt sie, »ob er Advokat ist oder nicht.«

Walter tritt einen Schritt zurück, begutachtet, wie das Licht auf die goldene Seide fällt. Thea kommt mit ausgestreckten Armen auf ihn zu und fasst seine beiden Hände. »Hörst du? Der Einzige, den ich will, bist du.«

Er sieht ihr in die Augen. »Wie kann ich mir da sicher sein? Du gehst auf diese Bälle –«

»Ich war auf *einem* Ball! Und auch das nur, weil ich musste.«

Er seufzt. »Ich nehme an, deine Familie will nur dein Bestes.«

»Du bist das Beste für mich. Meine Familie weiß gar nicht, wer ich wirklich bin.«

Walter macht sich los von ihr und geht zu dem Tisch, auf dem seine Pinsel ordentlich nebeneinander aufgereiht liegen. »Jacob und Thea Soundso. Ein Leben in großem Stil. Ich sehe es vor mir.« Er hält inne und nimmt einen Pinsel. »Ich sehe, wie du mich verlässt.«

Thea spürt eine wachsende Verzweiflung. Sie hätte dieses Abendessen nie erwähnen dürfen. Aber jetzt hat sie ihn beunruhigt, den einen Menschen, dessen Glück ihr alles bedeutet. Sie schließt die Augen, und da sieht sie jemanden, aber es ist nicht Walter und schon gar nicht Jacob, sondern ihre Tante Nella. Sie ist voller Erwartung und Zuversicht, dass Thea Brandt tun wird, was man ihr sagt.

Sie schlägt die Augen auf. »Walter«, sagt sie, »wenn es doch so ist, dass ich dich liebe und du mich – was hindert uns, zu heiraten?«

Walters Hand mit dem Pinsel schwebt in der Luft. *Sag etwas,* denkt Thea. Sie wünscht sich, dass er diesen seltsamen Zauber bricht mit Worten, die sie aus diesem Raum in die Welt hinaus führen.

Walter macht große Augen. »Was hast du gesagt?«

»Ich sagte: Was hindert uns, zu heiraten?«

Er wirkt ganz schockiert. »Ist es das, was du willst?«

»Natürlich. Ist es nicht auch das, was du willst? Die letzten sechs Monate waren die glücklichsten in meinem ganzen Leben.«

Als er nicht antwortet, beschleicht Thea ein ungutes Gefühl. »Walter – es *ist* doch, was wir am Ende beide wollen, oder nicht?«

Er scheint sich zu sammeln. »Natürlich, ja. Ich war mir nur nicht sicher, ob du wirklich so empfindest.«

Thea ist erstaunt. »Ob ich wirklich so empfinde? Ist das nicht offensichtlich?«

Er runzelt die Stirn. »Man kann von Frauen nicht unbedingt erwarten, dass sie niemals schwankend werden.«

Das ist so absurd, dass sie lachen muss. »Nun, ich werde nicht schwankend, das weißt du doch. Stell dir vor, Walter, wir müssten nicht mehr so herumschleichen, wie Diebe oder als würden wir sonst etwas Schlimmes tun.«

Er sieht sich im Malsaal um. »Tja, ich nehme an, wir können uns nicht ewig hier vor der Welt verstecken.«

»Nein.«

Walter räuspert sich. »Normalerweise ist es der Mann, der diese Frage stellt«, sagt er. »Du hast mich überrumpelt. Aber dein Vater, deine Tante – sie werden es nicht gutheißen.«

»Das ist nicht so schlimm, schließlich sollen ja nicht sie dich heiraten. Und ich bin sicher, sobald sie dich kennenlernen, Walter – sobald sie uns zusammen sehen –, werden sie es verstehen. Sie werden sehen, dass wir glücklich sind, und auch glücklich sein.«

Walter scheint nachzudenken. »Eine Verlobung also? Möchtest du, dass wir uns verloben?«

Thea wird warm in der Brust. Sie kommt an den Tisch mit den Pinseln und drückt Walters Hände. »Verloben wir uns«, flüstert sie.

»Wir müssen ja nicht sofort heiraten«, sagt er. »Eine richtige Hochzeitsfeier will vorbereitet sein.«

»Je eher, desto besser ist es, Walter. Denn dann kann meine Tante ihre blödsinnigen Bemühungen einstellen, und du und ich müssen uns nicht länger verstecken.«

Er fährt sich mit der Hand durch die Haare. »Ich denke, ich sollte meinen Vertrag in der Schouwburg beenden, bevor wir heiraten. Anderswo verdiene ich mehr Geld, und das wird alle Bedenken deiner Familie zerstreuen.«

»Das ist eine gute Idee. In drei Monaten also.« Thea weiß alles über Walters Arbeit. Zwölf Wochen noch, dann ist er frei – und sie mit ihm.

»Dann kann ich arbeiten, wo ich will«, sagt er.

»London? Paris?«

»Wenn du willst.«

»Aber was von beiden?«

»Wir losen einfach«, sagt Walter grinsend.

»Und wir gehen als Mann und Frau dorthin.«

»Unbedingt«, erwidert er und legt seinen Arm um ihre Taille.

Thea drückt ihn ganz fest. Ihr Geliebter – ihr Verlobter! – riecht nach Leinöl und Seife und sauberer Baumwolle, nach dieser unverwechselbaren, undefinierbaren Walter-Mischung von Düften, die ihr den Atem stocken lässt. »Lieber Gott«, murmelt sie, ihren

Mund an seiner Brust. »Ich bin so glücklich. Ich wusste gar nicht, dass es möglich ist, derart glücklich zu sein.«

»Ich weiß«, sagt er und küsst sie auf den Scheitel. Er hält sie einen Moment lang auf Abstand, ihr Gesicht zwischen seinen Händen. »Du verstehst schon, was es bedeutet, wenn wir verlobt sind: Wir haben einen Ehevertrag geschlossen.«

Sie sieht ihm in die Augen. »Ich bin zwar kein Notar oder Priester, Walter, aber ich glaube dir, dass es so ist.«

»Wir sind also in gewisser Weise bereits Mann und Frau.«

»Na ja, ich bin noch nicht als Braut vor den Altar getreten, und wir sind noch nicht getraut worden.«

»Nein, aber in den Augen Gottes sind wir verheiratet.«

»Vermutlich.«

»Wir haben einander das Jawort gegeben«, sagt er, und sie lacht vor Glück.

Walter schmiegt sich an sie. »Das heißt, es hindert uns nichts«, sagt er, »wenn du es willst, als Mann und Frau beieinanderzuliegen.«

Thea bewegt sich nicht in seiner engen Umarmung, sein Malerkittel drückt gegen ihre Wange. Es gibt hier eine Linie, denkt sie, eine Linie, unsichtbar auf die Dielen dieses Malsaals gezeichnet. Seit Thea Walter zum ersten Mal gesehen hat, hat sie sich diese Linie mehr oder weniger bewusst vorgestellt, einen verschwommenen Streifen, der eines Tages zu ihren Füßen klare Konturen annehmen würde. Sie und Walter nackt, zusammen, eins. Und jetzt fordert er sie auf, diese Linie zu überschreiten.

Sie denkt in diesem Moment nicht an Walter und auch nicht an sich selbst, sondern an Cornelia, wie sie behutsam die Ärmel des goldenen Kleides gebügelt hat, die Walter jetzt mit seinen Fäusten zerknittert. Was würde Cornelia sagen, wenn sie Walter hören könnte?

Cornelia würde nicht zulassen, dass Thea mit einem Mann verheiratet wird, den sie nicht liebt. Cornelia würde verstehen, dass Thea verzweifelt versucht, Walter zu einer festen Zusage zu bewegen. Was ihren Vater und ihre Tante betrifft, so schiebt sie jeden Gedanken an sie weit weg und streift das goldene Kleid ab, in dem

Walter sie malen will. Sie lehnt sich in seiner Umarmung nach hinten und sieht ihm in die Augen. »In den Augen Gottes bin ich deine Frau«, sagt sie.

Langsam lässt Walter sie auf den Boden sinken. »Willst du wieder das mit mir machen, was du gestern gemacht hast?«, fragt Thea.

Walter grinst. »Und was habe ich gestern gemacht?«

Thea klopft ihm leicht auf die Schulter. »Das weißt du ganz genau, Walter Riebeeck.«

Er küsst sie. »Du bist vollkommen, Thea Brandt«, flüstert er. »Du bist mehr als nur eine Frau Soundso.«

Die Liebenden liegen auf Walters mit Farbe bespritzten Abdecktüchern, umgeben von Wäldern und Stränden und gemalten Burgruinen hoch über ihren Köpfen. Manchmal tut es Thea weh, dann hält Walter inne, damit sie sich entspannen und es abklingen lassen kann, hält sie, streichelt sie, beruhigt sie. Und wenn sie sich dann wieder zurücklegt, schließt Thea die Augen vor den unzähligen Welten um sie herum und versucht, sich nur auf ihn zu konzentrieren, auf seinen Körper, der den ihren liebt, der sie will, auf diesen Mann, dem sie sich für den Rest ihres Lebens versprochen hat. Denn die Augen zu öffnen und Walter zu sehen, wäre vielleicht fast zu viel für sie. Sie will dieses erste Mal nie vergessen, aber es gibt Momente, wenn Walter sich über ihr bewegt, in denen Thea das Gefühl hat, dass alles nur Einbildung ist, als wäre sie heute gar nicht ins Theater gekommen, als hätte sie seine Puppe nie gefunden und sich nie mit ihm hier eingeschlossen.

Walter zieht sich mit einem seltsamen, keuchenden Schrei, einer Mischung aus Angst und Lust zurück und ergießt sich über Rebeccas Kleid, und bevor Thea etwas dazu sagen kann – dass sie Wasser holen müssen, um es auszuwaschen, was, wenn Rebecca es sieht! –, beginnt Walter sie zwischen ihren Beinen zu küssen, immer und immer wieder. Bald vergisst Thea den Fleck auf dem Kleid, und die Empfindungen von dem, was er tut, steigern sich in ihr, bis auch sie aufschreit, ein Schrei des Erstaunens, dass dies wieder geschehen konnte, und sogar besser, dass ein Wunder sich mehr als einmal ereignen kann.

Danach liegen sie auf den Abdecktüchern und starren hinauf zu der hohen Decke.

»Tun Eheleute das jeden Tag?«, fragt sie.

Walter lacht und zieht sich die Hose hoch. Sie könnte ihr ganzes Leben damit verbringen, sich immer wieder etwas Neues auszudenken, um ihn zum Lachen zu bringen: ein witziges Mädchen, nicht aus einem Ei geboren, sondern aus einem Geheimnis, tief in dieser Stadt des Geldes verborgen. »Na klar«, sagt er. Er greift nach einem nassen Lappen und fängt an, Rebeccas Kleid abzutupfen.

Thea wälzt sich auf die Seite und sieht ihn an. Sie fühlt sich wie eine erwachsene Frau, die ihr Schicksal selbst in der Hand hat. »Werden wir zusammen in deiner Wohnung leben?«

Walter, immer noch mit dem Kleid beschäftigt, runzelt die Stirn. »Das geht jetzt noch nicht, das weißt du doch, oder?«

Thea denkt an ihre Familie. Wie um alles in der Welt soll sie ihr jemals sagen, dass sie alleine, ohne ihre Hilfe, einen Ehemann gefunden hat? »Natürlich weiß ich das. Ich überlege nur, wie es sein wird. Vielleicht könnten wir ja eine andere Unterkunft finden? Eine neue, für uns beide?«

Walter beugt sich vor und küsst sie sanft auf den Mund. »Was immer du willst.«

Thea setzt sich auf und zieht ihr Hemd an. »Fabritius wird sich fragen, was für ein Fleck das ist.«

»Mach dir keine Sorgen um Fabritius. Ich lasse es an meinem Feuer trocknen, und er wird gar nichts bemerken.«

»Ein Betrügerpaar«, sagt sie und grinst. Sie versucht, den Gedanken daran, wie sorgfältig Cornelia das Kleid gebügelt hat, beiseitezuschieben.

»Eine Notlüge«, sagt Walter. »Die tut niemandem weh.«

»Ich möchte dir etwas zeigen.« Thea steht auf, nimmt ihren Rock und zieht die Puppe ihres Geliebten aus der Tasche. Sie hält sie ihm hin in der Erwartung, dass er komplizenhaft grinsen wird. *Du hast sie gefunden!*, wird er sagen. *Du hast die Botschaft verstanden und bist gekommen.*

Aber Walter grinst nicht. Vielmehr starrt er die Puppe entgeistert an. »Was ist das?«, fragt er. »Soll das ich sein?«

»Natürlich. Du kannst mich nicht veralbern, Walter. Du hast sie für mich gemacht.« Walter fährt zurück, und Thea wird jetzt doch mulmig. »Oder nicht?«

»Woher hast du das?«

»Es lag heute Morgen vor unserer Haustür. In Papier eingepackt, mit meinem Namen drauf.«

»Denkst du im Ernst, ich würde so eine Figur von mir machen und dir vor die Tür legen?«

Thea zögert. »Ich – ich weiß nicht. Ich dachte, es wäre ein Geschenk von dir. Eine Botschaft, dass du dir wünschst, ich käme zu dir.«

»Ein Geschenk?« Walter wirkt wie hypnotisiert. Fast ängstlich bewegt er einen Finger auf die Puppe in Theas Hand zu. Er berührt den Arm, der die leere Palette hält. »Ich würde dir so etwas nicht schicken. Und ich hantiere ganz bestimmt nie mit einer leeren Palette. Auf meiner sind immer Farben.«

Thea versucht ihn zu besänftigen, die Stimmung zärtlicher Intimität wiederherzustellen. »Ja, natürlich. Aber es ist jedenfalls ein hübsches Figürchen, ob du es nun gemacht hast oder nicht.«

Walter starrt die Puppe wieder an. »Das gefällt mir nicht«, sagt er, und sein Blick huscht zur Tür. »Beobachtet uns jemand? Wer hat das Ding gemacht?« Er wirft die Miniatur auf das Abdecktuch und rappelt sich auf, zieht sich die Stiefel und den Kittel an. Er sieht sehr aufgeregt aus und jünger als seine fünfundzwanzig Jahre. »Thea, hast du jemandem von uns erzählt?«

»Natürlich nicht.«

»Dir ist nicht vielleicht etwas rausgerutscht? Könnte es sein, dass du irgendwem gegenüber mit deinem Schatz vom Theater geprahlt hast?«

»Nein, Walter, es kann *nicht* sein. Und selbst wenn ich von dir sprechen würde, warum wäre das so schlimm? Wir sind jetzt verlobt. Wir werden heiraten.«

Als Walter nicht antwortet und weil er so aufgewühlt wirkt, nimmt Thea schließlich Zuflucht zu einer Lüge. »Ich habe die Puppe gemacht«, sagt sie.

Er starrt sie ungläubig an.

»Ich gebe es zu: Ich war es.« Thea fühlt sich sehr nackt in ihrem Hemd. Sie wünscht sich, sie könnte hinter der gemalten Kulisse verschwinden und ihr Kleid anziehen. »Es war nur ein Scherz. Ein verunglückter Scherz, nichts weiter.«

»Du hast das gemacht? Ist das wahr?«

»Ich dachte, es würde dir gefallen.«

Von der Tür her ist das Geräusch von Schritten zu hören, aber sie gehen vorbei, und dann ist es wieder still. »Nun, das war ein Irrtum«, sagt er leise.

»Es tut mir leid«, antwortet Thea. Sie versteht nicht, warum es ihn so aufregt, seine heftige Reaktion hat sie erschreckt. Ihr ist kalt.

»Also gut«, sagt er, »ich glaube dir. Aber jetzt muss ich mit diesem Strand weitermachen.«

Sie gehen aufeinander zu, Auge in Auge, ein Ehemann und seine Frau, wenn auch ohne offizielle Trauung und ohne Ringe, in diesem Raum der Illusionen. Aber als sie einander küssen und umarmen, fühlt sich Thea ein wenig besser. Missverständnisse passieren eben zwischen Verliebten, denkt sie, aber sie machen die anschließende Versöhnung nur noch süßer. »Ich bin froh, dass wir es getan haben«, flüstert sie.

»Ich auch«, sagt Walter und küsst sie auf die Stirn. »Und ich sehe dich bald wieder. Viel Vergnügen bei dem Essen am Mittwoch. Und denk an mich.«

»Ich denke immer an dich.«

Walter zeigt auf die Miniatur, die noch immer auf dem Abdecktuch liegt. »Nun ja. Vielleicht kann er dir Gesellschaft leisten.«

*

Thea verlässt das Theater mit dem Gefühl, im Bann eines mächtigen Geheimnisses zu sein. Etwas in ihrem Leben hat sich verschoben, und sie möchte es festhalten, froh, dass sie Rebecca Bosman nicht begegnet ist, denn es wäre ihr peinlich gewesen, wenn sie den Fleck auf dem goldenen Kleid hätte erklären müssen. Sie nimmt einen längeren Weg, um noch eine Weile mit ihren Gedanken allein zu sein und um sich zu sammeln, damit niemand in ihrer Familie Verdacht schöpft. Die Stadt ist inzwischen hellwach: Die Geschäfte sind geöffnet, und die Händler füllen ihre Auslagen. Amsterdam ist stolz darauf, dass es überall sauber ist: Besen und Putzlappen dienen dazu, jene Reinheit herzustellen, die tadellose Moral oder doch zumindest die besten Absichten in dieser Richtung signalisiert.

Thea wandert an lauter blitzsauberen Häusern vorbei, alle Fenster blinken, nirgendwo liegt Abfall herum. *Hier gibt es keine Sünde,* sagen diese Häuser und Straßen. Sie bleibt vor einem Kurzwarenladen stehen, betrachtet Seiden- und Baumwollstoffe, mit Krapp oder Safran oder schwarz gefärbte Garne, die auf weiß getünchten Brettern ausgebreitet sind, damit die Farben stärker wirken. Ein Käsehändler stellt schwere Gouda-Laibe, die wie Sonnen leuchten, ins Fenster, arrangiert sie still lächelnd, als wollte er die Passanten zu einem Spiel einladen, dessen Regeln nur er kennt. Kann wirklich niemand ihr ansehen, was sie getan hat? Sehen die Leute nicht das Leuchten in ihren Augen? Der Käsehändler blickt auf und fährt zusammen, die Augen in seinem roten Gesicht weit aufgerissen. Thea fragt sich, ob er einfach nur aus seiner Konzentration aufgeschreckt wurde oder ob er tatsächlich *sie* anstarrt, weil er noch nie jemanden ihresgleichen gesehen hat. Was steckt hinter diesem Gesicht? Nur gutartige Neugier oder Misstrauen oder Angst?

Ich will dir keinen Käse stehlen, denkt Thea und geht schnell weiter; sie will sich nicht begaffen lassen, sie will nicht, dass das altgewohnte Ärgernis ihren Gedanken an das, was im Malsaal passiert ist, in die Quere kommt.

Mägde eilen vorbei, ohne sie zu beachten. Sie sind dick eingepackt und haben Weidenkörbe dabei, denn sie sind auf dem Weg zu den Märkten, um die schönsten Seezungen und Wittlinge zu kaufen, die gerade erst aus dem eisigen Meer gefischt wurden, oder die prallsten Rüben für ihre Herrschaft, die nie zufrieden ist. Thea wandert ziellos dahin, tief in Gedanken versunken.

Sie hatte geglaubt, nach einem solchen intimen Akt vertrauensvoller Hingabe würde sie sich leicht und glücklich fühlen. Sie hat mit Walter geschlafen, sie ist keine Jungfrau mehr. Manche mögen so etwas skandalös finden, doch sie und ihr Liebster sind ja gültig verlobt. Aber dieser Morgen, der nichts als lauter Liebe versprochen hatte, der ein Wiedersehen und einen Anfang bringen sollte, hat eine befremdliche Wendung genommen, und das einzig wegen dieser Puppe. Die sonst so vertrauten Wege an den Grachten entlang nach Hause sind wie verwandelt. Das Wasser unter dem Eis scheint tiefer zu sein, die Fassaden der Häuser wirken weniger freundlich, ihre Fenster übergroß und leer. Thea spürt die Miniatur von Walter tief in ihrer Tasche, und als sie den Weg zur Herengracht einschlägt, wirft sie unwillkürlich einen Blick über ihre Schulter und sucht in den Gesichtern der Leute um sie herum nach Zeichen eines unnatürlichen, feindseligen Interesses.

Es ist schlicht unmöglich, dass jemand über sie und Walter Bescheid weiß und sie beobachtet. Einen Moment lang überlegt sie, ob sie die Miniatur aufs Eis werfen soll. Die Sache hat ihn verletzt und beleidigt, und Thea kann sich nicht erklären, wie die Figur auf die Stufe vor ihrer Haustür gekommen ist. Es muss wahr sein, dass er sie nicht gemacht hat. Es stimmt auch, wenn er sagt, dass er mit vielen Farben malt, nicht nur mit einem einzigen Pinsel, der in Rot getaucht ist.

Sie haben von einer gemeinsamen Zukunft gesprochen, sie haben einander nackt gesehen, aber jetzt ist Walter wieder bei der Arbeit und malt seine Bühnenbilder, als wäre nichts geschehen. Theas Unterleib schmerzt, und ihr ist eng ums Herz. Dass sie Walter liebt, weiß sie. Sie ist auch sicher, dass er sie liebt. Er will sie schließlich heiraten – o ja, es ist tatsächlich wahr –, und Tante Nella hat zumindest in einem Punkt recht: In Amsterdam bedeutet eine Heirat alles. Die Verlobung beweist mehr als nur, dass Walter Thea begehrt, sie beweist auch, dass er an sie glaubt und dass er ihre gemeinsame Zukunft vor aller Augen wahrmachen will. Aber Thea möchte, dass die Zeit für eine Weile stehenbleibt, möchte sich in ihr verkriechen wie ein Kaninchen in seinem Bau und über all die Dinge nachdenken, die heute Morgen passiert sind.

Sie tastet in ihrer Tasche nach ihrem Miniatur-Liebhaber. Sie spürt die Kraft, die von der kleinen Figur ausgeht, aber wer weiß, ob das nicht vielleicht nur daran liegt, dass sie den echten Mann so sehr liebt? Letztlich ist es nur ein Püppchen. Aber sie hat das Gefühl, dass sie es nicht wegwerfen darf – noch nicht, egal woher es kommt. Sie wird diesen Walter in das kleine verschließbare Kästchen legen, das sie unter ihrem Bett stehen hat und dessen Schlüssel sie immer um ihren Hals trägt. Sie wird das Figürchen vor ihrer Tante, ihrem Vater und Cornelia verstecken, bis die Zeit reif ist.

Zu Hause angekommen, atmet Thea, ehe sie eintritt, tief durch, um die berauschenden Geheimnisse dieses Tages tief in ihrem Inneren zu verbergen und jede Spur davon aus ihrem Gesicht zu tilgen. Doch als sie im Hausflur steht, quält sie immer noch ein Gedanke: Da sie diese Miniatur nicht gemacht hat und Walter auch nicht, wer in dieser Stadt voller Geheimnisse hat sie dann gemacht?

IX

Zur Vorspeise wird es Beignets mit Fenchel und Dill aus dem Glashaus geben, dazu ein in geräucherten Speck eingewickeltes Huhn mit einer Sauce aus Muskatblüte, Safran und Weißwein. Dann wird ein Rehrücken aufgetragen werden, begleitet von kalten Kapaunen in Zitronensaft. Das ganze Aufgebot an Speisen kostet eine Menge Geld, aber Jacob van Loos soll sehen, dass die Brandts wissen, was man einem Gast schuldig ist, und Cornelias Kochkünste werden einen wichtigen Beitrag dazu leisten, dass der Abend ein Erfolg wird.

»Und ich dachte«, sagt Cornelia, als sie an dem Tag vor dem großen Ereignis zum Gemüsemarkt aufbricht – sowohl etwas befangen (wegen der Kosten) als auch voller Tatendrang (weil es die Sache ohne Zweifel wert war) –, »dass ich noch Wirsing nach spanischer Art machen werde.«

Nella fragt, ob es dazu vielleicht sauer eingelegte Rosenblüten geben werde, aber Cornelia lässt sich davon nicht beirren: Wenn sie etwas kochen will, kann kein Spott sie davon abhalten. Die berühmten Zimtplätzchen von Hanna und Arnoud Maakvrede (*gratis*, aber Arnoud darf das nicht wissen) werden das Mahl krönen. Otto war bei einem Weinhändler, den er von seiner Tätigkeit bei der VOC her kennt, und hat drei Krüge Bordeaux erstanden, die eigentlich nach Schweden hätten gehen sollen. Sie haben das ganze Haus nach den besten geschnitzten Stühlen durchsucht und das Sofa von dem Abdecktuch befreit. Sie haben die restlichen Bilder an die Wände des Salons gehängt und den schönsten Teppich auf dem Boden ausgerollt. Otto hat Feuerholz geschleppt, Nella ihre Kissen aufgeschüttelt. Cornelia ist den ganzen Mittwoch lang in der Küche mit ihren Kapaunen und den anderen Speisen beschäftigt.

Und was Thea betrifft, so besteht ihre einzige Aufgabe darin, sich im Lautenspiel zu üben und ihr bestes Kleid anzuziehen, das sie mit fünfzehn Jahren bekommen hat. Es ist aus rubinrotem Damast und, wie sie behauptet, mittlerweile an den Ärmeln zu kurz. Aber wen interessieren solche Kleinigkeiten, wo Jugend und Schönheit vereint sind? Nachdem Cornelia Theas Haar zu zwei prächtigen Zöpfen geflochten hatte, die mit schwarzen Bändern zugebunden wurden, dauerte es nur noch zehn Minuten, bis Thea fertig angezogen war, und jetzt, da Jacob jede Minute eintreffen kann, präsentiert sich Thea auf der schummrigen Bühne des Flurs ihrer Tante: eine Vision in Rot, mit Perlenohrringen, die im Halbdunkel schimmern. Zwar sind ihre Handgelenke ein wenig entblößt, aber sie steht so selbstsicher da wie eine venezianische Kurtisane, die für ihr Porträt posiert. Nella spürt eine Mischung aus Ehrfurcht und Gereiztheit, und darunter verborgen ein bisschen Angst: Dieses Mädchen ist dabei, ihrem Griff zu entgleiten.

»Du kannst deine Lautenstücke?«, fragt sie.

»Meine Lautenstücke?«

Nella unterdrückt ein Seufzen. Seit dem Ball bei Clara Sarragon fällt ihr immer wieder auf, dass Thea, wenn sie Laute spielt, ganz offensichtlich mit ihren Gedanken nicht bei der Sache ist, aber wenn Nella ihre Nichte darauf anspricht, leugnet diese, dass sie an etwas anderes gedacht hat. Oft ertappt Nella sie dabei, wie sie halb lächelnd verträumt ins Leere starrt, aber diesen Ausdruck sofort ablegt, sobald sie merkt, dass sie beobachtet wird. Sie spricht nie davon, wie Clara Sarragon sie bei dem Ball bloßgestellt hat, was Nella wundert, denn sie nimmt an, dass das Thea einigermaßen erbittert haben muss. Ihre Antworten auf Fragen aller Art sind diffus. Hinter ihren Augen liegen Geschichten verborgen, von denen Nella weiß, dass sie keinen Zugang mehr dazu hat, und die sie nicht einmal erahnen kann.

Und es kommt seit dem Ball auch vor, dass Thea respektlos und geradezu selbstherrlich auftritt, ihr Temperament geht mit ihr durch und fährt Karussell um ihre Tante herum. Es ist schwer vorherzusagen, in welcher Laune man sie antreffen wird. Jedes Mal, wenn Nella versucht hat, ein vernünftiges Gespräch mit ihr zu führen, ist sie gescheitert. Es ist, als hätte sie vergessen, wie man mit dieser geheimnisvollen jungen Frau sprechen muss – oder vielleicht müsste sie lernen, auf eine neue Art und Weise mit ihr zu sprechen. Verschwunden ist das Kind, dem Nella einst vorgelesen und das Lesen beigebracht hat, dessen Hand sie bei Frühlings- und Winterfesten hielt, wenn sie Blumenmädchen und Schlittschuhläufern zuschauten und Thea mit pummeligen Fingern nach den gebrannten Mandeln griff, die ihre Tante ihr anbot.

»Thea«, sagt sie um einen sanften Ton bemüht, »dieses Abendessen ist wichtig.«

»Wichtig für wen? Warum klammerst du dich an diesen Mann, obwohl doch ich diejenige bin, die er allenfalls nehmen würde?«

Nella zögert. »Es ist nur ein Abendessen«, sagt sie. »Zum Kennenlernen.«

»Aber du hast gesagt, es sei wichtig.«

»Nun ja, weil –«

»Vielleicht ist er ein Rohling. Vielleicht schlägt er mich und gibt mir nichts zu essen.«

»Er ist nicht diese Art von Mann«, sagt Nella, und ihre Stimme wird laut, obwohl sie das eigentlich nicht will.

»Woher weißt du das?«

»Er hat einen Sessel für mich gesucht und mich darauf Platz nehmen lassen.« Sie kommt sich selber lächerlich vor. »Lässt das nicht auf einen guten Charakter schließen?«

Thea sieht sie ungläubig an. »Du willst mich im Ernst mit dem erstbesten Mann verheiraten, der dich zu einem Sessel führt?«

Nella holt tief Luft. »Falls du eines Tages einen Mann heiraten solltest, der – Gott bewahre – dir etwas zuleide täte, Thea, dann könntest du zu uns nach Hause zurückkommen, beim Licht einer Talgkerze mit uns mageren Hering essen und dein Schicksal beklagen. Die Möglichkeit einer Trennung kann dir niemand nehmen, aber ich schlage vor, du versuchst es zuerst mit Heiraten. Dieser Familie geht das Geld aus, und du kannst zumindest dich selbst retten.«

»Du bist so hart«, sagt Thea, und Tränen steigen ihr in die Augen.

Nella unterdrückt ihren Zorn. »Wenn ich hart bin, dann nur,

weil du stur bist. Du bist auf der Suche nach Freiheit, das weiß ich wohl. Ich war genauso –«

»Du warst nie so wie ich.«

»Glaub mir, wenn ich dir sage, dass eine Ehe gut für dich wäre.«

»Aber du selbst hast nie wieder geheiratet.«

Nein. Deinetwegen, möchte Nella sagen, aber sie beißt sich auf die Zunge.

Thea reckt ihr Kinn in die Luft: jetzt demonstriert sie ihre ganze großartige Überlegenheit. »Du weißt sehr wenig über Männer, soweit ich das beurteilen kann«, verkündet sie.

Sie wissen beide, dass sie damit entschieden zu weit geht, aber es kann nicht mehr lang dauern, bis Jacob kommt, und Nella gibt nicht so leicht klein bei. »Ich habe eine andere Art von Freiheit genossen«, sagt sie mit mühsam beherrschter Stimme. »Im Übrigen habe ich einfach nie jemanden getroffen, der für mich in Frage kam.«

»Du hast also niemanden getroffen, der für dich in Frage kam? Aber für *mich*, denkst du, kommt *jeder* in Frage, wenn mich nur überhaupt einer nimmt, oder?«

»Eine Ehe ist die einzige Möglichkeit für dich«, blafft Nella, und Theas Augen leuchten vor Triumph, weil sie es geschafft hat, ihre Tante so zu reizen. »Oder willst du zu Hanna Maakvrede gehen und sie bitten, dich als Lehrling in ihrer Bäckerei arbeiten zu lassen? Wir haben dich nicht zum Ausstechen von Lebkuchen erzogen.«

»Der Mann, der heute Abend hierherkommt, wird mir nicht zu meiner Freiheit verhelfen. Ich will weder ihn noch sein Geld.«

»Ich glaube, du solltest es dir gut überlegen. Vor dir liegt ein langes Leben, Thea, so Gott will, und wenn Jacob van Loos, der ein wohlhabender Mann ist, bereit wäre, dich –«

»Du meinst: wenn er bereit wäre, über meine Hautfarbe hinwegzusehen.«

»Das habe ich nicht gesagt.«

Thea lacht. »Warte nur ab.«

»Was meinst du damit?«

»Nichts«, sagt Thea und macht ein verschlossenes Gesicht.

*

Jacob kommt in einer vornehmen Barke angefahren, langgestreckt und tiefliegend, schwarz lackiert mit überraschenden Akzenten in Gestalt von Butterblumen, die in dem Licht, das aus der Haustür nach draußen fällt, leuchten. Nella und Otto empfangen ihn, Thea an ihrer Seite. Nellas Herz hämmert, sie tritt von einem Fuß auf den anderen, während Otto und Thea regungslos wie Statuen dastehen und keine Miene verziehen. Der Gast nimmt seinen Hut ab und reicht ihn Cornelia, ohne sie eines Blickes zu würdigen. »Seigneur Brandt«, sagt er, verbeugt sich tief. »Madame Brandt. Thea.«

»Seigneur van Loos. Willkommen.«

Knickse, Verbeugungen. Eine gewisse Nervosität ist bei allen zu bemerken. Cornelia, seinen Hut in der Hand, sperrt die kalte Nachtluft aus, und der Flur erstrahlt in goldenem Licht, denn sie haben alle Bienenwachskerzen angezündet, die sie finden konnten. Jacob ist beeindruckt von dem Haus, das sieht Nella ihm an. Die ganze Ausstattung ist nicht mehr so üppig, wie sie einmal war, aber die Substanz des Gebäudes ist solide. Er legt den Kopf schief, um die Trompe-l'œils an der Decke zu bewundern. Er starrt auf die Grisaillen an den Wänden ebenso fasziniert, wie er in dem Vorzimmer von Clara Sarragon Thea angeschaut hat. Dann zieht er aus seiner Tasche eine lange Tonpfeife hervor und fragt: »Sie haben doch nichts dagegen?«

»Natürlich nicht«, sagt Nella. »Bis zum Essen ist noch genügend Zeit.«

»Danke schön.« Jacob kramt in seiner Tasche. »Beinahe hätte ich es vergessen: ich habe Ihnen ein Geschenk mitgebracht, Fräulein Thea.« Er zieht einen schmalen Band hervor, der in Papier eingeschlagen ist. Zögernd tritt Thea zu ihm hin und nimmt ihn aus seiner ausgestreckten Hand. Regungslos starrt sie das Geschenk an. Cornelia steht abseits im Schatten und beobachtet die Szene, Nella wünschte, sie würde in die Küche verschwinden.

»Willst du es nicht öffnen?«, fragt Nella. Thea wechselt einen kurzen Blick mit ihrem Vater, dann wickelt sie das Buch aus und schlägt es auf. Sie steht einen Moment lang ganz still da und betrachtet das Frontispiz. Nella sieht, wie sich ihr Kiefer fast unmerklich anspannt, und ihre eigene Kehle schnürt sich zusammen. *Sieh ihn an*, drängt Nella sie im Stillen. *Du musst ihm danken. Sag endlich etwas.*

»*Eine kritische Abhandlung über das Theater*, von Voetius«, liest Thea mit leiser Stimme vor, ohne aufzublicken. Nella glaubt ein tadelndes Zungenschnalzen aus der dunklen Ecke zu hören, aber Jacob scheint es nicht zu bemerken.

»Ich habe es selbst nicht gelesen«, sagt Jacob. »Ich habe nicht viel Zeit zum Lesen. Aber ich dachte, es könnte Sie interessieren.«

Er zieht seinen Mantel aus, Cornelia tritt heran, um ihn in Empfang zu nehmen. Man sieht jetzt, was Jacob darunter trägt: ein teures Wams, eine schwarze Hose und ganz außergewöhnliches Schuhwerk, wunderbar weiche Pantoletten, offensichtlich völlig ungeeignet für das Amsterdamer Pflaster.

Thea mustert sie interessiert, bevor sie aufblickt und ihm kurz ins Gesicht sieht. »Danke, Seigneur«, sagt sie höflich. »Ich bin sicher, ich werde eine Menge daraus lernen.«

»Ohne Zweifel.«

»Kommen Sie«, sagt Nella. »Gehen wir in den Salon.«

*

Im Salon brennt ein großes Feuer, und obwohl keine Lakaien in den Ecken warten und keine Dienstmädchen an den vertäfelten Wänden entlanghuschen, weiß Nella, dass das Haus wunderschön aussieht. Der offenkundige Mangel an Personal beunruhigt sie nicht besonders – es ist nicht ungewöhnlich, dass selbst wohlhabende Kaufmannsfamilien nur wenige Dienstboten beschäftigen. Marin sagte immer, es sei töricht, allzu viele fremde Leute im Haus zu haben, klug und gottgefällig sei es, sich zu bescheiden. Cornelia zieht jedes Mal die Brauen hoch und hebt ihre rissigen Hände, wenn Nella das erwähnt.

Aber bescheiden wir uns wirklich?, denkt Nella und schließt lächelnd die Tür des Salons. Wir bewohnen ein riesiges Mausoleum, über dem unsichtbar die Namen ruhmreicher Toter prangen.

»Ich behaupte, dies ist eines der schönsten Häuser der Stadt«, sagt Jacob. »Ein verstecktes Kleinod.«

Nella stößt Thea sanft mit dem Ellbogen an. »Danke, Seigneur«, murmelt Thea. Sie, die in letzter Zeit so gerne ihre Meinung ausposaunt, ist nun ziemlich schüchtern und leise.

»Andere Haushalte schmücken sich mit Gold, Samt, Marmor und Elfenbein, wohin man auch schaut. Man kommt sich vor wie in einem Schatzkästchen ohne Luftlöcher zum Atmen«, sagt Jacob.

»Sie mögen keine Ornamente?«, fragt Nella, nimmt Platz und gibt ihm ein Zeichen, es ihr gleichzutun.

»Das richtige Ornament an der richtigen Stelle, Madame, ist etwas Wunderbares«, sagt Jacob und lässt sich ohne weitere Umstände neben dem Feuer nieder. Er fasst in seine Tasche und zieht eine Elfenbeindose hervor, der er dunkle Blattstücke, offenbar Tabak, entnimmt, um seine Pfeife zu stopfen. »Aber wenn es zu viel Zierrat ist«, fährt er fort, »möchte ich ihn am liebsten packen und auf dem Boden zerschmettern. In diesem Haus war, wie man sieht, gottesfürchtiger Respekt vor der Schönheit des Wesentlichen am Werk. Haben Sie schon viele Feste hier gefeiert?«

»Nicht sehr viele, Seigneur«, sagt sie. Hinter Jacobs Rücken wirft Otto Nella einen ironischen Blick zu. »Wir haben hier viele glückliche Jahre verbracht«, fährt sie mit etwas bemühtem Lächeln fort. Hier unten im Salon, im Flur und im Speisezimmer können sie den schönen Schein noch einigermaßen aufrechterhalten. Sie haben es verstanden, alles so herzurichten, dass nicht sofort auffällt, wie leer das Haus ist, wie trostlos verlassen die Räume sind, aber was ist, wenn er irgendwann doch merkt, wie verzweifelt sie sind?

Jacob wendet sich an Otto. »Seigneur Brandt«, sagt er, »ich habe Sie gar nicht auf dem Ball bei den Sarragons gesehen.«

»Ich war da«, sagt Otto. »Aber nicht lange.«

»Sie mögen solche Veranstaltungen nicht?«

Otto lächelt dünn. »Ich ziehe ruhigere Zusammenkünfte mit echten Freunden vor. Sie sind Advokat, hat man mir gesagt.«

»Ja, ich kümmere mich um die geschäftlichen Angelegenheiten meiner Familie in der Stadt. Verträge, Handelsgeschäfte und dergleichen.«

»Ihre Familie überträgt Ihnen so viel Verantwortung? Sie sind noch jung.«

»Mein Vater ist vor zehn Jahren gestorben. Unter solchen Umständen muss man schnell erwachsen werden. Meine Mutter kehrte nach Leiden zurück und legte die Dinge in Amsterdam in meine Hände.«

»Ein pflichtbewusster Sohn also«, sagt Otto.

»Da müssten Sie meine Mutter fragen.« Jacob van Loos grinst, nimmt einen Fidibus vom Kaminsims, zündet ihn am Feuer an und hält ihn über seine Pfeife. Sie sehen ihm zu, wie er pafft und den Rauch aus seiner Nase strömen lässt. Der beißende Geruch von kokelndem Holz mit einem leichten Zitronenaroma zieht durch den Raum. »Ich experimentiere mit Zitronat und Fenchel«, sagt er. »Den Tabak beziehe ich von einem Händler in Virginia.«

»Waren Sie schon mal in Virginia?«, fragt Otto.

Jacob schüttelt den Kopf. »Ich bin nie aus Europa hinausgekommen.«

»Ah ja.«

»Und Sie, Seigneur Brandt. Leben Sie von Ihrem Vermögen? Oder sind Sie berufstätig?«

Otto fängt einen Blick von Nella auf. Er schaut weg ins Feuer, bereit zu lügen. »Ich kontrolliere den Wareneingang zu den Lagern der VOC und kümmere mich um die Weiterleitung.«

Jacob nickt und zieht wieder an seiner Pfeife, ohne zu bemerken, wie unwohl Otto ist. »Bei dem Umsatz ist das bestimmt ganz schön anspruchsvoll.«

Otto schenkt Jacob ein Glas Bordeaux ein und nimmt Platz. »Ja, allerdings.«

»Thea«, sagt Nella, »wie wäre es, wenn du vor dem Essen eine Pavane für uns spielen würdest?«

Bevor Thea antworten kann, klopft es an der Haustür. Alle drehen sich um. Thea, offensichtlich froh darüber, dass sie sich davonmachen kann, will schon loseilen, aber Nella hält sie auf. »Cornelia wird gehen«, sagt sie und fixiert Thea mit einem starren Blick. »Bleib. Spiel uns etwas vor.«

Von allen außer Nella unbemerkt, verzieht Thea das Gesicht und geht zum Lautenkasten. Nella muss sich zusammennehmen, um nicht aufzuspringen und selbst die Tür zu öffnen. Für heute Abend hatte sie keinen zweiten Gast eingeplant. Ein kalter Luftzug ist von der offenen Haustür her zu spüren, und sie spitzt die Ohren, um über Theas halbherziges Lautengezupfe hinweg mitzubekommen, was im Flur gesprochen wird. Halb hofft, halb betet Nella, dass die Miniaturistin gekommen ist. Nachdem sie das Wickelkind auf dem Dachboden eingesteckt hat und nach der seltsamen Erscheinung im Ballsaal ist jetzt der richtige Zeitpunkt dafür. Bestimmt wird die Miniaturistin so wie damals vor all den Jahre wieder etwas vor die Tür legen.

Die Salontür öffnet sich, Otto steht auf. Nellas Herz pocht heftig. »Caspar Witsen!«, ruft er aufrichtig erfreut. »Kommen Sie herein, kommen Sie herein.«

Nella ist vollkommen verwirrt, Clara Sarragons Botaniker hier auftauchen zu sehen. Caspar Witsen mit seinem strubbeligen Haar, einen Wollschal um den Hals, einen ramponierten Lederranzen umgehängt, steht er auf der Schwelle des Salons, in den Händen nichts Geringeres als eine Ananas. Thea hat zu spielen aufgehört und blickt sichtlich belustigt zu dem unerwarteten Besucher hinüber.

»Kommen Sie, Herr Witsen«, sagt Cornelia in tadelndem Ton. »Sie lassen ja die Kälte herein.«

Caspar Witsen stakst vorwärts bis zur Mitte des Teppichs. Cornelia wirft Nella einen verzweifelten Blick zu, bevor sie sich in die Sicherheit ihrer Küche zurückzieht. Der Neuankömmling blickt sich im Raum um, der Ausdruck von freudiger Aufregung in seinem Gesicht weicht dem von Verunsicherung. Einen Moment lang ist Nella sprachlos. Was will dieser sonderbare Mann hier, der in seinen spindeldürren, schmutzigen Fingern diese stachelige Frucht hält wie ein exotisches Geschöpf, das er vor dem Erfrieren gerettet hat?

Sie schaut zu Jacob hinüber, der vor dem Feuer mit abwesend heiterer Miene vor sich hin pafft. Er muss denken, dass es bei uns zugeht wie in einer Taverne, denkt sie. Dass unsere Türe jedem, der dahergelaufen kommt, offen steht.

Otto weicht ihrem Blick aus, und Nella spürt, wie ihre Verwirrung sich in Zorn verwandelt. Otto weiß, wie wichtig dieser Abend ist. Dass es von unschätzbarem Wert für sie alle sein kann, wenn ein Mann wie Jacob ihnen die Ehre erweist, ihr Gast zu sein, und da schneit dieser Ananasmann herein, der seit Michaeli keinen Kamm mehr gesehen hat, und Otto fällt nichts Besseres ein, als ihn mit offenen Armen zu empfangen.

»Es war wirklich nett von Ihnen, mich zum Abendbrot einzuladen«, sagt Caspar.

Nella spürt, wie ihre Wangen brennen. Was? Otto hat ihn zum *Abendbrot* eingeladen? Nachdem sie und Cornelia so viele Stunden damit zugebracht haben, das Menü zusammenzustellen und zuzubereiten, das Haus auf Hochglanz zu bringen, sich um feine Kleidung und Frisuren zu kümmern, während Otto nichts anderes tat, als mit einem Weinhändler zu plaudern, und Thea in ihrem Zimmer Däumchen drehte? Es wird genug zu essen geben, auch wenn dieser Mann mit am Tisch sitzt, denn Cornelia macht immer zu viel, aber darum geht es nicht. Es geht darum, dass Otto den heutigen Abend absichtlich sabotiert hat. Sie ermahnt sich, gelassen zu bleiben, so gut es eben geht. Auf keinen Fall darf sie vor Jacob die Nerven verlieren.

Witsen wendet sich an Nella. »Madame«, sagt er und streckt ihr die Ananas hin: »Ein Geschenk zum Dank.«

»Vielen Dank, Herr Witsen«, antwortet Nella und ordnet ihre Gesichtszüge, während sie die Frucht entgegennimmt.

»Hatten Sie schon einmal eine in den Händen?«

»Ich gestehe, nein. Sie ist schwerer, als ich erwartet habe.«, Sie blickt zu ihm auf. »Und sie fühlt sich ein bisschen rau an.«

Er lächelt. Nella schaut auf das Geschenk hinab. Sie würde dieses Ding am liebsten ins Feuer werfen, um zu sehen, was dann passiert. Aber sie zwingt sich, nicht mit der Wimper zu zucken, so nachsichtig mit diesem überspannten Gärtner zu sein, wie Clara Sarragon es gewesen war. Wenn diese einen Ananasmann bei ihrem Fest haben kann, dann kann Nella Brandt das auch. Sie geht zum Kamin und stellt die Frucht behutsam auf den Kaminsims. Die anderen stellen sich davor auf, um sie zu begutachten.

»Was für eine seltsame Form«, bemerkt Jacob.

»Eine schöne Form«, sagt Caspar Witsen.

»Es sieht halb so aus wie etwas, auf das man in einem Dschungel stoßen kann«, sagt Jacob. »Und halb wie etwas, das eine Horde von Jungen auf einer Wiese mit Tritten hin und her schießt.«

»Wir haben Herrn Witsen auf Claras Ball kennengelernt«, erklärt Nella Jacob.

»Offenbar haben Sie an diesem Abend reiche Beute gemacht«, bemerkt Jacob. Thea entschlüpfen hinter vorgehaltener Hand Geräusche, die so klingen, als bekäme sie nur mühsam Luft. Otto nimmt noch einen Schluck Wein, und Nellas Zuversicht schwindet weiter. *Nur ein einziger Abend*, denkt sie. *Alles, was ich wollte, war eine ganz normale Einladung zum Essen.*

Witsen kramt in seinem Ranzen und fördert ein Töpfchen aus Steingut zutage. »Und hier habe ich noch etwas«, sagt er. »Die Marmelade, die Sie probiert haben. Aber vielleicht mögen Sie die gar nicht?«

»Nein, natürlich, wir freuen uns«, sagt Otto und nimmt Caspar Witsen das Töpfchen aus der Hand. »Mir hat sie sehr gut geschmeckt.« Er stellt es auf den Kaminsims neben die Ananas. »Nun sind wir alle versammelt«, sagt er und dreht sich lächelnd zu Nella um. »Ich denke, wir können jetzt essen.«

*

Der Tisch ist ein Meer aus weißem Damast, übersät mit dem, was von Johannes' funkelndem Kristall noch übrig ist. Nella zieht sich in sich selbst zurück, während die Männer über den Handel, über Ananas, über Engländer und Franzosen sprechen. Sie starrt auf das Gemälde hinter Ottos Kopf, das letzte von Marins Lieblingsbildern, ein Schiffbruch von Bakhuizen. Sie kann das Splittern der Masten hören, das Heulen des tropischen Windes, die Schreie ertrinkender Seeleute, von denen nur die Arme unter der Gischt zu sehen sind. Sie hat dieses Gemälde immer gehasst. Nur Marin konnte ein Bild von einem Schiffbruch kaufen und es über ihren Köpfen im Esszimmer aufhängen. Eine Mahnung, sich in diesem Raum, der angenehmen Dingen vorbehalten war, ja nicht allzu sehr zu vergnügen.

Bald sind alle Beignets verzehrt, das Huhn und das Wildbret auch, ebenso die Kapaune, deren Überreste wie Schrot auf den Tellern verstreut sind. Der Damast ist mit kleinen Bordeauxspritzern wie mit Blutstropfen gesprenkelt. Thea sitzt ihrer Tante gegenüber und spielt das brave, fügsame Kind, aber in ihrem Inneren sieht Nella ein Feuer brennen. Thea starrt in ihr Weinglas, als lägen darin unergründliche Ozeane.

In ihrem Alter war ich nicht so, denkt Nella. Ich habe getan, was man mir befohlen hat. Glaubt sie denn, ich hätte das alles zu meinem eigenen Vergnügen arrangiert? Ist ihr nicht klar, dass ich lieber unten in der Küche mit Cornelia und Lucas am Feuer säße? Thea benimmt sich, als ob sie uns einen Gefallen täte. Sie interessiert sich für nichts als sich selbst und hat keine Ahnung davon, dass die Jahre über sie hereinbrechen werden wie eine Katze, die hinter einer Ecke lauert.

Nella ballt die Fäuste in ihrem Schoß und sagt sich, sie soll sich nicht aufregen, großzügig sein, sich daran erinnern, in was für Verhältnisse das Mädchen hineingeboren wurde. *Sie ist nicht schlecht, nur gelangweilt und ohne die geringste Ahnung, wie es in der Welt zugeht.*

Das Esszimmer ist strahlend hell, aber es fühlt sich an wie ein Gefängnis. »Ein beheizbares Gewächshaus für die perfekte Ananas, das ist mein Traum«, sagt Witsen. Ottos Augen leuchten, und er verfolgt gespannt, wie Caspar mit dem Salzstreuer und der Wasserkaraffe hantiert, um zu zeigen, wie verschiedene Dinge, von denen er spricht, angeordnet sind. »Einige Privatleute haben schon recht gute. Da ist Clara Sarragon und ihr Mann. Und auch in Leeuwenhorst und Sorgvliet gibt es solche Anlagen. Und natürlich in Clingendael und Vijverhof.«

Otto lächelt. »Petronella sagt mir immer, dass es auf dem Land nichts zu tun gibt. Vielleicht irrt sie sich.«

Das war nicht ich, das war Marin, denkt Nella. Aber sie wird jetzt ganz gewiss nicht Theas Mutter erwähnen.

Caspar wendet sich überrascht ihr zu. »Sie kennen die Verhältnisse auf dem Land, Madame?«

»Früher, ja.«

Otto und Thea sehen sie an, als erwarteten sie, dass sie sentimentale Erinnerungen an ihre ländliche Kindheit auspackt. »Aber in meiner Zeit in Assendelft habe ich immer nur Äpfel geklaubt«, sagt sie. »Von Gewächshäusern und solchen Dingen wussten wir nichts.«

Jacob schiebt seine Unterlippe vor. »Aber die Welt ist nicht stehengeblieben seitdem.«

Nella fühlt sich steif in ihrem Korsett, so als könnten auch ihre Gedanken sich nicht frei bewegen. Sie hat ihr Haar unter ihrer Haube zu straff festgesteckt und möchte es sich am liebsten ausraufen. Nach all den Planungen, all der Arbeit, möchte sie am liebsten das Tischtuch mit einem Ruck vom Tisch reißen, dass all das Kristall von Johannes, seine feinen Delfter Schalen, seine silbernen Gabeln scheppernd und klirrend über das schöne Parkett springen oder in Scherben gehen. Sie möchte nach oben flüchten, die Nadeln aus ihrem Haar ziehen, ihre Kerze ausblasen und unter die Decke schlüpfen. Aber die Männer reden immer weiter.

»Sie haben recht, denke ich, Seigneur van Loos«, sagt Caspar. »Es stimmt, die Welt bleibt nicht stehen, es gibt immer noch eine Menge zu tun. Was man wirklich braucht, ist ein Warmhaus für zweihundert Pflanzen. Den ganzen Winter hindurch beheizt, Tag und Nacht. Man könnte mehr als nur Ananas anbauen. Guaven, Mangos. Passionsblumen, Bananen.«

»Man könnte Marmelade produzieren. Kandierte Früchte. Aromatisierten Rum. Damit wäre ein Vermögen zu verdienen«, sagt Jacob.

»Aber was man dafür braucht«, gibt Caspar zu bedenken, hebt das Salzfässchen hoch und schaut Otto an, »abgesehen vom Land natürlich – sind enge Beziehungen zur VOC und zur WIC.«

»Wieso?«, fragt Thea.

»Weil die beiden Handelsgesellschaften einen großen Vorteil gegenüber diesen Patriziern haben, die auf ihren Landgütern aus Liebhaberei exotische Pflanzen halten«, antwortet Caspar. Es spielt für ihn keine Rolle, dass sie eine Frau ist, er spricht mit ihr wie mit seinesgleichen, als wäre sie ein Mann. »Die meisten Samen und Blumen kommen über ihre Handelswege in diese Stadt. Sie haben das Monopol auf alles, was rein- und rausgeht. Es liegt an uns, die wir zu Hause bleiben, ob die Pflanzen dann gedeihen oder nicht. Aber es ist teuer.« Er zuckt mit den Schultern. »Daher können es sich nur reiche Leute leisten. Leute wie Clara Sarragon.«

»Und wie teuer ist es ungefähr?«, fragt Otto.

»Oh, Tausende von Gulden«, antwortet Witsen. »Und wir brauchen etwas Besseres als die Orangerien und Heizsysteme, die derzeit in Gebrauch sind. Es muss sichergestellt sein, dass Boden und Luft immer gleichmäßig so warm gehalten werden wie auf den Westindischen Inseln. Wir müssen herausfinden, ob das mit Dampf am besten funktioniert. Ob Gerberrinde die Hitze am besten hält, sodass die Früchte gut wachsen.«

Nella hat noch nie von diesen Landgütern, Gärten und anderen Flächen gehört, auf denen exotische Früchte angebaut werden. Auch der Ausdruck *Gerberrinde* war ihr bis jetzt fremd. *Was wollen Sie hier?*, möchte sie Caspar fragen. Kaum haben sie Cornelias Kapaunen verschlungen, reden sie nur noch von Ananas und Mangos. Otto ist es willkommen, dass dieser Verrückte das Essen mit dem jungen Mann stört, der die Tochter des Hauses heiraten soll, aber Nella wird das nicht kampflos hinnehmen. Doch obwohl die ganze Zeit hauptsächlich über Anbaumethoden und transkontinentale Bestäubung gesprochen wird, scheint Jacob sich durchaus zu amüsieren. Er zieht sein Elfenbeinkästchen hervor und stopft seine Pfeife neu. *Gleich wird er uns wieder einnebeln*, denkt Nella. *Und wir lassen es uns widerspruchslos gefallen.*

Verzweifelt darum bemüht, ein Gespräch über ein anderes Thema in Gang zu bringen, sagt Nella: »Ich habe mich oft gefragt, wie man Tabak an Bord trocken hält. Wie macht man das?«

In Wahrheit hat sie sich das noch nie gefragt, aber sie gibt sich beflissen fürsorglich, und sie ist es gewohnt, dass es von ihr, weil sie eine Frau ist, so erwartet wird: Sie soll interessierte Fragen stellen, damit der Mann sein Wissen demonstrieren kann. Sie bemerkt, dass Thea ein Gähnen unterdrückt.

Jacob hält einen Fidibus an die Kerzenflamme, um seine Pfeife anzuzünden. »Es ist ein langer und mühsamer Prozess«, antwortet er. »Feuchtigkeit, Salz, Sonneneinstrahlung, Dunkelheit, das alles spielt eine Rolle. Manchmal ist es unmöglich.« Er dreht sich um und deutet auf den gemalten Schiffbruch. »Würden Sie gern ins Ausland reisen, Fräulein Thea?«

Thea zuckt zusammen und überlegt eine Weile, ehe sie antwortet. »Ich würde gerne Paris und London kennenlernen«, sagt sie. »Die Schauspielerinnen in Drury Lane sehen. Und ich würde gerne in die Oper gehen.« Konzentriert sticht sie die Gabel in das letzte Stückchen Beignet auf ihrem Teller, ohne aufzuschauen, als hätte sie Angst, sich zu verraten.

Paris, London, Drury Lane – sie sprechen zu Hause nie über diese Orte, und doch kommen sie Thea so vertraut vor. Ich denke an Schiffbrüche und tote Ehemänner, sinniert Nella, und Thea träumt von Paris.

»Was hast du an Amsterdam auszusetzen?«, fragt Nella. Es klingt viel schärfer, als sie beabsichtigt hatte. Alle wenden sich ihr überrascht zu. Sie stockt und sieht Jacob an. »Immerhin kann es in Amsterdam jeder zu etwas bringen.«

»Ganz richtig«, sagt Jacob.

Caspar Witsen lacht. »Glauben Sie das im Ernst?«

»Mein Mann hat es geschafft«, sagt sie, um einen nicht allzu trotzigen Ton bemüht.

»Madame Brandt«, sagt Caspar und stößt, ganz zappelig vor Aufregung, mit dem Knie an die Unterseite des Tisches, »in dieser Stadt besetzen etwa fünf Familien alle einflussreichen Positionen. Sie sorgen dafür, dass ihre Söhne und Neffen alles erben und immer Töchter aus ebendiesen Familien heiraten. Der goldene Ring der Macht bleibt undurchdringlich und unveränderlich.«

Jacob nimmt einen weiteren langen Zug aus seiner Pfeife. Der Geruch von Rauch und Fenchel zieht durch den Raum.

Nella ist mit ihrer Geduld am Ende. »Nun, Sie müssen es ja wissen, Herr Witsen, schließlich arbeiten Sie für Clara Sarragon. Vielleicht genießen Sie es ja, wenn etwas vom Glanz des goldenen Rings auf Sie fällt.«

Caspar Witsen lacht. »Oh, da täuschen Sie sich.« Nella sieht, dass er Otto einen kurzen Blick zuwirft. »Seit gestern stehe ich nicht mehr in ihren Diensten.«

»Was?« Sie kann ihre Überraschung nicht verbergen. Clara Sarragon schien sich seiner absolut sicher zu sein.

»Ja, Madame, ich bin jetzt ein freier Mann.«

»Frei?«, fragt Nella. »Frei, was zu tun?«

Otto geht dazwischen, bevor Caspar antworten kann. »Seigneur van Loos«, sagt er, »wie lange haben Sie Ihr Haus an der Prinsengracht schon? Ist es eines von diesen hübschen neuen?«

Jacob nimmt einen Schluck Wein. »Es ist vier Jahre alt, und so lange habe ich es schon. Es ist aber immer noch ziemlich leer, weil nur ich und Frau Lutgers, meine Haushälterin, darin wohnen.« Nella nimmt mit Erleichterung zur Kenntnis, dass auch Jacob nur eine Person in seinem Haushalt beschäftigt. »Ich würde es gerne mit Leben füllen«, fährt er fort. »Ich hätte gern einen Tisch mit gutem Essen wie diesen hier und viele fröhliche Gesichter drum herum. Ich bin fest entschlossen, zum Stammvater eines eigenen traditionsreichen Geschlechts zu werden – auch wenn Herr Witsen vielleicht daran zweifelt, dass es je zu besonders großer Bedeutung aufsteigen wird.«

Jacob lächelt. Er ist ein ehrenwerter Bürger dieser Stadt, der sich zu seinem Traum bekennt und erklärt, was aus seinem Haus und aus ihm selbst werden soll. Nella beobachtet, wie Thea den Kopf senkt, die Falten ihres rubinroten Kleides glattstreicht und mit ihren Gedanken schon wieder weit weg von hier ist.

Caspar lacht gutmütig über die spitze Bemerkung, aber Nella denkt an die Zweige des Stammbaums, den Jacob pflanzen will, wie sie der Sonne entgegenwachsen, an die Blätter, deren Schatten über den Boden spielen und die irgendwann einmal abfallen werden. Sie und die Ihren können wieder neu beginnen, ein neuer Trieb, geborgen in Jacobs Traum. Jacob van Loos ist ein seltenes Exemplar, und sie müssen alles tun, um ihn zu halten. Oder besser: Sie müssen ihn dazu bringen, dass er bleiben will.

»Lasst uns in den Salon gehen«, sagt sie. Nella hat genug von Ananas, von Glashäusern, von Erinnerungen an ihre Kindheit in Assendelft. Sie schaut wieder auf das Bild von dem Schiffbruch. Marin hätte gewollt, dass ich für ihre Tochter kämpfe, auch wenn es ihrer Tochter nicht gefällt, denkt Nella. Mit einem neuen Lächeln wendet sie sich an die Gesellschaft. »Ein wenig Lautenspiel, bevor die Herren sich verabschieden?«

»Ausgezeichnet«, sagt Jacob. »Ich höre immer gerne Lautenmusik.«

X

In dieser Nacht träumt Nella von Assendelft.

Das Haus, in dem sie aufgewachsen ist, wirkt vollkommen leblos: ein großer zweigeschossiger Bau, rotes Mauerwerk vor weißem Himmel, der Wind zerrt an ihrer Haube. Die alten Bäume auf dem Anwesen sind verdorrte Wächter, Obstgärten, in denen einst Äpfel und Kirschen wuchsen, sind jetzt öde, eine Armee, die keine Schlacht mehr zu schlagen hat. Die Gräber ihrer Familie befinden sich im Apfelgarten: Geert Oortman, ihr Vater, Petronella, ihre Mutter, ihrer Schwester Arabella, alle sind sie tot, wie in der realen Welt, aber sie wendet sich von ihnen ab, geht um das Haus herum und zum See, wo sie innehält.

Das Gewässer ist groß und trüb, sowohl an der Oberfläche als auch darunter. Die Moschusenten sind verschwunden, aber in der Mitte sieht Nella das Boot ihrer Kindheit; halb verrottet, die Farbe abgeblättert, treibt es auf sie zu. Sie weiß, dass etwas Schreckliches passieren wird, sobald das Boot das Ufer berührt, dass es niemals dort ankommen darf, und sie fährt herum zum Haus hin.

Die leeren Fensterhöhlen schauen auf sie herab, durch die klaffenden Löcher winden sich Schlingpflanzen. Es scheint vor ihren Augen auseinanderzufallen, die Löcher im Dach werden immer größer, während sie entsetzt nach oben starrt. Sicherlich kann sie nicht hineingehen, aber sie kann auch nicht am See bleiben. Die Schornsteine über dem Zimmer, in dem Geert Oortman zum allerletzten Mal im Rausch versank, beginnen zu bröckeln. Daneben ist das Zimmer, in dem ihre Mutter weinte und sich die Fäuste an den Wänden wundschlug, während ihr Verstand sich auflöste. Dort im Erdgeschoss hat Nella Johannes Brandt zum ersten Mal gesehen und ihn geheiratet, damit sie und er ein neues

Leben anfangen konnten. Das Mauerwerk scheint sich zu winden, als könnte jedes Zimmer seinen Schmerz nur mühsam zurückhalten.

Hinter ihr stößt das Boot immer wieder leise ans Ufer, und ihr bleibt vor Schrecken die Luft weg. Da ist das schwappende Geräusch eines Körpers, der an Land kriecht, ein Paar Füße, die sich auf dem Kies bewegen. Die Schritte werden lauter. Schließlich erwacht Nella zum Leben, sie rennt los um das Haus herum. Der Schatten ist ihr dicht auf den Fersen, klatschnass, etwas Nasses, das versucht, eine Hand auf ihre Taille zu legen, triefende Finger, die nach ihren Röcken fassen. Sie rennt zwischen den Bäumen dahin, stolpert über Wurzeln, die Bänder ihrer Haube flattern, ihre nackten Füße sinken ein in der sumpfigen Erde, sind eiskalt und voller Schlamm. Sie kann sich kaum bewegen, aber sie muss weiter. Schreiend greift sie nach der Tür, gegen ihren Willen drückt sie die Klinke und stürzt in das, was dahinter liegt.

Nella wacht keuchend auf. Sie liegt im Dunkeln in ihrem Bett in Amsterdam, ihr Herz klopft wild, das Bettzeug ist feucht und klebrig von ihrem Schweiß. Sie liegt da in der Stille. Hat sie tatsächlich geschrien? Sie wartet darauf, dass sich eine wirkliche Tür öffnet, dass sie Cornelia kommen hört, die besorgt nach ihr sieht. Aber es kommt niemand. Die dunkle Blume, die in ihrem Brustkorb geblüht hat, beginnt sich zu schließen, und Nellas Atem wird wieder normal.

Sie setzt sich in dem Bett auf, in dem sie vor achtzehn Jahren neu anfangen sollte, und zündet mit zittrigen Fingern eine Kerze an.

Wenn man von Zimmern seiner Kindheit träumt, träumt man von sich selbst oder ist zumindest auf der Suche nach sich selbst. Nella legt sich zurück auf ihr Bett und starrt hinauf zu den Rissen an der Decke. Es ist mitten in der Nacht, und vom Kanal her sind keine Geräusche zu hören.

Es gab eine Nella, die vor der Zeit in Amsterdam existierte: vor ihrem toten Mann Johannes Brandt und dessen toter Schwester Marin. Bevor diese Grabsteine im Obstgarten der Familie Oortman standen. Bevor es all die Gespenster gab, die etwas von ihr wollen, gab es sie. Ein Mädchen, dessen Blick über die Felder schweifte, das

Erdbeeren von den Stauden vor der Tür pflückte, das unter dem weiten Himmel von Assendelft umherstreifte, wo das Vieh vor einem Horizont weidete, der so tief lag, dass es aussah, als würde Gott es darüber weg treiben.

Aber obwohl dies Tatsachen sind, obwohl dieses Kind existierte, ebenso wie das Haus, die Kühe und die Erdbeeren, weiß Nella auch, wie die Erinnerung das Leben modelt, dieses vergrößert und jenes verkleinert. Nichts von dem, woran man sich erinnert, ist exakt so gewesen. Mag sein, dass ein Mensch glaubt, es habe Schönheit und Tapferkeit in seinem Leben gegeben, dass er davon überzeugt ist, dass er selbst schön und tapfer war, aber mit letzter Sicherheit kann er es nicht wissen.

Aus ihrer Wäscheschublade nimmt Nella die Miniatur des Wickelkinds heraus und hält sie fest in der Hand. Sie legt ihren Kopf auf das Kissen und versucht, mit aller Kraft ihres Willens Frieden zu finden. Aber sie wälzt sich bis zum Morgengrauen in ihren Laken und macht sich Gedanken über Geld und darüber, ob Jacob Thea wiedersehen will und warum die Fenster von Assendelft wie aufgesperrte Mäuler ausgesehen haben.

*

Am nächsten Morgen frühstückt Nella erschöpft allein in der Küche. Thea, bereits fertig angezogen, kommt die Treppe herunter und erstarrt kurz bei ihrem Anblick, als hätte sie gehofft, Cornelia oder überhaupt niemanden anzutreffen, sodass sie in Ruhe frühstücken könnte. Es tut Nella im Herzen weh, zu sehen, wie misstrauisch Thea schaut, und als diese Anstalten macht, wieder zu gehen, ruft ihre Tante: »Thea? Warte.«

»Ich bin müde, Tante Nella.«

»Ich auch. Können wir über gestern Abend reden?«

Aber Thea steht auf der Treppe und bewegt sich nicht von der Stelle. »Ist Papa schon wach?«

»Nein, soweit ich weiß.« Nella starrt auf das adrette schwarze Kleid ihrer Nichte und das Schultertuch, das sie umgelegt hat. Lucas trottet die Treppe hinunter und lässt sich zwischen zwei Falten von Theas Rock nieder. »Wieso bist du so früh auf den Beinen? Das ist doch sonst nicht deine Art.«

»In meinem Zimmer ist es kalt. In diesem Haus ist es nie angenehm warm.«

»Frühstück?«

»Ich hab keinen Hunger.«

»Ich könnte dir eine Scheibe Speck braten, oder willst du vielleicht –«

»Ich hab keinen Hunger.«

Offenbar hat sie Nella das Abendessen gestern nicht verziehen. Höchstwahrscheinlich auch nicht den Ball. Oder auch nur ein einziges von den achtzehn schrecklichen Jahren ihres Lebens. Nella versucht sich zu sammeln. Sie sagt: »Ich habe geträumt, ich wäre in Assendelft.« Thea blickt überrascht auf. Nella bemerkt einen Funken Interesse in ihren Augen aufglimmen, aber nur einen Moment lang. »Na ja, eigentlich war es eher ein Albtraum«, fügt sie hinzu.

Thea setzt sich ihrer Tante gegenüber an den Tisch, wenn auch mit ausdruckslosem Gesicht. Sie beugt sich vor und nimmt sich ein Stückchen Speck vom Teller ihrer Tante. Nella lässt sie gewähren.

»Unser Haus war nicht so wie die Häuser, von denen Caspar Witsen geredet hat«, sagt Nella. »Ganz anders. Obwohl ich mich kaum noch daran erinnern kann, wie es aussah.«

Es ist, als hätte sie das Herbstlaub aus dem geträumten Obstgarten ihres Vaters mit hinunter genommen in diese warme Küche. Es ist schwarz und nass vom Regen – ihr ist fast, als klebte es an ihrer Haut. Thea reißt den Speck in zwei Hälften und lässt eine davon für Lucas auf den Boden fallen. Dann steckt sie sich die andere Hälfte in den Mund und kaut sie auf eine Art, die wenig damenhaft ist, aber Nella verkneift sich jeden Kommentar. Sie bückt sich und streichelt Lucas' Kopf.

»Ich erinnere mich, dass es jede Menge Tiere gab«, sagt sie.

Thea schweigt. Sie lässt sich nicht so leicht aus der Reserve locken.

»Natürlich konnte sich unser Hof in Assendelft nicht mit der Menagerie von Blaw Jan messen. Weißt du, ob er dieses Jahr neue Tiere ausstellt? Warst du mit Cornelia mal dort?«

Thea zuckt nur mit den Schultern. Sie lauschen den Geräuschen, die Lucas mit seinem Speck macht.

»Ich glaube, es ist ein großes Glück, wenn man so einen Ort hat, an den man sich zurückziehen kann«, sagt Thea plötzlich mit Nachdruck. »Ein Haus auf dem Land.«

Heirate Jacob, dann bekommst du vielleicht auch eines, möchte Nella am liebsten sagen. Aber sie will Thea nicht provozieren und freut sich, dass sie ihr endlich doch zwei Sätze entlockt hat. Sie redet nicht gern über Assendelft und bereut es schon, überhaupt ihren Traum erwähnt zu haben. Aber hier sind sie und reden wie zivilisierte Menschen miteinander, während noch andere Dinge hochkommen, dunkle Gestalten im Garten ihres Vaters.

»Es war mehr ein Bauernhof als eine ländliche Idylle«, sagt sie. »Aber es hat nicht gehalten.«

Thea runzelt die Stirn. »Es hat nicht gehalten?«

Nella zögert. »Es wurde schwierig, dort zu leben.«

»Schwieriger als hier wird das Leben wohl kaum gewesen sein«, sagt Thea.

»Es gab einen See.« Nella merkt, wie ihr die Luft ausgeht. Mehr kann sie nicht sagen.

»Ich würde gerne mal einen See sehen«, sagt Thea. »Wir haben nicht einmal einen Kahn.«

Jacob würde dir seine Barke zur Verfügung stellen. »Aber, Schätzchen«, sagt sie, »du kannst ja gar nicht schwimmen.«

»Ich kann es lernen. Dass man etwas jetzt nicht kann, bedeutet ja nicht, dass es immer so bleiben muss.«

»Mein Bruder und meine Schwester konnten schwimmen. Carel und Arabella.«

»Waren die jemals hier in diesem Haus?«

»Nein. Sie waren ein ganzes Stück jünger als ich. Ich ging weg von daheim, um als Frau von Johannes in Amsterdam zu leben. Von Anfang an musste ich so viel lernen.« Nella denkt daran, wie abweisend Marin in den ersten Wochen war. Wie schwer sie es Nella machte, sich als Teil der Familie zu fühlen. »Ich musste alles lernen, was man als verheiratete Frau können muss«, sagt sie. »Wie man einen Haushalt führt und was eben sonst noch dazugehörte.«

Sie sieht ihre Nichte an. *Was sonst noch dazugehörte.* Der heimliche Geliebte ihres Mannes, die geheime Verbindung von Marin und Otto, der Handel mit Zucker, um die Familie über Wasser zu halten – und zu alledem noch die Miniaturistin. Die Miniaturistin, die immer am Rande ihres Lebens stand und doch mitten darin. Thea hat keine Ahnung, wie es war! Und sie könnte es so viel leichter haben! Aber Nella weiß, dass sie immer ein positives Bild von ihrer Ehe zeichnen muss, sonst wird Thea nie heiraten wollen.

»Ich dachte, dass es nicht sehr hilfreich wäre, wenn sie an meinem Rockzipfel hängen würden.«

»Aber später, als sie älter waren, wolltest du sie da nicht wiedersehen?« Thea, die Blut geleckt hat, beugt sich vor. »*Mochtest* du sie nicht?«

»Carel ging von zu Hause weg, als er dreizehn war. Ich hätte ihn gerne wiedergesehen. Aber es ist eben nicht so gekommen.«

Theas Augen weiten sich. »Du hast ihn nie wiedergesehen? Wohin hat es ihn denn verschlagen? Auf die Molukken?«

»Antwerpen.«

Thea kann sich nicht zurückhalten: Sie schnaubt abfällig. »Man könnte denken, das wäre am anderen Ende der Welt. Und was ist aus Arabella geworden?«

Nella holt tief Luft. Es ist ihr sogar noch unangenehmer, an Arabella zu denken als an ihre Eltern. »Unser Vater starb, als ich siebzehn war, und ich musste heiraten, um meine Zukunft zu sichern. Arabella blieb in Assendelft bei meiner Mutter«, sagt Nella, als ob dies eine ausreichende Zusammenfassung des Lebens von Arabella wäre. Als sie den Gesichtsausdruck von Thea bemerkt, fügt sie hinzu: »Es war alles ganz normal – die älteste Tochter heiratete. Der Junge ging fort, auf eigene Faust sein Glück zu suchen.«

Nella weiß sehr wohl, dass es wenig normal ist, dass ein Junge aus einer so »guten« Familie mit dreizehn in die Welt hinauszieht und dass seine älteste Schwester nie wieder mit ihren Angehörigen zu Hause Verbindung aufnimmt. Sie denkt an Jacob und seine zwei Brüder, die ein klassisches Trio aus Gutsbesitzer, Soldat und Advokat bilden und immer noch um das Zentralgestirn ihrer Mutter kreisen. Sie selbst hat ein Familienleben dieser Art nie gekannt, aber das gilt auch für alle anderen Bewohner dieses Hauses an der Herengracht.

»Und was ist aus den beiden geworden, nachdem du geheiratet hast und Carel weg war?«

Nella möchte, dass Otto aufwacht, die Treppe herunterkommt und sie aus ihrer unangenehmen Lage befreit. Aber sie muss sich ihren Erinnerungen stellen: Vor sich sieht sie ein Bild ihrer Mutter, einer einst attraktiven, molligen und tüchtigen Frau, die aber nun immer wieder mit dem Kopf gegen die Schlafzimmerwand schlägt. Sie spürt wieder, wie es war, wenn ihre Mutter mit toten Augen auf den See starrte und man sie an den Armen packen und festhalten musste. Sie erinnert sich, wie weich ihre Haut sich anfühlte, wie sie ihr die blutende Stirn mit einem Stück Stoff abtupfte und sie zu dem ungemachten Bett führte. An die kleine Arabella, die in der Tür stand und voller Entsetzen sah, wie ihre Schwester vor den eingerissenen Fingernägeln und dem sauren Atem ihrer Mutter zurückwich. An die gurgelnden vorwurfsvollen Laute, die ihre Mutter von sich gab. Manchmal war es, als wären sie die Kinder eines Tiers.

Um Theas fragendem Blick auszuweichen, schaut Nella auf die Reste ihres Frühstücks. Sie waren nicht gut zu sich selbst in Assendelft. Der ramponierte Ruf ihres Vaters fraß sich mit zerstörerischer Macht in sie hinein, und als ihre Mutter anfing, sich selbst zu verletzen, um von seinem Dämon loszukommen, war es vor allem Arabella, die diesen Dämon sah.

Schuldgefühle wallen in Nella auf, so unerträglich, dass sie sich abwendet und sich mit dem Wasserkessel am Feuer zu schaffen macht, damit Thea nicht sieht, wie aufgewühlt sie ist.

»Meine Mutter hatte gute Tage«, sagt sie, darum bemüht, das Zittern in ihrer Stimme zu unterdrücken.

Ihr wird bewusst, dass Thea keine Ahnung hat, wovon sie spricht. Wie könnte sie ihr auch nur annähernd begreiflich machen, wie es war, in einer Welt zu leben, die nur aus den Fantasmen der eigenen Mutter bestand? Aus Anklagen und eingebildeten Geschichten, die nichts mit der Wirklichkeit zu tun hatten. Keine Beschreibung, kein Bericht könnte je einem anderen Menschen eine Vorstellung von der Erniedrigung und Ohnmacht vermitteln, die in Assendelft allgegenwärtig waren, von einer Realität, die sie mit allen Mitteln zu verbergen versuchten, um Nella nach Amsterdam zu verheiraten, um dem Namen Oortman wenigstens einigermaßen den Schein von Normalität zu erhalten, ob Nella wollte oder nicht.

Sie versucht es noch einmal: »Meiner Mutter ging es nicht gut. Es fiel ihr schwer … die Wirklichkeit zu nehmen, wie sie war.«

Ihre Mutter starrte auf den See hinaus, in dessen Strömungen sich eine Botschaft in einer Sprache, die nur sie verstehen konnte, zu ihr hin bewegte.

»Sie starb etwa ein Jahr, nachdem ich nach Amsterdam gegangen war«, sagt Nella.

Thea legt ihre Hände flach auf die Tischplatte. »Und … wie ist deine Mutter gestorben?«

Nella spürt eine Blockade irgendwo in ihrem Brustkorb. »Sie ist im See ertrunken.«

Thea bleibt einen Moment lang stumm. Ihr Blick irrt ab, als versuchte sie, sich ein Bild von dem schrecklichen Ereignis zu malen, sich einen Ort vorzustellen, an dem sie nie gewesen ist, eine Frau, der sie nie begegnen wird.

Bei allem Widerwillen, über diese Dinge zu sprechen, spürt Nella doch auch einen Funken schuldbewusster Genugtuung: Jetzt weißt du es, denkt sie. Du bist nicht die Einzige, die eine Mutter verloren hat. Das kommt davon, wenn man Fragen stellt.

»Wir wissen nicht, ob sie es wollte«, sagt sie. »Aber sie ist jedenfalls ertrunken. Man hat sie zwischen den Apfelbäumen neben meinem Vater begraben.«

Thea ist wie vor den Kopf geschlagen. »Aber – was ist aus Arabella geworden? Warum ist sie nicht hierhergekommen und hat hier gelebt?«

Nella spürt, wie sich ihre Hände ineinander verkrampfen wie von selbst. »Ich wusste eine ganze Weile lang überhaupt nicht, dass meine Mutter gestorben war.«

»Was?«

»Carel war weiß Gott wo. Und ich unterhielt keine Verbindung mit zu Hause.«

»Aber warum?«

»Es war einfach so«, sagt Nella gereizt. Sie atmet tief durch. Sie dreht sich wieder zu Thea um. »Nicht jeder hat ein enges Verhältnis zu seiner Familie.«

»Aber Arabella muss doch noch sehr jung gewesen sein.«

»Und du warst noch viel jünger, Thea. Du warst winzig klein.«

»Und Arabella?«

»Sie war neun. Aber du warst mein Lebensinhalt.«

Thea schaut erschrocken. »Willst du damit sagen, dass es meine Schuld war?«

»Natürlich nicht.« Einen Moment lang stockt Nella der Atem.

»Aber sie war deine Schwester«, sagt Thea. »Sie war neun. Wenn *ich* eine Schwester gehabt hätte, wäre ich zu ihr gegangen.«

»Woher weißt du, dass du das getan hättest? Arabella ging es gut dort.«

»Wie kannst du das wissen? Du hast sie doch kein einziges Mal besucht.«

Nella hält sich an der Kante des Küchentisches fest. »Sie liebte Assendelft. Ich habe dafür gesorgt, dass die eine Magd, die uns noch geblieben war, weiter dort mit ihr im Haus lebte. Arabella wuchs dort auf und kümmerte sich um die Tiere und den Garten.«

»Ich kann gar nicht glauben, dass du wirklich nie mehr dort warst!«

»Es war so viel los in Amsterdam – so war es eben, Thea. So ist das im Leben, weißt du. Man kann es nicht immer so einrichten, dass es in ein ordentliches, dreiaktiges Stück passt. Man kann nicht an zwei Orten gleichzeitig sein.«

Thea schweigt. Nella weiß, dass es eine Weile dauern wird, bis ihre Nichte diese aufwühlende Geschichte verdaut haben wird. Es kommt Nella vor, als säße sie hier, um Abbitte zu leisten und sich selbst in ein schlechtes Licht zu rücken. Und sie hat es nicht geschafft, Thea ihre Sicht der Dinge verständlich zu machen – wie es war, inmitten dieser Armee von Bäumen ihres Vaters aufzuwachsen, eingeschlossen von der Ehe ihrer Eltern. Und was danach mit ihrer Mutter geschah. Sie hat sich selbst als herzlos dargestellt. Eine, die auf Kosten anderer überlebt hat. Vielleicht ist das die Lektion, die sie zu vermitteln versucht: dass Thea es so machen soll, damit sie es leichter hat im Leben. Aber nun steht sie selbst als Ungeheuer da.

Bevor noch mehr schreckliche Einzelheiten der Geschehnisse aus Nella hervorsprudeln – der Brief, in dem Arabella von den letzten Stunden im Leben ihrer Mutter berichtet hat und davon, wie sie ihre Leiche fand, Nellas Entschluss, Otto und Cornelia nichts von alledem zu erzählen –, sind Schritte am oberen Ende der Treppe zu hören, die zur Küche hinunterführt.

Nella dreht sich um, dankbar, dass Otto endlich aufgestanden ist und sie zum gewöhnlichen Lauf der Dinge übergehen können. Sie kann den sumpfigen See aus ihren Gedanken verbannen, die in Mäuler verwandelten Fenster des Hauses, das Bild ihrer aufgedunsenen Mutter und Arabellas, die sie im Stich gelassen hat. Aber nicht Otto, sondern Cornelia kommt die Stufen herunter, die Miene besorgt, in der Hand ein Stück gefaltetes Papier.

Nellas ganzer Körper kribbelt vor Aufregung: Sie ist fast sicher, dass die Sendung an sie adressiert ist, in einer Handschrift, die sie sofort wiedererkennen wird: eine neue Miniatur, nach all den Jahren! Aber sie sieht, wie Thea aufspringt, wie sie beim Anblick des Papiers in Cornelias ausgestreckter Hand vor Erwartung zittert. Von wem könnte sie eine Nachricht erwarten?

»Ein Brief von van Loos«, sagt Cornelia. Sie sieht Nella an. »Er ist an dich adressiert.«

Thea sinkt wieder auf ihren Stuhl, und Nella spürt eine ähnliche Ernüchterung. »Du hast etwas erwartet?«, fragt Nella sie.

»Nein«, sagt Thea. »Und du?«

»Ein Schreiben von Jacob.«

»Prima. Deine Gebete sind erhört worden. Willst du es nicht öffnen?«

Nella bricht das Siegel und überfliegt die Nachricht. Sie kann sich ein Lächeln nicht verkneifen. Ihr Plan scheint doch aufzugehen. »Jacob hat uns ins Theater eingeladen, in einer Woche. Er hat *Logenplätze*.«

Cornelia kneift die Augen zusammen. »Aber Sie gehen doch gar nicht gern ins Theater.«

Thea runzelt finster die Stirn. »Jacob hat uns eingeladen?«

»Ja, was ist daran so schlimm.«

»Diesem schrecklichen Buch nach zu schließen, das er mir geschenkt hat, hält er ja nicht viel vom Theater«, antwortet Thea.

Nella bemüht sich, ihren Ärger im Zaum zu halten. »Er hat dir immerhin ein Geschenk mitgebracht«, sagt sie.

»Ehrlich gesagt wäre mir eine Ananas lieber gewesen. Was hast du mit der gemacht, die du von Caspar bekommen hast? Im Salon ist sie nicht.«

»Oh, ich kann das Wort Ananas nicht mehr hören«, sagt Nella. Sie hält kurz inne. »Frag Cornelia. Mich interessieren diese Dinger nicht.«

Cornelia errötet. »Sie ist in der Speisekammer bei den Kartoffeln«, sagt sie. »Ich weiß nicht, was ich damit anfangen soll.«

Thea seufzt. »Laut Jacobs Buch laufen Mädchen, die das Schauspielhaus besuchen, Gefahr, Schamlosigkeiten mit ansehen zu müssen und unziemliche Reden zu hören.«

»Vielleicht ist da was Wahres dran«, sagt Nella.

Thea verschränkt ihre Arme. »Von mir aus kann Cornelia es haben und das Papier dazu benutzen, ihren Käse einzuwickeln. Was für ein Geschenk! Das ist, wie wenn jemand einem mit einem kalten Finger die Wirbelsäule entlangfährt. Brrrr!« Sie schüttelt sich. »Wie kann er glauben, dass mir so etwas Freude macht?«

»Das ist *wie*?«, fragt Nella streng.

»Ach nichts.«

»Diese Einladung ist ein gutes Zeichen, Thea. Ein sehr gutes Zeichen. Das Essen war nicht umsonst!«

»Ich frage mich, warum du gar so dankbar bist. Wir hätten uns schon längst zusammen ein Stück ansehen können, wenn du gewollt hättest.«

Aber Nella beschließt, Theas wütende Miene zu ignorieren und ebenso Cornelias Unbehagen. Sie hält Jacobs Brief ganz fest und spürt, wie die Ziegel ihres Elternhauses wieder zu Staub werden.

XI

Das erklärt so vieles, denkt Thea voller Zorn, während sie zur *Schouwburg* eilt. Tante Nella redet immer so, als hätte man sie mit Gewalt nach Amsterdam geschleppt und gezwungen, Johannes Brandt zu heiraten. In Wahrheit konnte sie es kaum erwarten, von zu Hause wegzukommen. Dass sie ihre arme Familie verlassen hat, lässt sie vollkommen kalt. Kein Wunder, dass sie nie über ihre Kindheit spricht. Aber eigentlich hat Thea aus dem morgendlichen Gespräch nichts Neues erfahren. Nur was sie längst wusste: dass Tante Nella weder Rücksicht noch Skrupel kennt. Es macht Thea krank. Kein Wunder, dass es Tante Nella nichts ausmacht, Thea zur Heirat zu verdonnern, und sie gar nicht daran denkt, Thea von Marin Brandt zu erzählen, schließlich hat sie ihre eigene Mutter ertrinken lassen, ohne je ein Wort darüber zu verlieren, und ihre Schwester, die noch ein kleines Mädchen war, hat sie in der Obhut irgendeiner Bauernmagd zurückgelassen.

Ich hätte Arabella unter meine Fittiche genommen, denkt sie. Sie hastet so eilig dahin, dass ihre Stiefel hart auf dem Kopfsteinpflaster aufschlagen. *Und ich wäre da gewesen, um meine Mutter aus dem See zu retten.*

Thea geht an der Keizersgracht entlang. Sie will Walter nahe sein, sie will ihre Geheimnisse bewahren. Selbst wenn sie nicht bei ihm sein kann, spürt sie ihn körperlich – in ihrem Bauch, in ihrer Kehle: Es ist wie ein Wunder. Er und sie sind unsichtbar miteinander verbunden, und kein einziger Mensch um sie herum weiß es! Sie möchte in Walters Kopf hineinschlüpfen, in seinen Brustkorb, so sehr begehrt sie ihn. Sie will, dass nichts zwischen ihnen steht, sie will nicht, dass er irgendetwas ohne sie tut.

Als Thea sich dem Theater nähert, spürt sie ein Kribbeln in ihrem Nacken, als beobachtete sie jemand, und sie dreht sich um. Eine Weile lang steht sie da und mustert den Strom der Passanten, aber niemand scheint sich besonders für sie zu interessieren, und als sie sich wieder dem Theater zuwendet, vergeht das Gefühl: Amsterdam ist mit seinen eigenen Angelegenheiten beschäftigt, und Thea ist beruhigt.

Der Türsteher am Bühneneingang ist neu. Thea macht Anstalten, mit einem Nicken an ihm vorbeizugehen, aber er hält sie auf. »Wohin wollen Sie?«, fragt er.

Sie starrt ihn an. »Ist Rebecca Bosman da?«

»Was geht das Sie an?«

»Ich bin Thea.« Sie wird rot und kommt sich ein bisschen dumm vor. »Ich bin mit ihr befreundet.«

»Was, glauben Sie, wäre hier los, wenn ich ohne weiteres alle reinließe, die behaupten, mit Madame Bosman *befreundet* zu sein?« Der Mann betont das Wort »befreundet« auf eine Art, die etwas ironisch Abwertendes hat.

»Wollen Sie Geld?«, fragt Thea und richtet sich zu ihrer vollen Größe auf. Der Türsteher kneift die Augen zusammen, aber bevor er etwas sagen kann, sieht sie Walter hinter ihm den Gang entlanggehen. »Walter!«, ruft sie. »Hier gibt es ein Missverständnis.«

Walter dreht sich um. Einen unheimlichen, flüchtigen Moment lang ist es, als würde ihr Geliebter sie nicht erkennen. Thea fühlt sich, als wäre sie Luft, und ihr ist ganz schlecht, aber der Türsteher bricht den Bann. Er wendet sich an Walter. »Kennen Sie diese junge Dame?«

»Ja, sicher«, sagt Walter.

»Wirklich?«

»Wirklich. Sie können sie durchlassen.«

Widerwillig tritt der Türsteher zur Seite. Thea geht an ihm vorbei, ohne ihn eines Blickes zu würdigen. Sobald sie um die Ecke gebogen sind, schlingt sie ihre Arme um Walter.

»Thea. Nicht hier.«

»Aber freust du dich denn nicht, mich zu sehen?«

»Du kannst mir nicht so in der Öffentlichkeit um den Hals fallen.«

»Wir sind doch gar nicht in der Öffentlichkeit. Hier ist weit und breit kein Mensch«, sagt sie, aber sie lässt ihre Arme sinken und geht neben ihm her durch das Labyrinth der Korridore hinter der Bühne.

»Ich habe nicht viel Zeit«, sagt er. »*Das Leben ist ein Traum* hat in einer Woche Premiere.«

»Natürlich«, sagt sie, aber eigentlich versteht sie nicht, warum sie nicht mucksmäuschenstill in einer Ecke sitzen und ihm beim Malen zuschauen darf. Sie würde ihm gern sagen, dass sie bei der Premiere dabei sein wird, aber dann müsste sie gestehen, dass Jacob Soundso sie eingeladen hat, und das traut sie sich nicht. Walter lässt sich nicht drängen. Er muss seinen Vertrag mit der Schouwburg einhalten: Sie muss Geduld haben. Die tropischen Strände brauchen ihre Zeit.

Sie nähern sich der Tür zum Malsaal, und sie nimmt Walter bei der Hand, als unversehens Rebecca um die Ecke biegt. Die Schauspielerin lächelt, aber dann sieht Thea, wie sie erschrocken blinzelt, als ihr bewusst wird, dass die beiden Hand in Hand gehen. Walter lässt schnell Theas Hand los, aber es ist zu spät, und es ist deutlich zu spüren, dass es Rebecca nicht gefällt, was sie gesehen hat.

»Thea!«, sagt Rebecca. »Wie schön, dich zu sehen. Ich hoffe, das Kleid hat seine Wirkung getan?«

Walter nimmt wieder Theas Hand und drückt sie verschwörerisch. Thea muss daran denken, wie sich der Fleck auf dem goldenen Stoff ausgebreitet hat und wie Walter halbnackt das Kleid mit einem Lappen abgetupft hat. »O ja, ich glaube schon«, sagt sie. »Danke schön. Das war so nett von dir und von Fabritius.«

Es tritt ein kurzes unangenehmes Schweigen ein. »Hast du Probe?«, fragt Thea.

»Ja«, sagt Rebecca. »Aber wir machen gerade eine Viertelstunde Pause. Kommst du mit in meine Garderobe?«

»Das würde ich gerne. Aber Walter wollte mir gerade seine Kulissen zeigen. Darf ich danach bei dir anklopfen?«

Rebecca wendet sich an Walter. »Wärst du so freundlich, sie mir abzutreten? Eine Viertelstunde ist ja nicht so lang.«

Walter erstarrt. Er und Rebecca stehen sich gegenüber und sehen einander in die Augen. Rebecca lächelt. Dann drückt Walter die Klinke der Tür zum Malsaal. »Natürlich, Thea«, sagt er. »Wenn du das lieber willst. Du bist schließlich ein freier Mensch.«

Auf der Schwelle von Rebeccas Garderobe zögert Thea unschlüssig, hin- und hergerissen, weil sie das Gefühl hat, an zwei Orten gleichzeitig sein zu müssen. »Also«, sagt Rebecca sanft, schließt die Tür und führt Thea zu einem Sessel, »wie war der Ball?«

Thea zuckt mit den Schultern. »Anstrengend.«

»Hast du keinen netten jungen Mann kennengelernt?«

»Das war gar nicht nötig: Meine Tante hat einen gefunden, der nach ihrem Geschmack ist, aber sie will ihn für mich. Er heißt Jacob.«

Rebecca setzt sich Thea gegenüber und schenkt ihr und sich selbst Wein ein. »Gefällt er dir?«

»Nein.«

Rebecca nimmt einen Schluck aus ihrem Glas. Sie stellt es wieder ab und nimmt Thea bei der Hand. »Thea«, sagt sie, »ich möchte dir einen Rat geben. Zu der Sache mit Walter.«

Thea zieht ihre Hand weg. »Ich brauche keinen Rat.«

Rebecca seufzt und fährt sich mit der Hand über ihr ordentlich frisiertes rotbraunes Haar. »Thea«, sagt sie und senkt ihre Stimme, »ich weiß, dass du ihn liebst. Ich zweifle nicht daran, dass deine Gefühle rein und aufrichtig sind. Und es hat mich gefreut, dich so glücklich zu sehen. Aber ... ich habe das Gefühl, dass ich mit dir darüber sprechen muss.«

»Es steht dir nicht zu«, sagt Thea. »Du bist jetzt nicht auf der Bühne.«

Rebeccas Augen weiten sich. »Aber –«

»Ich bin alt genug, um mein Herz zu kennen!«

»Aber bist du auch alt genug, um seines zu kennen?«

So sanft der Ton auch ist, tut diese Frage doch weh. Es kränkt Thea, dass Rebecca, ausgerechnet sie, Zweifel an ihrem Geliebten und an ihr selbst hegt. Thea erinnert sich an die Feindseligkeit in Walters Stimme, als er über sie sprach – das einzige Mal, dass sie einen solchen Ton von ihm gehört hat –: *Eine überspannte, einsame Frau.* Was weiß er über Rebecca, was Thea nicht weiß? Sie hat Rebecca nie überspannt gefunden, aber vielleicht ist sie einsam. Walter hat mehr von der Welt gesehen als Thea, und er sieht manches klarer.

»Ich versuche nicht, dir deine Liebe schlechtzumachen«, sagt Rebecca. »Ich will dich nur beschützen.«

Thea starrt sie ungläubig an. »Vor was?«

»Was weißt du wirklich über ihn?«, fragt Rebecca. »Was hat er dir versprochen?«

»Ich weiß, dass er mich liebt. Und ich *erlebe* Dinge, die du nur *spielen* kannst.«

»Thea –«

»Wir sind verlobt, Rebecca.«

Die Schauspielerin sieht sie fassungslos an. »Was? So weit seid ihr schon?«

Einen Moment lang ist Thea versucht, Rebecca alles zu erzählen, voller Stolz alles auszuplaudern, damit ihre Freundin sie endlich versteht. Aber dann denkt sie daran, wie Walter sich aufgeregt hat, als er die Puppe sah, und wie sehr es ihm gegen den Strich geht, dass irgendein Außenstehender von ihren Angelegenheiten wissen könnte. Ihr fällt auch ein, dass sie sich auf dem Weg am Kanal entlang beobachtet gefühlt hat. Sie atmet tief durch. »Ich weiß, dass er manchmal schwierig sein kann, aber das liegt nur daran, dass er alles richtig machen will.«

»Ah, er will alles richtig machen«, sagt Rebecca ironisch. »Richtig für wen?«

»Für uns. Du weißt nichts über ihn.« Thea fühlt sich elend; sie ist nicht hergekommen, um mit ihrer einzigen Freundin zu streiten.

Rebeccas Augen sind hart. »Genau. Er hat kaum Kontakt mit uns.«

»Weil er viel zu tun hat! Und er ist kein Schauspieler, Rebecca – er ist ein Künstler, und das solltest du respektieren. Ich dachte, du wärst nicht wie die anderen. Ich dachte, du siehst mich an und siehst eine Frau, die auf einer Stufe mit dir –«

»Das stimmt auch. Ebendeswegen spreche ich mit dir –«

»Du sprichst mit mir, als ob ich ein Kind wäre. Als ob ich nicht wüsste, was in mir vorgeht. Du bist nicht besser als meine Tante. Du weißt nicht, was wahre Liebe ist. Du tust mir leid.«

Rebecca hebt beschwichtigend die Hände. »Genug«, sagt sie. Die Atmosphäre zwischen ihnen ist so aufgeladen, dass Thea es fast knistern hören kann. »Gut – wie du willst. Ich werde nichts weiter dazu sagen. Ich schaffe das, ob du es glaubst oder nicht.«

Thea steht auf und geht zur Tür. Sie öffnet sie und tritt in den Korridor, dann bleibt sie doch noch kurz stehen und sagt, ohne sich zu Rebecca umzudrehen: »Bald wird es kein Geheimnis mehr sein. Und dann wirst du sehen: Es ist alles echt.«

»Ich weiß«, sagt Rebecca. »Das ist ja das Schlimme.«

*

Als Thea eine Stunde später zu Hause durch die Tür tritt, zuckt sie zusammen, denn da steht Cornelia im Flur, die offenbar auf sie gewartet hat. »Wo warst du?«, fragt das Dienstmädchen. Es klingt fast schroff.

»Spazieren. Das ist doch nicht verboten, oder?«

Als Cornelia sich nähert, sieht Thea, wie blass ihr altes Kindermädchen ist, dass sie nervös die Hände ringt und ihre Augen den Weg hinter Theas Kopf am Kanal entlang hin und her huschen. Cornelia schließt mit entschiedenem Nachdruck die Tür. »Und wohin bist du spaziert?«

»Nirgendwohin. Nicht weit.« Und weil Cornelia so ängstlich dreinschaut, fragt sie: »Was ist los?«

Cornelia eilt zu ihr hin. »Jemand hat ein kleines Päckchen gebracht. Es ist an dich adressiert«, flüstert sie.

Ein unheilverkündendes Kribbeln wird in Theas Körper spürbar, aber sie lässt sich nichts davon anmerken. »Ein Päckchen?«

»Ich habe es gefunden, als ich die Haustreppe gewischt habe«, sagt Cornelia. »Wer legt denn ein Päckchen für dich vor die Tür, ohne anzuklopfen?«

»Wo ist es?«

»Da«, zischt Cornelia, wischt sich die Hände an ihrer Schürze ab und geht zu einem Stuhl im Flur.

Auf der Sitzfläche liegt ein Päckchen, das noch kleiner und kompakter ist als das erste. Die eckige Form deutet darauf hin, dass ein

Schächtelchen darin sein könnte. Cornelia nimmt es, als könnte es vergiftet sein, und Thea überkommt eine plötzliche Besitzgier: Sie möchte nicht, dass jemand anders als sie das Päckchen anfasst, das Papier aufreißt, sieht, was darin ist. Sie denkt daran, welchen Schrecken Walter das verkleinerte Abbild seiner selbst eingejagt hat, und spürt eine leise Angst in ihren Adern pochen.

Sie tritt näher und streckt die Hand aus, aber Cornelia drückt das Päckchen an ihre Brust. »Von wem kann es sein?«, fragt sie.

Thea denkt schnell nach. »Von Eleonor Sarragon.«

Cornelia verzieht das Gesicht. »Warum sollte die dir etwas schicken?«

»Es ist für mich, Cornelia. Gib es mir. Es steht mein Name drauf, siehst du?« Noch immer hält Cornelia das Päckchen fest umklammert. »Cornelia, was ist los mit dir?«

»Nichts, es ist alles in Ordnung mit mir.«

»Warum bist du dann so ängstlich? Es ist nur ein Ring, den Eleonor mir leihen wollte«, sagt Thea scheinbar ganz unbekümmert. »Ich dachte nicht, dass es ernst gemeint war.« Sie lächelt. »Offenbar doch, wie man sieht.«

Cornelia starrt auf das Päckchen. Theoretisch wäre es denkbar, dass es ein Schächtelchen mit einem Ring darin enthält, aber Thea weiß natürlich, dass Eleonor niemals großzügig genug dafür wäre, und das weiß Cornelia auch. »Eleonor Sarragon hat dir einen Ring geschickt?«, fragt sie.

»Nur für eine Weile geborgt.«

Leichthin, fast beiläufig nimmt Thea Cornelia das Päckchen aus den Fingern. Sofort spürt sie eine Art Verheißung in ihren Fingerspitzen, etwas untergründig Lockendes.

»Mach es auf«, sagt Cornelia. »Ich möchte diesen Ring sehen.«

Thea ist schockiert von so viel Direktheit. »Das werde ich ganz bestimmt nicht tun.«

»Versteh mich doch.« Cornelia stöhnt gequält. »Wenn solche Päckchen kommen, ohne Absender ... muss man vorsichtig sein.«

»Das ist doch Unsinn.«

Cornelia ringt die Hände. »Ich rede von Dingen, die in diesem Haus passiert sind, bevor du geboren wurdest.«

»*Alles* ist passiert, bevor ich geboren wurde. Sag mir, was genau passiert ist, dann zeige ich dir den Ring.«

Cornelia starrt das Päckchen an. »Dein Vater, deine Tante – sie wollen nicht, dass ich –«

»Gut. Behaltet eure Geheimnisse für euch. Wir sind eine Familie, die nichts mehr schätzt als Geheimnisse. Darum wird sicher auch niemand etwas dagegen haben, dass ich ein Geschenkpäckchen in aller Stille und Zurückgezogenheit öffne.«

»Aber nicht, wenn …« Cornelia packt Thea an den Armen, so panisch, dass Thea erschrickt. »Thea, wir haben alles getan, um dich zu beschützen.«

»Mach dir keine Sorgen um mich, Cornelia. Ich kann dir versichern, dass es mehr als einen kleinen Ring braucht, um mir den Kopf zu verdrehen. Ich weiß, was für eine Giftschlange Eleonor Sarragon ist.«

Endlich gibt Cornelia nach. »Wenn du sicher bist, dass es von ihr ist«, sagt sie bedrückt.

Thea kann es kaum erwarten, allein in ihrem Zimmer zu sein – vor lauter Ungeduld hält sie es fast schon selbst für möglich, dass Eleonor Sarragon ihr einen Freundschaftsring geschickt hat. »O ja, das bin ich«, sagt sie und geht so gelassen wie möglich die Treppe hinauf.

»Teekännchen?«

Thea holt tief Luft und dreht sich um. »Ja?«

Cornelia ist den Tränen nahe. »Sei einfach vorsichtig. Versprich mir, dass du vorsichtig bist.«

»Du kannst ganz beruhigt sein.«

Erstaunt darüber, wie wichtig Cornelia diese Sache zu nehmen scheint, schließt Thea ihre Zimmertür ab und setzt sich auf ihr Bett, das Päckchen auf dem Schoß. Sie muss an das Buch denken, das sie von Jacob bekommen hat, und fragt sich verdrossen, ob dieses Geschenk hier vielleicht auch von ihm sein könnte. Die Geschichte von dem Ring, die sie Cornelia erzählt hat, war keine besonders gute Erfindung. Wenn sie ihr weisgemacht hätte, Jacob van Loos hätte ihr etwas geschickt, wäre das ein besseres Mittel gewesen, sie abzuwimmeln. Vielleicht ist es ja wirklich so, und er hat ihr irgendwelche Predigten über die Tugenden einer vorbildlichen Ehefrau zukommen lassen.

Aber es ist kein Buch, dafür ist es viel zu klein. Langsam knüpft Thea die Schnur auf und entfaltet das Papier. Sie blinzelt, geblendet von der Schönheit, die vor ihr liegt.

In Polster aus Schafwolle gebettet ist da ein wunderschönes goldenes Häuschen. Es hat die Größe eines großen Pfirsichsteins und schimmert ihr aus seiner schützenden Hülle entgegen, doch als sie es anhebt, stellt sie fest, dass es nicht aus Metall gegossen, sondern aus Holz gemacht und mit Blattgold belegt ist. Es ist leichter, als Thea es sich vorgestellt hat, und als sie es schüttelt, merkt sie, dass es hohl ist. Auf der Vorderseite des Hauses ist eine große Eingangstür zwischen zwei Fenstern. Im ersten Stock gibt es drei weitere Fenster. Es hat ein Ziegeldach und sechs Schornsteine, und als Thea es dreht, sieht sie, dass es auf allen vier Seiten Fenster hat. Das Mauerwerk und die Ziegel des Daches sind in das Holz geschnitzt. Die Tür hat winzige Scharniere und eine Klinke, aber sie lässt sich nicht öffnen, sosehr Thea sich auch bemüht.

Fasziniert von dem Rätsel stellt sie das Häuschen auf den Tisch neben dem Bett. Es beunruhigt sie nicht in der Weise, wie es die Puppe von Walter getan hat. Es ist einfach bezaubernd. Es ist kein Haus, das sie schon einmal gesehen hat. Aber es ist so sorgfältig gemacht, als sollte sein Bild bereits in ihrem Gedächtnis gespeichert sein.

Thea lehnt sich in ihre Kissen zurück und starrt auf dieses leere, schöne, verschlossene Haus. Die sonderbar nackte Miniaturpalette Walters kommt ihr in den Sinn. Sie zieht das Kästchen unter ihrem Bett hervor, schließt es auf und nimmt das Püppchen heraus.

Sie tut dies jeden Abend voller Andacht, ein Ritual der Selbstvergewisserung, und hat sich mittlerweile die Proportionen seiner verkleinerten Gliedmaßen gut eingeprägt. Walter starrt zu ihr hoch, ihr Geliebter, ihr künftiger Ehemann. Immer wieder wechselt ihre Aufmerksamkeit zwischen Walter und dem Haus hin und her. Das Größenverhältnis der beiden Miniaturen entspricht nicht der Wirklichkeit. Sie kann keine Verbindung zwischen ihnen erkennen. Und wer schickt ihr diese Dinge und warum? Wer in dieser Stadt, außer Walter, wäre kunstfertig genug, alles so bis ins kleinste Detail täuschend echt zu schaffen?

Sie denkt an Cornelias paranoides Verhalten im Erdgeschoss, wie versessen sie darauf war, dass Thea das Päckchen in ihrem Beisein öffnete. *Ich rede von Dingen, die in diesem Haus passiert sind, bevor du geboren wurdest.*

Nein, sagt Thea zu sich selbst. Ich bin nicht Cornelia. Ich lebe nicht in der Vergangenheit, und ich habe keine Angst.

Rebecca hat Thea einmal erzählt, dass sie als junge Schauspielerin oft von ihrem Publikum frustriert war. Es lachte, wenn sie wollte, dass es gerührt war, oder es weinte bei Szenen, die Rebecca als leicht und heiter auffasste. Sie sagte, ihr sei klargeworden, dass sie keine wirkliche Macht über die Gefühle der Leute hatte. Wenn sie in ihr eine Teufelin sahen, so kam das von ihrer eigenen Angst. Wenn sie sich zu ihr hingezogen fühlten, lag das an ihnen selbst und kam nicht von irgendetwas, was sie tat.

Für Thea war es seltsam gewesen, das zu hören. Sie hatte immer angenommen, dass Rebecca große Macht besaß und ausübte. Das Geheimnis besteht darin, das Publikum zu ermächtigen, sagte Rebecca. Ich muss ihnen ein Spiegel sein. Wenn ich ihnen sie selbst zeige, werden sie nicht genug davon bekommen können.

Thea hält in der einen Hand die Puppe von Walter, in der anderen das glänzende Haus. Ein Leben lang ist sie in dieser Stadt angestarrt worden, aber einen Spiegel hat es nie gegeben. Die Amsterdamer gaffen Thea so lange an, bis sie sich als alles Mögliche, nur nicht als das fühlt, was sie wirklich ist. Aber mit der Aufmerksamkeit, die ihr in Gestalt dieser Miniaturen zuteilwird, verhält es sich anders: Sie gilt tatsächlich ihr, sie bestätigt sie in ihrem Wesen. Es fühlt sich so an, wie Rebecca sagte: als betrachtete Thea sich in einem Spiegel. Und genauso wie Rebeccas hingerissenes Publikum kann Thea nicht genug davon bekommen.

Ein Gewächshaus

XII

Es gibt mehrere Gründe, warum Nella das Schauspielhaus nicht
mag. Zum einen, weil der Eintritt teuer ist. Dann die Hitze von den
vielen Kerzen. Das Gefuchtel und die hochtrabenden Reden auf
der Bühne – und das für ein größtenteils blasiertes, selbstgefälliges Publikum, das so tut, als wäre es Wunder wie erbaut, während
es in Wirklichkeit nur herkommt, um seinen Mitbürgern nachzu-
spionieren und sich – sehr zum Missfallen der Pastoren – an den
Verwegenheiten der Schauspieler zu weiden. Aber in Jacobs Loge,
von der aus man einen schönen Blick auf die Bühne hat und wo
man weit entfernt ist von all den dicht gedrängten Leibern, die
Nella nervös machen, denkt sie, dass sie sich mit den verschiedenen Übeln hier durchaus abfinden kann, wenn es Thea einer Ehe
einen Schritt näher bringt. Sie späht über den Balkon: O ja, Geld
erhebt einen Menschen, buchstäblich und auch im übertragenen
Sinn! Sie fühlt sich wie ein Falke in seinem Horst, als sie so auf die
kleinen Köpfe unter ihr hinabschaut.

Der Liebhaber ihres Mannes war ein Schauspieler, und Nella hat
seither ein Vorurteil gegen alle Theaterleute. Jack Phillips, ein junger Mann aus England, hat so getan, als würde er auf den Fliesen
des Hausflurs sein Leben aushauchen, und hat dann unter Verweis
auf seine Wunde Johannes beschuldigt, er habe ihn ermorden
wollen. Nella findet, dass die Rolle, die Jack in dem Prozess gegen
Johannes spielte, ihr Grund genug gibt, jeden zu hassen, der seinen Lebensunterhalt damit verdient, anderen etwas vorzumachen,
aber wahrscheinlich darf man nicht so ohne weiteres verallgemei-
nern. Jack war Jack, und Schauspieler sind, wie Thea immer sagt,
keine Betrüger, sondern Leute, die ihrem Publikum die Wahrheit
vorschwindeln.

Nella blickt auf die Bühne. Diese Rebecca Bosman zum Beispiel ist wirklich gut. Raffiniert, mit einer wohlklingenden Stimme gesegnet, sehr verführerisch. Nella wirft einen Blick auf ihre Nichte in der Erwartung, dass diese ganz hingerissen ist von ihrer Lieblingsschauspielerin, aber Thea verzieht keine Miene. Sie hat dunkle Ringe unter den Augen. Sie könnte, was die Dramatik ihrer Erscheinung betrifft, zumindest halbwegs mit dem mithalten, was sich auf der Bühne abspielt, aber sie ist schon die ganze Woche so, seit sie die Einladung für heute Abend erhalten haben. Und was Jacob angeht, so müsste sich Nella sehr weit nach vorne beugen, um zu erkennen, was er für ein Gesicht macht. Sie sieht nur seine mit drei golden glitzernden Ringen geschmückten Hände in seinem Schoß, reglos wie tote Fische. Otto trägt keinen Schmuck, höchstens ab und zu einen Ohrring, aber dieser Mann hier mag Rubine.

Nella schließt die Augen und stellt sich die Hochzeit vor: Thea strahlend, Jacob hoch aufgerichtet und wohlgelaunt; ein festliches Essen, aber nichts Prahlerisches, ein neuer Anfang, aber ein Gefühl von Sicherheit zu guter Letzt.

Sie fühlt sich beschwingt, ist stolz auf sich. Schon vor dem letzten Winter hat sie sich ausgemalt, dass sie nun, Anfang Februar, mit einem Mann hier sitzen würden, der so begehrt ist, dass alle Kaufmannstöchter von Amsterdam sich die Finger nach ihm schlecken würden. Diese kleinen Schlampen werden enttäuscht abziehen müssen mit ihren neuen Röcken und schicken Häubchen, denn Jacob hat sich für Thea Brandt entschieden. Eine Premiere in der Schouwburg, und er hat Thea ausgewählt, die sich in seiner Loge zeigen darf.

Ab und zu schaut jemand von unten hoch oder aus einer der anderen Logen zu ihnen herüber – unter anderen eine Dame mit einem Fächer, offenbar keine Geringere als Clara Sarragon –, und obwohl Nella und Thea es gewohnt sind, dass sie Aufmerksamkeit erregen, ist es diesmal anders. Es ist etwas anderes, wenn man neben Jacob van Loos sitzt.

Thea mustert die Menschen unter ihr, als wäre sie auf der Suche nach jemandem. Wen sucht sie, wo doch Rebecca das ganze Publikum in ihren Bann schlägt? Bevor Nella fragen kann, wendet sich

Thea an ihre Tante und sagt leise: »Was für ein schönes Bühnenbild, findest du nicht, Tante Nella? Diese Muscheln, die am Ufer verstreut liegen – alle sehen verschieden aus!«

Nella blickt auf die Bühne. Es ist eine großartige Szenerie: Der Maler – oder die Maler?, sie versteht nichts von diesen Dingen, aber es ist doch eine ganz schöne Menge Malerei dort unten zu sehen – hat wirklich Erstaunliches geleistet. Seit der Zeit, da sie Thea als Kind hierher mitgenommen hat, scheint die Kunst der Bühnenbildner große Fortschritte gemacht zu haben. Die Palmen und der Strand wirken beunruhigend echt, wenn auch Nella nicht die Möglichkeit hat, Vergleiche anzustellen, da sie echte Palmenstrände nie gesehen hat. Sie hat aus ihrer Kindheit nur Apfelbäume in Erinnerung und einen düsteren schwarzen See. Die Muscheln, von denen Thea spricht, kann sie nicht finden; es wundert sie, dass Thea sie so genau erkennen kann. Vielleicht werden ihre Augen schwächer? »Ach ja, die Muscheln«, sagt sie, »überhaupt alles ist wunderschön. Unglaublich, was man heutzutage alles machen kann. Der Bühnenbildner versteht was von seinem Beruf.«

Sie wird mit einem unerwarteten Anblick belohnt: In Theas ernstem Gesicht geht ein strahlendes Lächeln auf. Die Perlen in Theas Ohren beben, als sie sich wieder mit Entzücken dem Geschehen auf der Bühne zuwendet. Sie liebt das Theater wirklich.

Es dauert nur noch fünf Minuten, dann ist der Akt zu Ende. Bald ist der Saal von Lärm erfüllt, das Orchester spielt fröhliche Musik, um heitere Laune zu verbreiten. Die drei strecken ihre Glieder, und Jacob wendet sich an Thea. »Gefällt es Ihnen?«

Thea strahlt vor Freude. Nellas Herz schlägt höher: In dieser Stimmung ist Thea unwiderstehlich. »O ja, sehr, Seigneur«, sagt Thea. »Ich finde, Madame Bosman übertreibt ein bisschen. Aber das Bühnenbild ist einfach hinreißend.«

Jacob ist offenbar von ihr bezaubert. »Sie haben neulich gesagt, Sie würden gern nach London und Paris reisen, Fräulein Thea« – ah, er erinnert sich, denkt Nella –, »aber wünschen Sie sich nicht, auch einmal eine Szenerie wie die, die wir gesehen haben, wirklich vor Augen zu haben? Natürlich nicht im düsteren Rahmen einer Tragödie.«

Thea schaut ihn ausdruckslos an, und Jacob streckt seinen Arm über den Rand der Loge in Richtung Bühne. »Ich meine das Bühnenbild, das Sie so großartig finden. Diesen Strand unter heißer Sonne.«

Theas früherer Überschwang ist mit einem Mal verschwunden, sie wirkt geradezu streng. »Nein«, sagt sie, »für mich sind diese Palmen real. Ich habe kein Bedürfnis, sie woanders zu sehen.«

Jacob ignoriert ihren kühlen Ton. »Aber die Farbe des Himmels? Das reizt Sie nicht? Ich habe von solchen Orten gehört, wo es heiß ist und voller Exotik. Ich für meinen Teil würde sie gern sehen.«

Nella hält den Atem an. Thea legt eine Hand auf ihre Brust. »Sie haben offenbar nicht verstanden, was ich sagen will, Seigneur: Ich sehe sie *hier* in meinem Herzen.«

Jetzt ist Jacob derjenige, der ausdruckslos dreinschaut. Thea steht auf. »Würden Sie mich bitte entschuldigen? Ich muss ...« Sie bricht ab, als wäre sie zu schamhaft, vor Jacob natürliche Bedürfnisse zu erwähnen. Der junge Mann springt auf und verbeugt sich, aber Thea ist schon auf dem Weg zu dem Vorhang am Eingang zu ihrer Loge. In Sekundenschnelle ist sie verschwunden.

Nella, unsicher, was das zu bedeuten hat, aber entschlossen, die vertrauliche Atmosphäre, in der man von angenehmen Dingen plaudert, wiederherzustellen, greift nach der Karaffe mit dem Punsch, den Jacob spendiert hat. Sie schenkt ihm ein, wobei sie scheinbar völlig unbefangen lächelt, um ihm zu verstehen zu geben, dass dieses Verhalten der reizenden jungen Frau, die in ihrem Herzen Palmen sieht, ganz normal ist.

»So heiter angeregt habe ich Thea lange nicht mehr gesehen«, sagt sie. »Ich glaube, das macht Ihre Gesellschaft.«

Jacob nippt an seinem Punsch. »Sie haben sie von frühester Kindheit an aufgezogen, nicht wahr?«

Die Frage kommt ihr seltsam vor. Sie taucht aus dem Nichts auf und geht zurück bis zum Anfang der Dinge, wo doch Nella sich lieber mit der Gegenwart beschäftigen würde. Aber sie will sich seinen Wünschen fügen und ihm demonstrieren, dass keine Frage von ihm sie aus der Fassung bringen kann.

»Ja«, sagt sie. Sie denkt kurz an das Wickelkind, das sie vor achtzehn Jahren aus der Werkstatt der Miniaturistin in der Kalverstraat gestohlen hat und das jetzt in ihrem Schlafzimmer versteckt ist. Wäre alles anders gekommen, wenn sie es nicht mitgenommen hätte? Sie hat keine Möglichkeit, das herauszufinden, die Miniaturistin zu fragen, sie zu zwingen, es ihr zu erklären. »Aber nicht ich allein«, fügt sie hinzu. »Theas Vater hat auch einen großen Beitrag geleistet. Und Cornelia, die immer noch bei uns wohnt.«

»Es ist sehr traurig, dass sie ohne Mutter aufwachsen musste.« Und übergangslos folgt auf diese Bekundung von Mitgefühl die Frage: »War sie von Stand?«

Nella summt der Kopf. Zu sagen, dass Theas Mutter leider tot ist, fällt ihr mittlerweile nicht mehr schwer. Die Tatsache, dass Thea sie nie gekannt hat, hat zur Folge, dass Marin in ein dunkles Abteil von Familienerinnerungen abgedrängt wurde, das, wie sie sich einreden, ohne Bedeutung für die Gegenwart ist. Aber man muss vorsichtig sein, wenn man über sie spricht, wer weiß, wohin das führt? Marins Name wird in der Öffentlichkeit nie erwähnt. Eine Frau von Stand, ja. Die Schwester eines Kaufmanns, auch eine Geschäftsfrau. Zudem eine Sphinx. Grausam, wenn es ihr gefiel. Gescheit, aber auch fürsorglich. Sie ertrug alles, bis sie nicht mehr konnte. Eine Frau, die mit dem Diener ihres Bruders ins Bett ging, die ihr Tun und Lassen geheim hielt. Wo soll man anfangen?

Jacob beschäftigt die Frage nach der Mutter, das wird Nella klar. Er fragt sich: Wer ist diese verschwundene Frau, die ihr Kind zurückgelassen hat?

Spielt das eine Rolle?, will sie sagen. Sie ist erschöpft. Spielt es eine Rolle, ob Marin eine Wäscherin war oder eine Konditorin oder das uneheliche Kind des reichsten Regenten der Stadt? Marin ist nicht mehr. Aber ich bin da, seit achtzehn Jahren.

»Sie war von Stand«, sagt sie.

Lange bleibt es still. »Sie sind einander eng verbunden in Ihrer Familie«, bemerkt er schließlich.

»Ja, wir haben keine Geheimnisse voreinander.«

Jacob blickt wieder zur Bühne und trinkt noch einen Schluck Punsch. »Thea hat eine sehr leidenschaftliche Wesensart.«

Nella weiß nicht so recht, wie sie diese Bemerkung deuten soll. »Haben das nicht alle achtzehnjährigen Mädchen?«

»Nein«, sagt Jacob so unverblümt, dass sie zusammenzuckt. Wie viele achtzehnjährige Mädchen kennt er wohl? »Thea hat ein überschießendes Temperament«, sagt er.

Nella empfindet es wie einen Schlag, der ihren Körper trifft. Theas Temperament ist perfekt ausgewogen, möchte sie sagen, obwohl das in den letzten Wochen kaum noch zutrifft. Sie schenkt sich selbst Punsch ein und nippt vorsichtig, als wollte sie die Strömungen des Gesprächs schmecken. »Ihre Mutter war ein sehr aktiver Mensch.«

Er stutzt, wendet sich ihr zu. »Ein aktiver Mensch?«

»Ich denke immer, es ist viel besser, eine Frau zu haben, die aktiv ist. Gesund, interessiert. Sicher, man könnte auch sagen, dass solche Eigenschaften auf ein überschießendes Temperament hindeuten. Aber sie werden in unserer Welt, in unserer Stadt gebraucht. Keiner will eine schwache, kranke Frau.«

»Das stimmt«, erwidert Jacob. »Und doch ist sie bei der Geburt gestorben.«

Nella klammert sich an das Geländer des Balkons. Die beiläufige Gefühllosigkeit seiner Bemerkung schockiert sie so, dass sie am liebsten das Glas in ihrer Hand zerquetschen möchte. Sie zwingt sich, gelassen zu bleiben.

»Es waren unglückliche Umstände«, sagt sie. Plötzlich ist sie wieder zusammen mit Cornelia in dem Sterbezimmer vor achtzehn Jahren und sieht entsetzt zu, wie Marin ihnen entgleitet. »Ihre Mutter war älter als die meisten Frauen bei ihrem ersten Kind.«

Verzeih mir, Marin, sagt sie im Stillen. *Verzeih mir, verzeih mir. Du würdest dasselbe tun.*

Und während Nella so in der luxuriösen Theaterloge dieses Mannes sitzt und sich für ihre Worte schämt, wird ihr plötzlich klar, dass sie in solchen Situationen oft wie Marin redet. Als würde sie aus dem Reservoir dessen schöpfen, was Marin ihr hinterlassen hat. Ihr Durchhaltevermögen und ihr klarsichtiger Realismus, unter denen Marin ihre Höhenflüge begraben hat.

Will Jacob, dass ich weitermache?, fragt sie sich. Interessiert es ihn wirklich? Oder will er, dass ich meine große Klappe halte und ihn in Ruhe seinen Punsch trinken lasse?

Sie zittert, als spürte sie die kalte Zugluft des Hauses an der Herengracht. Vielleicht ist es Jacob van Loos nur allzu deutlich – die erbärmliche Art und Weise, wie sie sich in Szene setzen, um einen Verehrer zu beeindrucken. Aber Jacob wirkt unaufgeregt, als wäre dies ein ganz normales Gespräch. Nella spricht sich im Geist selbst Mut zu und setzt sich gerade, denkt an ihr Haushaltsbuch, an die Ersparnisse der Familie, die immer weiter schrumpfen, seitdem sie nicht einmal mehr Ottos Lohn von der VOC haben. Ihre Möglichkeiten werden immer weniger. Noch einmal: Marin würde dasselbe tun.

»Thea ist etwas Besonderes, sie ist zu gut, um an der Herengracht zu verkümmern«, sagt sie unverblümt.

Ihre Worte sind ebenso direkt wie seine. Und sie sind wahr. Sie zwingen Jacob, sich ihr zuzuwenden. »Mir ist aufgefallen«, fährt Nella fort und zupft ihre Röcke zurecht, »dass Thea immer ganz entzückt ist, wenn sie Theaterstücke sieht, die mit einer Heirat enden.«

»Tatsächlich?«

»Ja. Und sie ist bereit, glaube ich. Es ist das, was sie sich wünscht. Thea selbst würde es nicht sagen, aber sie wird heiraten, wenn der Richtige kommt. Und der kann sich seligpreisen.«

»Ohne Zweifel.«

Nellas Gedanken rasen. Wo nur Thea bleibt? Sie erinnert sich, wie Jacob in ihrem Flur nach oben geschaut und entzückt die Trompe-l'œils betrachtet hat. »Natürlich wird Thea einmal alles erben«, sagt sie.

Sie schweigen eine ganze Weile lang. Sie ist so angespannt, dass sie kaum atmen kann. Genügt ihm das? Ein Haus in einer der besten Gegenden der Stadt?

»Das Gebäude an der Herengracht wird also ihr gehören«, sagt er schließlich.

»Ja.«

»Davon bin ich ausgegangen.« Er starrt hinunter in den Saal. Sein Gesichtsausdruck gibt nichts preis. »Aber was, glauben Sie,

Madame Brandt, würde ihr, wenn sie einmal verheiratet ist, Freude machen, von Theaterbesuchen abgesehen?«

Nella zögert. Es ist schon ein paar Jahre her, dass sie wusste, was Thea wirklich Freude machte. »Ich glaube, das müsste der betreffende Herr Thea selbst fragen.«

Jacob schaut auf Theas verwaisten Platz. Sie ist jetzt schon ziemlich lange weg, und Nella ist nervös. »Ich mag das Theater nicht besonders, Madame«, sagt er. »Mir ist das wirkliche Leben lieber. Gleichwohl sehe ich, wie sehr die Bühne Thea gefällt.« Er hält inne. »Würden Sie sagen, sie ist ein bisschen ... fantastisch veranlagt?«

Nella lässt sich nicht aus der Ruhe bringen. »Überhaupt nicht. Sie sind scharfsinnig genug, um das selbst zu erkennen. Mag sein, dass Thea das Theater liebt, aber im Grund ist sie ein vernünftiger Mensch. Sie hat, vielleicht mehr als andere Mädchen in ihrem Alter, erfahren, wie unbarmherzig hart die Gesellschaft sein kann.«

Er macht ein nachdenkliches Gesicht. »Und das Theater bietet ihr eine Fluchtmöglichkeit?«

Nella klappt ihren Fächer zu und deutet damit auf die Zuschauer, die noch da unten herumstehen. »Bietet es die nicht allen in dieser Stadt, die genügend Geld haben, um den Eintritt zu bezahlen?«

»Vermutlich.«

»Aber Thea versteht mehr vom Leben als diese Leute. Das ist ein großer Vorteil. Und es wäre auch für ihren Ehemann ein großer Vorteil.«

Jacob runzelt die Stirn. »Ich will keine Ehefrau, die allzu weltklug ist.«

Nella zwingt sich, ihn nicht anzuschauen. Nicht sie, sondern Jacob hat das Wort Ehefrau ausgesprochen, und es schwebt zwischen ihnen wie eine Säule aus Licht, aus Leben. Es ist die Welt der Ehe, und Jacob hat sie betreten.

»Thea ist nicht weltklug«, sagt sie. »Sie sieht die Welt, aber sie taucht nicht in sie ein. Wie es sich für eine Tochter aus gutem Haus gehört. Deshalb geht sie ins Theater. Sie ist anständig erzogen.«

Jacob sagt nichts. Nella wartet ab, um zu sehen, was kommt. Sie weiß, dass es bessere Partien gibt, die sich ihm geradezu aufdrängen müssten, Töchter aus Familien, die seit Generationen mit der Oberschicht der Stadt gut vernetzt sind – aber denk daran, Nella, sagt sie sich: Es ist deine Nichte, die er eingeladen hat.

»Es ist seltsam«, bemerkt Jacob nach einer Weile. »Wenn Ihre Nichte weg ist, sieht alles ein bisschen weniger strahlend aus.«

*

Nachdem das Stück zu Ende ist, besteht er darauf, sie die Keizersgracht entlang nach Hause zu begleiten. Nella hält absichtlich etwas Abstand, sodass die beiden sich ungestört unterhalten können. Jacob hat den Kopf leicht zur Seite geneigt, damit kein Wort von Thea ihm entgeht; sie wirken wie ein Ehepaar, das gemächlich spazieren geht, in Pelze gehüllt gegen die Kälte der Nacht. Im Theater war Thea etwas erhitzt und außer Atem in die Loge zurückgekehrt und hatte mit einem knappen Lächeln in seine Richtung ihren Platz eingenommen, bevor der Vorhang wieder aufging. Ihre erröteten Wangen ließen vermuten, dass sie wusste, dass sie über sie gesprochen hatten: Vielleicht hatte Thea sie ja überhaupt deswegen allein gelassen? Und jetzt nach der Vorstellung ist sie hier am Goldenen Bogen und gestikuliert, offenbar begeistert von irgendetwas, in der kalten Luft. Jacob sieht zu ihr hin, lauscht ihrem Redefluss, durchaus angetan von ihrer Leidenschaft. Nella hat die Hoffnung nicht aufgegeben, ganz und gar nicht.

Als sie vor ihrem Hause ankommen, sieht Nella in den Fenstern des Salons Licht, und das wundert sie: Otto sitzt dort nie allein, und Cornelia mag den Raum nicht. Für einen Moment kommt es Nella so vor, als lebte in ihrem Haus jemand anderes, dessen Gewohnheiten ihr fremd sind. Jacob führt Thea die Stufen zur Tür hinauf, und ihre Tante bemerkt, wie ihre Nichte kurz den Kopf neigt und einen Blick auf die Schwelle wirft, aber da ist nichts. Nun, wie auch immer, sie hat durchaus Grund, mit dem Abend zufrieden zu sein, denn sie kann einige Hoffnung auf diesen jungen Advokaten setzen, der sie nach Hause gebracht hat.

»Gute Nacht, meine Damen«, sagt er. »Ein sehr angenehmer Abend.«

Nella tritt zu ihnen. »Nun, Thea, hat es dir gefallen?«

Thea wirft ihrer Tante einen heiteren Blick zu. »Es war etwas Besonderes, die ganze Bühne von so weit oben zu sehen. So konnte ich die Geschichte besser verstehen.« Lächelnd wirft sie den Kopf in den Nacken. »Mir ist, als hätte es in meinem Geist aufgeklart.«

Eine sonderbare Ausdrucksweise, aber Thea spricht mit triumphierendem Schwung. Dann dreht sie sich um, hebt den Türklopfer, der die Gestalt eines Delphins hat, an und lässt ihn fallen. Nella wendet sich Jacob zu, fieberhaft bemüht, ehe Cornelia die Tür öffnet, Worte zu finden, die den Abend elegant beschließen und auf weitere frohe Stunden, die sie gemeinsam verbringen werden, vorausweisen, aber ihr fällt nichts sehr Originelles ein.

»Seigneur van Loos, es war uns eine große Ehre«, sagt sie.

Jacob winkt bescheiden ab, den Hut in der Hand. Eine Loge im Theater zu mieten, ist keine große Sache für ihn, vermutet Nella, weder finanziell noch sonst wie. Sie fragt sich, ob auch er, nachdem er diesen Abend hinter sich gebracht hat, die Geschichte besser versteht. Sie selbst hat das Gefühl, dass ihr einige Fäden der Handlung fehlen. Unvermittelt spült wie eine Welle die Sorge über sie hinweg, dass sie ihn vielleicht nie wiedersehen werden.

Unerklärlicherweise öffnet immer noch niemand die Tür, und einen verrückten Moment lang denkt Nella, dass dieses Haus gar nicht ihres ist und sie vergeblich auf Cornelia warten, dass Jacob Zeuge werden wird, wie sie mit einem Mal all ihren festlichen Glanz einbüßen, wenn sie so vor einer verschlossenen Tür stehen und nirgendwohin können. Wenn sich zeigt, dass Thea eine Erbin ohne Erbe ist. Jacob verbeugt sich und steigt die Stufen hinunter.

»Wir sehen uns bald wieder, hoffe ich«, ruft Nella, und da endlich geht die Tür auf, und Cornelia steht da. Der Flur liegt im Halbdunkel, und Nella spürt sowohl eine Art von Trauer, weil der Abend vorbei ist, als auch Erleichterung bei dem Gedanken, dass sie endlich in ihr Bett kommt.

»Aber ja, natürlich«, antwortet Jacob. »Kommen Sie nächsten Sonntag zum Essen in mein Haus an der Prinsengracht.«

Nella ist so erleichtert, dass sie am liebsten die Treppe hinunterstürmen und ihm um den Hals fallen möchte. »Danke, sehr gerne«, sagt sie freudig erregt.

»Ich werde eine Nachricht schicken. Und Fräulein Thea: Ich danke Ihnen für Ihren Vortrag auf dem Weg hierher. Auch in meinem Geist hat es aufgeklart.«

Thea schweigt. Er hat ihr mit ihren eigenen Worten erwidert. Lächelnd wendet er sich ab, und sie lauschen seinen Schritten auf dem Kopfsteinpflaster, die immer leiser werden und endlich ganz verstummen.

»*Vortrag?*«, flüstert Nella, als sie ins Haus treten, aber sie ist nicht wirklich verärgert, denn er hat sie ja zum Essen eingeladen. Sie hat immer noch die Fäden dieser Geschichte in der Hand. »Worüber, um Gottes willen, hast du ihm einen *Vortrag* gehalten?«

Thea seufzt. »Es war nur eine Unterhaltung. Ich habe lediglich über das Stück geredet. Was der Autor damit sagen will, über seine Struktur.«

»Was weißt du über die Struktur des Stücks?«

Thea schließt die Eingangstür und wendet sich wieder ihrer Tante zu. »Rebecca hat es mir erklärt. Es kann sehr viel Zeit in Anspruch nehmen, etwas zu verfertigen, das wir ein paar Stunden lang genießen und oft noch schneller wieder vergessen«, sagt sie. »Vielleicht ist es Seigneur van Loos nicht gewohnt, eine Frau mehrere Sätze aneinanderreihen zu hören.«

»Seigneur van Loos ist ein Herr von Stand und hat mir sehr aufmerksam zugehört«, antwortet Nella. »Und er hat uns zum Essen eingeladen, Thea. Überleg nur, was das bedeuten könnte.«

Thea beißt sich auf die Lippe. »Worüber genau habt ihr gesprochen, als ich nicht dabei war?«

Nella versucht, das Thema zu wechseln. »Ist Otto im Salon?«, fragt sie Cornelia, die ihnen die Schals und Mäntel abnimmt.

»Ja, Madame.«

»Was macht er denn da? Hat er Feuer gemacht?«

»Vielleicht sollten Sie ihn am besten selbst fragen«, antwortet Cornelia mit unergründlicher Miene. Sie wendet sich an Thea. »Komm«, sagt sie. »Ich habe dir ein Bad gerichtet.«

Beide Frauen blicken Cornelia verständnislos an. Cornelia hasst es, Bäder zu richten. Was für ein mühsames, langwieriges Geschäft! Wasser heiß machen, diese schweren, unhandlichen Kannen, die ständig überschwappen, von der Küche die Treppe hinauf schleppen. Es ist die einzige Art von Hausarbeit, die ihr so zuwider ist, dass sie gern ein bisschen mehr Schmutz in Kauf nehmen würde, wenn sie ihr erspart bliebe. Und doch fasst Cornelia jetzt Thea am Oberarm und lenkt sie entschlossen in Richtung Treppe. »Komm, Süße«, sagt sie. »Ich will nicht, dass das Wasser kalt wird.« Sie lässt die Mäntel über dem Geländer hängen und schleift Thea geradezu nach oben.

Nella sieht verwundert zu, wie die beiden verschwinden. Sie sieht den schmalen Streifen Licht unter der Salontür, aber irgendetwas hält sie davon ab einzutreten; sie geht weiter zu einem der Fenster im Flur, um in die Nacht hinauszuschauen. Ich würde auch gern ein Bad nehmen, denkt sie, die Arme eng vor der Brust verschränkt, während sie in den tiefschwarzen Samt des Himmels starrt. Sie haucht auf die Scheibe, sodass sie beschlägt, und zeichnet eine Spirale auf das Glas. Vielleicht werde ich in Theas Wasser steigen, wenn sie fertig ist.

Aus dem Dunkel taucht Lucas auf, streicht um ihre Röcke und macht dieses fein quiekende Geräusch, das so gar nicht zu ihm passt. »Willst du mir weismachen, dass du nichts zum Abendessen bekommen hast?«, fragt Nella. Sie hat keine Lust, in den Salon zu gehen und Otto zu berichten, wie der Abend verlaufen ist, ihre Absichten zu verteidigen, wie er es ausdrückt. Sie macht sich auf den Weg zur Küche, um irgendeinen Happen zu holen, den sie dem hartnäckig bettelnden Kater geben kann. Aber da dringt Gelächter von Männerstimmen aus dem Salon, und sie dreht sich überrascht um: Sie hatte angenommen, Otto sei allein. Wer ist da bei ihm, so spät am Abend? Nella denkt nicht mehr an Lucas' hungrigen Magen, sie schleicht über die Fliesen zur Tür des Salons und bückt sich, um durchs Schlüsselloch zu schauen.

Im Zimmer sitzt Caspar Witsen mit seinen langen Storchenbeinen und seiner wirren Mähne inmitten von Papieren, die über den Teppich verstreut sind. Er scheint sich wie zu Hause zu fühlen. Er lacht über etwas, das Otto, der auf dem Stuhl gegenüber sitzt, gerade gesagt hat. Sie wirken wie alte Freunde, als sie sich zu den unzähligen Blättern auf dem Boden hinunterbeugen. Nella ist jetzt nicht mehr im Theater, aber sie kommt sich vor, als sähe sie eine Szene aus einem Stück, dessen Handlung ihr ganz unverständlich ist.

»Es könnte spektakulär werden«, sagt Caspar. »Aber, und das ist viel wichtiger: nachhaltig. Wenn die Kultivierung gelingt.«

Otto blickt auf. »Zweifeln Sie denn?«

»Man muss immer damit rechnen, dass etwas schiefgeht. Das kann passieren. Aber ich bin Optimist, darum denke ich, es wird schon klappen. Ich habe bereits Erfahrung, auf der ich aufbauen kann.«

»Das Land wird schon lange nicht mehr genutzt.«

Caspar lehnt sich zurück. »Trotzdem, es erfüllt alle unsere Anforderungen. Aber ich finde es seltsam, dass Sie noch nie dort gewesen sind. Waren Sie nie neugierig?«

Otto seufzt. »Doch, natürlich.«

»Dann wären Sie doch sicher gern hingegangen, um es sich anzusehen, ein einziges Mal wenigstens?«

Jetzt lehnt Otto sich zurück. »Ich habe da nichts zu suchen, Witsen. Das Grundstück gehört mir nicht, mir gehört nur *dieses* Haus hier. Mit dem kann ich machen, was ich will. So ist es leider.«

»Und trotzdem schlagen Sie mir so ein Projekt vor!« Caspar schüttelt den Kopf.

»Sie haben das Gutachten gelesen«, sagt Otto. »Es ist vielversprechend, und wir sind Pioniere.«

»Oder Ananassioniere«, sagt Caspar.

Otto verzieht das Gesicht. »Das ist auch etwas, was unbedingt in unseren Vertrag aufgenommen werden muss: dass Sie mich mit solchen Witzen verschonen.«

Caspar hebt entschuldigend die Hände. »Aber im Ernst: Wir können das nicht ohne ihre Erlaubnis machen.«

»Ich weiß.«

»Ich werde mich nicht auf fremdem Land zu schaffen machen.«

»Natürlich nicht.«

»Sie haben gesagt, Sie werden mit ihr sprechen.«

»Ich muss nur den richtigen Moment abwarten.«

Nella stößt die Tür auf und steht auf der Schwelle. Die beiden Männer starren sie entgeistert an. »Dieser Moment ist so gut wie jeder andere, meine Herren. Wer ist diese Frau, mit der Sie sprechen müssen? Und wofür genau brauchen Sie ihre Erlaubnis?«

Sie haben keine Möglichkeit, sich herauszureden. Die Papiere zu ihren Füßen und die freudig erregte Stimmung, in der sie über ihr gemeinsames Projekt gesprochen haben, sind nicht wegzudiskutieren. Was, glauben sie, wird Nella tun? Sie den Schornstein hinaufjagen und über das Dach klettern lassen?

»Wieso seid ihr plötzlich so still?«, fragt Nella.

»Witsen ist ... hier als mein Gast«, sagt Otto.

Hastig erhebt sich Witsen. »Madame Brandt, guten Abend.«

»Wie ich sehe, Herr Witsen, haben Sie dieses Mal keine Ananasmarmelade mitgebracht. Stattdessen eine Unmenge von Papieren.«

Ganz langsam, als belauerte ihn ein gefährliches Raubtier, beugt Witsen sich vor und fängt an, Blatt für Blatt einzusammeln.

»Nicht nötig«, sagt Nella und geht zum Kamin. Die Männer setzen sich aufrecht. Caspars Gesicht wirkt ängstlich bedrückt, in Ottos Augen glimmt ein Funken Trotz, er bereitet sich auf das Schlimmste vor. Nella denkt daran, wie souverän heute Abend Rebecca Bosman über die Bühne geschritten ist. Sie wird Otto nicht den Gefallen tun, einen Tag, eine Woche, einen Monat auf den »richtigen« Moment zu warten, den Moment, von dem er glaubt, er sei für ihn günstig. Nein, Nella wird die Dinge selbst in die Hand nehmen. Sie wird dafür sorgen, dass es auch bei ihr »aufklart«, und zwar jetzt.

Sie tritt an den Teppich heran und schaut nach unten. Die zuoberst liegenden Blätter sind nicht weiter rätselhaft: Skizzen von Orangerien und Treibhäusern, technische Zeichnungen von Vorrichtungen und Maschinen, Pläne von Beeten und Gewächshäusern. Sie bückt sich nach einem der Blätter, da fällt ihr Blick auf ein Schriftstück, das die letzten Jahre in Johannes' Kontor weggeschlossen war: das Gutachten des Mannes, den sie nach Arabellas Tod nach Assendelft geschickt hat. Sie braucht es gar nicht noch einmal zu lesen, sie weiß auch so, was darin steht: Größe der Kulturflächen, Aufzählung der Nebengebäude, Zustand des Hauses: *unbewohnbar.*

Sie starrt die beiden an. Otto wirft Caspar einen Blick zu, aber der erwidert ihn nicht: Sie sehen aus wie zwei schuldbewusste Schulbuben, die vorher große Töne spuckten und jetzt ganz kleinlaut sind.

»Otto«, sagt sie, »warum genau siehst du dir dieses Gutachten über Assendelft an?« Aber die beiden bleiben stumm. »Otto? Was habt ihr vor?«

Statt zu antworten, hebt Otto ein Stück Papier, auf dem Zahlen stehen, auf und hält es ihr hin. »Assendelft«, liest Nella vor: »*Kalkulation und Gewinnerwartung.*« Ihr Blick wandert die Spalte entlang. So wie es aussieht, haben die Männer geschätzt, welche Gewinne im Zeitraum der nächsten zehn Jahre zu erzielen wären.

Nella wird schwindlig. Sie spürt ihre Blicke, ihren angehaltenen Atem. Sie vermeidet es, sie anzusehen. »Das ist mein Elternhaus«, sagt sie.

»Das ist dein Elternhaus«, sagt Otto.

Nella geht nicht darauf ein. »Warum macht ihr mein Elternhaus zum Gegenstand irgendwelcher Gewinnrechnungen?«

Aber Nella kennt die Antwort bereits. Sie schiebt mit der Schuhspitze einige Papiere zur Seite und schreit auf, als sie eine Zeichnung des Hofs sieht, auf dem sie aufgewachsen ist. Sie packt das Blatt so fest, dass ihre Knöchel weiß werden, und hält es hoch, um zu studieren. Der Plan ist alt, und die Proportionen des Hauses stimmen nicht. Aber es ist alles da: die Obstgärten auf der Vorder- und Rückseite, der Kräutergarten, die Gemüsebeete, die Mauer mit dem Spalier nach Süden hin, in deren Schutz Pfirsiche und Feigen gediehen. Hier der See. Und überall Notizen in Ottos Handschrift und andere, die wohl von Caspar sind, Hinweispfeile und Fragen – *Das hier anderswohin. Abreißen und neu errichten. Spaliermauer bis hier verlängern?*

Nella starrt das alles einige Minuten lang fassungslos an. Die beiden haben die Frechheit besessen, ihre Kindheit zu kapern, mit ihren Bleistiften auf ihrer Karte herumzuschmieren und sie dann auf den Teppich zu werfen.

Sie sieht Otto an. »Was hast du getan?«

»Ich habe gar nichts getan, Nella. Lass mich erklären –«

»Wie lange plant ihr schon? Seit dem Ball?«

Witsen steht auf. »Vielleicht gehe ich jetzt besser.«

»Sie bleiben, wo Sie sind!«, faucht Nella, und er gehorcht.

»Ich habe meine Arbeit verloren, Petronella«, sagt Otto. »Du kannst dir gar nicht vorstellen, wie – ich habe nur versucht –«

»Aber das gehört mir«, sagt Nella und schlägt mit einer Hand auf die Karte. »Mir, nicht dir.«

Sie blickt auf die Apfelbäume unter den Linien und Notizen der Männer. Sie sieht die kahlen schwarzen Äste, den Schlamm unter ihren Füßen in ihrem schrecklichen Traum, diese leeren Räume, in denen so schlimme Dinge geschehen sind. Die Menschen machen es sich leicht, wenn sie denken, sie könnten einen Ort, von dem sie nichts wissen, so einfach in Besitz nehmen und nach Belieben ummodeln.

Sie macht Anstalten, den Plan zu zerknüllen, aber Caspar springt auf. »Madame!«, schreit er, »darauf habe ich viel Zeit und Mühe verwendet!«

Nella starrt ihn an. Wenn Caspar versucht, ihr das Papier wegzunehmen, wird sie nicht zögern, es in Stücke zu reißen.

»Witsen, lassen Sie es gut sein«, sagt Otto. Caspar setzt sich wieder hin.

»Du wolltest mich hintergehen«, sagt sie zu Otto.

»Nein.«

»Du hast vorhin von mir gesprochen wie von einem Hindernis, das aus dem Weg geräumt werden muss.«

»Ich erwarte nicht, dass du das verstehst«, antwortet er mit kalter Stimme.

»Das tust du nie. Aber ich verstehe doch genug, um zu wissen, dass eine Ananas uns nicht retten wird.«

»Genauso wenig wie der dritte Sohn einer Leidener Familie, der meint, er müsste meine Tochter darüber belehren, was es mit dem Theater auf sich hat. Nella, das Land dort –«

»Jacob ist die Zukunft. Und *das* hier«, sagt Nella und hält die zerknitterte Karte hoch, »ist die Vergangenheit. Und glaub mir, Otto, und Sie, Herr Witsen: Ich werde mich von dir und von Ihnen nicht dorthin zurückschleppen lassen.«

Nella stürmt aus dem Zimmer und lässt die Männer zurück wie zwei Schiffbrüchige in einem Meer aus Papier.

XIII

Das Erste, was Thea auffällt, nachdem Cornelia sie in ihr Zimmer geführt hat, ist, dass von dem versprochenen Bad nichts zu bemerken ist. Es ist nicht einmal geheizt. Die Fensterläden sind geschlossen. Der Raum wird nur von einer unruhig flackernden Talgkerze schummrig beleuchtet.

Thea wird unheimlich zumute. »Was ist los?«, flüstert sie. »Was geht hier vor?«

Cornelia schließt die Tür und dreht den Schlüssel im Schloss um. Ihre Hand taucht in die Tasche ihrer Schürze, und einen Moment lang glaubt Thea, dass sie die Puppe von Walter und das kleine goldene Haus gefunden hat, und sie erstarrt vor Schreck und fragt sich, wie sie das Figürchen mit der leeren Palette und das Haus, das nicht größer ist als ein Pfirsichstein, erklären soll. Sie wird sich nicht herausreden können, die Wahrheit wird ans Licht kommen.

»Das muss jemand gebracht haben, während ihr im Theater wart«, sagt Cornelia und hält ihr ein Papier hin. Ein Brief offenbar und jedenfalls zu flach, als dass eine Miniatur darin eingeschlagen sein könnte. Thea fasst wieder etwas Mut. Sie tut so, als wäre die Sache gar nicht weiter interessant, und wirft nur einen gleichgültigen Blick auf den Brief, nimmt ihn aber nicht.

»Ist das wieder von Eleonor Sarragon?«, fragt Cornelia. Ihre Stimme klingt hart.

»Höchstwahrscheinlich. Wo hast du es gefunden?«

»Direkt vor der Haustür«, sagt Cornelia. »Komisch, dass wir nie sehen, wer diese Sachen abliefert, findest du nicht?«

»Es ist nur eine Nachricht«, sagt Thea. »Kein Grund, so ein Getue zu machen.«

Cornelia fährt sich mit der Hand über die Augen.

»Gib her.« Thea lässt sich ihre Aufregung nicht anmerken. »Ich habe einen ganzen Abend lang Höflichkeiten mit einem Langweiler, von dem ich gar nichts will, ausgetauscht, bloß um eine blödsinnige Laune meiner Tante zu befriedigen, und werde mich jetzt nicht von dir vollends verrückt machen lassen.«

Cornelia sieht sie schockiert an, aber Thea nimmt ihr entschlossen den Brief aus der Hand und bugsiert sie zur Tür. »Du machst dir zu viele Sorgen«, sagt sie und drückt ihrem alten Kindermädchen einen Kuss auf die heiß verschwitzte Wange.

»Aber ich habe allen Grund –«

»Cornelia«, sagt sie, bevor sie die Tür schließt, »ich bin kein kleines Mädchen mehr.«

Kaum ist Cornelia weg, zündet Thea noch zwei Talgkerzen an und sieht sich die Adresse auf dem Papier genauer an. Sie kann nicht erkennen, ob die Handschrift dieselbe ist wie die auf den Päckchen mit den Miniaturen, denn dieses Mal ist ihr Name in Schreibschrift und nicht in Großbuchstaben geschrieben. Vielleicht ist der Brief von Walter, den sie in der Schouwburg in der Pause nach dem ersten Akt nur ganz kurz sehen konnte, sodass sein Verlangen nach ihr ungestillt bleiben musste? Thea kann kaum glauben, dass sie es tatsächlich gewagt hat, ihre Tante und Jacob in der Loge allein zu lassen, um ihren Schatz zu liebkosen und sich von ihm liebkosen zu lassen. Sie wünscht sich so sehr, dass es ein Schreiben von ihm ist, und reißt es voller Erwartung auf.

Thea Brandt, steht da.

Seltsam, dass Walter sie mit ihrem vollen Namen anspricht. Dann liest sie den ersten Satz.

Ich weiß über dich und Walter Riebeeck Bescheid.

Thea starrt auf die Worte hinunter, und ihr Magen krampft sich zusammen.

Du hast es mit ihm getrieben, heißt es weiter. *Du hast dich ihm schamlos hingegeben, und ich habe es gesehen. Wenn du meine Anweisungen nicht befolgst, wird ganz Amsterdam erfahren, was für eine Hure du bist.*

Ihr Mund wird trocken.

Jeder wird wissen, was du bist. Du wirst dich nie davon erholen,

die Schande wird nie verblassen, und es wird immer deine *Schande*
sein. Denke daran, wie teuer deine Familie dafür bezahlen muss,
aber mein Schweigen kostet dich nur hundert Gulden. Hinterlege das
Geld unter dem dritten Sitz im Chorgestühl links neben dem Altar
in der Oude Kerk. Ich werde jeden Tag dort nachschauen, und wenn
das Geld bis Sonntag nicht da ist, dann wird der gute Ruf der Familie
Brandt für immer und endgültig dahin sein.

Es gibt keine Unterschrift, kein Siegelzeichen, und die Handschrift ist Thea fremd. Sie hält den Brief in der Hand wie ein Übel,
das sie nicht loswerden kann, legt ihn mit zitternden Fingern auf
ihr Bett und lässt sich auf die Dielen sinken. Sie zieht den Nacht-
topf unter dem Bett hervor und erbricht sich. Sie kann es nicht
glauben, es ist, als wäre ein Albtraum wahr geworden.

Sie kauert da auf dem Boden, so geschockt, dass sie nicht einmal weinen kann. Kein Schluchzen, nichts als dieses Würgen, als
könnte sie die hundert Gulden ausspeien, ihr Inneres nach außen
kehren und sich dann in Nichts auflösen, als könnte sie ihren Körper in das Geld verwandeln, das sie braucht.

Sie rollt sich zu einer Kugel zusammen. Einhundert Gulden. Sie
weiß, dass Cornelia sechzig Gulden in einem ganzen Jahr verdient,
und findet, dass das ein guter Lohn ist. Und jetzt soll Thea an einem einzigen Tag hundert Gulden zahlen! Sie hat in ihrem Leben
nie so viel Geld auf einem Haufen gesehen. Sie schließt die Augen.
Niemals hat sie sich derart elend gefühlt wie jetzt.

*

Um drei Uhr morgens ist Thea endlich sicher, dass alle im Haus
in tiefem Schlaf liegen. Als sie sich aufgerafft und ins Bett gelegt
hat, hat sie von unten erregte Stimmen gehört – offenbar stritten
ihre Tante und ihr Vater miteinander. Es sieht aber ganz so aus,
als hätte ihr Streit nichts mit dem anonymen Brief zu tun, denn
wenn Cornelia ihnen davon erzählt hätte, wären sie sicher ganz
aufgewühlt in Theas Zimmer gestürmt. Gott sei Dank hat Cornelia
sich noch einen Rest Verschwiegenheit bewahrt. Offenbar ging es
bei dem Streit um etwas anderes, was ausnahmsweise einmal Thea

nicht betrifft. Sie hat dann schließlich gehört, wie Tante Nella in ihr Zimmer ging und wie ihr Vater unten die Fensterläden schloss. Es kam Thea plötzlich fast wie Hohn vor, dass er sich so um ihre Sicherheit sorgte, eine Sicherheit, die, wie sie wusste, bloße Illusion war.

Ihr ist so kalt, dass sie sich kaum bewegen kann. Ihre Knie hat sie bis unters Kinn hochgezogen, ihr Nacken tut weh vom langen Kauern in verkrampfter Haltung, ihre Augen starren in das Dunkel um sie herum. Sie denkt daran, wie sie an ihrem Geburtstag mit Cornelia im Theater war. »Das haben wir uns redlich verdient«, sagte Cornelia und: »Wir müssen nicht mehr in Angst und Scham leben.« Aber Thea hat kaum darauf geachtet, weil sie die ganze Zeit nur an Walter dachte.

Und es stimmt nicht, was Cornelia gesagt hat: Die Scham ist immer noch da, ein dunkler Kobold, der in jeder Ecke dieses Hauses hockt. Ihr Vater schämt sich, weil er keine Arbeit hat. Cornelia sieht sich von allen Seiten bedroht von Briefen und Päckchen. Tante Nella versucht verzweifelt, die Vergangenheit hinter sich zu lassen, und ist bereit, Thea eine Ehe ohne Liebe zuzumuten, wenn sie dadurch nur ein Stückchen Respektabilität gewinnt. Und es gibt noch weitere Gespenster der Schande, die sie verfolgen. Ein Onkel, der wegen Sodomie hingerichtet wurde. Eine unverheiratete Mutter, die im Kindbett starb. Und jetzt ein Erpresserschreiben, in dem das Kind dieser Mutter eine Hure genannt wird.

Nichts in diesem Brief wird dem wahren Wesen von Theas Liebe zu Walter gerecht, die in ihrem Herzen aufgeblüht ist und bis zum Himmel reicht. Sie nimmt das Blatt noch einmal in die Hand und schnuppert, aber da ist nichts als der fade Geruch von Papier. Sie kann den Text jetzt im Dunkeln nicht noch einmal lesen, aber sie kann ihn bereits auswendig. Was ist eigentlich eine Hure, fragt sie sich und schließt die Augen. Was genau ist damit gemeint, und wer könnte mich so nennen? Ich liebe Walter Riebeeck. Wir sind verlobt.

Thea fällt eine Person ein, die das geschrieben haben könnte, der einzige Mensch, der von ihnen beiden weiß. Aber der Gedanke,

175

dass Rebecca, ihre einzige Freundin, ihr so etwas antun könnte, sie so beschimpfen könnte, ist zu schmerzhaft. Es ist unmöglich.

Sie ist eine überspannte, einsame Frau, hat Walter gesagt. Aber Thea ist sich sicher, dass Rebecca mit dieser Sache nichts zu tun hat. Sosehr Rebecca Walter auch misstraut und obwohl sie und Thea im Streit auseinandergegangen sind, würde sie doch nie so tief sinken. Im Übrigen hat die erfolgreichste Schauspielerin der Schouwburg das Geld nicht nötig. Sie hat Thea erzählt, dass sie Anteile der VOC besitzt und ein Haus an der Leidsegracht bewohnt, für das sie hundert Gulden Miete zahlt. Und überhaupt würde Rebecca nie so etwas Grausames tun. Sie hat bereits in aller Deutlichkeit zum Ausdruck gebracht, dass sie Walter nicht mag, wieso sollte sie jetzt noch so eine Sache durchziehen, zumal sie befürchten müsste, dass Thea sie verdächtigt?

Thea streckt die Beine aus und legt sich zurück. Wer braucht das Geld? Wer würde ihr das antun?

Thea versucht, all ihren Mut zusammenzunehmen. Überleg dir, welche Möglichkeiten du hast, sagt sie zu sich selbst. Sie schiebt den Brief unter ihr Kopfkissen. So unwohl ihr bei dem Gedanken ist, dass das Gift direkt unter ihrem Kopf liegt, will sie doch so belastendes Material nahe bei sich haben. Sie braucht hundert Gulden, um ihre Liebe zu schützen: Woher soll sie eine solche Summe nehmen? Sie braucht das Geld unbedingt, um die Schande fernzuhalten, um sie zurück ins Wasser zu stoßen – und jetzt ist die Stunde, in der das Haus sich wie tot anfühlt.

Sie setzt sich wieder auf, steigt aus dem Bett und schleicht auf Zehenspitzen zur Tür, trotz der Eiseskälte barfuß, um ja kein Geräusch zu machen. Sie steht im Korridor, ganz darauf konzentriert, was hier und jetzt zu tun ist. Was kann sie verkaufen, ohne dass jemand es vermisst? So viel von den kostbaren Besitztümern der Familie ist schon weg, verhökert, damit man Bienenwachs und Brennholz, feinen Speck und Abendessen für unerwünschte Heiratskandidaten bezahlen konnte. Von den Gemälden, die ihr Onkel und ihre Mutter angesammelt haben, sind alle bis auf eines verschwunden. Ebenso die feinen Teppiche und das kostbare Silbergeschirr. Thea selbst hat nichts von Wert; ihre Röcke und Mieder, ihr Mantel, ihre Stiefel, all das ist aus gutem Material, aber sie kann sie nicht verkaufen, denn wie sollte dann die Hure ihre Blöße bedecken?

Sie steht am Fuß der Dachbodenleiter. Von klein auf hat man ihr verboten, allein hinaufzusteigen, weil sie sonst abstürzen könnte, aber jetzt kann sie niemand mehr aufhalten. Thea hält sich an beiden Seiten der Leiter fest und beginnt zu klettern. Oben ist es kälter als in einer Gruft, und sie kann nicht viel sehen. Ein bisschen Mondlicht, das durch ein Fenster in der Mitte des Giebels fällt, schimmert auf Kisten und Abdecktüchern und ermöglicht es Thea, sich einigermaßen zielsicher auf den rauen Dielen zu bewegen.

Hier muss es etwas geben, das sie verkaufen kann, etwas, für das sich seit Jahrzehnten niemand mehr interessiert hat. Sie geht umher und hebt Tücher an, unter denen ein dreibeiniger Stuhl und ein alter Kartentisch aus besseren Zeiten zum Vorschein kommen. Eine Kiste enthält fadenscheinige alte Decken. Niemand wird sie kaufen, nicht für so viel Geld, wie sie braucht. In einer Ecke unter der Dachschräge sticht ihr eine Truhe ins Auge. Sie geht langsam darauf zu, kniet sich hin und streicht mit den Händen über das alte Holz. Zuerst denkt Thea, dass auch hier wieder nur alte Decken zu finden sein werden, aber diese Truhe ist solide, und sie hat Metallbeschläge. Im Halbdunkel kann sie Haspen auf beiden Seiten ertasten. Es knirscht, als sie sie aufklappt, und sie zuckt zusammen, aber der Deckel lässt sich überraschend leicht heben, und der angenehme Duft von Zedernholz steigt ihr in die Nase. Thea stellt sich so hin, dass Mondlicht in die Truhe fallen kann, und blickt auf ihren Schatz hinunter.

Auf Zedernholzspänen liegen viele Bücher, die zu Blöcken zusammengebunden sind. Wem gehören sie? Im Haus findet man keine Bücher, was nicht weiter verwundert, wenn man bedenkt, wie teuer sie sind. Ihr Vater und ihre Tante lesen allenfalls in Rechnungsbüchern, die hauptsächlich Zahlen enthalten, und natürlich gibt es auch die alte Familienbibel – aber diese Bände hier, versteckt auf dem Dachboden, sehen anders aus. Thea hebt einen Block heraus, löst den Knoten der Schnur und schlägt das Buch auf, das zuoberst liegt. Es ist gut und solide gebunden. Darin befinden sich Holzschnittillustrationen mit Bildern von Schiffbrüchen und Wracks, und darunter liegt ein weiteres Buch von ähnlicher Qualität, und noch eines und noch eines.

Sie ist versucht, einen ganzen Block mitzunehmen, aber obwohl Thea nie jemanden zum Dachboden hinaufsteigen sieht, will sie nicht, dass jedermann gleich auf den ersten Blick erkennt, dass sie sich an diesem Schatz vergriffen hat. Sie tritt einen Schritt zur Seite und taucht ihre Hand tiefer in die Zedernholzspäne ein. Ihre Finger bekommen einen kleinen Tierschädel zu fassen, den sie schnell wieder fallen lässt. Sie findet auch Federn, lange Federn, die von keinem Vogel stammen können, den sie je gesehen hat. Und da sind schotenartige Gebilde, Pflanzensamen, die zwischen ihren Fingerspitzen wie Edelsteine wirken.

Plötzlich stößt Thea auf etwas Weiches, das sich anfühlt wie Fell, Zobel etwa, und darunter ist festes Material. Und zu ihrem Erstaunen ertastet ihre Hand ein Paar Beine, Arme, und ihr Herz klopft heftig, als sie die Miniatur einer Frau hervorzieht. Thea trägt sie zum Fenster und sieht sich im Mondlicht die Figur genauer an: ein Gesicht mit grauen Augen, ein eleganter Hals, ein altmodischer Kragen. Ein Ausdruck von Zurückhaltung und ein starker Mund.

Thea spürt, wie ihr der Atem stockt. Sie weiß, wer das ist. Es ist ihre Mutter. Sie streicht mit den Fingern über Marins Rock, ihre Ärmel, ihre schlanken Hände. Die Figur in ihrer Handfläche erfüllt sie mit Staunen. Es ist seltsam, dass sie ihrer Mutter endlich doch begegnet, wenn diese auch nicht sprechen kann und Thea selbst kaum ein leises Flüstern hervorbringt, jede in ihrer besonderen Art der Sprache beraubt. Thea starrt die Puppe an und spürt in der Detailgenauigkeit, der feinen Ausarbeitung, dem Pulsschlag, den sie im Inneren jedes Körperteils ahnt, dieselbe unverwechselbare Handschrift wie bei der Puppe von Walter. Ist es möglich, dass ein und dieselbe Person beide Figuren geschaffen hat, und wenn ja, wie ist es möglich? Wie kommt eine Miniatur ihrer Mutter auf diesen Dachboden, und wer hat sie dahin gebracht, und warum hat nie jemand Thea von ihrer Existenz erzählt?

Die Puppe starrt weiterhin blicklos zu ihrer lebenden Tochter hinauf, stumm und verschlossen, obwohl doch dieser Mund so viel zu versprechen scheint.

Theas Herz rast jetzt wild. Die Puppe von Marin immer noch in der Hand, geht sie zurück zur Truhe und wühlt weiter, bis sie in den Zederspänen auf eine andere Figur stößt. Sie trägt sie zum Fenster und sieht sofort, dass sie ihren Vater in der Hand hält. Er trägt seinen schwarzen Anzug, sein offener Blick ist unverkennbar. »Papa?«, flüstert sie, wie gebannt von so viel Ähnlichkeit. Aber Theas Vater schläft tief und fest weiter unten im Haus, und das hier ist nur sein unheimliches Ebenbild.

Thea hält die Figuren ihrer Eltern nebeneinander ins Mondlicht. Sie versucht, sie mit der Kraft ihrer Gedanken zu zwingen, ihr Auskunft zu geben. Als sie die beiden in der Heimlichkeit des Dachbodens betrachtet, wird Thea klar, wie wenig sie weiß, wie tief verborgen ihre Geschichte ist, für immer weggesperrt hinter dem Schweigen und der Unerbittlichkeit des Todes. Sosehr sie sich auch anstrengt, wird sie doch nie die Liebe zwischen ihnen spüren können. Diese Puppen, so schön und fein gearbeitet sie auch sind, werden ihr nichts sagen.

Einen Moment lang überlegt Thea, ob sie sie mit in ihr Zimmer nehmen soll. Sie könnten sich zu Walter und dem kleinen goldenen Haus gesellen. Dann wären ihre Vergangenheit und ihre Zukunft zusammen am selben Ort – ihre gesammelten Schätze in überschaubarer Größe, sodass sie unter ihrem Bett Platz finden. Aber etwas hält sie davon ab. Diese Miniaturen gehören hierher, sie muss sie in Ruhe lassen. Irgendetwas sagt ihr, dass sie kein Recht hat, sie sich zu nehmen. Wer ein Recht darauf hat, weiß Thea nicht, aber sie darf sie nicht forttragen. Wenn ihr eigener lebendiger, atmender Vater nicht mit ihr über die Vergangenheit, über seine persönlichsten Dinge spricht, wie kann sie dann von einer Puppe mehr erwarten?

Und, wenn sie ehrlich zu sich selbst ist: diese Miniaturen sind ihr ein bisschen unheimlich. Nach all den Jahren so mit dem Gesicht ihrer Mutter konfrontiert zu werden – Thea weiß nicht, was sie fühlen soll. Sie hätte gedacht, sie würde Freude oder ein Gefühl der Verbundenheit empfinden. Aber vielleicht kann sie sich mit dem Wissen begnügen, dass das Abbild ihrer Mutter hier oben, in Zedernholz gebettet, in dieser Gestalt, der die Zeit nichts anhaben kann, existiert, während ihre Knochen unter den Bodenplatten der Oude Kerk zu Staub zerfallen?

»Ich komme wieder«, flüstert Thea ihrer Mutter ins Ohr – Marins Ohr, so lebensecht es ist, hört nichts, so wie ihre Augen nichts sehen. Thea legt ihre Mutter und ihren Vater zurück in die Späne und deckt sie mit sonderbar traurigem Herzen zu. Eine letzte Sekunde lang hält sie ihre Mutter fest, und als sie sie loslässt, streift ihre Hand etwas, das sich anfühlt wie eine Rolle Stoff oder Papier.

Zuerst denkt sie, es ist eine Leinwand mit einem Bild darauf. Jeder weiß, wie sehr die Amsterdamer Gemälde lieben, ob mit oder ohne Rahmen. *Das* hier ist etwas, das man verkaufen kann, denkt sie. Die Kälte und die Dunkelheit auf dem Dachboden werden Thea zu viel, und die Entdeckung der Puppen hat sie aufgewühlt, und so nimmt sie, ohne weiter darüber nachzudenken, die Rolle, schließt den Deckel der Truhe und klappt die Haspen wieder zu. Eine Welle von Entschlossenheit durchflutet ihren Körper. Langsam und leise, die Rolle in der Hand, entfernt sie sich von ihren winzigen Eltern. Auf Zehenspitzen geht sie über den mit Mondlicht gesprenkelten Boden. Sie wirft einen letzten Blick auf die Truhe, dann steigt sie die Leiter hinab, fort aus dem Totenreich.

In ihrem Zimmer zündet sie die Kerzen wieder an und entrollt ihren Fund. Zu ihrer Überraschung sieht sie weder eine anmutige Landschaft mit einer Mühle oder einem Bauernhof vor sich noch eine jener Wirtshausszenen, die ihr schon oft auf Märkten begegnet sind, sondern eine detaillierte Karte von Afrika. Jemand hat darauf geschrieben: *Wetter? Nahrung? Gott?*

Thea kennt die Handschrift nicht. Auch der Name *Dahomey*, der einen Landstrich an der Westküste des Kontinents – dort, wo die Fragen geschrieben stehen – bezeichnet, sagt ihr nichts. Aber es ist eine schöne Karte, das kann sie selbst bei schwachem Kerzenlicht erkennen. Sie wurde mit viel Sorgfalt und Überlegung gezeichnet, sowohl was die Regionen im Inneren des Kontinents als auch was die Küsten betrifft. Theas Aufregung steigt: Das wird einen guten

Preis erzielen, trotz dieser drei Fragen, die jemand mit Tinte da hingeschrieben hat. Möglicherweise werden diese Fragen ihren Wert sogar steigern. Sie könnte sich eine Geschichte dazu ausdenken. »Wir sind eine Familie von Abenteurern«, könnte sie zu dem Händler in der Raamstraat sagen. »Wir sind ziemlich weit in der Welt herumgekommen.«

Thea rollt die Karte zusammen und versteckt sie hinter ihrem Bett für den Fall, dass Cornelia am nächsten Morgen hereinkommt. Es bleibt ihr nicht mehr viel Zeit, bis es hell wird, und sie schläft sehr unruhig. Sie träumt, von einer Hand, die sich aus der Truhe auf dem Dachboden streckt, von der schlanken, wächsernen Hand ihrer Mutter, und die Finger klappen auf, und ein Gewimmel von Spinnen wird sichtbar. Ihre dünnen schwarzen Beine rudern in der Luft und verwandeln sich in Rinnsale, die über eine Karte fließen und Berge und Seen bilden, die Thea nicht kennt, eine neue und feindliche Welt.

XIV

Der Kunsthändler steht im Esszimmer vor dem *Schiffbruch* von Bakhuizen. Es ist nicht derselbe, der ihre anderen Bilder gekauft hat. Nella hat die Peinlichkeit der Sache dadurch zu vermindern versucht, dass sie nicht alles auf einmal, sondern über mehrere Monate hinweg einzelne Werke an verschiedene Händler verkauft hat. Dieser nun, Seigneur de Vries, ist ein hochgewachsener junger Mann, dem man anmerkt, dass er nicht nur mit Kunst *handelt*, sondern sich auch selbst porträtieren lässt. Er weiß nichts von den vielen anderen Gemälden, die dieses Haus in Sackleinen verpackt verlassen haben, zumindest hofft Nella das. Aber natürlich sieht jeder, der Augen im Kopf hat, wie kahl die Wände sind.

»Das ist ein gutes Stück«, sagt er, was Nella überrascht: nicht, weil sie nicht gewusst hätte, dass es hochwertig ist – schließlich hat Marin es gekauft –, sondern weil de Vries das so offen ausspricht. Sie ist es gewohnt, dass die Händler abschätzig das Gesicht verziehen und dieses und jenes bemäkeln, um den Preis zu drücken. Sie kennt ihre Tricks und ist stolz darauf, dass sie sich in den Verhandlungen meistens tapfer geschlagen und für die Werke, die in den letzten achtzehn Jahren ihr Leben bereichert haben, gutes Geld bekommen hat.

Während de Vries das Gemälde begutachtet, fragt sich Nella: Was macht es mit einem Menschen, wenn er seine fantastischen Bildwelten verliert, diese visuellen Geschichten in schweren Eichenrahmen? Ersetzt er dann das Fehlende durch Bilder, die nur in seinem Kopf existieren? Sie hat sich so sehr an diese verschiedenen Gemälde gewöhnt, auch an die, deren Anblick ihr unangenehm war – die toten Hasen, die blutverschmierten Vögel, die verfaulenden Früchte, die Marin unablässig an die Vergänglichkeit aller Dinge und die Unausweichlichkeit des Todes erinnerten. Und obwohl sie speziell dieses Bild nie mochte, diese Masten wie kippende Kruzifixe, das Weiße in den Augen der Seeleute, die verdrießliche Botschaft, dass Reisen Gefahr bedeutet und zugleich etwas ungeheuer Aufregendes ist, wird sie es vermissen. Es war Marins Lieblingsbild. Und die Wände werden, wenn es weg ist, vollends nackt sein.

Sie deutet auf den Rahmen. »Das ist Blattgold«, sagt sie. »Ich nehme an, Sie wollen den Rahmen auch haben.«

De Vries blinzelt träge. Seine sandfarbenen Wimpern und rosa Wangen erinnern Nella an ein Ferkel. An der Tür bewegt sich etwas, und Thea erscheint, die offenbar nicht damit gerechnet hat, dass Nella nicht allein ist. Sie wirkt sonderbar schuldbewusst und zuckt beim Anblick des fremden Mannes zusammen. Nella bemerkt, wie Überraschung in seinem Gesicht aufscheint, aber es dauert nur einen Moment lang. Alles, was zu seiner Arbeit gehört, muss glatt vor sich gehen, denkt sie, und soll keine Wellen schlagen. Es ist die normalste Sache der Welt, dass eine Witwe in einem so großen Haus an der Herengracht wohnt und nichts an den Wänden hängen hat. Es ist auch völlig normal, wenn da Thea auftaucht, die, wie man an ihrem schlichten schwarzen Rock und der adretten Haube, schön goldgelb wie eine Zwiebel, sofort erkennt, keine Dienstbotin ist, sondern eine Standesperson. De Vries betrachtet Thea, als wäre sie ein Stillleben.

»Wo ist Papa?«, fragt Thea.

»Ausgegangen«, antwortet Nella. »Das ist Seigneur de Vries. Er begutachtet dieses Gemälde für mich.«

Der Kunsthändler verbeugt sich, aber Thea rührt sich nicht. »Weiß Papa, dass du das verkaufst?«, fragt sie, und die Frage entfacht heiße Wut in Nellas Körper. Wie kommt Thea dazu, anzunehmen, dass sie Otto um Erlaubnis fragen muss, wenn sie ein Gemälde verkaufen will? Diese Bilder wurden mir in Obhut gegeben, möchte sie sagen: Ich bin weder deinem Vater noch einer Achtzehnjährigen Rechenschaft schuldig. Ich kann mit diesem Gemälde machen, was ich will. Sie denkt wieder an die Zeichnungen und Unterlagen, die im Salon auf dem Boden herumlagen, eine

Menge Papiere, die zahlreiche und schmerzhafte Details enthielten. An ihr Gefühl, dass Caspar und Otto sich gegen sie verschworen hatten. An die selbstgefällige Art der beiden Männer. Ihre Fäuste ballen sich, und sie zwingt sie, sich zu entspannen. Sie wird nicht vor Zeichnungen von Heizungsanlagen und Obstgärten kapitulieren.

»Entschuldigen Sie mich, Seigneur, wenn ich Sie kurz allein lasse«, sagt sie.

De Vries verbeugt sich erneut. »Bitte, Madame.«

Sie geht mit Thea hinaus auf den Flur. »Was ist los?«, fragt sie leise.

»Nichts«, sagt Thea, aber sie sieht fast fiebrig aus. Sie wirkt übernächtigt, ihre braunen Augen glänzen, und sie hat etwas ungewohnt Rastloses an sich. »Willst du das Bild wirklich verkaufen?«

»Wir brauchen das Geld«, flüstert Nella, wobei sie erfolglos versucht, den vorwurfsvollen Ton zu unterdrücken.

»Es ist nicht meine Schuld«, flüstert Thea zurück. Sie nimmt ihren Mantel vom Haken und wirft ihn sich um die Schultern. »Ich gehe ein paar Brassen für Cornelia kaufen.« Sie geht in Richtung Tür, aber dann hält sie plötzlich inne. »Worüber habt ihr euch gestern Abend gestritten?«

»Wir haben uns nicht gestritten.«

»Natürlich habt ihr gestritten. Ich habe eure Stimmen gehört.«

Einen Moment lang erwägt Nella, es weiter zu leugnen. Aber sie hat keine Lust dazu, es ist ihr zu anstrengend. »Caspar Witsen war hier«, sagt sie. »Dein Vater hat ihn hinter meinem Rücken eingeladen.«

Theas reißt die Augen auf. »Der Botaniker?«

»Es scheint, dass dein Vater und er seit dem Ball ein Komplott geschmiedet haben.«

»Was?«

»Vielleicht fragst du am besten deinen Vater, wenn du mehr wissen willst. Ich habe jetzt keine Zeit.«

Nella will zurück in den Salon gehen, aber Thea fasst sie am Arm. »Sag es mir, Tante Nella. Bitte.«

Eine Weile herrscht Schweigen zwischen den beiden. Das Haus

um sie herum ist ganz still. »Dein Vater und Caspar Witsen wollen auf meinem Land Ananas anbauen«, sagt Nella.

»Ananas?«

»Ja. In Gewächshäusern mit Heizungsanlagen und allem Drum und Dran. Sie wollen zusammen einen Betrieb gründen, so habe ich es verstanden. Ein Botaniker und ein Kontorist, große Unternehmerpersönlichkeiten.«

Nella weiß, dass sie verbittert klingt, dass sie Otto gegenüber illoyal ist und dass es vollends unklug ist, ihren Gefühlen vor seiner Tochter so freien Lauf zu lassen. »Aber sie haben nicht das Kapital, das sie dafür brauchen, und dein Vater weigert sich hartnäckig, mir zu sagen, woher er es nehmen will.«

Thea sieht sie nachdenklich an. »In Assendelft? Da, wo deine Mutter ertrunken ist?«

Nella spürt ein Stechen in ihrer Brust. »Geh und kauf die Brassen. Und bleib nicht zu lange weg.«

Thea legt unvermittelt ihre Hand auf den Unterarm ihrer Tante, ihre Berührung ist warm und stark. Es ist lange her, dass es so ein körperliches Zeichen von Zuneigung zwischen ihnen gegeben hat. »Wenn ich wiederkomme«, sagt Thea leise, »ist das Bild meiner Mutter weg, oder?«

Nella zögert. »Wie sollen wir sonst Cornelias Brassen bezahlen?«

Thea nimmt ihre Hand weg, Ihr Gesicht wird hart. Sie zieht sich an einen Ort zurück, an dem Nella sie nicht erreichen kann.

Nella erhält von de Vries' zweihundert Gulden für den Bakhuizen. Keine Summe, die von fürstlicher Großzügigkeit zeugen würde, aber durchaus anständig. Vor allem jedoch ist dieses Geld für Nella eine Art Talisman, der die Familie vor all dem Schlimmen schützt, was passieren kann, falls Thea Jacob endgültig abweist und Otto keine Arbeit findet.

De Vries zahlt den Kaufpreis bar auf den Tisch, statt einen Schuldschein auszustellen. Mit wie viel Geld läuft der Mann in der Stadt herum? Sie sieht ihm zu, wie er den vergoldeten Rahmen von der Wand nimmt. Er muss die Arme weit ausstrecken, damit er das aufgewühlte Meer umfassen kann. Das muss man sich mal vorstellen: dass einer so reich ist, dass er in einem Mantel, der mit lauter

Guldenstücken besetzt ist, herumspaziert und das Geld fallen lässt wie Herbstlaub.

Aber es gibt viele solcher Leute in dieser Stadt. Nellas eigener Mann gehörte lange Zeit auch zu ihnen. So einer kann auf offener Straße ausgeraubt werden, aber davon geht die Welt nicht unter. Nun ja, denkt sie, als man Johannes ausgeraubt hat, ist sehr wohl eine Welt untergegangen. Darum wird sie diese zweihundert Gulden streng bewachen, denn so viel Geld haben sie lange nicht mehr auf einem Haufen gesehen.

Sie steht auf der Eingangstreppe und sieht zu, wie de Vries das Gemälde auf die Straße hinunterträgt, wo er es dann auf der Ladefläche seines Wagens verstaut. Er steigt auf und setzt sich neben den Kutscher. Der schnippt mit der Peitsche, und das Pferd setzt sich in Bewegung.

Cornelia kommt heraus und sieht zu. »Das war's also«, sagt sie. »Damit hat Otto sicher nicht gerechnet.«

»Ich hatte auch nicht damit gerechnet, gestern Abend Caspar Witsen im Salon vorzufinden. Hast du gewusst, was er hier wollte?«

»Nein, Madame.« Cornelias Gesichtsausdruck ist finster.

»Hast du Thea zum Markt geschickt, Brassen zu kaufen?«

Cornelia schaut sie verdutzt an. »Nein.«

»Sie hat es behauptet.«

Cornelia antwortet nicht, sondern späht am Kanal entlang, erst in der einen Richtung, dann in der anderen.

»Nach wem hältst du Ausschau?«, fragt Nella.

»Nach Thea, natürlich.«

»Aber sie ist doch gerade erst gegangen. Was ist los, Cornelia?«

Cornelia hat die Hände ineinander verschränkt, sie späht immer noch. »Nichts, es ist alles in Ordnung.«

Auch Nella schaut jetzt angestrengt die Herengracht entlang, nicht auf der Suche nach einer jungen Frau mit einer zwiebelfarbenen Haube auf dem Kopf und einem Korb mit Brassen am Arm, sondern nach einem blonden Haarschopf, einem Paar hellbrauner Augen, so feurig, dass sie manchmal fast orange aussehen. Die Miniaturistin muss kommen, sie muss. Nella hat das Gefühl, ihr läuft die Zeit davon.

»Wen suchen *Sie*?«, fragt Cornelia, die Augen misstrauisch verkniffen.

»Niemanden. Wir stehen beide nur so da. Ohne besonderen Grund.«

Etwa eine Stunde später hört Nella, wie Otto im Haus nach ihr ruft. Sie steht in ihrem Zimmer, die Karte von Assendelft mit den Anmerkungen der Männer vor sich auf dem Bett ausgebreitet, die zweihundert Gulden, die sie für das Gemälde bekommen hat, sind unter der Matratze versteckt. Sie hört Ottos Schritte die Treppe hinaufkommen, dann ein Klopfen an ihrer Zimmertür. Sie rückt ihre Haube zurecht, versteckt ein paar lose Haarsträhnen darunter und streicht ihren Rock glatt.

»Komm rein.«

Otto erscheint. »Wir müssen reden«, sagt er.

Nella deutet auf die Karte, die auf ihrem Bett liegt. »Was gibt es da noch zu reden? Ich werde das nicht zulassen.«

Otto wirft einen Blick auf die Karte. »Cornelia sagt, du hast den *Schiffbruch* von Bakhuizen verkauft.«

»Und wenn ich das getan habe?«

»Du hast mich nicht gefragt, was ich dazu meine.«

»Das ist offenbar so üblich in diesem Haus.«

»Zweihundert Gulden ist zu wenig, Nella. Er hat dich übervorteilt.«

»Das bin ich gewohnt – das tun andere Männer auch.«

»Nella –«

»Zweihundert war ein guter Preis. Die Bilder hat Johannes *mir* vermacht«, faucht Nella. Sie findet es scheußlich, dass sie in diesem gereizten Ton mit ihm spricht, als wären sie Geschwister, die sich nach dem Tod ihrer Eltern um das Erbe streiten. Die Wahrheit ist, dass sie fast jedes Angebot akzeptiert hätte, weil sie wusste, wie sehr es Otto ärgern würde, dass nun auch das letzte Bild weg ist. Ihre Wangen sind rot vor Ärger, aber auch, weil die ganze Sache ihr peinlich ist. Anders als Otto hat sie keine Zeichnungen und Kalkulationen gemacht, und sie hat niemanden, mit dem sie eine gemeinsame Zukunft planen könnte.

»Ist es so weit gekommen?«, fragt Otto, als ob er ihre Gedanken lesen würde. »Werden jetzt unserer Besitztümer aufgeteilt? Nachdem wir so lange alles gemeinsam besessen haben?«

Nella schiebt die Papiere auf ihrem Bett hin und her. »Und doch scheinst du keine Skrupel gehabt zu haben, mein Eigentum aufzuteilen.«

Otto schließt leise die Tür und setzt sich auf den Stuhl neben ihrem Bett. »Van Loos wird Thea nicht bekommen«, sagt er.

»Wieso nicht? Vielleicht will sie ihn ja doch.«

Er geht nicht darauf ein. »Ich suche nach anderen Auswegen aus unserer Misere.«

»Indem du dir den Hof, auf dem ich aufgewachsen bin, schnappst, ohne dich zu erkundigen, ob ich damit einverstanden bin?«

Er blickt auf. »Ich will nicht auf deine Kosten reich werden. Und natürlich wollten wir alles mit dir besprechen.«

»*Wir.*«

»*Ich* rede jetzt mit dir darüber. Ich wollte vorher alles so weit durchdacht haben, dass ich dir auf alle deine Fragen Antwort geben kann.«

»Hier ist so eine Frage, Otto: Was weißt du über die Zeit, die ich dort verbracht habe? Meine Kindheit?«

»Genauso wenig, wie du von meiner weißt. Aber was hat deine Kindheit damit zu tun? Es ist ein Haus, Petronella. Du warst seit fast zwanzig Jahren nicht mehr dort. Reiß es ab und fang neu an.«

»Obwohl wir an der Herengracht wohnen, dem Mittelpunkt der Welt?«

»Dort kannst du etwas anbauen«, sagt Otto. »Du kannst frei atmen. Du musst dich nicht bei öden Festen von Clara Sarragon langweilen. Hör endlich auf damit, Heiratskandidaten für Thea zu suchen, die ihr nur lästig sind.«

»Thea *braucht* Heiratskandidaten. Assendelft ist Vergangenheit.« Nella seufzt. »Und euer Projekt ist viel zu riskant. Das Haus ist eine Ruine, Otto, glaub mir. Das ist alles baufällig. Und das Land, das ihr nutzen wollt, ist total verwildert. Es ist Moor, ein einziger Sumpf.«

Otto stützt den Kopf in die Hände. »*Wenn* es Sumpfland ist, umso besser – genau das ist es, was wir brauchen, sagt Caspar.«

»Die reichen Leute haben Landhäuser, aber sie haben auch das nötige Personal«, sagt Nella. »Sie können es sich leisten, sich auf dem Land Lustschlösser zu bauen. Du denkst, du wirst dort leben wie ein Fürst, aber du wirst es nicht besser haben als ein Bauer.«

»Besser ein Bauer sein als ein Lügner.«

Nella fährt mit der Hand über die Karte. »Wir haben nicht das Kapital, um eure großartigen Pläne zu verwirklichen. Woher willst du es denn nehmen?«

Otto schaut weg, und Nella, die eine Schwäche bei ihm wittert, fasst nach: »Otto, in diesem Haus hier – dem Haus von Johannes und Marin – wohne ich seit achtzehn Jahren und du noch länger. Es ist keine Lüge. Es ist solide und so großartig und vornehm, wie man nur irgend –«

»Du bist ein Vogel, der nur eine Melodie kennt!«, sagt er. »Was nützt dieses vornehme Haus, wenn es nur dazu dienen soll, irgendwelche Männer anzulocken, die sich vielleicht für meine Tochter interessieren? Wenn du die Erbstücke ihrer Mutter billig verhökerst, damit wir einigermaßen standesgemäß auftreten können?«

Nella versucht, ihren Zorn im Zaum zu halten. »Wir *müssen* uns an Jacob halten. Dieses Haus hat sein Interesse geweckt, siehst du das nicht?«

»Und worin besteht sein Interesse? Hast du dir das schon einmal wirklich überlegt?«

»Was meinst du damit?«

Er sieht sie erschöpft an. »Warum, glaubst du, hat er sich Thea ausgesucht?«

»Weil sie ihm gefällt.«

»Sie *gefällt* ihm. So etwas kommt nicht so selten vor. So ein Interesse von jungen Männern seiner Art an jungen Frauen, die so aussehen wie Thea. Dieses *Gefallen*, von dem du sprichst, habe ich schon öfter beobachtet, ich habe gesehen, wie es damit weitergeht, und stehe ihm mit Misstrauen gegenüber. Es ist, als wäre meine Tochter ein seltener exotischer Schmetterling. Er wird sie auf eine Nadel spießen und seiner Sammlung einverleiben, und sobald er ein anderes farbenprächtiges Exemplar sieht, wird er sie vergessen.«

Er hat sich in Hitze geredet. Nella sieht mit Schrecken, dass ihm

Tränen in den Augen stehen. Sie merkt, wie ihre Sicherheit schwindet. »Thea ist kein Schmetterling«, sagt sie.

»Das weiß ich. Aber dieser van Loos ist nicht so edel, wie du glaubst.«

»Und du glaubst, er ist gar nichts wert. Thea braucht eine gesicherte Zukunft, und dieses Haus steht für das, was sie ist. Zuverlässig. Würdig. Wohlhabend. Es hat Jacobs Aufmerksamkeit auf sich gezogen, und er hat Thea mittendrin sitzen sehen.«

Otto wischt sich über die Augen. Er starrt sie an, aber Nella lässt nicht locker. »Und wer, Otto, wird sie sehen, wenn sie für den Rest ihres Lebens in einem heruntergekommenen Hof irgendwo draußen auf dem Land sitzt und darauf wartet, dass deine Ananas reif werden?«

Er seufzt. »Unsere Wände sind kahl. Auch das sieht er. Ihre Mitgift ist erbärmlich.«

»Nicht *so* erbärmlich. Wir haben etwas für sie gespart. Und dazu kommt noch das Geld, das wir für das Gemälde bekommen haben.«

Otto steht auf und tritt ans Fenster. »Zweihundert Gulden? In welcher Welt lebst du, dass du glaubst, die beiden würden heiraten?«

»Du warst gestern Abend nicht mit im Theater. Du unterschätzt deine eigene Tochter. Und ihn.«

»Und was würde van Loos sagen, wenn er wüsste, dass ich meinen Posten bei der VOC nicht mehr habe?«

»Das ist etwas, was er besser nicht erfährt, Otto«, sagt sie leiser. »Wie du weißt, hat er uns für Sonntag zum Essen eingeladen. Ich glaube, er wird ihr einen Antrag machen.«

»Du machst dir etwas vor. Du redest von deinen eigenen Träumen, Nella, nicht von ihren. Thea liebt ihn nicht.«

»Auf die Liebe kommt es nicht an. Was weißt du davon, wie es ist, eine Frau zu sein. Machtlos zu sein.«

Otto dreht sich zu ihr um. »Glaub mir, Petronella: Ich weiß es sehr wohl.«

Nella starrt in die Ritzen zwischen den Dielen, die von ihren Füßen in all den Jahre glänzend glattpoliert worden sind.

»Du solltest dir zumindest einmal anhören, was Caspar Witsen meint«, sagt Otto, und sie kann die Anstrengung hören, die es ihn kostet, seine Stimme leicht klingen zu lassen. »Die Pläne –«

»Wir sollen all unsere Hoffnungen auf eine stachelige Frucht setzen? Mein Vater hat auch Obstbau betrieben, weißt du. Äpfel für Apfelwein. Kirschen für Schnaps. Sieh dir an, wo ihn das hingebracht hat. Caspar ist kein Kaufmann. Er ist nicht Johannes –«

»Johannes ist auch Risiken eingegangen und wurde dafür belohnt. Du vergisst, dass ich jahrelang eng mit ihm zusammengearbeitet habe.«

»Er ist belohnt worden?« Nella lacht. »Johannes ist zu hoch geflogen und kam der Sonne zu nahe! Sieh dir doch an, was aus uns allen geworden ist. Du willst uns ans Ende der Welt schleppen, wo wir mit Erde unter den Fingernägeln unser Dasein in einer Bruchbude fristen sollen, immer in der Hoffnung, dass die schönen Fantasien eines gelehrten Botanikers eines Tages doch noch wahr werden?«

»Assendelft ist nicht das Ende der Welt.«

»Du warst noch nie in Assendelft.«

»Aber ich war schon am Ende der Welt. Und so oder so, ich werde mit Caspar Witsen in dieses Projekt einsteigen.«

Sie verstummen erschöpft. Sie haben noch nie so gestritten, aber jetzt hat ihre Erbitterung, ihre Frustration angesichts ihrer Zwangslage sie dazu getrieben. Nella atmet tief durch. »Und ich frage dich noch einmal: Mit welchem Geld willst du diese Glashäuser bauen?«, sagt sie, unfähig, ihre Lautstärke noch länger zu dämpfen. »Diese Anlagen? Diese Dächer und Dampfrohrsysteme? Mit welchem Geld wollt ihr das Glas kaufen? Saatgut und Werkzeug, ganz zu schweigen von den Löhnen für die Arbeiter? Es ist Irrsinn, Otto. Wir sind nicht Clara Sarragon. Wir können es uns nicht leisten, uns treuergebene Leibbotaniker zu halten, die wir auf Bällen einem staunenden Publikum vorführen!«

»Nein, das sind wir nicht, und ich danke Gott dafür.«

»Also, zum letzten Mal: Wie wollt ihr das finanzieren?«

Es dauert eine Weile, bis Otto antwortet: »Ich werde das Haus verkaufen.«

Nella starrt ihn an. »*Was?*«

»Das ist die einzige Möglichkeit. Ich habe das Haus schätzen lassen.«

»Wann?«

»Das spielt keine Rolle. Man hat mir gesagt, es ist vierhunderttausend Gulden wert.«

Eine Weile bleibt es still. Otto steht am Fenster und blickt hinaus auf die großartigen Häuser an der Herengracht. Nella sitzt auf der Bettkante, unter ihrem linken Oberschenkel eine Ecke von Caspars Plan, und ihr ist, als drehte sich alles um sie herum. Eine astronomisch hohe Summe und reine Theorie, aber sie empfindet es wie einen Schlag in die Magengrube. »Das kann nicht dein Ernst sein«, flüstert sie schließlich. »Du kannst doch nicht erwarten, dass ich wieder *dorthin* ziehe?«

»Warum nicht?«, sagt Otto. »Bist du ehrlich der Meinung, diese Stadt ist, was sie mal war?«

»Diese Stadt verändert sich ständig. Sie kann uns alles geben, und solange wir dieses Haus hier haben, ist das der Ort, an den wir gehören.« Nella spürt, wie sich ihre Panik steigert: Ihr Leben ist dabei, ihr zu entgleiten. »Es demonstriert der Welt, wer wir sind.«

»Es ist eine Fassade mit nichts dahinter, und das weißt du.«

»Es wäre Verrat an Johannes und Marin. An unserem eigenen Leben hier. Du warst noch nicht ein einziges Mal in Assendelft, und du willst diese ganze Herrlichkeit hier aufgeben?«

»Herrlichkeit«, sagt Otto mit Verachtung. »Die Herrlichkeit von Leuten wie Clara Sarragon? Die meiner ehemaligen Herren von der VOC? Die der Kaufmannsfrauen, die dich bei offiziellen Veranstaltungen der Zünfte wie Luft behandeln? Ich habe in meinem Leben viele Clara Sarragons kennengelernt, Nella. Mehr als du dir vorstellen kannst. Und ihre Ehemänner sind um kein Haar besser. Ich will mit ihnen nichts mehr zu tun haben. Es geht mir um mehr als bloß darum, irgendwelchen feinen Pinkeln Brotstückchen mit einer exotischen Köstlichkeit drauf zu präsentieren, die ich hinten in meiner Küche zubereitet habe.«

»Worum geht es dann? Was steckt wirklich dahinter? Willst du auch hier wieder behaupten, dass du alles nur für Thea tust?«

Jetzt ist er es, dem die Luft wegbleibt. »Was in aller Welt willst du damit sagen? Ja, ich denke nur an sie. Wir haben hier eine Chance, unser Schicksal selbst in die Hand zu nehmen.«

Nella steht auf. »*Dein* Schicksal«, sagt sie. »Du darfst dieses Haus nicht verkaufen. Und ich werde dir Assendelft nicht überlassen.«

»Nur das Land«, sagt Otto. Sie schauen einander in die Augen, beide gleich fest entschlossen. »Lass uns das Land nutzen.«

»Nein. Ihr werdet euch einen anderen Ort suchen müssen, um euer Ananas-Imperium zu gründen.«

Otto schaut sie empört an. »Was? Es geht uns nicht darum, ein Imperium zu gründen.«

»Nicht?«

»Du bist doch nur beleidigt, weil du keine bessere Idee hast, Nella. Sei nicht so kleinkariert.«

»Ich bin nicht kleinkariert. Ich hab einfach nur einen gesunden Menschenverstand!«

»Du willst lieber noch einmal achtzehn Jahre in dieser Stadt festsitzen?«, fragt er. »Wie in Aspik konserviert? Das Haus dort steht leer, das Land liegt brach. Man muss es nur nutzen. *Das* ist gesunder Menschenverstand. Die Ananas könnte mehr für uns sein als nur eine Frucht.«

»Nein«, sagt Nella. »Du magst mein Leben hier verachten, aber mir ist dein Projekt zu riskant, und ich werde an Jacob festhalten.«

Otto geht zur Tür und öffnet sie. Auf der Schwelle dreht er sich noch einmal um. »Was muss passieren, damit du es einsiehst?«

»Ich komme von dort«, sagt Nella. »Es ist die Vergangenheit. Und ich werde nicht zulassen, dass du die Zukunft deiner Tochter wegwirfst, wie meine Eltern meine weggeworfen haben.«

Otto schlägt die Tür hinter sich zu. Nella sitzt minutenlang regungslos da und bietet alle ihre Kraft auf, um nicht in Tränen auszubrechen.

XV

Der dritte Sitz im Chorgestühl links vom Altar in der Oude Kerk ist mit einer Schnitzerei verziert, auf der ein Mann und eine Frau zu sehen sind. Es ist eine symmetrische Komposition: Die beiden Figuren liegen oder sitzen einander so gegenüber, dass sich ihre Hände und Fußsohlen berühren, aber ihre Körper sind voneinander weg gebogen. Thea blickt auf sie hinab. Sind ihre Zehen und Finger so angespannt, weil sie sich losreißen wollen, oder versuchen sie vielmehr, ihr Gegenüber vor einem Sturz zu bewahren? Der Mann scheint eine Grimasse zu schneiden, während er den Kopf wegdreht, die Miene der Frau, die eine kugelrunde Kappe trägt, hat etwas unentschlossen Zögerndes. Sie ringen miteinander, aber sie lassen einander nicht los. Thea starrt dieses kleine Paar an und rätselt vergeblich, was diese Darstellung wohl den Betrachter lehren soll. Bestimmt enthält sie irgendeine moralische Lehre, schließlich handelt es sich ja wohl um eine Art von religiöser Kunst.

Sie richtet sich auf und schaut sich um, weil sie befürchtet, beobachtet zu werden, aber in der Oude Kerk sind jetzt, kurz vor Mittag, nur wenige Leute: ein älterer Mann steht in stille Betrachtung versunken da, den Hut in der Hand, zwei Frauen schreiten langsam über die kalten Platten. Ein Paar steht abseits in der Ecke, wohl eher ein Rendezvous von Liebenden als eine Begegnung frommer Seelen. Keiner von allen beachtet Thea. Sie hat hundert Gulden und den Erpresserbrief in der Tasche und zieht jetzt verstohlen das Geld heraus.

Nachdem sie ihrer Tante unter dem Vorwand, sie müsse Fische für Cornelia kaufen, entschlüpft war, ging sie, die zusammengerollte Karte von Afrika unten in ihrem Korb, in die Raamstraat im

194

Jordaan-Viertel zu dem Händler, den sie in *Smits Liste* gefunden hatte. Sie hatte damit gerechnet, dass er versuchen würde, den Preis zu drücken. Sie ist es auch gewohnt, sowohl ihres Geschlechts als auch ihrer Hautfarbe wegen von Männern unterschätzt zu werden, die ihr in Apotheken, an Fischständen und in Metzgereien gegenüberstehen. Oder in Läden, wo Karten verkauft werden. Aber sie hat in all den Jahren, die sie an Cornelias Seite verbracht hat, einiges darüber gelernt, wie es auf dem Markt zugeht, dass man feilschen muss, wobei ein bisschen Kokettieren, mag es einem auch schwerfallen, von Vorteil und manchmal notwendig sein kann und ebenso der Hinweis, dass es glücklicherweise noch andere Händler gibt, die bestimmt mehr Entgegenkommen an den Tag legen werden.

Thea hatte gewusst, dass die Karte, die sie verkaufen wollte, etwas Besonderes war – und in der Tat war keine der anderen Afrikakarten, die in dem Laden angeboten wurden, so detailliert und fein gezeichnet. Die Augen des Händlers hatten sich geweitet, als sie ihren Schatz entrollte, aber dann hatte er sich beeilt, eine möglichst gleichgültige Miene aufzusetzen, als ob es sich um eine ganz gewöhnliche Karte handelte, wie er sie jeden Tag zu sehen bekam. Am Ende hatte Thea sie ihm für zweihundertfünfzig Gulden verkauft. Sie bedauert es nicht, dass sie sich davon trennen musste, schließlich war es nur ein Stück Papier, und das Geld, das sie dafür bekommen hat, ist sehr viel nützlicher. Thea hat ihre Tante oft genug sagen hören, dass man Freiheit kaufen kann. Und wenn das stimmt, dann kann man für Geld sicher auch Schweigen bekommen.

Die Karte hat Thea immerhin auch in Erinnerung gerufen wie eng beschränkt ihr Leben ist. Aber jetzt hat sie genug Geld übrig, um einen Priester zu bezahlen, der sie und Walter traut, und um nach Paris durchzubrennen. Während sie das Geld hinter dem Sitz mit dem Bildnis des streitenden Paares deponiert, sinniert sie darüber, dass es in vielerlei Hinsicht einfacher sein muss, wenn man eine Catarina oder Eleonor Sarragon ist. Wenn man wohlhabend ist und hellhäutig, wie es sich gehört, und fügsam; wenn man keine Geldsorgen hat und nicht hinterfragt, woher das Geld kommt. Wenn man sich nicht verstecken, nicht ständig auf der Hut sein muss vor Blicken und übler Nachrede. Es wäre schön, einmal so zu leben, nur einen Tag lang, um zu sehen, wie es sich anfühlt. Zu tun, was man will, weil man es will. Frei zu sein.

Nachdem sie sich vergewissert hat, dass das Geld gut versteckt ist, geht Thea in die äußerste östliche Ecke der Kirche. Hier ist die Stelle, an der ihre Mutter begraben liegt. Sie denkt an deren kleine Doppelgängerin auf dem Dachboden, begraben im Dunkel der Zedernspäne. Thea kommt nicht so oft zu der Grabplatte, wie sie sollte; sie merkt jetzt, dass es sich genauso seltsam anfühlt wie jene Momente auf dem Dachboden heute Nacht, in denen sie die Miniatur betrachtet hat. Die Art und Weise, wie ihr Vater und ihre Tante sich auf Zehenspitzen um Theas abwesende Mutter herumdrücken, macht diese erst recht präsent; Ottos und Nellas Schweigen lässt, wenn auch nur flüchtig, die Umrisse einer Frau in einer Ecke des Zimmers erkennen.

Wie kann Thea an einem Grab stehen und an ihre Mutter denken, wenn sie keine Erinnerungen an sie hat, wenn Otto und Nella ihr nie von Marin erzählen wollten? Alles, was Thea fühlt, wenn sie an ihre Mutter denkt, ist Verwirrung, gleißende Leere, absolute Orientierungslosigkeit. Und doch steht sie hier, wo die Gebeine ihrer Mutter unter Steinplatten ruhen, deren Grau von dem Licht, das durch die Buntglasfenster einfällt, blassgelb und grün, rubinrot und pflaumenblau getönt wird. Das Einzige, was die Ruhestätte von Marin Brandt bezeichnet, sind die Worte: *Die Dinge können sich ändern.*

Es ist eine hoffnungsvolle Botschaft, aber da dies Amsterdam ist, muss man es zugleich als Warnung verstehen: Es wird wieder Nacht werden, hütet euch vor Selbstgefälligkeit. Polstert eure Nester aus, aber liebt nicht das Geld. Sehe ich aus wie eine pflichtbewusste Tochter, die Blumen niederlegen will?, fragt sich Thea und starrt auf die Platte. Nein, ich bin eine pflichtbewusste Geliebte, die Geld hinterlegt, um ihr Herz zu schützen. Meine Mutter könnte es vielleicht verstehen. Marin könnte vielleicht verstehen, dass Theas heimliche Liebe vor diesem Anschlag nicht die Waffen strecken wird. Dass Thea bezahlt, um einen Skandal zu verhindern, dass sie alles tun wird, was in ihrer Macht steht, um den Schein zu wahren, denn das hat sie von früh auf gelernt. Sie wird tun, was nötig ist, wie ihre Mutter, die ein Liebesverhältnis hatte, von dem niemand wissen durfte, weil es von der Gesellschaft missbilligt worden wäre.

Ich weiß über dich und Walter Riebeeck Bescheid. Thea schaudert, und sie blickt hinüber zum Chorgestühl. Aber da ist niemand.

Draußen im strahlenden Sonnenschein fasst Thea wieder Mut. Sie ist froh, dass sie so entschlossen gehandelt hat. Einen Moment lang erwägt sie, zur Schouwburg zu gehen und Walter zu erzählen, was geschehen ist und wie schnell sie eine Lösung gefunden hat. Sie genießt es, ihm immer wieder auf neue Weise vor Augen zu führen, was sie alles für ihre Liebe tun würde, dass sie ihn um jeden Preis schützen würde. Aber vielleicht ist das unreif, und jedenfalls ist es etwas, was Rebecca nie tun würde. Dass Thea das Problem ohne fremde Hilfe gelöst hat, freut sie; es ist befriedigend zu wissen, dass sie ohne weiteres in der Lage ist, mit einem dummen Erpresserbrief allein fertig zu werden.

Doch während Thea durch die Altstadt nach Hause eilt, muss sie sich eingestehen, dass es einen tieferen Grund dafür gibt, dass sie sich scheut, Walter von dem Brief zu erzählen. Sie will ihn nicht noch weiter verschrecken. Wie er sich aufgeregt hat, als sie ihm die Miniatur gezeigt hat, und diese Angst davor, dass jemand sie beobachtet! Wie würde er erst reagieren, wenn sie ihn dieses Schreiben lesen ließe, in dem sie als Hure bezeichnet und ihr damit gedroht wird, der ganzen Welt das Geheimnis ihrer Liebe zu verraten? Vielleicht würde er sie eine Zeitlang gar nicht mehr sehen wollen. Vielleicht würde er auch sagen, das mit der Verlobung sei eine schlechte Idee gewesen, und das könnte sie nicht ertragen. Es ist besser, wenn er es nicht weiß, damit sie weiter in ungetrübter Seligkeit ihre gemeinsamen Stunden genießen können und nichts ihr Glück ins Wanken bringt.

XVI

Das Haus von Jacob van Loos an der Prinsengracht ist eine wahre
Wunderwelt. Nella fühlt sich wieder wie damals mit achtzehn
Jahren, als sie, gerade in Amsterdam angekommen, zum ersten
Mal Johannes' Haus betrat. Es ist, als ginge ein Ruck durch ihren
Körper, bevor sie sich der Schönheit und Ruhe dieser Umgebung
überlässt. Die Geräusche vom Kanal her verstummen, während die
harmonische, geschmackvolle Einrichtung mit ihren Samtstoffen
und prächtigen Möbeln sie in ihren Bann zieht. Und dann wird ihr
klar, wie lange sie schon ein Leben am seidenen Faden führen, sich
selbst und der Welt eine wohlhabende Familie vorspiegeln. Wo sie
doch nichts anderes sind als eine Zwangsgemeinschaft bedauerns-
werter Geschöpfe, die immer hart am Rand der Katastrophe da-
hintaumeln.

Sie versucht, ihre Blicke im Zaum zu halten, aber an allen Wänden hängen die schönsten Gemälde. Stillleben mit Zinnkrügen
und feinen Gläsern, darin Zitronenschalen, die aussehen wie echt.
Bukolische Landschaften, Jagdszenen – ja, auch Schiffe im Sturm,
zum Glück nicht der Bakhuizen, den sie kürzlich verkauft hat. Es
wäre schrecklich, wenn sie feststellen müsste, dass Marins Lieblingsbild jetzt die Wohnung von Jacob van Loos ziert.

Überall stehen Delfter Vasen und deutsches Kristall herum, und
ein Duft von exotischem Räucherwerk erfüllt den Raum. Es gibt
schöne Beistelltischchen mit schlanken, geraden Beinen, die Platten mit Intarsien aus Edelhölzern und Perlmutt reich verziert. Auf
dem Boden Marmorfliesen, tiefschwarz und weiß und von grauen
Adern durchzogen. Ein riesiger neuer türkischer Teppich in Senf-
und Rostrottönen – der größte, den Nella je gesehen hat –, herrlich
weich unter ihren Füßen, bedeckt einen großen Teil des Flurs, das

komplizierte abstrakte Muster fein geknüpft. Durch einen Torbogen können die Gäste in einen weiteren Raum mit hohen Decken und blassgrünen Wänden sehen. Elegante Stühle und ein niedriger Tisch mit geschwungenen Beinen stehen dort und in einer Ecke ein Cembalo, auf dem Noten liegen. Was für eine Vorstellung, dass Thea die Herrin von alldem werden könnte!

Erschienen sind Otto Brandt, seine Tochter Thea und Petronella, die die Einladung zu dem sonntäglichen Essen dankbar angenommen hat. Sie ist froh, dass Otto mitgekommen ist, wenn auch voller Argwohn. Seit ihrem Streit haben sie sich Thea zuliebe um einen höflichen Umgangston bemüht. Nella hat nichts mehr von Caspar Witsen und seinen Ananas gehört, auch nichts von den großen Plänen der beiden Männer. Aber gerade Ottos Schweigen beunruhigt sie auch auf eine ganz eigene Weise. Irgendetwas hat sich in ihm eingenistet, und obwohl er heute Abend mitgekommen ist, weiß Nella sehr wohl, dass er keinesfalls bereit sein wird, Jacob seine Tochter zur Frau zu geben. *Aber gut*, so hat er das Ergebnis der Verhandlungen mit Nella im Januar zusammengefasst, ein Abendessen, nur eines. *Und wenn Thea diesen van Loos nicht mag, dann müssen wir auch ihn nie wiedersehen.*

Für Otto ist Jacob van Loos aus dem gleichen teuren Holz geschnitzt wie Clara Sarragon: reiche Leute, gefährlich und unsympathisch. Jetzt ist es Mitte Februar, und er hat eingewilligt mitzukommen, zu diesem einen Essen noch. Nella traut dem Frieden nicht. Was führt er im Schild? Will er sie in Sicherheit wiegen? Es kann nicht sein, dass er einfach so nachgegeben hat.

Und nicht nur er kommt ihr verdächtig vor: Letzte Woche wirkte Thea auffallend düster, und mehr als einmal hat Nella sie dabei ertappt, wie sie aus dem Flurfenster schaute. »Was ist los, Thea?«, hat Nella gefragt, aber Thea ist ihr ausgewichen. Sie will nach wie vor nichts von Jacob wissen. Und vielleicht hat sie auch gemerkt, dass der Streit zwischen ihrem Vater und ihrer Tante keineswegs beigelegt ist. Ich hätte ihr nicht von Witsen und den Ananas erzählen sollen, denkt Nella. Ich hätte sie nicht so abfertigen sollen, als sie nach dem See fragte. Am besten wäre es gewesen, ich hätte ihr überhaupt nichts von meinem Leben in Assendelft erzählt.

Das passiert, wenn man einmal damit anfängt, seine Geschichte zu erzählen. Man ist plötzlich nicht mehr die Person, als die man sich begriffen hat und als die andere einen der Einfachheit halber genommen haben. Sie glauben jetzt, dass sie dich verstehen, dass sie wissen, mit wem sie es wirklich zu tun haben. Aber das stimmt nicht. Vielleicht hätte sie es so machen sollen wie Marin, die sich nie in die Karten schauen ließ. Und das kalte Wetter ist auch nicht gerade hilfreich. Das Eis auf den Kanälen ist zwar geschmolzen, aber warm ist es noch lange nicht, und auf dem Markt wird immer noch nichts als Winterware angeboten. Es fühlt sich an, als wartete die ganze Stadt auf etwas, aber keiner wüsste, auf was.

Nella ist sich sicher, dass Jacob van Loos nichts von all dem, was sie und die Ihren bewegt, mitbekommen kann. Die Familie versteht es, der Welt etwas vorzumachen. Sie sitzen mit ihm in seinem blassgrünen Salon und lächeln. Nella ist von all dem Reichtum, der sie umgibt, überwältigt, und sie muss daran denken, dass ihr Haus früher einmal ähnlich prächtig eingerichtet war. Der Hausherr trägt einen Rock aus tiefschwarzer Seide, ausgezeichnet geschneidert, sodass seine schmalen Schultern schön zur Geltung kommen. An den Füßen trägt er schicke Pantoletten aus schwarzem Leder, lang und spitz, mit einer großen weißen Satinschleife auf jedem Schuh. Nella ertappt sich dabei, wie sie sie anstarrt, bis Jacobs Haushälterin, Frau Lutgers, die schon über sechzig sein muss, eine zierliche, blasse Person, sie aus ihrer Versunkenheit aufschreckt.

»Soll ich Tee bringen, Seigneur?«, fragt Frau Lutgers. »Bevor Sie essen?«

Jacob wendet sich an seine Gäste. »Wollen Sie vielleicht zuerst eine Tasse Tee trinken?«

Thea sagt nichts. »Ich nicht, danke«, antwortet Otto.

»Danke, ich gerne«, sagt Nella, und Frau Lutgers gleitet hinaus. Nun, machen wir das Beste daraus, denkt Nella. Das Beste wäre es, wenn Jacob die Gelegenheit nutzen würde, noch einmal Theas Schönheit und Anmut auf sich wirken zu lassen. Dieser Salon ist einer der schönsten Räume, die Nella je gesehen hat, und in dem grauen Licht der Abenddämmerung, das durch die Fenster fällt, sieht Thea perfekt aus. Dieser Raum ist, wie Thea, nicht mit zu viel teurem Schmuck geziert. Die Niederländer mögen es nicht protzig, es genügt ihnen, wenn etwas da ist, das Auge zu erfreuen, während es den Raum durchstreift, ein Schränkchen aus edlem Holz, ein prächtiger Bilderrahmen, eine leise tickende Uhr auf dem Kaminsims und ein pralles mit Efeublättern besticktes Kissen, das sich an Nellas Rücken schmiegt. Sogar die Luft fühlt sich perlmuttartig an. Edel.

Jacob blickt Nella amüsiert an. »Damit haben Sie nicht gerechnet, oder?«, sagt er.

»Was meinen Sie, Seigneur?«

»Mein Salon gefällt Ihnen.«

Sie lächelt. »Wie könnte er mir nicht gefallen?«

»Die Leute trauen es mir oft nicht zu, dass ich ein Auge für solche Dinge habe.« Er sieht Thea an. »Dass ich filigrane Schönheit zu schätzen weiß.«

Nella spürt Ottos Blick, aber sie behält Thea im Auge, die das Lacktischchen betrachtet. Frau Lutgers kehrt zurück und stellt ein Tablett vor ihrem Herrn ab. Jacob überreicht Thea ein Porzellantässchen auf einer Untertasse. »Ich habe die Ehre, Ihnen einzuschenken«, sagt er. »In London macht das immer die Dame des Hauses, aber in Amsterdam müssen die Männer servieren.«

Die Erwähnung von London scheint Thea aufzurütteln. Sie blickt zu Jacob auf, als wäre sie aus einem Traum erwacht. Nella sieht zu, wie er die Kanne anhebt, bis Tee sich aus der Tülle in Theas Tasse ergießt, unaufhaltsam wie ein Wasserfall. Warum sollte er sie hierher einladen, wenn er nicht wirklich interessiert wäre? Otto sieht Gefahren, wo gar keine sind. Jacob reicht ihr ebenfalls eine Tasse, die perfekt gestaltet ist wie alles in diesem Raum und mit Gold umrandet. Als er eingießt, steigt Dampf zu Nellas Gesicht auf und befeuchtet ihr Kinn und die feinen Härchen an ihren Schläfen.

»Haben Sie wieder etwas im Theater gesehen, seit wir zusammen dort waren, Fräulein Brandt?«, fragt Jacob.

»Nein, Seigneur«, antwortet Thea.

»Aber Ihre Tante sagte mir, dass Sie das Theater lieben.«

»Ja?«

Er schaut verwirrt drein. »Sie sagt, Sie sehen sich dasselbe Stück oft mehrmals an.«

Thea verzieht keine Miene. Nella spürt, wie sich Ärger in ihr ausbreitet. Wie kann Thea ihn so abweisend behandeln, wenn er sich um sie bemüht?

»Gibt es sonst etwas, das Sie lieben?«, fragt Jacob. »Liebe ist ein weiter Begriff, ich weiß.«

»Ich glaube im Gegenteil, sie ist etwas sehr Spezielles«, sagt Thea. Nella mischt sich ein. »Nun, irgendwo muss man anfangen, nicht?«, sagt sie.

Jacob und Thea werfen ihr überraschte Blicke zu, und sie errötet. Sie sollte sich besser davor in Acht nehmen, allzu sehr zu drängen. Es ist schon genug, dass sie ihm empfohlen hat, Thea nach den Dingen zu fragen, die sie liebt.

»Ich liebe Ananas«, verkündet Thea plötzlich in die Stille hinein. Sie lächelt ihre Tante an. »Sie haben einen wunderbaren Geschmack, findest du nicht auch? Vielleicht hat die Ananas eine Zukunft.«

Otto sieht seine Tochter verwirrt an. »Seltsam«, sagt Nella und erwidert Theas Lächeln. »Die Ananasmarmelade bei Clara Sarragon hat dir nicht geschmeckt.«

»Die Dinge können sich ändern«, sagt Thea. Sie wendet sich an Jacob. »Das ist das Credo unserer Familie.«

Otto tritt ans Fenster; Nella kribbelt es am ganzen Körper, so gereizt ist sie, während Thea vollkommen gelassen wirkt. Jacob schaut zwischen ihnen hin und her wie ein Astronom, der drei Sterne betrachtet und sich fragt, welches Sternzeichen sie bildeten.

Jacob wendet sich so unvermittelt Nella zu, dass sie unwillkürlich vor ihm zurückweicht. »Wissen Sie, ich muss immer noch an die Safran-Weißweinsoße Ihrer Köchin denken. Cordelia heißt sie, nicht?«

»Cornelia«, sagt Otto.

»Nehmen Sie sich in Acht, dass ich sie Ihnen nicht abwerbe.« Jacob lacht. »Oder vielleicht ist das gar nicht nötig, und sie läuft aus eigenem Entschluss zu mir über?« Er sieht Thea bedeutungsvoll an.

Thea starrt auf die Tischplatte. Otto greift nach der noch unbenutzten Teetasse und gießt sich Tee ein. Nella gelingt es, die Fassung zu bewahren, aber die Frage beschäftigt sie: Wird Cornelia im Ehevertrag Jacob überschrieben werden? Wird sie das Haus an der Herengracht am Hochzeitstag zusammen mit Thea verlassen, als kostbarstes Stück der Aussteuer sozusagen?

Es wäre Cornelia zuzutrauen. Möglicherweise könnte sie es gar nicht ertragen, von ihrem geliebten Schützling getrennt zu sein. Aber die Vorstellung, dass man sie wie bewegliche Sache behandelt, einen Haushaltsgegenstand, den man beim Umzug einfach mitnimmt, ist Nella schrecklich. Sie würde es nie über sich bringen.

Und doch wird der furchtbare Gedanke, Cornelia an dieses Haus hier zu verlieren, in den Hintergrund gedrängt von der Erkenntnis, dass Jacob zum ersten Mal vor Thea und Otto zumindest andeutungsweise seine Absichten erklärt hat.

*

Nach einem Kaninchenbraten, den Nella halbwegs passabel gefunden hat, wenn auch weniger raffiniert und deutlich fader als jedes beliebige Gericht von Cornelia, was erklärt, dass er sehr wohl das Bedürfnis nach einer neuen Köchin haben kann, kehren sie in das blassgrüne Zimmer zurück. Otto sieht aus, als wäre dies der längste Abend in seinem ganzen Leben. Jacob fragt Thea, ob er ihr das Cembalo zeigen darf. Von den Geboten der Höflichkeit gezwungen, willigt Thea ein. Otto und Nella bleiben mit ihren Weingläsern auf dem Sofa sitzen und sehen fünfzehn Minuten lang schweigend dem gestelzten Schauspiel auf der anderen Seite des Raumes zu. Es könnte eine Liebesszene sein: Eine junge Frau sitzt vor dem Instrument, den Kopf geneigt, offenbar hingerissen von der schönen Klaviatur und den prächtigen Intarsien des Cembalos.

»Wann wird er merken, dass sie gar nicht spielen kann?«, murmelt Otto.

»Er erwartet ja gar nicht, dass sie ihm etwas vorspielt«, erwidert Nella im selben Ton.

Jacob nimmt Platz und lässt seine Finger über die Tasten laufen. Die präzisen Klänge des Cembalos erfüllen den Raum, ein Ton nach dem anderen schwingt sich empor. Nella kann sehen, wie es ihre Nichte überrascht, dass Jacob so versiert und musikalisch ist: Das hatte Thea nicht erwartet. Ein Mann, der sich für trockene Rechtsfälle und die Kunst des Geldscheffelns interessiert und schicke Lederpantoletten trägt, dürfte eigentlich, wenn Theas recht rigide Art, Menschen in Klassen einzuteilen, richtig wäre, keine Talente haben, die in ihre eigene Sphäre hineinreichen. Dass es dennoch so ist, muss Theas Vorbehalte gegen ihn ins Wanken bringen, und das macht Nella Hoffnung.

Jacob spielt noch ein paar Phrasen und bricht dann etwas verlegen ab. »Nach zwei Söhnen wünschte meine Mutter sich eine Tochter«, sagt er und schlägt eine Taste an. »Und dann kam ich, aber sie ließ mich trotzdem die eher weiblich sanften Künste lernen.«

»Sie spielen ausgezeichnet«, sagt Nella. »Wie schön zu sehen, dass das Instrument nicht nur zur Zierde da ist.«

»Alle schönen Dinge sollten einen Zweck haben«, sagt Jacob. Er wendet sich an Thea. »Sie sollten nicht ungenutzt und unbeachtet in der Ecke stehen.«

In der darauffolgenden Stille steht Jacob auf. »Fräulein Thea, sollten Sie je den Wunsch haben, herzukommen und darauf zu spielen, wäre ich mehr als dankbar. Es ist keine Laute, also kann ich es nicht zu Ihnen zur Herengracht bringen. Sie müssten hierherkommen.«

Thea weiß, dass dies ihr Stichwort ist; sie weiß, es ist eine großzügige Geste, und eine bedeutungsvolle, zumal Jacob seine Einladung in Anwesenheit ihres Vaters ausspricht. Sie ist legitim und verbindlich, und wenn Thea sie annimmt, wer weiß, was für weitere Angebote ihr dann auf dem Fuße folgen könnten?

Alle warten ab, was Thea sagen wird. Sie blickt konzentriert auf das Cembalo. »Danke schön, Seigneur«, sagt sie. »Aber es ist ein zu kostbares Instrument. Ich fürchte, meine Finger könnten es kaputtmachen.«

Jacob lächelt und schließt den Deckel über den Tasten. Nella kocht vor Zorn, doch sie ist machtlos, und bald ist es Zeit, aufzubrechen. Er muss nach Leiden reisen, wo er Geschäfte für seine

Mutter erledigen muss, sagt er. Aber das dauert nur ein paar Wochen, und wenn er zurückkommt, sollten sie sich alle wiedersehen. Ja, sagt Nella, unbedingt.

Auf Wiedersehen und danke schön, was für ein köstliches Kaninchen, und natürlich werden wir uns revanchieren und Sie zu uns einladen. Wer weiß, was für Delikatessen Cornelia dann auf den Tisch bringen wird, wenn das erste junge Grün aus dem Boden sprießt und die Frühjahrslämmer geschlachtet werden?

Sie lächeln, als sie fortgehen, aber sie sprechen in den fünf Minuten, die es bis nach Hause dauert, kein Wort miteinander. Nella hätte viel zu sagen, zu schimpfen, zu betteln, zu fragen, warum sie nicht sehen, was sie will, aber sie ist zu erschöpft. Otto stößt die schwere Tür auf, und Cornelia taucht aus dem Schatten auf, um sie zu begrüßen. Nella betrachtet den höhlenartig großen Raum, die kahlen Wände, spürt die Traurigkeit, die in der Luft hängt. »Was ist los?«, fragt Cornelia. »Was ist los?«

»Thea ist ein ungezogenes, undankbares Kind«, platzt es aus Nella heraus.

Einen Moment lang starren die anderen sie schockiert an.

»O ja, sie denkt, sie weiß, wie die Welt funktioniert«, fährt Nella fort. »Dass alles so werden wird, wie sie gerne möchte. Aber da täuscht sie sich. Sie wird in Armut leben. Und ich werde mich nicht länger dafür verantwortlich fühlen, was aus ihr wird.«

»Nella«, sagt Otto warnend.

»Nein. Ich habe genug von euch allen.«

»Madame!« Cornelia ringt die Hände.

»Ihr tut alle, was ihr wollt«, schreit Nella. »Jeder macht, was er will. Johannes ist seinen eigenen Weg gegangen. Und damit war mir meiner für immer verbaut. Du, Otto, und Marin, ihr habt euch von euren Herzen leiten lassen. Und jetzt gibt Thea, genauso stur wie ihre Mutter, Jacob unverschämte Antworten. Sitzt da und gibt mir zu verstehen, dass ich mich gefälligst nicht einmischen soll!«

»Sprich nicht von Marin und ihrem Herzen«, sagt Otto.

»Du hast mir gar nichts zu verbieten. Sie hat mich im Stich gelassen«, sagt Nella.

»Sie hat dich im Stich gelassen?«, fragt er ungläubig.

Nella ist so wütend, sie muss ihrem Zorn Luft machen. Sie kann es nicht ertragen, wie die anderen sie anschauen, als wäre sie irrsinnig geworden.

»Woher weißt du, was ich wollte?«, fragt Otto. »Du weißt nichts von Marin und mir. Und wann habe ich dich jemals daran gehindert, deinen eigenen Weg zu gehen? Wann, bei Gott, wirst du endlich aufhören, dich selbst zu bemitleiden?«

»Otto, Madame, es ist genug!«, fleht Cornelia.

Thea steht da wie versteinert, während ihr Vater und ihre Tante einander mit Vorwürfen bombardieren.

»Du hättest heiraten können«, fährt Otto ungerührt fort. »Du jammerst die ganze Zeit über unsere Armut, wie du es nennst. Du weißt nichts von der Welt. Du warst achtzehn, als Johannes starb, Nella. Achtzehn! Dein Leben hatte gerade erst begonnen.«

»Ja«, sagt Nella. Sie deutet auf Thea. »Und dann kam sie. Ich musste ein Kind aufziehen, oder hast du das vergessen?«

»Sie war nicht dein Kind. Du hättest sie nicht aufziehen müssen. Falls du es vergessen hast.«

Seine Worte treffen sie wie Hiebe. Nella dreht sich zu Thea um, die sie mit großen Augen anstarrt. *Ich wollte mich um dich kümmern*, will Nella sagen, aber sie bringt die Worte nicht über die Lippen.

»Man kann immer neu anfangen«, sagt Otto. »So oder so. Ich weiß das, besser als jede von euch. Die Wahrheit ist, Nella: Du wolltest es nicht. Du hättest weggehen können aus diesem Haus. Du hättest eigene Kinder haben können. Aber du hast dich nicht dafür entschieden, und jetzt reut es dich. Und das ist der Grund, warum es uns in den Salon von Jacob van Loos verschlagen hat.«

Cornelia fängt zu weinen an. »Hört auf, hört auf damit!«

Nella nimmt all ihre Kraft zusammen. »Für die schönen Worte, die Johannes nachgerufen wurden, nachdem man ihn umgebracht hatte, konnten wir uns nichts kaufen«, sagt sie. »Kein Feuerholz zum Heizen, kein Essen für Thea, keine Kleidung für sie. Keine Gilde hat uns unterstützt, kein Nachbar hat sich um uns gekümmert. Meinen Mann hatten sie umgebracht, Theas Mutter war auch tot, und der einzige Trost, den wir hatten, war Geld – echtes Geld. Und es rettete uns das Leben.«

»Wir haben einander das Leben gerettet«, sagt Cornelia.

»Geld hat uns gerettet«, antwortet Nella. »Geld ist ein Schutzschild. Es ist eine Waffe. Ein Segen. Von wem ich das gelernt habe? Von *deiner Mutter*, Thea. Von deiner Mutter, die am Ende mehr aufs Spiel setzte als wir alle und uns in dieser Lage zurückließ. Sie hat sich deinen Vater unter dem Deckmantel der Nacht zum Liebhaber genommen – sollte der Teufel die Folgen tragen –«

»Nella«, sagt Otto. »Es reicht.«

»Jacob van Loos lässt sich von der Geschichte von Johannes und Marin Brandt nicht abschrecken, und das ist ein Wunder. Wie wahrscheinlich ist es, dass uns noch einmal so ein Mann über den Weg laufen wird?«

»Wenn dir Jacob so gut gefällt«, ruft Thea zornig, »dann heirate ihn doch selbst!«

Stille tritt ein. Nie zuvor hat jemand in diesem Haus so gesprochen; Nella spürt blankes Entsetzen in ihren Adern: Was für Folgen wird das haben? Auf unsicheren Beinen macht sie sich auf den Weg zu ihrem Zimmer hinauf, als ob sie damit der Sache ein Ende setzen könnte, die doch gerade erst angefangen hat.

Im dunklen Flur sieht sie die Gesichter der anderen, schummrig beleuchtet von flackerndem Kerzenlicht, aber sie kann Ottos Wut sehen, Theas befreites Strahlen, weil sie endlich ausgesprochen hat, was sie wirklich denkt, Cornelias weit aufgerissene Augen.

»Thea«, sagt Nella, den ganzen Körper angespannt, damit ihre Stimme nicht kippt, »deine Mutter hat dich im Verborgenen empfangen, dich im Verborgenen geboren und ist im Verborgenen für dich gestorben. Dein Vater war so in schwarzer Trauer gefangen, dass er dich noch jetzt nach all den Jahren an deinem Geburtstag kaum ansehen kann. Er behauptet, er denke immer nur daran, was gut für dich ist, aber in Wahrheit hat er schreckliche Angst, dich zu verlieren, und er wird deine Chancen vereiteln, auch wenn ihm das nicht bewusst ist. Wenn ich in den letzten achtzehn Jahren etwas gelernt habe, dann, dass es nur zwei Dinge gibt, auf die man sich verlassen kann: auf sich selbst und auf die Zahlen in den Geschäftsbüchern. Aber wir haben unser Geld verloren. Wir besitzen keinen Beutel voll Gold, der nie leer wird, egal, was wir ausgeben. Nur die Schande von Johannes und deiner Mutter ist uns geblieben. Und dir. Du wirst sie mit dir herumtragen, solange du lebst. Du hast nur noch dich selbst.«

Die anderen stehen regungslos da und starren wie gebannt zu ihr hinauf. Sie holt tief Luft, dann sagt sie: »Heirate aus dieser Familie hinaus, Thea, so wie ich in sie eingeheiratet habe. Sieh zu, dass du von ihr wegkommst, das ist deine einzige Chance.«

XVII

Als der Frühling sich endlich am Kanal zeigt, bricht im Haus an der Herengracht ein zweiter Winter herein. Der Himmel draußen wird blauer, während das Licht drinnen schwächer wird. Die Bewohner stolpern durch das Halbdunkel, die Ecken sind finster, die Gänge unübersichtlich. Cornelia packt die Pelze und Wintermäntel weg und holt leichtere Kleidung hervor, aber sie können sich nicht dazu durchringen, gemeinsam auszugehen. Kein Ausflug in die Menagerie, zu einem schönen Garten, um sich an der blühenden Natur zu freuen, kein müßiges Herumstreifen auf einem Markt. Es ist, als wäre etwas unwiederbringlich zerbrochen durch Worte, die nicht zurückgenommen werden können, Worte über eine längst verstorbene Mutter, so treffend wie eine Lanze. Und nicht nur sie, die längst nicht mehr unter den Lebenden weilt, sondern auch andere, die vielleicht nie existieren werden, kaum vorgestellte Ehemänner und Kinder, die, wie man sagt, Sinn und Erfüllung eines Frauenlebens sein sollen.

Tante Nella will ihr Zimmer nicht verlassen. Seit über zwei Wochen hat Thea sie nicht mehr gesehen, was in gewisser Weise ein Segen ist. Erst recht als Segen empfindet sie es, dass ihr der Anblick Jacobs erspart bleibt, aber auch ihren Vater bekommt sie kaum noch zu Gesicht, denn jeder geht jedem aus dem Weg. In einem Haus dieser Größe ist das nicht schwer: Man lauscht aufmerksam, wo Türen geschlossen werden, auf das Knarren von Bodenbrettern, auf Schrittgeräusche und plant seinen Weg entsprechend. Allerdings hat so keiner eine Ahnung, was die Hausgenossen gerade tun. Nur Cornelias Leben läuft weiter auf den gewohnten Bahnen: Sie kocht, auch wenn niemand Appetit zu haben scheint, sie putzt und schrubbt, sie bäckt Brot, schneidet es, bestreicht es dick mit Butter und stellt es auf einem Teller vor Nellas Tür ab. Nella liebt Brot mit Butter, aber es ist ein Kinderessen; Cornelia füttert sie mit den Tröstungen der Kindheit.

Nun, soll sie doch, denkt Thea. Nach all dem, was sie gesagt hat, sollte sie eigentlich trocken Brot essen.

Aber tief in ihrem Inneren leidet Thea; es tut ihr in der Seele weh, dass es so gekommen ist, dass sich alles so anfühlt, als würde die Welt auseinanderfallen. Das Einzige, was ihr Halt gibt in diesen Tagen, sind ihre Besuche bei Walter, und sie nutzt die apathische Stimmung im Haus, die auch bewirkt, dass sie weniger überwacht wird, um sich zu ihm ins Theater zu stehlen.

Während des unseligen Abendessens bei Jacob hatte sie die ganze Zeit den dritten Sitz im linken Chorgestühl der Oude Kerk im Kopf. Sie fühlte sich befreit, weil sie alles Nötige getan hatte, um sich und Walter zu schützen. Sie versuchte, sich auf die Gespräche beim Tee, an der reich gedeckten Tafel und am Cembalo zu konzentrieren – aber sie musste ständig daran denken, was sie aus Liebe getan hatte.

Das Geld, das sie hinter der Schnitzerei zurückgelassen hatte, musste längst abgeholt worden sein. Was sie getan hatte, war nicht ohne einen gewissen prickelnden Reiz, aber es machte ihr auch Magenschmerzen. Sie konnte schon jetzt sehen, wie wütend Tante Nella war, wenn auch ihre ganze Erbitterung erst zu Hause im Flur losbrechen sollte. Egal, Thea und Walter sind in Sicherheit. Ja, ganz bestimmt, sie sind sicher.

»Versprichst du, dass wir heiraten, sobald du hier aufhörst?«, fragt sie Walter eines Tages, während sie ihn dabei beobachtet, wie er einen römischen Triumphbogen malt.

»Natürlich, Thea«, sagt er. »Das haben wir doch schon besprochen.«

Sie bereut ihre Frage bereits in dem Moment, in dem sie über ihre Lippen kommt, aber sie möchte ihm so gerne erzählen, was bei ihr zu Hause passiert ist: von dem schrecklichen Streit, der sie entzweit hat, wie Jacob ihre Liebe bedroht, von dem Konflikt um das Haus ihrer Tante auf dem Land. So sollte das Leben nicht sein. Sie denkt an die Theaterstücke, die sie gesehen hat, in denen die

Heldinnen allein oder mit ihren heimlichen Liebhabern in die Welt hinausziehen. Warum fühlt sie sich so gelähmt? Sie möchte doch leicht und luftig erscheinen, heiter und unbeschwert. Sie will ihr ganzes bisheriges Leben auslöschen, sodass sie nur noch für Walter in diesem Raum existiert, immer angenehm, immer begehrenswert. Er muss seinen Vertrag erfüllen, so viel weiß sie. Diese Tatsache ist unumstößlich. Sie muss sich gedulden, und es ist wirklich nicht mehr lange hin, oder? Nur noch einen Monat oder so. Sie kann warten.

Und doch. Sie und Walter müssen den nächsten entscheidenden Schritt tun, bevor es zu spät ist, bevor Jacob van Loos' Andeutungen, dass er bereit ist, sie zu heiraten, vollends unmissverständlich werden und nicht mehr zu ignorieren sind.

Thea blickt auf Walters Rücken, während er den Bogen malt und das alte Rom wieder zum Leben erweckt. In ihrer Magengrube spürt sie den erotischen Reiz, der von seiner Konzentration ausgeht. Sie wünscht sich, diese würde ihr gelten, und doch genießt sie die voyeuristische Lust. Ihr wachsendes körperliches Verlangen nach Walter verdrängt all ihre Kümmernisse. Sie ist immer hungrig nach seiner Schönheit, nach seinen Zärtlichkeiten und will sich und ihm die gestohlenen gemeinsamen Momente nicht mit müßigem Gerede über Nebensächlichkeiten verderben, sei es eine Zweckehe, sei es eine Miniatur oder der Erpresserbrief. Sie ertappt sich dabei, wie sie seine Palette betrachtet, die natürlich voller Farben ist. Wer auch immer diese Puppe von ihm geschickt hat, lag völlig falsch. Walter ist ein Mann, der die Welt so bunt malt, wie sie wirklich ist.

»Ich habe eine Überraschung für dich«, sagt er, legt seine Palette hin, wischt sich die Hände ab und verschwindet hinter der Kulisse mit dem römischen Triumphbogen. Als er wieder auftaucht, hält er ein viereckiges Stück Holz in den Händen. »Pass auf«, sagt er.

Langsam und nicht ohne einige Theatralik dreht er das Brett um, und Thea sieht vor sich ihr eigenes mit Ölfarben gemaltes Gesicht. »Es war genau so, wie ich gesagt habe: als versuchte ich, die Sonne zu malen«, erklärt er.

Einen Moment lang ist Thea sprachlos. Tatsächlich sieht sie in gewisser Weise schön aus. Kein Zweifel, sie sieht strahlend aus. Sie hat sich in ein Kunstwerk verwandelt. Aber etwas lässt sie stutzen. Die Frau, die Thea anschaut, ist nicht ihr Ebenbild, so wie die Miniatur von Walter sein Ebenbild ist. Der gemalten Frau fehlt Theas inneres Wesen, und es tut ihr weh, das zu sehen, denn Walter lächelt voller Stolz und Seligkeit: Er glaubt, er habe sie glücklich gemacht, er glaubt, ihm sei ein Porträt seiner Geliebten gelungen.

Wie ein Schlag trifft Thea die Erkenntnis, dass Walter zwar einen römischen Triumphbogen oder eine Kokospalme oder eine Erdbeerstaude malen kann, aber nicht sie. Sie hätte das bis dahin für ausgeschlossen gehalten. Es ist ein sehr unangenehmer Moment, aber sie nimmt sich zusammen und lächelt. »Oh, Walter«, sagt sie, »danke schön. Es ist das erste Mal, dass jemand mich gemalt hat.«

»Es freut mich, dass ich der Erste bin«, sagt er.

Sie tritt auf ihn zu, bewundert die Pinselführung, bewundert ihn, küsst ihn nach jedem Kompliment, wie gut, wie liebevoll er sie gemalt hat, und er nimmt ihre Küsse gerne an.

Trotzdem, denkt Thea, als sie sich auf den Heimweg macht, Walter hat sich Mühe gegeben. Der Wille, sie unsterblich zu machen, war da. Und das ist alles, was zählt.

Als sie zurück ins Haus schlüpft, ist sie überrascht, aus der Küche die Stimme ihrer Tante zu hören, die sich mit Cornelia unterhält. Es ist das erste Mal seit mehr als zwei Wochen, dass Thea ihre Tante sprechen hört. Sie schleicht sich zur Treppe. Offenbar sind sie mit Küchenarbeiten beschäftigt: ein Löffel klappert in einer Schüssel, ein rhythmisches Klopfgeräusch zeigt an, dass etwas auf einem Brett kleingehackt wird.

»Keine einzige Ananas?«, fragt Cornelia.

»Keine einzige«, sagt Tante Nella. Einen Moment lang ist nur das Geräusch des Messers auf dem Schneidbrett zu hören. »Er war nicht ehrlich zu mir.«

»Er wollte Ihnen die Wahrheit sagen, Madame«, sagt Cornelia. »Er ist nur nicht dazu gekommen.«

»Aber meine Karte, Cornelia. Sie haben alles vollgeschrieben.« Sie hält inne. »Ich wünschte, er hielte sich fern von meiner Vergangenheit, zumal er mir von der seinen gar nichts erzählen will. Es gibt überhaupt eine Menge Dinge, von denen er nicht reden will.«

»Mir sagt er auch nicht alles, Madame. Aber vielleicht ist das gut so. Wenn ein Mensch einem anderen alles über sich erzählt, wird er immer weniger, bis am Ende nichts mehr von ihm übrig ist, oder nicht?«

»Ich würde eher das Gegenteil annehmen.«

»Ich meine: Der Mensch, den Sie gekannt haben, löst sich vor Ihren Augen in nichts auf. Das würde ich nicht wollen. Da ist es mir lieber, ich erfahre nur Bruchstücke.«

»Aber Thea erzählt dir alles«, sagt Tante Nella.

Cornelia schweigt einen Moment lang. »Es ist seltsam, dass Sie das denken«, sagt sie.

»Warum? So war es doch schon immer.«

»Madame, Sie sagen Otto auch nicht alles. Sie sagen ihm nicht, warum Sie Assendelft nicht verkaufen wollen. Obwohl es doch vollkommen runtergekommen ist und Sie hier ein Zuhause haben.«

»Das hier ist Ottos Haus.« Nellas Stimme klingt bitter und erschöpft. »Johannes hat es ihm vermacht.«

»Ach was«, sagt Cornelia, »es kann schon sein, dass auf dem Papier Otto der Eigentümer ist, aber als er davon gesprochen hat, dass Sie jederzeit woandershin gehen könnten, hat er sich nur vom Zorn hinreißen lassen. Es ist Ihr Zuhause.« Sie zögert. »An diesem Abend sind noch mehr Dinge gesagt worden, die nicht so gemeint waren.«

Tante Nella seufzt. »Trotzdem bezweifle ich, dass Otto mir die Dinge, die ich gesagt habe, verzeihen wird.«

»Natürlich wird er das. So wie Sie ihm verzeihen sollten.«

»Er hat wahrhaft keine hohe Meinung von mir, Cornelia. Er denkt, ich hätte einfach weggehen können, nachdem Thea geboren wurde. So etwas sagt er mir ins Gesicht, und dann erwartet er, dass ich ihm die Felder meines Vaters überlasse.«

»Madame«, sagt Cornelia sanft, »es sind Ihre Felder.«

»Ja. Und sie sind alles, was ich besitze«, sagt Nella. »Bei solchen Angelegenheiten, Cornelia, ist es mir nicht egal, wessen Name im Grundbuch steht.«

Es ist schon lange her, dass Thea Zeugin eines solchen Gesprächs geworden ist. Früher ist das ständig vorgekommen, und sie merkt, wie tröstlich es ist, zu hören, wie sie sich austauschen. Auch wenn der Ton manchmal rau werden kann, herrscht eine tiefe Vertrautheit zwischen ihnen, die nach wie vor ungebrochen ist.

Die Tante wechselt das Thema. »Ich glaube wirklich«, bemerkt sie, »dass Jacob eine gute Partie für sie wäre.«

»Aber Thea will wahre Liebe«, sagt Cornelia. Thea spürt, wie ihr Herz vor Dankbarkeit aufgeht.

»Was soll das denn bedeuten? Und wo wird sie diese ›wahre Liebe‹ finden?«, sagt Tante Nella. »Der einzige Ort, an dem es so etwas gibt, ist die Bühne der Schouwburg. Aber wenn Otto denkt, und Thea auch, dass ich versuche, sie loszuwerden – das stimmt einfach nicht.«

»Ich weiß, aber –«

»Und wie sie mit mir redet! Wie sie mich belehrt, als ob ich Wunder was von so einem jungen Ding zu lernen hätte, das nie von zu Hause weg war und dem es nie an irgendetwas gemangelt hat.«

»Aber vielleicht könnten Sie doch etwas von ihr lernen«, sagt Cornelia.

»Sie hat nichts *erlebt*, Cornelia. Sie hat weder selbst schlimme Dummheiten gemacht, noch ist sie in üble Machenschaften anderer Leute verstrickt worden. Sie hat keine Verletzungen erlitten.«

»Woher wissen Sie das?«

»Sie ist nie mit hochfliegenden Hoffnungen gescheitert.«

»Wäre es Ihnen lieber, sie hätte Narben vorzuweisen? Sie wäre gescheitert?«

»Nein, natürlich nicht, aber –«

»Nun, böse Erfahrungen werden ihr nicht erspart bleiben – es ist nur eine Frage der Zeit.«

»Und ich versuche das zu verhindern. Aber sie denkt, sie müsse mir erklären, wie es zugeht im Leben, worauf es ankommt und was sein Sinn und Zweck ist und dass ich es ganz anders anpacken müsste. Sie ist in dieser Beziehung wie ihr Vater. Und wie ihre Mutter. Was weiß sie schon von mir? Nichts, gar nichts. Aber wenn sie mal in Fahrt ist, findet sie kein Ende.«

Cornelia lacht.

»Ich weiß nicht, warum du das lustig findest. Ich habe immer Respekt vor Älteren gehabt.«

Cornelia lacht noch lauter. »Ist das wahr? Sie und Marin haben nie ein böses Wort gewechselt?«

Tante Nella seufzt und verfällt in Schweigen. Eine Zeitlang hört man nur Arbeitsgeräusche, während die Frauen mit geübten Händen Teig kneten und klopfen.

»Cornelia«, beginnt ihre Tante wieder, in einem eigenartig zögernd gedehnten Ton, der Thea veranlasst, noch mehr die Ohren zu spitzen, »denkst du jemals noch an die Miniaturistin?«

Thea erstarrt, als sie diesen Ausdruck hört. Es ist, als würde die Luft um sie herum sich verdichten. »Nein«, sagt Cornelia nach einer Weile vorsichtig. »Das ist so lange her.«

»Aber manchmal fühlt es sich an wie gestern.«

»Madame, wie kommen Sie jetzt –«

»Fragst du dich nie, ob sie vielleicht irgendwo in der Nähe ist?«

»Natürlich nicht.«

»Ob sie uns beobachtet?«

»Madame –«

»Nein, lass es mich erzählen, auch wenn du wahrscheinlich glaubst, ich bin verrückt oder es ist wieder einmal so ein Anfall von Melancholie: Auf dem Ball von Clara Sarragon hatte ich ein ganz seltsames Erlebnis.« Theas Tante klingt fast, als wäre sie in Trance. »Da war diese Kälte, Cornelia. In meinem Nacken, so wie früher, als ob mich jemand beobachten würde. Ich *schwöre*, ich habe sie meinen Namen sagen hören.«

»Was?«

»Ich schwöre, ich habe sie *gesehen*.«

Oben an der Treppe in der Dunkelheit legt Thea mit heftig pochendem Herzen ihre Hand auf ihren Nacken. Sie erinnert sich an das eisige Prickeln, das sie gespürt hat, als sie am Kanal entlang in Richtung Schouwburg ging, und dass sie überzeugt war, Walter habe recht und jemand beobachte sie. Aber wer ist diese Person, von der ihre Tante mit solcher Bewunderung, ja fast einer Art von Liebe spricht?

»Sie ist nicht hier, Madame«, sagt Cornelia. »Sie war nicht auf dem Ball, und sie ist auch sonst nirgends in der Stadt. Sie ist nicht hier. Und ...«, Cornelia stockt, »... vielleicht war sie überhaupt nie da.«

»Sie war da. Denn nach wem sonst hättest du Ausschau gehalten an dem Morgen, als Thea die Brassen kaufen ging?«

Thea kann ganz leise Cornelia nach Luft schnappen hören. Sie denkt wieder an das Entsetzen ihres Kindermädchens, als das Päckchen und der Brief ankamen, und an ihre unbezwingbare Neugier darauf, von wem sie waren und was sie enthielten. *Ich rede von Dingen, die in diesem Haus passiert sind, bevor du geboren wurdest.* Sie denkt an die Miniaturen in ihrem Zimmer, in dem Kästchen unter ihrem Bett, und an die anderen auf dem Dachboden, ihre Eltern in ihrer reglosen winzigen Perfektion.

»Ich habe es Ihnen doch gesagt«, erwidert Cornelia. »Ich habe auf Thea gewartet.«

»Aber, Cornelia, woher weißt du denn, dass die Miniaturistin nicht wieder da ist? Wir haben sie ja kaum je so richtig zu Gesicht bekommen, als sie das erste Mal in unser Leben trat.«

Ein Klirren ist zu hören, als Cornelia ihr Messer hinwirft. »Ich verfluche den Tag, an dem der Seigneur Ihnen das Puppenhaus gekauft und zur Hochzeit geschenkt hat. Ich verfluche ihn von ganzem Herzen. Madame Marin hatte recht: diese Püppchen mit ihren Andeutungen und Drohungen sind unheimlich, wir hätten die Finger davon lassen sollen.«

»Ich spüre sie, Cornelia. Ich glaube, sie ist hier.«

»Unsinn, Madame. Verzeihen Sie mir, aber das ist Unsinn. Lassen Sie es gut sein, Madame Nella. Ich dachte, Sie wollen die Vergangenheit ruhen lassen.«

Cornelia nimmt ihr Messer wieder zur Hand und fängt zu hacken an. Thea wagt kaum zu atmen, so gespannt ist sie. Ihr geht ein Gedanke durch den Kopf: Wenn die Miniaturistin die Person ist, die all die Figuren gemacht hat, warum erzählt Cornelia dann Tante Nella nichts von dem Päckchen, das angekommen ist?

»Vielleicht hat sie herausgefunden, was ich mit meinem Puppenhaus gemacht habe«, sagt Tante Nella. »Sie weiß, dass ich es zerstört habe. Was ist, wenn sie gekommen ist, um Rache zu nehmen?«

»Lieber Gott, Madame, hören Sie auf damit. Es ist genug.«

»Manchmal«, sagt Nella leiser, »wünschte ich mir von ganzem Herzen, sie käme wieder.«

»Ich bitte Sie: Wie können Sie so etwas sagen, nach allem, was sie getan hat?«

»Was hat sie denn schon getan, außer mir zu zeigen, wer ich bin? Die Stücke, die ich von ihr bekommen habe, waren wunderschön«, fährt Tante Nella fort. »Erinnerst du dich an die Laute? Den Hochzeitskelch, die Schachtel mit Marzipankonfekt? Das miniaturisierte Abbild des Lebens, das mir versprochen worden war und um das man mich betrogen hat.«

»Sie hat sich in ein Leben eingemischt, das sie nichts anging«, sagt Cornelia. »Sie war eine Hexe.«

»Sie hat mich geleitet. Beschützt.«

»Beschützt!«, sagt Cornelia verächtlich.

»Ich habe nicht auf sie gehört, und wir haben dafür bitter büßen müssen. Ich wünschte, ich hätte auf sie gehört. Ich wünschte, ich hätte ihr mehr Aufmerksamkeit geschenkt.«

Cornelia schnaubt. »Das ist alles längst vorbei. Was Sie jetzt tun müssen, ist: mit Otto Frieden schließen, mit Thea sprechen –«

Nella unterbricht sie: »Da ist noch etwas, was ich dir sagen muss. Was ich dir gestehen muss.«

»Gestehen?« Der Schrecken in Cornelias Stimme ist deutlich spürbar. Wer auch immer diese Miniaturistin für Nella ist, für Cornelia ist sie etwas ganz anderes.

»Ich war auf dem Dachboden. Ich habe Marins Truhe geöffnet.«

»Was?« Cornelia schnappt nach Luft. »Aber das dürfen wir nicht. Die Sachen da drin sind für Thea bestimmt, wenn sie so weit ist.«

Thea klammert sich an den Handlauf des Geländers, als hinge ihr Leben davon ab. Aus der Küche ist zu hören, wie jemand einigermaßen rabiat Salatblätter zerrupft. Sie wartet mit angehaltenem Atem.

Natürlich gehörte die Truhe meiner Mutter, denkt Thea und ist erstaunt, dass ihr das nicht von Anfang an klar war. Thea stellt sich vor, wie sie und ihre Tante oben in der Dunkelheit des Dachbodens vor der Truhe knien wie vor einem Altar. Jede von ihnen hat es ohne Wissen der anderen getan, hat die gesammelten Hinterlassenschaften von Marin Brandt durchwühlt, auf der Suche nach Trost und Rettung. Jetzt befindet sich Marins kostbare Karte im Laden eines Kartenhändlers in der Raamstraat. Wenigstens ist ihre Miniatur noch da, neben der von Theas Vater.

»Ich habe die Miniatur der kleinen Thea genommen«, sagt Tante Nella.

»Madame!«, sagt Cornelia entsetzt. »Warum haben Sie das getan?«

»Weil Otto nicht der Einzige ist, der Thea in seiner Nähe haben will.«

»Ich glaube nicht, dass es nur das ist. Das passt nicht zu Ihnen. Haben Sie die Figur wieder zurückgelegt?«

»Nein.«

»Sie wollen die Miniaturistin *herbeirufen*.«

»Unsinn, Cornelia, das geht doch nicht.«

»Warum haben Sie dann das Kind behalten?«, zischt Cornelia.

»Weil ich wieder spüren wollte, wie es sich anfühlt, jemanden an meiner Seite zu haben.«

Cornelia lacht freudlos. »Glauben Sie immer noch, dass die Miniaturistin alle unsere Probleme lösen wird?« Sie hält inne. »Ich muss es Otto sagen.«

»Auf keinen Fall.«

»Wir müssen wachsam sein. Diese Dinger sind gefährlich. Sie haben uns kein Glück gebracht.«

»Mich haben sie glücklich gemacht«, sagt Tante Nella. »Ich habe sie ganz wunderbar gefunden, ich hätte sie nicht zerstören dürfen. Sie gehörten mir, Cornelia, sie waren meine Geschichte, etwas Einzigartiges. Als die Miniaturistin sie mir schickte, hatte ich das Gefühl, dass endlich jemand verstand, was mit mir geschah, dass es jemand wirklich sah. Ich sehne mich nach diesem Gefühl zurück.« Sie zögert. »Denn die Wahrheit ist, dass ich mich schrecklich allein fühle.«

Die Stimme ihrer Tante ist so traurig, so voller Sehnsucht und Schmerz, dass Thea Tränen in die Augen schießen. Sie fährt sich zornig übers Gesicht, als ihre Tante zu weinen beginnt. Das ist das wahre Geständnis, und Thea kann es kaum ertragen, es zu hören. Sie zieht sich zurück und betet, dass keine Bodendiele knarrt, dass sie nicht ertappt wird.

Oben in ihrem Zimmer, hinter verschlossener Tür, sitzt Thea vor ihren beiden Miniaturen. Sie hält Walter in der Faust und drückt ihn, als ob dies den Mann, den sie liebt, zu entschlossenerem Handeln bewegen könnte. Sie streichelt sein Haar und denkt wehmütig daran, um wie viel einfacher alles war, bevor Jacob auf der Bildfläche erschien und dieser Erpresserbrief eintraf und als sie sich noch keine Gedanken darüber machen musste, was diese Miniaturistin wohl im Schild führt. Sie stellt das kleine vergoldete Haus auf ihre Handfläche und beobachtet, wie es im Märzlicht, das durch das Fenster einfällt, schimmert. Wessen Haus ist es?, fragt sich Thea, und warum hat die Miniaturistin es mir geschickt, wo doch meine Tante nach ihr verlangt, nicht ich?

Aber während sie auf diese Stücke starrt, deren Bedeutung sie nicht ergründen kann, spürt sie plötzlich die Einsamkeit ihrer Tante – es trifft sie wie ein Schlag in die Magengrube. Das Gefühl dringt in ihr Blut und in ihren Kopf wie eine seltsame Medizin, die sie noch nie getrunken hat und die doch sonderbar vertraut schmeckt. Tante Nella hat ein Puppenhaus zur Hochzeit geschenkt bekommen, und sie hat es zerstört. *Cornelia, denkst du jemals noch an die Miniaturistin?* Tante Nella denkt offenbar an sie. Ihre klagende Frage, ihr Geständnis, das Wickelkind, das sie aus der Vergangenheit geholt hat, damit es sie tröstete.

Man braucht sich diese Miniaturen nur anzusehen, um zu erkennen, wie sie einen Menschen beeinflussen können, und Thea hat Verständnis für Tante Nellas Glauben an ihre Macht. Sie versteht ihr Bedürfnis, sie als etwas zu begreifen, das sich nicht in ihrer Schönheit erschöpft, als ein Mittel, einen Menschen sichtbar zu machen. Es überrascht sie, dass sie und ihre Tante solche Gefühle gemeinsam haben. Aber als Thea auf Walter und das kleine Haus hinunterblickt, findet sie keinen tieferen Sinn darin. Sie weigert sich, den Gedanken zuzulassen, dass in Walters winzigen Gliedern oder auf seiner leeren Palette oder in den vier Wänden eines unzugänglichen, winzigen vergoldeten Hauses irgendwelche verschlüsselten Botschaften stecken, die ihr sagen, wie sie durch die Stürme des Lebens kommt. Aber sie will auch nicht mit Cornelia glauben, dass in den Stücken, wer auch immer diese Miniaturistin sein mag, Bosheit steckt. Denn, denkt Thea, während sie die Miniaturen wieder in ihrem Schatzkästchen einschließt: So etwas Schönes *kann* nicht böse sein.

XVIII

Auch wie und wann der zweite Erpresserbrief vor ihrer Haustüre abgelegt wird, bekommt Thea nicht mit. Sie findet ihn, als sie Lucas hinauslässt, der jetzt im März damit begonnen hat, sich in der Umgebung nach Plätzen umzusehen, wo er in Ruhe sonnenbaden kann. Seit der letzten Begegnung mit Walter, bei der er ihr das nicht so ganz gelungene Porträt gezeigt hat, sind einige Tage vergangen, und sie muss andauernd an das denken, was sie erfahren hat, als sie das Gespräch von Nella und Cornelia belauschte: dass möglicherweise diese Miniaturistin, von der Thea zuvor nie gehört hatte, wieder da ist. Ihr Vater und ihre Tante haben gelegentlich ein paar kühle Worte miteinander gewechselt, aber von einem wirklichen Frieden ist nichts zu spüren, und die Atmosphäre im Haus bleibt freudlos. Alle diese Sorgen indes verfliegen, als Thea auf der Türschwelle wieder eine Nachricht erblickt, klein und quadratisch wie die erste und mit ihrem Namen darauf.

Einen Moment lang hofft Thea fast, dass sie von Jacob ist, denn damit könnte sie irgendwie umgehen. Ein *Billet-doux* aus Leiden, das sie leicht mit einem Achselzucken abtun könnte. Aber die Handschrift ist unverkennbar dieselbe wie die des ersten Erpresserbriefs. Sie fühlt sich ohnmächtig, vollkommen verängstigt, aber sie ist doch geistesgegenwärtig genug, um Ausschau nach jemandem zu halten, der eilig das Weite sucht. Die Leute, die sie sieht, sind einigermaßen unverdächtig: eine Heringsverkäuferin mit einem Jungen, der einen Korb schleppt; eine Magd mit vier neuen Besen im Arm, die sie wohl gerade auf dem Markt gekauft hat; ein Pastor; ein Ehepaar mit einem kleinen Kind. Keiner von ihnen sieht so aus, als würde er ihr das Leben zur Hölle machen wollen.

Thea starrt wieder auf den Brief. Am liebsten würde sie ihn

gar nicht aufheben; schon bei dem Gedanken, was darin stehen könnte, wird ihr ganz übel. Aber sie muss unbedingt verhindern, dass jemand anders ihn sieht, darum zwingt sie sich, ihre Lähmung zu überwinden, und steckt ihn in ihre Tasche. Sie lässt Lucas in der hoffnungsfroh sonnigen Kälte allein, zieht sich in den dunklen Flur zurück und schließt leise die Haustür. Mit wild klopfendem Herzen geht sie die Treppe hinauf in ihr Zimmer, wo sie sogleich das Schreiben aufreißt.

Glaube nicht, dass die Liebe, die du empfindest, wenn du ihn siehst, mehr wiegt als der Schaden, den ich dir zufügen kann. Alle deine Dreistigkeit wird dir nichts nutzen, aber wenn du noch einmal hundert Gulden zahlst, halte ich den Mund – andernfalls werde ich es Clara Sarragon erzählen, und dann wird es bald die ganze Stadt wissen. Spätestens am Sonntag, in der Oude Kerk, an derselben Stelle: hinter dem dritten Sitz im Chorgestühl links vom Altar. Kein goldenes Kleid kann deine Schande verdecken.

Thea hat das Gefühl, dass sie träumt. Es ist nicht vorbei: Wie hatte sie je glauben können, da käme nichts mehr nach? Die Erwähnung des goldenen Kleides lässt sie erschaudern, ganz zu schweigen von dem Hinweis auf Clara Sarragon. Der Ton ist natürlich schrecklich aufgeblasen und wäre unter anderen Umständen lächerlich, aber das ändert nichts daran, dass es stimmt, was da steht: Wenn Clara Sarragon von Theas und Walters Liebe erfahren würde, wäre die Familie Brandt unwiderruflich verloren, so fest Thea auch an ihre Verlobung glauben mag. Sie sind eben nicht kirchlich getraut worden, und selbst wenn sie es wären, wäre diese Ehe doch ohne den Segen ihres Vaters und ihrer Tante geschlossen worden. Thea würde zum zweiten Mal Schande über ihre Familie bringen.

Thea stellt sich vor, wie es wäre, wenn ihr Vater davon erführe. sie stellt sich Cornelias Enttäuschung vor, die Wut und den Kummer ihrer Tante. Mit zitternden Händen faltet sie den Brief zusammen und legt ihn in das Kästchen zu den Miniaturen und dem ersten Erpresserschreiben. Sie will diese schrecklichen Briefe aufbewahren, um sich selbst, falls sie jemals zweifelt, zu beweisen, dass ihr tatsächlich so etwas passiert ist, dass das alles nicht nur eine Ausgeburt ihrer übersteigerten Fantasie, ein böser Traum war. Tante Nella mag sagen, dass Thea keine Verletzungen erlitten hat, aber was weiß Tante Nella schon? Tante Nella hat sich schon so lange vor lauter Angst nicht mehr ins Leben hinausgewagt, dass sie natürlich niemals eine solche Nachricht erhalten könnte.

Thea legt sich zurück auf ihrem Bett und überlegt angestrengt, was sie tun kann, um sich und Walter vor dieser nimmermüden Bosheit zu schützen. Sie greift in das Kästchen, holt die Miniaturen hervor und versucht, sie mit den Augen ihrer Tante zu betrachten. Sie untersucht die Puppe von Walter, seine Hände, seine Arme, seine Beine, sein Gesicht, seinen ganzen Körper genau, ob sie, ähnlich, wie ihre Tante es von sich behauptet, vielleicht etwas findet, was sie leitet, ihr den Weg weist. Sie schaut auf die Palette ihres Geliebten, auf seinen Pinsel, als ob sie dort etwas entdecken könnte, das sie übersehen hat, aber Walter sieht genauso aus wie im Januar, als er vor ihre Haustür gelegt wurde. Walter ist unverrückbar, er wird sich nicht ändern, auf Walter ist Verlass. Im Übrigen sind seit einiger Zeit keine Miniaturen mehr gekommen. Vielleicht will die Miniaturistin ja gar nichts von ihr.

Und in diesem Moment weiß Thea, was sie tun wird, und diese Erkenntnis beruhigt sie. Es ist ein Risiko, und möglicherweise geht es schief. Aber niemand wird es ihr abnehmen, und niemand soll oder kann es ihr abnehmen. Es ist ganz und allein ihr Problem.

*

In der Oude Kerk sind viele Leute, aber zum Glück ist niemand in der Nähe des Chorgestühls. Thea nimmt den Beutel mit den hundert Gulden, die sie abgezählt hat, und versteckt ihn hinter dem Sitz mit dem streitenden Paar. Sie entfernt sich, doch sie geht nicht hinaus, sondern stellt sich hinter eine Säule, von wo aus sie das Chorgestühl gut im Blick hat. Wenn es sein muss, wird sie hier den ganzen Tag und die ganze Nacht warten. In dem ersten Schreiben stand, dass der Absender oder die Absenderin jeden Tag nachschauen werde, ob das Geld schon da sei, und es ist noch früh: es ist also durchaus möglich, dass heute noch jemand kommt. Und außerdem weiß Thea, dass Geduld Rosen bringt. Und sie versteht sich auf die Kunst, zu beobachten, ohne selbst gesehen zu werden.

Stundenlang steht sie da und spioniert den Bürgern nach, die hierherkommen, um zu beten und um Gott zu versprechen, dass sie sich bessern werden in diesem Monat, in diesem Jahr, in diesem Leben. Manche handeln vielleicht auch mit Gott, geloben, dass sie von einem Moment zum nächsten ganz neue Menschen werden, wenn Er ihnen gewährt, was sie wünschen oder brauchen – Geld, eine gute Ernte, eine neue Anstellung, ein gesundes Kind. Was Er wohl von diesen endlosen Versprechungen halten mag, fragt sich Thea, die allesamt nie eingelöst werden? Vielleicht hat Er sich längst daran gewöhnt.

Sie beobachtet auch Männer, die hier ganz irdische Geschäfte abschließen, zwielichtige Geschäfte zweifellos, denn andernfalls könnten diese Leute sich ja auch an der Börse oder bei einer der Gilden treffen. Thea muss an ihren eigenen Vater denken: Auch er hat heimlich einen Plan geschmiedet, und der Schuss ist nach hinten losgegangen. Ist er auch hier und betet auf den Knien um eine Lösung des Problems, während seine tote Geliebte nur wenige Meter entfernt unter den Platten ruht?

Thea fragt sich, ob sie jemals erfahren wird, was für ein Verhältnis ihr Vater und Marin Brandt miteinander hatten. Cornelia hat zu Tante Nella gesagt, dass man vielleicht nicht restlos alles über einen anderen Menschen wissen soll, denn sonst würde am Ende nichts von ihm übrig bleiben. Sie blickt hinüber zur äußersten östlichen Ecke, wo ihre Mutter namenlos begraben liegt. Vielleicht sind einige Geheimnisse, die diese Familie bewahrt hat, besser in der Dunkelheit aufgehoben und verborgen.

Ein Gefühl von Zuneigung geht wie eine Welle über Thea hinweg, als sie daran denkt, wie die Augen ihres Vaters leuchteten, als er sie an ihrem Geburtstag ins Zimmer treten sah. Es stimmt nicht, was Tante Nella behauptet hat: dass er an diesem Tag, am Todestag von Marin Brandt, seine Tochter kaum ansehen könne. Nein, er hat sie in die Arme genommen und ihr gesagt, dass sie vollkommen ist. Und es stimmt auch nicht, wenn Tante Nella behauptet, dass er ihre Chancen vereiteln wird. Keiner von ihnen wird das tun.

Weitere Stunden vergehen, und Thea verliert das Zeitgefühl. Ihre Beine beginnen zu schmerzen, ihr Magen sehnt sich nach Cornelias Beignets. Die Nacht bricht herein, ein Chorknabe geht durch die Kirche und zündet eine Kerze nach der anderen an. Sie sehnt sich danach, sich niederzulassen, sich eine Weile hinzusetzen, aber sie weiß, dass sie selbst bei dem schummrigen Licht zu sehr auffallen würde, darum nimmt sie sich zusammen und wartet weiter. Und schließlich, nachdem es eben acht Uhr geschlagen hat und sie sich Gedanken darüber macht, wie sie ihr Ausbleiben ihrer Familie erklären soll, sieht Thea, dass sich am Chorgestühl etwas bewegt.

Ein Umhang schwingt durch die Luft. Eine Frau mit einer Kapuze über dem Kopf beugt sich vor über das geschnitzte Paar, ihre Hand tastet hinter dem Sitz herum. Thea spürt einen leichten Schwindel, heißer Zorn steigt in ihr auf, als die Frau den Beutel mit dem Geld einsteckt. Ihr Plan funktioniert. Thea hat jeden einzelnen Gulden markiert, die Frau trägt den Beweis für ihre Schuld in ihrer Tasche.

Sie beobachtet, wie die Frau, immer noch den Rücken Thea zugewandt, sich aufrichtet. Ihre Kapuze rutscht, sodass ihr aschblondes Haar sichtbar wird, aber nur kurz, dann bedeckt sie es wieder. Sie geht schnell aus der Kirche hinaus in die kalte Nacht, Thea folgt ihr so unauffällig wie möglich. Die Frau nimmt die Warmoestraat, eine der belebten Durchgangsstraßen der Stadt, und Thea hat Mühe, sie im Auge zu behalten, denn die einzigen Lichter in der Dunkelheit sind die, die aus Fenstern dringen, und hier und dort ein Feuer an Ständen, wo man etwas zu essen kaufen kann. Der unauffällige Mantel tut das Seine dazu, dass die Frau leicht zu übersehen ist. Aber Thea gibt nicht auf und lässt sie nicht aus den Augen.

Die Frau eilt von der Warmoestraat über die Brücke in die Hartenstraat. Wo auch immer sie hinwill, sie hat es offensichtlich eilig. Sie gehen jetzt in Richtung Schouwburg, und Thea spürt Panik aufsteigen – aber die Frau biegt ab zum Jordaan, dringt immer tiefer vor ins Gassengewirr des Handwerkerviertels. Als die Frau schließlich auf halber Länge einer Straße stehen bleibt, hält Thea den Atem an und tut so, als studierte sie interessiert die getrockneten Kräuter und Samenkapseln im schummrig beleuchteten Fenster einer geschlossenen Apotheke. Die Frau verschwindet durch die Tür eines schmalen Hauses, und Thea flitzt ihr nach.

Die Tür, schmucklos und eher leicht gebaut, fällt fast ins Schloss, aber Thea streckt gerade noch rechtzeitig die Hand aus. Mit hämmerndem Herzen wartet sie und lauscht den Schritten der Frau, die sich schnell hinauf in den ersten Stock bewegen. Eine weitere Tür wird geöffnet, dann wieder geschlossen, dann ist es still im Flur und im Treppenhaus.

Hungrig nach stundenlangem Warten in der Kirche, erschöpft und desorientiert, steht Thea auf der Schwelle, die Hand immer noch an der Tür. Sie befürchtet, die Frau könnte jeden Moment wiederkommen, nachdem sie das Geld abgeliefert hat oder weil ihr bewusst geworden ist, dass sie vergessen hat, die Haustür abzuschließen. Dann müsste Thea die Konfrontation mit ihr auf offener Straße austragen, und das will sie keinesfalls.

Aber es bleibt ruhig im Haus, und Thea geht hinein.

Es ist ein dunkler Flur, kalte Steinplatten am Boden, die weiß getünchten Wände dünsten Feuchtigkeit aus. Eine Mörderhöhle, denkt Thea, aber dann sagt sie sich, dass das lächerlich ist. Zu ihrer Rechten befindet sich eine verschlossene Tür, die vermutlich zu einer Wohnung oder zu einem leerstehenden Laden führt. Die Atmosphäre ist beklemmend. Die Frau hat keine Spur von Parfüm hinterlassen; dieser Korridor riecht nur nach Verfall und Unglück. Theas Blut rast durch ihren Körper; noch nie ist sie so in ein Haus eingedrungen, wie eine Diebin. Aber wer ist hier die Diebin? Diese Frau hat Theas Geld, sie hat es sich einfach genommen.

Langsam nähert sie sich der Treppe, etwa zehn Stufen führen hinauf in ein noch dunkleres Obergeschoss. Nirgendwo Fenster. Es ist, als gäbe es die Außenwelt gar nicht. Thea lauscht: Oben hört sie murmelnde Stimmen, aber sie kann nicht erkennen, wie viele es sind und ob da Frauen oder Männer sprechen. Sie hatte einen einfachen Plan: der Person, die das Geld abholte, bis zu ihrer Wohnung zu folgen, sie zur Rede zu stellen und ihr zu sagen, dass sie keine Angst vor der Schande habe. Aber jetzt scheut sie davor zurück, der Gedanke, in eine fremde Wohnung hineinzuplatzen, ist ihr schrecklich.

Sie setzt den Fuß auf die erste Stufe, um zu prüfen, wie das Holz sich verhält, wenn es belastet wird. Die Erfahrung, die sie in all den Jahren bei sich zu Hause gesammelt hat, wenn sie auf Zehenspitzen umherschlich, um interessante Neuigkeiten oder ein Geheimnis zu erlauschen, erweist sich als nützlich. Sie gibt genau acht, wohin sie tritt, damit die Stufen nicht knarzen oder ächzen, und schafft es so, sich nahezu lautlos zu bewegen, zur vierten Stufe, zur fünften, zur sechsten, und als sie den Korridor im ersten Stock erreicht, stellt sie fest, dass es da nur eine Tür gibt, ein paar Schritte weiter zu ihrer Rechten. Von dort kommen die Stimmen. Thea schiebt sich den Gang entlang, den Rücken an die Wand gedrückt. Erst jetzt fällt ihr ein, dass diese Leute gefährlich sein könnten. Was, wenn sie bewaffnet sind? Aber Thea sagt sich, dass sie eine Abenteurerin ist, wie ihre Familie ihr immer bei kindlichen Spielen versichert hat, eine Abenteurerin, die mit ihrer Schlauheit und ihrem Mut überall durchkommt. Ich kann treten, denkt sie. Ich habe meine Fäuste. Ich kann ihr einen Schrecken einjagen.

Trotzdem: Sie wünschte, Walter wäre hier. Sogar Tante Nella wäre ihr willkommen.

Thea geht auf die Tür zu und beugt sich hinunter zum Schlüsselloch. Das Gespräch im Raum ist verstummt, und sie betet, dass die Leute da drin das Rascheln ihrer Röcke nicht gehört haben. Sie braucht den Vorteil der Überraschung, aber es ist niemand zu sehen; die Bewohner sind außer Sichtweite. Das Zimmer, in das sie blickt, ist klein, sauber gehalten, genau wie die Garderobe von Rebecca in der Schouwburg, aber viel spärlicher möbliert: ein einfaches Bett für zwei Personen, ein paar Stühle, ein niedriger Tisch, darauf ein Zinnleuchter mit einer Kerze, deren flackerndes Licht über die rissige Wand huscht. Auf den dunklen Bodendielen sieht Thea ein Kinderbettchen stehen. Es ist nicht besonders kunstvoll, hat keine Schnitzereien oder andere Verzierungen, sondern sieht aus wie ein halbes Bierfass auf einem einfachen Gestell. Es wurde in Längsrichtung an die Wand geschoben, und aus seinem Inneren erheben sich zwei winzige Fäuste, die langsam auf die muffige Luft einschlagen, bevor sie sich wieder zurückziehen, als wären sie nie da gewesen.

Plötzlich kommt der Rock einer Frau ins Bild. Als sie sich an den Tisch setzt, den Beutel mit Theas Geld in der Hand, wird auch ihr Profil im Ausschnitt des Schlüssellochs sichtbar. Die Frau ist etwa so alt wie Tante Nella, aber sie hat ein viel weicheres Gesicht, aschblondes Haar und eine kleinere Nase, eine volle Unterlippe, die sie konzentriert vorwölbt, als sie beginnt, Theas zweite Lieferung zu zählen. Sie sieht so erschöpft aus, wie Thea sich fühlt, und als sie zu zählen anfängt, streckt das Baby in seinem Bettchen wieder die Fäuste hoch und beginnt zu weinen.

»Kümmer du dich um ihn, sei so gut«, sagt sie, ohne aufzublicken. Als sie spricht, ist ihre Lippe weniger voll. Ihr Mund ist verkniffen, ihre Stimme klingt hart. »Er ist schließlich dein Sohn.«

Ein Paar Stiefel bewegt sich über die Dielen in Richtung des Tisches. Die untere Hälfte eines Mannes kommt ins Bild und geht vor der Frau vorbei. »Stimmt das Geld?«, fragt er, und als er spricht, spürt Thea einen so starken Schwindel, dass sie sich am Türrahmen abstützen muss.

»Ja«, sagt die Frau. »Alles in Ordnung, wie du gesagt hast.«

»Ich denke, es reicht jetzt, Griete. Ich will es nicht noch einmal machen.«

Griete. Bevor Thea überhaupt darüber nachdenken kann, was vor ihren Augen geschieht, bewegen sich die Beine des Mannes schnell zu dem Bettchen. Er beugt sich darüber, greift hinein, und als Thea sein Gesicht sieht, krampft sich ihr Magen zusammen unter dem Zwang der schrecklichen Erkenntnis. Ihr Herz liegt ihr auf der Zunge, eine tote Kröte, die ihren Mund verstopft. Eine Welle von Übelkeit steigt in ihr auf, während sie zusieht, wie Walter den Jungen in seinen Armen hält.

Sie bekommt keine Luft mehr, aber sie kann sich nicht losreißen von dem widerlichen Anblick. Es ist ein Bild, das keinen Sinn ergibt, und doch sieht Thea es an. Es ist das Einzige, was sie tun kann, um nicht zu schreien, die Tür einzutreten und ihre Hände um die Kehle der Frau zu legen.

»Du hast gesagt, die Leute haben Geld«, fährt die Frau fort. »Sie wohnt an der Herengracht – da kann man ruhig noch einmal abkassieren.«

Thea hält sich die Hand vor den Mund und beißt sich auf die Innenseite ihrer Wangen. Wie können sie nicht merken, dass sie hier ist, wo doch ihr ganzer Körper in Flammen steht? Bestimmt werden sie sich gleich zur Tür umdrehen. Bestimmt wird der Rauch unter der Tür hindurch in ihr kleines Zimmer ziehen, und sie werden anfangen zu husten. Bestimmt können sie ihr Wimmern hören.

Sie will weglaufen, aber sie ist wie angewurzelt. Sie kann sich nicht aus dieser Parallelwelt losreißen. Aber es ist die wirkliche Welt, eine, in der sie ein Dummerchen ist, ein Gimpel, ein Opfer, dem man die Taschen leert, jemand, den nie jemand wirklich lieben kann.

Wer ist diese Griete, die Theas Gulden zählt, die so tüchtig, so abgebrüht ist? Thea schaut nach unten; ihre Hand liegt auf der Türklinke und sie drückt sie, sie geht hinein. Das Paar dreht sich erschrocken um. Walters Gesicht wirkt schaurig im Schatten, entsetzt umklammert er den Säugling, die Frau fährt hoch. Aus der Ecke des Zimmers kommt ein etwas älteres Kind, das schon laufen kann, wenn auch wackelig. Mama, Mama, sagt es immer wieder.

»Wer ist das?«, fragt Thea, bevor die Frau dazu kommt, etwas zu sagen. »Walter, wer ist das?«

Aber es ist nicht Walter, der ihr antwortet. Die Frau sieht Thea an, fast mitleidig. »Ach, du armes Mädchen«, sagt sie. »Du musst Thea sein.«

»Sie wissen nicht, wer ich bin.«

»Natürlich weiß ich das. Ich bin seine Frau.«

Eine Ehefrau

XIX

Otto und Nella sind sich endlich einmal in einem Punkt einig: Sie wollen, dass Thea in Sicherheit ist, und werden sie nicht drängen, wieder in die Welt hinauszugehen. Thea hat ihr Zimmer einen Monat lang nicht verlassen. Nach fünf Tagen, die für sie alle eine einzige Qual waren, ist ihr Fieber zurückgegangen, aber in den Wochen seitdem ist sie immer noch schwach, isst nicht viel, liegt nur da in ihrem Bett, das Gesicht zur Wand hin gedreht. Nella schämt sich dafür, dass sie selbst sich im März so abgekapselt hat, und das nur wegen eines Streits mit Otto, während es ihrer Nichte hier, wenn auch unerklärlicherweise, wirklich schlechtgeht: sie kann nicht einmal mehr auf ihren eigenen Füßen stehen. Sie lassen sie in diesen Tagen viel schlafen.

Sie waren alle krank vor Sorge, als sie nicht nach Hause kam. Seit dem Streit hatten sie so nebeneinanderher gelebt, dass sie Thea erst gegen sechs Uhr abends vermissten. Als Cornelia Theas Zimmer leer vorfand, eilte sie zum Theater, um dort nach ihr zu suchen, und als sie alleine von dort zurückkam, wussten sie, dass etwas nicht stimmte. Otto lief zum Hafen und fragte bei seinen alten Kollegen herum, ob jemand sie gesehen hatte, während Nella am Goldenen Bogen und im Jordaan nach der Verschollenen suchte.

Als die beiden wieder nach Hause kamen, aufgelöst vor Kummer, fanden sie Cornelia im Obergeschoss bei Thea, die zitternd und wirres Zeug stammelnd in ihrem Bett lag. Sie waren bei ihrem Anblick so erleichtert, dass sie in Tränen ausbrachen und für eine Weile allen Groll vergaßen, der sie entzweit hatte, indes war der Zustand des jungen Mädchens doch schreckenerregend. Sie fragten sie immer wieder, was passiert sei, aber Thea wollte nicht sprechen. Cornelia war bleich vor Angst. »Hört auf, sie mit Fragen zu quälen«, sagte sie. »Seid froh, dass sie in Sicherheit ist.«

»Wir brauchen einen Arzt«, sagte Nella. »Sofort.«

Und es kamen Ärzte. Vier Wochen lang haben sie ihre ganze Kunst aufgeboten. Sie haben Theas Venen aufgeschnitten und sie zur Ader gelassen. Sie haben ihr Blutegel angelegt. Cornelia wird zornig, wenn sie dabei zusehen muss, und Otto kann es nur schwer aushalten. Thea hat sich die ganze Zeit schweißnass und bleich in ihrem Bett hin und her gewälzt und von goldenen Häusern und leeren Paletten und Säuglingen in Bettchen geredet und von einer Tür, die sie niemals hätte öffnen dürfen. Es ist, als wäre ihr Delirium ansteckend: Wenn Nella ihr zuhört, kommt sie sich selbst leicht verrückt vor. Sie erhält Einblicke in die Fantasien ihrer Nichte, und sie sieht lauter befremdliche Dinge. Was weiß Thea über Säuglinge in Bettchen oder über goldene Häuser? Was für eine Höllentür war es, die sie aufgestoßen hat?

»Keine Blutegel mehr«, sagt Otto. »Ich lasse Witsen kommen.«

»Auf keinen Fall«, sagt Nella. »Er ist Gärtner, kein Arzt.«

Cornelia sieht die beiden angewidert an, als könnte sie es nicht fassen, dass sie es schaffen, immer noch zu streiten.

Aber das Fieber ist verschwunden, und es ist April, und obwohl der Frühling jetzt wirklich da ist und die Lämmer geschlachtet werden und auch das letzte Restchen Eis auf den Kanälen geschmolzen ist und alle voller Boote sind, kann man doch nicht zur Normalität zurückkehren, und es ist gar nicht daran zu denken, Jacob zum Abendessen einzuladen. Sie werden nichts unternehmen, was Theas Genesung stören könnte.

Nella schickt Jacob an der Prinsengracht eine Nachricht, in der sie ihm erklärt, dass Thea sich gerade zu einem kurzen Besuch bei lieben Freundinnen aus ihrer Schulzeit in Antwerpen aufhalte. Sie befürchtet, dass Frau Lutgers den Brief öffnen und ihn ins Feuer werfen wird, bevor ihr Herr ihn lesen kann, und dass Jacob dann glauben muss, sie hätten sich ganz plötzlich zurückgezogen und wollten nichts mehr mit ihm zu tun haben. Aber nein, er antwortet in seiner schön fließenden Handschrift, dass er sich darauf freue, Thea wiederzusehen, sobald sie zurückkehrt. Das ist ein kleiner Lichtblick in der Dunkelheit. Er ist immer noch interessiert.

Thea scheint jetzt vor allem erschöpft zu sein. Sie spricht über unwichtige, alltägliche Dinge, aber nicht darüber, was ihr in der Nacht, als sie zurückkam, widerfahren ist und sie so sehr mitgenommen hat. Die meisten Gespräche ermüden sie schnell. Jetzt, da man Mediziner und Wundärzte weggeschickt hat, ähnelt die Verfassung der Familie derjenigen eines Menschen, der unter Wasser gedrückt wird und panisch mit Armen und Beinen rudert, denn sie haben Angst, dass Thea einen Schaden erlitten haben könnte, von dem sie sich nie mehr erholen wird. Morgens sitzt sie am Fenster, schaut ins Leere und streichelt gedankenverloren den Kater. Nachmittags schläft sie meistens. Sie liest ein wenig in dem Buch, das Jacob ihr geschenkt hat, oder in der Familienbibel; sie zupft auch ihre Laute, aber ganz teilnahmslos.

Was ist dem armen Kind zugestoßen? Was hat sie gesehen? Warum ist ihnen das passiert, warum musste nach dem Schicksalsschlag im Winter nun im Frühling auch noch dieses Unglück sie treffen?

Seit Thea in diesem Zustand ist, kann Cornelia nicht mehr allein auf den Markt gehen. Irgendetwas macht ihr Angst, aber sie will nicht sagen, was. Nella nimmt an, es ist einfach die Sorge um Thea, die sie beschäftigt. Cornelia bittet Otto, sie zum Fischmarkt zu begleiten, aber Otto möchte bei seiner Tochter bleiben für den Fall, dass sie doch anfängt zu erzählen, was geschehen ist, damit er der Sache auf den Grund gehen und etwas gegen das Übel tun kann. Er hat tagein, tagaus an ihrem Bett gesessen und nur wenig geschlafen. Er sieht verhärmt aus, die Kleider zerknittert, das Gesicht hager.

»Geh und leiste Cornelia Gesellschaft«, sagt Nella. »Thea schläft noch. Ein bisschen frische Luft wird dir guttun. Thea läuft dir nicht weg.«

Noch während sie das sagt, befürchtet Nella, dass ihre Worte vielleicht nur allzu wahr sein könnten: dass Thea *niemals* mehr ihr Zimmer verlassen, dass ihre einst so quirlige Nichte immer in diesem leeren Haus apathisch vor sich hin vegetieren wird. Sie fragt sich, ob Otto froh wäre, wenn es so käme, wenn sein Wunsch, Thea immer an seiner Seite zu haben, so in Erfüllung ginge. Sie schüttelt den lieblosen Gedanken ab. Kein Vater würde sich jemals wünschen, dass seine Tochter so leblos still ist. Sie haben Thea immer auch für ihr loses Mundwerk geliebt, sosehr ihre Widerworte in den letzten Monaten Nella erbittert haben. Ich würde alles dafür geben, dass sie sich mit mir streitet, denkt Nella und ist erstaunt, wie schnell Gefühle sich ändern können.

Sie hat in den vergangenen vier Wochen die ganze Zeit auf irgendein Zeichen von der Miniaturistin gehofft, auf irgendetwas, das ihr helfen könnte, diese Hölle durchzustehen. Aber es ist nichts gekommen. Alles, was sie hat, ist die Figur des Wickelkinds, die sie heimlich in ihrer Tasche betastet, wenn Cornelia und Otto nicht hinsehen. Sie ist sich sicher, dass die Miniaturistin hier war, und sie kann nicht glauben, dass sie sich aus bloßem Mutwillen bei dem Ball kurz gezeigt haben soll, um anschließend endgültig aus Nellas Leben zu verschwinden.

Otto und Cornelia ziehen los, um nach billigen Krabben zu schauen, und Nella lässt sich auf einem Stuhl vor Theas Tür nieder. Nach einer Weile schreckt ein Klopfen an der Haustür sie auf. Seit einem Monat machen sie sich Sorgen, dass sich die Kunde von Theas Zusammenbruch in der Nachbarschaft verbreiten und zu bösem Klatsch Anlass geben könnte. Man kann ein Klopfen an der Tür nicht einfach ignorieren, auch wenn es einem Angst macht, und so tut Nella, was sich gehört: Schweren Herzens steht sie auf und geht hinunter.

Sie öffnet die Tür in der Hoffnung, vielleicht ein Päckchen auf der obersten Stufe vorzufinden so wie früher und in einiger Entfernung eine Gestalt um eine Ecke biegen zu sehen, aber da steht zu ihrem Verdruss kein anderer als Caspar Witsen vor ihr, diesen alten Lederranzen umgehängt und eine kleine eingetopfte Pflanze mit sonderbar aussehenden Blättern in den Händen.

»Madame Brandt«, sagt er mit leicht ängstlicher Miene, »wie geht es ihr?«

Seine Fingernägel, bemerkt Nella, sind makellos sauber, und es scheint, als hätte er einen Kamm durch sein wildes Haargewirr gezogen. Sie weiß nicht recht, wie sie sich verhalten soll: Sie kann dieses Gespräch nicht auf der Türschwelle führen, und sie will ihn auch nicht in ihrem Haus haben, aber es hilft nichts. »Herr Witsen«, sagt sie, »kommen Sie herein.«

Er tritt ein, und sie schließt hastig die Tür. Erst jetzt, da er ihr auf dem Flur direkt gegenübersteht, wird ihr wieder bewusst, was für eine lange dürre Gestalt er ist. »Ich habe Ihnen eine Aloe mitgebracht, Madame«, sagt er und hält ihr die Pflanze hin.

Nella kann ihre Überraschung nicht verbergen. »Für mich?«

»Ein Friedensangebot.«

Sie macht keine Anstalten, das Geschenk zu nehmen. Witsen fingert sichtlich verlegen an einem Blatt herum. »Wenn Sie das aufschneiden, tritt eine Flüssigkeit aus, die kühlende Wirkung hat. Man kann Verbrennungen und Entzündungen der Haut damit behandeln. Man kann sie auch in Tee aufgelöst trinken. Sie besitzt beruhigende und reinigende Kräfte, wissen Sie.«

Er hält inne, als befürchtete er, zu geschwätzig zu sein. Sie sieht ihn an. »In diesem Haus hat es nie gebrannt«, sagt sie, aber sie weiß, dass das nicht stimmt.

Caspar Witsen wirkt ein bisschen gedrückt, und Nella hat, wie sie nicht ohne eine gewisse Gereiztheit bemerkt, Schuldgefühle. »Danke«, sagt sie seufzend zu ihm und nimmt ihm die Aloe aus der Hand.

»Sie hat viele gute Eigenschaften«, sagt Witsen. »Es ist eine erstaunliche Pflanze. Sehr widerstandsfähig. Sie kann viel Feuchtigkeit speichern und gedeiht in extrem schwierigem Gelände. Wir hatten viele Aloen im Arzneigarten ...«

»Danke schön, Herr Witsen.«

Nella dreht die Pflanze in ihren Händen, bewundert ihre tiefgrünen Stachelblätter, ihre pralle Vitalität. Sie passt so gar nicht zu der Holzvertäfelung und den schwarz-weißen Fliesen. »Ich kenne mich mit Pflanzen nicht besonders gut aus«, sagt sie. Sie blickt auf. »Aber ich nehme an, das wussten Sie bereits.«

Es ist ein versteckter Vorwurf, eine Anspielung auf seine Grenzüberschreitung Wochen zuvor, als er auf dem Plan ihres Elternhauses herumgekritzelt und ohne ihre Erlaubnis auf ihrem Land

Luftschlösser gebaut hat. Aber Witsen lächelt. Es ist das erste Lächeln, das Nella seit über einem Monat gesehen hat. »Ah, Madame Brandt«, sagt er. »Auch mein Wissen steckt noch in den Kinderschuhen.«

Sie stehen einen Moment lang schweigend da. »Tja«, sagt Witsen dann, »manchmal bin ich schrecklich gedankenlos.«

Die Wahrhaftigkeit seiner Worte trifft eine weiche Stelle unter Nellas Rippen. Sie spürt, dass ihr Gesicht warm wird.

»Ich habe nicht daran gedacht, dass es Sie so aufregen würde«, fährt er fort. »Aber natürlich verstehe ich Sie: Land ist kostbar. Und das Haus liegt Ihnen sicher am Herzen.«

Nella starrt auf sein Haar, dem man ansieht, dass er zumindest den Versuch unternommen hat, es zu kämmen, dann auf das grüne Geschenk in ihren Händen. Sie hat schon zu lange kein Gespräch mehr geführt, schon gar nicht mit einem Mann. Seine Entschuldigung klingt aufrichtig, und sie fühlt sich ein bisschen beschämt. »Kommen Sie mit in die Küche«, sagt sie. »Thea schläft, und ich möchte sie nicht wecken.« Sie hält inne. »Vielleicht könnten wir ja diesen Aloe-Tee probieren.«

*

Am Küchentisch sitzt Caspar Witsen wie eine Vogelscheuche, die sich aus dem Garten hierher verirrt hat. »Dieses Haus ist wirklich riesig«, sagt er. »Wenn ich hier irgendwo meine Schuhe hinstellen würde, müsste ich lange suchen, bis ich sie wiederfände.«

»Das kann schon passieren«, antwortet Nella über die Schulter, während sie den Kessel an den Haken hängt, um Teewasser heiß zu machen. »Als ich so alt war wie Thea, hatte ich eine Miniaturausgabe davon: ein Puppenhaus. So hatte ich einen besseren Überblick, wo die einzelnen Sachen hingehören.«

»Bezaubernd.«

»Das kann man wohl sagen. Es war ein Hochzeitsgeschenk von meinem Mann. Das ganze Haus samt Hausrat in Kleinformat, eingebaut in einen Schrank.«

»Haben Sie es noch? Das stelle ich mir wunderbar vor.«

»Es ist nicht mehr in meinem Besitz«, sagt sie. »Zu klein, um darin zu wohnen.«

Witsen lächelt wieder. »Das eine ist zu groß, das andere zu klein. Es klingt wie ein Märchen für Kinder. Ein Haus wie dieses hier ist sicher sehr teuer im Unterhalt. Sie hätten die verkleinerte Version davon behalten sollen.«

»Wir kommen zurecht«, sagt Nella knapp.

»Natürlich.« Witsen wird ein bisschen rot. »Soll ich ein Blatt abschneiden?«

»Wird das der Pflanze nicht schaden?«

»Das wächst wieder nach. Das ist das Schöne an diesen Geschöpfen.« Er hält inne. »Und davon abgesehen: Besser als ein Aderlass ist es allemal, oder nicht?«

Nella lässt den Kessel über dem Feuer hängen und setzt sich ihm gegenüber. Aus dem Fenster so hoch oben in der Wand, dass es gerade über dem Niveau der Straße ist, fällt ein Strahl Aprilsonne zwischen ihnen auf den Tisch und beleuchtet die Kerben, die Cornelias Messer im Lauf der Jahrzehnte in das Holz geschnitten haben. »Otto hat Ihnen gesagt, dass es Thea nicht gut geht«, bemerkt Nella.

Witsen sieht sie ernst an. »Ich habe mir Sorgen gemacht. Unter anderem deswegen bin ich hier.«

»Unter anderem?«

»Ja. Ich bin gekommen, um Ihnen die Aloe zu bringen.«

»Sie stehen in Kontakt mit Otto?«

Witsen wirft einen Blick durch das Fenster. Er wirkt verlegen. »Ich betrachte ihn als einen Freund, Madame Brandt.«

Der Teekessel beginnt zu pfeifen. Witsen holt ein kleines Messer aus seiner Tasche und schneidet mit geübter Hand eine der lanzettenartigen Blattspreiten unten an der Basis ab. »Sehen Sie«, sagt er und ritzt das Blatt der Länge nach ein. Eine klare, dicke Flüssigkeit tritt durch den Schnitt aus.

»Sieht aus wie Leim«, sagt Nella.

Aber Witsen antwortet nicht, so konzentriert ist er, und Nella sieht fasziniert zu, wie er den gallertartigen Saft mit der Klinge abnimmt und in die Teekanne fallen lässt. Langsam versteht sie, warum Clara Sarragon Witsens hochspezialisiertes Expertenwissen so schätzt, und eine kleine Knospe Genugtuung blüht in ihr bei dem Gedanken, dass Witsen seiner Arbeitgeberin all ihrem Reichtum zum Trotz den Rücken gekehrt hat.

»Jetzt das Wasser«, sagt er.

Sie nimmt den Kessel und schüttet das Wasser in den Topf. Der Aloe-Saft löst sich auf, und Witsen rührt mit einem Löffel um. »Das ist gut für die Verdauung.« Er zögert. »Und gegen Appetitlosigkeit und Melancholie.«

Sie verengt die Augen. »Spielen Sie mehr auf mein Gewicht an oder auf meinen Geisteszustand?«

Witsen sieht sie schuldbewusst an, als wüsste er nicht recht, was die richtige Antwort sein könnte.

»Redet Otto mit Ihnen über mich?«, fragt sie. »Über uns? Über Thea und über Cornelia?«

»Manchmal.«

»Und *was* redet er dann?«

»Nichts, was er, denke ich, nicht auch Ihnen selbst sagen würde.«

Damit hat er sich geschickt aus der Affäre gezogen. Nella antwortet nicht, aber sie spürt, wie Witsen ihr Schweigen in sich aufsaugt, und das beunruhigt sie: Sie fühlt sich so ausgeliefert wie das Blatt der Aloe, als zückte er schon sein Messer, um es in ihre Seite zu stoßen und die Geheimnisse ihres Herzens bloßzulegen.

Sie selbst hatte gar nicht bemerkt, wie stark sie abgenommen hatte. Es war Cornelia, der zuerst auffiel, dass ihre Röcke lose um ihre Taille schlotterten. »Es ist nicht so, dass wir es uns leisten könnten, Essen einfach wegzuwerfen, Madame, oder es irgendwelchen armen Waisen zu geben«, hatte sie gesagt.

»Wir können es den Waisenkindern geben, und wir sollten es auch tun«, antwortete Nella, während sie in ihren halb aufgegessenen Poffertjes herumstocherte und sich fragte, was sie in ihrer Lage tun sollten: Thea rührte sich nicht aus ihrem Zimmer weg, und alle anderen hingen antriebslos herum. Lucas war vielleicht leidlich zufrieden, wenn er nur genug Rührei bekam, aber die anderen konnten so ein Leben auf die Dauer nicht aushalten.

Witsen unterbricht sie in ihren Gedanken. »Sollen wir?«, fragt er, und schenkt etwas von dem Gebräu in der Teekanne in zwei Tassen.

»Woher weiß ich, dass Sie mich nicht vergiften?«

Witsen lacht. »Das würde ich nie tun.« Er pustet in seine Tasse und nippt dann ganz vorsichtig.

Nella folgt seinem Beispiel. »Es schmeckt nach nichts.«

»Seien Sie froh«, sagt er. »Manchmal schmecken diese exotischen Kräutertees grauenhaft.«

Sie pusten und nippen, pusten und nippen. Nella ist dankbar für die Tasse: Sie kann sich daran festhalten, sie als Schild benutzen, der sie vor diesem Mann schützt. Er hat etwas nimmermüde Vorwärtsdrängendes an sich, eine Art sprudelnder Energie. An Caspar Witsen ist nichts träge. »Ich war schon immer der Meinung, dass Melancholie von einem leeren Magen kommt«, sagt er.

»Ich bin nicht melancholisch.«

Ihre Blicke treffen sich, aber Witsen wendet den Blick nicht ab, bis Nella schließlich wegschaut. »Das Fasten führt dazu, dass die Leute ins Delirium verfallen, Madame«, sagt er. »Wir sollten süße Milch trinken, frisches Brot, gutes Hammel- und Rindfleisch essen.«

»Ich frage mich, warum Sie dann nicht fetter sind.«

Witsen grinst und nimmt noch einen Schluck. »Das macht der Aloe-Tee. Der sorgt für das schöne Gleichgewicht, das Ideal der Amsterdamer. Ich glaube daran, dass man sich um seinen Körper kümmern muss«, sagt er. »Ich glaube vielleicht mehr daran als an Gott.«

Die Haare in Nellas Nacken stellen sich auf. »Das ist eine gewagte Aussage.«

»Nun, hier kann uns niemand hören, Madame Brandt. Und ich hoffe doch inständig, dass Sie nicht vorhaben, mich beim nächsten Pastor anzuzeigen.«

Nella lacht, und es fühlt sich so gut an, so befreiend. Es ist lange her, dass sie zum letzten Mal gelacht hat. »Sie glauben also nicht an Gottes Heilsplan?«, sagt sie. »An die Vorsehung?«

Witsen überlegt, seine Augen leuchten vor philosophischer Lust. »Ich glaube, unser Schicksal liegt mehr in unseren eigenen Händen, als wir wahrhaben wollen.«

Jetzt, da ihr Becher abgekühlt ist, nimmt Nella einen großen Schluck. »Komisch, dass Sie das denken. Ich für meinen Teil habe oft das Gefühl, dass es im Gegenteil in den Händen anderer liegt.«

Er nickt. »Die Klage hört man immer wieder.«

»Ich meine: So wie Ihr Schicksal in den Händen von Clara Sarragon lag.«

»Das stimmt.«

Was treibt sie hier unten in der Küche mit einem Mann, den sie kaum kennt? Nella beugt sich vor, um ihre Tasse abzustellen, und ihr Scheitel taucht ins Sonnenlicht.

»Sonne«, sagt Witsen, »*das* würde Ihnen guttun.«

Sie sieht ihm in die Augen. »Sie verordnen mir Sonne, als wäre ich eine Pflanze.«

Er lacht. »Vielleicht finde ich Sie, wenn ich das nächste Mal komme, in vollem Saft. Die Haare ein Grasbüschel. Die Augen Fliederblüten.«

»Unter lauter Grün verschwunden«, sagt Nella, die nicht recht weiß, was sie von seiner poetischen Ausdrucksweise halten soll.

Er lächelt, aber er wirkt unsicher, als wäre sie ein Buch, das er trotz aller Klugheit nicht versteht. Hat sie den falschen Ton getroffen – einen Mollton, als sie vom Verschwinden sprach und damit die Vorstellung heraufbeschwor, sie würde vom Laub, das er so sehr verehrt, geschluckt? »Meine Mutter mochte Pflanzen«, sagt sie plötzlich – zu ihrer eigenen Überraschung, denn sie spricht nie über ihre Mutter.

»Tatsächlich?«, fragt Witsen interessiert. »In Assendelft?«

»Ja. Sie hatte einen Garten, in dem auch allerlei Kräuter wuchsen, vor denen ich mich in Acht nehmen musste. Sie kannte sich gut damit aus, im Gegensatz zu mir.« Nella lächelt. »Aber die Namen kann ich noch alle aufsagen – wie so ein ABC-Buch in Menschengestalt.«

Caspar lacht, und Nella fährt ermutigt fort: »Belladonna, Flohkraut, Mariendistel, Beinwell – vor dem meine Mutter mich eindringlich gewarnt hat: Ich sollte ihn nie abzupfen oder auch nur anfassen.« Sie schaut auf ihre Finger. »Manchmal kamen Frauen zu ihr. Sie tuschelte mit ihnen an der Hintertür und steckte ihnen einen Beutel zu. Ich habe oft gefragt, was die Frauen von ihr wollten, aber meine Mutter hat es mir nie gesagt.«

»Es klingt, als wäre sie eine weise Frau gewesen.«

»Ja, das kann sein.«

Für einen Moment fühlt sich Nella an den Ort zurückversetzt, der ihrer Mutter am wichtigsten war. In ihren Gärten wuchsen alle möglichen Dinge: Karotten, die wie schlanke orangefarbene Finger aussahen, wenn man sie aus der Erde zog; die unförmig knolligen Kartoffeln und Zwiebeln, die man monatelang im Dunkeln lagern konnte; Lauch und Knoblauch, Erbsen und Bohnen.

»Ist dort viel gediehen?«, fragt Witsen.

»Eine Menge. Wir verkauften es. Das Seltsame ist, dass keine von uns kochen konnte. Meine Mutter mochte die Phase, in der die Samen keimten und die Setzlinge Wurzeln schlugen, sie genoss es zu sehen, wie die Pflanzen gediehen, sie liebte das Gefühl der Erwartung. Aber die Verarbeitung der Früchte überließ sie anderen. Vielleicht wollte sie all die schönen Sachen nicht kaputtmachen.«

»Das verstehe ich.«

»Sagt der Mann, der gerade erst eine kostbare Aloe genüsslich aufgeschlitzt hat.« Sie hält inne. »Deshalb habe ich Cornelias Fähigkeiten, die den meinen himmelhoch überlegen sind, immer bewundert. Sie hackt und schnippelt, schmort und brät mit Hingabe. Sie modelt die Natur nach ihrem Belieben.«

»Auch das verstehe ich. Aber Sie tun sich selbst unrecht, da bin ich mir sicher.«

»Oh, ich sage Ihnen die reine Wahrheit.« Nella seufzt. »Nur mit den Hühnern konnte ich gut umgehen, das war das Einzige, wofür ich wirklich zu gebrauchen war. Ihr Verschlag war zwischen den Fingerhutbeeten. Ich habe mich darum gekümmert, dass sie genügend Futter und saubere Schlafplätze hatten.«

»Es geht nichts über ein gutes Ei«, sagt Witsen.

»Wirklich. Sie waren für mich immer wie kleine Verheißungen, wenn sie am Morgen aus dem Stroh hervorguckten; im Geist sah ich dann immer schon perfekte Dotter in der Pfanne brutzeln. Mit acht habe ich mir bereits hervorragende Verteidigungsmaßnahmen gegen Füchse und Katzen ausgedacht: verschiedene Kräuter von meiner Mutter, die abschreckende Wirkung hatten, und tief in den Boden reichende Zäune. Aber manchmal opferten wir auch ein Huhn. Wir brieten es, gewürzt mit Rosmarin und Thymian, und meine Geschwister und ich saßen draußen vor dem Haus und nagten die Keulen und Flügel ab.«

Er lauscht hingegeben ihren Erinnerungen, und Nella kann hören, dass es zart und wahr klingt, was sie erzählt, und mit einem Mal fühlt sie sich verletzlich. Sie versucht, ihn in die Gegenwart zurückzuholen. »Sie wollten eigentlich Thea besuchen«, sagt sie.

Caspar kramt in seinem Ranzen, den er auf dem Boden abgestellt hat. »Ich habe ein paar Sachen mitgebracht. Aber es ist nicht nötig, sie jetzt zu stören.« Er setzt sich aufrecht hin. »Ich weiß nicht, was mit Ihrer Nichte geschehen ist, Madame Brandt. Aber Sie können sich darauf verlassen, dass ich nicht hier bin, um es herauszufinden und es anschließend in der Stadt herumzutratschen.«

Nella errötet. »Das habe ich auch gar nicht –«

»Ich verstehe Ihre Vorsicht. Warum es Ihnen nicht gefallen hat, mich so vor Ihrer Tür stehen zu sehen. Was will der Mann mit dieser komischen Pflanze hier? Obacht!«

Plötzlich spürt Nella, wie sie weich wird. Sie will einfach nur noch, dass es aufhört. Alles: diese düsteren Grübeleien, diese Lügengeschichte, dass Thea in Antwerpen ist und nicht da oben, eingesperrt in ihrer eigenen Welt. »Es ist alles so ... schrecklich«, flüstert sie.

»Das kann ich mir vorstellen.«

»Nicht zu wissen, was mit ihr los ist. Ich weiß nicht, was ich tun soll.«

»Das hier wird helfen.« Witsen öffnet seinen Ranzen und holt eine Anzahl winzig kleiner Fläschchen hervor. »Das sind Tinkturen: Baldrian, Belladonna, wie bei Ihrer Mutter, Ingwer, Anis. Und noch ein paar andere.« Mit ernster Miene hält er ein Fläschchen hoch. »Das wird Ihnen allen helfen, gut zu schlafen. Das hier wird Ihre Lebensgeister wecken. Ein paar Tropfen in ein Glas Wein oder in Theas Haferbrei. Und das ist gut gegen Melancholie, Madame. Nur für den Fall ...« Er zögert. »Ich habe sie selbst hergestellt. Die allerbesten Destillate.«

»Sie denken an alles.«

»Nur das Beste für die Familie Brandt. Einige dieser Pflanzen sind wahre Wundertäter, Madame, wie Sie sicher wissen. Sie können einem Menschen das Leben retten, wenn sonst nichts mehr hilft. Sie kommen von überall her – vom Kap der Guten Hoffnung, aus Brasilien, Surinam. Westafrika, Äthiopien, von den Molukken, Mauritius, Java, aus Jakarta.« Caspar Witsen breitet seine Arme aus, als wollte er die ganze Welt darin einschließen. »Im Apothekergarten von Amsterdam findet man über dreitausend Pflanzen.«

Seine Augen leuchten, als er diese Zahl nennt, und Nella sieht im Geist einen üppig wuchernden Dschungel, der sich über die Mauern des Gartens hinaus auf die Pflastersteine ausbreitet. »Viel mehr als in Assendelft also«, sagt sie.

Er wendet den Blick ab. »Ich wollte den Garten Ihrer Mutter nicht schlechtmachen.«

»Das habe ich gar nicht so aufgefasst. Haben Sie lange in diesem Apothekergarten gearbeitet, bevor Clara Sarragon Sie dort entdeckt hat?«

»Clara Sarragon scheint zu glauben, ich wäre dort aus einer Zwiebel gewachsen.« Witsen hält kurz inne. »Aber ich hatte vorher schon ein ganz anderes Leben. Ich habe eine Zeitlang in Ostindien gearbeitet. Für die VOC, um genau zu sein, als Arzt.«

»Weiß Otto das?«

»Natürlich. Mir hat diese Tätigkeit nicht gefallen, aber ich habe doch dort in den Tropen einiges gelernt: Mir ist klargeworden, welch außergewöhnliche Geschöpfe Pflanzen sind, wie vielgestaltig sie sind, sowohl in ihrer eigentlichen Heimat als auch auf der ganzen Welt. Ich habe dieses Wissen mit nach Amsterdam gebracht, aber ich mache hier von meinen medizinischen Kenntnissen keinen Gebrauch mehr, es sei denn, besondere Umstände verlangten es.«

»Und sind in unserem Fall diese besonderen Umstände gegeben?«

»Ja. Diese Mittel werden ihr helfen«, sagt er sanft. Er hält kurz inne. »Und Ihnen.«

»Wie haben Sie die Pflanzen gefunden, als Sie in Ostindien waren?«, fragt sie.

»Mit der Hilfe von Einheimischen.«

»Und von Sklaven?«

»Ja«, sagt er. »Auch von Sklaven.«

Nella fragt sich, was genau Otto diesem Mann über sein eigenes Leben in Surinam erzählt hat. Es ist gut möglich, dass Caspar Witsen mehr über Otto weiß als jedes Mitglied von dessen Familie.

»Sie haben mir ihre Gärten gezeigt«, fährt Caspar fort. »Ihre Gemüsebeete. Ihren Dschungel und ihre Obstbäume. Sie haben mir erklärt, wie man die Pflanzen nutzen kann.«

»Haben Sie auch Arten, die bei uns heimisch sind, dort angepflanzt?«

Caspar nimmt einen Schluck Tee. »Natürlich. Wir haben Setzlinge europäischer Pflanzen kommen lassen, um zu sehen, ob sie unter den dort herrschenden Bedingungen, was den Boden, die Niederschläge, die Temperaturen etc. betrifft, gedeihen. Wir haben Pflanzen von Java in die Karibik geschickt und dort kultiviert und auch andersherum. Ich weiß, dass einige Leute gerade versuchen, in Amsterdam einen Kaffeestrauch zu ziehen. Natürlich gehen viele der Pflanzen auf dem Transport ein. Man fühlt sich dann persönlich verantwortlich. Man hat so viel Mühe und Sorgfalt aufgewendet, und dann macht ein falscher Schritt alles zunichte.«

»Aber was ist der Sinn der Sache?«

»Der Sinn der Sache?«, fragt Caspar Witsen mit einem leicht verwirrten Gesichtsausdruck. »Das macht man einfach zum Spaß, wieso sonst?«

»Wir sind hier in Amsterdam, Herr Witsen«, sagt Nella. »Ich war mit einem Kaufmann verheiratet und kann Ihnen versichern, dass in dieser Stadt kein Mensch etwas ›nur zum Spaß‹ macht.«

Er lächelt. »Also gut, dann geht es uns eben darum, unser Wissen zu vermehren. Wir streben nach Wissen, denn Wissen ist Macht.«

Nella stellt sich diese Gelehrten an ihren Schreibtischen und ihren Beeten vor, in schwüler Hitze, eine Pflanzschaufel oder einen Federkiel in der Hand, mit Gartenarbeit beschäftigt oder damit, sie zu dokumentieren und zu kommentieren, und mit Warten. »Aber was erhoffen Sie sich davon?«, fragt sie. »Welchem Zweck soll dieses Wissen dienen?«

»Es soll den Menschen helfen, gesund zu bleiben. Sich abwechslungsreich zu ernähren, ihre Gerichte schmackhaft zu würzen. Wir wollen, dass Mutter Natur uns ihre Geheimnisse offenbart, damit wir sie nutzen können.«

»Und sie teuer verkaufen können.«

»Die Leute reden ständig davon, wie mächtig die Zünfte sind und welche Bedeutung die Börse und die Kirche und der Hafen für diese Stadt haben. Aber das Stück Land mit dem größten Potential in ganz Amsterdam sind die zwei Morgen Torfland am Rand der Stadt, Madame. In diesem Garten ist alles versammelt, was wir sind und was wir vielleicht werden können. Die Welt, verbunden durch das Fruchtfleisch und die silbernen Blätter der Ananas. Es ist die Zukunft. Sie fragen mich, ob ich an die Vorsehung glaube. Nun, in gewisser Weise schon. Das Töpfchen mit Marmelade, das Sie dort auf Ihrem Kaminsims stehen haben, enthält die ganze Zukunft.«

»Aber wessen Zukunft?«

»Letztlich die von allen«, antwortet Caspar Witsen.

»Und was ist mit Thea?«

Witsen erhebt sich und fuchtelt in Richtung seiner Tinkturen. »Thea braucht einfach Ruhe, Madame. Ungestörtheit, damit sie sich erholen kann. Gutes Essen. Und Sie.«

Nella spürt, wie ihr Tränen in die Augen steigen, und sie will sie unterdrücken. Sie hasst es, vor anderen zu weinen.

Er seufzt. »Ich möchte um alles in der Welt nicht noch einmal achtzehn sein.«

»Ich auch nicht, Herr Witsen«, sagt sie. »Ich auch nicht.«

Wie lange ist es her, dass sie eine solche Freundlichkeit erfahren hat, dass jemand sich die Zeit genommen hat, sich so mit ihr zu unterhalten? Sie ist froh, ihn hereingebeten zu haben. Als sie aufschaut, sieht sie Caspar Witsen bereit, ihren Blick zu erwidern.

XX

Ihr Vater ist es, der mit kleinen Bechern voll mit warmer Milch zu ihr kommt, in die er Caspar Witsens Tinkturen getropft hat. »Ich bin wie Julia«, sagt Thea, aber Otto Brandt hat die Tragödie, auf die sie anspielt, nie gelesen; er weiß nichts von der Heldin, die einen Trank zu sich nimmt, der bewirkt, dass sie eine Weile aussieht wie tot: Sie hofft, so ihrem unglückseligen Schicksal zu entkommen und bald ihren Geliebten wiederzusehen. Thea will ihm das alles nicht genauer erklären; es würde ihn nur noch mehr beunruhigen. Der Unterschied zwischen Thea und Julia besteht natürlich darin, dass Theas Romeo einer ist, der sie enttäuscht hat, an den sie nur noch mit Bitterkeit im Herzen, manchmal auch mit blankem Schrecken denken kann. Sie wendet den Blick von dem besorgten Gesicht ihres Vaters ab.

»Fühlst du dich besser, seit du die Medizin nimmst?«, fragt er und fasst ihre Hand.

»Ja«, sagt Thea, und es ist wahr. Sie kann wieder schlafen, statt sich immer nur hin und her zu wälzen und jedes Mal, sobald sie die Augen schließt, Walter mit schamrotem Gesicht umgeben von Frau und Kindern vor sich zu sehen. Nie zuvor hat sie eine solche Demütigung erfahren, einen solchen Schock, und sie hofft inständig, dass sie so etwas nie wieder erleben wird.

»Man sieht es dir auch an«, sagt Theas Vater. »Ich wusste gleich, dass Caspar dir eher helfen kann als alle diese Quacksalber, die einen Haufen Geld für nichts und wieder nichts verlangen.«

»Er wird bald neue Medizin bringen müssen«, sagt Thea. »Sogar Tante Nella nimmt diesen Baldrian.«

Ihr Vater schaut ernst drein. Er holt tief Luft, und Thea weiß, dass er sie gleich wieder fragen wird, was an jenem Abend passiert ist, obwohl sie immer wieder geschworen hat, dass sie sich nicht erinnern kann. Er möchte ihr so gerne helfen, aber dafür ist es zu spät, und sie bringt es nicht über sich, ihm die Wahrheit zu sagen.

Sie kann sich sehr wohl an jede Einzelheit erinnern. Im Lauf der letzten vier Wochen ist es ihr nach und nach wieder eingefallen. Griete Riebeeck, ihr müdes Gesicht und ihre beiden kleinen Kinder. Griete Riebeeck und ihr Mann, Walter. Thea erinnert sich daran, wie sie aus der schäbigen Unterkunft in der Bloemstraat taumelte, wie sie auf der Straße mit Leuten zusammenstieß, die sie anschrien, als sie durch den Jordaan zurück nach Hause floh, wie sie sich fühlte, so verwirrt, so gar nicht sie selbst, wie das Porträt, das Walter von ihr gemalt hatte. An Cornelia, die die Tür aufriss, an den Ausdruck tiefer Erleichterung in ihrem Gesicht, an ihre Tränen, die schnell blankem Schrecken wichen, als Thea vor ihr zusammenbrach, gefällt nicht nur vom Hunger, sondern von etwas, das ganz tief in ihr raste und von dem sie weiß, dass es Leid war. So schreckliches Leid, dass es ihr das Herz gebrochen hat. Es ist noch viel schlimmer, als die Theaterdichter es beschreiben.

Wie konnte sie sich nur so hinters Licht führen lassen? Hat er sie deswegen ausgesucht, weil er ihr ansah, dass sie leichte Beute war? Sie hat gar nicht daran gedacht, sich in Acht zu nehmen, als ihr Herz ihm zuflog, als wäre das die natürlichste Sache der Welt, und er hat es beschmutzt und ihr dann wie ein totes Ding zurückgegeben. Sie schließt die Augen und denkt an Rebecca, wie übel sie ihr ihre aufrichtige Freundschaft vergolten hat. Thea hat so viel verloren. Sie weiß nicht, wie sie sich davon je erholen soll.

»Thea«, sagt ihr Vater sanft. »Du hast im Fieber geredet.«

Sie greift nach der Tasse mit Milch. »Ich habe geredet?«

»Du hast von leeren Paletten gesprochen und von einer Tür, die du nicht hättest öffnen sollen.«

Ein kalter Schauer läuft ihr über den Rücken. »Ich erinnere mich nicht, Papa. Sicher hab ich nur fantasiert. Vielleicht war es etwas, das ich im Theater gesehen habe.«

»Nun«, sagt er und entscheidet sich zögernd dafür, der Sache nicht weiter nachzugehen, »ich bin jedenfalls froh, dass es dir langsam bessergeht.«

»Tante Nella hat mir erzählt, dass Jacob geschrieben hat«, sagt sie.

Das Gesicht ihres Vaters verdüstert sich merklich. »Ja, das stimmt. Deine Tante hat gelogen und ihm geschrieben, du wärst in Antwerpen.«

»Sie hat es nur getan, um mich zu beschützen.«

Er seufzt. Thea schaut aus dem Fenster und denkt an ihre Tante, die immer davon redet, dass Geld ein Schutzschild ist und dass man sich gegen die Bosheit dieser Stadt wappnen muss. Thea hat das nie ernst genommen und nur Spott für Tante Nellas Ansichten übriggehabt. Aber jetzt schließt sie die Augen und sieht Grietes harten, eifersüchtigen Blick.

Was ist, wenn Griete immer noch nicht genug hat? Wenn sie noch einmal Geld fordert? Genau das hatte sie vorgehabt, bevor Thea hereingeplatzt war: *Da kann man ruhig noch einmal abkassieren.* Und die Gefahr, dass sie es tut, besteht nach wie vor.

Ihr Vater geht zur Tür. »Papa?«, ruft sie ihm nach. »Glaubst du an die Liebe?«

Er dreht sich um. »Natürlich.«

»Wie fühlt sie sich an, bei dir?«

Er wirkt vollkommen schockiert. Er räuspert sich. »Wie sie sich anfühlt?« Er überlegt eine Weile. »Wie Sonnenlicht. Aber auch wie Dunkelheit.«

Liebe ist wie die Sonne, wie der Mond. Thea spürt die tiefe Wahrhaftigkeit in den Worten ihres Vaters. »Und ... hast du meine Mutter geliebt?«

»Deine Mutter?«

Er wirkt leicht benommen. Thea weiß nicht, ob es die Wirkung von Witsens Arzneien ist oder ein Rest Fieber, was ihren Widerstand geschwächt und ihr die Zunge gelöst hat, oder ob die Miniaturen ihrer Eltern oben auf dem Dachboden, die im Zedernholz ruhen, irgendwie etwas damit zu tun haben. Oder vielleicht ist auch die Scham, die sie empfindet, daran schuld, das demütigende Gefühl, unwissend und dumm zu sein, nachdem sich vermeintlich wahre Liebe als das entpuppt hatte, was sie wirklich war. Aber sie sehnt sich danach zu hören, dass zumindest irgendwo in ihrer

Geschichte jene Art von Leidenschaft und Zuneigung eine Rolle gespielt hat, an die sie nach wie vor unbedingt glauben will. Sie wünscht sich so sehr, dass ihr Vater ihr dieses Geschenk macht.

Er steht immer noch auf der Türschwelle. Er sieht seine Tochter an, dann blickt er durch das Fenster hinaus auf den Kanal. Erst scheint es so, als wollte er sprechen, dann, als wollte er nicht sprechen, und schließlich, als fehlten ihm einfach die Worte.

»Es ist nicht wichtig«, sagt Thea. »Ich wollte nur –«

»Dein Onkel hat mir zuerst von ihr erzählt«, sagt Otto. »Auf der Überfahrt von Surinam. Er sagte, dass seine Schwester der klügste Mensch sei, den er kenne. Sie sei viel klüger als er. Aber ich solle mich darauf gefasst machen, dass es ihr nicht leichtfalle, Freundschaften zu schließen.«

Thea starrt ihn an. Sie kann es kaum fassen, dass ihr Vater nach all den Jahren vergeblichen Wartens von früheren Zeiten spricht. Und damit es geschehen konnte, bedurfte es einer so tiefen Enttäuschung, dass es ihr das Herz brach, eines Fiebers, einer Begegnung mit dem Tod und schließlich der Aufforderung an ihn, sich zum Glauben an die Liebe zu bekennen.

»Und ... hat das gestimmt?«

Ihr Vater bewegt sich nicht von der Schwelle weg. »Nein. Sie war eine einsame Frau. Aber das bedeutete nicht, dass sie nicht zur Freundschaft fähig gewesen wäre.«

Man könnte meinen, er starre hinüber zu den Häusern jenseits des Kanals, aber Thea kommt es so vor, als blickte er zu einem Horizont, den sie nicht sehen kann. Über einen Ozean der Erinnerung, dessen Oberfläche silbern schimmert, bevor die Sonne abtaucht und das Wasser pechschwarz zurücklässt.

»Sie stahl sich in das Arbeitszimmer ihres Bruders«, sagt Otto leise. »Sie studierte seine Geschäftsbücher, wenn er in der Stadt unterwegs war.« Er atmet tief durch, ehe er fortfährt: »Ich habe deine Mutter nicht oft angeschaut, Thea. Zumindest in der ersten Zeit. Aber deine Mutter hat mich angeschaut, auch wenn ich das gar nicht bemerkte. Eines Abends – ich war damals etwa ein Jahr in diesem Haus – sprach sie mich an. Ich stand im Flur und zog meinen Rock an, um zu deinem Onkel ins Kontor bei der VOC

251

zu gehen, da hörte ich die Stimme deiner Mutter in der Dunkelheit.«

»Was hat sie gesagt?«, flüstert Thea.

Er zögert. »Sie sagte: *Ich bewundere dich.* Es war das Erste, was sie jemals direkt zu mir, und ohne dass andere Leute dabei waren, gesagt hat. Sie trat aus dem Schatten, das Gesicht nur zur Hälfte beleuchtet.«

»Und was ist dann passiert?«

»Nun, ich schaute sie an, zum ersten Mal. Richtig. Sie hatte ein schmales Gesicht, so wie du. Und graue Augen wie ihr Bruder. Die Augen hast du von mir, aber dein ernster Mund ist ihrer. Ihre Haube war immer tadellos rein. Sie sah aus, als wartete sie darauf, dass ich etwas sagte, und ich wollte auch sprechen.«

»Aber du hast es nicht getan?«

»Nein.«

»Weil du der Diener von Onkel Johannes warst?«

»Ja. Ich wollte ihr sagen, dass ich meinerseits sie bewunderte. Ich wollte sie auch fragen, was der Grund ihrer Bewunderung war. Aber ich schwieg und öffnete die Haustür. Weißt du, ihre Wangen hatten sich ein bisschen gerötet, und ich dachte, die kühle Luft wäre ihr angenehm. Sie schaute zu Boden, als wäre ihr bewusst, dass sie dabei war, den Schleier des Geheimnisvollen abzulegen. Als hätte sie ihn vielleicht nie gewollt. *Otto,* sagte sie zu mir, als ob sie meine Gedanken gelesen hätte, *ich bewundere dich, weil du weißt, wie man neu anfängt.*«

Ein langes Schweigen tritt ein. Die Worte von Theas Eltern hängen wie feiner Nebel in der Luft. Er hat in einem zärtlichen Ton gesprochen, wie Thea ihn noch nie gehört hat und wie sie ihn, so fällt ihr jetzt auf, auch von Walter nie gehört hat.

»Und du auch«, sagt ihr Vater.

»Was meinst du damit?«

»Ich weiß nicht, warum du so unglücklich bist, mein Schatz. Ich kann es nicht ertragen, es zu sehen, zu denken, dass dir jemand weh getan haben könnte.«

Thea denkt an den Malsaal, an das befleckte Goldkleid. An die Karte ihrer Mutter, das Chorgestühl, an Griete Riebeeck und das

Zimmer in der Bloemstraat, wo alles eingestürzt ist. Es ist ein einziges wirres Durcheinander: Sie ist in einem Albtraum gefangen, den sie selbst geschaffen hat, aber es ist undenkbar, dass sie es ihrem Vater erzählen könnte. Es ist undenkbar, dass sie es irgendjemandem erzählen könnte. »Niemand hat mir weh getan, Papa. Ich war einfach nur krank, das ist alles.«

»Du bist meine Tochter«, sagt er. »Und du bist etwas Besonderes, mehr als du dir je vorstellen kannst.« Er macht Anstalten zu gehen, aber dann hält er noch einmal inne. »Thea?«, sagt er.

»Ja?«

»Du weißt, wie man neu anfängt.«

Die Tür schließt sich, und Thea stockt immer noch der Atem. Sie hat länger, als ihre Erinnerung zurückreicht, auf einen Moment wie diesen gewartet, darauf, dass ihre Mutter wirklich lebendig wird, nicht in Gestalt einer kleinen Puppe, sondern als ein echter Mensch, durch die Worte ihres Vaters ins Leben gerufen. Eine Person, die ihre Freunde mit Bedacht auswählte, die mit rosigen Wangen und einer tadellos reinen Haube dastand und versuchte, ein Kompliment zu machen, vielleicht versuchte, ihre Gefühle auszudrücken.

Es war besser, als nur eine Puppe zu haben, trotzdem denkt Thea an die Miniaturen ihrer Mutter und ihres Vaters, die Tante Nella die ganze Zeit aufbewahrt hat. Eine Beschwörung, ein Zeichen setzen, das ist alles, was Tante Nella gewollt hat, seit sie mit einem neugeborenen Kind, das nicht ihres war, zurückblieb. Aber es ist Thea, die die Figuren ihrer Eltern auf dem Dachboden ausgegraben und jetzt eine Geschichte von ihrer Mutter gehört hat. Eine Geschichte, die ihr Vater ihr geschenkt hat, die sie ihm vielleicht entrissen hat. Ein seltsames Geschenk: eine frühe Episode im Leben eines Paares, nichts als ein kurzer Moment in einem Hausflur, aber er enthält alles, was Thea wissen muss.

Sie greift unter ihr Bett und holt ihr Geheimkästchen heraus. Sie hat die Erpresserbriefe aufbewahrt, obwohl sie ihren Anblick kaum ertragen kann. Jetzt nimmt sie die Puppe von Walter heraus und legt ihn vor sich auf das Bett. Eine derart glühende Liebe wie die, die sie für Walter empfunden hat, wird sie wohl kein zweites

Mal erleben. Wie sollte das auch möglich sein? Sie wird nie einen anderen Mann so lieben, wie sie ihn geliebt hat. Kein Mann wird in ihr jemals diese Gefühle auslösen. Und kein Mann wird sie jemals so tief verletzen wie Walter Riebeeck.

Sie denkt daran, wie ihr Vater die Szene im Hausflur beschrieben hat, als ihre Mutter ihm errötend ihre Bewunderung gestand, und fragt sich, ob das, was sie mit Walter erlebt hat, dem vergleichbar ist. Und sie findet in ihrer Erinnerung nichts Gleichwertiges. Ihr kommt wieder in den Sinn, wie Walter sich – jetzt, im Nachhinein, nur allzu verständlich – gegen eine Heirat gesperrt hat. Sie muss an seine prahlerischen Reden denken, dass er in London und Paris arbeiten würde, und daran, wie schlecht das Bild war, das er von ihr gemalt hat. Aber wenn Walter sie auch nicht gut getroffen hat, so hat er sie doch wenigstens angeschaut. Er hat sie bewundert und ihre Gesellschaft durchaus genossen. Die ganze Sache kann nicht von Anfang an Grietes Idee gewesen sein. Vielleicht hat er Thea wirklich geliebt, aber seine Frau ist ihm auf die Schliche gekommen, und er gestand ihr alles und brachte dann nicht mehr den Mut auf, sich ihr zu widersetzen? Sein Gesichtsausdruck in der Wohnung in der Bloemstraat glich eher dem eines Mannes, der ohnmächtig eine Planetenkollision beobachtet.

So brennend gerne Thea auch wissen wollte, ob Walter das alles kaltblütig geplant hat, hofft ein Teil von ihr doch, dass sie es nie erfahren wird. Sie denkt wieder an das, was Cornelia gesagt hatte: *Da ist es mir lieber, ich erfahre nur Bruchstücke.* Thea wollte immer alles über Walter wissen. Als sie ihn kennenlernte, fantasierte sie sogar, sie bräche in seine Wohnung ein und sähe sich darin um. Sie sah ihn immer nur in dem abgeschlossenen Raum dieses Malsaals, aber sie wollte möglichst alles, was nur irgendwie mit ihm zu tun hatte, kennenlernen. Sie wollte in seiner Welt leben. Sie wird ihm nie erzählen, wie sie mit siebzehn kreuz und quer durch die Stadt lief und sich vorstellte, sie könnte ihn an einem Fenster entdecken oder ihn nach Feierabend heimkommen sehen. Wenn sie gewusst hätte, wo er wohnt, wäre alles ganz anders verlaufen.

Und doch könnte Griete wieder einen Brief schicken. Warum auch nicht, wenn Walter sie nicht davon abhält? Vielleicht steht es gar nicht mehr in seiner Macht? Thea kann es nicht sagen. Aber solange Griete weiß, wo sie wohnt und wer sie ist, bleibt die Gefahr bestehen.

Sie kippt den Rest der Arznei von Caspar Witsen in ihre Milch und trinkt sie. Während das Mittel zu wirken beginnt, hält sie die Miniatur von dem goldenen Haus in der Hand. Die Tür lässt sich noch immer nicht öffnen. Die Fenster geben nichts preis. Aber es ist trotzdem hübsch. Unzugänglich, begehrenswert, ein sicheres Bollwerk. Sie betrachtet dieses goldene Haus, diese perfekt symmetrische, harmonische kleine Behausung, und bevor ihr die Augen zufallen, kommt ihr der Gedanke, was sie tun wird.

XXI

»Sie essen wieder mit Appetit, Madame«, bemerkt Cornelia beim Frühstück in leicht neckendem Ton. »Haben Sie Witsens Medizin genommen?«

»Kann schon sein«, sagt Nella.

»Die ist gut, nicht?«, sagt Otto.

»Geht so«, antwortet Nella.

Cornelia grinst. »Offenbar vertragen Sie und Otto sich wieder?«

Nella und Otto beäugen einander. »Natürlich vertragen wir uns«, sagt sie.

Er hebt seinen Becher. »Natürlich.«

Sie vertragen sich, solange er nicht über Ananas redet und sie nicht über Theas Zukunft. Sie wissen immer noch nicht, was sie tun werden. Thea wirkt jetzt viel fröhlicher, und Cornelia ist ganz zufrieden mit dem Zustand, so wie er ist, ebenso Otto, das ist gar nicht zu übersehen. Ihre geliebte Thea ist in Sicherheit, sie isst wieder brav, und sie haben ihren Schützling immer in ihrem fürsorglich wachsamen Blick. Aber dieser Stillstand kann nicht ewig andauern.

Jeden Tag fragt sich Nella, was an dem Abend, an dem Thea diesen Zusammenbruch hatte, geschehen ist und wie es dazu kam. Otto und Cornelia tappen genauso im Dunkeln wie sie, jedenfalls behaupten sie das, und Nella hat keinen Grund, daran zu zweifeln. Keiner von ihnen weiß etwas, keiner von ihnen wagt es, laut darüber zu spekulieren, aus Angst, den fragilen Frieden zu stören. Alles, was Thea sagt, ist, dass ihr, als sie so durch die Stadt spazierte, von einem Moment zum anderen schrecklich elend wurde und sie es gerade noch geschafft hat, sich nach Hause zu schleppen. Aber was war das für ein Gerede von Paletten und goldenen Häuschen und

Kinderbettchen und Türen, die sie nie hätte öffnen sollen? Es ergibt alles keinen Sinn.

Wenn Witsens Arzneien Nella auch helfen, besser zu schlafen und mit mehr Appetit zu essen, wirken sie doch weniger gut gegen ihre Melancholie. Diese Verstimmung lässt sich nicht so leicht vertreiben. Manchmal hat Nella immer noch dieses Gefühl, als würde sie zu schnell durch ihr eigenes Leben treiben, nirgends Halt finden, hilflos mitgerissen von der reißenden Strömung und dazu verdammt, immer weiter zu strudeln. Bald finden die ersten Frühsommerbälle statt, aber sie bringt nicht die Energie auf, Clara Sarragon und ihresgleichen noch einmal den Hof zu machen. Stattdessen sitzt sie abends oft allein mit dem Miniatursäugling in ihrem Zimmer und dreht ihn im Schein einer Kerze hin und her, um nach Zeichen oder Veränderungen zu suchen, die sie vielleicht übersehen hat. Aber das kleine Wickelkind ist noch genauso wie damals, als sie es fand.

Sie sehnt sich nach ihrem Puppenhausschrank, nach dem Gefühl von Stabilität, das er ihr vermittelte, dem Gefühl, dass sie in diesem Haus Wurzeln geschlagen hatte. Er vermittelte ihr mehr Sicherheit, als Johannes es je vermochte. Wie konnte ich ihn nur zerstören?, denkt sie. Sie hat mit einem Beil auf ihn eingehauen wie auf einen Baumstamm, die Schildpatt- und Emailleeinlagen zertrümmert und zerquetscht, das Eichen- und Ulmenholz darunter zerhackt. Ich habe meine Chance vertan, denkt sie. Die Miniaturistin hat mich ausgewählt, und ich habe meine Chance vertan.

Wenn sie am Kanal spazieren geht, wartet Nella darauf, wieder diese Kälte im Nacken zu spüren, das Kribbeln, das ihr signalisiert, dass sie beobachtet, bewacht wird – was auch immer –, aber da ist kein solches Gefühl. Sie ist auf der Straße genauso allein wie zu Hause. Sie fragt sich, ob Witsen sie wieder besuchen wird. Sie überlegt, ob sie Jacob schreiben und ihm sagen soll, dass Thea aus Antwerpen zurückgekehrt ist, aber der Gedanke ist ihr unangenehm: es wäre gelogen, und sie findet, dass sie so etwas nicht mehr tun sollte, zumal sie nicht wissen, ob Theas Seele sich ähnlich gut erholt hat wie ihr Körper. So sinniert sie und unternimmt gar nichts, und dabei wird das Geld immer weniger, und Otto hat nach wie vor keine Arbeit, und alle verwenden ihre ganze Energie darauf, zu erreichen, dass es Thea wieder gutgeht und dass sie wieder die wird, die sie war.

»Thea hat gefragt, ob sie heute mit mir auf den Markt gehen darf«, sagt Cornelia.

»Wirklich?«, fragt Otto.

»Ja. Sie macht sich gerade fertig.«

»Hältst du das für klug?«

»Es ist bestimmt nicht verkehrt«, sagt Nella. »Es kann ihr nur guttun, mal wieder aus dem Haus zu gehen.«

»Ich bin froh, dass du so denkst«, sagt eine Stimme.

Die drei drehen sich überrascht um, als ob sie beim Tratschen erwischt worden wären. Nella traut ihren Augen nicht. Thea ist fertig angezogen, die Haube sitzt tadellos, ihr Rock ist glatt und sauber gebürstet, kein Stäubchen und kein einziges Katzenhaar ist zu sehen. Ihr Kragen ist gestärkt und steht steif vom Stoff ihres Frühlingsjäckchens ab. Sie blickt von der Küchentreppe auf die Ihren hinab, und diese sind wie hypnotisiert. Es fällt ihnen schwer, sich vorzustellen, dass das die kindlich junge Frau sein soll, die noch vor fünf Wochen schweißnass und im Delirium vor ihnen lag, als würde das Laken ihr bald schon als Leichentuch dienen. Sie wirkt gereift, und sie steht reglos da wie eine Schachfigur. Sie hat ihr normales Gewicht noch nicht ganz wieder erreicht, ihr mageres Gesicht erinnert Nella an Marin.

»Möchtest du etwas essen?«, fragt Cornelia. »Ein bisschen –«

»Nein, danke.« Thea rührt sich nicht von der Stelle. »Aber es gibt etwas, das ich euch sagen möchte.«

Jetzt kommt es, das Geständnis, die Enthüllung, das, worauf sie alle gewartet haben in der Zeit, da sie um ihr Leben fürchteten. Nella fühlt ihr Herz bis zum Hals schlagen. Sie sieht, wie Ottos Finger sich um den Löffel krampfen. Sie spürt, wie Cornelia von einem Fuß auf den anderen tritt.

Thea holt tief Luft. Sie scheint doch wieder unschlüssig zu werden. »Sag es uns«, sagt Nella. »Du musst keine Angst haben, wir sind auf alles vorbereitet.«

Theas Vater senkt den Kopf. Sie legt die Hände zusammen und

lässt sie dann sinken. »Ich hatte viel Zeit, darüber nachzudenken«, verkündet sie mit leicht schwankender Stimme, »aber ich finde meine Entscheidung richtig.«

»Deine Entscheidung?«, fragt Nella.

»Ja.« Thea reckt ihr Kinn hoch. »Meine Entscheidung.«

»Wovon redest du, Teekännchen?«, ruft Cornelia. »Was hast du entschieden?«

Thea schaut sich in der Küche um, als sollte es das letzte Mal sein. Sie dreht den Kopf und sieht ihrer Tante direkt in die Augen. »Ich habe beschlossen, Jacob van Loos zu heiraten, wenn er mich will. Du kannst die Sache auf den Weg bringen.«

Keiner spricht. Thea wirkt erleichtert, weil sie es ausgesprochen hat, und auch ein bisschen Befriedigung angesichts der Wirkung ihrer Worte ist ihr anzumerken. Sie blinzelt und wartet auf Reaktionen, die aber ausbleiben. Nella spürt, dass Cornelia hinter ihr völlig reglos dasteht. Auch Otto rührt sich nicht, starrt nur seine Tochter fassungslos an. Nella kann nicht glauben, was sie da hört. Nach all den Monaten wird vielleicht alles, was sie geplant und erhofft hat, doch noch wahr werden. Aus diesem Haufen Asche werden sie wiederauferstehen. Theas Worte hallen in ihrem Körper nach, eine Springflut, die die Verantwortung für Theas Leben aus Nellas Händen unaufhaltsam in Theas eigene spült.

Plötzlich fühlt sie sich weit weg von diesem Haus, ihr flinker Geist steigt auf aus diesem muffigen Kellerloch, in dem die Kartoffeln lagern, schlüpft durch die Fensterscheiben des Salons hinaus zu einem anderen Leben, das in greifbare Nähe rückt. Es ist Theas Leben, das da zum Greifen nah ist, natürlich, Theas neues Leben – das einer verheirateten Frau mit einem vollen Geldbeutel und neuen Kleidern. Aber es fühlt sich an, als würde auch ihrer aller Leben seine Gestalt verändern, unscharf werden und sich in etwas Neues verwandeln. Am liebsten würde sie zu Thea hinlaufen und sie in die Arme schließen.

»Jacob van Loos?«, fragt Otto.

»Aber du liebst ihn nicht«, sagt Cornelia. »Oder?«

»Natürlich nicht.« Otto sieht seine Tochter verzweifelt an.

»Zuallererst«, sagt Nella, darum bemüht, sich ihre Aufregung nicht anmerken zu lassen, »muss ich fragen: Bist du ganz sicher, dass du das willst?« Sie möchte Gewissheit haben, bevor sie angesichts dieser außergewöhnlichen Entwicklung in Euphorie verfällt.

Thea lacht. »Ach, Tante Nella, du hast ganz schockiert gewirkt. Dabei hast du dir das seit langem gewünscht. Eigentlich müsstest du jetzt glücklicher sein als wir alle zusammen.«

»Ich habe eine solche Verbindung immer für klug gehalten, ja.«

»Meinst du, dass er mich nicht mehr haben will?«

»Ich bin sicher, er will dich haben.«

»Nein, warte. Warum dieser Sinneswandel?«, fragt Otto. »In deinem Herzen hat sich ja nichts verändert, glaube ich. Oder doch? Thea, mein Schatz«, sagt er flehend, »als ich zu dir sagte, du weißt, wie man neu anfängt, habe ich nicht das gemeint. Ganz bestimmt nicht – was in aller Welt ist passiert?«

Thea atmet tief durch. »Tante Nella hat mir gesagt, dass Liebe Übung erfordert. Geduld. Zeit.«

Otto und Cornelia sehen Nella mit kaum verhohlener Irritation an. »Das stimmt«, sagt Nella langsam, »aber –«

»Sie meinte, ich würde lernen zu lieben. Ich würde vielleicht feststellen, dass die Liebe nicht so aussieht, wie ich erwartet hatte, aber ich müsse eben anpassungsfähig sein.«

»Ja, sicher, ich –«

»Und dass die Ehe die einzige Möglichkeit für mich sei.«

Nella spürt, wie ihre eigenen Worte wieder über sie hereinbrechen. Jetzt, da sie sie aus einem fremden Mund hört, kommen sie ihr plötzlich einigermaßen zynisch vor.

»Nein«, sagt Otto. »Ich verbiete es.«

»Papa«, sagt Thea. Sie sieht ihn ernst an. »Nach allem, was ich gehört habe, ist wahre Liebe selten. Aber es gibt andere Formen der Liebe, die man lernen kann.« Sie zögert. »Und wenn das so ist, dann schadet es doch wohl nicht, wenn der Mann, mit dem ich sie lerne, ordentlich Geld hat.«

»Ich will nicht, dass du zu der Welt von denen gehörst«, sagt er.

»Es gibt nur eine Welt«, antwortet Thea. »Und zu der gehören wir, ob es uns gefällt oder nicht.«

Otto ist wie vor den Kopf geschlagen. Er starrt seine Tochter an, als hätte er keine Ahnung, wer sie ist.

»Wir haben kein Geld«, sagt Thea. »Papa hat keine Arbeit. Es sind keine Bilder mehr da, die wir verkaufen könnten. Das alles sind Tatsachen, oder nicht? Eine Heirat wie diese kann unserer Familie helfen, die Schande hinter sich zu lassen.«

Niemand sagt etwas. Thea ist anzumerken, dass sie langsam ärgerlich wird. Nur allzu verständlich, denkt Nella, denn haben sie, vor allen anderen Nella selbst, ihr nicht immer wieder deutlich gemacht, wie wichtig Sicherheit, in Gestalt von Vermögen und gesellschaftlichem Status, ist? Den Madeira zu ihrem achtzehnten Geburtstag konnten sie sich nur leisten, weil er zum halben Preis zu haben war. Sie haben das letzte Gemälde verkauft, sie essen immer weniger Fleisch, geben kein Geld für neue Kleidung aus, umwerben Clara Sarragon, um eine Einladung zum Ball zu bekommen. Und auch wenn sie weiter zurückblickt bis auf Marins anonymes Grab und gar noch zu jenem See in Assendelft, ist da immer nur Elend und Leid. Und Thea hat vor, etwas dagegen zu tun. Sie wird allen ihren Sorgen ein Ende machen, indem sie Jacob ihr Jawort gibt.

»Du musst das nicht tun«, sagt Otto.

Thea wendet sich ihm zu. »Ich will es aber. Und zwar schon sehr bald. Diese Ehe ist gut für uns alle. Sie wird ein neuer Anfang sein. Und sie wird uns frei machen.«

Ein Geräusch, halb Schluchzen, halb Keuchen, ist zu hören. Es kommt von Cornelia, die vornübergebeugt am Ende der Küchenbank sitzt. Sie blickt auf. »Du willst uns verlassen?«, fragt sie. »Du willst wirklich gehen?«

»Nur wenn er mich heiratet«, antwortet Thea.

»Sie wird an der Prinsengracht wohnen – das ist ja wahrhaftig nicht weit weg«, sagt Nella, aber noch während sie diese Worte ausspricht, erkennt sie, dass Jacobs Haus mit seinen blassgrünen Wänden, seinem Cembalo und den edlen Porzellantassen eine ganze Welt weit entfernt ist: ein Ziel, das Cornelia wahrscheinlich nicht so leicht oder nicht so gerne ansteuern wird.

Cornelia starrt sie wütend an, aber Nella ist trotzig entschlossen.

Sie glaubt an Theas Stärke. Sie hat keine Ahnung, was ihren Sinneswandel ausgelöst hat, aber was macht das schon? Endlich haben sie einen Plan.

»Wir haben kein Fest gefeiert, als Thea geboren wurde«, sagt sie. »Es gab keine großen Zeremonien, wir machten kein Aufhebens darum. Wir versteckten uns im Schatten – aber dieses Mal wird es anders, diesmal werden wir stolz sein.« Sie wendet sich an ihre Nichte. »Ich werde zu Jacob gehen«, sagt sie.

Theas Augen weiten sich dankbar. »Wirklich? Bald?«

»Natürlich. Ich werde mit ihm sprechen«, sagt Nella. Sie weicht Ottos vorwurfsvollem Blick aus. »Ich werde für dich diese Ehe stiften, Thea. Und dann soll alle Welt es sehen.«

XXII

Worte können manchmal sehr schnell Wirkung nach sich ziehen: Aus dem Versprechen, einen Mann zu heiraten, kann sich ein flotter Spaziergang von der Herengracht zur Prinsengracht ergeben. Thea, der vor Aufregung etwas flau im Magen ist, muss immer wieder in Trab verfallen, damit sie mit ihrer Tante Schritt halten kann, und denkt gar nicht mehr daran, dass sie ja eigentlich Cornelia auf den Markt begleiten wollte. Es ist ein schöner Tag, wenn auch etwas windig. Möwen kreisen und stoßen im Sturzflug hinab, der Himmel über den Dächern jenseits der Gracht ist klar. Sie fühlt frischen Elan in sich, eine sonderbare Zielstrebigkeit, eine rastlose Nervosität. »Hätten wir ihm nicht erst schreiben sollen?«, fragt sie.

»Wir haben schon viel Zeit verloren«, antwortet Tante Nella. »Du warst mehr als einen Monat krank, Thea. Und außerdem« – sie schwenkt den Korb mit Cornelias köstlichen Walnussplätzchen – »kommen wir mit einem Geschenk. Ich werde nicht sofort mit dem Thema Heirat anfangen. Ich werde zuerst mit Jacob sprechen, um zu sehen, wie die Stimmung ist, und dich dann dazuholen. Wenn es gut läuft, dauern diese Dinge nicht lange.«

Thea sieht sie verblüfft an. »Woher weißt du das?«

»Als seinerzeit meine Ehe arrangiert wurde, haben meine und deine Mutter alle Abmachungen per Brief getroffen. In einem persönlichen Gespräch wird sich die ganze Sache sicher schneller regeln lassen. Wir können rechtzeitig zum Mittagessen wieder zu Hause sein.«

Schwer zu sagen, ob Tante Nella, wenn sie sich so forciert nüchtern gibt, nur ihre eigene Nervosität überspielen will oder ob sie wirklich glaubt, dass eine Eheschließung dieser Art so unkompliziert zu verhandeln ist. Thea empfindet unwillkürlich Bewunderung angesichts der couragierten Tatkraft, mit der sie ans Werk geht – nun ja, andererseits hat Tante Nella in den letzten Monaten auch schon viel Vorarbeit geleistet: Sie muss gewissermaßen nicht erst Anlauf nehmen, sondern hat wie eine gespannte Feder nur auf diesen Moment gewartet.

Auf halbem Weg bleibt Tante Nella unvermittelt stehen. »Ist mein Kragen in Ordnung?«, fragt sie und nestelt daran. »Meine Haube?«

»Ja, alles perfekt wie immer.«

Sie erreichen die Eingangstreppe von Jacobs Haus. Als sie die sauberen Steinstufen hinaufsteigen und Tante Nella nach dem Hufeisenklopfer greift, die Miene so entschlossen wie nie zuvor, zupft Thea sie am Ärmel. Sie blickt auf die solide Haustür und denkt an alles das, was dahinter liegt. Der heiter blassgrün gestrichene Salon. Das Cembalo. Die Räume im Obergeschoss, deren Ausmaße sie noch nicht kennt. Die unzähligen Paar Schuhe, die in einem Schrank versteckt sind. Und mittendrin in diesem Haus der Mann selbst: Jacob, mit seinen schmalen Schultern und den spitz zulaufenden Pantoletten, der Pfeife raucht, der besser Cembalo spielen kann, als sie dachte, dessen Talent aber nicht ausreicht, die Erinnerung an Walter aus ihrem Körper und ihrer Seele zu tilgen.

»Tante Nella: Es stimmt, ich liebe Jacob nicht.«

Ihre Tante nimmt ihre Hand, dabei kommen die Plätzchen in dem Korb an ihrem Arm ins Rutschen. »Das weiß ich, mein Schatz. Wir alle wissen es. Jacob weiß es wahrscheinlich auch. Das ist kein Grund zur Besorgnis.«

Thea schaut zu Jacobs Haus hinauf. »Ich nehme an, Liebe ist keine Garantie für irgendetwas«, sagt sie.

»Nein.«

»Das hast du mir beigebracht.«

»Ich gebe zu, es ist eine etwas befremdliche Weisheit«, sagt Tante Nella. Sie scheint zu zögern. »Thea, willst du wirklich damit weitermachen? Vielleicht ist das alles zu viel für dich nach den letzten Wochen? Wir können nach Hause gehen, wenn du das möchtest.«

Thea denkt darüber nach, was sie zu Hause erwartet. Kahle

Wände und leere Geldbeutel, zwei und vielleicht bald noch mehr Erpresserbriefe mit Drohungen, sie zugrunde zu richten, Cornelia, die mit ihren Pfannen klappert, ihr Vater, der sich wünscht, sie wäre immer noch acht Jahre alt. Und in der Stadt muss sie immer fürchten, Griete Riebeeck zu begegnen. Das goldene Häuschen unter ihrem Bett kommt ihr in den Sinn, wie sie es in der Hand gehalten und versucht hat, sich ein anderes Ende ihrer Geschichte auszudenken.

»Nein«, sagt sie, »das möchte ich nicht. Ich kann es einfach nur schwer aushalten, dass Papa so wütend ist.«

Die Miene ihrer Tante wird weicher. »Er wird es schon noch verstehen. Wenn du in die Welt hinausgehen willst, wird die Ehe mit einem Mann wie Jacob dich vor all den Clara Sarragons schützen, die sie bevölkern. Das hoffe ich zumindest. Die Ehe ist ein Vertrag, Thea. Wenn Jacob ihn unterschreibt und ihn dann nicht einhält, sind immer noch wir da, und du kannst ihn verlassen.«

»Ja?«

»Natürlich. So will es das Gesetz. Eine Frau hat das Recht, ihren Ehemann zu verlassen, und sie kann den Besitz, den sie in die Ehe eingebracht hat, und was später noch dazugekommen ist, die Kinder eingeschlossen, mitnehmen.«

Einen Moment lang wird Thea ganz schwindlig. Kinder mit Jacob? Die Aussicht ist für sie wie ein fremdes Land, das noch auf keiner Karte verzeichnet ist.

Tante Nella stellt den Korb ab und fasst sie an den Armen. »Aber hör zu, Thea. Wenn du es nur willst, kannst du lernen, einen Mann zu respektieren und zu bewundern, auch wenn er dir anfangs fremd ist. Und er kann lernen, diese Gefühle zu erwidern. Ich selbst habe das erfahren. Nur auf das Lernen kommt es an: Es hört nie auf. Und obwohl ich selbst nur drei Monate Zeit hatte, mich darin zu üben, weiß ich, dass man sich anpassen kann. Die Ehe ist Anpassung, weil das ganze Leben Anpassung ist.«

»Warst du von meiner Entscheidung überrascht?«

Ihre Tante lächelt. »O ja. Ich hatte nicht damit gerechnet, dass du dich je zu meiner kalten Philosophie der Liebe bekehren würdest.«

»Vielleicht finde ich sie immer noch ein bisschen frostig. Aber sie ist vernünftig.« Thea beugt sich vor und hebt den Türklopfer an.

Nach einer Minute öffnet Frau Lutgers die Tür, gerade so weit, dass ihr Gesicht zu sehen ist, kreisrund wie ein Vollmond, blass im Sonnenlicht. Sie mustert die beiden Frauen. »Wir sind gekommen, um mit Seigneur van Loos zu sprechen«, sagt Tante Nella. »Ich bin Petronella Brandt, und das ist Thea. Wir haben Ihrem Herrn ein paar süße Plätzchen mitgebracht.«

»Ich weiß, wer Sie sind«, antwortet Frau Lutgers, öffnet aber die Tür mit einer überraschend ausladenden Geste weit, wenn auch ihre Miene ausdruckslos bleibt. »Kommen Sie herein.«

In der großen Diele bittet die Haushälterin sie mit einer Geste in Richtung mehrerer Stühle Platz zu nehmen, während sie sich auf die Suche nach Jacob macht. »Was für ein herzlicher Empfang«, flüstert Thea, während die Frau verschwindet.

»Es ist ein gutes Zeichen«, flüstert Tante Nella zurück. »Sie weiß, dass wir ihm etwas bedeuten.«

Thea kann es kaum fassen, dass das alles wirklich passiert, obwohl sie selbst diejenige ist, die es in Gang gesetzt hat.

»Sei heiter gelassen, wenn du mit ihm redest«, sagt ihre Tante leise, als sie sitzen. »Intelligent, natürlich, aber vielleicht nicht … übersprudelnd klug.«

»Übersprudelnd? Ich bin nicht übersprudelnd. Oder doch?«

Ihre Tante sieht sie an. »Ich meine nur: wenn er sprechen will, dann fall ihm nicht ins Wort.«

Thea rutscht unbehaglich auf ihrem Stuhl hin und her, während sie warten. Überall stehen Unmengen von Blumen. Wo nimmt er nur diese Pracht her zu dieser Jahreszeit? Sie kann vor lauter Blütenduft kaum mehr frische Luft riechen. Wie groß muss dieses Haus sein, fragt sie sich, dass die Haushälterin so lange braucht, um ihn zu finden?

»Was, wenn er nein sagt?«, flüstert sie. »Was, wenn er uns ansieht, als wären wir verrückt, als würde ihm grausen bei dem Gedanken, dass er mich heiraten müsste?«

Als Thea sich das vorstellt, wird ihr plötzlich klar, wie sehr sie Jacob braucht, damit er sie aus dem Sumpf zieht, in dem sie drüben an der Herengracht zu versinken droht. Sie findet es schrecklich, dass ihre Zukunft, die Sicherheit und der Ruf ihrer Familie von der Laune und dem Verlangen eines Mannes abhängen sollen, den sie kaum kennt. Aber man könnte auch sagen, dass ihr ebendas mit Walter passiert ist: Sie hat sich und ihr ganzes Leben von ihm abhängig gemacht, und für Jacob spricht immerhin, dass er hier wohnt und nicht in einem ärmlichen Zimmer in der Bloemstraat.

Wenn Jacob ja sagt, dann werden sein Geld und sein Status Thea unerreichbar hoch über das Elend dieser Unterkunft im Jordaan erheben. Kein Kind von ihr wird jemals hungern müssen oder einen schmutzigen Kittel tragen, während sein Vater mit ahnungslosen jungen Frauen Ehebruch begeht und seine Mutter Geld für irgendwelche Vergnügungen erpresst.

Unvermittelt fasst Tante Nella Theas Hand und reißt sie aus ihren Gedanken. »Wenn Jacob wirklich so etwas tut, gehen wir, ohne auch nur einen Blick zurückzuwerfen.«

Frau Lutgers kommt, um ihnen mitzuteilen, dass Seigneur van Loos sie gerne in seinem Salon empfangen will. Wahrscheinlich wusste sie die ganze Zeit, dass er da war, denkt Thea. Sie wollte uns nur eine Weile hier schmoren lassen.

Wie sie es angekündigt hat, geht ihre Tante allein hinein. Thea wartet und betrachtet die schönen Stillleben an den Wänden des Flurs. Sie geht von einer Vase mit Blumen zur nächsten und befühlt die Blütenblätter, als ob sie in ihren samtenen Zungen Sicherheit finden wollte. Die stämmigen Tulpen mit ihren knolligen Köpfchen sind mehrfarbig rot, rosa, weiß geflammt. Die Rosen scheinen aus spezialisierter Zucht zu stammen, denn einige haben flauschige Blüten so groß wie kleine Kohlköpfe. Sie muss an Caspar Witsen und seine Heiltränke denken. Es ist ihr ein Rätsel, wie man es anstellt, Pflanzen in solche Essenzen zu verwandeln, aber sicher macht es eine Menge Arbeit.

Ich werde ihm schreiben, denkt sie, und mich bei ihm bedanken. Und bei der Gelegenheit werde ich ihn fragen, was für Verfahren er anwendet.

»Sie fallen auseinander, wenn man sie unvorsichtig anfasst«, sagt eine Stimme, und Thea blickt auf. Frau Lutgers steht im Halbdunkel auf der Treppe und beobachtet sie. Wie lange ist sie schon da? Thea zieht ihre Hand zurück und ärgert sich über sich selbst, weil sie sich so einschüchtern lässt. Die Art, wie Frau Lutgers sie mustert, ist ihr nur allzu vertraut: als ob diese Frau in Thea hineinkriechen wollte, um ihre Knochen zu sehen. Sie fragt sich, wie lange sie als neue Hausherrin brauchen würde, um Frau Lutgers von ihrer Position in diesem Haushalt zu verdrängen. Wie leicht oder schwer würde es sein, Jacob dazu zu bringen, Cornelia an ihrer Stelle zu engagieren und vielleicht noch ein paar Dienstboten zusätzlich? Schließlich könnte er sich das ohne weiteres leisten.

»Möchten Sie eine Kleinigkeit zu essen oder zu trinken?«, fragt Frau Lutgers.

»Nein, danke.«

Frau Lutgers, das Gesicht starr und angespannt, ringt die Hände, ihre Finger verflechten sich und gehen wieder auseinander. »Wie Sie wünschen.« Sie ballt ihre Hände zu Fäusten und drückt sie seitlich an ihren Körper, als müsste sie sich krampfhaft vor irgendetwas zurückhalten. Dann löst sich plötzlich ihre Erstarrung, und sie stapft davon.

Ein paar Minuten später öffnet sich die Tür von Jacobs Salon, Tante Nella kommt heraus und schließt sie hinter sich. Sie hat ein demonstratives Lächeln aufgesetzt. Thea geht zu ihr hin, aber ihre Tante schiebt sie von der Tür weg und nimmt Theas Hände.

»Wenn du ihn willst«, sagt sie leise, »dann gehört er dir.«

Thea starrt ihre Tante an. Sie können es beide nicht fassen. Es ist, als hätten sie ein fremdartiges Wesen gefangen und in ein Zimmer gesperrt, ein Geschöpf, von dem sie nicht wissen, was für Eigenschaften, welche Vorlieben es hat, wie viel Nahrung es braucht und von was genau es sich ernährt. Und trotzdem wollen sie es behalten. Was für eine Mitgift hat Tante Nella in dem Salon mit den grünen Wänden ausgehandelt, wie viel von ihren Ersparnissen und andere Leistungen musste sie Jacob van Loos in Aussicht stellen, um ihm eine Verbindung mit der Familie Brandt schmackhaft zu machen?

Thea steht da, die Hände immer noch von denen ihrer Tante umschlossen, als wollten sie gleich einen Tanz über diese Marmorfliesen beginnen, die so viel schöner glänzen als ihre eigenen. Sie spürt, wie die Luft um sie herum eine andere Qualität annimmt, die sie nach und nach durchdringt, dass sich ihr Leben zu verändern beginnt. Es wird keine Papiergirlanden am Fenster mehr geben, keine Poffertjes am Geburtstag. Sie denkt an Rebecca, die in *Titus* die Lavinia spielt. Lavinia, der man die Zunge herausgeschnitten und die Hände abgehackt hat und die trotzdem ihre Geschichte erzählt.

Sie reißt sich von ihrer Tante los und geht ihrem Schicksal entgegen.

*

Jacob steht am Kaminsims und stopft seine Pfeife. Der Korb mit Cornelias Walnussplätzchen steht unberührt auf dem niedrigen Lacktischchen. Er wendet sich ihr zu und verbeugt sich lächelnd. Thea knickst. Als sie die Tür schließt, sieht sie Tante Nella auf denselben Stuhl niedersinken, auf dem Thea gesessen hat, und den Kopf in die Hände stützen, als wäre er schwer wie ein Stein.

Thea wendet sich wieder Jacob zu. Es kommt ihr vor, als wäre sie gar nicht die Hauptperson in dieser Szene, sondern jemand, der das Geschehen vom Kaminsims aus, versteckt hinter einem Töpfchen mit Ananasmarmelade, beobachtet.

»In der Oude Kerk«, eröffnet Jacob das Gespräch, »dort, sagt deine Tante, möchtest du vielleicht heiraten?« Er wartet, dass sie etwas sagt. »Es ist ein ehrwürdiges Gebäude.«

Normalerweise hat Thea immer eine Erwiderung parat. Aber dieses Mal ist sie stumm. Sie und ihre Tante haben überhaupt nicht über die Kirche gesprochen. Sie holt tief Luft und sammelt ihre Kräfte. »Die Oude Kerk wäre mir schon recht. Es steht also fest, Seigneur?«, sagt sie. »Wir werden heiraten?«

Jacob lächelt wieder. Er zieht an seiner Pfeife. »Ja. Und du musst mich jetzt Jacob nennen.«

Thea steht da wie angewurzelt. »Von dem Moment an, als ich

dich zum ersten Mal sah …«, beginnt Jacob und legt seine Hand auf den Kaminsims. Er geht zu dem Korb mit den Plätzchen hinüber und lüpft das Tuch. »Thea, du bist nicht wie andere Mädchen.«

»Findest du?«

»Du bist etwas unendlich viel Besseres.«

Thea wünschte, er würde im Einzelnen aufzählen, worin ihre angebliche Überlegenheit konkret besteht, damit sie es verstehen könnte. Sie denkt an die Eleonoren und Catarinas dieser Stadt und fragt sich, warum Jacob sie für so anders hält. Sie hat den Verdacht, dass sie Grund hätte, seine Antwort darauf zu fürchten und sie ihm übelzunehmen.

»Komm, setz dich«, sagt er. Sein Ton ist der eines Menschen, der es gewohnt ist, dass niemand ihm widerspricht.

Sie macht sich auf den Weg zum Sofa und setzt sich an den äußersten Rand, neben den Abdruck, den ihre Tante im Samt hinterlassen hat.

»Ich glaube, wir werden glücklich miteinander sein«, sagt Jacob. »Ich habe meiner Mutter geschrieben und von dir erzählt.«

Sie wendet sich ihm überrascht zu. »Du hast ihr geschrieben?«

»Ich habe ihr von einer mutterlosen, schönen jungen Frau erzählt, die ich kennengelernt hatte und die das einzige Glanzlicht eines öden Balls war. Das hat ihr sehr gefallen. Sie wollte alles über dich wissen.«

»Und hast du es ihr erzählt?«

Jacob zündet seine Pfeife neu an. »Nicht alles. Manche Dinge bespricht man am besten bei einer persönlichen Begegnung.«

Thea fragt sich, ob Madame van Loos sie wohl ähnlich wie ihr Sohn für etwas Besseres halten wird. »Wird sie an der Hochzeit teilnehmen?«

»Ich hoffe es sehr.« Jacob bläst eine blaue Rauchwolke aus. »Ich werde ihr heute noch schreiben. Sie hat lange darauf gewartet, dass ich eine Braut finde, und nun ist es endlich so weit.«

Madame van Loos ist mittlerweile in Theas Vorstellung eine mächtig drohende Gestalt. Bis vor wenigen Minuten hat Thea sie nicht einmal in Betracht gezogen. Sie klammert sich an die Lehne des Sofas. Auf was hat sie sich da eingelassen!

»Was meinst du, wann unser heiliger Bund gesegnet werden soll?«, fragt Jacob.

Thea ist diese Ausdrucksweise unangenehm. Sie beschwört in ihr die Vorstellung herauf, dass die Heiligen in den Kirchenfenstern ihnen zusehen würden, und das gefällt ihr nicht. »Sehr bald, hoffe ich.«

»Ich denke, drei Wochen werden ausreichen, um die nötigen Formalitäten zu erledigen und das Aufgebot zu bestellen.« Er überlegt eine Weile. »Der neunte Juni ist ein günstiges Datum für die Trauung.«

»Ja?«

»Es ist der Geburtstag meiner Mutter.«

»Wäre es nicht besser, die Hochzeit auf einen anderen Tag zu legen, Jacob?«

»Das macht ihr nichts aus, sie hat schon viele Geburtstage gehabt. Warum nicht – sie kann es als ein besonderes Geschenk betrachten, dass ich endlich heirate.«

Thea lächelt über ihren Anflug von Unbehagen hinweg. »Und danach, werden wir in diesem Haus leben?«

»Wir können hier wohnen, wenn es dir gefällt«, antwortet Jacob. »Oder in Leiden.«

»Oder vielleicht weiter weg?« Jacob schaut überrascht, und Thea stockt. »Hast du im Schauspielhaus nicht gesagt, dass du gern ferne Länder sehen würdest, wo es heiß ist?«

Er zieht wieder an seiner Pfeife und bläst den Rauch aus, und trotz der großen Ausmaße des Zimmers wird der Qualm um das Sofa herum immer dichter. »Das stimmt. Aber hast du nicht gesagt, dass du das gar nicht nötig hast, weil dieser Palmenstrand in deinem Herzen ist?«

Sein Finger schwebt knapp vor Theas Brust in der Luft. Sie schluckt. Sie weiß nicht, ob es sie mehr stört, dass Jacob sich an ihre verschleierte Liebeserklärung an Walter erinnert hat, oder dass er ihr mit seinem Finger so nahe auf den Leib rückt. Sie denkt an Walters Finger, die sich an ihrem Körper entlangbewegten und über seine Leinwände, um eine andere Welt so wirklichkeitsgetreu zu erschaffen, dass man sie mit der Realität verwechseln konnte.

Walter würde in diesem perfekt gestalteten Salon deplatziert wirken mit seinem Kittel, seinem blonden Haar, seinen mit Farbe verschmierten Fingernägeln. Sie denkt an seine Zunge zwischen ihren Schenkeln und presst die Beine unter ihren Röcken enger zusammen. Sie denkt an ihn, wie er sich über das Bettchen seines Kinds beugte.

»Ich denke mittlerweile anders darüber«, sagt sie. »Ich würde sehr gern etwas von der Welt sehen.«

»Gut«, erwidert Jacob, »ich kenne viele Leute, die uns da nützlich sein könnten. Irgendwann später möchte ich in der Nähe meiner Mutter leben. Sie ist nicht mehr die Jüngste und wird unsere Hilfe brauchen. Aber bis es so weit ist, können wir allerlei Reisen unternehmen.«

»Ausgezeichnet«, sagt Thea, obwohl es ihr vorher nie in den Sinn gekommen ist, dass sie sich je um eine alternde Mutter würde kümmern müssen. Sie denkt an ihre eigene Mutter, die alterslos ist, und fragt sich, ob es oben auf dem Dachboden in der Truhe noch weitere Landkarten gibt. Nicht zum Verkaufen, sondern um sie zu studieren, denn vielleicht wird sie ja wirklich übers Meer segeln. Vielleicht wird es in ihrem Leben noch einen echten Schiffbruch geben, nicht nur einen gemalten, der an der Wand hängt. Und Jacob könnte mit dem Schiff untergehen. Sie lächelt ihn an, aber ihre Gedanken sind anderswo.

Jacob räuspert sich. »Du bist eine Frau, die nicht jeder in dieser Stadt zur Braut wählen würde.«

Das reißt sie abrupt aus ihren Träumereien. Sie sagt nichts. Selbst halb verschleiert vom Tabakrauch ist Jacob kein gutaussehender Mann. Sie findet ihn nicht abstoßend, aber auch nicht aufregend, er ist einfach nur ein Mann mit Geld und Beziehungen, von dem Tante Nella glaubt, dass Thea ihn bewundern und respektieren lernen könnte.

Thea sagt kein Wort, sie hält ihre Zunge streng im Zaum. Sie verkneift sich die Antwort, die sich ihr aufdrängt und die vor ihrem inneren Auge mit Walters roter Farbe geschrieben steht: Nun ja, Jacob Soundso, und du bist ein Mann, den nicht jede in dieser Stadt zum Bräutigam wählen würde.

Man hat schon Schlimmeres zu ihr gesagt. Aber nicht in so einer Situation, wo es darum geht, den Grundstein für eine gemeinsame Zukunft zu legen. Thea schaut aus den Fenstern von Jacobs großem Salon und denkt an Griete und ihre Drohungen, daran, dass ihr Vater keine Arbeit hat, an die Anstrengungen ihrer Tante, den zunehmend unglaubwürdigen Schein von Respektabilität und Wohlstand zu wahren. Sie denkt an Cornelia, die sich darüber beklagt, dass sie gezwungen ist, sich in der Küche mit immer noch billigerem Fleisch zu behelfen. Sie denkt an Walter und daran, wie sehr es nach wie vor schmerzt.

Was genau will Jacob zum Ausgleich dafür, dass sie eine Braut ist, die nicht alle Männer wählen würden? Ihre Dankbarkeit? Das wird sich zeigen – bis dahin kann sie nur warten.

Sie sagt: »Jacob, ich werde alles dafür tun, dass du deine Entscheidung nie in Frage stellst.«

Jacob lächelt. »Ich werde sie nie in Frage stellen.«

Das ist nicht wahr, denkt Thea: Du tust es ja jetzt schon.

XXIII

Ende Mai ist es wirklich warm, die Sonne steigt hoch über die Dächer und lässt die Giebel blendend weiß vor einem blauen Himmel leuchten. Cornelias Majoran, ihr Sauerampfer und Schnittlauch sprießen üppig an ihrem Küchenfenster, und Lucas liegt wieder wie immer im Sommer den ganzen Tag lang auf den Eingangsstufen vor dem Haus und sonnt sich. Jachten und Barken werden aus den Schuppen geholt und frisch angestrichen. Neue Segel werden aufgeriggt, Sitzkissen neu gepolstert und überzogen, und die Amsterdamer steigen in ihre Schiffe, voller Dankbarkeit, dass Gott es so gut mit ihnen meint. Die Tage sind lang. Man legt die Mäntel ab und krempelt die Ärmel der Hemden bis zum Ellbogen hoch. Auf den Märkten gibt es neues Obst und Gemüse: Kopfsalat und Radieschen, Frühkirschen – und alle Mägde und Köche stimmen mit Cornelia darin überein, dass der Lachs und die Kaninchen jetzt fetter sind: *Da ist wieder ordentlich was dran!* Die letzten Wintervorräte an eingemachten Quitten und Gurken werden aus den Speisekammern geholt und auf die Tische gestellt. Diese haltbaren Lebensmittel sind ein weiterer Beweis dafür, dass es sich lohnt, die Zukunft im Blick zu behalten, vorausschauend zu handeln und auch an sein Seelenheil zu denken, geduldig Entbehrungen zu ertragen in dem Bewusstsein, dass irgendwann die Zeit der Blüte wiederkehren wird.

Die Braut bereitet sich entschlossen auf ihr künftiges Leben vor, und ihre Familie stellt sich mit ihr der Herausforderung. Nella wendet sich an einen Blumenhändler, einen Mann namens Hendrickson, dessen Urgroßvater vor neunzig Jahren während der Tulpenmanie ein Vermögen gemacht hat. Die Hendricksons sind immer noch im Blumengeschäft tätig, denn den Nachkommen des erfolgreichen Urgroßvaters rann das Geld nur so durch die Finger – »wie Suppe durch einen Schaumlöffel, Madame«.

Hendrickson, der ihr einen Band mit gemalten Bildern der Blumen, die er im Angebot hat, vorlegt, empfiehlt Geißblatt, das seiner Symbolik wegen zu einer Hochzeit gehört, und dazu Pfingstrosen und Rosen, die er unter Glas zieht. Sie sind zu dieser Jahreszeit besonders schön und werden, zu einem Brautstrauß gebunden, in Theas Händen prächtig aussehen. Während er das sagt, schaut er auf ihre Hände hinunter, die zu harten Fäusten geballt sind.

Und was Hendrickson nicht sagt, was Nella aber denkt, ist, dass die prächtigen Farben – leuchtend Rosa und blutrote Töne – hoffentlich von Theas immer noch blassem Gesicht und schmaler Gestalt ablenken werden und von der Tatsache, dass die Familie kein Geld hatte, Stoff für ein Hochzeitskleid zu kaufen. Thea wird ihr bestes altes Kleid tragen, das rubinrote, dessen Ärmel zu kurz sind. Nella fragt sich, ob sie die Kosten für einen Hochzeitskelch übernehmen sollen.

»Ein Hochzeitskelch?«, fragt Cornelia. »Muss das sein? Können Braut und Bräutigam nicht aus jedem beliebigen Glas oder Becher trinken?«

Nella denkt an ihre eigene Hochzeit und dass es da keinen Hochzeitskelch gegeben hat. Sie hat dann nachträglich die Miniaturistin gebeten, ihr einen zu machen, damit sie eine verkleinerte Version davon hatte, die ihr half, wenigstens in der Fantasie die Wirklichkeit zu korrigieren. »Ein Hochzeitskelch ist wichtig, Cornelia. Er wird ein Erbstück sein.«

»Das Thea in zwanzig Jahren verkaufen muss?«

»Cornelia, es reicht. Die Geschichte wird sich nicht wiederholen.«

Cornelia missbilligt diese Hochzeit immer noch, aber bei allem Groll hat sie doch immer noch ihren Stolz. Vier Tage nach Nellas und Theas Besuch in seinem Haus kommt der künftige Bräutigam zum Essen, und Cornelia will ein Festmahl auf den Tisch bringen, das noch aufwendiger ist als das erste. Es soll einen riesigen ganzen Lachs geben, in Butter geschmort und mit Macis und Muskatnuss gewürzt, junge Aale in einer Soße aus Sahne, Eigelb, Sauerampfer und Kerbel, Spargel mit Butter und Pfeffer, einen Selleriesalat und Pfannkuchen mit Korinthen und dazu den Madeira, der noch von Theas Geburtstag übrig ist.

»Er *will* mich heiraten, Cornelia«, sagt Thea. »Du hättest nicht meine ganze Mitgift auf dem Markt ausgeben müssen.«

Insgeheim fragt sich Nella, ob Cornelia vielleicht versucht, den Mann mit einer Überdosis Butter umzubringen.

Als Jacob zum Essen kommt, empfängt Otto ihn höflich, aber ohne Herzlichkeit. Nella spürt, dass ihre Nichte angespannt ist. Offenbar hat Thea Angst davor, ihren Vater zu enttäuschen, und das ist eine Angst, die Nella nur zu gut kennt, doch sie versteht auch Theas Wunsch, aus diesem Haus an der Herengracht wegzukommen, dessen Bewohner schon so lange immer nur rückwärts blicken. Thea glaubt, ihre Tante wüsste nicht, wie es ist, jung zu sein und sich nach einem neuen Leben zu sehnen, aber als Nella ihre Nichte nervös in der Halle stehen sieht, vor ihr Jacob, der seinen Hut abnimmt und sich schwungvoll verbeugt, überkommt sie eine Erinnerung an längst vergangene Zeiten: Auch sie hatte einst in diesem Flur gestanden und nach ihrem Mann gerufen, voller Sehnsucht, dass er ihr die Tür zu einem neuen Leben öffnen möge.

Es hat keinen Streit mit Theas Vater wegen der Hochzeit gegeben, und er hat keinen entschiedenen Widerspruch erhoben; sein Verhalten dem künftigen Ehemann gegenüber ist zwar nicht überschwänglich, aber auch nicht völlig abweisend. Otto hat sich vergeblich den Kopf zerbrochen, wie diese Hochzeit zu verhindern wäre, und akzeptiert nun zähneknirschend, dass sie stattfinden wird, hauptsächlich, weil Thea es will: Er möchte auf gar keinen Fall, dass seine Tochter sich von ihm abwendet. Nella sieht, wie er mit sich ringt, wie er Thea immer wieder ungläubige Blicke zuwirft, die er mit geübtem Geschick kaschiert. Manchmal hat sie Schuldgefühle, weil er so unglücklich ist, aber dann denkt sie daran, wie sehr diese Ehe zu Theas Vorteil ist, und das bestärkt sie in ihrer Überzeugung, dass auch Marin es so gewollt hätte.

Die Konversation beim Essen ist anfangs etwas gestelzt und wird hauptsächlich von Nella gelenkt. Cornelia stellt die Platten und Schüsseln ohne jedes zeremonielle Getue auf den Tisch, als wäre es Teig, den sie mit dem Nudelholz ausrollen wollte. Falls Jacob es bemerkt, verkneift er sich jeden Kommentar. Sie unterhalten sich über die kommenden Ereignisse in der feineren Amsterdamer Gesellschaft, über ausgelassene Bootsfahrten inmitten kreischender Möwen und darüber, was sich an der Börse tut. Sie klären Jacob nicht auf, als er sich bei Otto erkundigt, wie es ihm bei der VOC ergeht. Nella redet über Pastor Becker, der erst vor kurzem sein Amt an der Oude Kerk angetreten hat und noch relativ jung ist, und dass sie zu ihm gehen und mit ihm sprechen sollten. Ob es ihm morgen recht sei, fragt sie Jacob, und er ist sofort damit einverstanden.

Eigentlich will Nella über andere Dinge sprechen. *Warum Thea? Warum wir? Was, bitte schön, halten Sie von uns?* Aber die Ehe ist noch nicht geschlossen; das alles kann sie erst nach der Hochzeit fragen. Sie redet sich ein, dass sie es wissen will, weil vieles an dieser Situation unorthodox ist und sie ein für alle Mal sicher sein will, dass Jacob ein vernünftig denkender Mann ist. Aber es gibt noch ein anderes, undurchsichtiges Verlangen, das sie lieber nicht so genau untersuchen will: Sie will die Anerkennung dieses jungen Mannes. Sie möchte in seinen Kreis aufgenommen werden, was immer der auch sein mag, und der ganze Sinn dieser Einladung besteht darin, den Anschein zu erwecken, als ob sie sich bereits darin befände.

In Jacobs blassgrünem Salon hat sie es offen ausgesprochen: »Wir sind nicht so reich wie die Sarragons«, hat sie gesagt. Sie dachte an das Geld, das sie für Thea zurückgelegt hatten und das, erst recht seit Otto keine Arbeit mehr hatte, von den laufenden Kosten des Haushalts aufgezehrt wurde. »Wir wollen Sie nicht in Verlegenheit bringen«, fuhr sie fort, »aber ...«

»Materieller Reichtum ist nicht alles, Madame«, hat er erwidert. »Ein angenehm unterhaltsames Wesen, Jugend, Schönheit, Intelligenz – das sind auch Werte, die ein Mann schätzen kann.«

Nella hat sich schlecht gefühlt: Sie hatte immer nur daran gedacht, dass ihre Nichte keine finanziellen Mittel vorzuweisen hatte, und dabei vielleicht zu wenig die Reize von Theas Persönlichkeit herausgestrichen. Es war eine Umkehrung ihres Verhaltens in der

Loge im Theater, aber dieses Mal war sie nervöser. Sie musste immer daran denken, wie Thea, kurz bevor sie an Jacobs Tür geklopft hatten, geflüstert hatte: *Es stimmt, ich liebe Jacob nicht.* Thea ist schon lange von der Idee der Liebe besessen, und Nella hat sie dafür gescholten. Aber vielleicht ist es eine weise Besessenheit? Vielleicht spricht daraus ein tieferer Zweifel, den Nella zur Kenntnis nehmen sollte?

Aber für solche Überlegungen ist keine Zeit mehr, und schon gar nicht an diesem Tisch, wo überall Saft von Lachs und Aalen aufs Tischtuch getropft ist. Jetzt geht es um die Ehe und auch um Geld: Wenn Caspar doch nur ein Elixier herstellen könnte, denkt sie, das die Macht hätte, wahre Liebe einzuflößen.

Nachdem die Pfannkuchen gegessen sind, ziehen die beiden Männer sich in Ottos Arbeitszimmer zurück, um die Details des Ehevertrags auszuarbeiten. Eine Stunde lang sind sie dort, viel länger als Nellas und Theas Unterhaltung mit Jacob gedauert hat.

Die Zeit vergeht langsam, und Thea ist sichtlich aufgewühlt. »Was ist, wenn Papa nein sagt? Wenn er ihm meine Hand verweigert?«

»Das wird er nicht tun.«

Cornelia räumt mit viel Geklapper den Tisch ab. »Vielleicht doch«, sagt sie.

»Und was ist dann?«, erwidert Nella gereizt. »Dann sind wir wieder da, wo wir im Januar waren. Und müssen wieder ganz von vorne anfangen.«

Cornelia schnaubt und trägt die Reste des imposanten Mahls hinunter zu Lucas, der schon ungeduldig wartet. Thea dreht ruhelos ihre schmutzige Serviette in den Fingern. Nella würde sie gerne trösten, beruhigen, aber ihr fehlen die Worte. Sie ist müde. Man muss noch den Brautstrauß bezahlen, den Pastor aufsuchen, für ein weiteres Festmahl sorgen, so kurz nach diesem hier.

Die Frauen hören, wie die Tür geöffnet wird, stehen auf und gehen in den Flur. Jacobs Miene ist jetzt nicht mehr so unbeschwert, er wirkt ernst, als lastete eine große Verantwortung auf ihm. Er verbeugt sich. »Meine Damen, es ist spät, und ich habe Sie schon zu lange aufgehalten.«

»Aber wir sehen Sie morgen?«, fragt Nella. »Wir wollen doch zum Pastor.«

Jacob schaut überrascht; ihr wird bewusst, dass sie kläglicher klingt, als ihr lieb ist. Er wirft einen Blick auf Thea. »Natürlich«, sagt er und nimmt die Hand seiner Braut. Thea überlässt sie ihm sittsam zurückhaltend wie eine Wachspuppe.

Nella öffnet die Haustür, laue Luft strömt herein. Jacob verabschiedet sich von ihnen, und sie lauschen seinen Schritten, die im Dunkel verhallen.

Als er weg ist, entschuldigt sich Thea: sie will noch eine Weile bei Cornelia in der warmen Küche sitzen. Zu Nella sagt Otto leise: »Ich muss mit dir reden. Im Arbeitszimmer.«

»Was ist los?«

»Komm mit.«

Nella betritt das Arbeitszimmer nur selten. Es birgt keine guten Erinnerungen, denn hierher hat sich Johannes vor seinen Pflichten als Ehemann geflüchtet. Hier hat sie versucht, ihn zu verführen. Otto hält den kleinen Raum in ordentlichem Zustand, die Haushaltsbücher sind sauber gestapelt, der Kamin ausgeräumt und gekehrt.

Er lässt sie eintreten, dann schließt er die Tür. Er geht zu seinem Stuhl auf der anderen Seite des Schreibtischs und setzt sich. Mit einer Geste weist er Nella an, auf dem leeren Stuhl Platz zu nehmen. »Er will mehr«, sagt er.

»Mehr *was*?«

»Er will mehr *Geld*, Petronella.«

Nella, die immer noch an der Tür steht, starrt ihn an. Ihre Wangen brennen. Hatte Jacob die ganze Zeit vor, ihnen diesen Fehdehandschuh hinzuwerfen?

»Damit hast du wohl nicht gerechnet?« In Ottos Stimme klingt eine Spur Triumph.

Nun ja, sie sind hier in Amsterdam, und es war vielleicht naiv von ihr, sich nicht klarzumachen, dass Jacob erst dann ernsthaft über Beträge verhandeln würde, sobald er Ottos Kontor betreten hätte. Ihr Gespräch in seinem Salon vermittelte nur einen schwachen Vorgeschmack von dem, was noch kommen würde; mit Rücksicht auf ihr Geschlecht verabreichte er die bittere Medizin verdünnt und gesüßt.

»Jacob ist Advokat, er hat ein neues Haus an der Prinsengracht«, sagt sie so leichthin, wie es ihr möglich ist. »Er ist dabei, sich ein Leben aufzubauen. Da kann man sich nicht wundern.«

»Findest du?«, antwortet Otto. »Wenn ich überlege, mit welch herrlichen Farben du ihn mir malst, kann ich gar nicht mehr aufhören, mich zu wundern! Du hast mir den Eindruck vermittelt, dass er Thea für kostbarer hält als alles Geld der Welt. Dass er sie nimmt, auch wenn sie bloß ein paar von Cornelias Töpfen mit in die Ehe bringt. Daran ist offenkundig kein wahres Wort.«

»Ich habe ihm gesagt, was wir haben. Er sagte, das sei genug.«

»Er hat gelogen.«

»Er hat nicht gelogen. Was hast du zu ihm gesagt, Otto? Was?«

»Ich habe ihn nur gefragt, wie ernst es ihm wirklich mit Thea ist. Und jetzt wissen wir es.«

Nella spürt Panik aufsteigen. »Thea will diese Heirat. Ich werde alles dafür tun, was in meiner Macht steht.«

»Ebendas ist es, was mir Angst macht«, sagt Otto.

»Jacob ist lediglich ein vernünftiger Geschäftsmann.«

»Ah. Ein vernünftiger Geschäftsmann.«

Nella setzt sich auf den Stuhl ihm gegenüber. »Wie viel will er?«

Otto beugt sich vor, die Fingerspitzen seiner Hände gegeneinander gedrückt. »Was er will, was er verlangt hat, ist die Summe von hunderttausend Gulden.«

Nella ist wie betäubt. »Was?«

»Zahlbar vor der Trauung.«

»Das kann nicht wahr sein.«

»Ich versichere es dir. Es ist wahr.«

Sie atmet tief durch. »Wir sind so weit gekommen«, sagt sie. »Wir sind so nah dran. Wir werden das Haus verkaufen müssen.«

Otto lehnt sich in seinem Stuhl zurück. »Ah, jetzt willst du plötzlich das Haus doch verkaufen?«

»Du hast gesagt, du hast es schätzen lassen, wegen deiner Ananas. Jetzt geht es um deine Tochter. Es ist unsere letzte Chance, das weißt du so gut wie ich.«

»Das Haus ist auf meinen Namen geschrieben«, sagt Otto, »und ich werde tun, was ich für richtig halte. Bis zum neunten Juni ist es nicht mehr lange hin, Nella. Was glaubst du, wie schnell man ein herrschaftliches Haus an der Herengracht verkaufen kann?«

»Otto, wenn wir Jacob als Schwiegersohn gewinnen, bekommen wir eine noch feinere Adresse. Wir ziehen von einem großen Haus in ein anderes. Vielleicht wird Thea in Leiden wohnen.«

»Aber wo sollen wir wohnen? Du und ich und Cornelia? In einer Dachkammer in van Loos' Haus an der Prinsengracht? In einem Schuppen irgendwo auf Madame van Loos' Landgut?«

»Wir werden etwas finden. Etwas, das nicht so groß ist. Nicht so verstaubt und so voller schlechter Erinnerungen.«

»Nein«, sagt Otto. »Ich will hierbleiben.« Er streicht sich mit der Hand über eine Seite seines Gesichts. »Aber ich habe dem jungen Mann etwas anderes vorgeschlagen.«

Nella spürt, wie sich alles in ihr sträubt, weil sie befürchtet, dass Otto wieder auf Assendelft zurückkommen wird, obwohl sie ihm doch immer wieder gesagt hat, dass es nicht angerührt werden darf. »Otto –«

»Nein, ich spreche nicht von Assendelft.« Er seufzt.

Sie starrt ihn ängstlich an. Was kann er meinen? Was besitzen sie noch, das sie opfern könnten, um Jacob zufriedenzustellen?

»Ich will dieses Haus nicht hergeben, solange ich lebe«, sagt Otto. »Aber ich habe angeboten, dass es nach meinem Tod in seinen Besitz übergeht.«

Sie überlegt fieberhaft, was das alles bedeutet. Etwas an diesem Lösungsvorschlag überrascht sie noch mehr als Jacobs Forderung. »Aber was ist mit mir und Cornelia, wenn wir dich überleben, und –«

Otto hebt die Hand, und sie verstummt. »Jacob möchte dieses Haus, Nella. Sag mir nicht, du hättest ihm das nicht sofort angesehen, als er zum ersten Mal hier durch die Tür trat. Möglicherweise wartet er schon seit zwanzig Jahren oder noch länger auf so eine Möglichkeit, aber wahrscheinlich ist auch er davon überzeugt, dass Geduld Rosen bringt.« Er lächelt boshaft, die Arme vor der Brust verschränkt. »Sicher wirst du dich, damit diese großartige

Verbindung zustande kommt, bereit erklären, hier auszuziehen, wenn ich vor dir sterbe, oder?«

Nella erinnert sich daran, wie Jacob zum ersten Mal zu Besuch kam, wie beeindruckt er von den großen Räumen war. *Ich behaupte, dies ist eines der schönsten Häuser der Stadt, sagte er. Ein verstecktes Kleinod.* Otto hat ihn genauer beobachtet, als sie glaubte.

»Ich denke, du wirst vollends überzeugt sein, wenn ich dir auch noch die Details der Sache erkläre«, fährt Otto fort. »Gegen die Zusicherung, dass er einmal das Haus erbt, ist er bereit, seine Mitgiftforderung auf zwanzigtausend Gulden zu reduzieren.«

»Er wird sich mit einem Fünftel dessen zufriedengeben, was er zuerst verlangt hat?«

»Dieses Haus ist viel Geld wert, Petronella. Jacob wird uns vom Tag der Hochzeit zweihundert Gulden und Cornelia dreißig Gulden monatlich als Leibrente zahlen. Dieser Betrag wird von uns angespart und soll eure Ausgaben nach meinem Tod abdecken. Ich habe Jacob klargemacht, dass diese Ausgabe auch in seinem eigenen Interesse ist, weil sie es uns ermöglicht, sein künftiges Erbe so instandzuhalten, wie es sich gehört.«

»Du hast wirklich an alles gedacht.«

»Thea ist meine Tochter. Und er ist leicht zu durchschauen. Wenn er das alles haben will, muss er dafür bezahlen. Erbberechtigt wird er erst, wenn sie und er verheiratet sind, und er kann das Haus erst dann wirklich in Besitz nehmen, wenn ich tot bin. Ich habe mich bereit erklärt, die zwanzigtausend vor der Hochzeit zu zahlen – so haben beide Parteien das Gefühl, etwas gewonnen zu haben.« Otto hält inne und mustert seine alte Freundin. »Ich nehme an, das war eines deiner Hauptziele, als du diese Ehe arrangiert hast.«

Nella ist voller Staunen. »Ja, so macht man das in dieser Stadt.«

»Genau. Eines Tages wird Jacob ein Haus besitzen, das gut eine halbe Million Gulden wert ist, und Thea wird von seinem Wert profitieren. Und du, so hoffe ich, wirst so viel Geld haben, dass du im Alter abgesichert bist.«

»Aber woher sollen wir zwanzigtausend Gulden nehmen?«, fragt sie.

»Wir nehmen ein Darlehen auf«, sagt er.

»Ein Darlehen?«

»Wir könnten dieses Haus beleihen. Wir verpfänden es als Sicherheit, und bekommen dann einen Kredit.«

»Dieses Haus?« Sie kann nicht glauben, dass er ein solches Risiko eingeht, um Theas Wunsch zu erfüllen. »Aber damit wäre Jacob doch sicher nicht einverstanden, oder?«

»Ich muss die Sache eben in Ordnung bringen, bevor ich sterbe.«

»Der Kreditgeber würde also das Haus bekommen, wenn wir das geliehene Geld nicht zurückzahlen können?«

»Aber wie sollen wir die Schuld jemals zurückzahlen können? Welche Bedingungen würden da gelten? In welchem Zeitraum müssten wir es zurückzahlen? Es sind zwanzigtausend Gulden!«

»Man wird Tilgungsraten vereinbaren. Das muss man aushandeln. Und wir haben ja die monatliche Leibrente, die er uns zahlt?«

Sie rechnet im Kopf. »Aber wenn wir dieses ganze Geld dafür verwenden, dauert es neun Jahre, bis wir den Kredit zurückgezahlt haben, und da sind die Zinsen noch gar nicht mitgerechnet.«

Er zuckt die Achseln. »Dann strecken wir es eben, und es dauert ein paar Jahre länger, das ist nicht so schlimm.«

»Aber –«

»Es ist keine perfekte Lösung, Nella. Aber wenn ich tot bin, kannst du es Jacobs Problem sein lassen.« Er seufzt. »Bis dahin finde ich ja vielleicht wieder Arbeit.«

»Jacob könnte uns verklagen, Otto. Dann wären wir am Ende. Und wenn du keine Arbeit hast, wo sollen wir –«

»Nella, ich habe mich entschieden. Solange es irgendeine andere Möglichkeit gibt, werde ich dieses Haus nicht hergeben. Die Enkel der Männer, mit denen Johannes und ich Geschäfte gemacht haben, sind immer noch als Geldverleiher aktiv. Ich werde mein Bestes tun, um einen fairen Zinssatz auszuhandeln.«

Nella spürt, wie ihr Tränen in die Augen steigen. Es ist so ein Risiko. Sie fühlt sich in die Enge getrieben, aber als sie Otto ansieht, merkt sie, dass es ihm genauso geht. Sie sind durch dieses Geheimnis wieder aneinander gebunden, und es fühlt sich an wie damals, als Marin gestorben war und Johannes auch und alles aussichtslos zu sein schien.

»Thea darf das nie erfahren«, flüstert sie.

»Niemals«, sagt er. »Nun, ich habe nicht die Absicht, es ihr zu verraten. Und wir halten es am besten auch vor Cornelia geheim.«

»Einverstanden.« Sie zögert. »Ich weiß, du bist böse auf mich.«

Otto schaut auf seinen Schreibtisch hinunter. »Ich bin vor allem schrecklich müde. Wenn Thea diese Ehe will, und es scheint so zu sein, dann werden wir das tun. Ein Haus für eine Tochter. Ziegelsteine, geschätzt und bewertet, für Theas Zukunft.« Er sieht zu Nella auf und hält ihrem Blick stand. »Vielleicht hat es so kommen müssen.«

XXIV

Das Päckchen auf der obersten Eingangsstufe ist nicht beschriftet, und Thea erschrickt, als sie es sieht. Aber es ist der frühe Morgen des achten Juni, der Tag vor ihrer Hochzeit, und sie will zum Schauspielhaus und mit Rebecca sprechen. Sie weiß, dass ihre Freundin am Montag immer im Theater ist, um in Ruhe ihren Text zu lernen. Es ist schon viel zu lange her, dass Thea sie das letzte Mal gesehen hat, und ihr bleibt nicht mehr viel Zeit, um sich zu entschuldigen und sie einzuladen, morgen in die Oude Kerk zu kommen und der Trauung beizuwohnen. Bevor jemand Thea überraschen und fragen kann, wohin sie geht, nimmt sie das Päckchen mit und öffnet es im Gehen.

Als sie an der Schnur zerrt und das Papier aufreißt, kommt ihr ihre Tante in den Sinn, die sich so sehr nach der Miniaturistin sehnt. Ich hätte das Päckchen dort lassen sollen, wo es war, denkt sie. Es steht kein Name drauf, vielleicht ist es gar nicht für mich.

Aber jetzt ist es zu spät, und außerdem waren bis jetzt alle Sachen, die da vor der Tür lagen, für sie bestimmt. Als sie um die Ecke der Leidsegracht biegt, bleibt sie wie angewurzelt stehen. Sie blickt auf das Objekt in ihrer Hand und schnappt hörbar nach Luft, sodass ein paar Leute in ihrer Nähe sich nach ihr umdrehen, aber Thea bemerkt es nicht, denn vor ihr auf dem Papier liegt eine perfekte, atemberaubend echt aussehende, wenn auch sehr kleine Ananas.

Ihre tiefgrünen, von silbernen Adern durchzogenen Blätter sprießen aus der Spitze hervor. Sie ist nicht größer als eine kleine Mandel, aber runder, gedrungen bauchig. Die Haut ist so rau wie die der echten Frucht, die Caspar mitgebracht hat. Ihr Fleisch gibt nur wenig nach, als Thea es drückt, und sie müsste schon einige Gewalt anwenden, um die Haut mit dem Fingernagel zu ritzen, aber das will sie gar nicht. Sie weiß nicht, woraus die Frucht besteht, ist indes ziemlich sicher, dass sie nicht essbar ist, auch wenn es sie lockt, davon zu kosten. Es ist ein seltsames Juwel, das eine Dame in einem Ring tragen könnte, eines, das es sonst nirgendwo zu sehen gibt. Es ist etwas, das alle Damen von Amsterdam begehren würden. Thea hält die Ananas hoch und rollt sie staunend zwischen Daumen und Zeigefinger hin und her.

Und da spürt sie es: die Kälte in ihrem Nacken, wie sich ihre Nackenhaare aufstellen, das Kribbeln, das Tante Nella erwähnte, als sie mit Cornelia über die Miniaturistin sprach, dieses Gefühl, scharf beobachtet zu werden. Thea hört, wie jemand ihren Namen ruft, reißt den Kopf, ohne zu wissen, wonach sie eigentlich suchen soll. Sie kann niemanden sehen, der sie beobachtet; die Leute um sie herum sind alle mit sich selbst beschäftigt, sie haben es eilig, zur Arbeit zu kommen.

Hinter ihr nähern sich Schritte. Thea ballt die Fäuste, auf alles gefasst. Ihre Angst verstärkt sich, sie wagt es nicht, sich umzudrehen. Cornelia hat diese Frau eine Hexe genannt. Sie wartet, fast wie eine Katze, bereit zum Sprung.

»Sind Sie das, Thea Brandt?«, sagt eine Frauenstimme. Röcke rascheln, und ein Gesicht taucht vor ihr auf. Das Gesicht von Eleanor Sarragon.

Sofort verschwindet das Gefühl der Kälte auf Theas Nacken. Sie schließt ihre Finger um die Ananas und hält sie sicher in ihrer Hand. Sie bemerkt einen Pagen, der darauf wartet, dass seine Herrin weitergeht. Er ist schwarz, und ihre Blicke begegnen einander, bevor er die Augen niederschlägt und auf seine Fußspitzen schaut. Sein Umhang ist zu weit, und seine Handgelenke wirken viel zu dünn für die übergroßen Manschetten. Aber es ist Thea, die plötzlich ein Gefühl von Befangenheit überkommt – weil er nicht so selbstbewusst auftritt wie Eleanor und sie selbst, sondern sich schüchtern zurückhält. Offenbar ist er noch so jung, dass er sich scheut, sie anzusprechen. Thea ist nur selten mit dunkelhäutigen Kindern in der Stadt in näheren Kontakt gekommen, und in ihr regt sich die Sehnsucht, diesen Jungen hier sprechen zu hören.

Mit ihm über ganz alltägliche Dinge zu reden, aber ihm vielleicht auch die Kostbarkeit, die sie in der Hand hält, zu zeigen und ihm Fragen zu stellen. Warum geben sie dir nicht einen Umhang, der dir passt? Wer schneidet dir die Haare so kurz? Einen stummen Moment lang sehen sie einander in die Augen, und zu Theas Verblüffung streckt der Junge ihr die Zunge heraus. Aber als Eleonor spricht, ist der Bann gebrochen.

»Warum bleiben Sie nicht stehen?«, fragt sie und rümpft die Nase. »Ich habe Ihren Namen gerufen.«

»Ich dachte, Sie wären jemand anderes.«

»Wir haben Sie lange nicht mehr gesehen. Sie waren nie im Theater. Und wir haben mehrere Feste veranstaltet, aber Sie haben sich nicht blicken lassen.«

»Ich war nicht eingeladen.«

»Oh.« Eleonor tritt einen Schritt zurück, ihr Blick wandert an Theas Kleid hinunter. »Ich bin auf dem Weg zu meinem Seidenhändler«, sagt sie. Und nach kurzem Zögern fügt sie hinzu: »Begleiten Sie mich, wenn Sie wollen.«

Thea antwortet nicht. Sie traut dieser Einladung nicht, und sie hat auch gar kein Verlangen nach Eleonors Gesellschaft. Deren Augen werden schmal, sie nimmt Theas geballte Faust ins Visier. »Was haben Sie da in Ihrer Hand?«

»Nichts.«

Eleonor wirkt überrascht. »Wenn es nichts ist, dann können Sie es mir ja zeigen«, sagt sie dann.

»Nein.«

»Was verheimlichen Sie, Thea Brandt? Sie sind sehr unhöflich, wissen Sie. Wenn man sich so benimmt wie Sie, macht man sich keine Freunde.«

»Nun, das kommt darauf an, wen ich treffe.«

Eleonor wirft den Kopf hoch. »Na, dann mache ich mich mal auf den Weg.«

»Es ist eine Ananas«, sagt Thea.

Eleonor lacht. »Was für eine komische kleine Schwindlerin Sie sind! Wissen Sie denn überhaupt nichts? Keine Ananas kann so klein sein.« Sie seufzt, und Thea erkennt plötzlich, dass Eleonor diejenige ist, der es schwerfällt, sich Freunde zu machen. Sie schüttelt den Kopf, als wäre Thea ein hoffnungsloser Fall, vielleicht sogar ein bisschen verrückt, und setzt sich in Bewegung. »Komm, Albert«, sagt sie, und der Page mit dem übergroßen Umhang folgt seiner Herrin, ohne zurückzublicken.

Doch dann bleibt Eleonor wieder stehen und dreht sich um. »Ist es wahr?«, fragt sie.

»Das mit der Ananas?«

Eleonor starrt Thea an. »Nein. Ist es wahr, dass Sie Jacob van Loos heiraten? Ich habe gehört, dass Sie das Aufgebot bestellt haben, und konnte es kaum glauben.«

Es erstaunt Thea immer wieder, wie schnell Neuigkeiten sich in dieser Stadt verbreiten. Sie studiert das Gesicht ihres Gegenübers. Eleonor, die so geübt im Austausch von Artigkeiten ist, lächelt in einer Art, die ihre ganze Missgunst offenbart.

»Ja, es stimmt«, antwortet Thea, »morgen Vormittag.« Sie sieht, wie die Augen des kleinen Jungen groß werden.

»Tja«, sagt Eleonor, »ich bedauere ihn von Herzen. Ich hoffe, jemand hat Ihnen wenigstens beigebracht, wie Sie ihn glücklich machen können.«

Fassungslos sieht Thea zu, wie Eleonor und ihr Page über die Brücke verschwinden. Einen Moment lang möchte sie ihnen am liebsten nachlaufen und Eleonor schütteln, dass ihre Zähne klappern. Aber dann öffnet sie noch einmal ihre Hand, um sich zu vergewissern, dass sie nicht geträumt hat, dass sie nicht ein bisschen verrückt ist, dass es wirklich eine winzige Ananas ist, was vor ihrer Tür lag.

Und da ist sie, natürlich: Es ist, als leuchtete sie von innen heraus. Thea starrt sie an, Faszination mischt sich mit Angst – denn woher weiß die Miniaturistin, dass Caspar Witsen ihnen eine Ananas gebracht hat, dass ihr Vater wahrscheinlich von solchen Früchten träumt und dass ihre Tante das Exemplar, das sie haben, in ihrem Haus an der Herengracht verrotten lässt?

Sie denkt an ihre Hochzeit, an den Brautstrauß, den Hendrickson, der Florist, gebunden hat: die Pfingstrosen und Rosen blutrot und rosa, dazu Geißblatt, das für die Bande der Liebe steht. *Die*

Bande der Liebe, als ob Liebende aneinandergefesselt wären, vielleicht gar mit Ketten, die schwer sind und rosten können. Das Bouquet steht in einem Krug mit frischem Wasser auf dem Regal in ihrem Schlafzimmer. Die Blumen wurden mit Bedacht so ausgewählt, dass sie morgen Vormittag in der Oude Kerk in ihrer ganzen Schönheit prangen und mit ihren Farben die alten Buntglasfenster triumphal überstrahlen werden. Man hat ihr gesagt, sie solle üben, ihn richtig zu halten und die Stiele nicht zu zerdrücken. Man stelle sich das vor: Sie soll dort heiraten, wo die Gebeine ihrer Mutter liegen. Das Rätsel namenloser Knochen zu Füßen einer geheimnisumwitterten Tochter.

Zu Hause gibt es viel zu tun. Letzte Änderungen am Kleid, Vorarbeiten an der Frisur, Lavendelbäder, damit die Braut morgen so köstlich duftend wie nur irgend möglich vor den Altar treten kann. Cornelia ist hektisch beschäftigt mit Rosenwasserwaffeln und Zuckerblumen, Salaten und Braten, Gebäck und Nachspeisen. Die Familie Brandt hat die Angehörigen des Bräutigams nach dem Trauungsakt in die Herengracht geladen, und laut Jacob haben alle freudig zugesagt. Die Feiergarderobe von Theas Vater hängt düster an der Rückseite einer Tür; sie ist ebenso wie die ihrer Tante in tiefstem Schwarz gehalten. Vielleicht wird man sich darüber streiten, ob Lucas eine Hochzeitskrause tragen soll. Alte Zeiten und neue Zeiten begegnen einander, denn untergründig ist immer auch Abschied zu spüren: Sie fühlen, dass ein Leben endet und vielleicht ein härteres, raueres Leben an seine Stelle treten wird. Und tief unten ein Loch in ihren Herzen. Ein Loch, das Thea hinterlassen wird.

Thea steckt die winzige Frucht in ihre Tasche und macht sich auf den Weg zum Theater.

Unsere Geschichten können nur auf eine Weise enden, das hat Tante Nella oft gesagt. Wir stellen uns gerne vor, dass sie viele verschiedene Bahnen einschlagen können, sagt sie, aber wir haben die Dinge nicht mehr in der Hand, und vielleicht hatten wir von Anfang an nie die Möglichkeit, etwas daran zu ändern.

Aber Thea ist sich da nicht so sicher. Denn wenn der Faden eines Lebens, wie es ihr beschieden war, abrollt, manchmal so golden und manchmal, wie jetzt, so ausgefranst, wer kann dann sagen, dass es nicht auch andere mögliche Geschichten gibt, alle dicht beieinander und gleichermaßen bereit, jederzeit wirklich zu werden? Chancen, die verpasst oder genutzt werden können, den Lauf der Dinge zu ändern. Thea, die jetzt die Keizersgracht entlanggeht, sieht sie fast in der Luft schweben. Da ist Walter, ein alleinstehender Mann, der einfach in sie verliebt ist. Ihre Tante ist eine glücklichere Frau. Ihr Vater wird nach Verdienst belohnt. Jenseits dieses Junimorgens gibt es einen anderen, der darauf wartet, an seine Stelle zu treten. Der Vorhang wird aufgehen, und alles wird anders sein. Wenn sie sich nur darauf konzentrieren und den Vorhang finden kann.

Vielleicht, denkt Thea, liegt es einfach daran, dass die Situation so unwirklich ist. Verlobt zu sein, ohne Liebe zu spüren. Wenn Shakespeare noch lebte, hätte er aus diesem Stoff sehr gut ein Drama machen können: Um der Rache der Frau ihres Liebhabers zu entgehen, wird Thea morgen einen Mann heiraten, den sie nicht liebt. Ihre Familie hat mit allerlei Kostümen und Requisiten die wahre Geschichte ihres Niedergangs verschleiert und einen jungen, wohlhabenden Advokaten hinters Licht geführt, der Interesse an ihrer Tochter bekundet hat. Doch man hat nicht das Gefühl, als könnten all die ausgefransten, fragwürdigen Enden zu etwas zusammengeführt werden, was das Publikum zu rückhaltlosem Beifall hinreißen wird. Die Handlung wirkt beliebig, chaotisch und befremdlich, und doch ist all das Theas Leben. Und Schritt für Schritt stapft sie voran, zieht die Fäden und wird zugleich selbst an Fäden geführt. Sie glaubt, dass sie, wenn sie morgen heiratet, ihr Schicksal selbst bestimmt, und gleichzeitig fühlt sie sich dem Geschehen wehrlos ausgeliefert.

Am Bühneneingang der Schouwburg stellt Thea erleichtert fest, dass der Türsteher seinen Dienst noch nicht angetreten hat. Aber die Tür ist offen, und so kann sie unbemerkt hineinschlüpfen. Sie eilt durch die Gänge zu Rebeccas Garderobe, voller Angst, Walter zu begegnen, der den Tag dazu nutzt, in aller Ruhe an seinen Kulissen zu arbeiten. Sie klopft an, betet, dass Rebecca da ist, und flüstert: »Rebecca, ich bin's, Thea. Lass mich rein.«

Die Tür geht auf, und Rebecca steht da. Thea stürzt sich in ihre

Arme und vergräbt ihr Gesicht an ihrer Schulter. »Es tut mir leid«, murmelt sie. »Oh, es tut mir leid, es tut mir so leid.«

Rebecca drückt sie erst an sich, hält sie dann auf Armeslänge und lässt sie nicht mehr los. »Du brauchst dich nicht zu entschuldigen.«

»Doch. Ich habe dich monatelang nicht mehr besucht.«

»Es ist in Ordnung, Thea. Was ist passiert? Was ist los?«

»Ich wusste nicht einmal, ob ich es über mich bringen würde, hierher zu kommen. Ich musste ja damit rechnen, dass ich ihm über den Weg laufe.«

Rebecca runzelt die Stirn. »Walter?«

»Es ist alles schiefgegangen, Rebecca. Es ist alles furchtbar schiefgelaufen.«

Rebecca schließt die Tür und führt Thea zu dem Tischchen. Das Hündchen in der Ecke erwacht aus seinem Schlummer, lässt aber den Kopf gleich wieder sinken. »Ich habe noch keinen Kaffee«, sagt Rebecca und hebt eine Kristallkaraffe hoch. »Du musst dich mit einem Schluck Wein begnügen.« Sie sieht Thea an. »Unter den gegebenen Umständen ist das vielleicht ohnehin die bessere Wahl.«

Thea nimmt das Glas, das Rebecca ihr hinhält, setzt sich auf einen der Sessel neben dem Tisch, auf dem Rollenhefte liegen, und stürzt den Wein hinunter. Er ist stark, und er brennt in ihrem Magen. »Ist er hier?«, fragt sie.

Die Schauspielerin verzieht das Gesicht. »So früh am Morgen? Niemals.« Sie sieht Thea aufmerksam an. »Was ist passiert?«

Thea holt tief Luft. Sie hat nie mit jemandem darüber geredet, und sie ist sich nicht sicher, ob sie die richtigen Worte finden wird. Sie entschließt sich, nicht lang darum herumzureden, sondern direkt zum Kern der Sache vorzustoßen, so schrecklich es auch ist. »Er ist verheiratet«, sagt sie.

Rebecca lässt sich schwer in einen der anderen Sessel fallen. »Mein Gott! Bist du sicher?«

»O ja, so sicher, wie man nur sein kann.«

»Thea«, sagt Rebecca. »Ich hatte wirklich keine Ahnung. Ich fand, dass er nicht gut genug für dich ist, aber *damit* habe ich nicht gerechnet.«

Thea starrt in den Bodensatz in ihrem Glas. »Seine Frau ... wusste von mir, die ganze Zeit.«

Rebecca wird blass. »Was?«

»Wie konnte er das tun, Rebecca?«, ruft Thea. »Wo ich ihn doch geliebt habe. Ich habe ihn so sehr geliebt.«

Wochenlang aufgestaute Tränen brechen sich jetzt Bahn. Sie stöhnt leise auf vor Schmerz und Zorn, Rebecca schließt sie in die Arme, und Thea lässt ihren Tränen freien Lauf, bis der Ärmel ihrer Freundin ganz nass ist und das Schluchzen endlich aufhört. Sie macht sich los, das Gesicht fleckig und rot, erschöpft, aber ruhiger.

»Hast du es zu Hause erzählt?«, fragt Rebecca.

Thea sieht sie entsetzt an. »Im Ernst? Natürlich nicht.«

»Das solltest du aber.«

»Ich werde es ihnen nie sagen.«

Rebecca seufzt. »Wenn ich du wäre, würde ich es tun. Sie werden dich nicht bestrafen.«

»Du kennst meine Familie nicht. Und außerdem, wenn du an meiner Stelle gewesen wärst, hättest du dich gar nicht erst in diese Lage gebracht.«

Rebecca lächelt. »Sei dir da nicht so sicher. Was glaubst du, warum ich versucht habe, dich zu warnen? Ich weiß, wie das ist.«

Es scheint Thea unmöglich, dass jemand, der so beherrscht, so stark und großzügig ist wie Rebecca, sich jemals so hätte benutzen lassen.

»Ich habe mich dir gegenüber schrecklich benommen« flüstert Thea.

Rebecca fasst Theas Hand und wischt ihr mit ihren kühlen und zarten Fingern die Tränen ab. »Ich kann dir nicht versprechen, dass du ihn je vergessen wirst, Thea«, sagt sie. »Aber irgendwann wirst du bei dem Gedanken an ihn nur noch eine Art stiller Verwunderung empfinden. Du wirst dich selbst mit einer Sanftheit behandeln, von der du im Moment glaubst, dass du sie nicht verdienst.«

Thea fühlt sich erleichtert, weil sie wieder so innig vereint sind, und zugleich ist sie erschöpft. »Du bist mir eine so gute Freundin. Und ich hätte dich fast verloren.«

»Nein, ich habe immer auf dich gewartet.«

Thea holt tief Luft und greift in ihre Rocktasche. Ihre Finger streichen über die zierliche Ananas, und einen Moment lang erwägt sie, Rebecca diese merkwürdige Kostbarkeit zu zeigen, ihr zu erzählen, was sie von der Geschichte der Miniaturistin wusste, von den anderen Stücken in ihrem Geheimkästchen zu reden, davon, wie ihre Tante sich danach sehnt, das Rätsel zu lösen, nur noch ein Mal dieser geheimnisvollen Frau zu begegnen. Aber es ist weder der richtige Zeitpunkt noch der richtige Ort. Ihr scheint, dass diese Sache etwas ist, das in ihrer Familie bleiben muss.

Sie lässt also die Ananas in ihrer Tasche, zieht die beiden Erpresserbriefe hervor und schiebt sie über den Tisch vor Rebecca hin. »Die wollte ich dir zeigen. Seine Frau hat sie geschrieben«, sagt sie. »Ihr Name ist Griete. Sie hat mich erpresst.«

Rebecca starrt auf die beiden Blätter und liest sie schnell durch. »Oh, Gott.«

»Ich musste sie bezahlen, damit sie schweigt. Sie hat damit gedroht, dass sie sonst die ganze Geschichte Leuten wie Clara Sarragon erzählen würde. Mein Ruf wäre ruiniert.«

Einen Moment lang sagt Rebecca nichts. Sie legt die Blätter mit der Vorderseite nach unten auf den Tisch und lehnt sich in ihrem Sessel zurück. »Und wusste Walter, dass sie das geschrieben hat?«

Es dauert eine Weile, bis Thea antwortet: »Ja.«

Rebecca kräuselt die Lippen. »Abschaum.«

»Du hast nicht gesehen, wie sie leben, Rebecca. Er ist sehr arm, und sie haben zwei Kinder, und –«

»Thea, nein. Das lässt sich nicht entschuldigen. Was er getan hat, war gemein und grausam.« Sie schlägt mit der Faust auf die Tischplatte. »Ich wusste, dass etwas mit ihm nicht stimmte. Ich habe es ihm angesehen, ich wusste es. Ich hätte etwas unternehmen müssen.«

»Ich hätte es nie zugelassen.«

»Aber ich habe dir erlaubt, ihn hier zu treffen –«

»Ich bin erwachsen.«

»Ich hätte dir eine bessere Freundin sein müssen.«

»Aber dann hätte ich ihn eben woanders getroffen. Es ist ganz allein meine Schuld.« Theas Herz ist schwer.

»Es ist nicht deine Schuld.«

»Teilweise schon. Ich habe gesehen, was ich sehen wollte. Ich habe ihn so sehr begehrt.«

Thea schließt die Augen und denkt daran, wie es im Malsaal war, in dieser abgeschlossenen Welt fernab der Realität. Sie denkt an Walters streichelnde Hand, seine Lippen auf ihrer Haut, das Mosaik der Leinwände, die sich in einem schwindelerregenden Reigen um sie herum drehten, während ihre Körper miteinander verschmolzen.

Jetzt, da sie sich in der Geborgenheit von Rebeccas Garderobe daran erinnert, kann sie fast glauben, dass jene Lust mit dem herzzerreißenden Schmerz, der dann folgte, nicht zu teuer bezahlt war. Doch dann bricht die Enttäuschung und die Angst vor Griete über sie herein und peinigt sie so sehr, dass sie verzweifeln möchte. Sie schlägt die Augen auf und schenkt sich noch ein Glas Wein ein.

»Ist alles in Ordnung?«, fragt Rebecca.

»Griete könnte von neuem drohen. Sie brauchen das Geld. Aber es war schon schwer genug für mich, das Geld aufzutreiben, um sie die ersten beiden Male zu bezahlen.«

»Ich dachte, deine Familie wäre reich.«

»Wir tun nur so. Mein Vater und meine Tante wissen nichts von dem Geld, mit dem ich Griete bezahlt habe. Ich habe es heimlich beschafft.«

»Wie?«

»Ich habe eine Afrikakarte verkauft, die ich bei den Sachen meiner Mutter gefunden habe.«

»Thea. Das ist schrecklich«, sagt Rebecca besorgt. »Du kannst so nicht weitermachen. Was wirst du nur tun?«

»Tja«, sagt Thea, »komm morgen Vormittag um zehn in die Oude Kerk. Ich wünsche mir sehr, dass du dabei bist.«

»In die Oude Kerk?« Rebecca sieht Thea misstrauisch an. »Warum?«

»Da findet die Trauung statt.«

»Du *heiratest*?«

»Ja.«

»Wen?«

»Jacob van Loos. Den Mann, den meine Tante auf dem Ball von Clara Sarragon kennengelernt hat. Er hat ein Haus an der Prinsengracht. Wir haben über ihn geredet: Du hast gefragt, ob ich einen netten jungen Mann kennengelernt hätte, und ich habe gesagt, dass meine Tante einen gefunden hat.«

Rebecca sieht erschrocken aus. »Aber –«

»Jacob ist durchaus ansehnlich, und er ist reich. Und er will mich heiraten.«

Rebecca nimmt Theas Hand. »Willst *du ihn* heiraten?«

»Ich habe die Sache auf den Weg gebracht, Rebecca. Ich habe gesagt, dass ich ihn will. Und es spricht einiges für ihn. Jacob wird mir und meiner Familie Schutz bieten, für den Rest unseres Lebens.«

»Aber was ist, wenn Griete von eurer Hochzeit erfährt? Was, wenn sie anfängt, an Thea van Loos an der Prinsengracht zu schreiben, und noch mehr Geld verlangt? Dann müsstest du die Sache nicht mehr nur deiner Familie, sondern auch noch ihm verheimlichen. Was ist, wenn es immer so weitergeht? Du solltest ihnen die Wahrheit sagen.«

Der Gedanke daran lässt Thea für einen Moment verstummen. Übelkeit steigt in ihrer Kehle auf. »Mein Vater hat seit Epiphanias keine Arbeit mehr«, sagt sie. »Unsere Ersparnisse sind aufgebraucht. Es ist ein Risiko, aber ich gehe es ein, denn ich bin ihre einzige Hoffnung.«

»Mag sein, dass du das glaubst.« Rebeccas Stimme klingt verzweifelt. »Aber das bedeutet nicht, dass es wahr ist.«

»Sie haben mich aufgezogen und sich um mich gekümmert, und ich habe es ihnen in den letzten Monaten, seit ich Walter kennengelernt habe, mit nichts als lauter Selbstsucht vergolten.«

»Ach, komm, das ist doch –«

»Es wird Zeit, dass ich endlich etwas zurückzahle.«

»Du schuldest ihnen nichts dafür, dass du ihr Kind bist, Thea. Und wie ist *seine* Familie?

»Ich habe sie noch nicht kennengelernt. Sie kommen heute Abend aus Leiden und übernachten bei ihm. Ich werde sie erst morgen zu Gesicht bekommen.«

»Ist er ein guter Mensch?«

Thea starrt in ihr leeres Glas. »Ich weiß es nicht.« Rebecca wirkt ganz elend. »Du wirst morgen nicht kommen?«, fragt Thea. »Du findest es falsch, was ich tue?«

»Ich verstehe es, Thea. Ja, ich verstehe es. Ich selbst habe dich dazu ermutigt, dir einen jungen Mann zu suchen.« Rebecca stützt ihren Kopf in die Hände. »Und jetzt frage ich mich, ob das klug war.«

Thea lächelt sie an. »Ich träume oft davon, so zu sein wie du. Ich wollte immer wie du sein. Du hast keinen Ehemann, keine Verpflichtungen. Aber im Gegensatz zu meiner Tante machst du, was du willst, und die Leute lieben dich dafür.«

»Thea, ich bin Schauspielerin geworden, weil es das Einzige war, was ich konnte. Ich brauchte das Geld. Ich hatte keine Familie, die mich liebte.«

»Ich glaube nicht, dass das die einzigen Gründe sind. Ich habe dich oft genug auf der Bühne gesehen.«

Rebecca schenkt sich noch einmal ein. »Ich mache das, seit ich sechs Jahre alt war, und ich weiß nie, ob das Stück, in dem ich mitspiele, nicht vielleicht mein letztes sein wird. Ich werde älter, und die Rollen, für die ich in Frage komme, werden immer weniger. Bald bleiben mir nur noch die alten Weiber und die Hexen, und selbst damit wird irgendwann einmal Schluss sein. Eines Tages wird mich niemand mehr sehen wollen, und ich werde in den Spiegel schauen und nicht mehr wissen, wer ich bin. Und was dann? Was wird dann aus mir und meinem leeren Spiegelbild, und was hilft es mir, zu sagen: Ich mache, was ich will?«

»Du bist immerhin frei«, sagt Thea.

Rebecca lacht. »Ach so. Frei!«

Thea steht auf. »Ich würde gerne diese Briefe bei dir lassen. Bewahrst du sie für mich auf? Ich möchte nicht das Risiko eingehen, dass meine Familie oder Jacob sie sehen.«

Rebecca blickt zu ihr auf. »Ja, wenn du willst«, sagt sie. Sie schließt die Augen und reibt sich die Schläfen, und Thea sieht ihr an, wie angespannt sie ist. »Bleib noch eine Weile.«

»Ich kann nicht, es gibt so viel –«

»Bleib. Sieh dir die Nachmittagsvorstellung an.«

Thea zögert. »Was für ein Stück ist es? Ich bin nicht mehr auf dem Laufenden.«

»Du wirst es nicht glauben, wenn ich es dir sage.«

»Wenn du es sagst? Dir glaube ich alles.«

Rebecca lächelt. »Es ist *Der Widerspenstigen Zähmung*.«

*

Sag mir, Thea Brandt: Warum kommst du ins Theater? Vor Monaten hatte Rebecca sie in diesem Raum das gefragt, und Thea hat ihr geantwortet, sie komme wegen Walter.

Das war nicht ganz wahr gewesen, wie Thea jetzt klarwird. Es kam ihr so vor, als müsste eine verliebte junge Frau so antworten. In Wahrheit kam sie auch der Stücke wegen, die gespielt wurden. Aber das Stück, das heute gegeben wird, handelt von einer Frau, die von einem Mann, der es besser wissen sollte, so lange drangsaliert und schikaniert wird, bis sie sich ihm unterwirft, und Thea fragt sich ernstlich, ob es klug ist, zu bleiben und sich diese Geschichte anzusehen, mag auch ihre Freundin die weibliche Hauptrolle mit noch so viel Ironie spielen. Um Jacobs willen sollte Thea besser gehen.

Aber sie bleibt. Hier ist schließlich ihr zweites Zuhause, die Wirkungsstätte einer wahren Freundin, die am Rand der Sphäre um die Herengracht lebt. Es ist der Ort der Illusion, an die Thea immer geglaubt hat, mehr als an die Wirklichkeit. Und wer weiß, ob ihr frischgebackener Ehemann sie übermorgen noch ins Theater gehen lässt? Immerhin hat er ihr ein Buch geschenkt, in dem eindringlich davor gewarnt wird. Im Gegensatz zu ihr hat er aus seinen Überzeugungen keinen Hehl gemacht. Wer weiß, ob Thea jemals wieder die Freiheit genießen wird, hier zu sitzen, mit einer anderen Frau und ihrem Hündchen und einer Karaffe mit Wein und ihren Rollenheften und ihrem Sinn für Humor und ihrer Anteilnahme, in einem kleinen warmen Raum, wo die üblichen Regeln außer Kraft gesetzt sind?

Also bleibt sie, und sie reden und lachen über Nebensachen, und als die Zeit gekommen ist, sitzt Thea nicht im Zuschauerraum, sondern zum ersten und vielleicht letzten Mal in ihrem Leben sieht sie ihre Freundin von der Bühne aus, versteckt hinter den Kulissen. Und Rebecca spielt keine komische Alte oder Vettel oder Hexe, keine Miniaturistin, sondern sie ist Katherine, die Schauspielerin *par excellence.*

XXV

Nella wird später noch oft auf den Morgen von Theas Hochzeit mit
Jacob zurückblicken und sich fragen, was sie übersehen hat – nicht
nur an diesem Tag, versteht sich, sondern an all den Tagen davor
bis zu dem Moment, als sie bei Sonnenaufgang in Theas Zimmer
trat. Gab es in den Tagen und Monaten und Jahren ihres Lebens
mit Thea, an Thea selbst oder sonst wie, irgendwelche Hinweise
oder ein Zeichen, die sie auf das vorbereitet hätten, was dann geschah? Sie hatten so hart auf diesen Tag hingearbeitet, sie alle, hatten die schmerzhaften Stiche in ihren Herzen ignoriert und die
Zweifel in ihren Köpfen beiseitegeschoben, alle Hoffnung, allen
Eifer aufgeboten, um ihre Ängste zu vertreiben, während der Sil-
berschmied die Figuren von Braut und Bräutigam in Theas großartigen Hochzeitskelch gehämmert hatte. Es stimmte, sie hatten
Jacobs Familie noch nicht kennengelernt; es stimmte, sie hatten
einen Kredit in Höhe von zwanzigtausend Gulden aufnehmen und
dem Bräutigam das Haus versprechen müssen, um diese Ehe auf
den Weg zu bringen. Aber der Pfarrer wartete jetzt in der Oude
Kerk, und das Geld war Jacob ausgehändigt worden. Das Leben
verlangt Anpassung, und Thea war, wie es schien, dazu bereit gewesen.

An diesem Morgen wacht Nella auf, als es eben erst dämmert.
Die Tinkturen von Caspar Witsen sind ausgegangen, und sie hat
nicht gut geschlafen, weil sie sich zu viele Sorgen gemacht hat, was
alles schiefgehen könnte – der Bräutigam lässt sich nicht blicken,
die Hochzeitstorte ist misslungen, der Brautvater verhindert, dass
Thea ihr Ehegelübde spricht. Mit solchen Fantasien beschäftigt,
wälzt Nella sich in ihrem Bett, aber ihr gehen auch Erinnerungen an Assendelft durch den Kopf: wie sie an ihrem Hochzeits-

tag auf das Geräusch von Pferdehufen lauschte, das die Ankunft von Johannes ankündigte. Damals gab es keinen Vater in ihrem Leben mehr, der die Trauungszeremonie stören konnte. Tatsächlich waren Geert Oortmans Trunksucht und Geldverschwendung der Hauptgrund dafür, dass die Hochzeit seiner ältesten Tochter überhaupt stattfand. Eine überstürzte Hochzeit ohne Gäste, Kelch, Festmahl, Tanz. Dagegen verleihen Cornelias Kochkünste und der Strauß von Hendrickson Theas Eheschließung doch wenigstens einigen festlichen Glanz.

Im Dämmerlicht des frühen Morgens kommt es Nella fast so vor, als wäre ihr Vater mit ihr im Zimmer. Der erste Mann in ihrem Leben, seit über zwanzig Jahren tot, sitzt da in der Ecke auf dem Stuhl neben ihrem Wäscheschrank. Er trägt die Hose aus weichem, schon speckigem Ziegenleder, die er immer trug, und dazu seine abgewetzten schwarzen Stiefel und den viel zu weiten Rock. Sein Haar ist strubbelig. Selbst in einer Gerberwerkstatt würde er einen reichlich ungepflegten Eindruck machen, gar nicht zu reden von einem Haus am Goldenen Bogen. Man würde nie denken, dass er aus einer Patrizierfamilie stammte. Die Oortmans besaßen seit über zweihundert Jahren Land rund um Assendelft. Mit Macht immer höher aufstrebende Leute, bis Geert Oortman erwachsen wurde und alles ruinierte.

Was ist passiert?, fragt er immer wieder, und Nella weiß nicht, ob er dabei sich selbst, seine Tochter oder Thea im Sinn hat. Sie versucht zu sprechen, aber sie schafft es nicht und wacht ganz verwirrt auf. *Ich bin nicht wie er*, denkt sie. *Ich habe nicht alles ruiniert.*

Wenn ihr Vater nicht gestorben wäre. Wenn ihr Mann, Marin, ihre Mutter, ihre Schwester nicht gestorben wären. Alle diese Toten. Dann würden sie heute gar nicht in die Oude Kerk gehen. Wäre ihr Vater kein Trinker gewesen, wäre ihr Leben anders verlaufen, davon ist Nella überzeugt, weniger hektisch, weniger unbeständig, es wäre ein erfülltes Leben gewesen. Weil sein Laster Geld kostete, verkaufte er Land, bis nur noch das Haus mit seinen Obstgärten und dem See übrig war. Immer ein Glas zwischen den Fingern. Noch jetzt, an diesem glücklichen Hochzeitsmorgen, kann Nella hören, wie seine Manschettenknöpfe auf dem Küchentisch in Assendelft klapperten, wie sein Kopf auf dem Holz aufschlug, wie seine Stiefelsohlen über die Bodenfliesen scharrten, wenn sie Carel und ihrer Mutter helfen musste, ihn ins Bett zu tragen. Er war immer eine ruhelose Natur, er wollte ein *bewegtes* Leben, Aufregung, stärkere Reize, als seine Frau und seine Kinder ihm bieten konnten.

Nella wendet sich ihm in ihrem Schlafzimmer schweigend zu, während draußen über der Stadt die Möwen kreischen. *Du hast uns nichts als Aufregung hinterlassen.*

Sie ging weg aus Assendelft, als sie Johannes heiratete, aber ihre Mutter weigerte sich, das Haus der Oortmans zu verlassen, dessen Dach schon damals undicht war, sodass im Winter Wasser durch die Decke tropfte. *Das ist alles, was ich noch habe*, sagte sie. Sie hielt trotzig daran fest: Es war einmal ein schönes Haus gewesen, und in Frau Oortmans Augen war es das immer noch. Arabella, das Kind, das als Letztes dortblieb, schrieb später an ihre Schwester in Amsterdam Briefe, die Nella nie beantwortete. Sie berichtete ihrer älteren Schwester, dass ihre Mutter Stimmen in den hohen Räumen hörte. *Sie unterhält sich mit ihnen*, schrieb Arabella. *Sie spricht mit der Luft.*

Nellas Mutter strich mit den Fingern oft über die schmutzige Palisandervertäfelung, als wäre sie frisch gewachst. Sie lächelte in der Küche, als ob köstliche Düfte ihr in die Nase stiegen. Ihre verwirrten Sinne schufen ein Haus, das nicht mehr existierte, in dem sie aber gleichwohl wohnte. Als ihr Verstand noch weiter nachließ, sah Nellas Mutter nicht mehr einen von Wasserpflanzen zugewucherten See, sondern glitzerndes Wasser, auf dem sich eine Entenfamilie tummelte. Es lag so ruhig und kristallklar da wie ein Spiegel, und sie ging hinein, um sich selbst zu sehen.

Und doch kehrte Nella nie nach Assendelft zurück. Sie war mit Johannes verheiratet, lebte in ihrem neuen Amsterdamer Haus, das komfortabel und teuer eingerichtet war, in bester Lage am Goldenen Bogen. Sie hatte ihre Vergangenheit hinter sich gelassen. Aber es ist immer da, jenes Haus, jene Menschen, der Ort, an dem ihr Leben angefangen hat. Nella schließt wieder die Augen. Sie denkt an Caspar, der schwarze Linien über ihre Kindheit gezeichnet hat, ein rücksichtsloser Eroberer, an seinen Plan, Glashäuser auf ihrem Grund und Boden zu bauen, an den Zorn, den sie empfunden hat. Sie denkt an das Haus, in dem sie sich jetzt gerade aufhält, und wie die Feuchtigkeit immer tiefer in seine Mauern dringt. Otto hat dieses Haus, sein Leben, den Geldverleihern ausgeliefert, der gemeinsamen Zukunft von Thea und Jacob zuliebe. In Nellas Vorstellung ist jetzt das Fundament so geschwächt, dass der mächtige Bau unmöglich lange Bestand haben kann. Vor ihrem geistigen Auge sieht sie ihn schwanken, und ihr wird ganz elend bei dem Gedanken, dass einer von ihnen eine falsche Bewegung macht und das Haus, in dem sie so viele Jahre lang geborgen waren, zusammenbricht.

Nella steht auf: Es ist nur die übliche Spirale von Ängsten, sie macht sich zu viele Sorgen. Sie denkt an den bevorstehenden Tag: Bald wird es Zeit, die Braut zu wecken, ihr Frühstück zu machen, ihr beim Anziehen zu helfen und sie zur Kirche zu begleiten. Um halb elf wird Thea Brandt verheiratet sein.

*

Als Nella an Theas Tür klopft und eintritt, spürt sie sofort, dass etwas nicht stimmt. Unter der Bettdecke zeichnet sich eine Gestalt ab, und im Zimmer ist es still. Die Fensterläden sind geschlossen, ein Lichtstrahl fällt durch einen Spalt vor Nellas Füße. Staubflocken wirbeln darin. Theas Hochzeitskleid, gebürstet und gebügelt, mit Stickereien und Borten verziert, hing vorher im Schrank, aber jetzt liegt es über den Sessel drapiert. Im Halbdunkel streckt es seine Ärmel hinab über die Sitzfläche, die weiten Röcke sind hochgeschlagen; das mit Fischbein versteifte Mieder wirkt, als wäre es nicht eine leere Hülle, sondern als steckte darin eine Frau, die sich kopfüber in ihr Schicksal stürzt. Der Brautstrauß steht auf dem Regal hinter ihr, so still und vollkommen wie eines von Jacobs Stillleben, und daneben steht das Buch, das er ihr geschenkt hat. Nella spürt ein wachsendes Entsetzen, als sie auf die Ärmel des Kleids starrt: Es ist, als würden grausige Arme ohne Hände sich nach den prächtigen Blüten ausstrecken, diesen abgeschnittenen Stielen, die dort zum letzten Mal Wasser trinken. Nellas Mund fühlt sich trocken an. Sie wagt es nicht, den Kopf zum Bett zu drehen.

Aber im Bett bewegt sich etwas. Sie schaut hin in der Erwartung, Thea zu sehen. Thea, die sich zerzaust, schlaftrunken aufsetzt und die Fensterläden öffnet, um Licht hereinzulassen. Aber es ist Lucas, der sich in den Laken streckt und dann in den blauen Schatten einen Buckel macht. Er springt aus dem Bett und streicht um Nellas Röcke. Und da weiß sie es einfach, so wie dieser Kater es weiß. Sie stürzt zum Bett, greift nach dem aufgetürmten Bettzeug, auf dem Lucas geschlafen hat, die Angst treibt ihr das Blut mit solchem Druck durch den Körper, dass sie das Gefühl hat, ihr Herz steckte ganz oben in ihrem Hals. Sie zieht die Bettdecke weg, und darunter kommen Kissen zum Vorschein, die einen Körper vorgetäuscht haben: Zwei Federkissen liegen da anstelle von Nellas Nichte, weich und doch unheimlich, ebenso kopf- und armlos wie das Kleid, das sie zurückgelassen hat.

Nella stürzt sich auf den mit Kissen vorgetäuschten Körper und krabbelt hektisch darüber, um die Riegel der Fensterläden zu erreichen. Sie ruft Theas Namen. Sie ruft wieder und wieder. Es gelingt ihr, die Fensterläden zu öffnen, grünliches Gold flutet herein. Blinzelnd blickt sie zum Kanal hinunter, aber da unten ist niemand, keine Menschenseele – nein, als sie sich gerade vom Fenster abwenden will, sieht sie drüben an der Kreuzung mit der Vijzelstraat doch jemanden: im Schatten des gegenüberliegenden Gebäudes steht eine Person, die Kapuze über den Kopf gezogen, und starrt in Richtung ihres Hauses. Als es Nella gelingt, ihren panischen Blick genauer auf die Stelle zu richten, um zu sehen, ob sie einen hellen Haarschopf unter der Kapuze erkennen kann, ist es schon zu spät: Sie kann gerade noch einen flüchtigen Fuß die Vijzelstraat entlang ins Nichts davonhuschen sehen. Es hätte irgendjemand sein können, alles und jedes, vielleicht war es bloß eine optische Täuschung. Sie fühlt sich hin- und hergerissen – soll sie der verschwundenen Gestalt nachjagen? Aber das ist aussichtslos: auch wenn sie noch so schnell rennt, könnte sie sie niemals einholen.

Ihre Angst steigert sich ins Unermessliche. Sie fängt an, das Zimmer hektisch nach irgendwelchen Hinweisen zu durchsuchen.

Sie taumelt zu Theas Schrank. Stiefel, Röcke, Hemden sind nicht mehr da, nur noch Leere, wo früher Kleider waren. Der Morgen hat keine anderen Wahrheiten ans Licht gebracht als diese: Thea ist nicht in ihrem Bett. Ihre Kleider sind weg. Sie ist nicht draußen auf der Straße.

Thea, sagt sie. Thea. Keine Antwort, nur vom Flur her Geräusche von Türen, die aufgerissen werden, und von hastenden Füßen.

Als Cornelia und Otto ins Zimmer stürmen, dreht sich Nella zu ihnen um und schreit hinaus, was sie längst schon wusste, ehe sie das Bett untersuchte. Cornelia ist wie erstarrt beim Anblick von Nellas Verzweiflung.

»Wo ist Thea?«, fragt Otto.

»Sie ist weg«, antwortet Nella.

Er bleibt reglos stehen. »Was meinst du mit weg?«

Nella deutet auf das leere Bett. »Mein Mädchen«, sagt sie mit erstickter Stimme. »Mein Mädchen ist weg.«

Die Verschwundene

XXVI

Sie haben nur ein paar Stunden Zeit, um noch in die Geschichte, die gerade ihren Lauf nimmt, einzugreifen. Es scheint unglaublich, dass zur selben Zeit, da sie hier Höllenqualen erdulden, Jacob van Loos in seinem Haus an der Prinsengracht immer noch denkt, dass alles so ist, wie es sein sollte, dass er bald mit Thea verheiratet und um einiges reicher sein wird. Es gibt zwei Realitäten: die Welt außerhalb dieser vier Wände und die innerhalb. Hier graue Gesichter und nagender Kummer, während dort ein gewöhnlicher Tag, beleidigend in seiner sonnigen Banalität, beginnt.

Otto sieht aus, als hätte das Verschwinden seiner Tochter einen Teil seiner Seele vernichtet. Mit eingefallenen Wangen geht er im Haus umher, von einem leeren Zimmer ins nächste, und ruft ihren Namen, aber seine Stimme verhallt ohne Antwort. Nella rechnet nach: Jacob und seine Familie werden sich jetzt bald auf den Weg zur Kirche machen. Sie hat keine Ahnung, was sie tun soll. Sie und Cornelia stehen da und starren auf das ungemachte Bett. Cornelia kniet davor nieder, als wollte sie ihren so innig geliebten Schützling durch ein Gebet zurückrufen. Sie legt ihren Kopf auf die Matratze, die Arme ausgestreckt, und Nella schaut hilflos zu.

»O Gott«, sagt Cornelia plötzlich, ihre Stimme ist dumpf und heiser. »O nein. O Gott.«

Nella spürt ein Pochen in ihren Eingeweiden. »Was ist?«

Cornelia hat in den Laken gewühlt, aber plötzlich hält sie inne. Sie zieht ihre Hand hervor, rappelt sich auf, dreht sich um. Langsam und ängstlich öffnet sie ihre Hand und blickt mit fiebrigen Augen zu ihrer Herrin auf.

»Sehen Sie, Madame«, flüstert Cornelia entsetzt. »Oh, mein Gott, sehen Sie doch.«

Auf Cornelias Handfläche steht ein winziges, goldglänzendes Haus, aufwendig gefertigt und wunderschön. Das Blattgold glänzt im Morgenlicht. Als die Frauen es betrachten, steht die Zeit für einen Moment still. Nella spürt das kalte Kribbeln, das ein Wiedererkennen anzeigt, ein Gefühl, dass Dinge dabei sind, ihren rechten Ort zu finden, wenn sie auch nicht zu greifen sind. Otto kommt wieder und steht an der Schwelle zum Zimmer seiner Tochter. Er schaut auf die leuchtende Miniatur, die Cornelia in ihrer Hand hält, als erblickte er etwas, von dem er gehofft hat, er würde es nie wieder sehen, als könnte dieser Anblick ihn das Augenlicht kosten, aber Nella tritt zu Cornelia hin und hebt das Haus von ihrer zitternden Hand.

Es ist eine Arbeit der Miniaturistin, da ist sich Nella sicher, genauso wie Otto und Cornelia. Es muss so sein, sonst könnte es diese Anziehungskraft nicht haben, diesen Sog, der ihre Angst und Aufmerksamkeit erfasst hat. Sie sind wie gelähmt von seiner rätselhaften übermächtigen Präsenz in Theas Zimmer.

Nella ist zumute, als würde sie gleich in Tränen ausbrechen – überwältigt von dem Erlebnis des Wiedererkennens, vor Erleichterung oder vor Schrecken, sie kann es nicht sagen. Achtzehn Jahre lang hat sie auf ein Zeichen gewartet, und nun erscheint es ihr in einem der schlimmsten Momente ihres Lebens. Von Otto und Cornelia beobachtet, fährt sie mit den Fingern über die winzigen Fenster, die Schornsteine. Sie drückt gegen die Haustür, die sich leicht öffnen lässt, und späht hinein. Aber da ist nichts, nur ein leeres Haus mit zwei Stockwerken. Wie lange hat Thea es schon, und warum hat sie es nicht mitgenommen? Nella spürt die Kraft, die in dieser Miniatur steckt, unter ihren Fingern pulsieren.

Plötzlich findet sie sich um einige Wochen zurückversetzt: Es ist April, und vor ihren Augen wälzt Thea sich schweißnass in ihrem Bett; dabei murmelt sie im Fieber etwas von einem goldenen Haus. Ist *dieses* hier das Haus, von dem sie gesprochen hat, und, wenn ja, wessen Haus ist es? Hat Thea der Miniaturistin geschrieben, oder hat diese von sich aus mit Thea Verbindung aufgenommen? Nella lässt ihren Blick durch den Raum schweifen. *Ich hatte recht,* denkt sie. *Ich wusste es. Die Miniaturistin ist wiedergekommen.* Hat Thea noch weitere Stücke entweder hier im Zimmer versteckt oder mitgenommen, die das alles erklären könnten? Bis jetzt weiß Nella nur, dass Thea weg ist und dieses kleine goldene Haus zurückgelassen hat.

Sie blickt auf und sieht Cornelia, die sie anstarrt. *Sag nichts*, befiehlt Nella ihr stumm. Otto kann nicht wissen, wonach sie sich all die Monate gesehnt hat. Er kann nicht wissen, dass sie sich auf den Dachboden geschlichen und seine und Marins Figur aus der Truhe genommen hat, voller Sehnsucht, dass die Miniaturistin in ihr Schicksal eingreifen und ihnen helfen möge. Er kann nicht wissen, dass Nella um ein Zeichen gebetet hat, um einen handfesten Beweis dafür, dass die Miniaturistin zurückgekehrt ist. Ihr Gebet ist erhört worden, und nun ist seine Tochter weg.

Aber Cornelia scheint mit ihren eigenen Sorgen beschäftigt zu sein. Sie stürzt ans Fenster, als wollte sie nach einem hellen Haarschopf unter einer Kapuze Ausschau halten. Nella ist sich sicher, dass es da draußen nichts zu sehen gibt, nicht jetzt – aber als Cornelia sich wieder zu ihnen umdreht, ist ihr Gesichtsausdruck starr.

»Ist es … ist es das, was ich denke?«, fragt Otto. »Ich glaube es nicht. Aber wenn ich mir dieses Haus ansehe, glaube ich es doch.«

»Otto –«, beginnt Cornelia, aber er lässt sie nicht ausreden.

»Es ist die Miniaturistin«, sagt er. In seiner Stimme klingt Angst. Langsam und schwerfällig, als watete er in tiefem Wasser, nähert er sich dem Miniaturhaus, wie einem Feind, den er nicht bezwingen kann. »Diese Machart würde ich überall erkennen.«

Nella hält das Haus fest umklammert, um es vor Ottos forschendem Blick zu schützen. »Wir wissen nicht, woher Thea es hat«, sagt sie. Langsam öffnet sie ihre Faust wieder. Das Haus steht da, kunstfertig, herausfordernd. »Sie könnte es auf einem Markt gekauft haben.«

»So etwas gibt es auf keinem Markt zu kaufen«, sagt Otto. »Und warum war es in ihrem Bett versteckt? Warum wollte sie es so nahe bei sich haben?« Blitzschnell schnappt er sich das Häuschen von Nellas Handfläche.

»Otto, nein!«

»Nella, sag mir die Wahrheit, oder, so wahr mir Gott helfe, ich gehe hinunter in den Salon und werfe das Ding ins Feuer. Hast du in letzter Zeit mit der Miniaturistin Kontakt gehabt?«

Nella fühlt sich wie betäubt. »Natürlich nicht. Sie ist vor Jahren aus der Stadt verschwunden. Seitdem habe ich von ihr nichts mehr gehört oder gesehen.«

Cornelia stützt den Kopf in die Hände und lässt sich auf das Bett sinken.

»Wenn du mich anlügst –«

»Otto, glaub mir, ich habe diese Frau seit achtzehn Jahren nicht mehr gesehen.«

»Sie hat sie entführt!«, schreit Cornelia.

Sie wenden sich ihr entsetzt zu. Nella macht einen schnellen Schritt nach vorn und nimmt ihm das Haus wieder weg. Er sieht sie verblüfft an, sie zieht sich etwas zurück und schirmt die Miniatur mit der Hand ab. Bei ihr ist das Häuschen sicher. Sie traut es ihm zu, dass er es zu Asche verbrennt, ohne mit der Wimper zu zucken, und Cornelia würde ihm wahrscheinlich noch Beifall spenden.

Otto sieht Cornelia an. »Was redest du da?«, fragt er.

Cornelia ist ganz verängstigt. »Warum hätte Thea weglaufen sollen?«, fragt sie. »Und wohin sollte sie gehen? Thea wollte heute heiraten.« Sie springt auf und geht hektisch hin und her. »Thea *wollte* es. Und dann ist diese Hexe gekommen und hat sich unser Kind geholt.«

Sie starren Cornelia fassungslos an. Das ist alles reine Fantasie, denkt Nella. Sie weiß gar nichts. An der Tür sitzt Lucas und putzt seine Pfoten.

Nella versucht sich zu sammeln. »Nein«, sagt sie, »sieh dir doch Theas Bett an, ihren leeren Schrank: Thea hat das geplant. Vielleicht ist sie im Theater. Vielleicht ist sie schon in der Kirche und hat ihre Sachen mitgenommen? Die Miniaturistin ist nicht wieder da. Sie mischt sich nicht in dieser Weise ein.«

Otto schnaubt abfällig. »Tu du bitte nicht so, als wüsstest du so genau Bescheid. Du warst ja immer ganz besessen von ihr, und damit haben die meisten unserer Probleme erst angefangen. Weil du nie verstanden hast, was sie im Schild führt.«

Nella ist kurz davor, ihm zornig in die Parade zu fahren, ihn zu fragen, ob er wirklich sie oder die Miniaturistin für die Eskapaden von Johannes verantwortlich macht, für Marins geheimes Verhältnis mit Otto selbst, dafür, dass sie mehr und mehr in die Armut abrutschen. Aber sie beißt sich auf die Zunge. Sie möchte nicht, dass die Miniaturistin ein für alle Mal aus ihrem Leben verschwindet.

»Lass uns vernünftig überlegen«, sagt sie. »Die Haustür ist nicht aufgebrochen worden. Thea ist also aus eigenem Antrieb –«

Aber Cornelia unterbricht sie. »Hören Sie mir zu«, sagt sie. »Sie täuschen sich.« Sie atmet schwer und ist so blass, wie Nella sie noch nie gesehen hat. »Da lag ein Päckchen vor der Tür.«

Nella spürt, wie ihr schwindlig wird. »Ein Päckchen? Wann?«

»Vor einigen Monaten«, sagt Cornelia. Nella sieht ihr an, dass es sie Überwindung kostet, davon zu sprechen. Es ist ein Vertrauensbruch Thea gegenüber, und das ist Cornelias Wesen tief zuwider. »Nach dem Ball von Clara Sarragon. Es sah ... es sah so aus wie diese Päckchen früher. Genau wie damals, als Sie achtzehn waren.« Sie zögert. »Und vielleicht war das nicht das einzige Mal.«

Einen Weile lang herrscht betroffenes Schweigen. Dann fragt Nella: »Und ... Thea hat dieses Päckchen an sich genommen?«, fragt Nella.

»Ja«, sagt Cornelia kleinlaut.

»Und es sah aus, als wäre es von der Miniaturistin?«

»Ja, genau.«

»Und du hast es mir verschwiegen«, sagt Otto.

»Und mir auch.« Nella sieht sie vorwurfsvoll an.

»Thea ist schließlich kein kleines Mädchen mehr!«, ruft Cornelia. »Und ich wollte es lieber nicht so genau wissen. Ich habe versucht, sie zu fragen, sie zu warnen, aber ich konnte ihr nicht alles erklären, nicht richtig. Wie hätte ich es anstellen sollen, ihr zu erzählen, was vor ihrer Geburt passiert ist? Sie wollen immer, dass ich den Mund halte. Sie sagte mir, es sei von Eleonor Sarragon. Ausgerechnet! Ein Ring angeblich, und ich wollte ihr glauben. Ich wollte, dass es wahr ist.«

Nella blickt auf das Haus in ihrer Hand. »Es könnte wahr gewesen sein. Es ist durchaus möglich, dass Eleonor Sarragon –«

»Nein. Hören Sie auf, Madame! Hören Sie auf, so zu tun, als würden diese Leute irgendeinen Wert auf die Bekanntschaft mit uns legen. Und hören Sie auf, sich schützend vor diese Hexe zu stellen!« Cornelias Augen füllen sich mit Tränen. Sie lässt sich aufs Bett niedersinken, vollkommen verängstigt.

»Wie konntest du das für dich behalten?«, sagt Nella. »Nach allem, was ich dir erzählt habe.«

Cornelia blickt auf, plötzlich wütend. »Ich war nicht diejenige, die versucht hat, die Hexe herbeizurufen. Nicht ich bin auf den Dachboden gegangen, an Madame Marins Truhe, nicht ich habe die Vergangenheit aus ihrer Ruhe aufgestört, nicht ich habe diese verfluchten kleinen Puppen hervorgeholt.«

»Was?« Otto sieht Nella ungläubig an. »Du bist an Marins Truhe gegangen? Du hast versucht, diese Frau *herbeizurufen*?«

»Natürlich nicht –«

»Die Miniaturistin wollte nichts von Ihnen«, rast Cornelia weiter. »Sie wollte Thea. Thea ist nicht im Theater. Sie ist nicht in der Kirche. Sie ist *weg*. Die Miniaturistin hat sie verschleppt.«

Otto setzt sich in Theas Sessel. Nella würde am liebsten im Boden versinken. Es scheint unmöglich, dass Thea bei der Miniaturistin ist. Aber jetzt, wenn sie sich dieses goldene Haus genau ansieht – vielleicht, nur vielleicht, ja, es ist denkbar.

»Wir werden sie finden«, sagt sie. »Wo auch immer sie ist, ich verspreche euch, wir werden sie finden.«

*

Etwa fünfzehn Minuten später stehen Nella und Otto, sie immer noch im Hemd, er vollständig angezogen, allein im kühlen Dämmerlicht des Flurs. Draußen vor der Haustür ist das Leben mittlerweile in Gang gekommen. Die Amsterdamer Bürger eilen an den riesigen Fenstern des Hauses vorbei, ohne zu ahnen, was sich dahinter ereignet hat. Thea hat sich in Nichts aufgelöst wie der Frühnebel des Tages. Nella graut bei dem Gedanken daran, was sie in der Oude Kerk erwartet. Sie wird es sein, die zu Jacob van Loos gehen muss. Sie hat das alles begonnen, und sie muss es beenden.

Mit klopfendem Herzen denkt sie an die zwanzigtausend Gulden, die sie Jacob geschickt haben, daran, dass sie ihm das Haus versprochen haben. Sie denkt daran, was Marin sagen würde, wenn sie noch am Leben wäre. Wie enttäuscht sie wäre. In Ottos düsterem Gesicht kann Nella lesen, dass er die gleichen Gedanken hatte wie sie.

»Wir können das nicht allein schaffen«, sagt er. »Wir werden uns an die Miliz wenden müssen.«

»Die Miliz?«

»Und wir werden dieser Frau, die sich in anderer Leute Leben einmischt, ein für alle Mal das Handwerk legen.«

»Du magst die Miliz nicht«, sagt Nella. »Ich auch nicht. Sie haben Johannes weggeschleppt, sie waren auch hinter dir her – und jetzt willst du sie um Hilfe bitten?«

»Haben wir eine andere Wahl?« Ottos Stimme klingt belegt. »Ich muss zu ihnen gehen. Vielleicht schicken sie erst einmal Leute in der Stadt herum, die überall fragen, ob jemand sie gesehen hat.«

Nella reibt sich die Schläfen. Bald wird jeder wissen, was bei ihnen los ist. Alles, was diese Milizionäre können, ist, für einen Haufen Geld durch die Straßen zu stolzieren, in Rüstungen, die nie ein Schlachtfeld gesehen haben, und mit ihren Piken zu fuchteln, die nie auch nur ein Reh, geschweige denn einen Verbrecher durchbohrt haben. Falls jemand Thea gefangen hält, wird er all das Blech, das diese Kerle spazierentragen, schon scheppern hören, wenn sie noch eine Meile weit entfernt sind. »Wir sollten zum Hafen gehen«, sagt sie.

Otto sieht sie entgeistert an. »Zum Hafen?«

»Vielleicht ist sie auf einem Schiff.«

Sie verstummen und denken an die riesigen Hafenanlagen und wie leicht ein Mädchen da verschwinden kann. Eine weite Bucht, die sich von Osten nach Westen erstreckt, ein Pier nach dem anderen und Hunderte von Schiffen. Schiffe so groß wie Häuser auf dem Wasser, ein bewegtes Spiegelbild der unbewegten Stadt, das sich bis zum Horizont erstreckt. Nella stellt sich vor, wie Thea an diesem Morgen irgendeinen Kapitän eines englischen Handelsschiffs oder einer Fleute überredet hat, sie mitzunehmen. Als die

Sonne aufging, war sie vielleicht schon weit draußen auf dem Meer. Ihre Kleider flatterten im Wind, die kühle salzige Luft spielte um ihre Wangen, das Meer glitzerte wie ein Mosaik aus lauter Goldsteinchen. *Ich würde gerne Paris und London kennenlernen. Drury Lane sehen. Und ich würde gerne in die Oper gehen.*

Otto spricht ihre Gedanken aus: »Wenn sie auf einem Schiff ist, werden wir sie nie finden.«

Dem hat Nella nichts zu entgegnen. Wenn es so ist, will sie es wenigstens nicht bestätigen. »Ich werde zur Oude Kerk gehen«, sagt sie, »und Jacob mitteilen, dass die Hochzeit ausfallen muss.«

Otto blickt sie an. »Seine ganze Familie wird dort sein. Bist du sicher, dass du dir das zumuten willst?«

»Ich bin stark genug, die Demütigung zu ertragen.«

»Ich frage mich, ob du es wirklich bist«, sagt er. »Ich frage mich, ob irgendjemand von uns stark genug ist und ob unsere Schwäche daran schuld ist, dass wir in diese missliche Lage geraten sind.«

»Otto«, sagt Nella behutsam, »denk daran, dass Theas Kleidung weg ist. Sie wurde nicht ... entführt, selbst wenn sie bei der Miniaturistin ist.« Sie hebt die Hand, denn sie spürt, dass er zornig auf sie ist. »Ich weiß, dass Cornelia vom Gegenteil überzeugt ist, und mir ist bewusst, dass ihr es mir verübelt, dass ich die Miniaturen aus Marins Truhe geholt habe. Aber es besteht immer noch die Möglichkeit, dass Thea das für sich selbst getan hat.«

Einen Moment lang wirkt er, als wollte er etwas sagen, aber dann lässt er es. Er blickt auf seine Handflächen und atmet tief. Nach einer Weile sagt er: »Sie hat mich nach ihrer Mutter gefragt. Wie sie und ich uns kennengelernt haben.«

»Und ... hast du es ihr erzählt?«

»Nicht alles. Aber was ich ihr gesagt habe, war die Wahrheit.«

Nella ist ganz übel vor Sorge. Hat etwas, das er zu Thea gesagt hat, sie dazu veranlasst wegzulaufen? Der Gedanke, dass Thea an diesem schönen Tag irgendwohin in die Fremde unterwegs sein könnte, erfüllt Nella mit einem Schrecken, den sie kaum aushalten kann.

»Ich habe diese Ehe geplant, noch bevor ich Jacob van Loos überhaupt zu Gesicht bekam«, sagt sie. »Ich habe die Teile so zusammengeschoben, wie es sich gerade ergab, ohne noch einmal darüber nachzudenken. Thea hat Jacob nicht geliebt. Das wusste ich. Und doch habe ich daran festgehalten.«

»Eigentlich«, sagt er, »hast du es mit viel Bedacht getan.«

»So oder so. Es ist meine Verantwortung.«

»Ich habe vorgeschlagen, ihm das Haus in Aussicht zu stellen, Nella. Und ich habe das Darlehen aufgenommen«, sagt er mit heiserer Stimme. »Meine einzige Alternative war, Ananas anzubauen.«

»Es wäre eine weniger riskante Lösung gewesen. Eine Ananas will nicht schon am Anfang der Verhandlungen hunderttausend Gulden haben.«

»Nein, aber ich bin trotzdem genauso schuld wie du. Und Ananas kosten immer noch eine Menge Geld.« Er geht zur Haustür, es zieht ihn hinaus: er kann nicht länger warten, er will nach seiner Tochter suchen.

»Erinnerst du dich, was Marin während ihrer Schwangerschaft über das Kind gesagt hat, das sie erwartete?«, fragt Nella.

Otto wendet sich ihr zu. Heute gibt es ausnahmsweise mal kein Versteckspiel, was Marin betrifft. Er lächelt schmerzlich. »Natürlich. *Man muss ihn aus seinem Leben machen lassen, was er für richtig hält. Ihn* – Marin war sich sicher, dass es ein Junge war.«

»Nun, zumindest hatte sie insofern recht, als Thea tatsächlich ihr Leben selbst in die Hand nimmt.«

»Was meinst du damit?«

Nella atmet tief durch. »Ich vertraue Thea. Und ich glaube nicht, dass sie sich in Gefahr begeben würde.«

Doch Ottos Gesichtsausdruck ist düster. Er öffnet die Haustür, und das Sonnenlicht strömt herein. »Dann hast du offenbar vergessen, wie es ist, wenn man achtzehn ist.«

XXVII

Im Gegenteil, denkt Nella: Zur Hälfte besteht das Problem darin, dass ich mich nur allzu gut daran erinnere, und diese Erinnerung ist ein Fluch, der schon zu lange auf mir lastet. Otto ist gegangen, und Nella steht mit Cornelia im Flur, jetzt in dem Kleid, das sie bei der Hochzeit tragen wollte. Als Cornelia ihr in aller Eile das Mieder schnürt, hat Nella das Gefühl, ihr würde die Luft aus der Brust gepresst. Tief in der Tasche trägt sie das goldene Haus bei sich.

»Nicht so eng«, sagt sie. »Ich muss mich noch bewegen können.«

»Ich weiß nicht, warum Sie unbedingt dieses Kleid tragen wollen«, murmelt Cornelia.

»Weil es immer noch wichtig ist, was für einen Eindruck ich auf sie mache.«

»Auch jetzt noch? Spielt es wirklich noch eine Rolle, was die von Ihnen halten?«

Wahrscheinlich hat Cornelia recht, denkt Nella: Es spielt keine Rolle. Nicht wirklich, nicht mehr. Aber wenn sie schon auf der gesellschaftlichen Skala nach unten rutschen, dann will Nella das mit Stil tun. »Marin wäre dort makellos gekleidet aufgetreten«, sagt sie.

Cornelia gibt ein leise zustimmendes Brummen von sich. Sie kann es nicht bestreiten. »Essen Sie Ihren Teller leer, Madame«, befiehlt sie und deutet auf den Teller mit den Toastkrusten, der auf dem Sessel im Flur steht.

Nella stopft sich die gebutterten Brotstückchen in den Mund. Sie ist so nervös, dass sie keinen Appetit hat, aber es ist besser, wenn sie sich für das, was auf sie zukommt, stärkt. Es hat etwas von einem Albtraum: der einsame Gang zur Kirche, die falsche Braut, eine Tante, die nichts als schlechte Nachrichten mitbringt.

»Was werden Sie denen eigentlich sagen?«, fragt Cornelia. »Dass Thea krank ist? Dass sie es sich anders überlegt hat?«

Das ist eine gute Frage. Was kann sie sagen? Welche Geschichte kann sie sich zusammenreimen, nachdem Cornelia das winzige Haus in Theas Bettzeug gefunden hat? Jacob zu sagen, dass Thea krank ist, würde lediglich einen Aufschub des Unvermeidlichen bewirken. Zu sagen, dass sie verschwunden ist, würde mehr schaden als nutzen: Jacobs Familie würde glauben, sie gäben nicht auf ihr Kind acht oder Thea wäre labil. Zu sagen, sie sei entführt worden, würde die Gemüter allzu sehr erregen.

»Ich weiß es nicht«, sagt sie schwach. »Ich werde es entscheiden, wenn ich ihn sehe.«

Cornelia seufzt. »Ich hoffe, Otto bringt die Miliz bald dazu, aktiv zu werden.«

»Sobald die Miliz nach ihr sucht – das heißt: *falls* sie sich dazu bewegen lässt –, werden Jacob van Loos und seine Familie ohnehin von Theas Verschwinden erfahren. Die Wahrheit kommt an den Tag, das ist gar nicht zu verhindern. Es wird so sein wie damals, als Johannes starb: Alle wussten über uns Bescheid. Ich muss jetzt gehen«, sagt Nella. »Es ist nur noch eine Viertelstunde Zeit.«

Plötzlich fasst Cornelia sie an den Armen. »Es wird sicher sehr unangenehm werden.«

»Ich weiß. Ich bin darauf gefasst.«

»Ich komme mit Ihnen.«

Nella stellt sich Cornelia vor dem Altar der Oude Kerk vor, eine Bratpfanne zu ihrer Verteidigung in der Hand. »Nein. Bleib hier für den Fall, dass Thea zurückkommt.«

Einen kurzen Moment lang sehen sie einander an in der absurden Hoffnung, dass vielleicht alles nur ein Scherz ist, dass Thea wieder auftaucht und lachend erzählt, dass sie nur ein bisschen umhergewandert ist, ein letztes Mal als unverheiratete Frau. Aber genauso gut könnten sie darauf hoffen, dass jeden Moment Johannes durch die Tür treten wird. Was auch immer Thea getan hat, es war ihr ernst damit. Cornelia, bleich im Gesicht, nickt.

»Aber danke für das Angebot«, sagt Nella, nimmt Cornelias Hand und drückt sie. »Wie immer. Vielen Dank.«

»Nun ja«, sagt Cornelia. »Nun …« Sie streicht sich verlegen mit der freien Hand über die Schürze, aber sie lässt nicht los.

*

Nella geht mit wild klopfendem Herzen über den Steinboden der Oude Kerk. Es ist unglaublich, was für Leute sich an Marins Grab versammelt haben, um dieser Hochzeit beizuwohnen. Clara Sarragon ist da, und ihre Töchter auch. Wer hat sie eingeladen? Zweifellos sind sie nur gekommen, um Stoff für Klatsch zu sammeln und zu gaffen. Und sie werden jetzt etwas zu gaffen haben, weiß Gott. Welche Bosheiten werden sie in den Salons und Spielzimmern, bei den Teekränzchen in Amsterdam verbreiten, wie viel Gelächter werden sie ernten, wenn sie erzählen, was sie alles mit eigenen Augen gesehen haben, eine Hochzeit ohne Braut, einen wütenden van Loos. Ein Anfall von Schwindel droht Nella zu überwältigen, aber sie reckt den Kopf stolz auf. Da ist Rebecca Bosman, zierlich und hübsch, dem Anlass entsprechend schlicht gekleidet, die ihr Gesicht der Kirchentür zuwendet.

Instinktiv lässt Nella wie so oft, wenn sie in die Oude Kerk kommt, ihren Blick durch den weiten Raum schweifen in der Hoffnung, einen blonden Haarschopf an einer Säule zu entdecken, einem durchdringenden Blick zu begegnen, die vertraute Kälte im Nacken zu fühlen. Doch die einzige Kälte, die Nella spürt, kommt von der Weite der Kirche. Obwohl sie das goldene Haus in ihrer Tasche hat, weiß Nella, dass die Miniaturistin nicht hier ist. Vielleicht hat Cornelia recht, denkt Nella. Vielleicht ist Thea tatsächlich bei ihr.

Ihr Blick richtet sich wieder auf die Hochzeitsgesellschaft, wo sie Caspar Witsen erspäht. Heute ist er wieder ungekämmt. Otto muss ihm gesagt haben, dass Thea heiraten wird, trotzdem ist es erstaunlich, dass Caspar hier ist: Man sollte doch annehmen, dass er wenig Lust hat, seiner alten Herrschaft zu begegnen, die auf der anderen Seite des Halbkreises steht und ihn hasserfüllt ansieht. O ja, wenn Blicke töten könnten! Er sieht Nella und lächelt ihr zu, aber dann bemerkt er ihren Gesichtsausdruck, ihm wird bewusst, dass sie allein ist, und das Lächeln erstirbt ihm auf den Lippen.

Da ist Pastor Becker, ganz neu im Amt und noch jung. Ist ihm das schon einmal begegnet, dass eine Braut nicht aufgetaucht ist? Jetzt wird man sehen, wie er damit fertig wird. Nella kommt immer näher heran. Und neben dem Pastor steht der Bräutigam, auf den Nella zusteuert, untadelig in Schwarz gekleidet, die samtenen Schuhe gebürstet, das Gesicht weder schön noch gewöhnlich, das Hemd steif gestärkt, der Bart exakt gestutzt. Ein Gesicht, das Geld und Sicherheit verheißt und sich ihr in der selbstgefälligen Erwartung zuwendet, dass die Zeremonie mit Eleganz ablaufen wird, wie der Rest seines Lebens. Er sieht, dass sie allein ist, und runzelt die Stirn. Nella atmet tief durch und geht auf die Hochzeitsgesellschaft zu.

Jacob hat seine Mutter mitgebracht. Man sieht sofort, dass sie es ist, denn sie und er haben denselben starr fragenden Blick. Seine Brüder scheinen nicht anwesend zu sein, worüber Nella sehr erleichtert ist. Zu viele nahe Angehörige wären unter diesen Umständen vollends unerträglich. Madame van Loos ist wie ihr Sohn in vornehmes Schwarz gekleidet, ihr Gesicht wird von einem altmodischen, aber eindrucksvollen gestärkten Rundkragen umrahmt, der an einen makellosen weißen Teller denken lässt, auf dem ihr Kopf wie eine Delikatesse ohne irgendwelche störenden Beilagen zur Schau gestellt wird. Sie macht eine halbe Drehung, um zu sehen, was die Aufmerksamkeit ihres Sohnes erregt hat, und als Nella in ihr Sichtfeld kommt, kippt sie den Kopf ein wenig. Sie hat kleine schwarze Augen und einen kleinen freudlosen Mund, eine Nase wie ein kleiner Schnabel: Sie sieht eher aus wie ein Fink als wie ein Falke. Und auch Frau Lutgers ist da, direkt neben ihrem Herrn, näher bei Jacob als seine eigene Mutter.

Mittlerweile haben sie alle Nella bemerkt. Alle schauen sie an. Nur der Pastor lächelt. Sie hat keine Ahnung, was für eine Rede aus ihr hervorbrechen wird, wenn der Moment gekommen ist, da sie sprechen muss. Sie streicht über ihre Tasche, spürt die Härte des goldenen Hauses durch das Futter ihres Rocks. Aber die Hochzeitsgesellschaft scheint bereits zu wissen, dass etwas nicht stimmt. Ein paar Leute runzeln die Stirn, aus ein paar Gesichtern spricht kaum verhohlene Genugtuung. Rebecca macht große Augen, ihr Mund steht leicht offen, während sie rätselt, was das alles zu bedeuten hat. Nella versucht schließlich ein Lächeln. Es fühlt sich falsch an, und sie lässt es sein. Sie holt tief Luft. Nie zuvor hat sie derart schutzlos vor anderen Menschen gestanden.

»Guten Morgen«, sagt sie und macht einen Knicks.

Pastor Becker, in den Händen seine kleine Bibel, neigt den Kopf, anstatt sich zu verbeugen. Jacob tritt einen Schritt zurück. Nella sieht, wie sein Blick über ihre Schulter wandert, als würde dahinter Thea mit ihrem so vollkommen schönen Brautstrauß erscheinen, ihre Haut golden schimmernd am Morgen eines solch bedeutenden Ereignisses, dann nimmt er wieder Nella ins Visier. Sie zwingt sich dazu, seinem Blick standzuhalten. Sie bittet ihn in Gedanken, sie zu verstehen: *Es wird nichts draus. Es ist vorbei. Nehmen Sie Ihre Mutter und Ihre Haushälterin und gehen Sie nach Hause.* Aber Jacob wartet hartnäckig. Er will, dass sie es unmissverständlich ausspricht.

»Wie Sie sehen«, sagt sie, »bin ich allein gekommen.«

»Hat sich die Braut verspätet?«, fragt Pastor Becker mit einem Anflug von Nachsicht, einem Patrizierlächeln, das nicht zu ihm passt. »Wir können sicher noch ein wenig warten. Bei solchen Gelegenheiten kann man der Sprunghaftigkeit des weiblichen Geschlechts ein Zugeständnis machen.«

Er kann nicht älter als dreiundzwanzig sein. Nella ignoriert ihn und wendet sich Jacob zu, wobei sie es geflissentlich vermeidet, dem Blick seiner Mutter zu begegnen. »Seigneur, kann ich Sie allein sprechen?«

Einen Moment lang glaubt sie, er würde einwilligen. Aber kaum bewegt er einen Fuß, da legt seine Mutter ihre Hand auf seinen Arm. Jacob wendet sich ihr zu. Sie spricht zu ihm allein mit den Augen, und Nella versteht es. Sie selbst würde sich auch so verhalten, denn in einer Stadt wie dieser gilt: Je mehr Zeugen, desto besser, sonst wird die Wahrheit verdreht. Der kleine Fink will Nella dazu zwingen, den Grund für Theas Abwesenheit öffentlich mitzuteilen. Es darf kein Zweifel daran bestehen, wer wen im Stich gelassen hat, welche Vertragspartei sich als wortbrüchig und schwach erwiesen hat. Nella fantasiert, dass sie auf dem Absatz kehrtmacht, zu Jacobs Haus läuft und die zwanzigtausend Gulden aus seiner Schreibtischschublade nimmt, während die Wohnung unbewacht ist.

Als die Töchter von Clara Sarragon anfangen, hinter vorgehaltener Hand miteinander zu tuscheln, wird Nella klar, dass sie sprechen muss. »Also gut«, sagt sie. Sie hält den Blick auf Jacob gerichtet, aber sie kann spüren, wie alle Augen sich in sie bohren. Alle Anwesenden warten mit angehaltenem Atem darauf, dass der Hammer fällt.

»Thea hat sich davongemacht«, sagt sie.

Ein paar Sekunden lang herrscht Stille. »Sie hat was?«, fragt Madame van Loos schließlich. Irgendwo hinter ihr kichert jemand, unverkennbar eines der Mädchen von Clara Sarragon. Aus den Augenwinkeln sieht Nella, wie Rebecca Bosman einen Schritt nach vorne macht, es sich anders überlegt und wieder in die versammelte Menge zurücktritt.

»Mutter!« Jacobs Stimme hat einen warnenden Ton.

»Ich habe es dir gesagt«, zischt ihm seine Mutter zu. »Habe ich es dir nicht gesagt?«

Jacob kommt näher an Nella heran, er spricht ganz leise. »Was soll das heißen: ›Sie hat sich davongemacht‹? Sie wollte mich doch heiraten.«

Jetzt, wo er so nahe vor ihr steht, kann Nella die Apfelpomade in seinem Haar riechen, den seltsam metallischen Geruch von Stärke, den sein Kragen ausdünstet. Sie sieht seine Augen, die blassbraun sind wie dürres Laub, seine kurzen Wimpern. Er starrt sie an, ohne zu blinzeln. Ihre Kehle ist trocken, sie hat Angst, dass ihre Hände zittern. Sie wünscht sich, Cornelia wäre tatsächlich mitgekommen, mit einer Kelle oder einer Pfanne bewaffnet. Sie möchte diesem Mann drohen, damit er zurückweicht mit seinen Augen, mit dieser erstickenden Duftwolke um seine Haare. Sie schließt beide Hände zu einer einzigen Faust vor ihrer Brust, drückt sie fest zusammen, um ihrer Nervosität Herr zu werden.

»Die Hochzeit fällt aus«, sagt sie.

»Nein«, erwidert Jacob, »Sie müssen sie finden. Ich lasse mich nicht so demütigen.«

»Es tut mir sehr leid, Seigneur, aber wir sind bereits auf der Suche nach ihr. Und bis jetzt haben wir sie noch nicht gefunden.«

»Dann ist es Ihnen offenbar nicht ernst damit«, sagt er.

Nella reckt das Kinn vor und sieht ihm direkt in die Augen. Sie atmet tief durch. »Vielleicht hat sie ja doch das Richtige getan.«

Er kneift die Augen zusammen und streicht sich über den Bart. »Was sie heute getan hat, ist nichts, worauf sie stolz sein kann. Diese Handlungsweise zeugt von einer Haltlosigkeit, die, wie mir scheint, Ihrer Familie im Blut liegt.«

»Wie bitte?«

»Mein Sohn hat ganz recht«, sagt Madame van Loos. »Es lässt auf viel Eigensinn, Ungehorsam und Gedankenlosigkeit schließen, wenn ein Mädchen sich so einfach davonmacht. Wenn es eine solche Zukunft ausschlägt und uns hier so stehen lässt.«

Nella sieht Jacob an in der Hoffnung, er würde seine Braut verteidigen. Aber sein Gesicht ist erschreckend kalt. »Ich bin ein Narr gewesen«, sagt er.

»Jacobus, du hast keine Schuld«, erwidert seine Mutter.

»Ich habe mich allen Bedenken zum Trotz dafür entschieden, Madame Brandt. Ich hatte, weiß Gott, Zweifel genug.«

»Wenn Sie Zweifel hatten, waren Sie doch bereit, sie sich für den richtigen Preis abkaufen zu lassen«, sagt Nella.

Seine Wangen glühen. Seine Mutter kommt ihm zu Hilfe. »Und was sonst hätte er tun sollen?«, fragt sie. »Ein kleines braunes Mädchen. Ja, er hat mir die Wahrheit über sie gesagt, Madame Brandt. Ich habe es aus ihm herausbekommen. Mein Sohn hat ein viel zu weiches Herz. Er lässt sich leicht ausnutzen.«

»Da Sie von ›ausnutzen‹ sprechen, sollten wir auch über die zwanzigtausend Gulden reden, die Sie verlangt haben«, sagt Nella. »Und die Sie ohne zu zögern eingestrichen haben. Und über unser Haus. *Sie* haben *Thea* ausgenutzt, nicht umgekehrt. Sie haben diese Sache genau überlegt.«

Jacob errötet, aber Madame van Loos lächelt. »Eben darum haben wir eine solche Garantie verlangt«, sagt sie. »Wegen dieser … Haltlosigkeit. Vor Leuten, wie Sie es sind, muss man sich in Acht nehmen.«

Nella spürt, wie der Boden unter ihren Füßen schwankt. »Wir verlangen, dass Sie das Geld zurückgeben.«

Es herrscht Schweigen. »Es wurde vertraglich vereinbart, dass ich das Geld behalte, wenn die Hochzeit nicht zustande kommt«, sagt Jacob.

»Das kann nicht sein«, flüstert Nella.

»Otto Brandt hat es unterschrieben.«

Ihr ist ganz schwindlig. Das hat Otto ihr verschwiegen. »Sie müssen wenigstens die Hälfte zurückgeben«, sagt sie. Sie muss alle ihre Kraft aufbieten, um nicht ganz die Fassung zu verlieren.

Jacob schaut weg und rückt die Manschetten seines Rocks zurecht. »Ich werde das hier in der Kirche nicht diskutieren.«

Von der einen Seite des Halbkreises rücken Rebecca und Caspar näher heran, von der anderen Clara Sarragon und ihre Töchter. Nella spürt, wie sie in Panik gerät. Sie will nicht, dass das alles in der Öffentlichkeit besprochen wird, sie weiß, wie sehr es Thea und ihnen allen schaden kann. Aber jetzt kommt Becker mit seinem leuchtenden Pastorengesicht und seinen abstehenden Ohren, seine Augen haben sie fest im Visier. Alle warten darauf, zu hören, was sie zu ihrer Verteidigung zu sagen hat.

Nella starrt die Leute an, unfähig zu sprechen. Sie denkt an das, was Jacob auf dem Ball zu ihr gesagt hatte: *Ihr Mann hat keinen fairen Prozess bekommen.* Jacob hatte ihr klarmachen wollen, dass er als Einziger von allen wusste, dass Johannes von der Stadt verraten worden war. Und sie hatte so sehr glauben wollen, dass er ihre Situation verstand, dass es eine einzigartige Leistung war und desto kostbarer. Aber jetzt erkennt sie die Wahrheit: Diesen jungen Narren hatte die Idee gereizt, rein hypothetisch Partei für einen Sodomiten zu ergreifen, mit dem Skandal zu kokettieren und Thea zu heiraten. Wo auch immer Thea jetzt sein mag, ist Nella doch heilfroh, dass sie nicht hier ist und sich an ihr Sträußchen klammert. Es kommt ihr wie ein Wunder vor, dass Thea um Haaresbreite entkommen ist.

»Ich habe darüber hinweggesehen, dass Ihr Mann in der ganzen Stadt verschrien ist«, sagt Jacob.

»Sie sind ein Heuchler. Sie haben lediglich die Akten gelesen. Sie waren nicht bei dem Prozess anwesend, Sie haben nicht auf einer harten Bank im Gerichtssaal gesessen und seinen von der Folter gezeichneten Körper gesehen.«

Sein Gesicht verdüstert sich und nimmt einen säuerlichen Ausdruck an. »Ich habe Ihnen Sicherheit geboten. Und ich habe keine Fragen nach Theas Abstammung gestellt.«

Aus den Augenwinkeln sieht Nella, wie Clara Sarragon immer näher heranrückt. »Sie haben keine Fragen gestellt? Sie haben Interesse an Dingen bekundet, die nicht der Norm entsprechen, aber Sie wollen sich nicht wirklich darauf einlassen. Und was die Sicherheit angeht: Nennen Sie es ›Sicherheit bieten‹, wenn Sie sich unser Haus unter den Nagel reißen? Sie sind ein Feigling.«

Er errötet. »Ein Mädchen, das ohne Mutter aufgewachsen ist, zu verheiraten, ist nahezu unmöglich, auch wenn die Familie ein Haus an der Herengracht besitzt. Sie hätten dankbar sein sollen, dass Sie so billig weggekommen sind.«

Nella traut ihren Ohren nicht. Sie möchte sich auf sie alle stürzen. Noch nie hat sie einen derart überwältigend starken Drang verspürt, auf Menschen einzuschlagen.

»Eine Verbindung mit einem solchen Mädchen wäre schwerlich vorteilhaft für Sie gewesen«, sagt Clara Sarragon zu Jacob. »Theas Verhalten ist einfach schrecklich. Eine Frau zu heiraten, die so …« Sie bricht ab.

»Die *was*?«, fragt Nella.

Pastor Becker schaltet sich ein. »Ich denke, wir sollten das jetzt beenden. Das Haus Gottes ist nicht der rechte Ort für kleinliches Gezänk und gegenseitige Vorwürfe.«

»Das ist kein kleinliches Gezänk«, erwidert Nella.

Pastor Backer zuckt mit den Mundwinkeln. Nella weiß, dass er ihr böse ist, weil sie solchen Unfrieden in seine Kirche getragen hat. Sie sieht, dass direkt hinter ihnen die Strahlen der Morgensonne auf Marins Grabplatte fallen. Eine gelbe Scheibe im Fenster färbt das Licht, sodass der unbeschriebene Stein leuchtet wie Gold.

»Die Braut kommt nicht«, sagt der Priester. »Es wird also keine Hochzeit geben. Gehen Sie nach Hause, Sie alle. Gehen Sie, wir haben alle schon genügend Zeit verschwendet.«

Keiner rührt sich. Keiner will der Erste sein, der geht. Nella denkt daran, welche Würde Marin ausstrahlte. An ihr wird sich Nella ein Beispiel nehmen: Sie wird die Letzte sein, die von dieser Szene abtritt, und wenn sie noch fünf Stunden hier stehen muss.

Clara Sarragon nähert sich Jacob, berührt ihn sanft am Ellbogen und führt ihn zu ihren Töchtern. »Kommen Sie«, sagt sie. »Und Sie auch, bitte, Madame van Loos. Sie haben beide Schlimmes mitgemacht. Wir wohnen ganz in Ihrer Nähe an der Prinsengracht. Kommen Sie mit zu uns nach Hause. Ich habe einen ausgezeichneten neuen Botaniker eingestellt. Aus England.« Sie wirft Caspar einen Blick zu. »Wenn Sie sein Mangokompott probieren, werden Sie glauben, Sie sind im Himmel.«

Pastor Becker räuspert sich.

»Kommen Sie, Madame Brandt«, murmelt Caspar Witsen und versucht, Nella am Ellbogen wegzuführen. »Lassen Sie sich von mir nach Hause begleiten.«

»Nein«, sagt sie und schüttelt ihn ab. »Ich komme sehr gut alleine zurecht.«

»Ich weiß. Das meinte ich nicht.«

Und so ist es am Ende die Verlockung einer tropischen Süßspeise, was Jacob van Loos aus Nellas Leben reißt. Der Pastor verschwindet kopfschüttelnd in der Sakristei. Nella steht mit Rebecca und Caspar da und sieht zu, wie Jacob um zwanzigtausend Gulden reicher über die Fliesen fortgeht, flankiert von Clara Sarragon und ihren Töchtern auf der einen Seite und seiner Mutter und Frau Lutgers auf der anderen.

In einem Monat wird er mit einem der Mädchen verheiratet sein, wettet Nella im Stillen. Sie weiß nicht, welche Partei ihr mehr leidtut. Geh mit deinen Töchtern aus reichem Haus, denkt sie. Werde mit ihnen alt und eifersüchtig. Lass deinen geistigen Horizont noch enger werden.

Sie denkt an Thea, irgendwo da draußen, und sie überkommt mit einem Mal eine tiefe Sehnsucht nach ihrer Nichte. Zum ersten Mal hat sie eine abgeschwächte Version dessen erlebt, was Otto und Thea bei unzähligen Gelegenheiten erfahren haben müssen: dass Leute sich ganz selbstverständlich das Recht anmaßen, einen anderen Menschen zu demütigen, ohne irgendwelche unangenehmen Konsequenzen befürchten zu müssen.

Sie fühlt sich erschöpft. Sie hat so viele Stunden, Wochen und Monate damit verbracht, auf einen Tag, wie dieser es werden sollte, hinzuarbeiten. Sie denkt an die Ermahnung von Pastor Becker: *Gehen Sie, wir haben alle schon genügend Zeit verschwendet.* Und Nella hat noch mehr verschwendet als die anderen.

Rebecca stört sie in ihren Gedanken: »Madame Brandt, wir haben einander noch nicht kennengelernt.«

»Aber ich habe Sie auf der Bühne gesehen. Und nach dem, was Sie hier gehört und gesehen haben, wissen Sie wahrscheinlich alles über mich, was nötig ist.«

Rebecca lächelt. »Das glaube ich nicht. Aber Thea hat mir viel von Ihnen erzählt.«

»Wirklich?«

»O ja.«

Nella seufzt. »Meine Nichte hat immer schon so unerbittlich Kritik an mir geübt wie niemand sonst. Und wie es scheint, hatte sie allen Grund dazu.« Sie schenkt Rebecca und Caspar ein Lächeln. »Ich danke Ihnen beiden, dass Sie heute gekommen sind, aber Sie müssen mich jetzt entschuldigen. Thea ist wirklich verschwunden, und ich bin schuld daran. Ihr Vater hat sich an die Miliz gewandt und bittet sie um Hilfe, und ich darf nicht noch mehr Zeit vergeuden.«

Sie wendet sich zum Gehen, aber Rebecca legt ihr eine Hand auf den Arm. »Madame, warten Sie. Es gibt etwas, das ich Ihnen zeigen muss.«

Die Schauspielerin wirkt so besorgt, dass Nella ein mulmiges Gefühl beschleicht. Rebecca wirft Caspar einen Blick zu. »Es ist … heikel.«

Caspar verbeugt sich. »Ich werde mich – mit Ihrer Erlaubnis, Madame Brandt, aber auch ohne sie, muss ich gestehen – an der Suche beteiligen. Thea muss gefunden werden.«

Nella empfindet eine so starke Dankbarkeit gegenüber diesem Mann, dass ihr die Tränen in die Augen steigen. Er bringt mich immer zum Weinen, denkt sie und wischt sich hastig mit den Fingern über die Augen. »Danke schön, Herr Witsen. Jede Hilfe ist uns willkommen.«

»Versuchen Sie, sich nicht allzu sehr zu sorgen«, sagt er. »Wir werden sie finden. Ich glaube, dass Thea gefunden werden will.«

»Woher wissen Sie das?«

»Thea liebt Sie«, sagt er.

Nella ist so erstaunt über seine Worte, dass sie nicht sprechen kann. Als sie sich wieder gefasst hat, eilt Caspar schon fort.

Die Frauen sehen ihm nach. »Da war ein Mann«, murmelt Rebecca.

Nellas Magen krampft sich zusammen. »Ein Mann?«

Rebecca sieht, dass sie in die Richtung schaut, in die Caspar gegangen ist. »Oh, nicht er«, sagt sie und nach kurzem Zögern: »Der Mann heißt Walter Riebeeck.«

»Fahren Sie fort.«

»Er arbeitete am Theater. Er ist Bühnenbildner.« Rebecca holt tief Luft. »Thea war in ihn verliebt.« Sie senkt ihre Stimme. »Sie … hielt sich für seine Verlobte.«

»Fräulein Bosman, das ist –«

»Und ich glaube, dass sie seine Geliebte war.«

Nella starrt in das betrübte Gesicht der Schauspielerin. Sie spürt wieder, wie die Steinplatten unter ihr wie Wellen schwanken. Sie wünscht sich, sie könnte sich setzen. »Was haben Sie gesagt?«

Rebecca verzieht das Gesicht. Es ist ihr unangenehm, die Geheimnisse einer Freundin auszuplaudern, und noch dazu solche Geheimnisse. Thea hatte einen Geliebten. Thea, die die ganze Zeit wusste, wie es sich anfühlt, verliebt zu sein.

»Seien Sie ihr nicht böse«, sagt Rebecca.

Nella bewegt sich vorwärts. »Ist sie bei ihm? Ist sie dort?«

Rebecca hält sie leicht am Ellbogen fest. »Warten Sie, Madame. Nein, ich glaube nicht, dass sie bei ihm ist. Ich glaube, dass er sie sehr verletzt hat.«

Nella blickt hektisch nach allen Seiten, in ihrem Kopf pocht es, und die Worte dieser Schauspielerin ergeben überhaupt keinen Sinn. »Wie hat er sie verletzt?«, fragt sie. »Was hat er getan? Sie irren sich, er muss sie entführt haben.«

»Nein«, sagt Rebecca mit fester Stimme. Sie greift in ihre Tasche und holt zwei Zettel heraus. »Walter ist verheiratet«, flüstert sie.

Nella starrt sie an. »Haben Sie das gewusst? Haben Sie …?«

»Nein, Madame, natürlich nicht. Er hat es nie erwähnt.« Rebecca zögert kurz. »Thea wurde erpresst, von ihm und seiner Frau, sie hat selbst herausgefunden, dass die beiden es waren.« Sie reicht Nella die Blätter, und diese nimmt sie mit zitternder Hand. »Lesen Sie sie, Madame. Thea bat mich – vielleicht konnte sie es nicht ertragen, sie in ihrer Nähe zu haben. Aber es ist auch denkbar, dass sie bereits vorhatte, wegzulaufen, und sich nicht dazu durchringen konnte, die Briefe zu vernichten. Ich glaube, sie wollte auch nicht, dass Sie sie finden, aber nach dem, was heute Morgen passiert ist, kann ich sie nicht für mich behalten.«

Nella blickt hinunter auf die bösartigen Worte. Sie stellt sich vor, wie Thea sie erhalten, sie allein gelesen und fieberhaft überlegt hat, was sie in dieser schrecklichen Lage tun sollte. Traurigkeit überkommt sie mit solcher Wucht, dass sie unwillkürlich ihre Hand auf Rebeccas Arm legt. »Wie lange hat das –«, sie sucht nach dem richtigen Wort, »– dieses Verhältnis gedauert?«, flüstert sie.

»Monate. Es hat vor Weihnachten angefangen. Aber die Briefe kamen erst vor wenigen Wochen, denke ich.«

Am liebsten möchte Nella an Marins Grab niedersinken, ihre Wange auf den Stein legen und flüstern: *Es tut mir so leid.* Sie denkt wieder an die Nacht von Theas Zusammenbruch, wie Thea immer wieder beteuert hatte, dass nichts Besonderes passiert sei, dass sie sich einfach nur irgendeine Krankheit eingefangen habe. Aber ihre Krankheit war eine des Herzens, ihr Fieber kam von ihrem Liebesleid. Nella spürt ein Stechen in ihrem eigenen Herzen bei dem Gedanken.

Thea hat das alles allein durchlitten. Und wir haben die ganze Zeit immer nur von Geld, Heirat und Jacob gesprochen. Thea muss sich immer weiter von ihnen entfernt haben, immer verschlossener und ängstlicher geworden sein, bis sie sich eines Tages hinstellte und sagte: *Ich habe beschlossen, Jacob van Loos zu heiraten, wenn er mich will. Du kannst die Sache auf den Weg bringen.* Angesichts der Erpressung und weil sie so Sicherheit zu finden hoffte, wurde Thea Jacobs Braut, aber um Jacob zufriedenzustellen, musste ihre Familie ihre eigene finanzielle Sicherheit opfern. Nella dreht sich der Magen um, ihr ist schrecklich übel.

»Hat sie die Forderungen dieser Leute erfüllt?«, fragt sie mit heiserer Stimme.

»Ich glaube schon.«

»Mit welchem Geld?«

»Sie hat davon geredet, dass sie eine Landkarte verkauft hat«, sagt Rebecca. »Sie gehörte ihrer Mutter.«

Thea ist also auch auf dem Dachboden gewesen und hat ihr Erbe entdeckt. Nella stellt sich vor, wie Thea die Miniatur ihrer Mutter aus den Zedernspänen heraushob und ihr lebensecht gestaltetes Gesicht zum ersten Mal sah. Hat sie die Miniatur mitgenommen, als sie wieder ging? Wenn sie das alles Otto und Cornelia erzählt, werden die beiden vollends überzeugt sein, dass die Miniaturistin sie verschleppt hat.

»Der Mann hat recht«, sagt Rebecca und deutet in die Richtung, in die Caspar gegangen ist. »Thea liebt Sie. Sie hat gesagt, sie sei bereit, Jacob zu heiraten, weil sie glaubte, das wäre am besten für ihre ganze Familie. Aber dann merkte sie, dass sie es nicht über sich brachte, und da geriet sie in Panik. Sie hat Angst davor, was Sie sagen werden. Die Vorstellung, Sie zu enttäuschen, ist ihr unerträglich.«

»Sie kennen sie sehr gut«, sagt Nella. Sie blickt auf die Erpresserbriefe in ihrer Hand. »Es kommt mir vor, als würde ich sie kaum kennen.«

»Sie hat mir ein paar Dinge erzählt, das stimmt. Aber glauben Sie mir, Madame Brandt, ich fühle mich schuldig: Ich als ihre Freundin hätte mich mehr bemühen müssen, ihr diesen Mann auszureden. Das wäre meine Pflicht gewesen. Ich wusste zwar nicht, dass er verheiratet ist, aber ich sah ihm an, dass er nichts taugt.«

Nella reibt sich die Schläfen. »Und ich habe ihr einzureden versucht, dass sie sich an Jacob van Loos halten soll. Es steht mir also schwerlich zu, Ihnen eine Strafpredigt zu halten.«

Die Frauen betrachten einander. Nella fühlt sich in Schuld und Kummer mit Rebecca vereint. Seltsam, denkt Nella, dass diese erwachsene Frau die engste Freundin von Thea ist.

»Ist dieser Mann – dieser Riebeeck – immer noch im Schauspielhaus tätig?«, fragt sie.

Rebecca verzieht das Gesicht. »Nein. Ich habe mich erkundigt. Er ist weg. Er ist in eine andere Stadt gegangen und hat seine Familie mitgenommen.«

»Und … Thea ist ihm nicht nachgereist, oder was meinen Sie?«

Rebecca überlegt eine Weile. »Nein, ich glaube nicht. Als wir das letzte Mal miteinander gesprochen haben, hatte ich den Eindruck, dass zwar ihre Gefühle für ihn immer noch stark waren, dass sie aber nichts mehr mit ihm zu tun haben wollte.«

Nella seufzt. »Ich nehme an, das kann nur etwas Gutes sein.«

»Haben *Sie* eine Ahnung, wo sie sein könnte, Madame Brandt?«

Nella schüttelt den Kopf. »Nicht die geringste.«

»Wenn ich etwas höre, werde ich mich bei Ihnen melden.«

»Danke schön. Ich behalte diese Briefe, wenn es Ihnen recht ist.«

»Wie Sie wollen. Obwohl mir bewusst ist, dass Thea es mir übelnehmen wird, dass ich sie Ihnen gezeigt habe.«

»Wenn ich sie finde – und ich werde sie finden, Fräulein Bosman –, werde ich ihr sagen, dass es meine Schuld ist. Sie wird es verstehen.« Nella steckt die Blätter, die so viel Hass und Gift enthalten, in ihre Tasche und betet, dass sich ihre Prophezeiung erfüllen wird, dass tatsächlich eines Tages Thea wieder bei ihnen sein und ihnen verzeihen wird.

Als ihre Hand über das kleine Haus streicht, stutzt sie. »Eine letzte Sache noch«, sagt sie zögernd. »Thea hat Ihnen gegenüber nie erwähnt, dass jemand ihr Miniaturen geschickt hat, oder? Miniaturen wie diese?«

Sie nimmt das goldene Haus aus ihrer Tasche und hält es Rebecca hin, die es, fasziniert von der feinen Perfektion, mit der es gearbeitet ist, betrachtet.

»Was ist das?«, flüstert Rebecca.

»Ich weiß es nicht genau«, sagt Nella. »Aber hat sie etwas erwähnt?«

»Nein«, sagt Rebecca. »Daran könnte ich mich erinnern.«

Nella steckt das Häuschen zurück in ihre Tasche. »Egal, es ist nicht wichtig. Eine blödsinnige Idee. Danke, Fräulein Bosman, für Ihre Freundlichkeit gegenüber Thea und für Ihre Offenheit.«

Bevor die Schauspielerin noch etwas sagen kann, knickst Nella und geht weg. Sie hat sich schon zu lange aufhalten lassen.

XXVIII

»Wir müssen es Otto sagen«, sagt Cornelia.

»Auf keinen Fall!«, erwidert Nella. Sie ist zurück zur Herengracht geeilt, wo sie Cornelia allein und mehr verängstigt denn je vorgefunden hat. Sie fühlte sich verpflichtet, sich zu ihr an den Küchentisch zu setzen und ihr alles zu erzählen, was sie in der Kirche erfahren hatte. »Ich verbiete es dir. Es ist Theas Geheimnis. Wenn jemand Otto von diesem Walter Riebeeck erzählt, dann sie selbst.«

»Aber die Miliz muss es erfahren!«

»Rebecca Bosman hat gesagt, dass er und seine Frau weg sind. Am besten kümmern wir uns nicht weiter um dieses miese Erpresserpaar. Stell dir vor, wie Thea dastehen würde, wenn die Geschichte ans Licht käme. Das können wir ihr nicht antun. Ich jedenfalls werde mich hüten. Das würde sie vollends in Verruf bringen – noch mehr als die Sache mit der geplatzten Hochzeit.«

Cornelia wird blass. »Zeigen Sie mir diese Briefe noch einmal.«

»Du würdest dich nur noch mehr aufregen.«

Cornelia sieht verzweifelt aus. »Vielleicht hat die Schauspielerin gelogen.«

»Warum hätte sie das tun sollen? Sie hat nicht gelogen, Cornelia. Du warst nicht dabei.« Nella seufzt, legt ihren Kopf auf den Küchentisch und schiebt die Briefe über die Platte. »Nein. So leid es mir tut, aber diesen Walter Riebeeck gibt es wirklich.«

»Aber wir müssen Otto –«

»Cornelia.« Nella richtet sich auf. »Was glaubst du, wie er reagieren wird, wenn er erfährt, dass Thea einen Geliebten hatte? Noch dazu einen verheirateten? Dieser Riebeeck ist fort, lass uns Otto da nicht mit hineinziehen. Thea spricht vielleicht nie wieder ein Wort mit dir.«

»Wir wissen ja nicht einmal, ob wir sie jemals wiedersehen werden.« Cornelia sackt in sich zusammen. »Wie sollen wir sie finden? Wir sind immer noch so ratlos wie heute Morgen.«

»Ja.«

»Kinder sind nie in Sicherheit«, sagt Cornelia betrübt. »Von dem Moment an, in dem sie geboren werden, muss man immer Angst um sie haben.«

Wir haben Thea all die Jahre geradezu erstickt mit unserer Fürsorglichkeit, statt ihr beizubringen, wie es in der Welt zugeht, denkt Nella; andauernd haben wir uns Gedanken um ihre Zukunft gemacht. Ich an ihrer Stelle wäre auch fortgelaufen. Ich wäre über die Dächer geflogen. Ich hätte vielleicht auch einen Walter gefunden und meine Fantasien in seinen unwürdigen, gleichwohl innig geliebten Körper projiziert.

Aber jetzt sehe ich, was passieren kann, wenn ein Kind sich von zu Hause losreißt. Was es damit anrichtet!

Wie hat sie es geschafft?, fragt sich Nella. Wieso haben sie nichts davon mitbekommen? Verblüfft wird ihr klar, dass Thea vielleicht Dinge erlebt hat, nach denen sie, Nella, sich in der kurzen Zeit ihrer Ehe gesehnt hat, die ihr aber versagt blieben, weil Johannes sie hart und entschieden zurückwies. Seitdem fragt sie sich oft, wie es sich wohl anfühlt, von einem Mann berührt zu werden, der sie begehrt.

Sie denkt daran, wie Thea in Jacobs Loge im Schauspielhaus saß und verkündete, dass die gemalten Palmen der Kulisse in ihrem Herzen leben und ihr mehr bedeuteten als jeder wirkliche Baum. Wie Thea bei dem Ball glänzte, unbeeindruckt von den kaum verhüllten Bosheiten der anderen Mädchen. Sie strahlte ein Selbstbewusstsein aus, wie es vielleicht nur entstehen kann, wenn man sich geliebt fühlt, und ich habe es nicht verstanden, denkt Nella.

Aber das Schlimme ist, dass Thea es vielleicht auch nicht richtig verstanden hat. Sie war glücklich, weil sie dem Geliebten ihr Herz geschenkt hatte und dachte, er hätte das Geschenk angenommen. Und dann war es schiefgegangen.

Nella könnte diesen Walter Riebeeck umbringen, was auch immer sie Cornelia predigt. Sie könnte seine blöden gemalten Palmen in Fetzen reißen.

»Sind Sie wütend auf sie?«, fragt Cornelia und beobachtet sie aufmerksam.

Sie seufzt. »Ich bin wütend auf *ihn*.«

»Ich weiß. Aber was ist mit Thea?«

Nella überlegt. »Es wäre einfach zu sagen, dass ich wütend bin. In manchen Kreisen dieser Stadt würde man das, was Thea getan hat, für unverzeihlich halten – dass sie sich im Streben nach Liebe leichten Herzens über Gebote der Tugend hinweggesetzt hat. Aber diese Kreise haben die Familie Brandt ohnehin noch nie besonders geschätzt.« Voller Erbitterung denkt Nella an die Szene in der Oude Kerk heute Morgen, an die hochfahrende Madame van Loos, die fast ebenso selbstgerecht wie wohlhabend ist; an ihren Sohn Jacob, diesen Feigling; an die Damen aus dem Haus Sarragon, die eine Gelegenheit witterten, eine junge Frau, die sie als Fremdkörper in der feinen Gesellschaft betrachten, zu vernichten. Ihr Zorn kocht wieder hoch. Nur gut, dass die Familie van Loos und die Sarragons nicht die ganze Wahrheit kennen … Sicher, die Tugend hat ihren Wert, aber sie ist nicht das Maß aller Dinge. Es ist schlicht unmöglich, dass sämtliche junge Leute in dieser Stadt es schaffen, achtzehn Jahre alt zu werden, ohne sich die eine oder andere Freiheit zu erlauben. Man redet nur nicht darüber. »Nein«, sagt sie. »Ich bin nicht wütend auf sie. Ich will nur, dass sie nach Hause kommt.«

Nella überlegt kurz, ob sie Cornelia von dem Ehevertrag erzählen soll, von den zwanzigtausend Gulden, von der Leibrente, davon, dass das Haus nach Ottos Tod in Jacobs Besitz übergehen sollte. Sie werden ja wohl das Haus nicht schon jetzt Jacob überschreiben müssen? Unsinn, natürlich nicht, da doch die Ehe gar nicht zustande gekommen ist. Trotzdem, sie haben zwanzigtausend Gulden Schulden, das ist schlimm genug. Es wäre eine Erleichterung für sie, sich das alles von der Seele zu reden, aber was würde es nützen? Cornelia könnte auch nichts tun und würde sich nur unnötig aufregen. Warum sollte sie ihr erzählen, dass das Haus, in dem sie seit ihrer Kindheit lebt, nicht haltbarer ist als Wasser, das ihnen durch die Finger rinnt?

Es ist empörend, sich vorzustellen, dass Leute, die bereits reich sind, eine solche Summe, oder auch nur einen Teil davon, einfach so behalten können. Aber ich wollte es unbedingt, denkt sie. Ich wollte so sehr, dass Thea heiratet. Ich wollte, dass sie in Sicherheit leben kann. Und Otto wollte, was Thea wollte. Und Thea wusste nicht einmal, was das war.

Es klopft an der Tür, und die Frauen springen auf. Cornelia stürmt die Treppe hinauf, Nella folgt ihr dicht auf den Fersen. Sie reißen die Tür auf, und da steht Caspar Witsen. Er sieht müde aus. »Ich war schon überall«, sagt er. »Ich konnte sie nicht finden.«

»Kommen Sie herein«, sagt Nella.

»Ich kann nicht.«

»Sie sollten etwas essen und trinken«, sagt Cornelia.

»Bitte«, fügt Nella hinzu.

Caspar gibt nach und tritt ein. Er scheint mit etwas zu ringen: Unruhig geht er vor ihnen hin und her und fährt sich immer wieder mit den Fingern durch die strubbelige Haarmähne. »Thea hat mir geschrieben«, sagt er schließlich. »Sie wollte etwas über Blumen wissen.«

Nella und Cornelia tauschen einen Blick aus. »Sie hat Ihnen geschrieben?«, fragt Nella.

»Es war, nachdem das Aufgebot verkündet wurde. Als ich den Brief sah, dachte ich zuerst, es könnte etwas mit ihrer Hochzeit zu tun haben, aber sie schrieb, sie sei sehr dankbar für die Tinkturen, die ich ihr gebracht hatte, und interessiere sich dafür, wie man sie herstellt. Ob ich ihr das beibringen könne.«

»Tinkturen?« Einen Moment lang blitzen in Nellas Kopf Assoziationen an Giftpflanzen wie Tollkirsche und Schierling und an ein Übermaß an Baldrian auf. »Und ... haben Sie ihr geantwortet?«

Caspar verzieht betrübt das Gesicht. »Ich war so beschäftigt. Ich hatte keine Zeit.« Er greift in seine Tasche und reicht ihr den Brief.

Es ist, als müsste ich meine Nichte aus lauter Papierstücken wieder neu zusammensetzen, denkt Nella, als sie den Brief liest. Eine andere Thea, von deren Existenz ich nichts wusste.

Es ist unverkennbar Theas Handschrift. *Ihre Tinkturen haben uns allen gutgetan*, schreibt sie, *aber es ist sicher kompliziert, so etwas herzustellen. Ich kann mir kaum etwas Schöneres denken, als zu beobachten, wie das, was man gesät hat, wie durch ein Wunder aufgeht und wächst, mitten in einem Obstgarten zu stehen und zu sehen, wie die eigene harte Arbeit Früchte trägt.*

Der Brief ist von vor einer Woche. Nella gibt Caspar den Brief zurück. »Behalten Sie ihn, er gehört Ihnen.«

Sichtlich betroffen nimmt Witsen den Brief entgegen. »Madame, ich würde alles tun, um es Ihnen leichter zu machen.«

»Sie haben schon genug getan, Herr Witsen. Wir sind Ihnen sehr dankbar. Sie haben so viel geholfen, als es Thea schlechtging.«

»Und wenn Sie jemals etwas brauchen, Otto weiß, wo ich wohne.«

»Sie können sich darauf verlassen«, versichert Nella und legt ihre Hand auf seinen Arm. Er sieht sie an, als wollte er noch etwas sagen, aber er überlegt es sich anders.

»Wir werden Ihnen schreiben, sobald wir wissen, wo sie ist«, sagt sie. Er geht, und sie sehen ihm nach. Keine Tinktur der Welt, denkt Nella, kann ein verschwundenes Mädchen zurückholen.

*

Um zehn Uhr abends sind dreißig Männer der St.-Georgs-Miliz und einige andere Leute, darunter auch Mägde aus der Nachbarschaft am Goldenen Bogen, immer noch auf der Suche nach Thea, aber sie finden keine Spur von ihr.

Als Otto nach Hause kommt, wird er von einem Offizier begleitet, und es ist Nella, die den beiden Männern die Tür öffnet. Cornelia ist unten in der Küche und macht eine Hühnerpastete, damit Otto sich stärken kann, wenn er zurückkehrt.

»Seigneur Kobell, Madame«, sagt der Offizier. Er ist jung, denkt Nella – aber ihr kommen ja so viele Menschen jung vor, immer mehr, je älter sie wird. »Wir haben stundenlang gesucht, und zwar gründlich. Meine Männer werden sich ausruhen müssen.«

»Aber ich bezahle sie doch!«, sagt Otto.

»Lassen Sie sie ein paar Stunden schlafen, Seigneur Brandt«, sagt Kobell. »Und dann, wenn sie ausgeruht sind, werden sie sich wieder auf die Suche machen.«

»Aber bis dahin ist sie vielleicht schon zu weit weg.«

Kobell reibt sich mit der Hand über die Seite seines Gesichts, als wollte er so die Müdigkeit vertreiben. »Wir werden sie finden.« Er zögert. »Aber Sie müssen sich darauf einstellen, dass es eine Weile dauern kann. Solange sie nicht gefunden werden will, ist unsere Aufgabe umso schwieriger.«

Nella muss daran denken, was Caspar heute Morgen – aber ihr kommt es vor, als wäre es zwei Wochen her – in der Oude Kerk gesagt hat. »Wieso glauben Sie, dass sie nicht gefunden werden will?«, fragt sie.

Kobell runzelt die Stirn. »Na ja, sie ist schließlich weggelaufen.«

Nella seufzt innerlich angesichts von so viel Beschränktheit – der Mann ist einfach zu jung. Aber Caspar hat recht: In einem Menschen, der weggelaufen ist, gibt es immer einen Funken Hoffnung, dass jemand kommt und ihn vor sich selbst rettet. Sie hat es selbst schon erlebt. Nella ist zuversichtlich, dass Thea nicht will, dass es immer so bleibt. Sie will, dass sie sie finden.

Nella sieht Otto an, wie erschöpft er ist. Sie denkt an Walter Riebeeck, an diese bösartigen Erpresserbriefe, an die ganze herzzerreißende Geschichte, von der sie heute erfahren hat. Sie hat ein schlechtes Gewissen, weil sie sogar jetzt noch, wo sie alle solche Ängste ausstehen, Geheimnisse vor Otto hat. Glaubt er wirklich, dass Thea bei der Miniaturistin ist? Aber wenn sie nicht mit Riebeeck zusammen ist, wäre das ja vielleicht durchaus möglich.

Nella fragt sich, ob er wohl Kobell gegenüber die Miniaturistin erwähnt hat. Nein, wohl kaum, denn der Verdacht gegen sie ist ja mehr oder weniger reine Spekulation, die ein Mann wie Kobell schwerlich ernst nehmen wird. Zumindest vorerst wird es besser sein, wenn sie diese Sache für sich behalten. Sie ist so müde wie noch nie in ihrem ganzen Leben.

Otto unterbricht ihre Gedanken. »Genug«, sagt er. »Diese Stunden sind entscheidend. Wir dürfen nicht aufhören.«

Aber da kommt Cornelia die Treppe hoch und bietet ihre Hühnerpastete an. Es riecht köstlich, ein warmer, heimeliger Duft, der so gar nicht zu der Müdigkeit und Angst passt, die sie alle durchströmt. Kobell wendet den Kopf.

»Sie müssen ein Stück davon probieren, Seigneur Kobell«, sagt Nella. Ihr ist ebenso wie Cornelia klar, dass es ihnen nur guttun kann, etwas zu essen, auch wenn Otto das nicht einsieht.

»Es ist Nacht.« Otto gibt nicht nach. »Es ist *Nacht*, und wir haben sie immer noch nicht gefunden. Sie ist meine Tochter. Sie ist mein Leben. Und niemand hat auch nur die kleinste Spur von ihr gefunden!«

»Was ist mit den Ställen? Mit dem Hafen?«, fragt Nella. Sie sieht zu Cornelia hinüber, deren Augen hohl, aber immer noch voller Feuer sind. Cornelia war es schon immer gewohnt, mit weniger Schlaf auszukommen.

»Wir waren dort. Hier ist der Bericht«, sagt Kobell und zieht ein Stück Papier aus seiner Tasche. »Heute Morgen sollten fünfzig Schiffe auslaufen. Bei keinem von denen, die wir erwischt haben, bevor sie an Texel vorbeigesegelt sind, hat eine Person von Theas Statur, Aussehen und Alter nach einer Passage gefragt.«

»Von denen, die Sie noch erwischt haben«, sagt Nella. Kobell quittiert dies mit einem resignierten Achselzucken. »Wann war heute Morgen Hochwasser?«

»Kurz nach sieben.«

»Da hatte sie genug Zeit, um mit einem Schiff das Land zu verlassen, wenn sie verzweifelt genug war.«

Cornelia schneidet die Pastete auf. »Das würde Thea niemals tun«, sagt sie. »Sie hat nie einen Fuß auf eine Schiffsplanke gesetzt. Sie ist immer noch in der Stadt. Ich *spüre* es.«

»Kann sein, kann aber auch nicht sein«, sagt Nella. »Was ist mit den Ställen?«

»Auch da nichts«, antwortet Kobell.

»Haben Sie in den Klöstern nachgefragt?«

»Die sagen, bei ihnen ist sie nicht.«

»Vielleicht lügen sie, um Thea zu beschützen«, meint Cornelia.

»Lieber Gott im Himmel!«, ruft Otto aus. »Im Kloster?«

»Thea würde nicht zu den Nonnen gehen«, sagt Nella. »Und selbst wenn, könnte sie dort nicht auf Dauer bleiben.«

Cornelia hält Kobell einen Teller hin, aber er lehnt ab und geht zur Tür. »Ruhen Sie sich aus«, sagt er. »Ich versichere Ihnen, Seigneur, Mesdames: die Nachtwache ist noch unterwegs und sucht weiter. Ich komme in ein paar Stunden wieder.«

Bevor Otto protestieren kann, macht er eine knappe Verbeugung und verschwindet dann in der Dunkelheit. Die drei bleiben allein zurück.

»Er hat recht«, sagt Nella. »Wir brauchen unbedingt Schlaf. So sind wir zu nichts zu gebrauchen. Thea schläft wahrscheinlich auch.«

Aber wo Thea schläft und wer bei ihr ist, das ist eine Frage, über die keiner von ihnen nachdenken mag. Otto will sich keinesfalls hinlegen. Er könnte kein Auge zutun, solange er nicht weiß, was mit seiner Tochter geschehen ist. Nella versteht das: Er will im Flur wachen, höchstens ein paar Stunden lang, aufrecht in einem Sessel, den Kopf an ein Kissen gelehnt, während neben ihm die Pastete kalt wird.

*

Allein in ihrem Zimmer liegt Nella vollständig bekleidet hellwach auf ihrem Bett. Die Miliz hat seinerzeit Johannes festgenommen, weswegen Nella keine hohe Meinung von dieser Truppe hat, aber es sieht doch so aus, als hätte sie ihre Arbeit gründlich und gewissenhaft gemacht. Offenbar irrt sich Cornelia, und Thea ist nicht mehr in der Stadt. Aber Nella kann sich einfach nicht vorstellen, dass ihre Nichte sich irgendwo auf hoher See befindet. Sie schließt die Augen und springt in Gedanken von einem Bild zum anderen: Theas leeres Bett; Cornelia, die mit einem entsetzten Gesichtsausdruck die Miniatur des Hauses hervorzieht; Jacob in der Kirche; Caspars betrübtes Lächeln; Rebecca, eine Schauspielerin, die aus der Rolle fällt und ihr Theas Herzensangelegenheiten offenbart.

Nella dreht sich auf die Seite und betrachtet Caspars Aloe, die sie neben ihr Bett gestellt hat. Sie streckt die Hand nach der Stelle aus, wo er ein Blatt abgeschnitten hat, um ihr einen beruhigenden Tee zu machen. *Ich kann mir kaum etwas Schöneres denken, als zu beobachten, wie das, was man gesät hat, wie durch ein Wunder aufgeht und wächst.* Sie überlegt, warum Thea das Miniaturhaus unter dem

Bettzeug versteckt haben könnte, wenn sie es wirklich versteckt und nicht einfach, ohne es überhaupt zu bemerken, liegenlassen hat: vielleicht weil sie ihrer Familie zu verstehen geben wollte, dass auch sie die Miniaturistin kennt? Nella schließt wieder die Augen. Ob Thea nun allein ist oder mit der Miniaturistin zusammen, sie möchte Thea zurückhaben.

Sie spürt einen nagenden Schmerz in der Brust bei dem Gedanken, dass nicht Walter Riebeeck, sondern sie der Grund sein könnte, warum Thea weggelaufen ist. Sie haben so oft miteinander gestritten. Immer wieder hat Nella ihrer Nichte gesagt, dass sie keine Ahnung hat, wie es in der Welt zugeht. Ganze Tage hat sie mit dem Versuch verbracht, Thea eine Ehe mit Jacob schmackhaft zu machen, hat Thea mit endlosen Klagen über ihre Armut in den Ohren gelegen, sie keinen Moment lang vergessen lassen, wie ihre Tante sich für sie aufopferte. Sie stellt sich Thea auf dem Dachboden vor, wie sie die Puppe ihrer Mutter herausnimmt und all ihre Fragen an eine Miniatur richtet, die leblos und stumm bleibt.

Marin litt unter den Einschränkungen, die dieses Haus ihnen auferlegte, gleichwohl liebte sie es innig. Sie war so stolz darauf. An dem Tag, an dem Nella hier einzog, vor achtzehn Jahren, noch bevor Thea geboren wurde, fragte Marin sie: *Wie ist euer großartiger Stammsitz Assendelft: ist er warm und trocken?*

Es ist manchmal feucht, hat Nella geantwortet. Aber schau dir euer Haus jetzt an, Marin, denkt sie: Vielleicht entgleitet es uns bald ganz und versinkt im trüben Wasser der Herengracht. Und deine Tochter ist ausgebrochen und hat es hinter sich gelassen, während ich noch da bin.

Sie steckt ihre Hand in die Tasche und fühlt den Miniatursäugling, der sich an dem winzigen goldenen Haus reibt.

Komm zurück, murmelt sie, aber diesmal beschwört sie nicht die Miniaturistin, sondern den einen Menschen, der ihr am kostbarsten ist. *Thea, hörst du mich?*, flüstert sie. *Komm zurück.*

*

Es ist kurz vor Sonnenaufgang, als Nella plötzlich erkennt, was geschehen ist. Sie fährt hoch in ihrem Bett und sitzt reglos da. Es ist ihr mit einem Mal so offensichtlich, dass sie gar nicht begreifen kann, dass sie es nie in Erwägung gezogen hat. In der Panik, in die Theas Verschwinden sie versetzt hat, in Anspruch genommen von Spekulationen über die Miniaturistin, von der Tortur in der Oude Kerk, von den Enthüllungen Rebeccas und schließlich von diesem wichtigtuerischen Milizhauptmann, ist ihnen entgangen, was doch die ganze Zeit offen auf der Hand lag. Diese Stunden, die sie allein in ihrer Kammer damit zugebracht hat, in sich hineinzuhorchen wie in eine Muschelschale, und Theas Brief an Caspar Witsen und das kleine goldene Haus – all das zusammen war nötig, damit sie es sehen konnte.

Nella steigt mit heftig pochendem Herzen aus dem Bett. Sie spürt in sich ein Ende und einen Anfang, zwei Geschichten, die sich treffen und einen ewigen Kreis bilden. Sie weiß, wo Thea ist und dass sie sich allein auf den Weg zu ihr machen muss. Sie wird keine Barke nehmen so wie vor achtzehn Jahren, als sie in umgekehrter Richtung gereist ist. Sie wird ein Pferd mieten, ja, ein Pferd. Denn auch wenn es sein kann, dass diese Geschichte sich zu einem Albtraum entwickelt, ist Nella doch immer noch ein Mädchen vom Land und hat das Reiten nicht verlernt.

Grünes Gold

XXIX

Am Morgen ihrer Hochzeit mit Jacob van Loos, noch vor dem Morgengrauen und bevor irgendjemand sonst im Haus wach ist, setzt Thea sich im Bett auf. Sie sieht sich in dem Zimmer um, in dem sie ihr ganzes Leben lang geschlafen hat. Da sind die weißen Wände. Die dunklen, kahlen Dielen. Das lange Regal, auf dem das Buch liegt, das ihr künftiger Ehemann ihr geschenkt hat, und auch der Krug mit dem Brautstrauß steht da. Es ist genau so, wie Hendrickson es gesagt hat: Die Blüten sind jetzt vollends aufgegangen, leuchtend und farbenfroh, selbst im Licht der einsamen Kerze. Sie wirken ahnungslos, scheinen nicht zu wissen, dass ihre Stiele abgeschnitten wurden und dass sie schon morgen zu welken beginnen werden.

Sie hat kaum geschlafen. Das Kästchen mit den drei Miniaturen liegt offen auf ihrem Schoß. Thea starrt hinein, ihr Gefühl der Verzweiflung wird stärker. Da ist Walter mit seiner leeren Palette, da das goldene Haus mit seiner verschlossenen Tür und da die winzige Ananas. Sie mustert sie mit aller Konzentration, die sie aufbieten kann, versucht, ihre Sprache zu verstehen. Was Thea sich aber mehr als irgendetwas sonst wünscht, ist, dass dieser Tag nicht Wirklichkeit wird.

Es ist ihr absolut unvorstellbar, dass sie sich in ihr Hochzeitskleid schnüren und an den Grachten entlang zur Oude Kerk geleiten lässt, wo Jacob sie erwartet, vor Pastor Becker zu stehen und ihr Gelübde abzulegen. Und anschließend Hand in Hand mit Jacob als verheiratete Frau wieder hierher zurück zu spazieren, aus dem Hochzeitskelch zu trinken, ein Festmahl zu verzehren und dann mit Jacob in sein Haus zu gehen.

Aber Thea hat versprochen, es zu tun. Es wird die Zukunft ihrer

Familie sichern und dafür sorgen, dass sie alle wieder geachtete Mitglieder der Gesellschaft werden. Sie steht kurz davor, ihr Versprechen wahr zu machen, aber es fühlt sich einfach schrecklich an, unmöglich, ganz und gar falsch. Sie denkt an all das Essen, das Cornelia zubereitet hat. Sie denkt an ihren Vater, der in diesem Zimmer hier gesessen und ihr gesagt hat, dass sie wisse, wie man neu anfängt. Und dann erinnert sie sich an Rebeccas Warnung, dass Griete Riebeeck möglicherweise nie von ihr ablassen wird. Sie hat gedacht, dass sie in diese Ehe fliehen würde, dass sie Barrieren errichten könnte, um die Welt draußen zu halten. Aber es könnte alles noch schlimmer machen. Dies war Theas neuer Anfang: ein Leben als verheiratete Frau. Und sie bringt es nicht über sich.

Thea steht vom Bett auf und zieht sich schnell einen Alltagsrock und eine Bluse an. Sie steckt die Puppe von Walter und die Ananas in ihre Tasche und wirft einen Blick auf die eine Miniatur, die sie nicht angerührt hat. Ihr erster Impuls ist, das goldene Haus in dem Kästchen zu lassen und das Kästchen unter ihr Bett zu schieben. Aber sie zögert, nimmt die winzige Behausung noch einmal zwischen die Finger und hält sie in den Schein der Kerze. Sie versucht noch einmal, die Tür zu öffnen, aber sie ist immer noch verschlossen. Thea hat das Gefühl, dass in diesem Haus irgendetwas sein muss; wenn sie nur wüsste, wie sie ihm seine Geheimnisse entlocken kann.

An dem Tag, an dem sie ihrer Familie verkündet hat, dass sie die Verhandlungen über einen Ehevertrag mit Jacob in die Wege leiten könnten, hat sie geglaubt, dass dieses Haus ihr als Zeichen geschickt worden sei, ja, dass es ein Abbild von Jacobs Haus sei, eine Botschaft an sie, dass sie seine goldene Sicherheit suchen und diesen trüben Ort verlassen sollte, an dem sie ihr ganzes Leben verbracht hatte. Sie hat versucht, diese Miniaturen so zu sehen, wie ihre Tante sie sieht, als Wegweiser. Aber jetzt will sie dieses kleine Patrizierhaus nicht mehr haben. Es ist eine Erinnerung an ihr Versagen, ein Vorbote einer Zukunft, die nicht die ihre ist.

Thea stellt es auf das Tischchen neben ihrem Bett. Sie möchte, dass ihre Tante es sieht und vielleicht eine leise Andeutung darin findet, was Thea in den letzten Monaten durchgemacht hat, und sie möchte Tante Nella sagen, dass sie auch von der Miniaturistin weiß. Aber was Walter und die Ananas betrifft, so gehören sie Thea. Nicht auszudenken, dass ihr Vater die Puppe von Walter sehen könnte! Sie steht für alles, was Thea in ihrem Leben verbergen will. Oder dass ihre Tante die Ananas sehen könnte, die sie so sehr hasst! Auch jetzt noch will Thea ihre Familie beschützen. Als sie Kissen und Bettzeug so drapiert und zurechtklopft, dass es so aussieht, als läge da ihr schlafender Körper, bemerkt sie in ihrer Eile nicht, wie das kleine Haus an der Bettdecke hängenbleibt und in das warme Nest, das sie verlassen hat, hineingezogen wird.

Thea räumt ihren Schrank leer, steckt ihre Kleider und den Rest des Geldes aus dem Kartenverkauf in einen Leinensack und verlässt ihr Zimmer, ohne einen letzten Blick zurück, dann schleicht sie die Treppe hinunter, ganz vorsichtig, damit kein Knarzen oder Knacken sie verrät. Bis hinunter in Cornelias Speisekammer schleicht sie, nimmt ein Brot, einen kleinen Laib Edamer, eine große Flasche Bier, etwas Wurst, ein paar Äpfel und Zimtplätzchen. Sie kann es kaum aushalten in diesem kleinen Raum voller Sachen, die bei ihrem Hochzeitsmahl auf den Tisch kommen sollten. Schnell huscht sie die Küchentreppe hinauf in den Flur, stopft den Proviant in ihren Kleidersack und zieht die Riegel der Haustür so behutsam wie möglich zurück, wobei sie jedes Mal zusammenzuckt, wenn ein Knirschen zu hören ist. Cornelia wird sehr bald wach werden.

So ist es am besten, sagt sie sich. Du hast alle schon genug enttäuscht.

Sie bemerkt eine Bewegung an ihrem Rock: es ist Lucas, der um ihre Beine streicht und zu ihr aufschaut. »Es tut mir leid«, flüstert sie. »Ich wünschte, ich könnte dich mitnehmen.«

Lucas setzt sich auf eine weiße Marmorfliese und beobachtet sie weiter. Thea rührt seine aufmerksame Zuneigung; der Gedanke, dass sie ihn nie wiedersehen wird, schnürt ihr das Herz ab. Sie blickt hinaus in die bläuliche Morgendämmerung, dann in Richtung des Salons und denkt an die Geburtstage, die sie dort gefeiert haben. Wie sie alle auf diesem Teppich gesessen haben, an die luftigen Rühreier, die Poffertjes mit Rosenwasser. Sie waren Abenteurer, die nie über die Herengracht hinausgekommen sind. Sie spürt einen Stich in ihrem Herzen und noch einen und noch einen. Sie will, dass es aufhört, aber sie kann nichts dagegen tun. Sie möchte wieder fünf sein und es genießen, auf dem Teppich zu liegen und zu spielen, sie wären auf Entdeckerfahrt ins Blaue hinein. Sie möchte von ihren Lieben umgeben sein.

Genug, sagt sie. Das waren schöne Zeiten. Es ist vorbei.

Aber es ist, als stünde Thea unter einem Bann: sie kann sich nicht losreißen und in den Tag hinaustreten. Sie beugt sich hinunter, um Lucas zu küssen, zwingt sich, wieder an Jacob als Ehemann zu denken, an Eleonor Sarragon und ihre spöttischen Blicke. Sie denkt an Griete Riebeeck und vor allem an Walter und seinen Verrat, seine Liebesschwüre und, am allerschlimmsten, seine Versprechungen. In dieser Stadt gibt es keine Zukunft für sie. Thea muss gehen und sich woanders eine suchen.

Sie schafft es, das Haus zu verlassen und die Tür leise hinter sich zu schließen, aber dann an der Kreuzung von Herengracht und Vijzelstraat bleibt sie stehen und wartet darauf, was ihre Familie tun wird. Wird jemand an ihrem Schlafzimmerfenster Ausschau nach ihr halten, sobald sie bemerkt haben, dass sie weg ist?

Wenn ja, denkt Thea, dann gehe ich zurück.

Sie sehnt sich fast danach, dass sie die Fenster aufreißen und nach ihr rufen, dass sie nach draußen stürmen, dass sie auf die Knie fallen und sie anflehen: *Es tut uns so leid, Schätzchen, wir werden dich nie wieder zu so etwas drängen.* Denn die Wahrheit ist, dass Thea Angst vor dem hat, was sie tun wird. Dies ist kein Theaterstück: Junge Damen von der Herengracht verschwinden nicht einfach. Sie wird zurückgehen, Jacob heiraten und eine Ehefrau an der Prinsengracht werden.

Aber als das Gesicht von Tante Nella am Fenster erscheint, kommt es Thea vor wie ein kleiner verängstigter Mond. Eine echte Dame von der Herengracht, die den Weg am Kanal entlang absucht, die Hand an der Scheibe in einer erstarrten Abschiedsgeste. Sie sieht aus wie eine Gefangene, die hofft, dass jemand kommt und auch sie befreit, und Thea weiß, dass sie nicht zurück durch diese Tür dort gehen kann.

*

Auf einer Brücke am Rand des Jordaan warten immer Fuhrleute mit ihren Karren auf zahlende Kundschaft, die etwas zu transportieren hat – Kartoffeln, große Stücke Fleisch, Leinensäcke mit dem Hab und Gut einer jungen Frau. Am Himmel über den Kanälen prangen jetzt rosafarbene Streifen, die Sonne färbt die Wolken golden. Ein alter Mann ist bereit, sie für einen Gulden aus der Stadt zu bringen, aber sie sprechen auf der Fahrt nicht miteinander: Thea sitzt hinten auf der Ladefläche statt neben ihm auf dem Bock. Offenbar hat er so früh am Morgen keine Lust zu reden, und sie ist froh darüber. Allein mit ihrem Sack kann sie sich gleich an ihr künftiges Einsiedlerleben gewöhnen.

Die Häuserfronten Amsterdams ziehen an ihnen vorbei, während die Stadt erwacht: da sind die Mägde und Knechte auf dem Weg zum Markt, Ladenbesitzer öffnen ihre Geschäfte, Schreiber hasten übers Pflaster, um vor ihren Herren im Kontor zu sein. Thea lässt dieses Treiben, das ihr so innig vertraut ist, hinter sich. Eine Stunde vergeht und noch eine, die Felder werden zahlreicher, die Häuser werden weniger. Der alte Mann fragt sie, ob sie sicher sei, dass sie an den Ort wolle, den sie ihm genannt hat, und Thea kann nur ja sagen, denn nein sagen würde umkehren bedeuten, und das kann sie nicht, nicht jetzt.

Die Sonne brennt durch ihre Haube, und jedes Mal, wenn das Pferd mit dem Schweif schlägt, scheucht es einen ganzen Schwarm Fliegen auf. Die Räder des Wagens knarzen in einem hypnotisierenden Rhythmus, und Amsterdam kommt ihr wie ein bloßer Traum vor. Thea ist ganz schlecht vor Angst, weil sie sich immer weiter von allem entfernt, was sie kennt. Wer weiß, ob sie nicht langsam, aber sicher ins Nichts hineinfährt? Trotzdem wagt sie es nicht, zurückzuschauen, als fürchtete sie, dass sich der Weg in Luft aufgelöst hätte, wenn sie sich umdrehen würde. Jeden Augenblick könnte das Land auf beiden Seiten in die Unendlichkeit abstürzen, und der Wagen, das Pferd, der Mann könnten ebenfalls abstürzen, und sie würde erkennen, in welche Lage sie sich gebracht hat: hilflos, unbeachtet, ohne Zukunft und Vergangenheit.

Sie denkt an den Moment, da Cornelia gemerkt hat, dass sie weg ist, und sie spürt Tränen hochkommen, aber sie darf auf diesem Wagen nicht weinen. Sie darf nichts von ihrem Kummer nach außen dringen lassen, sonst hören die Tränen vielleicht nie mehr auf.

Dem Stand der Sonne nach zu urteilen, muss ihre Trauung bald beginnen. Thea stellt sich vor, wie Jacob in der Oude Kerk steht, seine Familie, der Pastor, vielleicht sogar Rebecca: Sie alle warten auf die Braut. Thea schaut auf den Hinterkopf des alten Mannes, seine grauen Strähnen, die runzlige Haut, die zwei Leberflecke an seinem Nacken, und sie beginnt, die Ungeheuerlichkeit ihres Handelns zu spüren, diese Planlosigkeit. Sie fragt sich, ob es Tante Nella sein wird, die hingeht und ihnen sagt, dass Thea verschwunden ist.

Natürlich wird sie es sein. Nur Tante Nella ist stark genug dafür.

Der Wagen rollt weiter. Tief in ihrer Tasche berührt Thea die Puppe von Walter und die kleine Ananas, diese Zeichen oder Vorzeichen, die ihr immer noch rätselhaft sind. Sie hat die Erpresserbriefe von Griete Riebeeck in Rebeccas Obhut gegeben, und diese beiden Talismane hat sie mitgenommen, damit ihre Familie sie nicht findet. Eine seltsame Art von Fürsorge. Die Figur von Walter brennt ihr in der Tasche, aber sie konnte sie nicht zurücklassen, und sie kann sich auch nicht dazu durchringen, sie zu vernichten. Was die Ananas betrifft, so ist sie für sie jetzt die schönste der drei Miniaturen. Sie vergewissert sich, dass der Fuhrmann auf die Straße schaut, dann nimmt sie die kleine Frucht aus ihrer Tasche und rollt sie zwischen Zeigefinger und Daumen. Zu ihrem Erstaunen stellt sie fest, dass die Frucht ein bisschen gewachsen ist.

Das kann nicht sein, denkt Thea und reibt sich die Augen. Es muss am Sonnenlicht liegen: Jetzt am hellen Tag sieht die Ananas natürlich größer aus als frühmorgens im Kerzenschein. Sie kann nicht gewachsen sein, das ist unmöglich. Vielleicht hat es damit zu tun, dass sie immer damit herumgespielt hat – das Material könnte aufgequollen sein. Aber die Ananas sieht nicht abgegriffen aus, die Farben sind frisch und lebhaft wie nie zuvor. Bei ihrem Anblick muss Thea daran denken, wie begeistert Caspar Witsen von seiner Ananaskonfitüre war und an die Tinkturen, die er mitgebracht hat. Ihre Tante wird seine Schlaftinkturen jetzt gut gebrauchen können, vermutet Thea.

Als Tante Nella gemerkt hat, dass ich weg bin, denkt sie, hätte sie bestimmt am liebsten die ganze Stadt in einen hundert Jahre dauernden Schlaf versetzt. Seufzend schiebt sie die kleine Ananas zurück in das Dunkel ihrer Tasche. Wenn alles nach Plan verlaufen wäre, hätten die Hochzeitsglocken längst geläutet, und Thea wäre verheiratet. Tante Nella wird toben vor Zorn!

Sie fahren weiter in die Landschaft hinein. Die Häuser verschwinden, das Pferd trottet an Johannisbeersträuchern vorbei, dann an Feldern, die von der Sonne in Smaragd- und Senftöne, Topas und Gold getaucht werden. Thea hat das Gefühl, sich durch eine von Walters perfekten Kulissen zu bewegen, eine jener bukolischen Szenen, die das Schauspielhaus immer für Komödien verwendete. Aber von der Stimmung einer Komödie ist nichts zu spüren.

»Bist du wirklich sicher, dass du hierher willst?«, fragt der alte Fuhrmann über die Schulter.

Thea schaut sich um. »Ja«, sagt sie, aber wie kann sie sicher sein, wenn sie noch nie hier war?

Der alte Mann zieht die Zügel an und lauscht. Man hört das Summen der Insekten ringsum und hoch oben die Vögel. Hier gibt es keine Stadtmöwen, sondern einen Chor von Stimmen, die Thea nicht zuordnen kann. Keine Anzeichen von menschlichem Leben, nur Himmel und noch einmal Himmel und Land, das sich ausbreitet, majestätische Wolken, eine leichte Brise, die mit den Bändern ihrer Haube spielt. »Ich bin ein Stadtmensch«, sagt er. »Ich mag diese Stille nicht.«

Es ist nicht still, will Thea sagen. *Können Sie die Vögel nicht hören?*

»Man sagt, dass Piraten bis weit ins Landesinnere kommen, um ihre Schätze zu verstecken«, fährt er fort und schaut sich um, als erwartete er halb, dass einer hinter einer Hecke hervorspringt und ihm ein Messer an die Kehle hält.

Seltsamerweise hat diese Bemerkung des alten Fuhrmanns eine beruhigende Wirkung auf Thea. Sie stellt sich weitgereiste Seeleute vor, Männer wie ihr Onkel, die an Land kommen, um Perlen und Gold unter den Hecken zu vergraben. Es scheint absurd, aber die Gegend um sie herum ist riesig und offen für Möglichkeiten aller Art. Sie findet das Land wunderschön.

Der alte Mann stört sie in ihren Gedanken. »Ich fahre nicht weiter«, sagt er. »Ich kehre um. Ich glaube, es ist noch etwa eine Meile. Aber du musst jetzt zu Fuß gehen.«

»Warum? Sie haben doch –«

»Bis hierher fahre ich für einen Gulden.« Er starrt sie an. »Wenn du weiter willst, musst du noch was drauflegen.«

Thea zögert. Sie denkt an das restliche Geld von dem Kartenverkauf, das in ihrer Tasche steckt. Es kommt ihr viel vor, aber wer weiß, wie lange es noch reichen muss. »Also gut, ich steige hier ab.«

Dem Fuhrmann fällt noch etwas ein. »Hast du Verwandtschaft hier?«

Thea springt vom Wagen und nimmt ihre Tasche. »Gewissermaßen.«

Er blinzelt. »Was soll das heißen?« Dann dämmert ihm die Erkenntnis. »Du bist durchgebrannt«, sagt er. »Ist die Miliz hinter dir her?«

»Die Miliz?«

»Wenn du glaubst, dass du die erste Ausreißerin bist, die ich in meinem Wagen mitnehme –«

»Ich habe Verwandte hier in der Nähe«, sagt Thea, und ihre Stimme stockt. Dass er die Miliz erwähnt hat, beunruhigt sie mehr als der Gedanke an irgendwelche Piraten.

»Hinterher reut es sie«, sagt der Mann. »Zuerst denken sie, sie kommen allein zurecht.«

»Wer?«

»Die *Mädchen*«, sagt er, »die Ausreißerinnen.« Er sieht sie an, als wäre sie nicht ganz richtig im Kopf.

»Ich bin keine –«

»Du musst nicht denken, dass du so was Besonderes bist.«

Bevor Thea etwas erwidern kann, hebt der Fuhrmann seine Peitsche. Das Knallen der Schnur ist ein Misston im Vogelgezwitscher. Er wendet seinen Wagen auf der breiten Straße und fährt davon. Thea sieht zu, wie er immer kleiner wird auf dem Weg, den sie gekommen sind. Noch nie hat sie sich so allein gefühlt.

Dann macht sie sich auf die Wanderung in die entgegengesetzte Richtung. Der Himmel ist riesig. Den Tau hat die Sonne längst vom Gras weggebrannt. Beim Gehen stößt Thea ihr sperriger Leinensack ständig gegen die Seite ihres Oberschenkels. Schweiß sammelt sich unter ihrer Haube, ihr Rücken schmerzt, ihr Nacken brennt, und die Last ist schwerer, als sie erwartet hat. Sie will stehen bleiben, aber sie wagt es nicht: Sie ist eine junge Frau, allein unterwegs auf einem Feldweg, und wenn auch niemand in der Nähe ist, fühlt sie sich doch in einer Weise wehrlos ausgesetzt, wie sie es in der Stadt nie erlebt hat. Die verächtlichen Abschiedsworte des alten Mannes schmerzen immer noch: *Du musst nicht denken, dass du so was Besonderes bist.*

Es ist, denkt Thea, als wäre sie die einzige lebende Frau auf der ganzen Welt.

Jetzt könnte sie es sich erlauben, zu weinen, denkt sie, während sie eine schläfrige Fliege wegscheucht und die Hitze auf dem Weg vor ihr zu flimmern beginnt. Sie könnte endlich das Schluchzen herauslassen, das wie ein Gewitter droht, seit sie von daheim weggegangen ist, um einem Schicksal, das sie nie wollte, zu entkommen. Sie könnte schluchzen, sie könnte schreien, und niemand würde es merken.

Thea schaut sich um, sieht den großen blauen Himmel, das flache, endlose Land. Das also ist Assendelft. Hier ist ihre Tante aufgewachsen.

Wie viel hat Tante Nella hier draußen geschrien? Oder hat sie alles in ihrem Inneren unter Verschluss gehalten?

Du hast es bis hierher geschafft, sagt sich Thea und stolpert ein wenig. Geh einfach weiter. Aber jetzt hat sie plötzlich Angst, dass das Haus in Assendelft nur eine Geschichte sein könnte, die ihre Tante sich ausgedacht hat, um ihre eigene Flucht in den Traum von Amsterdam zu erklären, ihre mit den Jahren zunehmende Verbitterung, als dieser Traum sich nicht erfüllte.

Vielleicht gab es in Wahrheit nie einen trunksüchtigen Vater, nie eine Mutter, die ins Wasser gegangen ist. Es gab nie einen Bruder oder eine Schwester, nie ein Haus, das so schrecklich war, dass Tante Nella nicht zurückkehrte. Es war alles gelogen, und Thea ist in die Falle getappt, mit nichts als einer Tasche voller Kleider und zwei Miniaturen. Wie soll sie da je wieder herauskommen?

Sie hat sich dafür entschieden, in Assendelft Zuflucht zu suchen, weil sie wusste, dass ihr Vater es ihr nicht zutrauen und Cornelia nie auf die Idee kommen würde, dass Thea es wollte. Und ihre Tante wird nie mehr einen Fuß hierher setzen, denn es ist der Ort, der sie in ihren Träumen verfolgt, und sie hat sich geschworen, niemals zurückzukehren. Thea ist in ein Niemandsland geflüchtet, von dem sie dachte, dass sie dort vor Entdeckung sicher sein würde. Aber jetzt will sie nur noch gefunden werden.

Als Thea völlig verzweifelt angesichts der Ausweglosigkeit ihrer Situation in Tränen ausbrechen möchte, sieht sie es: Es ist kein erfundener Ort, nicht ein bloßes Hirngespinst ihrer Tante, sondern etwas Reales – ein Fleckchen Haus in der Ferne, dessen Kamine noch winzig klein in den Himmel ragen. Es muss das Elternhaus von Tante Nella sein, denn es gibt kein anderes Haus in der Nähe. Die Junisonne lässt es leuchten wie ein Schmuckstück aus Ziegelsteinen, eingefasst von Wolken, die sich über ihm auftürmen und die Tatsache seiner Existenz weithin sichtbar verkünden. Es ist, als hätte eine Hand es aus großer Höhe in diese weite Landschaft fallen lassen – aus einer Laune heraus, bloß um zu sehen, was passieren würde.

Thea spürt, wie ihr Herz schneller schlägt. Ihre Füße stapfen mit kräftiger Entschlossenheit den Pfad entlang. Die Welt fühlt sich heller, bunter an. Sie fängt zu laufen an. Das Haus wird größer: zwei solide gebaute Stockwerke, die Ziegel dunkel wie getrocknetes Blut. Sie geht noch näher heran und sieht atemlos, dass im Dach ein riesiges Loch klafft, dass an mehreren Schornsteinen Ziegel fehlen und dass die, die noch aufrecht stehen, bald zusammenfallen werden. An dem morschen Zaun bleibt sie stehen, keuchend, ihr ist ein bisschen schwindlig. Alle Fenster im Erdgeschoss sind mit Brettern vernagelt. Auch die Haustür ist mit robusten Planken gesichert, aber Efeuranken haben sich ihren Weg durch die Ritzen dazwischen gesucht. Der große Vorgarten ist eine einzige Wildnis. Thea schlüpft durch eine Lücke zwischen den morschen Zaun-latten. Obwohl das Haus unheimlich stumm ist, kann sie sich des Gefühls nicht erwehren, dass jemand sie beobachtet. Könnte es sein, dass da hinter einem der Bretter jemand lauert? Sie schaut, lauscht, wartet. Aber sie hört nur das Summen der Bienen, das Rau-schen des Windes in den Blättern, die klagende Musik der Vögel, deren Namen sie nicht kennt. Es gibt keine Kühe, keine Hühner, keine Schafe, keine herrenlosen Pferde. Da sind die Obstbäume, wie Tante Nella sie beschrieben hat, einige knorrig, andere üppig belaubt. Mohn, der im wuchernden Gras aufgeschossen ist, malt knallrote Flecken ins Grün.

Aber das Haus aus Tante Nellas Kindheit ist nicht mehr das, was es einmal war. Thea blickt zu den alten Mauern hinauf, und gerade als sie sich zu ihnen hingezogen fühlt, spürt sie Angst in ihrem Herzen. Eine Falle, die nur darauf wartet, zuzuschnappen.

XXX

Die Morgendämmerung bricht über Amsterdam herein, aber die Sterne stechen durchs Dunkel, als Nella Hemden, ein paar Blusen und Hauben in eine Ledertasche packt – anders als bei jener Reise, deren spiegelbildliches Gegenstück die heutige sein wird, gibt es keine große Reisetruhe und keinen Wellensittich in einem sperrigen Käfig. Sie legt das Geld aus dem Verkauf von Marins *Schiffbruch* in die Tasche. Bevor sie es sich anders überlegt, faltet sie den Plan des elterlichen Anwesens in Assendelft, an das sie immer wieder hat denken müssen, seit sie auf die Idee gekommen ist, dass Thea dort sein könnte, und stopft ihn ebenfalls hinein. Sie küsst das Miniaturwickelkind und steckt es ein. Sie kritzelt eine Nachricht für Otto und Cornelia auf einen Zettel, denn wenn die beiden sich auch um sie weniger Sorgen machen werden als um Thea, ist Nella doch bewusst, dass sie nicht einfach so ohne jede Erklärung verschwinden kann. Sie hofft, dass sie ihr Gekritzel lesen können und Verständnis für sie haben werden.

Unten im Flur sitzt Otto immer noch schlafend in dem Sessel, starr vor Erschöpfung. Sein Stück Hühnerpastete ist verschwunden, aber den Krusten nach zu urteilen, die auf den Fliesen herumliegen, hat nicht er sie gegessen, sondern Lucas. Nella ist es ein Rätsel, wie ein Mensch in einer so unbequemen Haltung schlafen kann, mag er auch noch so erschöpft sein, und einen Moment lang fürchtet sie, dass Otto nur so tut, als ob er schliefe, und dass er gleich aufspringen und darauf bestehen wird, sie zu begleiten. Nella wartet eine Weile mit angehaltenem Atem, aber offenbar befindet Otto sich im Moment nicht in dieser Welt. Sie hofft, er ist irgendwo, wo er sich erholen kann, bevor er wieder in der harten Realität aufwacht. Vielleicht wird er es Nella übelnehmen, dass sie diese Reise ohne ihn macht, aber sie bleibt entschlossen und geht auf Zehenspitzen hinunter in die Arbeitsküche, wo sie ihren Zettel auf den Tisch legt. Sie packt möglichst viel von den Speisen, die für das Hochzeitsmahl vorgesehen waren, und auch einfachere Lebensmittel in ihre Tasche, dann nimmt sie ein scharfes Küchenmesser aus der Schublade und steckt es in ihren Stiefel. Damit sie nicht noch einmal an Otto vorbeigehen muss, verlässt sie das Haus leise durch den Mücheneingang.

Nella eilt den Grachtenweg entlang, wie es Thea am Morgen zuvor getan haben muss, und fragt sich, ob Otto und Cornelia annehmen werden, dass auch sie durchgebrannt ist. Aber sie werden ihr vertrauen müssen. Sie ist sich sicher, dass ihrer aller Zukunft in Assendelft liegt, innig vereint mit Nellas Vergangenheit.

Nella sieht sich selbst, wie sie vor achtzehn Jahren, ehe sie Witwe wurde, aus Johannes' zweitbestem Kahn stieg. *Ich hoffe, du bist nicht beleidigt*, hatte Marin gesagt. *Es ist der zweitbeste, aber das bedeutet in diesem Haus immerhin, dass er frisch gestrichen ist und eine mit bengalischer Seide ausgekleidete Kabine hat.* Nella hatte gedacht, ein neuer Anstrich und bengalische Seide seien Zeichen der Liebe ihres Ehemanns, aber sie waren nur Attribute von Stolz und Würde, Tapeten, die Risse verdecken sollten. Sie denkt an die Witwen, die sie all die Jahre entlang der Kanäle beobachtet hat, an ihr luxuriöses Leben und ihre geheimnisvollen Existenzen. So lange hat sie sich nach solchem Reichtum gesehnt, aber es blieb immer nur ein Traum.

Sie macht sich auf den Weg zu den Ställen in der Reestraat im Jordaan, direkt neben dem Gasthaus *Zu den vier Hufeisen*. Das Geschäft ist schnell erledigt. Nella sagt dem Stallmeister, dass sie seine Fuchsstute für einen Tag und eine Nacht mieten will, dann verbessert sie sich und sagt: *Drei Tage, oder vielmehr fünf*. Das Haus in Assendelft wächst in ihrer Brust in die Höhe, Stein für Stein, und mit ihm wachsen Sorge und Aufregung. Sie wird dort Zeit brauchen, mehr als nur einen Tag und eine Nacht. Sie ertappt sich dabei, wie sie die Augen und Nüstern der Stute genau mustert, alle vier Hufe, wie ihre Finger sanft über den Körper des Tieres streichen, alte Reflexe, die den Stallmeister überraschen. Hier ist eine

Dame vom Goldenen Bogen, die sich über die schöne Flanke eines Tieres beugt und prüft, ob es auch keine Huffäule hat. Aber dieser Mann hier sorgt gut für seine Tiere: das Fell der Stute glänzt, ihre Muskeln sind kräftig. Sie ist gehorsam und stark, eine Schönheit.

Nella kann die Männer im Gasthaus, die die Nacht durchgesoffen haben, lärmen hören. Sie erinnert sich daran, wohin dieses Pferd sie bringen soll, und fasst die Zügel fester. »Was kostet es, wenn ich sie behalten will?«, fragt sie.

Der Stallmeister zieht die Augenbrauen hoch. Es ist noch früh am Tag für so einen Handel, aber er ist ein Amsterdamer und so etwas gewohnt. »Ich zahle Ihnen zwanzig«, sagt Nella, bevor er einen Preis vorgeben kann. »Sattel und Zaumzeug eingeschlossen.«

»Dreißig.«

»Fünfundzwanzig. Aber das ist mein letztes Angebot.«

Der Fuchs ist mindestens vierzig wert, aber der Mann nimmt Nellas Geld. »Sie wird Sie überallhin bringen«, sagt er. »Und wieder zurück.«

Nella führt die Stute am Zügel eine Meile weit bis zum Stadtrand, wo die Straße breiter wird. Vielleicht sollte man nie zurückgehen, denkt sie und streicht sanft über die samtenen Nüstern der Stute. Aber was in Assendelft möglicherweise auf sie wartet, hat nichts mit dem zu tun, was vorher war, es ist nichts Geringeres als die Zukunft.

Der Boden ist trocken, es weht eine leichte Brise, und es ist noch nicht unangenehm heiß. Es überrascht sie, als sie merkt, wie gut sie immer noch reiten kann. Cornelia und Otto würden staunen und Thea auch. Die Amsterdamer reiten nicht, wenn man zu Fuß gehen, mit der Kutsche fahren oder den Wasserweg nehmen kann. Aber wie hätte Nella je vergessen können, wie wunderbar es sich anfühlt, auf einem Pferd zu sitzen? Als Amsterdam hinter ihr liegt und sie keine missbilligenden Blicke mehr fürchten muss, treibt sie ihre Stute an, und das Tier öffnet seine Lungen und galoppiert in leichtem Lauf über die Felder. Nella fliegt nur so dahin, als wäre diese Stute nicht irgendein Mietpferd, das sie, weil sich eben die Gelegenheit ergab, einem müden Gastwirt abgekauft hat, der die ganze Nacht hindurch Bier für traurige alte Männer gezapft hatte, sondern Pegasus selbst, geboren aus dem geköpften Körper der Medusa.

Nella ist zumute, als müsste jeden Moment all der Zorn, der sich in ihr angestaut hat, zu nichts verpuffen.

Doch sie zügelt das Pferd, denn sie weiß, dass sie es noch nicht gut genug kennt und dass es für sie beide besser ist, nichts zu überstürzen. Sie lässt es traben und genießt es, so beschwingt dahingetragen zu werden. Rechts von ihr verläuft ein Kanal, eine der vielen natürlichen und künstlichen Wasserstraßen, die aus der Stadt hinausführen. Niedrige Lastkähne sind dort unterwegs, und es schmerzt Nella ein bisschen, sie zu sehen, denn sie erinnern sie an ihre Reise nach Amsterdam vor achtzehn Jahren. Sie lenkt das Pferd zurück auf die Straße. Dieses Mal muss es anders ausgehen. Wenn nicht, dann sind sie alle verloren.

Als sie sich der Landschaft ihrer Kindheit nähert, merkt sie, wie der Himmel hoch wird und die Wolken immer weiter in dem zunehmend intensiven Blau emporsteigen, während das Land sich tiefer in den Horizont zu senken scheint. Nella ist mit diesem besonderen Gefühl, unter einer unendlich weiten Kuppel zu leben, aufgewachsen, aber sie hat es unterdrückt, um sich einer Welt mit ordentlichen Zimmern und noch ordentlicheren Schränken, mit geschlossenen Häuserfronten und geometrisch konstruierten Kanälen anzupassen. Der Kontrast, den sie jetzt erlebt, ist geradezu schockierend für sie. Du hast das einzig Richtige gemacht, sagt sie sich. Du hattest dich an die Enge gewöhnt, als gehörtest du da ebenso hin wie die Ente aufs Wasser.

Und dann spürt sie es. Es kriecht ihr den Rücken hinauf in den Nacken: dieses vertraute kalte Gefühl, beobachtet zu werden. Es ist keine bloße Einbildung, denn auch die Stute scheint etwas zu spüren. Sie, die bis zu diesem Moment immer sanft und fügsam war, steigt plötzlich und gibt einen Laut von sich, der Nella zusammenzucken lässt. Nella gelingt es, das Tier etwas zu beruhigen, aber es schnaubt immer noch ängstlich und bewegt unsicher die Hufe. Die Straße vor ihnen ist leer. Das Unheimliche, das Nella und ihr Pferd wahrnehmen, ist offenbar hinter ihnen.

Nella wartet, aber sie dreht sich nicht um. Ein Windhauch spielt mit losen Strähnen ihres Haars. Die Vögel sind hier lauter: Amsel, Buchfink, Taube. Das ferne Kreischen eines Wanderfalken. Das Trillern eines Hänflings, der sich in der Hecke versteckt. Sie tastet in ihrer Tasche nach der Miniatur des Wickelkinds und stellt sich vor, wie sie sich umdreht und den Arm ausstreckt, die winzige Figur in der offenen Hand. Beinahe tut sie es tatsächlich – aber was ist das, was da hinter ihr auf der Straße wartet? Es ist nicht Liebe. Es ist nicht Klarheit. Vielleicht ist es nichts weiter als eine graue, verschwommene Gestalt, so entrückt, dass Nella nicht einmal mit letzter Sicherheit sagen kann, ob es überhaupt ein Mensch ist. Eine Fata Morgana, die in der Hitze flimmert.

Dieses ungewisse Etwas zu sehen, würde Nellas Schwung brechen. Der Versuchung nachzugeben, zu schauen, wer da ist, das Pferd zu wenden und zurückzureiten, würde diese Geschichte abstürzen lassen. Man kann nicht zwei Geschichten haben. Man kann nur eine zu Ende führen.

Nella blickt weiter nach vorn, dahin, wo, wie sie weiß, ihre Mutter auf sie wartet. Und auch ihre Schwester – beide seit Jahren tot, aber das hat sie sich nie wirklich eingestanden, und darum ist es, als würden sie wieder zum Leben erwachen. Auf der Straße hinter ihr denkt sie sich Marin und Johannes und auch die Miniaturistin. Sie spürt, wie ihr in der Brust eng wird, und ihre Finger schließen sich um die sichere Festigkeit des Miniatursäuglings, der schon seit so vielen Jahren in ihrem Besitz ist. Sie fragt sich, ob sie immer an diese Gespenster denken wird.

Das wird sie. Vielleicht wird sie ihre Gegenwart immer irgendwo auf der Straße spüren, denn das ist es, was Liebe ausmacht. Hinter ihr schimmert das Verlangen in der Ferne. Soll doch eine andere Frau die Dienste der Miniaturistin in Anspruch nehmen, denkt Nella. Lass Marin und Johannes los. Du bist achtzehn Jahre lang ohne sie ausgekommen. Und dort am Ende des Wegs wartet ein Mensch, der dich jeden Tag gebraucht hat.

Also dreht Nella sich nicht um. Sie steckt das Wickelkind wieder in ihre Tasche und reitet los. Und dann sieht sie sie wieder, nach achtzehn Jahren. Die Schornsteine von Assendelft, weit weg am Horizont.

XXXI

Nella schließt die Augen und lässt das Pferd sich selbst lenken. Sie will lauschen, bevor sie sieht, sich erinnern, wie es war, bevor ein neues Kapitel beginnt. Wie schön diese Brise immer war! Sie hatte es vergessen. Ihr fällt auf, dass keine Möwen zu hören sind: der ganze Himmel scheint voller Lerchen zu sein. Sie möchte die Heckenrosen und den Bärlauch riechen. Das Geräusch der Pferdehufe hat einen hypnotischen, gleichmäßigen Rhythmus, der Nellas Herzschlag beruhigt. Sie ist außerhalb der Zeit, sie ist fünfzehn, sie ist fünf. Sie ist sechzig, eine ältere Frau, die mit der Erde vertraut ist, aus der sie stammt. Otto gegenüber hat sie immer betont, dass das Land um Assendelft aus Moor und Sumpf bestehe, eintönig und immergleich zu jeder Jahreszeit. An diesem übernatürlichen Morgen zeigt sich, dass nichts weiter von der Wahrheit entfernt ist als eine solche Behauptung. Hat es solche Junitage gegeben, bevor sie achtzehn war? Man sieht so oft seine Kindheit in lauter Sonnenlicht getaucht, und doch erinnert sie sich nicht, jemals etwas wie das hier erlebt zu haben.

Sie hört in der Ferne die Hummeln, die über dem Lavendel tanzen. Die Honigbienen ihrer Mutter werden jetzt verwildert sein, ihre Bienenkörbe verrottet und leer. Ihre Mutter war eine gute Imkerin, die ihre Bienen besser verstand als die Menschen. Nella ist es nie eingefallen, zu ihrer Mutter zu sagen: Du kennst dich aus mit den Bienen und auch mit dem Boden – bring es mir bei. Heute kommt ihr ein solches Kompliment ganz natürlich vor, aber damals hätte sie es nie über die Lippen gebracht. Nella hatte nicht ein einziges Mal ein Wort der Bewunderung für ihre Mutter übrig, denn sie war der Meinung, dass diese es nicht verdiente, da sie sich scheinbar ganz zufrieden in die wohlgeordnete Welt dieser schönen Sechsecke voller Honig zurückzog und das Chaos, das im Haus herrschte, gar nicht zur Kenntnis nahm. Die Trunkenheit, die Wutanfälle, die in Verzweiflung umkippten.

Aber vielleicht war es keine Zufriedenheit? Vielleicht war es Resignation, Hilflosigkeit? Als Nella ihre Mutter fragte, ob sie Johannes lieben würde, schlug ihre Mutter die Hände über dem Kopf zusammen. *Sie kriegt Kuchen und verlangt noch Schlagrahm obendrein*, rief sie, als wäre eine solche Kombination ein Ding der Unmöglichkeit, als wäre das Verlangen ihrer Tochter nicht so sehr ein Ausdruck von unbilliger Gier als vielmehr von himmelschreiender Naivität. *Das Mädchen will Liebe!*

Nella schlägt die Augen auf und zieht leicht an den Zügeln. Sie kennt Resignation und Hilflosigkeit zur Genüge, sie will nichts mehr davon wissen. Sie steigt ab, bindet das Pferd mit langem Zügel an einen Baum und gibt ihm ein paar Haferkekse aus Cornelias Speisekammer.

Sie nimmt ihre Tasche und geht querfeldein, bis sie unversehens an den See ihrer Mutter gelangt. Sie steht da wie vor einem Grab, aber sie spürt nichts von dem Grauen, das sie befürchtet hat. Die Wasserfläche kommt ihr klein vor. In ihrer Erinnerung war sie riesig, aber jetzt sieht sie, dass man sie leicht in einer Viertelstunde umrunden kann. Das Wasser glitzert in der Sonne wie mit Edelsteinen übersäter Silberstoff, faszinierend, wunderschön. Nella hatte vergessen, wie schön es ist, aber sie erinnert sich an das, was sie Thea über ihre Mutter erzählt hat – dass es Frau Oortman am Ende ihres Lebens schwerfiel, die Realität wahrzunehmen.

Vielleicht, denkt Nella, während sie auf den See blickt, bestand das Problem im Gegenteil darin, dass meine Mutter die Realität nur allzu deutlich sah. An einem Tag wie diesem, unter einem derart blauen Himmel, das Land nur so strotzend vor biblischer Fülle, fällt einem Menschen vielleicht die Entscheidung nicht allzu schwer, zu den Forellen und Hechten unter dem Juwelentuch hinabzutauchen, um nie zurückzukehren.

Nella spürt, wie Schmerz in ihr hochkommen will, darum geht sie in Richtung der Gärten, die das Haus umgeben. Sie will nicht weiter hier trauern, sondern vor allem nach Thea Ausschau halten.

Sie muss hier irgendwo sein – wenn nicht, weiß Nella sich keinen Rat mehr, und es ist gut möglich, dass sie einander nie wiedersehen werden. Vor ihr erstreckt sich der Obstgarten, und jenseits davon steht ihr Elternhaus. Nella wagt es kaum hinzuschauen. Sie merkt, dass sie den Atem angehalten hat.

Das Haus verschwindet wieder hinter dem Laub der Bäume, und sie atmet tief durch, um sich zu beruhigen, denn sie bewegt sich jetzt unter den Apfelbäumen, und die Vergangenheit rückt ihr wieder mit Macht auf den Leib. Nella erinnert sich genau, wo der Grabstein ihres Vaters liegt, unter seinem Lieblingsbaum, und sie bewegt sich darauf zu, als würde sie von einer unnennbaren Kraft gezogen. In all den Jahren sind viele der jungen Setzlinge von damals zu großen Bäumen herangewachsen, der ihres Vaters ist knorrig und alt. Die Grabplatte ist mit Flechten und Schneckenspuren bedeckt, aber der Name ist immer noch lesbar.

Nella steht davor und sieht ihren Vater in zwei Bildern: aufgedunsen am Tag seines Todes und so, wie er einige Jahre zuvor aussah, als er hier riesige Weidenkörbe schleppte, die seine drei Kinder mit Fallobst gefüllt hatten, das zu Most verarbeitet werden sollte. Er schaute ihnen in heiterer Stimmung bei der Arbeit zu und lobte sie für die Kraft ihrer knochigen kleinen Arme. Ihr ist, als würde er immer noch hier herumgehen, während drei kleine Gestalten fleißig Äpfel in Körbe klauben.

Das Grab ihrer Mutter liegt neben seinem. Und neben dem ihrer Mutter liegt das von Arabella, drei schlichte Platten, auf denen nur Namen und Daten stehen.

Sie kniet nieder vor den Gebeinen ihrer Angehörigen und überlegt, ob sie vielleicht ein Gebet sprechen oder sonst etwas sagen soll, aber diese Toten haben so lange hier gelegen, ohne dass sie ihre Gräber besucht hätte, und sie hat das Gefühl, dass es unrecht wäre, wenn sie versuchte, mit ihnen Verbindung aufzunehmen.

Nella legt ihre Hand auf das Gras am Fußende des Grabs ihrer Mutter.

Vielleicht morgen, denkt sie. Vielleicht komme ich morgen wieder und sage ihnen, wo ich gewesen bin. Und wo genau ist das? Obwohl sie nur an einem einzigen Ort gewesen ist, kann sie die

Jahre, die ihr Leben geprägt haben, nicht einmal ansatzweise beschreiben. Sie hat ihnen nie etwas von Amsterdam erzählt. Davon, wie sie Johannes verloren hat, wie Marin gestorben ist, von Theas Geburt. Sie verließ Assendelft und tat so, als gäbe es ihr Elternhaus gar nicht und als wäre das Leben, das sie dort geführt hatte, nie gewesen.

Sie wendet sich von den Gräbern ab und geht weiter durch die Obstgärten, durch all die Reihen von Bäumen mit Birnen und Pflaumen, Zwetschgen und Quitten. An den Rändern, wo es weniger schattig ist, zeigen sich an Stachelbeer- und Johannisbeersträuchern die ersten Früchte. Nella ist überrascht zu sehen, was alles gedeiht, da der Mann, der vor ein paar Jahren in ihrem Auftrag das Anwesen besichtigt hatte, doch davon sprach, dass alles ödes Land sei. War er mitten im Winter dort? Möglicherweise, Nella weiß es nicht mehr, und jedenfalls kann jetzt davon keine Rede sein. Jetzt verheißt alles um sie herum nichts als lauter Überfluss, nachdem jahrelang niemand all die Früchte, die hier reiften, geerntet und verarbeitet hat, sodass sie ungenutzt verrotteten. Zu ihrer Rechten erstreckt sich eine Fläche voller Lavendel, der sich wild über die von ihrer Mutter angelegten Rabatten hinaus ausgebreitet hat. Frau Oortman schnitt die Blüten ab, trocknete sie und nähte sie in Leinensäckchen ein, die sie ihren Kindern unters Kopfkissen legte, sodass die Kleinen die ganze Nacht den wunderbaren Duft einatmeten.

O ja, der Schlaf konnte hier köstlich sein, das muss Nella zugeben. Er wurde nicht immer von Lärm und Sorgen gestört.

Aber als sie weiter in Richtung Haus geht, vorbei an der schützenden Spaliermauer, an der früher Pfirsiche gediehen, beginnt ihr Herz stärker zu pochen. Ihre Kehle schnürt sich zusammen, es fällt ihr schwer, zu schlucken. Hier draußen an der frischen Luft kann Nella die überwältigenden Assoziationen gerade noch auf Abstand halten, aber im Haus wird das anders sein. Was den Zustand des Kräuter- und Gemüsegartens betrifft, so hatte der Gutachter leider nur allzu recht, wie sie nun mit eigenen Augen sieht. Sie will lieber gar nicht daran denken, was für einen prächtigen Anblick er einmal geboten hat. Und jetzt sind die Minze und der

Rosmarin, der Estragon und der Salbei verschwunden. Die Tollkirsche, das Flohkraut, einfach alles. Sie denkt daran, wie sie Caspar Witsen von diesem Garten ihrer Mutter erzählt hat. Sie hat ihm nicht gesagt, dass er schön war, aber selbst jetzt, wo er öd und leer ist, hat er immer noch etwas, das dem Auge angenehm ist.

*

Das Haus ist so wie in ihrer Erinnerung und doch ganz anders. Die alten Ziegel und Fenster waren damals nicht derart dicht überwuchert von Schlingpflanzen und zugewachsen mit Sträuchern, die Farbe der geschlossenen Fensterläden war nicht so abgeblättert. Es wirkt heruntergekommen, als hätte seit hundert Jahren kein Mensch mehr hier gewohnt, einsam und verlassen mit den vernagelten Fenstern, den dürren Geißblattranken, den abgestorbenen Erdbeerstauden rundum. Es ist dem vergoldeten Häuschen, das Thea in der Hand hielt, so unähnlich wie nur irgend denkbar.

Dabei hat dieses Miniaturhaus, das in Theas Bett lag, Nella, ohne dass es ihr so recht bewusst war, erst auf die Idee gebracht, dass Thea in Assendelft sein könnte. Am Abend, als sie im Bett lag, hat sie gedacht, dass es vielleicht – nur vielleicht – eine Botschaft der Miniaturistin war, eine Aufforderung an sie beide, zu diesem Ort der Erinnerung zu gehen und ihn wieder zu einem Ort des wirklichen Lebens zu machen. Die Erinnerung hat Nella hierhergeführt, aber könnte das goldene Haus auch Thea veranlasst haben, hierherzukommen?

Wohl kaum – diese Idee ist einfach nur aus Nellas fantastischer Neigung geboren, sich Dinge zu wünschen, die es nicht gibt, großartige Pläne zu schmieden, die nichts mit der Wirklichkeit zu tun haben. War diese Reise hierher nichts als ein schrecklicher Fehler?

Die Vorderseite des Hauses ist ebenso abweisend: Die Eingangstür ist mit mehreren Bohlen vernagelt. Nella geht unentschlossen an der Fassade entlang: Sie spürt eine starke Anziehungskraft, die ihr sagt, dass sie hineingehen muss, was auch immer sie dort erwarten mag, aber etwas in ihr sträubt sich dagegen. Dann sieht sie ein Eckfenster, wo die Bretter weggerissen wurden und nur noch

Reste von morschem Holz am Fensterstock hängen. Die Scheibe ist kaputt, an ihrer Stelle klafft ein dunkles Loch. Mit hämmerndem Herzen starrt sie hinein. Die Öffnung ist groß genug, dass ein Erwachsener hier eingestiegen sein könnte und nicht nur irgendein Wildtier einen Unterschlupf gesucht hat. Es schockiert sie, diese Spuren eines gewaltsamen Eindringens zu sehen. Aber andererseits: Was hat sie erwartet?

Einen Moment lang zögert sie. Wenn sie hineingeht, sei es durch eine Tür oder ein Fenster, öffnet sie eine Kiste, die sie viele Jahre lang verschlossen gehalten hat. Vielleicht wird diese ganze Geschichte sie nie mehr loslassen. Sie hat sich geschworen, nie wieder zurückzugehen.

Sie denkt an Cornelia und Otto in Amsterdam, wie verängstigt und besorgt sie sein müssen. Sie denkt an das Darlehen, das sie aufgenommen haben, und an die Folgen, die das nach sich ziehen könnte. Und vor allem denkt Nella an Thea, die gestern vor Morgengrauen mit gebrochenem Herzen und von Erpressern bedroht in eine ungewisse Zukunft davongelaufen ist.

Nella schiebt ihre Tasche durch das Fenster und klettert hinterher, wobei eine stehengebliebene Glasscherbe ihren Rock zerreißt. Nella flucht leise; das ist kein goldenes Haus, noch nicht, denkt sie, es ist ein dunkles, unheimliches Haus. Ich werde zuerst einmal alle diese Bretter wegreißen, diese kleinen Scherben, die noch im Fensterrahmen stecken, abbrechen müssen. Ich werde einen richtigen Schlüssel finden müssen.

Ihre Augen müssen sich erst noch an das Halbdunkel gewöhnen, aber was ihr jetzt schon auffällt, ist der Geruch. Er ist nicht so schlimm, wie sie befürchtet hat, keine Tierkadaver, keine Fäulnis, nur ein feuchter Geruch von Alter – es ist lange her, dass hier das letzte Mal gelüftet wurde, und es ist kühl und dunkel, verglichen mit draußen, wo die Junisonne brennt. Und es ist still hier, während draußen Vogelgezwitscher und das Summen von Bienen und anderen Insekten die Luft erfüllt. Es ist wie eine Gruft.

»Thea?«, ruft sie. Ihre Stimme hallt zu ihr zurück. »Thea, bist du hier?«

Es kommt keine Antwort. Nella bemüht sich, ihre Ängste zurückzudrängen. Spärliches Sonnenlicht fällt durch die Fensteröffnung ein, sodass sie sich einigermaßen orientieren kann. Die großen, kalten Steinplatten am Boden scheinen sie in alter Freundschaft willkommen zu heißen. Sie befindet sich im Spielzimmer. Es stehen immer noch mit Tüchern abgedeckte Möbel da als schemenhaft unförmige Klötze, an den Wänden lehnen Gemälde, deren Leinwände an einigen Stellen von Mäusen angenagt sind. In der Ecke steht ein Spinett. Beim Anblick des verstaubten Instruments muss Nella an das prächtige Cembalo in Jacobs feinem Salon denken, an die flinken Bewegungen seiner Finger, an die trügerischen Klänge. Es ist, als wäre sie durch einen Spiegel in dieses Zimmer gekommen, das jenem Salon so nahe verwandt und doch so ganz anders ist, eine alte, erschöpfte, verlassene Version, die nie mehr ein Mensch betreten sollte.

Sie versucht sich vorzustellen, wie es für Arabella war, hier mit ihrer Mutter zu leben. Was haben die beiden Frauen jeden Tag gemacht, bevor ihre Mutter im See ertrank und Arabella hier allein aufwachsen musste? Hat sie sich danach gesehnt, dass ihre Schwester zurückkäme? Vielleicht saß Arabella in diesem Zimmer, schaute über die Felder und suchte den flachen, endlosen Horizont ab in der Hoffnung, irgendeine Spur ihrer verschwundenen Schwester zu entdecken.

Denk nicht daran, sagt sich Nella. Sie ist jetzt zu spät zurückgekommen mit ihren Geschichten aus der Stadt.

Sie kämpft die Tränen und eine seltsame Übelkeit nieder und geht durch den Flur in Richtung der Eingangshalle. An den Wänden hängen immer noch die Jagdtrophäen ihres Vaters, die glasigen Augen der Hirsche von Spinnweben umhüllt. Die Sonne bahnt sich ihren Weg durch Ritzen zwischen den Brettern vor den Fenstern: Nella schreitet durch lauter goldene Lichtfäden, die sich durchs Dunkel ziehen. Sie öffnet die Türen des Salons und des Empfangszimmers und schaut dort nach Thea, kann aber nirgends eine Spur von ihr finden.

In der Eingangshalle sieht Nella den alten großen Kamin mit den geschwärzten Ziegeln und dem Familienwappen über dem Sims: ein »O« für Oortman, eingefasst von Ranken und Wildblumen. Der lange Tisch, um den sie als Kinder herumrannten und einander jagten, steht immer noch da. Es kommt Nella fast so vor, als könnte sie ihre Familie hier sitzen sehen so wie früher. Als gäbe es sie immer noch, und Nella selbst wäre ein Gespenst. Sie fährt mit dem Finger über den Tisch. Dicker gelblicher Staub liegt darauf, offenbar seit Jahren.

»Thea?«, fragt sie. Doch es kommt keine Antwort.

Nella ist schon auf dem Weg zu dem Korridor, der auf der anderen Seite zum Treppenhaus führt, da blitzt im Halbdunkel auf dem Tisch etwas auf. Als sie danach greift, treffen ihre Fingerspitzen auf etwas Raues und leicht Stacheliges, und sie zuckt zurück, weil sie denkt, sie hätte vielleicht eine tote Maus angefasst. Aber als sie genauer hinschaut, erkennt sie, dass es etwas anderes sein muss. Zögernd streckt sie noch einmal die Hand danach aus und betastet es vorsichtig. Das unbekannte Ding fühlt sich kompakt, hart an.

Sie erkennt die Machart, die Perfektion des Gegenstands sofort wieder, kann die Hand spüren, die es hergestellt hat. Mit wild pochendem Herzen trägt sie das Ding zu einem Fenster, wo es heller ist. Sie erstarrt, als sie sieht, was es ist.

Auf ihrer Handfläche, von einem dünnen Lichtstrahl beleuchtet, liegt eine Miniaturananas.

Die winzige Frucht, aus der oben ein Büschel spitzer Blätter sprießt, strahlt etwas wie überirdische Verheißung aus. Nella hält sie fest und lugt durch die Bretterritze nach draußen. Dann wendet sie sich ab, um zur Nordtreppe zu gehen. »Thea?«, ruft sie, und ihre Angst steigert sich. »Thea, bist du hier?«

Keine Reaktion. Nella steckt die Ananas in ihre Rocktasche, geht schnell durch das Halbdunkel und findet die Treppe mit Leichtigkeit. Oben auf dem Korridor öffnet sie eine Tür nach der anderen, aber alle Räume sind dunkel. »Thea, ich bin hier«, ruft sie. »Ich bin gekommen.«

Aber Thea antwortet immer noch nicht. Kalte Angst und ein Gefühl von Übelkeit breiten sich in Nellas Körper aus. Es ist nur noch ein Zimmer übrig: Nellas eigenes. Sie nähert sich der alten Tür, die Miniaturen der Ananas und des Säuglings in der Tasche. Das Herz schlägt ihr bis zum Hals.

Das letzte Mal, als Nella sich in diesem Zimmer aufgehalten hat, war sie so jung und voller Hoffnung. Ihr Lautenspiel hatte dem Bewerber gefallen. Sie hatte sich einen Mann aus der Stadt geangelt, einen Mann aus Amsterdam, dessen Familie an der Herengracht sie erwartete. Sie hatte ihre Truhe selbst gepackt und ihren Wellensittich zum ersten Mal in einen Käfig gesetzt. Sie hatte keine Ahnung vom Leben.

Als sie die Hand auf die Türklinke legt, denkt Nella an Johannes und an diesen Walter Riebeeck, Theas heimlichen Geliebten, den Mann, der Theas Herz gewann. Was ist schlimmer für eine Frau: ein Walter oder ein Johannes? Einer, der alles nimmt, was er kriegen kann, oder einer, der gar nichts von ihr will?

Nella atmet tief durch und drückt die Klinke. Die Fensterläden sind geschlossen. Das Bett steht genau dort, wo es vor achtzehn Jahren stand. Die Bettvorhänge sind zugezogen. Sie tritt über die Schwelle und schließt die Augen. Sie hört, wie ihr Vater singt und ihre Mutter nach jemandem ruft. Sie hört das Schlurfen von Carels Füßen auf den Steinplatten und Arabellas Lachen. Dann geht sie zu den Vorhängen, und alles ist still. Sie fasst die Vorhänge und zieht sie auseinander.

XXXII

Die Huftritte des Pferds in Theas Traum lassen den Boden beben und ihre Schädeldecke erzittern, sie sind lauter als alles, was sie je in der Stadt erlebt hat, lauter als der Sturm, der die Häuser abdeckte, als sie klein war. Während sie schläft, kommt dieses Untier, trampelt über die Felder zum Haus ihrer Tante, zerstampft Blumen und Pflanzen. Es rast um das Haus herum mit flatternder Mähne, reiterlos. Thea kann nicht sagen, ob es vor etwas flieht und ob es schließlich zur Ruhe kommt, denn sie wacht mit einem lauten Schreckensschrei auf. Sie blinzelt, blickt auf.

Ihre Tante lässt sich auf die Bettkante sinken, die Hände an den Wangen. »Oh, Thea«, sagt sie. »Gott sei Dank.«

Tante Nella. Es erscheint Thea fast unvermeidlich, dass Tante Nella nach langem Sehnen hier ist, dass sie es ist, die sie zuerst entdeckt hat.

»Du hast mein altes Zimmer gefunden«, sagt ihre Tante.

»Hast du ein Pferd mitgebracht?«, murmelt Thea noch im Halbschlaf. Sie streckt ihre Hand aus, und ihre Tante nimmt sie, die Finger verschränken sich. »Ich könnte schwören, dass ich ein Pferd gehört habe.«

»Nun, ich habe es in einiger Entfernung stehen lassen.«

Thea öffnet ihre Augen ganz, hebt sogar den Kopf ein bisschen aus dem Kissen. »Du bist hierher geritten?«

»Ja.« Zu Theas Erstaunen wischt Nella sich eine Träne von der Wange. Thea kann sich nicht erinnern, ihre Tante je weinen gesehen zu haben.

»Die ganze Strecke?«, fragt Thea.

Doch Tante Nella steht auf und öffnet die Fensterläden, hier oben sind die Fenster nicht vernagelt. Helles Sonnenlicht fällt herein. »Diese Zimmer sind nach Osten ausgerichtet«, sagt sie. »Die Sonne sticht einem am Morgen ins Gesicht.«

Thea setzt sich auf. Vielleicht ist sie noch ein bisschen schlaftrunken, oder es liegt daran, dass ihr von der plötzlichen Helligkeit, nachdem sie vorher von lauter samtenen Vorhängen umschlossen gewesen war, ganz schwindelig ist, aber Tante Nella sieht anders aus. Es sind nicht ihre Tränen und auch nicht ihre Erleichterung – sie wirkt einfach heiterer. Sie hat Farbe im Gesicht. Ihr Haar ist zerzaust, was ungewöhnlich ist. Als ihre Tante sich wieder auf die Bettkante setzt, wird Thea klar, welche körperliche Anstrengung sie hinter sich hat. Sie macht sich auf Vorwürfe gefasst; sicher werden sie nicht lange auf sich warten lassen, jetzt, nachdem Tante Nella nach langem Ritt Thea lebend gefunden hat.

Aber sie scheint überhaupt nicht böse zu sein. Sie verhält sich so, als käme es alle Tage vor, dass Thea durchbrennt, in das Elternhaus ihrer Tante flüchtet, um in deren riesigem Himmelbett zu schlafen. »Woher wusstest du, dass ich hier bin?«, fragt Thea.

»Du hast mir ja einen Hinweis hinterlassen.« Sie starren einander an. »Das kleine goldene Haus. Und außerdem habe ich gelesen, was du an Caspar Witsen geschrieben hast.«

Thea kann ihre Überraschung nicht verbergen. »Er hat dir meinen Brief gezeigt?«

»Ja, hat er. Er kam zu mir, als wir merkten, dass du weg warst. Du hast etwas von Obstgärten und Gartenarbeit geschrieben, Thea. Mir war sofort klar, dass du das nicht deswegen getan hast, weil du dich so brennend für Brautsträuße oder gar Tinkturen interessierst. Du dachtest an einen Ort wie diesen.«

Thea kaut auf ihrer Lippe. »Vielleicht.«

»Und du hast mir einen weiteren Hinweis hinterlassen, hier, unten in der Eingangshalle: erst ein goldenes Haus und dann eine Ananas.«

»Ich dachte, du würdest es verstehen«, sagt Thea. »Besser als irgendjemand sonst.«

Ihre Tante schaut sie mit festem Blick an und holt aus ihrer Rocktasche die kleine Ananas hervor. »Wie lange bekommst du diese Sachen schon?«, fragt sie.

»Seit Januar.«

Jetzt ist es Nella, die überrascht schaut. »So lange, und ich wusste es nicht! Wie hast du von ihr erfahren? Aus *Smits Liste*? Hast du ihr geschrieben?«

»Ihr? Wem?« Thea fühlt sich einen Moment lang von der Intensität der Fragen ihrer Tante eingeschüchtert.

Tante Nella hält die Ananas in die Höhe. »Der Frau, die diese Dinger macht. Ihr Name ist Petronella Windelbreke. Aber ich habe sie immer die Miniaturistin genannt.«

Einen Moment lang sagen sie nichts und starren nur auf die wunderschöne kleine Frucht.

»Sie sind einfach so gekommen«, sagt Thea, »ich habe sie nicht bestellt. Ich weiß gar nichts über diese Frau. Bist du ihr mal begegnet?«

Tante Nella seufzt. »Beinahe. Einmal.«

Thea wartet darauf, mehr zu erfahren, aber Nella schweigt. »Ich habe zufällig gehört, wie du mit Cornelia über sie gesprochen hast.«

»Du hast gelauscht?«

»Das wollte ich nicht!«

Ihre Tante zieht die Augenbrauen hoch, aber Thea redet weiter. »Ich habe verstanden, dass diese Person irgendwie eine besondere Rolle in deinem Leben gespielt hat, als du in meinem Alter warst. Und offenbar beschäftigt sie dich immer noch. Du hast zu Cornelia gesagt, dass du glaubst, sie sei vielleicht wieder da. Deshalb habe ich mich gefragt, ob es dieselbe Person ist, die mir Dinge schickt. Aber ich war mir nie ganz sicher.«

»Ich glaube, sie ist es.« Die Augen ihrer Tante leuchten, als sie die Miniaturfrucht untersucht. »Diese Ananas ist schon etwas Besonderes.«

Fast möchte Thea sagen, dass sie glaubt, die Ananas sei gewachsen, aber sie erinnert sich daran, wie wütend ihre Tante geworden ist, als Cornelia behauptete, die Miniaturistin sei eine Hexe.

»Sie sieht so harmlos aus«, sagt Thea.

Ihre Tante dreht sich um. »Wie kommst du darauf, dass sie nicht harmlos sein könnte?«

»Nun ja ... Cornelia scheint dieser Frau nicht zu trauen.«

»Und du?«

Thea mustert die zierliche, pralle Frucht. »Es scheint mir lächerlich, zu denken, dass es irgendwie was Schlimmes zu bedeuten haben könnte.«

Ihre Tante seufzt. »Hast du nach der Miniaturistin Ausschau gehalten, nachdem du die Stücke erhalten hast?«

»Nein. Glaubst du, sie ist wieder da?«

Tante Nella greift noch einmal in ihre Tasche und zieht etwas hervor, dann öffnet sie langsam die Hand. Was Thea dort liegen sieht, lässt ihr den Atem stocken.

»Was ist *das*?«, flüstert sie und beugt sich vor, um es genauer zu sehen, aber sie weiß natürlich, was es ist. Es ist ein perfekter, winziger Säugling: Thea selbst. Es ist die Miniatur, die Nella aus Marins Truhe genommen hat, wie sie Cornelia gestanden hat. Thea erinnert sich, wie entsetzt Cornelia war, als sie es hörte.

»Das bist du«, sagt ihre Tante. »Oder, besser gesagt, ein Symbol für dich. Es sieht ein bisschen so aus wie du, als du geboren wurdest. Ich habe es aus der Werkstatt der Miniaturistin mitgenommen und es all die Jahre sicher aufbewahrt.« Sie hält inne. »Thea, warst du auf dem Dachboden, an der Truhe deiner Mutter?«

Ihre Blicke treffen sich. Jetzt ist es Zeit, die Wahrheit zu sagen.

»Ja, ich war dort«, sagt Thea. »Ich habe meine Eltern gesehen, aber ich habe sie nicht mitgenommen. Ich habe sie gelassen, wo sie waren.«

»Das war klug von dir.« Ihre Tante nickt. »Ich habe das hier gestohlen, als du geboren wurdest. Trotzdem: Es war mir über die Jahre hinweg immer ein Trost.«

»Du dachtest, du hättest die Miniaturistin auf dem Ball bei Clara Sarragon gesehen, nicht?«

»Ja, ich wollte so sehr, dass sie wiederkommt. Aber vielleicht habe ich mich davon irreführen lassen. Jetzt glaube ich, dass sie bestimmt nicht meinetwegen wiedergekommen ist. Und später haben wir uns alle Sorgen gemacht, dass sie vielleicht *deinetwegen* wiedergekommen ist – um dich zu entführen.« Ihre Tante lächelt. »Aber wir haben uns geirrt.«

»Bist du sicher?«

»Natürlich. Ich sehe sie nirgendwo, du etwa? Du bist hierhergekommen, weil du selbst über dein Leben bestimmen willst.«

Sie sitzen einen Moment lang schweigend da, dann fragt Thea:
»Tante Nella, bist du mir böse wegen der Hochzeit?«

Ihre Tante holt tief Luft. »Nein. Ich bin nur froh, dass du in Sicherheit bist.«

»Und ... wissen Papa und Cornelia, wo ich bin?«

Ihre Tante wirft ihr einen indignierten Blick zu. »Was denkst du
von mir? Ich würde nie weggehen, ohne ihnen zu sagen, wohin.
Ich habe ihnen einen Zettel hinterlassen. Aber Cornelia und vielleicht auch dein Vater ist immer noch davon überzeugt, dass die
Miniaturistin dich mitgenommen hat.«

»Ich glaube nicht, dass ich das jemals zulassen würde.«

»Dann bist du stärker als ich«, sagt ihre Tante. »Ich glaube, ich
hätte mich von ihr überallhin mitnehmen lassen.«

»Aber woher weiß sie von unserem Leben?«

»Das habe ich mich auch immer gefragt«, antwortet Nella. »Ich
habe mir immer vorgestellt, sie ist mein Leitstern, eine weise Leh-
rerin, die mir sagt, wo es langgeht in meinem Leben, aber Cornelia und dein Vater halten sie für eine Person, die anderen Leuten
nachspioniert und sich in fremde Angelegenheiten einmischt. Ich
glaube, sie hat uns im Blick behalten, aus der Ferne. Und ich glaube,
sie wollte uns einfach nur vor Augen führen, wie unser Leben tatsächlich ist.« Sie hält inne. »Dein Vater hat die Miliz alarmiert, damit sie die Stadt durchkämmt, um dich zu finden und dich aus ihren Fängen zu befreien.«

»Die Miliz?« Thea schlägt entsetzt die Hände vors Gesicht.

»Aber sie werden die Miniaturistin nicht finden. Und sie werden
auch gar nicht weiter nach ihr fahnden, und nach dir jetzt natürlich auch nicht mehr.«

»Jacob«, murmelt Thea. Alter Schrecken beginnt sich wieder in
ihr zu regen. Walter und Griete kommen ihr in den Sinn und drohen sie zu überwältigen. »Tante Nella, es tut mir leid: Ich konnte es
einfach nicht.«

Ihre Tante legt ihre Hand auf Theas Arm. »Ich verstehe das. Und es tut mir leid, dass du überhaupt das Gefühl hattest, du müsstest ihn heiraten.«

»Hast du mit ihm gesprochen?«

»Ja.«

»Und was hast du ihm gesagt?«

»Die Wahrheit. Dass wir dich nicht finden konnten.«

»Du hast dir nicht irgendeine Lügengeschichte ausgedacht?«

»Nein.«

»Und hat er –«

»Jacob wird es überleben«, sagt Nella kurz. »Und du auch.« Sie steht vom Bett auf und tritt wieder ans Fenster.

»Aber ich habe Schande über die Familie gebracht.«

»Nicht mehr als bei uns üblich.«

»Weißt du, Tante Nella, ich glaube, dass ich für ihn so etwas wie sein Cembalo gewesen wäre. Oder wie diese Blumen aus dem Gewächshaus. Etwas Außergewöhnliches, ein Luxusobjekt, das er in seinem Haus zur Schau stellen wollte.«

Ihre Tante dreht sich zu ihr um. »Du hast recht. Er hat dich nicht verdient, Thea.« Sie seufzt. »Es tut mir nur leid, dass ich so lange gebraucht habe, um es zu erkennen.«

Ein Schluchzen steigt in Theas Kehle auf, aber sie unterdrückt es.

»Ich muss eine Nachricht an die Herengracht schicken, um ihnen zu sagen, dass du in Sicherheit bist«, fährt Tante Nella fort. »Sie sind sicher ganz krank vor Sorge. Ungefähr eine Meile weiter gibt es ein Gasthaus. Da war früher eine Poststation. Ich werde dort mal fragen.«

»Und wenn du keine Nachricht schicken kannst?«

»Wir müssen sie wissen lassen, dass du in Sicherheit bist.« Tante Nella hält inne. »Thea, willst du zurück nach Amsterdam?«

Sie sehen einander an. Thea zögert. Sie hat das Gefühl, dass sie auf gar keinen Fall in diese Stadt zurückkehren kann. Nicht jetzt. Noch nicht. Vielleicht niemals.

Nella überkommt eine Welle besonderer Zärtlichkeit. Ihre Silhouette wird golden umrahmt vom Sonnenlicht. »Thea«, sagt Nella, »ich weiß von Walter Riebeeck.«

Es herrscht ein langes Schweigen. Es ist ein Schock für Thea, ihre Tante diesen Namen aussprechen zu hören. Ihr wird flau im Magen, ihr Mund ist ausgetrocknet. Sie starrt auf das Bettzeug, unfähig, den Blick zu heben. Was genau weiß ihre Tante? Wird sie verlangen, dass Thea ihr die ganze Geschichte haarklein erzählt? Sie hat versucht, vor Walter wegzulaufen, aber ihre Tante hat ihn aus der Stadt hierhergebracht und ihre Wunde neu aufgerissen.

Doch sie spürt auch Erleichterung. Es wird ihr guttun, darüber zu reden, sich von der Last zu befreien, die ihr auf der Seele liegt. Langsam greift Thea in den Leinensack neben dem Bett. Sie kramt eine Weile darin herum, dann holt sie tief Luft, zieht die Puppe von Walter hervor und hält sie ihrer Tante hin. »Ich kann nicht zurück«, flüstert sie. »Es ist unmöglich.«

Ihre Tante wird ganz still, sie kann ihren Blick nicht von der wunderschön gearbeiteten Figur in Theas Hand abwenden. Doch dann gibt sie sich einen Ruck und nimmt die Puppe an sich. »Ah«, sagt sie, »das verstehe ich.«

Thea schließt die Augen und denkt an den Malsaal. Es ist ausgeschlossen, dass sie darüber sprechen kann. »Ich habe ihn geliebt, Tante Nella«, sagt sie mit brüchiger Stimme. »Ich habe ihn wirklich geliebt.«

»Da bin ich mir sicher«, sagt ihre Tante leise. »Sonst hättest du ihn wohl kaum hierher mitgenommen nach allem, was er getan hat.« Sie runzelt die Stirn angesichts von Walters Schönheit. »Ich hätte nie gedacht, dass ich so etwas noch einmal sehen würde. Wann hast du die Figur erhalten?«

»Sie war das Erste, was sie mir geschickt hat. Tante Nella – woher – woher weißt du von Walter?«

Tante Nella zögert. »Rebecca Bosman war in der Oude Kerk. Sie wollte dabei sein, wenn du heiratest. Sie hat es mir erzählt.«

Thea spürt Empörung in sich auflodern. »Sie hat es dir gesagt?«

»Nachdem sie gesehen hat, was sich zwischen mir und Jacob abgespielt hat, hat sie sich wohl dazu gezwungen gesehen. Ich bin froh, dass sie es getan hat. Sie sorgt sich sehr um dich.«

Tante Nella setzt sich auf das Bett, Walter in der Hand. Thea möchte ihn ihr gern abnehmen, aber sie spürt auch einen starken Widerwillen dagegen, ihn je wieder anzufassen.

»Rebecca hat mir auch von seiner Frau erzählt«, sagt Tante Nella.

Wo ist Griete jetzt?, fragt sich Thea. Ist sie auf der Suche nach mir? Aber hier in Assendelft wird sie Thea schwerlich suchen. Und überhaupt: Griete hat ganz bestimmt noch andere Sorgen als Thea Brandt.

»Rebecca hat mir die Erpresserbriefe gezeigt«, fährt Tante Nella fort. Sie nimmt Theas Hand. »Es tut mir aufrichtig leid, dass du ganz allein damit fertig werden musstest.«

Thea spürt, wie Erschöpfung über sie kommt. »Weiß Papa davon?«

»Nein. Das ist nicht meine Geschichte. Es steht mir nicht zu, sie irgendjemandem zu erzählen.«

»Danke«, flüstert Thea. Und nach kurzem Schweigen fügt sie hinzu: »Ich glaube nicht, dass ich es ihm jemals erzählen werde.«

Ihre Tante denkt darüber nach. »Nun, wir müssen nicht alles übereinander wissen.«

Thea lächelt. »Aber ich habe immer gesagt, dass nicht zuletzt das unser Problem ist: dass wir zu viele Geheimnisse haben.«

»Manche Geheimnisse dürfen sein. Andere nicht.«

Thea blickt zum Fenster. »Es kommt mir so vor, als würde ich hier in Assendelft endlich damit anfangen, dich ein bisschen besser zu verstehen.«

Ihre Tante lächelt. »Woher kommt das wohl? Macht das die Landluft? Der Anblick des verdorrten Kräutergartens?«

Thea lacht. »Ich denke mehr daran, wie viel Freiheit du hier hattest.«

»Ah, Freiheit!«

»Ja, ich kann es spüren. Bevor sie dir genommen wurde.«

Ihre Tante streicht ihr mit der Hand über das Gesicht. »Ich hätte mich besser um dich kümmern sollen. Wenn ich fürsorglicher und nicht so verschlossen gewesen wäre, dann wäre diese ganze Geschichte mit Walter Riebeeck und seiner Frau vielleicht nie passiert.« Sie hält inne. »Es ist meine Schuld, aber ich wünschte, du hättest gespürt, dass du es mir sagen könntest.«

»Ich dachte, ich wüsste, was ich tue.«

»Keiner von uns weiß wirklich, was er tut.«

Dass ihre Tante so redet, überrascht Thea. »Die Miniaturistin ausgenommen?«, fragt sie. »Die scheint alles zu wissen.«

Ihre Tante betrachtet die Miniaturen auf dem Bett. »Sie scheint tatsächlich mehr zu wissen als die meisten. Aber ich spreche von *uns*. Nicht von ihr.« Sie holt tief Luft. »Thea, mir wurde nie das Herz so gebrochen wie dir. Aber ich habe auch Leid und Kummer erlebt. Ich weiß, wie es ist, jemanden zu lieben, und dann stellt sich heraus, dass er ein anderer Mensch ist, als man dachte.« Sie beißt sich auf die Lippe. »Es ist ein eigenartiger Schmerz, die Erkenntnis, das Loslassen. Der Schmerz, den man empfindet, kann einen an seinem eigenen Leben zweifeln lassen. Aber ich verspreche dir: Die Dinge ändern sich, wirklich. Der Schmerz wird nachlassen. Und mit der Zeit wirst du vergessen, wie heftig er sich angefühlt hat.«

»Aber wie lange?«, fragt Thea. Jetzt kommen ihr die Tränen, sie kann sie nicht mehr zurückhalten. »Wie lange wird es dauern?«

»Das kann ich dir nicht sagen«, antwortet Tante Nella. »Aber ich weiß, dass der Tag kommen wird, an dem du nicht mehr an ihn denkst. Es wird sein, als wäre Walter ein Hirngespinst. Als ob er einem anderen Menschen zugestoßen wäre. Als wäre er nichts weiter als eine Puppe.«

»Wir könnten ihn begraben«, sagt Thea unvermittelt.

Ihre Tante sieht sie überrascht an. »Begraben?«

»Ja. Wir könnten ihn im Obstgarten begraben.«

Tante Nella lächelt. »Das ist eine gute Idee. Das machen wir.«

Thea ist so dankbar, ernst genommen zu werden. Es fasziniert sie, wie strahlend Tante Nella im goldenen Streifenlicht dieses Morgens in Assendelft aussieht. Wer auch immer die achtzehnjährige Nella war, deren Zimmer dies hier war, und wer auch immer sie in den kommenden Jahren werden wird, so ist sie doch jedenfalls von Amsterdam hergeritten, um Thea zu finden. Sie ist gekommen. Sie hat Bettvorhänge aufgezogen, die sie vielleicht nie wieder hatte anfassen wollen, und so Thea aus dem Albtraum gerissen, in dem sie gefangen war.

»Danke«, flüstert Thea, und endlich erlaubt sie sich, zu weinen. Große, schwere Tränen fließen, in krampfhaften Wellen stößt sie heftig schluchzend den Atem aus. Ihre Tante hält sie fest, und lange, länger als jemals, soweit Theas Erinnerung reicht, lässt keine von ihnen los.

XXXIII

Sie beschließen, im Freien bei den Lavendelstauden zu frühstücken – Käsebrötchen, die Nella mitgebracht hat. Im Spielzimmer finden sie eine alte Decke, auf die sie sich setzen wollen. »Nicht mal einen Tisch haben wir«, sagt Nella. »Nicht gerade die feine Amsterdamer Art.«

»Mir ist das egal«, sagt Thea. »Es ist wunderschön da draußen.«

»Weißt du, was deine Mutter über das Landleben gesagt hat?«, fragt Nella, als sie durch das Loch im Fenster, das Thea gemacht hat, um ins Haus zu gelangen, hinausklettert. »Sie hat behauptet, da habe man ja den ganzen Tag lang nichts zu tun.« Sie lacht und springt hinunter. Dann legt sie die Hand an die Stirn, damit die Sonne sie nicht blendet, und mustert kritisch das Haus. »Aber es gibt eine Menge zu tun.«

Der Himmel ist blassblau, unter den Bäumen liegt noch Tau auf dem Gras. Nella beobachtet, wie Thea flink durch das Fenster schlüpft. »Das war kurz nachdem ich davon erfahren hatte, dass du unterwegs bist«, sagt sie. »Ich schlug Marin vor, dass sie zur Entbindung hierherkommen könnte. Oder dass wir dich gleich nach deiner Geburt nach Assendelft bringen.«

Thea streicht sich den Rock glatt und schaut erstaunt zu ihr auf. »Du hast vorgeschlagen, mich hierherzubringen?«

»Ja, ich habe ihr gesagt, dass es hier keine neugierigen Blicke geben würde. Dass du in Frieden leben könntest.«

»Das wundert mich. Zu mir sagst du immer, wie schön es in der Stadt ist.«

Nella sagt nichts dazu, und sie suchen sich einen Platz beim Lavendel. »Was wird Cornelia denken, wenn sie sieht, wie du ihre Speisekammer geplündert hast?«, sagt Thea.

»Sie wird wahrscheinlich froh sein, dass wir genug zu essen haben.«

»Oder sie beschließt, deiner Spur aus Brotkrumen zu folgen. So wie du der Spur gefolgt bist, die ich für dich gelegt habe.«

Nella lächelt. »Ich folge den Miniaturen, Cornelia folgt Brotkrumen? Sag ihr das lieber nicht.«

Thea kaut eine Weile schweigend, dann sagt sie: »Du hängst an der Stadt, nicht? Und du denkst, ich könnte nirgendwo anders leben.«

Nella überlegt. »Es stimmt, das sage ich schon seit vielen Jahren. Und es ist immer noch was Wahres dran. Es gibt vieles, was für die Stadt spricht.«

»Aber nicht jetzt.«

Nella wird unruhig, sie will sich nicht weiter selbst widersprechen. Sie steht auf. »Ich muss gehen und die Stute holen. Ich brauche eine halbe Stunde. Kommst du zurecht?«

Thea schließt die Augen, lehnt sich zurück und lässt sich die Sonne ins Gesicht scheinen. »Ich komme schon klar.«

*

Nella lässt die Lavendelbeete ihrer Mutter und die Spaliermauer hinter sich, geht durch die Obstgärten und am See entlang und hinaus auf die Felder, wo die Stute geduldig wartet. Nella führt sie langsam in den Obstgarten und lässt sie unter den Apfelbäumen grasen. Als sie so dasteht im Gesprenkel von Licht und Schatten, hört sie das Geräusch von splitterndem Holz. Sie blickt auf. Durch die Bäume hindurch sieht sie, dass Thea mit einer Axt, die sie irgendwo gefunden hat – wahrscheinlich im Werkzeugschuppen von Geert Oortman –, von einem Fenster im Erdgeschoss zum nächsten geht und überall die außen angenagelten Bretter abschlägt und wegbricht, damit man die Fensterläden wieder öffnen kann.

Das Holz ist so morsch und schwach, dass es nicht viel Widerstand leistet, gerade so, als ob es gebrochen werden wollte. Nella steht wie angewurzelt da: Jetzt, da das Gebäude langsam von seiner Umhüllung befreit wird, regen sich alte Ungewissheiten in ihr, ihre Angst davor ist noch nicht ganz überwunden. Es kommt Nella so vor, als würde das Haus seine Augen öffnen. Als würde es aus langem Schlaf erwachen. Als sie es so vor sich sieht, hat sie das Gefühl, dass auch ein Teil von ihr, der viele Jahre geschlummert hat, wieder zum Leben erwacht. Was es mit diesem Teil ihres Wesens auf sich hat, was für Eigenschaften, was für Stärken und Schwächen er hat, weiß sie nicht so genau – es ist ja eine sehr lange Zeit vergangen. Vielleicht hat dieses Haus all die Jahre in Sonne und Regen ausgeharrt und auf ihre Rückkehr gewartet. Aber es stellt sich gleichwohl die Frage, ob es richtig war, zurückzukommen.

Nella geht weiter auf das Haus zu. Thea hat mittlerweile die Bretter vor der Eingangstür entfernt und setzt ihre Runde fort. Unbemerkt von ihrer Nichte, die ganz in ihre Arbeit vertieft ist, drückt Nella die Klinke: die Tür ist nicht abgesperrt. Nella tritt ein und geht in die Küche. Sie stellt sich vor, wie Cornelia hier mit Töpfen und Pfannen hantiert, wie sie probiert, kritisch oder zufrieden das Gesicht verzieht, wie sie Lucas verscheucht, wenn er Speisen, die nicht für ihn gedacht sind, zu nahe kommt. Sie stellt sich Otto vor, wie er am Tisch sitzt und liest, wo einst ihr Vater saß.

Bei dem Gedanken an Otto fällt Nella etwas ein: Sie lauscht erst, um sich zu vergewissern, dass Thea immer noch mit den Brettern beschäftigt ist, dann greift sie nach ihrer Ledertasche und holt den alten Plan von Assendelft heraus, der mit Anmerkungen von Caspar Witsen übersät ist. Sie war so empört, so verletzt gewesen, als sie das sah! Aber jetzt sieht sie im Geist Caspars Aloe auf ihrem Nachttischchen stehen. Sie denkt daran, wie er sich um Thea gesorgt hat, dass er nicht gezögert hat, bei der Suche nach ihr zu helfen. Sie denkt an seine Tinkturen, daran, wie angenehm es war, sich mit ihm zu unterhalten, wie sie ihm von den Kräuterkenntnissen ihrer Mutter erzählt hatte, worüber sie noch nie mit irgendeinem Menschen geredet hatte. Unwillkürlich schaut sie zum Kücheneingang: Einen Moment lang ist es, als stünde ihre Mutter dort an der Schwelle und spräche mit Frauen, die sie voller Vertrauen auf ihre Kunst und dankbar für ihre Diskretion um Hilfe bitten.

Nella schüttelt diese Gespenster ab und wendet sich dem Plan zu. An der Rückseite der Küche hat Caspar einen Anbau eingezeichnet: ein Gewächshaus samt Heizungsanlage, dazu Fußnoten mit Zahlen und Anmerkungen. Nichts davon ärgert oder schmerzt Nella jetzt. Möglicherweise enthalten diese Zeichnungen sogar eine Verheißung. Was hat Caspar zu ihr gesagt, als er da am Küchentisch in der Herengracht saß? *In diesem Garten ist alles versammelt, was wir sind und was wir vielleicht werden können.*

Auch Otto hat etwas beigetragen. In seiner Handschrift steht neben der Skizze des Gebäudes: *Brandt und Witsen Co – Wir liefern Ananas: von Amsterdam in die ganze Welt.*

Nella richtet sich stolz auf. Mit welcher Nonchalance er ihren Namen weggelassen hat, obwohl doch das Land, auf dem sie ihre Träume wahrmachen wollen, ihr gehört!

Nella denkt an Thea, wie sie da draußen in strahlendem Sonnenschein vor der symmetrischen Fassade des alten Hauses steht, in den Händen die Axt, die Nellas Vater gehörte. Es ist eine starke Szene. Ihr kommt wieder etwas in den Sinn, was Thea gesagt hat: dass die Heirat mit ihr Jacob ungefähr dasselbe bedeutet hätte wie der Kauf eines weiteren Cembalos. Fast hätte ich das zu spät erkannt, denkt Nella.

Aber auch dieser Ort hier ist nicht vollkommen, das weiß sie. Die Sonne wird nicht immer so scheinen wie jetzt. Manche unangenehme Dinge werden nicht so leicht verschwinden. Die Vergangenheit holt die Gegenwart immer wieder ein, vollkommenes, ungetrübtes Glück ist immer nur für kurze Momente zu haben. Das eigentlich Wichtige ist, was man aus dem Rest der Zeit macht. Nella hat schon einmal in diesem Paradies gelebt. Sie kennt seine Grenzen weit besser, als Otto oder Caspar oder Thea es könnten. Die kurzen, hellen Momente vergehen, und man fragt sich, wann der nächste kommen wird.

Aber jetzt ist es anders, vermutet Nella, denn sie weiß, dass der nächste Glücksmoment kommen wird. Früher, als sie noch hier lebte, und danach in Amsterdam konnte sie sich nie sicher sein, und dann war sie in der Schlinge ihrer Zweifel gefangen.

Es könnte anders sein, denkt sie. Es muss so sein. Sie müssen die Möglichkeit in Betracht ziehen, dass Jacob van Loos ihnen die im Ehevertrag vereinbarte Mitgift niemals zurückgeben wird. Und Clara Sarragon hat sich ohne Zweifel nach Kräften bemüht, die Familie Brandt in den besseren Kreisen der Gesellschaft von Amsterdam für alle Zeiten in Verruf zu bringen. Immerhin bleibt das Haus an der Herengracht Ottos Eigentum, mit dem er machen kann, was er will. Sicher, sie werden die vereinbarte Leibrente nicht erhalten, die sie dafür hatten verwenden wollen, das Darlehen zurückzuzahlen und das Haus instand zu halten, aber wenn Otto sich zum Verkauf des Hauses entschließt und wenn Nella ihm erlaubt, das von ihm und Caspar geplante Projekt hier in Assendelft in Angriff zu nehmen, dann könnte dieses Mal wirklich alles anders werden.

Und sie haben noch andere Dinge als Geld, auf die sie bauen können: den Verstand und das Wissen von Caspar Witsen und Nellas Willen und Ottos Mut, und sie haben Cornelia, das Herz von Cornelia. Und sie werden Thea haben. Jenes Neugeborene, dem es vielleicht am Ende doch bestimmt war, hier zu leben.

Mit dem Rest des Geldes, denkt Nella, werden wir uns eine Zukunft schaffen. *Oortman, Brandt & Witsen* – das klingt doch nach etwas.

Sie stellt sich das Wappen am Kamin in der Eingangshalle vor, neu von einem Steinmetz gemeißelt: Die Buchstaben O. B. W., umrahmt von Ananasblättern. So wie die Dinge sind, haben sie nichts mehr zu verlieren. Warum noch länger gegen Amsterdam kämpfen? *Leitung zum See legen, um Pflanzen zu bewässern*, hat Caspar geschrieben. Sie blickt aus dem Fenster. Was hätte ihre Mutter wohl zu alldem gesagt? Und was würde Marin sagen, wenn sie wüsste, dass Otto ihr einst so warmes, trockenes Haus an der Herengracht verkaufen wird, um mit dem Erlös eine Ruine wieder bewohnbar zu machen? Dass ihre Tochter sich als Ananaszüchterin versucht?

Johannes würde das alles gefallen, denkt Nella. Er hätte seine helle Freude daran. Es würde ihn amüsieren zu sehen, wie sie sich einer solchen Herausforderung stellen, in welchem Maß der Mensch zur Hoffnung fähig ist, auch das leicht Verrückte an der

Sache würde ihm Spaß machen. Er war einmal hier, um sie Laute spielen zu hören, und sagte, die Aussicht auf den See sei wunderschön.

Thea reißt Nella aus ihren Gedanken. »Der Käse ist hier sicher billiger als in der Stadt«, sagt sie. »Aber wird das reichen, um Cornelia zu überzeugen?«

Nella hat gar nicht bemerkt, dass Thea hereingekommen ist. Sie dreht sich um: Ihre Nichte, die Axt locker in der Hand, Schweiß auf der Stirn, mustert Nella. Es hat keinen Sinn, jetzt zu versuchen, Witsens Zeichnung verschwinden zu lassen.

»Das ist Papas Plan«, sagt Thea und kommt näher.

»Streng genommen ist es *meiner*.«

Thea nimmt die Skizze genauer ins Visier. »Bin wirklich ich der Grund, warum du hergekommen bist?«

»Natürlich.«

»Warum hast du dann diesen Plan mitgebracht, über den du dich so geärgert hast?«

»Hör zu, Thea: Dass ich hierhergekommen bin, hat nichts mit deinem Vater oder mit Caspar Witsen oder mit der Miniaturistin zu tun – ich bin deinetwegen hier.« Nella hält inne. »Und überhaupt: Du warst es, die die Ananas mitgebracht hat.«

Thea setzt sich und studiert, was ihr Vater und Caspar geschrieben haben. Wie sehr sie meine Liebe braucht, denkt Nella. Wie kommt es, dass ich das vorher nicht gesehen habe?

»Das sind ganz schön hochgesteckte Ziele«, sagt Thea.

»Nun, ich bin ehrgeizig genug dafür. Und dein Vater auch.« Nella zögert. »Und vielleicht sind wir viel zu lange in Amsterdam geblieben.«

Thea blickt auf. Erst jetzt beginnt sie so recht zu begreifen, und ihre Augen werden weit. »Willst du das wirklich tun? Nach allem, was du gesagt hast?«

Nella holt tief Luft. »Ich denke, wir haben alle einen Neuanfang verdient, meinst du nicht?«

Thea antwortet nicht sofort. Sie wird jetzt nicht mehr das Theater in ihrer Nachbarschaft haben, denkt Nella. Sie wird nicht mehr einfach so bei Rebecca vorbeischauen können. Sie wird nicht in den Genuss der Pracht und Herrlichkeit kommen, die Jacob van Loos ihr vielleicht geboten hätte. Aber andererseits – Thea hat sein Reichtum offensichtlich nie besonders beeindruckt. *Ich* war es, die davon geblendet war.

Anstatt ihrer Tante zu antworten, gibt Thea die Frage an sie zurück: »Aber ist das wirklich ein *Anfang* für dich? Für dich ist das hier ja nicht neu.«

»Du meinst, weil ich dorthin zurückkehre, wo ich als Kind gelebt habe?« Nella seufzt. »Manche würden es als Eingeständnis des Scheiterns betrachten. Ich habe so lange versucht, von hier wegzukommen, als ich jung war. Aber jetzt bin ich wieder hier und sehe, dass es nicht mehr der Ort ist, den ich verlassen habe. Natürlich nicht: Meine Eltern sind nicht mehr da, meine Schwester, mein Bruder. Es kann so werden, wie wir es wollen.«

»Du wirst also nicht mehr davor weglaufen?«

Nella fährt mit den Fingern über Caspars Handschrift. »Nein, das werde ich nicht.«

»Dann können wir bleiben?«

»Ja.« Nella spürt, dass ihr das Herz aufgeht wie seit Jahren nicht mehr. »Thea?«

»Ja, Tante Nella?«

»Lass uns Walter begraben.«

*

Die Beerdigung dauert nicht lang, denn Walters Körper ist klein. Thea hat einen alten Walnussbaum als letzte Ruhestätte für ihren Geliebten ausgesucht. Sie kniet nieder und legt ihn in die flache Grube, die sie mit der rostigen Hacke von Nellas Mutter gegraben haben.

»Tante Nella? Du hast gesagt, wenn du besser auf mich achtgegeben hättest, dann wäre die Sache mit Walter vielleicht nie passiert.« Thea hält inne, und Nella beobachtet, wie ihre Nichte langsam ausatmet, während sie aufsteht und etwas Erde von ihrem Rock abklopft. »Aber ich weiß nicht, ob ich überhaupt will, dass es Walter nie gegeben hätte. Denn dann wäre ich vielleicht nie hierhergekommen. Und du vielleicht auch nicht. Und all das, was jetzt passieren wird, wäre gar nicht in Gang gekommen.«

»Das ist möglich. Aber vielleicht wärst du trotzdem hierhergekommen«, sagt Nella. »Man kann nie sicher sein, dass in einem Menschen nur der Keim für das gelegen hat, was dann tatsächlich als Nächstes passiert. Auch wenn man es gerne so hätte.« Sie hält inne. »Aber das eine weiß ich: dass ich Walter eine runterhauen würde, wenn er mir über den Weg liefe.«

»Tante *Nella*!«

»Mitten rein in sein hübsches Gesicht würde ich ihn schlagen.«

»Schäm dich: So redet man nicht bei einer Beerdigung.«

Beide lachen. Thea beugt sich ein letztes Mal über das Loch, um Walters Grab zuzuschaufeln.

Sie spazieren zurück zum Haus, begleitet von morgendlichem Vogelgezwitscher, vorbei an dem Scheiterhaufen aus verrottenden Brettern, den Thea errichtet hat. Die Kronen der Bäume erzittern, so sehr lärmen die Vögel. Nella wird bewusst, dass sie vielleicht nie wieder in dem Haus an der Herengracht wohnen wird, dass das Schicksal der ganzen Familie auf dem Spiel steht. Sie gehen auf etwas zu, aber sie wissen noch nicht genau, auf was. Der Chor der Vogelstimmen ist mächtiger als alle Naturgeräusche, die Nella in den vergangenen Jahren gehört hat – hundert, vielleicht zweihundert Vogelkehlen singen und trillern und plaudern, als wäre auf dieser Welt nichts von Bedeutung als allein sie und ihre Bäume und als wären Nella und Thea nur winzige Schemen, die sich kaum sichtbar zu ihren Füßen bewegen. Nella ist wie betäubt davon, als wären all die Vögel in ihrem Kopf, und in ihrer Seele leuchtet wieder Hoffnung wie schon lange nicht mehr.

Und dann hören sie durch das Gezwitscher das Geräusch von Pferdehufen.

Thea läuft durch das hohe Gras zurück zum Zaun, der das Haus umgibt. Sie dreht sich um und winkt ihrer Tante, und Nella kommt zu ihr ans Tor, sie spähen zum Horizont, hinter dem die Stadt und ihr altes Leben liegen und über dem der Himmel in Gold und immer tieferem Blau strahlt.

In der Ferne sehen die Frauen zwei Gestalten, eine kleiner als die andere, auf dem Bock eines Karrens sitzen, vor den ein Pferd gespannt ist. Nella kann erkennen, dass die kleinere der beiden einen Weidenkäfig hält, in dem die Silhouette einer großen Katze erkennbar ist. Auf der Ladefläche des Karrens stehen eine Menge Kisten. Nellas Stute, die innerhalb des Zauns umhergestreunt ist, hebt den Kopf, als sie das Geräusch der Räder hört. Sie spitzt die Ohren und gibt ein leises Schnauben von sich.

Die kleinere der beiden Gestalten auf dem Bock wendet sich der größeren zu. Sie scheint ihr etwas zu sagen, hebt einen Arm, zeigt mit dem Finger nach vorn, und Nella lacht das Herz im Leib, als Thea winkt. Eine Hand winkt zurück. Thea wendet sich mit leuchtendem Gesicht Nella zu. Der Himmel ist jetzt strahlend blau. Die beiden Frauen sehen zu, wie Otto und Cornelia näher kommen und mit ihnen Lucas in seinem Weidenkäfig.

»Ich frage mich, ob sie ihn zwingen wird, zur Feier des Tages eine Halskrause zu tragen«, sagt Nella und legt ihren Arm um Theas Schultern.

Thea lacht. »Schrecklicher Gedanke. Wahrscheinlich wird er prompt sein Frühstück wieder von sich geben.«

Bald werden sie wissen, ob es Streit wegen der Festtagskrause geben wird, denkt Nella. Aber was macht das schon, wenn sie sich ein bisschen kabbeln? Streit gibt es immer, aber ebenso Versöhnung. Die vier winken und strahlen und fallen einander in die Arme. Bereit, in dieser Wildnis neu anzufangen.

Danksagung

Meine tief empfundene Dankbarkeit gilt:

Meiner wunderbaren Agentin Juliet Mushens für ihre
unermüdliche Unterstützung, Fürsorge und Hilfsbereitschaft
während meiner Arbeit an diesem Buch und überhaupt;
und Jenny Bent, die die Geschicke des Romans in Amerika steuert.

Meiner Lektorin Sophie Jonathan, die diese Geschichte mit
besonderer Aufmerksamkeit und viel Herz begleitet hat,
und Kate Green für ihre Umsicht und Klugheit.

Dem Herstellerteam von Picador und Line Lunnemann Andersen,
Martin Andersen und Dave Hopkins, für das wunderschöne Cover.

Allen anderen bei Picador für ihren unermüdlichen Einsatz
und ihren Einfallsreichtum.

Helen Gould dafür, dass sie mir so großzügig geholfen hat,
auf sensible Weise zu denken.

Meinem Korrekturleser Nick Blake für die Gespräche über
Mispelbäume und Lämmer.

Meinen ausländischen LektorInnen und ÜbersetzerInnen,
die Nella noch einmal in ihren eigenen Sprachen heimisch
gemacht haben.

Den BuchhändlerInnen und BloggerInnen, die sich täglich einer Flut von Büchern gegenübersehen und dennoch nun schon fast ein Jahrzehnt lang Zeit und Begeisterung für mein Schreiben aufbringen.

Den LeserInnen, die meine Bücher genossen und ihre Freude mit mir und anderen geteilt haben.

Meiner geliebten Familie und meinen FreundInnen, die mir treu zur Seite stehen.

Und:
S., der alles möglich macht und immer besser, und dem kleinen I. B., den wir mehr lieben, als wir jemals sagen können.

»Burtons Spiel mit den Doppelleben hat mich so gewaltig gefesselt, dass ich gar nicht mehr rauswollte aus dem Puppenhaus.« *Brigitte*

Die junge Nella wird mit dem Amsterdamer Kaufmann Johannes Brandt, den sie kaum kennt, verheiratet. Als sie sein herrschaftliches Haus an der Herengracht zum ersten Mal betritt, schlägt ihr Kälte und Ablehnung von Seiten ihrer neuen Familie entgegen, selbst Johannes scheint sich nicht für sie zu interessieren. Nur ihr Hochzeitsgeschenk freut sie: ein Puppenhaus, das eine exakte Nachbildung ihres neuen Zuhauses ist. Doch bald werden Nella mysteriöse Miniaturen ihrer neuen Familienmitglieder geschickt – und Hinweise auf das, was diese verbergen. Nella beginnt zu ahnen, dass sich hinter der perfekten Fassade der Brandts tiefe Abgründe verbergen – sowie dunkle Geheimnisse, die sie alle in ihren Bann ziehen werden …

Jessie Burton. Die Magie der kleinen Dinge. Roman. Aus dem Englischen von Karin Dufner. it 4981. 400 Seiten. Auch als eBook erhältlich

»Liebe, Krieg, Leidenschaft und Kunst – es ist alles da. Mein Buch des Sommers.«
Elle

Zwischen dem Swinging London der 60er Jahre und dem schwül-heißen Andalusien am Vorabend der Spanischen Revolution ent-spinnt sich diese fesselnde Geschichte zweier junger Frauen, die durch ein Gemälde schicksalhaft miteinander verwoben sind. London, 1967. Odelle Bastien, aus Trinidad nach England gekommen, um ihren Traum vom Schreiben zu verwirklichen, ergattert einen Job in der renommierten Kunstgalerie Skelton. Durch einen sensationellen Fund – ein Gemälde des seit dem Spanischen Bür-gerkrieg verschollenen Künstlers Isaac Robles – wird Odelle in eine Geschichte verstrickt, die ihr Leben völlig auf den Kopf stellt. Denn um das Gemälde rankt sich ein folgenschweres Geheimnis, das ins Jahr 1936 zurückreicht.

Jessie Burton, Das Geheimnis der Muse. Roman. Aus dem Englischen von Peter Knecht. insel taschenbuch 4704. 461 Seiten.

»*Die Geheimnisse meiner Mutter*
erzählt klug und nuanciert von der
Suche nach Herkunft und Identität.«
Für Sie

Roses Mutter hat sich aus ihrem Leben gestohlen, als sie noch
ein Baby war. Kurz vor ihrem Verschwinden war sie in eine
leidenschaftliche Affäre mit einer gefeierten Schriftstellerin ver-
wickelt, die danach nie wieder ein Buch geschrieben hat – das
ist alles, was Rose erfährt, als sie erwachsen ist. Nun setzt sie
alles daran, zu ergründen, wer ihre Mutter ist und warum sie
damals von einem Tag auf den anderen spurlos verschwand …
Wie soll man sich eine Zukunft vorstellen, wenn man seine
Vergangenheit nicht kennt? Jessie Burtons fulminanter Roman
erzählt von den Geheimnissen und Geschichten, die uns prägen,
von Mutterschaft und Freundschaft und davon, sich selbst zu
verlieren – und wiederzufinden.

Jessie Burton. Die Geheimnisse meiner Mutter. Roman. Aus
dem Englischen von Peter Knecht. it 4844. 585 Seiten. Auch als
eBook erhältlich